Para Jack Ryan, Jr. y sus compañeros de la organización secreta conocida como el Campus, la lucha contra los enemigos de Estados Unidos no tiene fin. Pero el peligro acaba de llegar a casa de una manera que nunca esperaron...

El Campus ha sido descubierto. Y quienquiera que sepa de su existencia sabe también que puede ser destruido. Mientras tanto, el presidente Jack Ryan ha llegado de nuevo a la Oficina Oval, y su sabiduría y valor se necesitan con más urgencia que nunca.

Los conflictos políticos y económicos internos han llevado al liderazgo de China al borde del desastre. Y aquellos que desean consolidar su poder están aprovechando la anhelada oportunidad de atacar Taiwán y a los estadounidenses, que han protegido a esta pequeña nación.

Ahora, mientras dos de las superpotencias mundiales se acercan cada vez más a una confrontación final, el presidente Ryan debe utilizar el único comodín que le queda: el Campus. Pero con su existencia a punto de ser revelada, tal vez no tengan siquiera la oportunidad de pelear una batalla antes de que el mundo sea devastado por la guerra.

«Una lectura apasionante».

—*Publishers Weekly*

«El hombre sabe cómo contar una historia».

—*St. Louis Post-Dispatch*

«Es un placer... ver a los Ryan trabajar contra una competencia tan feroz».

—*Kirkus Reviews*

continúa . . .

TÍTULOS DE TOM CLANCY

FICCIÓN

The Hunt for Red October

Red Storm Rising

Patriot Games

The Cardinal of the Kremlin

Clear and Present Danger

The Sum of All Fears

Without Remorse

Debt of Honor

Executive Orders

Rainbow Six

The Bear and the Dragon

Red Rabbit

The Teeth of the Tiger

Dead or Alive (escrito con Grant Blackwood)

Against All Enemies (escrito con Peter Telep)

Locked On (escrito con Mark Greaney)

Threat Vector (escrito con Mark Greaney)

SSN: Strategies of Submarine Warfare

NO FICCIÓN

Submarine: A Guided Tour Inside a Nuclear Warship

Armored Cav: A Guided Tour of an Armored Cavalry Regiment

Fighter Wing: A Guided Tour of an Air Force Combat Wing

Marine: A Guided Tour of a Marine Expeditionary Unit

Airborne: A Guided Tour of an Airborne Task Force

Carrier: A Guided Tour of an Aircraft Carrier

Special Forces: A Guided Tour of U.S. Army Special Forces

Into the Storm: A Study in Command
(escrito con el general retirado Fred Franks, Jr. y con Tony Koltz)

Every Man a Tiger: The Gulf War Air Campaign
(escrito con el general retirado Charles Horner y con Tony Koltz)

Shadow Warriors: Inside the Special Forces
(escrito con el general retirado Carl Stiner y con Tony Koltz)

Battle Ready
(escrito con el general retirado Tony Zinni y con Tony Koltz)

VECTOR DE AMENAZA

TOM CLANCY

con MARK GREANEY

B

BERKLEY BOOKS, NEW YORK

THE BERKLEY PUBLISHING GROUP
Publicado por Penguin Group
Penguin Group (USA) LLC
375 Hudson Street, Nueva York, Nueva York 10014

Eastados Unidos • Canadá • UK • Irlanda • Australia • Nueva Zealand • India • Sudáfrica • China

penguin.com

Una compañía de Penguin Random House

VECTOR DE AMENAZA

ISBN: 978-0-451-47106-2

HISTORIA EDITORIAL
Edición en inglés en pasta dura, G. P. Putnam's Sons / diciembre de 2012
Edición en inglés para el mercado masivo, Berkley / diciembre de 2013
Edición en español en rústica, Berkley / marzo de 2014

IMPRESO EN LOS ESTADOS UNIDOS DE AMÉRICA

10 9 8 7 6 5 4 3 2 1

Derechos reservados de los mapas © 2012 por Jeffrey L. Ward.
Diseño de la tapa de Richard Hasselberger.

PERSONAJES
PRINCIPALES

· · · · · · · · · · · · · · · · · ·

Gobierno de Estados Unidos
- JOHN PATRICK «JACK» RYAN: presidente de Estados Unidos
- ARNOLD VAN DAMM: jefe del gabinete del presidente
- ROBERT BURGESS: secretario de la Defensa
- SCOTT ADLER: secretario de Estado
- MARY PATRICIA FOLEY: directora de Inteligencia Nacional
- COLLEEN HURST: consejero de Seguridad nacional
- JAY CANFIELD: director de la Agencia Central de Inteligencia (CIA)
- KENNETH LI: embajador de Estados Unidos en China
- ADAM YAO: oficial de operaciones, Agencia Central de Inteligencia (CIA)
- MELANIE KRAFT: oficial de reportes, Agencia Central de Inteligencia (en préstamo a la Oficina de la directora de Inteligencia Nacional)
- DARREN LIPTON: agente especial sénior, Buró Federal de Investigaciones (FBI), Sección de Seguridad Nacional, División de Contrainteligencia

Ejército de Estados Unidos

- ALMIRANTE MARK JORGENSEN: Armada de Estados Unidos, jefe del Comando del Pacífico
- GENERAL HENRY BLOOM: Fuerza Aérea de Estados Unidos, comandante del Cibercomando de Estados Unidos
- CAPITÁN BRANDON «BASURA» WHITE: Cuerpo Naval de Estados Unidos, piloto de F/A-18C Hornet
- MAYOR SCOTT «QUESO» STILTON: Cuerpo Naval de Estados Unidos, piloto de F/A-18C Hornet
- SUBOFICIAL DE MARINA MICHAEL MEYER: Armada de Estados Unidos, líder del equipo SEAL Team Six

El Campus

- GERRY HENDLEY: director de Hendley Associates/director del Campus
- SAM GRANGER: director de operaciones
- JOHN CLARK: oficial de operaciones
- DOMINGO «DING» CHÁVEZ: oficial de operaciones
- DOMINIC CARUSO: oficial de operaciones
- SAM DRISCOLL: oficial de operaciones
- JACK RYAN, JR.: oficial de operaciones/analista
- RICK BELL: director de análisis
- TONY WILLIAMS: analista
- GAVIN BIERY: director de tecnología informática

Los Chinos

- WEI ZHEN LIN: presidente de la República Popular China/secretario general del Partido Comunista Chino
- SU KE QIANG: presidente de la Comisión Militar Central China

- Wu Fan Jun: oficial de inteligencia, Ministerio de Seguridad Estatal, Shanghai
- Dr. Tong Kwok Kwan, alias «Centro»: director de operaciones de la red de computación del Barco Fantasma.
- Zha Shu Hai, alias «ByteRápido22»: ciberdelincuente buscado por la Interpol
- Crane: líder de la «Tríada de Vancouver»
- Han: dueño de una fábrica y falsificador de alta tecnología

Personajes Adicionales
- Valentín Olegovich Kovalenko: exmiembro de la SVR (inteligencia extranjera de Rusia) en donde se desempeñó como *rezident adjunto* en Londres
- Todd Wicks: gerente de ventas territorial de Advantage Technology Solutions
- Charlie «Dios-Oscuro» Levy: pirata informático aficionado
- Dra. Cathy Ryan: cónyuge del presidente Jack Ryan
- Sandy Clark: cónyuge de John Clark
- Dra. Patsy Clark: cónyuge de Domingo Chávez/hija de John Clark
- Emad Kartal: exoficial de inteligencia libia, especialista en comunicaciones

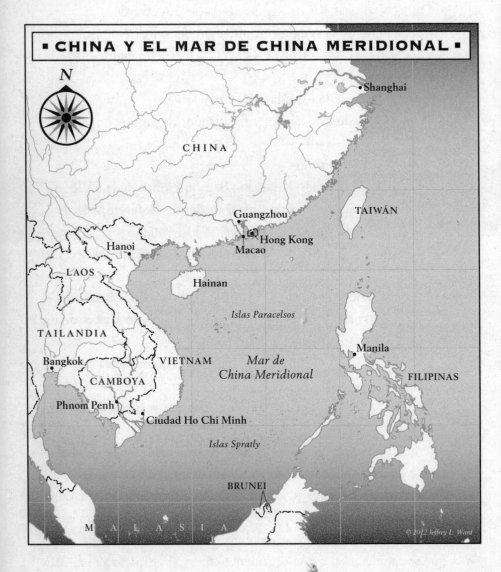

■ CHINA Y EL MAR DE CHINA MERIDIONAL ■

N

Shanghai

CHINA

TAIWÁN

Guangzhou

Hanoi

Hong Kong

Macao

LAOS

Hainan

Islas Paracelsos

TAILANDIA

Manila

Bangkok

VIETNAM

Mar de
China Meridional

FILIPINAS

CAMBOYA

Phnom Penh

Ciudad Ho Chi Minh

Islas Spratly

BRUNEI

MALASIA

© 2012 Jeffrey L. Ward

PRÓLOGO

· · · · · · · · · · · · ·

Eran días terribles para los antiguos integrantes de la Organización de Seguridad Jamahiriya, el temible servicio nacional de inteligencia de la dictadura de Moammar Gadafi. Los miembros de la OSJ que habían logrado sobrevivir a la revolución en su país natal estaban ahora dispersos y ocultos, temiendo el día en que su pasado cruel y brutal saldara cuentas con ellos de un modo igualmente cruel y brutal.

Cuando Trípoli cayó ante las huestes rebeldes apoyadas por Occidente, algunos integrantes de la OSJ permanecieron en Libia, esperando que sus cambios de identidad los salvaran de las represalias. Esto rara vez sucedía, pues otros hombres conocían sus secretos y estaban más que dispuestos a delatarlos a los cazadores de cabezas de la revolución, ya fuera para saldar viejas cuentas o para ganar nuevos favores. Los espías de Gadafi en Libia eran acorralados y torturados dondequiera que se ocultaran antes de ser asesinados; en otras palabras, no eran tratados peor de lo que se merecían, aunque Occidente albergó la esperanza ingenua de que los juicios imparciales por los crímenes cometidos serían la orden del día cuando los rebeldes tomaron el poder.

Pero no, la misericordia no siguió a la muerte de Gadafi, así como tampoco la había precedido.

Conozcan al nuevo jefe, idéntico al anterior.

Los astutos espías de la OSJ huyeron de Libia antes de ser capturados y algunos se fueron a otros países africanos. Túnez estaba cerca, pero era hostil a los antiguos espías del Perro Rabioso del Medio Oriente, un apodo muy apropiado para Gadafi, acuñado por Ronald Reagan. Chad era un país desolado e igualmente hostil a los libios. Algunos espías lograron refugiarse en Algeria y otros pocos en Níger; encontraron un poco de seguridad en estos dos países, pero como huéspedes de estos regímenes paupérrimos, sus posibilidades futuras eran muy limitadas.

Sin embargo, un grupo de antiguos militantes de la Organización de Seguridad Jamahiriya corrió con mejor suerte que el resto de sus colegas perseguidos, pues tenía una ventaja distintiva. Por espacio de varios años, esta pequeña célula de espías había trabajado no sólo para los intereses del régimen de Gadafi, sino también para su propio enriquecimiento personal. Aceptó trabajos paralelos reclutando personal en Libia y en el extranjero, haciendo trabajillos para elementos pertenecientes a organizaciones criminales, para Al-Qaeda, el Consejo Revolucionario Umayyad e incluso para organizaciones de inteligencia de otros países del Medio Oriente.

En el transcurso de estas misiones, el grupo sufrió pérdidas incluso antes de la caída de su gobierno. Varios de sus miembros fueron abatidos por las fuerzas estadounidenses un año antes de la muerte de Gadafi y otros murieron durante un bombardeo de la OTAN en el puerto de Tobruk en plena revolución. Otros dos fueron sorprendidos mientras abordaban un avión en Misrata; les aplicaron descargas eléctricas antes de desnudarlos y colgarlos en ganchos de carnicería en el mercado local. Pero los siete supervivientes de la célula lograron salir del país, y a pesar de los trabajos «extra-curriculares» que hicieron durante varios años, no habían conseguido mucho dinero cuando les llegó el momento de huir como ratas de un barco llamado la Jamahiriya Libia y Árabe del Gran Pueblo Socialista. Sin embargo, sus conexiones internacionales les permitieron mantenerse a salvo de los rebeldes libios.

Los siete hombres viajaron a Estambul, Turquía, donde recibieron la ayuda de elementos de los bajos fondos que les debían un favor. Pronto, dos de ellos abandonaron la célula y comenzaron a trabajar honestamente. Uno consiguió empleo como guardia de seguridad en una joyería y el otro, en una fábrica de plástico.

Los otros cinco permanecieron en el mundo del espionaje y se destacaron como una unidad de profesionales de inteligencia altamente experimentados. Intentaron concentrarse en su seguridad personal y operacional, sabiendo que sólo si mantenían una PERSEC (seguridad personal, por sus siglas en inglés) y una OPSEC (seguridad de operación, por sus siglas en inglés) estrictas, podrían estar a salvo de las amenazas de venganza por parte de los agentes del nuevo gobierno de Libia al otro lado del mar Mediterráneo.

Esta preocupación por su seguridad los mantuvo a salvo por unos pocos meses, pero luego sucumbieron a la complacencia; uno de ellos se sintió demasiado seguro y no siguió los parámetros. En una clara violación a su PERSEC, contactó a un viejo amigo en Trípoli, y este, un hombre que le había endosado su lealtad al nuevo gobierno para mantener su cabeza unida al cuello, reportó el contacto al nuevo servicio de inteligencia de Libia.

Aunque la nueva generación de espías de Trípoli se sintió emocionada por la noticia de que un grupo de sus antiguos enemigos había sido detectado en Estambul, lo cierto era que no estaba en posición de actuar. Infiltrar una unidad en una capital extranjera con el objetivo de matar/capturar no era apropiado para una agencia en ciernes que apenas estaba encontrando el camino en su nuevo edificio.

Pero otra entidad interceptó la información, y tenía los recursos y motivos para actuar.

Pronto, los antiguos miembros de la OSJ que se encontraban en Estambul se convirtieron en objetivos. Pero no de los revolucionarios libios que querían erradicar los últimos vestigios del régimen de Gadafi. Y tampoco en objetivos de una agencia de inteligencia de Occidente que quisiera saldar cuentas con miembros de un antiguo grupo de espías enemigos.

No; los cinco libios se convirtieron en objetivos de un escuadrón irregular de asesinato de los Estados Unidos de América.

Hacía poco más de un año, un miembro de la célula de la OSJ había matado de un disparo a un hombre llamado Brian Caruso, hermano de uno de los americanos y amigo del resto. El asesino había muerto poco después, pero su célula seguía activa, había sobrevivido a la revolución y ahora sus miembros disfrutaban de sus nuevas vidas en Turquía.

Sin embargo, el hermano y los amigos de Brian no se habían olvidado de esto.

Y tampoco habían perdonado.

UNO

· · · · · · · · · · · · · · · ·

Los cinco americanos llevaban varias horas tendidos en el piso de un destartalado hotel, esperando a que cayera la noche.

Las ráfagas de una lluvia tibia golpeaban la ventana, generando casi todo el sonido que se oía en el cuarto oscuro, pues los hombres hablaban poco. Este cuarto había servido como base de operaciones para el equipo, aunque cuatro de los cinco miembros se habían alojado en otros hoteles de la ciudad en la semana que llevaban allí. Habían completado los preparativos, abandonado sus hospedajes, y habían ido allí con sus pertenencias para reunirse con el otro miembro de su grupo.

Aunque ahora estaban tan inmóviles como piedras, habían estado muy activos en el transcurso de la semana. Habían vigilado a sus objetivos, desarrollado planes de observación, establecido coberturas, memorizado sus rutas primarias, secundarias y terciarias de exfiltración y coordinado la logística para realizar su misión.

Habían terminado sus preparativos y no tenían otra cosa qué hacer aparte de esperar en la oscuridad.

Un trueno retumbó desde el sur, el rayo que cayó en el mar de Mármara iluminó por un instante a las cinco estatuas humanas en la habitación y luego la oscuridad las envolvió de nuevo.

El hotel estaba en el distrito Sultanahmet de Estambul, y el equipo lo había elegido como un escondite seguro debido al patio de estacionamiento para sus vehículos y al hecho de que era más o menos equidistante a los lugares donde ejecutarían sus operativos esa noche. Sin embargo, no habían escogido el hotel por sus colchas de vinilo, por sus pasillos mugrientos, su personal hosco ni por el hedor a marihuana que se elevaba del albergue juvenil localizado en el primer piso.

Los americanos no se quejaron de las instalaciones; sólo pensaban en la misión que tenían por delante.

A las siete de la noche, el líder de la célula miró el cronógrafo que tenía en la muñeca; estaba asegurado por un vendaje que cubría toda su mano y una parte de su antebrazo. Mientras se levantaba de una silla de madera, dijo:

—Iremos de uno en uno, con cinco minutos de separación.

Los demás —dos hombres sentados en una cama salpicada con excrementos de rata, otro recostado en la pared junto a la puerta y uno más de pie frente a la ventana— asintieron.

El líder continuó.

—*No* me gusta para nada dividir así la operación. No hacemos las cosas de esta manera. Pero, francamente... las circunstancias dictan nuestros actos. Si no liquidamos a estos cafres de un modo casi simultáneo, los rumores se difundirán y las cucarachas se propagarán en plena luz.

Los otros escucharon sin responder. Habían repasado esto una docena de veces en el transcurso de la semana. Conocían las dificultades, los riesgos y las reservas de sus líderes.

John Clark era su líder; había estado haciendo este tipo de cosas desde el nacimiento del integrante más joven del equipo, así que sus palabras tenían peso.

—Ya lo dije antes, caballeros, pero denme este gusto. No hay puntaje para el estilo en esto. Háganlo de cabo a rabo. Rápido y con frialdad. Sin vacilar. Y sin piedad.

Todos asintieron de nuevo.

Clark terminó de hablar y luego se puso un impermeable azul encima del traje a rayas de tres piezas. Se acercó a la ventana y extendió la mano izquierda para estrechar la izquierda de Domingo «Ding» Chávez. Ding llevaba un largo abrigo de cuero y un pesado gorro de lana. Tenía una bolsa de lona a sus pies.

Ding notó el sudor en la cara de su mentor. Sabía que Clark debía estar adolorido, aunque no se había quejado en toda la semana.

—¿Estás preparado para esto, John? —le preguntó Chávez.

Clark asintió.

—Lo haré.

John le extendió la mano a Sam Driscoll, que había estado sentado en la cama. Llevaba una chaqueta vaquera y unos jeans, almohadillas en los hombros y rodillas; un casco de motociclista negro estaba al lado del lugar donde se había sentado.

—Señor C. —dijo Sam.

—¿Estás listo para el matamoscas?

—Tanto como lo voy a estar.

—Lo importante es el ángulo. Logra el ángulo adecuado, concéntrate en él y deja que el impulso haga el resto.

Sam se limitó a asentir mientras el destello de otro trueno iluminaba el cuarto.

John se acercó a Jack Ryan, Jr., vestido de negro de pies a

cabeza, con pantalones de algodón, suéter y una máscara de lana enrollada en la frente que parecía un simple gorro, semejante al que llevaba Chávez. También tenía zapatos negros de suela blanda, semejantes a pantuflas. Clark dijo a Ryan, quien tenía veintisiete años, mientras le apretaba la mano:

—Buena suerte, junior.

—Estaré bien.

—Lo sé.

Finalmente, John fue al otro lado de la cama y estrechó la mano izquierda a Dominic Caruso. Dom llevaba una camiseta de soccer roja y dorada y una llamativa bufanda de este último color, con la palabra *Galatasaray* escrita en rojo. Su atuendo se destacaba de los colores apagados que llevaban los demás, pero su semblante era mucho menos radiante que su ropa.

—Brian era mi hermano, John. No necesito... —dijo Dom con expresión severa.

Clark lo interrumpió.

—¿Hemos hablado de esto?

—Sí, pero...

—Hijo, sin importar lo que hagan nuestros cinco objetivos aquí en Turquía, este operativo está más allá de la simple venganza por tu hermano. Sin embargo... hoy todos somos hermanos de Brian. Todos estamos juntos en esto.

—De acuerdo, pero...

—Quiero que pienses en tu trabajo y en nada más. Cada uno de nosotros sabe lo que hace. Estos cabrones de la OSJ han cometido muchos crímenes contra su propio pueblo y también contra los Estados Unidos y, por sus movimientos actuales, está claro que no están comprometidos precisamente con hacer el bien. Nadie más los detendrá. Está en nuestras manos eliminarlos.

Dom asintió distraídamente.

—Estos cabrones se lo merecen.

—Lo sé.

—¿Estás listo?

El joven levantó su mentón barbado. Miró a Clark a los ojos y dijo con tono decidido:

—Totalmente.

A continuación, John Clark recogió su maletín con la mano que no tenía vendada y salió del cuarto sin decir palabra.

Los cuatro estadounidenses miraron sus relojes y permanecieron en silencio, escuchando el diluvio azotar la ventana.

DOS

....

El hombre a quien los americanos habían llamado Objetivo Uno estaba sentado en su mesa habitual en la acera del café frente al Hotel May, en Mimar Hayrettin. Casi todas las noches, cuando el clima era agradable, iba allí para tomar uno o dos vasos de raki, acompañados de agua fría con gas. El clima era terrible esa noche, pero el amplio dosel arriba de la acera del Hotel May lo resguardaba de la lluvia.

Había muy pocos clientes; eran parejas que fumaban y bebían antes de regresar a sus habitaciones, o que venían de los sitios nocturnos de la Ciudad Vieja.

El Objetivo Uno había sobrevivido para disfrutar su vaso de raki. Esta bebida lechosa y con sabor a anís, elaborada a partir del orujo de la uva, contenía alcohol y estaba prohibida en Libia, su país natal, así como en otras naciones donde la escuela hanafí del islam, que era más liberal, no dictaba las reglas. Sin embargo, el antiguo espía de la OSJ se había visto obligado a tomar alcohol en ciertas ocasiones durante su servicio en el extranjero. Ahora que era un hombre buscado, se había refugiado en el leve entusiasmo que le producía este licor para relajarse un poco y poder dormir, por más que la liberal escuela hanafí no permitiera la intoxicación del alcohol.

Unos pocos vehículos transitaban por la calle de adoquines a diez pies de su mesa. No había mucho tráfico vehicular, ni siquiera en las noches despejadas los fines de semana. Sin embargo, era más transitada por peatones, y al Objetivo Uno le gustaba ver a las atractivas mujeres de Estambul que caminaban con sus sombrillas. La vista ocasional de las piernas de una mujer atractiva, acompañada del cálido efecto del raki, hacía que esta noche lluviosa le pareciera especialmente agradable a este hombre sentado en una mesa exterior del café.

A las nueve de la noche, Sam Driscoll condujo despacio y con prudencia su Fiat Linea plateado a través del tráfico nocturno que confluía a la Ciudad Vieja de Estambul desde los barrios circundantes.

Las luces de la ciudad resplandecían en el parabrisas húmedo. El tráfico había disminuido a medida que se adentraba en la Ciudad Vieja, y cuando el americano se detuvo en el semáforo en rojo, miró rápidamente el GPS pegado con cintas al tablero. Reconfirmó la distancia que lo separaba de su objetivo y cogió el casco de motociclista que llevaba en la silla del pasajero. Cuando el semáforo se puso en verde, giró varias veces la cabeza para relajarse, se puso el casco y luego bajó la visera.

Se retorció al pensar en lo que sucedería a continuación; no podía evitarlo. Aunque el corazón le palpitaba con fuerza y casi todas las sinapsis de su cerebro bullían por la magnitud de su operación, logró calmarse para aplacar su mente y hablar consigo mismo.

TOM CLANCY

Había hecho muchas cosas desagradables cuando era soldado y agente, pero nunca había hecho esto.

—Ser un maldito matamoscas.

El libio bebió el primer trago de su segundo vaso de raki mientras el Fiat plateado avanzaba rápidamente por la calle, a unas ochenta yardas al norte de él. El Objetivo Uno miraba al otro lado; una hermosa chica turca que tenía una sombrilla roja en la mano izquierda, mientras sostenía de una correa a su schnautzer miniatura con la derecha, pasó por la acera y el hombre pudo apreciar de cerca sus piernas largas y tonificadas.

Pero un grito a su izquierda hizo que desviara su atención a la intersección que tenía enfrente y, entonces, vio el Fiat plateado y luego una mancha apresurándose bajo la luz. Vio avanzar el auto de cuatro puertas por la calle apacible.

No notó nada extraño.

Se llevó el vaso a los labios; no se sentía preocupado.

No hasta que el auto giró estrepitosamente hacia la izquierda, sus neumáticos mojados chirriaron y el libio se encontró observando la rejilla delantera que se aproximaba peligrosamente a él.

El Objetivo Uno se levantó rápidamente con el pequeño vaso todavía en la mano, pero sus pies estaban adheridos al pavimento. No tenía a dónde huir.

La chica del perro gritó.

El Fiat plateado embistió al hombre, golpeándolo de lleno, derribándolo y lanzándolo con fuerza contra el muro de ladrillo del Hotel May, aprisionándolo allí, la mitad superior de su cuerpo debajo del coche y la otra mitad arriba. La caja torácica del libio se rompió y astilló, y los fragmentos de huesos se incrustaron en sus órganos vitales como balas en medio de un tiroteó.

Las personas que estaban en el café y en la calle informaron posteriormente que el hombre del casco negro había tardado un momento en dar marcha atrás a su vehículo, y que había mirado incluso por el espejo retrovisor antes de regresar a la intersección y dirigirse hacia el norte. No había actuado de un modo diferente al de un hombre que condujera un domingo, dejara su auto en el estacionamiento del mercado, recordara que había olvidado su billetera en casa y hubiera dado marcha atrás para regresar por ella.

Driscoll dejó el Fiat de cuatro puertas en un estacionamiento privado a un kilómetro al sureste del incidente. El pequeño capó se había retorcido y la rejilla y el parachoques estaban rotos y abollados, pero Sam estacionó el auto para que esto no se notara desde la calle. Salió del vehículo y se acercó a una motoneta asegurada con una cadena. Antes de retirar el candado con una llave y de alejarse en la noche lluviosa, transmitió un breve mensaje con la función de radio de su teléfono móvil encriptado.

—Objetivo Uno eliminado. Sam está despejado.

El Palacio Çirağan es una mansión opulenta, construida en la década de 1860 por Abdülaziz I, un sultán que reinó en medio de la prolongada decadencia del Imperio Otomano. Una vez que sus derroches dejaran endeudada a su nación, fue depuesto e «invitado» a suicidarse nada menos que con un par de tijeras.

En ningún lugar, la extravagancia que condujo a la caída de Abdülaziz es más visible que en Çirağan. Actualmente es un hotel de cinco estrellas, y sus prados inmaculados y piscinas impecables se extienden desde las fachadas de las edificaciones palaciegas hasta la orilla occidental del estrecho del Bósforo, la franja acuática que separa a Europa de Asia.

El restaurante Tuğra, situado en el primer piso del Palacio Çirağan, tiene salones majestuosos, con techos altos y ventanas que permiten vistas muy amplias de los alrededores del hotel y del Estrecho que está más allá. Incluso durante el fuerte aguacero que se prolongó en la noche de este martes, los comensales del restaurante podían ver y disfrutar desde sus mesas las luces brillantes de los yates que navegaban en el mar.

John Clark encajaba a la perfección con el lugar mientras cenaba solitario en una mesa adornada con vajillas de cristal, porcelana china y cubiertos de oro. Estaba sentado cerca de la entrada, lejos de los majestuosos ventanales que daban al mar. Su mesero era un hombre apuesto y de mediana edad con un esmoquin negro, quien le llevó a Clark una cena suntuosa y, mientras que el estadounidense no podía decir que no había disfrutado la comida, lo cierto era que estaba concentrado en una mesa al otro lado del restaurante.

Poco después de que John hubiera probado su primer y exquisito bocado de pejesapo, el maître acomodó a tres hombres árabes vestidos con trajes costosos en una mesa al lado de la ventana y un mesero tomó sus pedidos de cócteles.

Dos de ellos eran huéspedes del hotel; Clark sabía esto gracias a la vigilancia de su equipo y al trabajo esforzado de los analistas de inteligencia contratados por su organización. Aquellos hombres eran banqueros Omani y no tenían ningún interés para él.

Pero el tercer hombre, un libio de cincuenta años, de cabello gris y barba recortada, *sí* interesaba a John.

Era el Objetivo Dos.

Mientras Clark comía sosteniendo el tenedor con la mano izquierda, una maniobra que había aprendido después de su accidente, pues era diestro, utilizó un pequeño amplificador de escucha rosado en su oído derecho para concentrarse en las voces de los hombres. Era difícil separarlas de los otros comensales que hablaban, pero al cabo de pocos minutos pudo escuchar las palabras del Objetivo Dos.

Clark se concentró de nuevo en su plato y esperó.

Pocos minutos después, un mesero tomó a los árabes los pedidos de la cena. Clark escuchó a su objetivo pedir ternera Kulbasti y a los otros hombres ordenar platos diferentes.

Eso estaba bien. Si los Omanis hubieran pedido lo mismo que su amigo libio, Clark habría pasado al plan B, un plan que se vería obligado a ejecutar en la calle, donde tendría que lidiar con aspectos mucho más imprevistos que en el restaurante.

Los hombres ordenaron entradas diferentes, y Clark agradeció su suerte en silencio; retiró el auricular de su oído y lo guardó en el bolsillo.

John bebió un oporto después de la cena mientras los meseros llevaban sopas frías y vino blanco a la mesa de su objetivo. El americano evitó mirar su reloj; seguía su horario con precisión pero no estaba dispuesto a delatar ninguna apariencia exterior de ansiedad o de inquietud. Así que disfrutó de su oporto y contó mentalmente los cinco minutos.

Poco después de que los platos de la sopa fueran retirados de la mesa de los árabes, Clark pidió a su mesero que le mostrara el baño de los hombres y fue conducido más allá de la cocina. Una vez en el baño, John se metió en una cabina y se sentó, retirando con rapidez el vendaje de su antebrazo.

El vendaje no era una treta; la herida de su mano era real y le causaba un gran dolor. Se la habían aplastado meses antes con un martillo y se había sometido a tres cirugías para reconstruir los huesos y articulaciones en los meses subsiguientes, pero no había tenido una sola noche de sueño decente desde el día en que sufrió esta lesión.

El vendaje era auténtico, pero cumplía un propósito adicional. Debajo de la abultada envoltura, entre las dos tablillas que mantenían sus dedos índice y medio en posición fija, había camuflado un pequeño inyector. Estaba acomodado de modo que podía sacar la pequeña punta de la envoltura con el dedo gordo, retirar la cubierta de la aguja y clavarla en su objetivo.

Pero ese era el plan B, la opción menos deseable, y John había decidido jugársela con el plan A.

Retiró el inyector, lo guardó en el bolsillo y luego se envolvió de nuevo la mano con lentitud y mucho cuidado.

El inyector contenía doscientos miligramos de una fórmula especial de succinilcolina. La dosis de este veneno en el artefacto plástico se podía inyectar o suministrar por vía oral. Ambos métodos serían letales para la víctima, aunque no era ningún secreto que la inyección fuera de lejos el método más eficaz para aplicar el veneno.

John salió del baño con el artefacto escondido en su mano izquierda.

Su sentido del tiempo era menos que perfecto. Mientras salía del baño y pasaba por la entrada a la cocina, había esperado que el mesero de su objetivo saliera con las entradas; sin embargo, el pasillo estaba desierto. John fingió mirar los cuadros de las paredes y las recargadas molduras doradas. Finalmente, el mesero apareció llevando al hombro una bandeja repleta de platos cubiertos. John permaneció entre el hombre y el comedor y le pidió al mesero que dejara la bandeja en una mesa que estaba allí y fuera a buscar al chef. El mesero obedeció, ocultando su frustración con una amabilidad fingida.

Mientras el mesero desaparecía detrás de la puerta giratoria, Clark examinó rápidamente los platos cubiertos, vio la ternera y aplicó el veneno del inyector directamente en el centro del filete. Algunas burbujas trasparentes aparecieron en la salsa, pero casi todo el veneno se introdujo en la carne.

Cuando el chef principal apareció un momento después, Clark ya había cubierto el plato y guardado el inyector. Le agradeció efusivamente al hombre por la cena tan espléndida y el mesero llevó rápidamente los platos a la mesa, antes de que se enfriaran y fueran rechazados por los comensales.

Minutos después, John pagó su cuenta y se puso de pie para retirarse de la mesa. El mesero le trajo su abrigo y, mientras se lo ponía, John observó rápidamente al Objetivo Dos. El libio disfrutaba del último bocado de la ternera Kulbasti mientras se enfrascaba en una conversación con sus compañeros Omani.

El Objetivo Dos se aflojó la corbata al mismo tiempo que Clark se dirigía al vestíbulo del hotel.

Veinte minutos después, el estadounidense de sesenta y cinco años permanecía con su sombrilla en el parque Büyükşehir Belediyesi, en la calle frente al hotel y el restaurante, y vio que una ambulancia se apresuraba a la entrada.

El veneno era letal; no había antídoto que ninguna ambulancia del planeta pudiera llevar a bordo.

El Objetivo Dos ya estaba muerto o pronto lo estaría. Los

médicos pensarían que había sufrido un paro cardíaco, así que seguramente no investigarían a los otros comensales del restaurante que simplemente estaban cenando durante aquel evento infortunado, aunque completamente natural.

Clark se dio vuelta y se dirigió a la calle Muvezzi, a cincuenta yardas al oeste. Una vez allí tomó un taxi y pidió al conductor que lo llevara al aeropuerto. No tenía equipaje, sólo una sombrilla y un teléfono móvil. Presionó el botón para hablar por su teléfono mientras el taxi avanzaba en la noche.

—Dos eliminado. Estoy despejado —dijo en voz baja antes de terminar la llamada, pasar el teléfono debajo de su abrigo y guardarlo con la mano izquierda en el bolsillo frontal de su saco.

Domingo Chávez recibió la llamada de Driscoll, después la de Clark y se concentró ahora en su papel en la operación. Estaba sentado en el viejo transbordador público de pasajeros que circulaba entre Karaköy, en la orilla europea del Bósforo, y Üsküdar, en la orilla asiática. En la cabina del inmenso barco, y a ambos lados de este, las bancas rojas de madera estaban repletas de hombres y mujeres que viajaban de manera lenta pero segura a sus destinos, meciéndose con el oleaje del estrecho marítimo.

El objetivo de Ding estaba solo, tal como su vigilancia había indicado que estaría. La corta travesía de cuarenta minutos significaba que Chávez necesitaría liquidar al hombre en el transbordador, no fuera a ser que el objetivo recibiera información de que uno de sus colegas había sido asesinado y adoptara medidas defensivas para protegerse.

El Objetivo Tres era un hombre de complexión gruesa y de treinta y cinco años de edad. Estaba sentado al lado de la ventana y por un momento leyó un libro, pero quince minutos después salió a fumar a la cubierta.

Después de tardar un momento para asegurarse de que ninguna persona en la amplia cabina de pasajeros hubiera reparado en el libio que había salido a la cubierta, Chávez se levantó de su asiento y se dirigió a la puerta siguiente.

Caía una lluvia pertinaz, las nubes bajas bloqueaban incluso el destello más débil de la luna, y Chávez hizo todo lo posible para deslizarse entre las largas sombras proyectadas por las luces del estrecho pasillo de abajo. Tomó posición en la baranda que estaba a unos cincuenta y cinco pies de su objetivo y permaneció allí en la oscuridad, observando las luces titilantes de la orilla y la mancha negra en movimiento de un catamarán que cruzaba bajo el puente Gálata adelante de las luces.

Por el rabillo del ojo vio a su objetivo fumar cerca de la baranda. La cubierta superior lo resguardaba de la lluvia. Otros dos hombres estaban en la baranda, pero Ding había seguido varios días a su objetivo y sabía que el libio permanecería un rato allí.

Chávez esperó en la sombra y los dos hombres regresaron a la cabina.

Ding comenzó a acercarse lentamente a su objetivo desde atrás.

El Objetivo Tres había descuidado su PERSEC, pero Ding no lo lograría si no actuaba como miembro del servicio de seguridad estatal y espía por cuenta propia. Estaba en guardia. Cuando Ding se vio obligado a cruzar frente a una luz de la cubierta para acercarse a su objetivo, el hombre vio que una sombra se movía, apagó el cigarrillo y se dio vuelta. Metió la mano en el bolsillo del abrigo.

Chávez se abalanzó sobre su objetivo. Con tres pasos tan

rápidos como un rayo, alcanzó el borde de la baranda y lanzó su mano hacia abajo para contener cualquier arma que aquel libio grande intentara esgrimir. Ding llevaba en su mano derecha una cachiporra de cuero negro que descargó con fuerza en la sien derecha del hombre y, luego del fuerte golpe, el Objetivo Tres perdió el conocimiento y se desmoronó entre la baranda y Chávez.

El americano guardó la cachiporra en el bolsillo y levantó la cabeza del hombre inconsciente. Miró rápidamente a su alrededor para asegurarse de que no hubiera nadie y luego, con un movimiento corto y brutal, rompió el cuello a su objetivo. Después de mirar a un lado y al otro de la cubierta inferior para asegurarse de que nadie lo hubiera visto, Ding subió el cuerpo del libio a la baranda y dejó que cayera al mar. El cuerpo desapareció en la noche. Un leve chapoteo pasó casi desapercibido entre los sonidos del océano y el ronquido de los motores del transbordador.

Pocos minutos después, Chávez regresó a la cabina y se sentó en otra silla. Transmitió con rapidez desde su dispositivo móvil.

—Objetivo Tres eliminado. Ding está despejado.

El nuevo estadio Türk Telecom tiene capacidad para más de cincuenta y dos mil espectadores y se llena cuando el Galatasaray, el equipo de soccer de Estambul, sale al campo de juego. Aunque la noche era lluviosa, la gran multitud permanecía seca, protegida por un techo que sólo se abría encima de la cancha.

El partido de esta noche, contra el Beşiktaş, su eterno rival, hacía que las tribunas estuvieran atestadas de seguidores, pero un extranjero le prestaba muy poca atención al juego. Dominic Caruso, que sabía muy poco de soccer, concentró su atención en el Objetivo Cuatro, un libio barbado de treintaiún años que había venido a ver el partido con un grupo de amigos turcos. Dom había dado dinero a un hombre que estaba a unas pocas hileras arriba de su objetivo para que cambiara de puesto con él, y ahora el estadounidense tenía una vista apropiada de su objetivo, así como una ruta rápida a la salida de arriba.

En la primera mitad del partido, Caruso tuvo poco que hacer además de animar cuando los que estaban a su alrededor lo hacían y ponerse de pie cuando estos se levantaban de las sillas, que era virtualmente todo el tiempo. Al terminar el primer tiempo, casi todas las sillas quedaron vacías mientras los seguidores iban a los puestos de comida y a los baños, pero el Objetivo Cuatro y la mayoría de sus amigos permanecieron en sus asientos, y Caruso hizo lo mismo que ellos.

Un gol marcado por el Galatasaray animó a los seguidores casi al comienzo del segundo tiempo. Poco después, cuando faltaban treinta y cinco minutos para terminar el partido, el libio miró su teléfono móvil, se dio vuelta y se dirigió a las escaleras.

Caruso se le adelantó y se apresuró al baño más cercano. Permaneció afuera y esperó a su objetivo.

Treinta segundos después, el Objetivo Cuatro entró al baño. Dominic sacó rápidamente de su chaqueta un letrero blanco de papel que decía *Kapah* —«Cerrado»— y lo pegó en la puerta de salida del baño. Sacó otro aviso idéntico y lo pegó en la puerta de entrada. Luego entró al baño y cerró la puerta.

Vio al Objetivo Cuatro en una fila de orinales, donde había otros dos hombres. Estos estaban juntos, se lavaron las manos con rapidez y cruzaron la puerta. Dom fue al cuarto orinal que estaba más allá de su objetivo y, mientras esperaba allí, sacó un estilete de sus pantalones.

El Objetivo Cuatro se subió el cierre del pantalón, se retiró del orinal y se dirigió al lavamanos. Pasó al lado de Dom, que llevaba una camisa y una bufanda del Galatasaray y quien giró rápidamente hacia el hombre. El libio sintió el impacto de algo en su estómago y luego se encontró siendo arrastrado por el desconocido hasta una de las cabinas en un extremo del baño. Intentó agarrar el cuchillo que guardaba en su bolsillo, pero la fuerza de su atacante era tan implacable que sólo pudo trastabillar en sus talones.

Los dos hombres se derrumbaron sobre el inodoro de la cabina.

Sólo entonces el joven libio se miró el lugar donde había sentido el golpe. La empuñadura de un cuchillo sobresalía de su estómago.

El pánico, y luego la debilidad, se apoderaron de él.

Su atacante lo lanzó al suelo, a un lado del retrete. Se inclinó al oído del libio.

—Esto es por mi hermano, Brian Caruso. Tu gente lo mató en Libia, y esta noche cada uno de ustedes pagará con su vida.

El Objetivo Cuatro entrecerró los ojos en señal de confusión. Hablaba inglés y entendía lo que le había dicho el hombre, pero no conocía a nadie llamado Brian. Había matado a muchas personas, algunas de ellas en Libia, pero se trataba de libios, judíos o rebeldes. Enemigos del coronel Gadafi.

Nunca había matado a un americano. No tenía la menor idea de lo que decía este seguidor del Galatasaray.

El Objetivo Cuatro murió, desplomado en el piso del inodoro de un baño en un estadio deportivo, convencido de que todo esto debía haber sido un error terrible.

....

Caruso se quitó la bufanda cubierta de sangre, dejando al descubierto una camiseta blanca que también se quitó, y tenía debajo una camisa del equipo rival. Los colores blanco y negro del Beşiktaş le ayudarían a mezclarse entre la multitud, tal como lo había hecho con los colores rojo y dorado del Galatasaray.

Se metió la camiseta blanca y el jersey del Galatasaray en la pretina del pantalón, sacó un gorro negro del bolsillo y se lo puso en la cabeza.

Permaneció un momento más junto al hombre muerto. Quiso escupir al cuerpo muerto en medio de la ciega furia de venganza, pero controló su impulso porque sabía que sería estúpido dejar su ADN en la escena de los hechos. Entonces, simplemente se dio vuelta, salió del baño y retiró los dos letreros de las puertas mientras se dirigía a la salida del estadio.

Cuando pasaba los torniquetes de salida, dejando atrás el resguardo que suponía el estadio y se adentraba en el fuerte aguacero, sacó su móvil del bolsillo lateral de sus pantalones «cargo».

—Objetivo cuatro eliminado. Dom está despejado. Pan comido.

TRES

. . . .

Jack Ryan, Jr. tenía la misión de eliminar el objetivo con el menor número de interrogantes a su alrededor. Un hombre solitario sentado en el escritorio de su apartamento, o por lo menos eso decían todas las labores de vigilancia.

Se suponía que era la operación más fácil de la noche y Jack lo sabía, tal como sabía que le había tocado esta misión por el simple hecho de ser todavía el hombre que estaba en el rango inferior de la barra del tótem operacional. Había trabajado en operaciones clandestinas de alto riesgo en todo el mundo, pero no tanto como los cuatro miembros de su unidad.

Inicialmente, lo iban a enviar al palacio Çiragan para realizar su misión contra el Objetivo Dos. Se decidió que echar veneno en un filete de carne sería lo más fácil de la noche. Sin embargo, Clark terminó ejecutando esa operación porque un hombre de sesenta y cinco años que cenaba solitario no sería una ocurrencia extraña en un restaurante de cinco estrellas, mientras que un joven occidental recién salido de la universidad, que cenaba solo en semejante lugar, despertaría a tal gado la curiosidad del personal del restaurante que alguien podría recordar a este cliente solitario en el evento improbable de que las autoridades fueran a hacer preguntas luego de que otro cliente muriera de manera instantánea a unas pocas mesas de distancia.

Así que a Jack junior se le encargó eliminar al Objetivo Cinco, un especialista en comunicaciones de la antigua célula de la OSJ llamado Emad Kartal. No era ciertamente «pan comido», pero los hombres del Campus decidieron que Jack podría hacerlo.

Kartal pasaba virtualmente todas las noches en su computadora, y fue este hábito el que finalmente permitió que la célula de la OSJ se viera comprometida. Había enviado un mensaje a un amigo en Libia seis semanas atrás, pero el mensaje fue detectado y decodificado, y Ryan y sus compañeros analistas en Estados Unidos interceptaron esta información de inteligencia.

Lograron comprometer aún más al hombre y a su móvil tras piratear el buzón de mensajes telefónico; esto les permitió escuchar la correspondencia entre los miembros de la célula, concluyendo que trabajaban juntos.

A las once de la noche, Ryan se descubrió entrando al edificio de su objetivo valiéndose de una tarjeta que le habían falsificado los gurúes técnicos de su organización. El edificio estaba situado en el barrio Taksim y podía verse desde la mezquita Cihangir, construida quinientos años atrás. Era un edificio un tanto exclusivo en un barrio igualmente exclusivo, pero los apartamentos eran pequeños y apretujados, ocho por cada piso. El objetivo de Jack estaba en el tercer piso, en un pedazo en medio del edificio de cinco pisos.

Ryan había recibido órdenes sucintas para el golpe. Entrar al apartamento del Objetivo Cinco, confirmar el objetivo visualmente y dispararle tres veces en el pecho o la cabeza con ráfagas subsónicas de su pistola calibre 22 con silenciador.

Ryan subió las escaleras de madera con sus zapatos de suela blanda. Mientras lo hacía, deslizó la máscara negra de esquiador sobre su cara. Era el único hombre que operaba esta noche con máscara, simplemente porque era el único miembro del equipo que no trabajaría en público, donde un hombre enmascarado llamaría más la atención.

Llegó al tercer piso y luego al corredor iluminado. Su objetivo estaba a tres puertas a la izquierda y, mientras el joven estadounidense pasaba por los otros apartamentos, escuchó gente hablando, sonidos de televisores y radios y conversaciones telefónicas. Las paredes eran delgadas, lo que no era una noticia agradable, pero al menos los otros inquilinos de aquel piso hacían un poco de ruido. Jack esperó que el silenciador y las municiones subsónicas, que eran particularmente silenciosas, funcionaran como estaba estipulado.

Cuando llegó a la puerta de su objetivo, escuchó los sonidos de una música rap que provenía del interior. Eso era una *buena* noticia, pues lo encubriría mientras se acercaba.

La puerta de su objetivo estaba cerrada con llave, pero Ryan había recibido instrucciones para entrar. Clark había ido cuatro veces allí en la última semana durante el reconocimiento del objetivo antes de intercambiar de operación con el miembro más joven del equipo, y había logrado abrir varias cerraduras de los apartamentos desocupados. Eran viejas y no muy difíciles de abrir, así que había comprado una similar en una ferretería y pasado una noche enseñando a Jack a abrirla de manera rápida y silenciosa.

Las instrucciones de Clark resultaron ser efectivas. Luego de los débiles sonidos del metal rasgando suavemente contra el metal, Jack abrió la cerradura en menos de veinte segundos. Sacó la pistola, se enderezó y abrió la puerta.

Encontró lo que esperaba en el pequeño apartamento. Al otro lado de una cocineta había un área social y un escritorio en la pared del fondo, en dirección contraria a la entrada. Un hombre estaba sentado en el escritorio, dando la espalda a Ryan, frente a un banco con tres pantallas grandes y planas de computadora, así como varios accesorios, libros, revistas y otros artículos a su alcance. Una bolsa plástica contenía cajas plásticas con comida china a medio llenar. Ryan confirmó la presencia de un arma al lado de la bolsa. Jack tenía conocimiento en la materia, pero no pudo identificar de inmediato la pistola automática que estaba a sólo un palmo de la mano derecha de Emad Kartal.

Jack entró a la cocina y cerró la puerta con cuidado.

La cocina estaba completamente iluminada, pero el área social donde se encontraba su objetivo permanecía oscura, a excepción de la luz que emanaba de las pantallas. Ryan examinó las ventanas a su izquierda para asegurarse de que nadie en los apartamentos de enfrente pudiera ver algo. Seguro de que su actuación pasaría desapercibida, dio unos pocos pasos hacia adelante, acercándose a su objetivo para que los disparos detonaran tan lejos del pasillo como fuera posible.

La música rap retumbaba en la habitación.

Tal vez Jack había hecho ruido. Tal vez había proyectado una sombra sobre las superficies brillantes frente a su víctima o su imagen se había reflejado en el cristal de los monitores. Cualquiera que fuera la razón, el hombre de la OSJ movió súbitamente su silla y se dio vuelta, tratando de coger desesperadamente su Zigana 9 milímetros semiautomática de fabricación turca.

Tomó el arma con la punta de los dedos y la alzó hacia el intruso mientras se esforzaba en agarrarla bien para disparar.

Jack identificó al objetivo que aparecía en sus fotos de vigilancia y disparó una pequeña bala calibre 22 al estómago del hombre, allí donde habría estado la parte posterior de su cabeza si no se hubiera sobresaltado. El libio soltó la pistola y se tambaleó sobre su escritorio, no por la fuerza del impacto, sino más bien por el impulso natural de escapar al agudo dolor que le produjo la herida de bala.

Jack disparó de nuevo, dando al hombre en el pecho y, finalmente, un tercer disparo se alojó en sus músculos pectorales. La camisa blanca del hombre se tiñó de rojo oscuro.

El libio se agarró el pecho, gruñó mientras se daba vuelta y luego se derrumbó sobre su escritorio. Sus piernas cedieron por completo y la fuerza de gravedad se apoderó de él. El exmiembro de la OSJ se desplomó en el suelo y cayó de espaldas.

Ryan se acercó rápidamente al hombre y levantó la pistola para pegarle un último tiro en la cabeza, pero lo pensó mejor; sabía que el sonido del arma, aunque bajo, no era de ningún modo silencioso, y sabía también que ese apartamento estaba rodeado por otros donde había gente. En vez de producir otro ruido que podría escuchar casi una docena de testigos potenciales, Ryan se arrodilló, palpó la arteria carótida del hombre, y concluyó que estaba muerto.

Se puso de pie para marcharse, pero sus ojos se posaron en la computadora portátil y en los tres monitores del escritorio. El disco duro seguramente contenía todo un tesoro de inteligencia; Jack lo sabía y, como analista que era, no había nada en la vida que le pareciera más tentador que una «descarga de inteligencia» al alcance de sus manos.

Lástima que tuviera órdenes de dejar todo atrás y de marcharse tan pronto neutralizara a su objetivo.

Jack permaneció unos pocos segundos en silencio, escuchando los sonidos a su alrededor.

No oyó gritos, alaridos ni sirenas.

Se sintió seguro de que nadie había escuchado los disparos. Tal vez podría descubrir en qué estaban trabajando los libios. Sólo habían recogido un poco de información durante sus labores de vigilancia, lo suficiente como para saber que los hombres de la OSJ eran operacionales y que probablemente estaban trabajando para una célula que operaba afuera de Estambul. Jack se preguntó si podría encontrar suficientes piezas en la computadora de Emad Kartal como para poder armar el rompecabezas.

Mierda —pensó Jack. Podría encontrar casos de drogas, de prostitución forzosa o de secuestro. Trabajar noventa segundos en eso podría salvar muchas vidas.

Jack Ryan se arrodilló rápidamente frente a la computadora, se acercó al teclado y manipuló el *mouse*.

Iba sin guantes, pero no le preocupó dejar huellas. Se había aplicado Piel Nueva en las yemas de los dedos; era una sustancia transparente y pegajosa que secaba sin problemas y se utilizaba como un vendaje líquido. Todos los operadores la usaban en situaciones donde los guantes no fueran prácticos o llamaran la atención.

Jack puso las carpetas encima del monitor más cercano a él y abrió una serie de archivos en la computadora. La sangre de la herida en el pecho de Kartal había salpicado el monitor en sentido diagonal, así que Jack sacó una servilleta sucia de la bolsa con comida china y limpió la pantalla.

Muchos de los archivos estaban encriptados y Ryan sabía que

no tendría tiempo para tratar de desencriptarlos allí. Entonces, examinó el escritorio y encontró una bolsita plástica con casi una docena de dispositivos portátiles. Sacó uno y lo conectó a un puerto USB en el lado frontal de la computadora y luego copió los archivos en el dispositivo.

Vio que el correo electrónico del Objetivo Cinco se abrió y comenzó a abrir varios mensajes. Muchos estaban en árabe, sólo uno parecía estar en turco y había unos pocos archivos sin nombre o texto. Abrió cada uno de los correos electrónicos e hizo clic en los datos adjuntos.

Su auricular sonó. Jack lo encendió con la yema del dedo.

—Aquí Jack.

—¿Ryan? —Era Chávez—. Te estás reportando tarde. ¿Cuál es tu condición?

—Lo siento. Sólo un pequeño retraso. El Objetivo Cinco ha sido eliminado.

—¿Algún problema?

—Negativo.

—¿Estás despejado?

—Todavía no. Estoy haciendo una agradable «descarga de inteligencia» de la PC del sujeto. Terminaré en treinta segundos.

—Negativo, Ryan. Deja todo lo que encuentres. Sal de ahí. No tienes apoyo.

—De acuerdo.

Ryan dejó de examinar los correos electrónicos, pero un nuevo mensaje apareció en el buzón de entrada de Kartal. Hizo doble clic en el archivo adjunto de manera instintiva y varias fotos en JPEG se abrieron en una cuadrícula en uno de los monitores.

—¿Y qué si podemos utilizar este material? —preguntó con voz distraída mientras aumentaba el tamaño de la primera foto.

—Rápido y limpio, amigo.

Pero Jack había dejado de escuchar a Chávez. Miró rápidamente las imágenes y luego lo hizo con cuidado.

Y entonces se detuvo.

—¿Ryan? ¿Estás ahí?

—¡Dios mío! —dijo en voz baja.

—¿Qué pasa?

—Se... se trata de *nosotros*. Estamos fritos, Ding.

—¿Qué estás diciendo?

Las imágenes en la pantalla parecían haber sido tomadas por cámaras de seguridad y la calidad era desigual, pero todas eran lo suficientemente nítidas como para que Jack identificara a todo su equipo. John Clark de pie en la puerta de un lujoso restaurante. Sam Driscoll conduciendo una motocicleta en una calle anegada por la lluvia. Dom Caruso pasando un torniquete en un pasadizo oscuro semejante al de un estadio. Domingo Chávez hablando por su teléfono móvil, sentado en el banco de un transbordador.

Jack comprendió rápidamente que todas las fotos habían sido tomadas esa misma noche, en la última hora aproximadamente.

Mientras Ryan se ponía de pie, sintió las piernas débiles por el pánico de saber que las acciones de su equipo eran observadas esta noche en Estambul. Otro mensaje apareció en la bandeja de entrada. Jack se apresuró a abrirlo.

El correo electrónico contenía una imagen y Jack hizo doble clic para abrirla.

Vio a un hombre enmascarado arrodillándose ante un teclado, sus ojos intensos mirando ligeramente por debajo de la cámara que había captado la imagen. Detrás del hombre enmascarado, Ryan sólo podía distinguir el pie y la pierna de un hombre que yacía de espaldas en el piso.

Apartó sus ojos del monitor, miró por encima del hombro izquierdo y vio un pie del Objetivo Cinco.

Jack miró la parte superior del monitor del medio y vio la pequeña cámara incorporada en el bisel superior.

Esta imagen había sido tomada en los últimos sesenta segundos, mientras descargaba archivos del disco duro.

Estaba siendo observado en este mismo instante.

Antes de que Jack pudiera decir algo más, la voz de Chávez retumbó en su oído derecho.

—¡Lárgate ahora, Jack! ¡Es una maldita orden!

—Me estoy yendo —dijo, su voz convertida en un susurro. Sus ojos se posaron en el lente de la pequeña cámara web, mientras pensaba quién estaría al otro lado, mirándolo en este instante.

Se dispuso a sacar la USB de la computadora, pero se le ocurrió que esta conservaría todas las fotos de su equipo, que podrían ser vistas con facilidad por cualquiera que fuera allí para investigar la muerte del Objetivo Cinco.

Jack se arrojó al piso con la velocidad de un rayo, desconectó la computadora y arrancó frenéticamente los cables y alambres que tenía atrás. Alzó el aparato de treinta libras de peso, lo llevó a la puerta del apartamento, bajó por las escaleras y salió a la calle con él. Corrió en medio de la lluvia, lo que era prudente y una buena acción para el papel que representaba. Era lo que un hombre normal con una computadora entre las manos haría si estuviera lloviendo. Su auto estaba a una cuadra de distancia; dejó la máquina en el asiento trasero y se dirigió al aeropuerto.

Llamó de nuevo a Chávez mientras conducía.

—Es Ding.

—Aquí Ryan. Estoy despejado, pero... *mierda*. Ninguno de nosotros está despejado. Los cinco fuimos vigilados esta noche.

—¿Quién lo hizo?

—No tengo ni idea, pero *alguien* nos está observando. Enviaron fotos de todo nuestro equipo al Objetivo Cinco. Saqué el disco duro con las fotos. Llegaré al aeropuerto en veinte minutos y podremos...

—Negativo. Si alguien está jugando con nosotros, tú no sabes si esa caja que llevas en tu auto está pinchada o equipada con un radiotransmisor. No traigas esa mierda cerca de nuestra exfiltración.

Jack comprendió que Ding tenía razón. Lo pensó de nuevo por espacio de un segundo.

—Tengo un destornillador en mi caja de herramientas. Me detendré en un sitio público y sacaré el disco duro. Lo inspeccionaré y dejaré el resto. También me desharé del auto, en caso de que alguien le haya puesto algún dispositivo mientras yo estaba en el apartamento de Cinco. Encontraré otra manera de llegar al aeropuerto.

—Mueve el trasero, muchacho.

—Sí. Ryan fuera.

Jack condujo en medio de la lluvia, cruzó algunas intersecciones que tenían cámaras de tráfico y luego tuvo una sensación enfermiza de que cada uno de sus movimientos estaba siendo observado por un ojo que no parpadeaba.

CUATRO

· · · · · · · · · · · · · · · ·

Wei Zhen Lin era un economista de profesión, nunca había servido en las fuerzas militares de su país y, en consecuencia, nunca había tocado un arma. Este hecho le pesaba firmemente mientras miraba la pistola grande y negra que tenía en el cajón de su escritorio como si fuera un artefacto extraño.

Se preguntó si lograría disparar el arma con precisión, aunque sospechó que no necesitaría mayores destrezas para pegarse un tiro en la cabeza.

Había recibido una introducción de treinta segundos sobre el funcionamiento del arma por parte de Fung, su principal agente de protección y quien le había prestado la pistola. Fung había cargado el cartucho y desactivado el seguro para beneficio de su protegido y, luego, en un tono grave aunque al mismo tiempo protector, había explicado a Wei cómo sostener el arma y cómo presionar el gatillo.

Wei había preguntado a su guardaespaldas a dónde debía apuntar exactamente la pistola para lograr el máximo efecto, pero la respuesta que recibió no fue tan precisa como le habría gustado al antiguo economista.

Fung le explicó encogiéndose de hombros que poner el cañón contra casi cualquier parte del cráneo alrededor del cerebro lograría el cometido, siempre y cuando los servicios médicos llegaran tarde, y luego le prometió que él se encargaría de que, efectivamente, los servicios médicos se retrasaran.

Y entonces, con un asentimiento cortés, el guardia dejó a Wei Zhen Lin solo en su oficina, sentado detrás de su escritorio con la pistola frente a él.

Wei resopló.

—Fung terminó siendo un buen guardaespaldas.

Sostuvo la pistola en sus manos. Era más pesada de lo que esperaba, pero el peso era equilibrado. La empuñadura era sorprendentemente gruesa y la sentía más abultada en su mano de lo que imaginaba que podría ser un arma, pero esto no quería decir que pasara mucho tiempo pensando en armas de fuego.

Y luego, después de observar de cerca el arma un momento, así como el número de serie y el sello de manufactura por simple curiosidad, Wei Zhen Lin, el presidente de la República Popular China y secretario general del Partido Comunista de China, puso el cañón de la pistola contra su sien derecha y presionó la punta del dedo contra el gatillo.

Wei no era el hombre más indicado para dirigir a su país y era por eso en gran medida que había decidido suicidarse.

En la época del nacimiento de Wei Zhen Lin en 1958, su padre, que ya tenía sesenta años, era uno de los trece miembros del Séptimo Politburó del Partido Comunista de China. Había sido periodista de profesión, escritor y editor de un periódico, pero en los años 30 renunció a su empleo y se unió al Departamento de Propaganda del PCC. Estuvo con Mao Zedong durante la Larga Marcha, un repliegue en círculo de ocho mil millas que consolidó a Mao como un héroe nacional y como líder de la China comunista, y que aseguró también un futuro cómodo a muchos miembros de su círculo cercano.

Los hombres como el padre de Wei, a quienes las casualidades de la historia los había puesto al lado de Mao durante la revolución, se veían a sí mismos como héroes y ocuparon posiciones de liderazgo en Beijing en los próximos cincuenta años.

Zhen Lin había nacido en este ambiente privilegiado, crecido en Beijing y luego había sido enviado a estudiar en un exclusivo internado en Suiza. En el Collège Alpin International Beau Soleil, cerca del lago Ginebra, entabló amistad con otros chicos del partido, con hijos de oficiales, de mariscales y generales, y cuando regresó a la Universidad de Beijing para estudiar economía, estaba acordado de antemano que él y muchos de los amigos chinos que había hecho en el internado ocuparían cargos gubernamentales.

Wei era miembro de un grupo que llegó a ser conocido como los Principitos. Eran las estrellas nacientes de la política, los estamentos militares o de negocios de China, hijos o hijas de antiguos y altos funcionarios del partido, la mayoría de ellos maoístas de alto rango que habían combatido en la revolución. En una sociedad que negaba la existencia de una clase alta, los Principitos eran incuestionablemente miembros de la élite y sólo ellos tenían el dinero, el poder y las conexiones políticas que les daban la autoridad para gobernar a la próxima generación.

Después de graduarse en la universidad, Wei fue oficial municipal en Chongqing, donde ascendió al cargo de asistente del vicealcalde. Pocos años después dejó el servicio público para hacer una maestría en economía y un doctorado en administración en la facultad de negocios de la Universidad de Nanjing, y luego trabajó la última mitad de los años 80 y toda la década de los 90 en el sector financiero internacional de Shanghai, una de las nuevas Zonas Económicas Especiales de China. Las ZEEs eran áreas establecidas por el gobierno central comunista, donde muchas leyes nacionales fueron suspendidas para permitir más prácticas de libre mercado con el fin de estimular la inversión extranjera. Este experimento, con ribetes de cuasicapitalismo, había sido un éxito rotundo, y la formación de Wei en economía y, en mayor grado, sus conexiones comerciales y con el partido, lo pusieron en el centro del crecimiento financiero de China y lo posicionaron para cosas aún más grandes en el futuro.

A comienzos del nuevo milenio fue elegido alcalde de Shanghai, la ciudad más grande de China. Allí, abogó por una mayor inversión extranjera y una mayor expansión de los principios del libre mercado.

Wei, apuesto y carismático, era popular entre los intereses occidentales de negocios; su estrella se elevó en su tierra natal y alrededor del mundo como el rostro de la Nueva China. Sin embargo, Wei proponía también un estricto orden social, y la única libertad que defendía era la económica; los residentes de su ciudad no vieron liberalización alguna en sus libertades personales.

Tras la humillante derrota sufrida por China a manos de Rusia y Estados Unidos en la guerra por las minas de oro y los yacimientos de petróleo de Siberia, la mayoría del gobierno de Beijing fue desmantelado y Wei, el símbolo joven y vibrante de la Nueva China, fue llamado al servicio nacional. Se desempeñó como jefe del Partido Comunista en Shanghai y como miembro del Sexto Politburó.

En los años siguientes, Wei dividió su tiempo entre Beijing y Shanghai. Era toda una rareza en el gobierno, un comunista a favor de los negocios que trabajaba para expandir las ZEEs y otras áreas de libre mercado en China, mientras que al mismo tiempo apoyaba posiciones de línea dura en el Politburó contra las políticas liberales y las libertades individuales.

Era un hijo de Mao y del partido, y un estudiante de las finanzas internacionales. Para Wei, el liberalismo económico era un medio para alcanzar un fin, una forma de atraer dinero extranjero al país para *fortalecer* el partido comunista, y no una manera de subvertirlo.

Después de la breve guerra con Rusia y Estados Unidos, muchos creyeron que las dificultades económicas de China destruirían al país. La hambruna, la destrucción total de la infraestructura nacional y provincial y, finalmente, la anarquía se cernían sobre el horizonte. Sólo gracias al trabajo de Wei y de otros semejantes a él podía China evitar un colapso. Wei presionó por la expansión de las Zonas Económicas Especiales y por el establecimiento de docenas de áreas más pequeñas de libre mercado y comercio.

El Politburó cedió pues la desesperanza reinaba, el plan de Wei fue implementado en su totalidad y el cuasicapitalismo de China creció a pasos agigantados.

La estrategia surtió efecto. Wei, el artífice del plan de reforma financiera, fue recompensado por su trabajo. Sus éxitos, así como su condición de Principito y su pedigrí político, hicieron apenas natural que asumiera como ministro de Comercio en el Séptimo Politburó. Mientras se estrenaba en el papel de director de las políticas financieras nacionales, la economía de China fue bendecida con tasas de crecimiento de dos dígitos, las cuales parecía que durarían para siempre.

Y entonces, la burbuja estalló.

La economía mundial entró en una recesión prolongada poco después de que Wei asumiera como ministro de Comercio. Las exportaciones chinas y la inversión extranjera en el país recibieron un fuerte golpe. Estos dos componentes de la economía, de los que Wei merecía el crédito de haber revolucionado, eran los motores que impulsaban la tasa de crecimiento de dos dígitos de la nación. Eran manantiales de dinero que se secaron cuando el mundo dejó de comprar.

La expansión adicional de las ZEEs orquestada por Wei no logró detener la espiral descendente hacia la catástrofe. Las compras chinas de bienes inmobiliarios y de moneda extranjera alrededor del mundo se convirtieron en dinero «en saco roto» a medida que estallaba la crisis financiera en Europa y la recesión inmobiliaria en Estados Unidos.

Wei sabía cómo soplaban los vientos en Beijing. Sus éxitos anteriores en las reformas de libre mercado para salvar a su país ahora serían utilizados en su contra. Sus enemigos políticos señalarían que su modelo económico era un fracaso y asegurarían que haber estrechado lo lazos comerciales de China con el resto del mundo sólo había expuesto al país a la enfermedad infecciosa del capitalismo.

Entonces, el ministro Wei ocultó la verdad acerca del fracasado modelo económico de China, concentrando su atención en gigantescos proyectos estatales y estimulando préstamos a gobiernos regionales para que construyeran o reformaran carreteras y edificios, puertos e infraestructura de telecomunicaciones. Este era el tipo de inversiones que se veían en el antiguo modelo económico comunista, una política del gobierno central para estimular la expansión económica por medio de proyectos masivos y centrales de planeación.

Esto se veía bien en teoría, y por tres años consecutivos Wei presentó tasas de crecimiento en las reuniones del Politburó y, aunque no eran tan altas como las de los primeros años de expansión luego de la guerra, alcanzaban sin embargo un respetable ocho o nueve por ciento. Wei deslumbró al Politburó y a otras agencias gubernamentales de menor importancia en China, así como a la prensa mundial, con cifras y hechos que describían el panorama que él quería mostrar.

Pero Wei sabía que esto no era más que cortinas de humo y espejismos porque el dinero prestado no podría pagarse nunca. La demanda de exportaciones chinas se había debilitado y parecía llegar a cuentagotas, la deuda de los gobiernos regionales había alcanzado el setenta por ciento del PIB, el veinticinco por ciento de todos los préstamos no estaba dando rendimiento alguno en los bancos chinos y, sin embargo, Wei y su ministerio intercedían para pedir más dinero prestado, gastar y construir más.

Era un castillo de naipes.

Y coincidiendo con el intento desesperado de Wei para ocultar los problemas económicos de su nación, un fenómeno perturbador recorrió el país como un tifón.

Se llamaba el movimiento Tuidang.

Después de la deplorable respuesta del gobierno central al devastador terremoto, las protestas llenaron las calles de todo el país. El gobierno intentó contener a los manifestantes, ciertamente no con la fuerza con que podían hacerlo, pero de todos modos la situación se hacía más inestable luego de cada arresto o descarga de gas lacrimógeno.

Las demostraciones desaparecían por un tiempo de las calles cuando los líderes de las multitudes eran arrestados y encarcelados y el Ministerio de Seguridad Pública creía tener el control de la situación. Sin embargo, las protestas continuaron en las nuevas redes sociales y en las salas de chat en China y en el extranjero por medio de métodos bien conocidos para burlar los filtros de Internet del gobierno chino.

Allí, en cientos de millones de computadoras y teléfonos inteligentes, los manifestantes espontáneos se convirtieron en un movimiento poderoso y bien organizado. El PCC reaccionó con lentitud mientras el Ministerio de Seguridad Pública tenía porras, pimienta en aerosol y vagones acolchonados, pero no armas efectivas para contrarrestar los pormenores de una insurrección viral en el ciberespacio. Y la protesta en línea de los manifestantes se transformó en una revuelta en un lapso de varios meses, culminando en Tuidang.

Tuidang, o «renuncia» al partido, era un movimiento gracias al cual cientos, luego miles y posteriormente millones de ciudadanos chinos, abandonaron públicamente el Partido Comunista de China. Lo hicieron en línea, de manera anónima o mediante un anuncio público fuera del país.

En cuatro años, el movimiento Tuidang se jactó de más de doscientos millones de renuncias.

No era el número de personas que habían abandonado el partido en los últimos cuatro años lo que preocupaba al PCC. En realidad, era difícil determinar el verdadero número de renuncias porque muchos de los nombres que aparecían en la lista distribuida por el liderazgo del movimiento Tuidang eran seudónimos y nombres comunes que no se podían verificar con objetividad. Doscientos millones de disidentes podrían haber sido en realidad sólo cincuenta. Pero lo que asustaba al Politburó era la publicidad negativa que recibía el partido cuando los ciudadanos renunciaban públicamente a sus tarjetas de membresía y la atención que el éxito de la revuelta recibía en el resto del mundo.

Wei, ministro de Comercio, observó atentamente el creciente movimiento Tuidang, así como la rabia, la confusión y el miedo que esto creaba dentro del Politburó, y sopesó los problemas económicos ocultos de su país. Sabía que no era el momento de revelar la crisis que se avecinaba. Cualquier reforma de austeridad importante tendría que esperar.

No era el momento de mostrar la debilidad del gobierno central para lidiar con *nada*. Esto sólo inflamaría a las masas y fomentaría la revuelta.

En el Décimo Octavo Congreso del Partido sucedió algo increíble que Wei Zhen Lin no esperaba en absoluto. Fue nombrado presidente de China y secretario general del Partido Comunista, convirtiéndolo en el rey de su propio castillo de naipes.

Su elección había sido un asunto desordenado, según los términos empleados por el Politburó chino. Los dos miembros considerados con la mayor probabilidad para asumir el poder habían caído en desgracia pocas semanas antes del congreso, uno por un escándalo de corrupción en Tianjin, su ciudad natal, y el otro por un cargo de espionaje y el arresto de un subordinado. Entre los miembros restantes del Comité Permanente con posibilidades de ser elegidos, todos, a excepción de uno, tenían alianzas con alguno de los dos hombres caídos en desgracia.

Wei era la excepción extraña. Era considerado una persona ajena que no estaba alineada con ninguna facción y, a la relativamente tierna edad de cincuenta y cuatro años, fue elegido como el candidato de solución intermedia.

Las tres principales oficinas de China son la presidencia, el secretariado general del Partido Comunista de China y la presidencia de la Comisión Militar Central, la instancia superior de las Fuerzas Armadas. En ciertas ocasiones, una sola persona había detentado los tres cargos de manera simultánea, pero en el caso de Wei, la presidencia de la CMC le fue adjudicada a otro hombre, Su Ke Qiang, un general con cuatro estrellas del Ejército Popular de Liberación. Su, hijo de uno de los mariscales más confiables de Mao, había sido amigo de Wei tanto en su infancia en Beijing como también en Suiza. Su ascensión simultánea a las esferas más altas del poder nacional demostró que había llegado el momento de que los Principitos gobernaran.

Pero, desde un comienzo, Wei sabía que el coliderazgo no significaba necesariamente una sociedad. Su había propuesto abiertamente el expansionismo militar; había pronunciado discursos de línea dura llamando al consumo doméstico, explicando el poder del Ejército Popular de Liberación y el destino de China como un líder regional y una potencia mundial. Él y sus generales habían expandido el aparato militar en la última década y Wei sabía que Su no era el tipo de general que armaba a su ejército sólo para impresionar en los desfiles.

Wei sabía que Su quería la guerra y, en lo que concernía a Wei, lo último que necesitaba China era una guerra.

Tres meses después de tomar dos de las tres riendas del poder, en una reunión del Comité Permanente en Zhongnanhai, el complejo gubernamental fortificado al oeste de la Ciudad

Prohibida y de la Plaza de Tiananmen en Beijing, Wei tomó una decisión táctica que lo llevaría a apretar una pistola contra su sien tan sólo al cabo de un mes. Consideró esto tan inevitable como el hecho de que la verdad sobre las finanzas de la nación saldría a flote, por lo menos para los miembros del Comité Permanente. Los rumores sobre los problemas ya se estaban filtrando desde el Ministerio de Comercio y llegaban a las provincias. Y, entonces, Wei decidió aplacar los rumores informando al Comité sobre la crisis inminente de «su» economía. Anunció a una sala llena de rostros sin ninguna expresión que él proponía la reducción de préstamos regionales y una serie de otras medidas de austeridad. Esto, explicó, fortalecería la economía de la nación con el paso del tiempo, pero también tendría el infortunado efecto de una recesión económica a corto plazo.

—¿Qué tan corto es el plazo? —le preguntó el secretario del Consejo de Estado.

Wei mintió.

—Dos o tres años.

Sus asesores le habían dicho que las reformas de austeridad tendrían que aplicarse durante unos cinco años para tener el efecto deseado.

—¿Cuánto disminuirá la tasa de crecimiento? —le preguntó el secretario de la Comisión Central de Inspección Disciplinaria.

Wei dudó un momento y luego dijo en un tono calmado pero agradable:

—Si nuestro plan es ejecutado, calculamos que el crecimiento se contraerá necesariamente en diez puntos base durante el primer año de su implementación.

Se escucharon numerosos jadeos en el recinto.

—El crecimiento actual es del ocho por ciento —dijo el secretario—. ¿Nos estás diciendo que tendremos una contracción?

—Sí.

El presidente de la Comisión Central de Orientación para la Construcción de la Civilización Espiritual, gritó:

—¡Hemos tenido treinta y cinco años de crecimiento! ¡Incluso el año después de la guerra no tuvimos contracción alguna!

Wei meneó la cabeza y respondió con calma, en un contraste claro y marcado con la mayoría de quienes estaban en el recinto, que comenzaban a exaltarse.

—Fuimos engañados. He mirado los registros contables de esos años. El crecimiento se dio especialmente como resultado de la expansión del comercio exterior iniciada por mí, pero no se presentó un año después de la guerra.

Wei no tardó en comprender que casi nadie le creía. En lo que a él le concernía, era simplemente un mensajero que informaba a otros de esta crisis; él no era responsable de ella, pero los otros miembros del Comité Permanente comenzaron a lanzar acusaciones. Wei respondió enérgicamente, exigiendo que escucharan su plan para enderezar la economía, pero los demás empezaron a hablar de la inconformidad que había en las calles y se preocuparon por los nuevos problemas que afectarían su posición en el Politburó.

El ambiente se deterioró a partir de ese momento. Wei se puso a la defensiva y, al final de la tarde, se retiró a sus aposentos en el complejo de Zhongnanhai, sabiendo que había sobreestimado la capacidad de sus colegas del Comité Permanente para entender la grave naturaleza de la amenaza. Estos hombres no estaban escuchando su plan; no *habría* más discusiones acerca de este.

Wei se había convertido en secretario y presidente porque no se había unido a una alianza, pero en aquellas horas de discusiones sobre el futuro sombrío de la economía china, comprendió lo que podía haber hecho con algunos amigos del Comité Permanente. Como un político curtido y con gran sentido de la *realpolitik*, sabía que las probabilidades de salvar su pellejo en el actual clima político eran pocas a menos de que anunciara que el crecimiento y la prosperidad proclamadas en los treinta y cinco años del liderazgo anterior continuarían bajo el suyo. Y como un economista brillante que tenía acceso total a los libros financieros y ultrasecretos de su país, Wei sabía que la prosperidad en China estaba a un paso de detenerse y que el único futuro posible era un revés de fortuna.

Y no se trataba apenas de la economía. Un régimen totalitario podía —teóricamente, al menos— encubrir muchos problemas fiscales. En uno u otro grado, esto era lo que había hecho él durante varios años, utilizando proyectos masivos del sector público para estimular la economía y dar una impresión poco realista de su viabilidad.

Pero Wei sabía que su país estaba en medio de un polvorín de inconformidad que aumentaba diariamente.

Tres semanas después de la desastrosa reunión en el complejo de Zhongnanhai, Wei comprendió que su estadía en el poder estaba en entredicho. Durante un viaje diplomático a Hungría, uno de los miembros del Comité Permanente, el director del Departamento de Propaganda del Partido Comunista, ordenó que todos los medios de comunicación propiedad del gobierno en el país, así como los servicios de noticias en el extranjero controlados por el PCC, comenzaran a transmitir informes que criticaran el liderazgo económico de Wei. Esto era inaudito y Wei enfureció. Regresó a Beijing y exigió reunirse con el director de propaganda, pero le dijeron que estaría en Singapur hasta el fin de semana. Entonces, Wei convocó a una reunión de emergencia en Zhongnanhai para los veinticinco miembros del Politburó, pero sólo asistieron dieciséis.

Pocos días después, las acusaciones de corrupción aparecieron en los medios, sosteniendo que Wei había abusado del poder para beneficio personal cuando había sido alcalde de Shanghai. Estas acusaciones fueron respaldadas con declaraciones firmadas por docenas de antiguos asistentes y socios de negocios de Wei en China y en el extranjero.

Wei no era corrupto. Había combatido la corrupción en todos los frentes durante su alcaldía de Shanghai; en los negocios locales, en la fuerza policial y en el aparato del partido. Esta cruzada le valió enemigos, quienes estaban más que dispuestos a dar falso testimonio en contra suya, especialmente en casos donde los organizadores del golpe que tenían posiciones de alto rango pidieron un mayor acceso político a cambio de sus declaraciones.

El Ministerio de Seguridad Pública, el equivalente al Departamento de Justicia de Estados Unidos, expidió una orden de arresto contra el líder Principito.

Wei sabía exactamente lo que estaba sucediendo. Se trataba de un intento de golpe.

El derrocamiento ocurrió en la mañana del sexto día de la crisis, cuando el vicepresidente apareció frente a las cámaras y anunció a unos medios internacionales asombrados que él asumiría el control del gobierno hasta que se resolviera el infortunado asunto que involucraba al presidente Wei. Y a continuación, el vicepresidente anunció que el presidente era, oficialmente, un fugitivo de la justicia.

Wei estaba en la guarnición de Zhongnanhai, a sólo cuatrocientos metros de allí. Unos pocos fieles seguidores se reunieron en torno a él, pero era como si la ola se hubiera vuelto en contra suya. Fue informado por la oficina del vicepresidente de que tenía hasta las diez a.m. del próximo día para dejar entrar a los funcionarios del Ministerio de Seguridad Pública con el fin de arrestarlo. Si no se sometía pacíficamente, se lo llevarían por la fuerza.

Wei se puso a la ofensiva a altas horas de la noche del sexto día. Identificó a los miembros de su partido que estaban conspirando contra él y acordó un encuentro secreto con el resto de los miembros del Comité Permanente del Politburó. Insistió a los cinco hombres, quienes no eran conspiradores, que él se consideraba «primero entre iguales» y que en caso de seguir siendo el presidente y secretario general, gobernaría con un ojo puesto en el liderazgo colectivo. En resumen, prometió que todos y cada uno de ellos tendrían más poder que con cualquier otro mandatario.

Su propuesta fue recibida con frialdad por el Comité Permanente. Era como si estuvieran viendo a un hombre condenado, y mostraron poco interés en alinearse con él. Su Ke Qiang, presidente de la Comisión Militar Central y el segundo hombre más poderoso de China, no dijo una sola palabra durante la sesión.

A lo largo de la noche, Wei no sabía si sería depuesto a la mañana siguiente para ser arrestado y enviado a prisión, obligado a firmar una declaración falsa y ser ejecutado. Su futuro parecía aún más oscuro en las horas previas al amanecer. Tres de los cinco miembros del CPP y quienes aún no se habían comprometido con el golpe mandaron decir que, aunque no promovían su derrocamiento, tampoco tenían la influencia política para ayudarlo.

Wei se reunió con su personal a las cinco a.m. y les dijo que dimitiría por el bien de la nación. El Ministerio de Seguridad Pública fue notificado de que Wei se entregaría y un equipo de hombres fue enviado a Zhongnanhai desde el edificio del MSP en la avenida Chang'an Este, al otro lado de la plaza de Tiananmen.

Wei les dijo que se entregaría pacíficamente.

Sin embargo, había decidido no hacerlo.

No saldría de allí.

El Principito de cincuenta y cuatro años no quería interpretar el papel de una marioneta en un teatro político mientras era utilizado por sus enemigos como el chivo expiatorio por el desmoronamiento del país.

Podían llevárselo muerto y hacer lo que quisieran con su legado, pero no estaría en calidad de testigo.

Mientras el contingente policial del Ministerio de Seguridad Pública se dirigía hacia el recinto gubernamental, Wei hablaba con el director de su seguridad personal, y Fung aceptó darle una pistola y algunas indicaciones sobre su uso.

Wei sostuvo la pistola QSZ-92 grande y negra contra su cabeza; la mano le temblaba ligeramente, pero descubrió que había recobrado casi la compostura y ahora sopesaba su situación. Sintió que sus temores aumentaban mientras cerraba los ojos y comenzaba a presionar con más fuerza el gatillo; el temblor se apoderó de su cuerpo, primero en sus pies y luego extendiéndose hacia arriba.

Le preocupó que el cañón se desviara de su cerebro y presionó con más fuerza el arma contra su sien.

Un grito provino del pasillo afuera de su oficina. Era la voz agitada de Fung.

Wei sintió curiosidad y abrió los ojos.

La puerta de la oficina se abrió de par en par, Fung irrumpió y a Wei le tembló el cuerpo hasta un punto en que temió que Fung percibiera su debilidad.

Bajó la pistola con rapidez.

—¿Qué pasa? —preguntó Wei.

Fung tenía los ojos completamente abiertos y una sonrisa extraña en su cara.

—¡Tanques! ¡Hay tanques en la calle!

Wei bajó el arma con cuidado. *¿Qué significaba esto?*

—Es sólo el MSP. Tienen vehículos acorazados —respondió.

—¡No, señor! No son vehículos acorazados. *¡Son tanques!* Largas filas de tanques que vienen desde la plaza de Tiananmen.

—¿Tanques? ¿Tanques de *quién?*

—¡De Su! Debe ser el general... discúlpeme, quiero decir, ¡el director Su! Está enviando acorazados grandes para protegerlo. El MSP no se atreverá a arrestarlo a usted y desafiar al EPL*. ¿Cómo podría hacer eso?

Wei no podía creer el giro que había dado la situación. Su Ke Qiang, el Principito, general de cuatro estrellas del EPL, director de la Comisión Militar Central y uno de los hombres a quienes había hecho la propuesta la noche anterior, había venido en su ayuda en el último momento posible.

El presidente de China y secretario general del PCC lanzó la pistola a su principal agente de protección a través del escritorio.

---

* Ejército Popular de Liberación.

—Mayor Fung... tal parece que no la necesitaré hoy. Llévesela antes de que me haga daño.

Fung cogió la pistola, engranó el seguro y la guardó en la funda que tenía en la cintura.

—Siento un gran alivio, señor presidente.

Wei no creía que a Fung le importara realmente si él vivía o moría, pero en aquel momento vertiginoso, el presidente se puso de pie y estrechó la mano a su guardaespaldas.

En un día como este, valía la pena tener cualquier tipo de aliados, así fueran de carácter condicional.

Wei miró por la ventana de su oficina al otro lado del recinto y hacia un punto en el horizonte más allá de los muros de Zhong-nanhai. Los tanques llenaban las calles, y las tropas del Ejército Popular de Liberación marchaban en filas ordenadas a un lado, con sus rifles apoyados en los codos.

Wei sonrió mientras el estruendo de los tanques que se acercaban estremecía el suelo y hacía vibrar los libros, objetos y muebles de la oficina, pero su sonrisa se desvaneció con rapidez.

—¿Su? —se dijo desconcertado—. ¿Por qué Su habría de salvarme?

Pero sabía la respuesta. Aunque Wei se sintió contento y agradecido por la intervención de las Fuerzas Armadas, comprendió, incluso en aquellos momentos iniciales, que su supervivencia no lo hacía más fuerte, sino más débil. Habría un quid pro quo.

Wei Zhen Lin supo que se sentiría endeudado con Su y con sus generales por el resto de su mandato, y sabía exactamente lo que ellos querrían de él.

CINCO

· · · · · · · · · · · · · · · ·

John Clark estaba frente al lavaplatos de su cocina; miró por la ventana y vio la neblina que cubría el pastizal a medida que una tarde gris daba paso a una noche aún más gris. Estaba solo, o por lo menos lo estaría unos minutos más, y decidió que no podía aplazar más lo que había temido todo el día.

Clark y su esposa Sandy vivían en esta granja de cincuenta acres, situada en medio de colinas y bosques en el condado de Frederick, Maryland, cerca de la frontera con Pensilvania. La vida en la granja aún era nueva para John; tan sólo unos pocos años atrás el hecho de pensar que sería todo un caballero campesino tomando té helado en su porche trasero lo habría hecho reír o encogerse de terror.

Pero le encantaba su nuevo hogar, a Sandy le gustaba aún más, y a John Patrick, su nieto, le entusiasmaba profundamente ir al campo para estar con sus abuelos.

Clark no era un hombre dado a sumirse en largas meditaciones; prefería vivir el momento. Pero mientras contemplaba su propiedad y pensaba en el asunto en cuestión, tuvo que reconocer que había logrado tener una vida agradable.

Había llegado el momento de evaluar si su vida profesional había terminado. Era hora de quitarse las vendas y probar el funcionamiento de su mano herida.

Una vez más.

Ocho meses atrás se había fracturado la mano —en realidad, se la habían *destrozado*—, todo esto por culpa de unos torturadores inexpertos, pero decididos, en un sórdido depósito en el distrito de Mitino, al noroeste de Moscú. Había sufrido nueve fracturas en los huesos de los dedos, la palma y la muñeca, y había pasado gran parte del tiempo desde el accidente preparándose o recuperándose de tres cirugías.

Habían transcurrido dos semanas luego de su cuarta intervención quirúrgica y era el primer día en que el cirujano le permitiría examinar la fortaleza y movilidad de su mano.

Una mirada rápida al reloj de la pared le dijo que Sandy y Patsy llegarían en pocos minutos. Su esposa y su hija habían ido a comprar alimentos a Westminster y le pidieron que las esperara antes de examinarse la mano, pues querían estar presentes. Habían afirmado que querían estar con él para celebrar su recuperación con una cena acompañada con vino, pero John ignoraba la verdadera razón: ellas no querían que él lo hiciera solo. Les preocupaba que se presentara un desenlace infortunado y querían estar cerca de él para brindarle su apoyo moral en caso de que no pudiera mover los dedos mejor que antes de la cirugía.

John había aceptado su petición, pero ahora comprendía que necesitaba examinarse la mano sin compañía alguna. Se sentía muy ansioso como para esperar, y era demasiado orgulloso como para esforzarse y pasar un mal rato delante de su esposa y su hija, pero más que esto, sabía que tendría que exigirse mucho más de lo que le permitirían el médico, la enfermera, su hija o su esposa.

A todos preocupaba que se lastimara, pero a John no le importaba el dolor. Había aprendido a manejarlo mejor que casi cualquier otra persona en el mundo. A John no le preocupaba un posible fracaso.

Todavía frente al lavaplatos, desenvolvió los vendajes y retiró las pequeñas tablillas metálicas que tenía entre los dedos. Se alejó de la ventana, dejó las vendas en el mostrador y se dirigió a la sala. Se sentó en su silla de cuero y alzó la mano para examinarla. Las cicatrices de las cirugías, tanto las antiguas como las recientes, eran pequeñas y no muy dramáticas, pero él sabía que ocultaban el daño tan severo que había sufrido. Su cirujano ortopédico del hospital Johns Hopkins era considerado uno de los mejores del mundo en su especialidad y le había practicado la cirugía por medio de pequeñas incisiones, usando cámaras laparoscópicas e imágenes fluoroscópicas para llegar hasta los huesos y tejidos de cicatrices que habían sufrido daños.

John ignoraba que aunque su mano no tendría un mal aspecto, sus probabilidades de una recuperación completa eran inferiores al cincuenta por ciento.

Los médicos le habían dicho que si el fuerte trauma estuviera localizado un poco más arriba de la mano, entonces las articulaciones de los dedos tendrían menos tejidos de cicatrices. Le dieron a entender, sin decírselo, que tal vez si él fuera un poco más joven, su capacidad de sanar sería suficiente como para garantizar una recuperación total.

John Clark sabía que no podía hacer nada en ninguno de estos aspectos.

Apartó el pronóstico reservado de su mente y reunió fuerzas para tener éxito.

Tomó una pelota de tenis de la mesa de centro que estaba frente a él y la examinó, sus ojos llenos de resolución.

—Comencemos.

Clark empezó a cerrar lentamente sus dedos alrededor de la pelota.

Se percató casi de inmediato de que todavía era incapaz de mover completamente el dedo índice.

El dedo del gatillo.

Mierda.

El hueso proximal y los de la falange del medio habían quedado virtualmente aplastados por el martillo del torturador, y la articulación interfalángica, que ya tenía una artritis leve después de toda una vida de apretar el gatillo, había sufrido daños severos. Mientras presionaba la pequeña bola azul con los otros dedos, el de su gatillo se sacudió simplemente.

Ignoró su fracaso, así como la fuerte sensación de ardor que le produjo, y apretó con más fuerza.

Le dolió más. Gruñó de dolor pero siguió tratando de apretar la pequeña pelota entre su puño.

El pulgar parecía estar en perfectas condiciones, el anular y el meñique presionaron bien la pelota, y el dedo medio se posó sobre ella; la cirugía le había devuelto la movilidad, aunque no parecía tener mucha fuerza.

Apretó más la bola y sintió un dolor agudo en el dorso de la mano. Clark hizo una mueca de dolor, pero apretó con más fuerza.

El dedo índice había dejado de sacudirse; estaba relajado, los frágiles músculos exhaustos y luego quedó casi tan rígido como un clavo.

Le dolió desde la muñeca hasta las yemas de los dedos mientras apretaba de nuevo la bola.

Podía vivir con el dolor y también con una ligera disminución en la fortaleza para agarrar objetos.

Pero el dedo medio casi no le funcionaba.

John relajó la mano y el dolor disminuyó. El sudor se le había acumulado en la frente y en el cuello de la camisa.

La bola cayó al piso de madera y rebotó en la sala.

Sí, era apenas su primera prueba después de la cirugía, pero él lo sabía. Sabía sin duda alguna que su mano ya nunca sería la misma.

John tenía arruinada la mano derecha, pero sabía que podía disparar un arma con la izquierda. Cada SEAL de la Marina y cada oficial de operaciones paramilitares de la División de Actividades Especiales de la CIA pasa más tiempo disparando con su otra mano de lo que la mayoría de los oficiales de la ley lo hace con la predominante, y John llevaba casi cuarenta años como SEAL o como oficial de la CIA. Todo tirador necesitaba entrenar con la otra mano porque todos tenían un riesgo considerable de recibir una herida en —o cerca de— la mano con la que disparaban su arma.

Hay una teoría generalizada detrás de este fenómeno. Cuando una víctima potencial se ve enfrentada al peligro inminente en un tiroteo, tiende a enfocarse intensamente en aquello que lo amenaza. No se trata sólo de la amenaza del atacante, sino de la amenaza del arma en sí; el pequeño aparato que escupe plomo y respira fuego, y que trata de alcanzar y destrozar a la víctima deseada.

Por esta razón, es desproporcionadamente común que las personas involucradas en tiroteos reciban heridas en la mano o en el brazo con que suelen disparar. El otro tirador está mirando y concentrándose en el arma mientras devuelve los disparos, así que es apenas lógico que gran parte de sus balas sean dirigidas al arma.

Por lo tanto, disparar con la otra mano es una destreza absolutamente crucial que debe desarrollar cualquier persona que se enfrente a un oponente armado.

Clark sabía que podía disparar con precisión con la mano izquierda si mejoraba en sus prácticas.

Pero no se trataba sólo de la mano, sino también del resto de él.

—Estás viejo, John —se dijo mientras se ponía de pie y salía al porche trasero. Miró de nuevo el pastizal, observando la neblina propagarse por la hierba húmeda; vio un zorro salir como una flecha de los árboles y correr por el campo abierto. El agua acumulada de la lluvia salpicó detrás del animal mientras este se internaba de nuevo en el bosque.

Sí —dijo Clark para sus adentros. *Estaba* viejo para el trabajo operacional.

Pero no *tanto*. John tenía casi la misma edad que Bruce Springsteen y Sylvester Stallone, quienes aún tenían un buen desempeño en sus profesiones, las cuales requerían no pocos esfuerzos físicos, por más que no vivieran situaciones de peligro. Y él había leído recientemente un artículo en el periódico acerca de un sargento de los marines, quien tenía sesenta años y estaba combatiendo en Afganistán, patrullando diariamente y a pie montañas en territorio enemigo, al lado de hombres tan jóvenes que podían ser sus nietos.

A John le encantaría tomarse una cerveza con ese tipo; serían dos hijos de puta duros, compartiendo historias sobre las viejas épocas.

La edad es sólo un número, había dicho siempre John.

Pero, ¿el cuerpo? El cuerpo era real, y a medida que el número de años seguía aumentando, el trajín sufrido por un hombre con la profesión de John Clark, ciertamente desgastaba el cuerpo así como un arroyo de aguas turbulentas horadaba una depresión a través de un valle.

Springsteen, Stallone y los otros colegas que se ganaban la vida dando saltos tenían empleos que no requerían ni una quinta parte de los apuros que había soportado Clark, y ninguna dosis de racionalización podía cambiar eso.

Clark escuchó la camioneta SUV de su esposa detenerse en la entrada de gravilla. Se sentó en una silla mecedora en el porche trasero y esperó a que entraran.

Un sesentón sentado en el porche de una hacienda apacible irradiaba una imagen de paz y tranquilidad. Pero esta imagen era engañosa. El pensamiento predominante en la mente de John Clark era que le gustaría clavar su mano ilesa en el hijo de puta de Valentín Kovalenko, esa víbora oportunista rusa que le había hecho esto a él, y luego le gustaría probar la fuerza y movilidad de su mano en la tráquea de ese cabrón.

Pero eso no sucedería nunca.

—¿John? —dijo Sandy desde la cocina.

Su esposa y su hija cruzaron la puerta de la cocina detrás de él. John se secó los últimos vestigios de sudor de la frente y respondió.

—Aquí estoy.

Un momento después, Patsy y Sandy se sentaron en el porche con él, esperando a que hablara. Cada una pasó un minuto regañándolo por no haber esperado a que regresaran. Pero su frustración desapareció con rapidez cuando notaron su estado de ánimo. Él estaba taciturno. Madre e hija se inclinaron con ansiedad y sus rostros denotaban preocupación.

—Lo puedo mover. Puedo agarrar... un poco. Tal vez mejorará un poco más con terapia física.

—¿Y? —dijo Patsy.

Clark negó con la cabeza.

—No es el resultado que habíamos esperado.

Sandy se acercó a él, se sentó en sus piernas y lo abrazó con fuerza.

—Está bien —dijo él, consolándola—. Podría haber sido mucho peor.

Clark pensó un momento. Sus torturadores habían estado a un segundo de clavarle un bisturí en el ojo. Obviamente, no le había contado esto a Sandy ni a Patsy, pero de tanto en tanto lo recordaba cuando tenía que lidiar con su mano estropeada. Tenía mucho que agradecer, y él lo sabía.

—Me concentraré un tiempo en la terapia física —añadió—. Los médicos han cumplido con su parte para curarme; es tiempo de que yo haga lo mismo.

Sandy dejó de abrazarlo, se sentó y lo miró a los ojos.

—¿Qué estás diciendo?

—Estoy diciendo que ya es hora de dejar esto. Hablaré primero con Ding, y el lunes iré donde Gerry. —Vaciló un largo rato antes de decir—: Ya he terminado.

—¿Terminado?

—Voy a retirarme. Realmente a retirarme.

Aunque era evidente que ella había tratado de ocultarlo, John vio en el rostro de Sandy una expresión de alivio que no había visto en años. En décadas. Era virtualmente una expresión de alegría.

Sandy nunca se había quejado del trabajo de su esposo. Había pasado varias décadas soportando que saliera de la casa casi a medianoche sin decir a dónde iba, que estuviera varias semanas por fuera y algunas veces llegara golpeado y ensangrentado y, lo más angustioso para ella, que permaneciera varios días en silencio antes de relajarse un poco cuando recién había terminado la misión de la que acababa de regresar, y poder sonreír, relajarse y dormir de nuevo toda la noche.

Los años que pasó en el Reino Unido con la unidad contraterrorista Arco Iris de la OTAN había sido una de las mejores épocas en su vida. Los horarios de su esposo eran casi normales y la pasaban bien cuando estaban juntos. Sin embargo, incluso durante su estadía en el Reino Unido, ella sabía que la suerte de docenas de hombres jóvenes descansaba en las espaldas de John y que esto suponía también un gran peso para él.

Luego de su regreso a los Estados Unidos, cuando John consiguió un empleo en Hendley Asociados, Sandy percibió de nuevo el estrés y el cansancio corporal en la mente de su esposo. Trabajaba de nuevo en el «campo», algo que ella sabía sin la menor duda, aunque él entrara raramente en detalles sobre sus actividades fuera de casa.

El año anterior, su esposo había sido considerado un forajido internacional por la prensa estadounidense; él había huido y ella se había preocupado día y noche durante su ausencia. El asunto se había saldado de manera clara y rápida en la prensa por medio de una disculpa pública del presidente saliente de Estados Unidos, y John había recuperado su vida anterior, pero no llegó a casa cuando regresó de dondequiera que estuviera. En realidad, había ido a un hospital. Mientras John estaba bajo los efectos de la anestesia, uno de los cirujanos dijo en voz baja a Sandy en una sala de espera que su esposo estaba seriamente herido, que había estado a un paso de perder la vida y, aunque había salido de aquel suplicio con la mano derecha inutilizada, ella agradecía todos los días a Dios que su esposo hubiera logrado recuperarse.

John habló unos minutos más con las dos mujeres de su vida, pero cualquier duda que tuviera acerca de su decisión desapareció en el instante en que vio el alivio en los ojos de Sandy.

Ella se merecía esto. Patsy también. Y su nieto se merecía un abuelo que siguiera con vida. Por lo menos lo suficiente como para animarlo en los juegos de béisbol, para sentirse orgulloso en su graduación y, tal vez, lo suficiente como para verlo subir al altar.

John ignoraba que, considerando el tipo de trabajo que había hecho desde Vietnam, había vivido la mayor parte de su vida con el tiempo prestado.

Pero eso ya había terminado. Él estaba de salida.

Clark se sorprendió al sentirse en paz consigo mismo tras su decisión de retirarse, aunque imaginaba que *sentiría* un remordimiento: que nunca tendría la oportunidad de pasar su mano por la garganta de Valentín Kovalenko.

Bueno —pensó mientras daba un leve abrazo a su hija y se drigía a la cocina para ayudar con la cena. Dondequiera que Kovalenko estuviera ahora, John estaba casi seguro de que no estaba pasándola precisamente bien.

SEIS

....

Matrosskaya Tishina es una calle al norte de Moscú, pero es también la abreviación de unas instalaciones con un nombre mucho más largo. La Institución del Presupuesto Federal IZ-77/1 de la Oficina del Servicio Federal de Penitenciarías de Rusia en la ciudad de Moscú no es algo que pueda pronunciarse con mucha rapidez, así que quienes se refieren al enorme centro de detención de Matrosskaya Tishina, dicen simplemente el nombre de la calle.

Es una de las prisiones más grandes y antiguas de Rusia, donde los indiciados esperan su juicio. Fue construida en el siglo XVIII y refleja ampliamente su antigüedad. Aunque la fachada de siete pisos que da a la calle está bien mantenida y tiene un aspecto casi regio, las celdas son pequeñas y están deterioradas, las camas y mantas están infectadas de piojos, la plomería es insuficiente para la población de la cárcel, que es de más del triple de la capacidad para la que fue construida.

Justo antes de las cuatro de la mañana, una camilla estrecha con ruedas rechinantes era llevada por un corredor pintado de verde y blanco en el interior del viejo edificio de Matrosskaya

Tishina. Cuatro guardias la empujaban y halaban mientras el prisionero forcejeaba contra las ataduras de la camilla.

Sus gritos resonaban en el piso de concreto y en los muros grises de este mismo material; era un sonido sólo un poco más alto y no menos estridente que las ruedas rechinantes.

—¡Maldita sea, respóndanme! ¿Qué está pasando? ¡No estoy enfermo! ¿Quién ordenó que me sacaran de la celda?

Los guardias no respondieron; obedecer las exigencias profanas de los prisioneros a quienes custodiaban era precisamente lo opuesto a la esencia de su trabajo. Se limitaron a seguir empujando la camilla por el pasillo. Se detuvieron en una división de hierro forjado y esperaron a que el seguro de la puerta fuera retirado. Esta se abrió con un golpeteo y ellos cruzaron con el prisionero.

Al hombre que iba en la camilla no le habían dicho la verdad. *Estaba* enfermo. Todo aquel que hubiera pasado un tiempo tras las rejas en este infierno estaba enfermo, y este hombre sufría de bronquitis y también de tiña.

Aunque su condición física le parecería bastante lamentable a un ciudadano del mundo exterior, el prisionero no estaba peor que la mayoría de sus compañeros de celda, y tenía razón al temer que no había sido sacado de su celda a medianoche para recibir tratamiento por enfermedades que compartían virtualmente todos los prisioneros de aquella cárcel.

Gritó de nuevo a los cuatro guardias quienes, también, lo ignoraron nuevamente.

Después de más de ocho meses en Matrosskaya Tishina, Valentín Kovalenko, de treinta y siete años de edad, no se había acostumbrado a que lo ignoraran. Como antiguo *rezident adjunto* de Slauzhba Vneshney Razvedki, el cuerpo de inteligencia extranjera de Rusia, se había acostumbrado a que sus preguntas fueran respondidas y sus órdenes obedecidas. Había sido una estrella en ascenso en el SVR desde poco después de cumplir veinte años hasta mediados de su treintena, recibiendo un nombramiento sensacional como el hombre número dos en la Estación de Londres. Pero algunos meses atrás, una jugada arriesgada en su vida personal y profesional le había salido mal, y Valentín pasó de un ascenso meteórico a una caída en picada.

Desde que fue arrestado en enero por oficiales de la seguridad interna en un depósito en el distrito Mitino de Moscú, había permanecido en la prisión de Matrosskaya Tishina bajo una orden ejecutiva de la oficina del presidente. Algunos oficiales de la prisión le habían dicho que no tardaría en descubrir que su caso sería aplazado una y otra vez, y que debería prepararse mentalmente para pasar varios años en su celda. Entonces, si tenía suerte, todo sería olvidado y él podría irse a casa. Por otra parte, le advirtieron, podía ser enviado al este y servir tiempo en el sistema gulag de Rusia.

Kovalenko sabía que esto sería virtualmente una sentencia de muerte. Ahora pasaba los días peleando por el rincón de una celda compartida con cien prisioneros, y dormía por turnos en un catre infestado de chinches. La enfermedad, las peleas y la desesperación se prolongaban cada hora de cada día.

Gracias a los otros internos, se había enterado de que el tiempo de espera en promedio antes de ver a un juez para alguien cuyo caso no hubiera sido agilizado por los sobornos o la corrupción política, oscilaba entre dos y cuatro años. Valentín Kovalenko sabía que no sobreviviría este lapso de tiempo. Cuando los otros reclusos de su celda supieran quién era realmente, un antiguo miembro de alto rango de la inteligencia rusa, probablemente lo matarían a golpes en un lapso de dos a cuatro minutos.

La mayoría de los presos que estaban en Matrosskaya Tishina no eran precisamente grandes partidarios del gobierno.

Esta amenaza de ser descubierto y la represalia consiguiente habían sido utilizadas con eficacia por los enemigos de Kovalenko que estaban libres, principalmente en la Federal'naya sluzhba bezopasnoti, el Departamento de Seguridad Interna rusa, porque esto garantizaba que su incómodo prisionero mantendría la boca cerrada mientras permaneciera detenido.

En el primer par de meses que pasó en la cárcel, Kovalenko había tenido contacto esporádico con su confundida y desesperada esposa, y él se limitaba a asegurarle en sus breves conversaciones telefónicas que todo se aclararía y que no tenía nada de qué preocuparse.

Pero su esposa dejó de ir a la prisión y no volvió a llamarlo. Y luego, el asistente del director de la cárcel le dijo que había solicitado la disolución del matrimonio y la custodia absoluta de sus hijos.

Pero esta no era la peor noticia. Kovalenko comenzó a oír rumores de que nadie estaba trabajando en su caso. Era frustrante que nadie lo defendiera, pero aún más inquietante era el hecho de que nadie trabajara en su acusación. Mientras tanto, él se pudría en una celda.

Le preocupaba morir debido a una enfermedad en los próximos seis meses.

Kovalenko miró a los guardias mientras la camilla giraba a la derecha y avanzaba bajo un bombillo apagado en el techo. No reconoció a ninguno de ellos, pero le parecían tan robóticos como el resto del personal de la cárcel. Sabía que ninguno le daría información útil, y el creciente pánico lo hizo gritar de nuevo mientras cruzaban una puerta que dividía el pabellón de su celda de unas dependencias administrativas.

Momentos después fue llevado a la enfermería de la prisión.

Valentín Kovalenko sabía lo que estaba sucediendo. Había imaginado esto. Lo había esperado. Podía haber escrito el libreto para este evento. Despertado a medianoche. Las correas de la camilla con las ruedas rechinantes. Los guardias silenciosos y el traslado a las entrañas de la prisión.

Estaba próximo a ser ejecutado. Sus enemigos, desafiando las leyes en secreto, lo iban a eliminar de su lista de preocupaciones.

En la amplia enfermería no había médicos, enfermeras ni empleados de la prisión, salvo por los hombres que empujaban la camilla, y esto reconfirmó los temores de Kovalenko. Ya lo habían llevado allí una vez, cuando un guardia le había propinado con una cachiporra de caucho una herida en la cara que requirió puntos, y aunque eso había sucedido casi a medianoche, varios empleados se encontraban en la enfermería.

Sin embargo, parecía como si esta noche hubieran ahuyentado a todos los testigos.

Valentín forcejeó en vano para librarse de las correas que tenía en las muñecas y tobillos.

Los cuatro guardias lo condujeron a una sala de revisión que parecía estar vacía, y luego salieron, cerraron la puerta y lo dejaron en la oscuridad, indefenso y atado. Kovalenko gritó mientras ellos salían, pero cuando la puerta estuvo cerrada, miró alrededor bajo la escasa luz. Al lado derecho había una división con una cortina, detrás de la cual escuchó movimientos.

No estaba solo.

—¿Quién está ahí? —preguntó Kovalenko.

—¿Quién *eres* tú? ¿Qué lugar es este? —le respondió una voz masculina y malhumorada. Parecía como si el hombre estuviera al otro lado de la división, y quizá también en una camilla.

—Mira a tu alrededor, ¡tonto! Estamos en la enfermería. Te pregunté quién eres.

Antes de que el hombre respondiera, la puerta se abrió de nuevo y dos hombres entraron. Ambos tenían batas de laboratorio y eran mayores que Kovalenko, quien calculó que tendrían cincuenta y tantos años. Valentín no los había visto nunca, pero supuso que eran médicos.

Los dos hombres parecían nerviosos.

Habían cruzado la puerta sin mirar a Kovalenko. Luego corrieron la cortina hasta la pared y Kovalenko pudo ver el resto de la división. En medio de la luz tenue vio a otro hombre en una camilla; su cuerpo estaba cubierto por una sábana que le llegaba hasta los hombros, pero era evidente que, al igual que Kovalenko, también estaba atado de pies y manos.

El otro prisionero miró a los médicos.

—¿Qué es esto? *¿Quiénes son ustedes?*

Valentín se preguntó qué le pasaría a ese hombre. *¿Quiénes son ustedes?* No sabía dónde estaba ni quiénes eran ellos. Una pregunta mejor habría sido: «*¿Qué diablos está pasando?*».

—¿Qué diablos está pasando? —les gritó Kovalenko, pero los hombres lo ignoraron y se acercaron al pie de la otra camilla.

Uno de los médicos llevaba una bolsa de lona negra en la espalda y sacó una jeringa. Con temblor en las manos y la mandíbula apretada que Valentín pudo notar incluso en la luz tenue, el hombre retiró la cubierta de la jeringa y levantó la sábana, dejando al descubierto los pies descalzos del prisionero.

—¿Qué demonios estás haciendo? No me toques con...

El médico sostenía el dedo gordo del hombre mientras Kovalenko observaba horrorizado y totalmente confundido. Valentín miró rápidamente al prisionero y vio en la cara del hombre un desconcierto semejante al suyo.

El hombre que tenía la jeringa tardó un momento en sacar la aguja de la punta del dedo, pero tan pronto lo hizo, hundió la aguja debajo de la uña y presionó el émbolo.

El prisionero gritó de terror y dolor mientras Kovalenko lo miraba.

—¿Qué es eso? —preguntó Valentín—. ¿Qué le está haciendo este hombre?

El médico sacó la aguja y guardó la jeringa en la bolsa. Limpió el dedo con un algodón empapado en alcohol y luego permaneció al pie de las camillas acompañado por su colega, sus ojos fijos en el hombre que estaba a la derecha de Valentín.

Kovalenko advirtió que el otro hombre había dejado de hablar. Miró su cara de nuevo y vio una expresión confusa, pero su rostro se contrajo en un dolor fuerte y repentino.

—¿Qué me hiciste? —masculló el prisionero con los dientes apretados.

Los dos médicos permanecieron allí, observando con sus rostros tensos.

Un momento después, el hombre de la camilla comenzó a revolcarse contra las cuerdas; levantó las caderas y su cabeza se retorció de un lado a otro.

Valentín Kovalenko gritó a todo pulmón para pedir ayuda.

El hombre agonizante escupió espuma y saliva, y luego emitió un gemido gutural. Siguió convulsionando hasta donde se lo permitían las correas, como si tratara de expulsar en vano la toxina que le habían inyectado.

El prisionero tardó un minuto lento y tortuoso en morir. Cuando dejó de moverse y su cuerpo descansó contraído, pero refrenado por las correas, sus ojos completamente abiertos parecían mirar a Kovalenko.

El antiguo *rezident adjunto* del SVR miró a los médicos. Tenía la voz ronca de tanto gritar.

—¿Qué hicieron?

El supuesto médico se acercó a la camilla de Kovalenko y buscó algo en su bolsa.

Mientras tanto, su colega retiró la sábana que cubría las piernas y los pies de Kovalenko.

Valentín gritó de nuevo con voz resquebrajada y entrecortada.

—¡Escúchenme! ¡Sólo escúchenme! ¡No me toquen! Tengo colegas que les pagarán... que les pagarán o los matarán si...

Kovalenko se calló cuando vio la pistola.

El médico no había sacado una jeringa sino una pequeña pistola automática de acero y le apuntó a Kovalenko. Su colega se acercó a la camilla y comenzó a soltar las correas de los brazos y las piernas de Kovalenko, quien permaneció en silencio mientras el sudor le quemaba los ojos y le producía frío allí donde había mojado las sábanas.

Valentín se limpió el sudor y miró fijamente la pistola.

El hombre terminó de soltar las correas y regresó al lado del médico. Valentín se sentó lentamente en la camilla, manteniendo las manos ligeramente levantadas y sus ojos clavados en la pistola sostenida por la mano temblorosa del hombre que acababa de asesinar al paciente.

—¿Qué quieren? —preguntó Valentín.

Ninguno de los dos hombres habló, pero el que tenía la pistola —Kovalenko comprendió que se trataba de una Walther PPK/S— señaló con el cañón una bolsa de lona que estaba en el piso.

El prisionero ruso bajó de la camilla y se arrodilló frente a la bolsa. Tuvo dificultades para apartar su mirada de la pistola, pero cuando finalmente lo hizo vio una muda de ropa y un par de zapatos deportivos. Miró a los dos hombres, quienes se limitaron a asentir.

Valentín se quitó el uniforme de la prisión y se puso unos jeans azules y un suéter marrón que olía a sudor. Los dos hombres lo observaron.

—¿Qué está pasando? —preguntó Valentín mientras se vestía, pero ellos permanecieron en silencio—. Está bien. No importa —dijo. Había renunciado a obtener respuestas, y ciertamente no parecía que fueran a matarlo, así que les permitió permanecer en silencio.

¿Estos asesinos realmente le estaban ayudando a escapar?

Salieron de la enfermería con Kovalenko, permaneciendo a tres metros detrás del prisionero y apuntándole a la espalda con la Walther. Uno de los hombres le dijo:

—A la derecha. —Y su voz nerviosa retumbó en el pasillo largo y oscuro. Valentín obedeció. Lo condujeron por otro corredor silencioso, bajaron unas escaleras, cruzaron dos puertas de hierro que estaban abiertas y sostenidas por cubos de basura, y luego atravesaron un portón de hierro.

Kovalenko no había visto una sola alma durante todo el trayecto por esta parte de la prisión.

—Tócala —le ordenó uno de los hombres.

Valentín golpeó levemente la puerta con sus nudillos. Permaneció un momento allí, rodeado de silencio, excepto por un golpeteo en el pecho y un silbido en los pulmones, pues la bronquitis le había afectado la respiración. Se sintió mareado y con el cuerpo débil; esperaba con todas sus fuerzas que este escape, o lo que fuera que estuviera sucediendo ahora, no lo obligara a correr, saltar ni trepar.

Después de esperar varios segundos más se dio vuelta para ver a los hombres que estaban detrás.

El pasillo estaba desierto.

Los pestillos de la puerta fueron descorridos, las viejas bisagras crujieron y el prisionero ruso contempló el mundo exterior.

Valentín Kovalenko había respirado unas pocas horas de un aire semi-fresco durante los ocho meses pasados, cuando lo llevaban al patio de ejercicios de la azotea una vez por semana y el cielo estaba descubierto salvo por una rejilla de alambre oxidado. Pero esta cálida brisa previa al amanecer, que acariciaba su cara mientras permanecía al borde de la libertad, era la sensación más fresca y hermosa que había tenido nunca.

No había alambres, fosos, torres ni perros. Sólo una pequeña zona de estacionamiento frente a él, y algunos autos particulares de dos puertas estacionados a lo largo de un muro que había al otro lado. Y a su derecha había una calle polvorienta que se extendía tan lejos como podía ver bajo la luz tenue del alumbrado público.

Un letrero decía *Ulitsa Matrosskaya Tishina*.

Ya no estaba solo. Un joven guardia le había abierto la puerta desde afuera. Valentín escasamente podía verlo, pues el bombillo arriba de la puerta había sido retirado del tomacorriente. El guardia entró a la prisión, empujó a Valentín hacia afuera y luego cerró la puerta.

Un sonido metálico fue seguido del chirrido de la cerradura.

Y, así de simple, Valentín Kovalenko quedó libre.

Por unos cinco segundos.

Entonces vio un sedán negro BMW Serie 7 circulando a baja velocidad por la calle. Llevaba las luces apagadas y el calor del tubo de escape se elevaba hasta difuminar el resplandor de la farola del alumbrado público. Era la única señal de vida que podía ver y Kovalenko caminó lentamente en esa dirección.

La puerta trasera del vehículo se abrió, como si lo invitaran a subir.

Valentín ladeó la cabeza. Debía tratarse de alguien con sentido del melodrama, algo no muy necesario después de lo que había vivido Kovalenko.

El antiguo espía caminó más rápido, cruzó la calle hacia el BMW y luego subió al vehículo.

—Cierra la puerta —dijo una voz en la oscuridad. Las luces interiores del asiento trasero estaban apagadas y un vidrio polarizado separaba el asiento delantero del trasero.

Kovalenko vio una figura recostada contra una de las puertas delanteras, casi frente a él. Era un hombre grande y grueso, pero Valentín no podía distinguir ninguna facción de su rostro. Había esperado encontrar una cara amable, pero concluyó casi de inmediato que no conocía a ese hombre.

Kovalenko cerró la puerta y el vehículo avanzó con lentitud.

Una luz tenue y roja se encendió, y Kovalenko pudo ver un poco mejor al hombre. Era mucho mayor que él; su cabeza era voluminosa y casi cuadrada, y tenía los ojos hundidos. También tenía un aire de dureza y de importancia que era común entre las altas esferas del crimen organizado ruso.

Kovalenko se sintió decepcionado. Había esperado que un antiguo colega oficial del gobierno, solidarizado con su drama, lo hubiera sacado de la prisión, pero todo parecía indicar que la mafia era su salvadora.

Los dos hombres se miraron mutuamente.

Sin embargo, Kovalenko se cansó del juego.

—No te reconozco, así que no sé qué debería decir. ¿Debería decir «Gracias», o «Cielos, ¿tú aquí?».

—No soy nadie importante. Me llamo Valentín Olegovich.

Kovalenko concluyó que su acento era de San Petersburgo. Se sintió aún más seguro de que este hombre pertenecía al crimen organizado, pues San Petersburgo era un conocido reducto de actividades criminales.

El hombre añadió:

—Represento intereses que acaban de gastar una gran fortuna, tanto financiera como en otros aspectos, para eximirte de tus obligaciones con el Estado.

El BMW se dirigió al sur, algo que Valentín concluyó por los letreros de las calles que cruzaban.

—Gracias. Y gracias a tus colegas. ¿Puedo irme? —respondió. Se imaginó que no, pero quería que el diálogo fuera un poco más ágil para poder obtener respuestas.

—Sólo puedes volver a la cárcel. —El hombre se encogió de hombros—. O trabajar para tu nuevo benefactor. No has sido liberado de la cárcel, simplemente escapaste.

—Comprendí eso cuando ustedes asesinaron al otro prisionero.

—No era un prisionero. Era un borracho al que sacaron de un patio de trenes. No habrá autopsia. Los registros dirán que moriste de un ataque al corazón en la enfermería, pero no podrás regresar por completo a tu vida anterior.

—Entonces... ¿estoy implicado en este crimen?

—Sí. Pero no creas que esto afectará tu caso judicial. No *había* ningún caso. Tenías dos futuros posibles. Te iban a enviar al gulag o te iban a asesinar allá en la enfermería. Créeme, no serías el primer hombre en ser ejecutado en secreto en Matross-kaya Tishina.

—¿Y qué ha pasado con mi familia?

—¿Tu familia?

Kovalenko ladeó la cabeza.

—Sí. Con Lyudmila y mis hijos.

El hombre con la cabeza cuadrada dijo:

—Ah, estás hablando de la familia de Valentín Olegovich Ko-valenko, un prisionero que murió de un ataque al corazón en la cárcel Matrosskaya Tishina. Usted, señor, no tiene familia. No tiene amigos. Sólo tiene a su nuevo benefactor. Su lealtad hacia él por haberle salvado la vida es ahora su única su razón de existir.

¿Así que su familia había desaparecido y el mafioso era su nueva familia? No. Kovalenko levantó el mentón y enderezó los hombros.

—*Ida na hui* —dijo. Era un insulto ruso intraducible, pero semejante a «Vete a la mierda».

El mafioso golpeó el cristal divisorio con los nudillos y dijo:

—¿Crees que la perra que te dejó y se llevó a tus hijos reacciona-ría de un modo agradable si tocaras su puerta, tú, un hombre culpable de asesinato que huye de la policía y que ha sido senten-ciado a muerte por el Kremlin? Ella se sentiría alegre de enterarse mañana mismo de tu muerte. No tendría que avergonzarse inter-minablemente de que su marido estuviera en la cárcel.

El BMW se detuvo lentamente. Valentín miró por la ventana,

preguntándose dónde estarían y vio de nuevo los muros amarillos y blancos de Matrosskaya Tishina.

—Puedes bajarte aquí. Sé que eras una estrella joven y brillante de la inteligencia rusa, pero eso ya terminó. Ya no eres alguien que pueda decirme «*Ida na hui*». Eres un criminal local y un forajido internacional. Le diré a mi empleador que me dijiste «*Ida na hui*» y él te dejará abandonado a tu suerte. O, si prefieres, te llevaré a la estación del tren; puedes ir a la casa de tu puta esposa y ella te entregará a las autoridades.

La puerta del BMW se abrió y el conductor permaneció a un lado.

Kovalenko pensó en regresar a la prisión y sintió de nuevo el sudor frío resbalar por su cuello y espalda. Se encogió de hombros tras varios segundos de silencio.

—Tu argumento es convincente. Larguémonos de aquí.

La puerta trasera se cerró, la del conductor se abrió y se cerró y, luego, por segunda vez en cinco minutos, Valentín Kovalenko fue llevado lejos de la cárcel.

Miró un momento por la ventana, tratando de recobrar la compostura para poder asumir el control de esta conversación e incidir de una forma positiva en su destino.

—Tendré que irme de Rusia.

—Sí. Eso ya está arreglado. Tu empleador se encuentra en el extranjero y trabajarás fuera de Rusia. Te examinará un médico y luego continuarás más o menos con tu carrera en labores de inteligencia, pero no en el mismo lugar de tu empleador. Reclutarás y dirigirás agentes, ejecutando las órdenes de tu benefactor. Serás mucho mejor remunerado de lo que eras cuando trabajabas para el servicio de inteligencia ruso, pero, esencialmente, trabajarás solo.

—¿Estás diciendo que no conoceré a mi empleador?

—He trabajado casi dos años para él y nunca lo he visto —dijo el hombre corpulento—. Ni siquiera sé si es un hombre o una mujer.

Kovalenko enarcó las cejas.

—No estás hablando de un actor nacional, así que no se trata de un Estado extranjero. ¿Se trata de... algún tipo de empresa ilegal? —Él sabía que era así; sólo estaba fingiendo sorpresa para mostrar su disgusto.

La respuesta que recibió fue tan sólo un asentimiento breve.

Sus hombros cayeron ligeramente. Estaba cansado de su enfermedad y de la adrenalina que disminuía en su sangre después del asesinato del hombre en la enfermería y de pensar en su propia muerte. Varios segundos después, dijo:

—Supongo que no tengo otra opción que unirme a tu banda de criminales alegres.

—No es mi banda, y no son alegres. No es así como funciona esta operación. Nosotros... tú, yo y otros... recibimos órdenes vía Criptograma.

—¿Qué es el Criptograma?

—Mensajería segura instantánea. Un sistema de comunicación que no puede leerse o piratearse y que se borra de inmediato.

—¿En la computadora?

—Sí.

Valentín comprendió que tendría que conseguir una computadora.

—¿Así que no serás mi manejador?

El ruso se limitó a negar con la cabeza.

—Mi trabajo ha terminado. *Hemos* concluido. Supongo que nunca más me verás de nuevo.

—De acuerdo.

—Te llevarán a una casa donde un mensajero te entregará los documentos e instrucciones. Tal vez mañana. O tal vez después. Entonces, mi gente te sacará de la ciudad. Del país.

Kovalenko miró de nuevo por la ventana y vio que se dirigían al sector central de Moscú.

—Te haré una advertencia, Valentín Olegovich. Tu empleador, o más bien debería decir nuestro empleador mutuo, tiene gente en todas partes.

—¿En todas partes?

—Si intentas huir de tus deberes o renegar de tu pacto, su gente te encontrará y no vacilarán en hacer que respondas. Ellos lo saben y lo ven todo.

—Entiendo.

Por primera vez, el hombre de la cabeza cuadrada sonrió.

—No. No lo entiendes. No es posible que puedas entenderlo en este punto. Pero confía en mí. Hazlos enojar de *cualquier* manera y en *cualquier* momento, y conocerás su omnisciencia de inmediato. Ellos son como dioses.

El urbano y educado Valentín Kovalenko concluyó que era mucho más sofisticado que aquel pedazo de criminal sentado a su lado. Era probable que este hombre no tuviera experiencia en trabajar con una unidad bien administrada antes de empezar a trabajar para este empleador extranjero, pero Valentín escasamente se sentía estresado por la magnitud y el alcance de su nuevo jefe. Había trabajado en la inteligencia rusa, que, después de todo, era una agencia de espionaje de primera línea.

—Una advertencia más.

—Estoy escuchando.

—No se trata de una organización a la que renuncies o de la

que te retires algún día. Cumplirás sus órdenes hasta que ellos lo quieran.

—Ya veo.

El ruso de cabeza cuadrada se encogió de hombros.

—Era esto o morir en la cárcel. Te harás un favor si lo recuerdas. Cada día de tu vida es un regalo que te han dado ellos. Deberías disfrutarla y aprovecharla al máximo.

Kovalenko miró por la ventana y vio la ciudad pasar frente a él antes del amanecer. *Un gánster imbécil dando una charla motivacional.*

Valentín suspiró.

Iba a extrañar su vida anterior.

SIETE

· · · · · · · · · · · · · ·

J ack Ryan se despertó a las 5:14 a.m., un minuto antes de la alarma programada en su iPhone. La apagó para no molestar a la chica desnuda que dormía a su lado envuelta en las sábanas, y la miró con la luz del teléfono. Era algo que hacía casi todas las mañanas, pero nunca se lo había dicho a ella.

Melanie Kraft estaba frente a él, pero tenía el rostro cubierto por su cabello largo y oscuro. Su hombro izquierdo, suave pero tonificado, brilló bajo la luz del teléfono.

Jackson sonrió, se inclinó un momento después y le retiró el cabello de los ojos.

Ella los abrió. Tardó un segundo en despertar y en formar un pensamiento sensible en una sola palabra.

—Hola. —Su voz era un susurro.

—Hola —le dijo Jack.

—¿Hoy es sábado? —preguntó ella con un tono juguetón y optimista, aunque aún estaba apartando las telarañas de su cerebro.

—No, es lunes —respondió Jack.

Ella se tendió de espaldas, dejando sus pechos al descubierto.

—Carajo. ¿Cómo es posible?

Jack la siguió mirando mientras se encogía de hombros.

—Las revoluciones de la Tierra. La distancia del sol. Cosas como esas. Probablemente lo aprendí en cuarto grado, pero ya lo olvidé.

Melanie comenzó a dormirse de nuevo.

—Haré café —dijo Jack y se levantó de la cama.

Ella asintió ligeramente, y el cabello que Ryan le había apartado le cubrió los ojos de nuevo.

Cinco minutos después bebían sus tazas de café humeante, sentados juntos en el sofá de la sala del apartamento que Jack tenía en Columbia, Maryland. Llevaba una sudadera y una camiseta de Georgetown. Melanie tenía una bata de baño. Ella mantenía mucha ropa y artículos personales en el apartamento de Jack. Cada vez más, a medida que pasaban las semanas, y a Jack no le importaba.

A fin de cuentas, ella era hermosa y él estaba enamorado.

Habían estado saliendo desde hacía unos pocos meses y era la relación más prolongada en la vida de Jack. La había llevado incluso a la Casa Blanca pocas semanas atrás para presentarle a sus padres; fueron conducidos deliberadamente a una vivienda alejada de la prensa, y Jack había presentado su novia a su madre cuando estaban en el West Sitting Hall, justo al lado del comedor presidencial. Las dos mujeres se sentaron en el sofá bajo la hermosa ventana en forma de media luna y hablaron de Alexandria, del trabajo de la chica y del respeto que ambas sentían por Mary Pat Foley, la jefa de Melanie. Ryan pasó el rato mirando a Melanie; se sentía cautivado por su porte y su calma. Obviamente, ya le había presentado algunas chicas a su madre pero, en términos generales, escasamente lograban sobrevivir a la experiencia. Mientras tanto, Melanie parecía disfrutar genuinamente de la compañía de su madre.

El padre de Jack, el presidente de los Estados Unidos, llegó cuando ellas estaban conversando. Junior vio a su padre supuestamente duro ablandarse como una gelatina poco después de conocer a la inteligente y hermosa novia de su hijo. Era todo sonrisas y bromas divertidas; Jack sonrió para sus adentros al ver a su papá tratando de esforzarse para ser aún más divertido.

Habían cenado en el comedor y la conversación fue fluida y entretenida; Jack junior fue el que menos habló, pero de vez en cuando su mirada se encontraba con la de Melanie y ambos sonreían.

A Jack no le sorprendió que Melanie hiciera casi todas las preguntas y que dedicara el menor tiempo posible a hablar de ella. Su madre había fallecido, su padre había sido un coronel de la Fuerza Aérea y ella había pasado gran parte de su infancia en el extranjero. Dijo esto al presidente y a la primera dama cuando se lo preguntaron, y eso era prácticamente todo lo que Ryan Jr. sabía acerca de su infancia.

Jack estaba seguro de que los oficiales del Servicio Secreto sabían más que él sobre el pasado de su novia.

Después de la cena, y luego de salir de la Casa Blanca tan discretamente como habían entrado, Melanie confesó a Jack que se había sentido nerviosa al comienzo, pero que sus padres habían sido tan naturales, que ella había olvidado durante gran parte de la velada que estaba en presencia del comandante en jefe y de la directora de cirugías del Wilmer Eye Institute del Hospital Johns Hopkins.

Jack pensó de nuevo en la velada mientras veía las curvas de Melanie a través de su bata.

Ella vio que él la estaba mirando y le preguntó:

—¿Vamos al gimnasio o a correr? —Hacían una de estas dos cosas casi todas las mañanas, aunque hubieran pasado o no la noche en la misma cama. Cuando ella se quedaba en el apartamento de Jack, se ejercitaban en el gimnasio del edificio o corrían tres millas por una pista que rodeaba el lago Wilde y recorría el campo de golf Fairway Hills.

Por otra parte, Jack Ryan nunca se había quedado en el apartamento de Melanie en Alexandria. Le parecía extraño que nunca lo invitara a dormir allí, pero ella siempre se justificaba con alguna explicación, diciendo que su apartamento, tan pequeño como una caseta y que no tenía ni el tamaño de la sala del apartamento de Jack, la hacía sentirse tímida.

Él no la presionó. Estaba seguro de que Melanie era el amor de su vida, pero ella era, sin embargo, un poco misteriosa y reservada. Y a veces, incluso evasiva.

Él tenía la certeza de que tal vez lo era por el entrenamiento que había recibido en la CIA, y esto sólo la hacía más atractiva.

Mientras él se limitó a mirarla sin responder su pregunta, ella sonrió sosteniendo su taza de café.

—Jack, ¿corremos o vamos al gimnasio?

Él se encogió de hombros.

—Tenemos sesenta grados de temperatura y sin lluvia.

Melanie asintió.

—Entonces vamos a correr. —Dejó la taza sobre la mesa y fue a cambiarse a la habitación.

Jack la vio alejarse y dijo:

—En realidad, hay una tercera opción en materia de ejercicio esta mañana.

Melanie se detuvo y se dio vuelta hacia él. Sus labios esbozaron una sonrisa maliciosa.

—¿Cuál podría ser, señor Ryan?

—Los científicos dicen que se queman más calorías con el sexo que corriendo. También es mejor para el corazón.

Ella enarcó las cejas.

—¿Eso dicen los científicos?

Él asintió.

—Así es

—Siempre está el riesgo de ejercitarse en exceso. De fundirse.

Ryan se rio.

—No existe la menor posibilidad.

—Siendo así... —dijo ella. Se abrió la bata y la dejó caer al piso de madera, se dio vuelta y caminó desnuda a la habitación.

Jack tomó un último sorbo de café y se puso de pie.

Iba a ser un buen día.

A las siete y treinta a.m. Melanie ya se había bañado y vestido, y estaba en la puerta del apartamento de Jack con su bolso en el hombro. Tenía el cabello recogido en una cola de caballo y lentes oscuros sobre la cabeza. Le dio un beso de despedida a Jack, un beso largo para dejarle saber que no quería irse y que no esperaba la hora de verlo de nuevo, y luego caminó por el pasillo hacia el ascensor. Tenía que recorrer un largo trayecto para llegar a McLean, Virginia. Era analista en la CIA y se había mudado recientemente del Centro Nacional de Contraterrorismo, al otro lado de la zona de estacionamiento de Liberty Crossing, a la Oficina de la directora de Inteligencia Nacional, luego de que su jefa Mary Pat Foley dejara de ser la directora adjunta de NCTC para asumir como directora de Inteligencia Nacional, un cargo de nivel ministerial.

Jack estaba vestido a medias, pero no tenía que preocuparse por recorrer un trayecto largo. Trabajaba mucho más cerca, en West Odenton, y terminó de ponerse el traje y la corbata mientras se servía otra taza de café y veía el canal CNN en el televisor plasma de sesenta pulgadas de su sala. Poco después de las ocho, bajó las escaleras que conducían al estacionamiento de su edificio y logró suprimir el impulso de buscar su enorme camioneta de color amarillo canario. Subió al BMW Serie 3 negro que había conducido en los últimos seis meses y salió del estacionamiento.

La Hummer era divertida, su manera de expresar su individualidad y espíritu, pero desde una perspectiva de seguridad personal, lo mismo daría que condujera un dispositivo de rastreo de tres toneladas. Cualquiera que intentara seguirlo por el tráfico circunvalar, podría hacerlo fácilmente a tres veces la distancia que se necesitaba normalmente para seguir un vehículo.

Este margen para su propia seguridad lo debía determinar él, pues su profesión requería cuidarse la espalda veinticuatro horas al día y siete días a la semana, pero en realidad, deshacerse de su Hummer amarilla no era su idea.

Esta recomendación provenía de una sugerencia amable, pero enunciada con contundencia por el Servicio Secreto de Estados Unidos.

Aunque Jack ya había rechazado la protección del Servicio Secreto que era habitual para un hijo adulto del ocupante actual de la Oficina Oval, los pormenores de la protección de su padre habían hecho que Jack se hubiera visto casi obligado a tener una serie de reuniones con agentes, quienes le daban indicaciones para que permaneciera seguro.

Aunque a su madre y su a padre no les gustaba que estuviera sin protección, ambos entendían por qué la había rechazado. Habría sido *problemático*, por decir lo menos, hacer lo que hacía Jack Ryan, Jr. para ganarse la vida con un agente del gobierno a cada lado suyo. Al Servicio Secreto no le agradaba su decisión de estar sin escoltas, pero, obviamente, ellos se habrían sentido exponencialmente más disgustados si tuvieran la menor idea sobre la frecuencia con la que él se interponía en el camino del peligro.

Durante las reuniones le dieron numerosos consejos y sugerencias sobre cómo mantener un perfil bajo, y el primer tópico con respecto a este tema había sido la Hummer.

La Hummer debía ser la primera en desaparecer.

Obviamente, Jack entendía la lógica detrás de esto. Había decenas de miles de autos BMW de color negro en las carreteras y las nuevas ventanas oscuras de su auto lo hacían aún más invisible. Además, Jack reconocía que podía cambiar de ruta con mucha mayor facilidad de lo que podía cambiar el aspecto de su cara. Sin embargo, era muy parecido al hijo del presidente de los Estados Unidos y no podía hacer mucho al respecto, exceptuando una cirugía plástica.

No se podía negar que Jack era conocido, pero escasamente era una celebridad.

Sus papás habían hecho todo lo posible para mantenerlos a él, a sus hermanos y hermanas lejos de las cámaras desde que su padre incursionó en la política, y Jack se había abstenido de hacer cualquier cosa que lo convirtiera en el centro de atención, aparte de los deberes semioficiales con los que debía cumplir el hijo de un candidato presidencial y ahora presidente. A diferencia de lo que parecían ser decenas de miles de celebridades de listas B y de aspirantes a estrellas de *realities* en Estados Unidos, incluso antes de que Jack comenzara con su trabajo encubierto en el Campus, él pensaba que la fama era «una patada en el trasero».

Tenía a sus amigos y también a su familia. ¿Por qué habría de importarle si un grupo de personas a quienes no conocía sabían quién era él?

Exceptuando la noche en que su padre ganó las elecciones y el día en que tomó posesión unos dos meses después, Jack llevaba años sin aparecer en la televisión. Y aunque el estadounidense promedio sabía que Jack Ryan tenía un hijo a quien todos le decían junior, no necesariamente sería capaz de identificarlo entre una fila de hombres altos, apuestos y de cabello oscuro, entre los veinticinco y los veintinueve años.

Jack quería que las cosas siguieran así porque era conveniente y porque eso podría ayudarle a seguir con vida.

OCHO

....

El letrero que había afuera del edificio de nueve pisos donde trabajaba Jack decía *Hendley Asociados* y no explicaba nada de lo que ocurría adentro. El diseño inocuo del letrero encajaba con la apariencia apacible de la estructura. Tenía el mismo aspecto de miles de oficinas convencionales en todo el país. Cualquiera que pasara por allí y mirara fugazmente, pensaría que se trataba de la oficina de una cooperativa de crédito, del centro administrativo de una empresa de telecomunicaciones, de una agencia de recursos humanos o de una compañía de relaciones públicas. Había un gran número de antenas parabólicas en la azotea y de antenas rodeadas de rejas al lado del edificio, pero eran escasamente visibles desde la calle y, en caso de ser vistas, no le parecerían nada fuera de lo común al ciudadano promedio.

Uno entre un millón de peatones que podrían investigar un poco más a la compañía, descubriría que se trataba de una firma internacional de finanzas, una de las muchas que había alrededor del área metropolitana de Washington, D.C., y que la única característica novedosa de esta compañía consistía en ser propiedad y dirigida por un exsenador de los Estados Unidos.

Por supuesto, la compañía tenía características mucho más peculiares al interior de la estructura de adobes y cristal. Aunque había poca seguridad física afuera, aparte de una cerca baja y de unas pocas cámaras de circuito cerrado, en su interior, y oculto detrás del «lado blanco» de la firma financiera, había un «lado negro», una operación de inteligencia desconocida para todo el mundo, salvo para una minoría increíblemente pequeña dentro de la comunidad de inteligencia de Estados Unidos. El Campus, el nombre no oficial que tenía esta agencia paralela de espionaje, había sido concebida años atrás por el presidente Jack Ryan durante su primer período. Él había establecido la operación con algunos aliados cercanos en la comunidad de inteligencia, y nombrado al exsenador Gerry Hendley para que la dirigiera.

El Campus contaba con algunos de los analistas más brillantes de la comunidad, algunas de las mejores mentes tecnológicas y, gracias a los satélites en la azotea y a los *coders* del departamento de TI, tenía una línea de acceso directo a las redes informáticas de la Agencia Central de Inteligencia y de la Agencia de Seguridad Nacional.

Toda la operación también era completamente autofinanciada, pues la firma «de pantalla» era una compañía de gestión financiera exitosa pero de bajo perfil. Su éxito para captar acciones, bonos y monedas recibía una gran ayuda de los muchos gigabytes de datos de inteligencia «cruda» que llegaban diariamente al edificio.

Ryan pasó al lado del letrero, estacionó y entró al vestíbulo con su bolsa de cuero en la espalda. Detrás del escritorio de seguridad, un guardia con una placa en la chaqueta que decía *Chambers* lo recibió con una sonrisa.

—Buenas, Jack. ¿Cómo está tu esposa?

—Buenas, Ernie. No estoy casado.

—Lo volveré a comprobar mañana.

—Adelante.

Era la broma diaria entre los dos, aunque Ryan realmente no la entendía.

Jack se dirigió al ascensor.

Jack Ryan, Jr., el hijo mayor del presidente de los Estados Unidos, llevaba casi cuatro años trabajando en Hendley Asociados. Aunque oficialmente era un gerente financiero asociado, la gran mayoría de su trabajo estaba relacionada con el análisis de inteligencia. Adicionalmente, sus responsabilidades habían aumentado hasta convertirse en uno de los cinco oficiales de operaciones del Campus.

En sus labores operacionales había visto acción —mucha acción— en los tres últimos años, aunque la única acción que había visto tras su regreso de Estambul consistió en unas pocas rutinas de entrenamiento con Domingo Chávez, Sam Driscoll y Dominic Caruso.

Pasaban el tiempo en dōjōs, practicando destrezas «mano a mano», en campos de tiro techados y al aire libre en Maryland y Virginia, tratando de mantener sus perecederas destrezas en tiro tan atinadas como fuera posible, practicando también tácticas de vigilancia y de contravigilancia en Baltimore o en D.C., donde se sumergían en el ajetreo de las ciudades concurridas y seguían de cerca a los entrenadores del Campus, o trataban de que los entrenadores que habían recibido la orden de pisarles los talones les perdieran el rastro.

Era un trabajo fascinante y extremadamente práctico para estos hombres que, de tanto en tanto, tenían que arriesgar sus vidas en operaciones ofensivas alrededor del mundo. Sin embargo, no era un verdadero trabajo de campo, y Jack junior no había entrado al lado negro de Hendley Asociados para entrenar en un campo de tiro, en un dōjō, o para perseguir o escapar de algún tipo con el que se tomaría una cerveza esa misma tarde.

No, a él le gustaba el trabajo de campo, la acción que bombeaba adrenalina y que había experimentado en numerosas ocasiones durante los últimos años. Esto era adictivo —o por lo menos para un hombre en su veintena— y Ryan estaba sufriendo los efectos de la abstinencia.

Pero toda la acción estaba en entredicho, el futuro del Campus era incierto, y todo por algo a lo que todos se referían ahora como el Disco de Estambul.

Se trataba apenas de unos pocos gigabytes de imágenes digitales, tráfico de correos electrónicos, aplicaciones de software y de otra miscelánea electrónica recuperada de la computadora de escritorio de Emad Kartal la noche en que Jack lo mató de un tiro en su apartamento del barrio Taksim, en Estambul.

Esa noche, Gerry Hendley, el director del Campus, había ordenado a sus hombres que interrumpieran todas las operaciones ofensivas hasta que pudieran dar con la persona que los tenía bajo vigilancia. Los cinco operadores se habían acostumbrado a viajar por el mundo en el jet Gulfstream de la compañía, pero ahora se encontraban prácticamente encadenados a sus escritorios. Junto a los analistas de la organización, pasaban sus días tratando de descubrir a toda costa quién había monitoreado de un modo tan efectivo sus acciones durante los cinco asesinatos en Turquía.

Alguien los había visto y grabado «*in flagranti delicto*» y toda la evidencia relacionada con la vigilancia estaba guardada en el disco duro que se llevó Ryan. Y durante varias semanas, el personal del Campus se había devanado los sesos para averiguar cuál era la magnitud del lío en el que estaban metidos.

Jack se sentó en su silla, encendió su computadora y pensó en la noche del asesinato. Después de sacar el disco duro de la computadora de Emad, había pensado en regresar con el dispositivo al Campus para entregárselo a Gavin Biery, director de tecnología de la oficina y un hacker consumado, que tenía un doctorado en matemáticas por la Universidad de Harvard y había trabajado con IBM y la NSA.

Pero Biery rechazó la idea de inmediato. Más bien, Gavin se encontró en el aeropuerto de Baltimore-Washington con los operativos que regresaban y luego los llevó a un hotel cercano, trayendo consigo el disco duro. Desarmó el disco y lo inspeccionó en busca de cualquier dispositivo de rastreo físico en una habitación de dos estrellas y media, mientras los cinco operadores agotados instauraban la seguridad del perímetro, vigilando las ventanas, las puertas y la zona de estacionamiento en caso de que un dispositivo oculto ya hubiera alertado al enemigo sobre la localización del disco. Después de trabajar dos horas, Biery constató con satisfacción que el disco estaba «limpio» y regresó a Hendley Asociados con el resto del equipo, teniendo ya una pista potencial de la persona que los había observado en Estambul.

Aunque al resto del personal del Campus le asustó el peligro que suponían sus acciones en Turquía, la mayoría seguía pensando que Biery estaba trabajando con una cautela excesiva que rayaba en la paranoia. Sin embargo, esto no le sorprendió a nadie porque las medidas de seguridad tomadas por Gavin en Hendley Asociados eran legendarias. Era llamado a sus espaldas como el Nazi Digital por exigir reuniones semanales de seguridad y

rutinas frecuentes de cambio de contraseñas para que los empleados pudieran «ganarse» el acceso a su red.

Biery había prometido muchas veces a sus colegas que ningún
virus infectaría su red y, para mantener esta promesa, su vigilancia era permanente, aunque, a veces, esto era una piedra en el
zapato para todos los empleados del edificio.

La red de computadoras del Campus era su niña consentida,
algo que decía con orgullo y que protegía de cualquier peligro
potencial.

Después de regresar con el disco al taller de tecnología del
Campus, tomó el dispositivo, que tenía el tamaño de un libro, y
lo guardó en una caja fuerte con cerradura de combinación nu-
mérica. Ryan y Sam Granger, el director de Operaciones, quien
casualmente estaba cerca, contempló la escena con perplejidad,
pero Biery explicó que él sería la única persona del edificio en
tener acceso al disco. Aunque había concluido para su satisfacción
que el dispositivo no tenía un localizador, Biery no sabía si un
virus u otro malware corrupto estaba oculto en el disco. Prefería
no tener este dispositivo en ningún lugar de la propiedad física y
optó por encargarse personalmente de la seguridad del disco y de
controlar todo el acceso a este.

Luego, Gavin instaló una computadora de escritorio en una
sala de conferencias del segundo piso, cuya puerta sólo podía
abrirse con una tarjeta. Esta computadora no hacía parte de ninguna red del edificio y no tenía módem por cable o inalámbrico,
ni capacidad de Bluetooth. Estaba completamente aislada, tanto
del mundo real como del cibermundo.

Jack Ryan preguntó con sarcasmo a Biery si le preocupaba que
al disco duro le salieran patas y tratara de escapar. Biery le había
contestado:

—No, Jack, pero *me* preocupa que alguno de ustedes trabaje hasta tarde en la noche y conecte una memoria USB o una computadora portátil con un cable *sync*, simplemente porque tienen demasiada prisa o les da mucha pereza hacer las cosas a mi manera.

Biery exigió inicialmente ser la única persona con acceso a la computadora mientras estuviera encendida, pero Rick Bell, director de análisis del Campus, había protestado de inmediato con el argumento muy razonable de que Biery no era un analista y de que no sabía buscar, reconocer ni interpretar mayor cosa en lo que se refería a información de inteligencia.

Finalmente, todos acordaron en la primera sesión sobre el disco que sólo un analista, Jack junior, estaría con Biery en la sala de conferencias, y que Jack sólo podría llevar un bloc de papel y un bolígrafo, así como una conexión telefónica por cable con sus compañeros, quienes estarían en sus escritorios, en caso de que necesitara una red informática para hacer búsquedas durante la investigación.

Gavin vaciló antes de entrar a la sala y luego se dirigió a Jack.

—¿Hay alguna posibilidad de que te sometas voluntariamente a una inspección?

—No hay problema.

Biery se sorprendió positivamente.

—¿En serio?

Jack lo miró.

—Por supuesto. Y sólo para que estés doblemente seguro, ¿qué tal si me haces una inspección en las cavidades corporales? ¿Quieres que me ponga contra la pared?

—Oye, Jack. No tienes que hacerte el listo. Necesito asegurarme de que no tengas una USB, un teléfono inteligente o cualquier cosa que pudiera infectarse con lo que encontremos en este disco.

—No, Gav. Te *dije* que no tengo nada de eso. ¿Por qué no puedes contemplar simplemente la posibilidad de que hay otras personas aquí que no quieren estropear nuestra red? No tienes por qué controlar todo lo relacionado con la seguridad operacional. Hemos hecho todo lo que nos has pedido, pero no voy a dejar que me registres.

Biery lo pensó por un segundo.

—Si la red estuviera en peligro...

—Entiendo —le aseguró Jack.

Biery y Ryan entraron a la sala de conferencias. Biery sacó el Disco de Estambul de su caja fuerte y luego lo conectó a la computadora. Encendió la máquina y esperó a que el disco cargara.

Su primer examen del contenido les mostró que el sistema operativo era la última versión de Windows y que había varios programas, correos electrónicos, documentos y hojas de cálculo que deberían revisar.

El programa de documentos y correos electrónicos estaba protegido por una contraseña, pero Gavin Biery conocía este programa de codificación al derecho y al revés, y lo examinó con destreza en pocos minutos por medio de un código de acceso que él y su equipo conocían.

Biery y Ryan examinaron primero los correos electrónicos. Habían hecho los preparativos para contar con la ayuda de analistas que hablaban árabe y turco, y que hacían parte del equipo de Rick Bell en el tercer piso, y encontraron decenas de documentos en estos dos idiomas en el disco, pero rápidamente se hizo aparente que gran parte de la información, y probablemente la más relevante para la investigación, estaba en inglés.

Encontraron casi tres docenas de correos electrónicos en inglés que databan de unos seis meses, enviados desde la misma dirección. Mientras los leían en orden cronológico, Jack habló con otros analistas por teléfono.

—Por los correos electrónicos, parece que nuestro hombre en Estambul estaba trabajando directamente con alguien que hablaba inglés. Este tipo se comunicaba bajo el nombre codificado de Centro. La información extraída a los seudónimos conocidos no nos ha dicho nada, pero esto no es una sorpresa. Nos hemos concentrado en terroristas y tal parece que este es un animal diferente.

Jack leyó los correos electrónicos y les informó lo que había encontrado.

—El libio negoció un pago para una relación de contratación de servicios con Centro, quien les dijo que necesitaban que él y su célula hicieran algunos trabajitos en la ciudad... —Jack hizo una pausa mientras leía el segundo correo—. En este fueron enviados a alquilar un depósito. —Leyó otro correo—: En este reciben órdenes de recoger un paquete y entregarlo a un hombre que está en un buque de carga atracado en el puerto de Estambul. En otro correo les piden recoger una maleta que les entregará un tipo en el aeropuerto Cengiz Topel. No se menciona el contenido, pero no es ninguna sorpresa. También hicieron trabajos de reconocimiento en las oficinas de Turkcell, el proveedor de telefonía móvil.

Jack resumió otros correos después de leerlos:

—Cosas de un mandadero de poca monta. Nada que tenga mucho interés.

A excepción, pensó Jack, de las fotos de él y de sus colegas.

La exploración adicional de los correos les reveló otro secreto.

Sólo once días antes del golpe propinado por el Campus, Centro había suspendido todas las comunicaciones por correo electrónico con el libio. Su último correo decía simplemente «Cambia de inmediato el protocolo de comunicación y borra toda la correspondencia existente».

Esto le pareció interesante a Jack.

—Me pregunto cuál sería el nuevo protocolo de comunicación.

Biery respondió después de buscar unos pocos segundos en el sistema.

—Puedo responder eso. Instaló el Criptograma el mismo día que envió el correo electrónico.

—¿Qué es el Criptograma?

—Es como un servicio de mensajería instantánea para espías y maleantes. Centro y Kartal podían conversar por Internet y enviarse archivos por un foro encriptado, sabiendo que nadie escuchaba sus conversaciones, que todos los rastros de estas serían borrados de manera inmediata y permanente de las dos computadoras y que tampoco llegarían al servidor de ninguna persona.

—¿Es un programa impenetrable?

—No hay nada que sea impenetrable. Puedes tener la seguridad de que en algún lugar, algún hacker está haciendo todo lo posible para desencriptar el Criptograma y otros programas semejantes, tratando de encontrar una manera de burlar su seguridad. Pero, hasta ahora, no se ha detectado este tipo de actividades. Aquí en el Campus utilizamos un programa similar, pero el Criptograma pertenece a una generación mejorada con respecto a lo que tenemos nosotros. Pronto cambiaré el nuestro. La CIA tiene un programa de unas cuatro generaciones anteriores.

—Pero... —Jack leyó de nuevo el breve correo electrónico—. Le ordenó a Kartal que borrara todos los correos antiguos.

—Así es.

—Y es obvio que no lo hizo.

—No —dijo Gavin—. Creo que Centro ignoraba que Kartal no los había borrado. O que realmente no le importó.

—Creo que cabe suponer que él lo sabía, y que le importaba.

—¿Por qué dices eso?

—Porque Centro estaba allá, nos vio matar a los compañeros de Kartal y no le advirtió a este de que su teléfono móvil estaba intervenido.

—Es un buen argumento.

—¡Cielos! —exclamó Jack tras pensar en las implicaciones—. Este cabrón de Centro se toma en serio la seguridad de su computadora.

—Es un hombre a imagen y semejanza mía —comentó Gavin Biery sin la menor señal de sarcasmo.

Después de examinar los correos en inglés, comenzaron a trabajar con los traductores en el resto de la correspondencia, pero no encontraron nada de interés, salvo por alguna comunicación entre los antiguos miembros de la OSJ y algunos chismes entre Kartal y un antiguo colega en Trípoli.

A continuación, Biery intentó rastrear la dirección de correo electrónico de Centro, pero muy pronto se hizo evidente que el misterioso benefactor de la célula libia utilizaba un complejo sistema que hacía que su conexión rebotara de un servidor proxy a otro alrededor del mundo. Biery rastreó la fuente de los correos electrónicos en cuatro lugares, y finalmente avanzó hasta llegar a un punto nodal en la sucursal de South Valley del sistema de bibliotecas del condado Alburquerque/Bernalillo en Nuevo México.

Anunció este descubrimiento a Jack, quien dijo:

—Buen trabajo. Hablaré con Granger para que envíe a un par de operadores allá e investiguen.

Biery se limitó a mirar un momento a Jack antes de decirle:

—No seas ingenuo, Ryan. Lo único que *he* logrado hacer es descartar la biblioteca de South Valley como la base de operaciones de Centro. Él no está allá. Probablemente haya otra docena de estaciones de retransmisión entre él y nosotros.

Cuando no tuvieron el éxito que habían esperado, Jack y Gavin empezaron a examinar el software financiero de Kartal y rastrearon las transferencias bancarias que envió Centro a los libios como pago por sus trabajos en Estambul. Estas transferencias se hicieron por medio del Abu Dhabi Commercial Bank Ltd., en Dubai, e inicialmente parecían una pista sólida para detectar la identidad de Centro. Uno de los especialistas en computadoras de Biery pirateó la información de la cuenta bancaria de Centro. El rastreo de esta cuenta reveló que el dinero había sido transferido de manera ilegal —robado por medios electrónicos— a un fondo para nóminas de empleados de un hotel con sede en Dubai.

Aunque esto era un callejón sin salida para identificar a Centro, lo cierto es que les dio una pista. Para Biery, que era un experto en redes informáticas, se trataba de una evidencia de que Centro era un hacker muy hábil.

Gavin encontró algo interesante después de escanear la carpeta de archivos del sistema.

—Hola —dijo mientras hacía clic en los archivos abiertos, pasaba de una ventana a otra y movía el cursor para señalar líneas de texto a una velocidad que a Ryan le pareció imposible de seguir con sus ojos.

—¿Qué es todo eso? —preguntó Jack.

—Es un kit muy efectivo de herramientas de ataque.

—¿Y qué es lo que hace?

Gavin siguió explorando las ventanas y los archivos a la misma velocidad. Jack supuso que había mirado alrededor de veinte archivos en los últimos cuarenta y cinco segundos. Mientras hacía clic y, supuso Jack, absorbía toda la información en la pantalla que tenía frente a él, Gavin respondió:

—El libio pudo haber utilizado estas herramientas para acceder ilegalmente a computadoras y redes informáticas, robar contraseñas, apropiarse de información personal y suplantarla, y vaciar cuentas bancarias. Ya sabes, los delitos habituales.

—Entonces... ¿Centro es un hacker?

Gavin cerró todas las ventanas y giró la silla en dirección a Jack.

—No. Esto no es realmente un pirateo.

—¿Qué quieres decir?

—Es un kit de herramientas para un *script kiddie*.

—¿Un qué?

—Es un término para describir a alguien que no sabe programar códigos maliciosos y entonces utiliza un paquete como este, que ha sido creado por otra persona. Este kit de herramientas de ataque es como el cuchillo Swiss Army de los aparatos para cometer delitos cibernéticos. Son materiales de piratería informática fáciles de usar: malware, virus, *keylogger*, códigos para robar contraseñas y cosas como esas. El *script kiddie* simplemente envía esto a una computadora objetivo, y se encarga de hacer todo el trabajo por él.

Biery se concentró de nuevo en el monitor y miró otros archivos.

—Aquí hay incluso un manual de instrucciones para él y

consejos especiales para obtener acceso a computadoras controladas por administradores de redes.

—Si él tiene acceso a una sola computadora controlada por un administrador, ¿podrá ver otras cosas que pertenezcan a cualquier aspecto del que haga parte la red informática?

—Correcto, Jack. Sólo piensa en ti. Vienes a trabajar, enciendes tu computadora, ingresas tu contraseña...

—Y hago lo que me dé la gana.

Biery negó con la cabeza.

—Bueno, tienes acceso a nivel de usuario, así que haces lo que yo te deje hacer pues tengo acceso en calidad de administrador. Puedes ver mucha información en nuestra red, pero yo tengo un acceso y control mucho mayor.

—Entonces, el libio tenía las herramientas para infiltrarse como administrador en ciertas redes. ¿Qué tipo de redes? Es decir, ¿qué tipo de compañías o industrias? ¿A qué podía tener acceso con estos programas?

—El tipo de industria no tiene nada que ver con eso. Él podía infiltrar cualquier industria. Si quería robar números de tarjetas de crédito, por ejemplo, podría atacar restaurantes o puntos de venta al por menor y cosas como estas. Pero si quería entrar al sistema de una universidad, aerolínea, agencia estatal, a un banco de la Reserva Federal, podía hacerlo con la misma facilidad. Las herramientas para acceder ilegalmente a redes no están discriminadas por industria. Las herramientas harán todo lo posible para encontrar la forma de hurgar en la red por medio de diferentes vulnerabilidades y vectores de ataque.

—¿Como cuáles?

—Con contraseñas llamadas «password», «admin», «1234»,

«Letmein» o alguna que sea fácil de adivinar, con puertos que estén abiertos y permitan el acceso o con información que no esté protegida por el cortafuegos y que podría revelar datos acerca de quién tiene acceso a qué tipo de información, de modo que el atacante pueda infiltrar a esas personas utilizando las redes sociales y el «espacio carnal», y poder hacer una suposición bien fundada sobre cuáles podrían ser sus contraseñas. Gran parte de esto es exactamente como la ingeniería social que hacen ustedes los espías.

—Espera un momento.

—¿Qué diablos es el «espacio carnal»?

—El mundo real, Jack. Tú y yo. Todo lo físico, lo que no sea el ciberespacio.

Jack se encogió de hombros.

—De acuerdo.

—¿No has leído a William Gibson?

Ryan reconoció que no y Biery le lanzó una mirada llena de asombro.

Jack hizo todo lo posible para que Biery se ocupara de nuevo en el asunto en cuestión.

—¿Podrías saber con quién utilizó el kit de herramientas de ataque?

Biery siguió observando un momento más.

—En realidad, con nadie.

—¿Por qué?

—No lo sé, pero nunca utilizó nada de esto. Lo descargó ocho días antes de que mataras al hombre, pero no lo usó.

—¿Dónde lo consiguió?

Biery pensó un momento en esto y luego abrió el navegador web del disco duro. Observó rápidamente el historial de páginas web visitadas por Kartal, algo que se remontaba varias semanas atrás. Luego dijo:

—Los *script kiddies* pueden comprar estos kits de herramientas en páginas especiales de economía de bajos fondos en la Internet. Pero no creo que lo haya conseguido allí. Apuesto a que Centro se lo envió por medio del Criptograma. Lo recibió después de que dejaran de escribirse correos electrónicos; el Criptograma fue ejecutado y el libio no buscó en ningún lugar de la Internet que vendiera estas herramientas.

—Interesante —dijo Jack, aunque no sabía muy bien qué quería decir con eso.

—Si Centro se lo envió, tal vez era parte de un plan más grande. Algo que no llegó a tener mucha importancia.

—Tal vez. Aunque este material no es la piratería informática de mayor nivel que haya conocido el hombre, lo cierto es que puede ser muy dañina. El año pasado, la red de computadoras del banco de la Reserva Federal de Cleveland fue pirateada. El FBI dedicó varios meses y millones de dólares a la investigación, sólo para descubrir que el culpable era un joven de diecisiete años que operaba en un bar desde un karaoke y cibercafé en Malasia.

—¡Rayos! ¿Y utilizó un kit de herramientas como este?

—Así es. La gran mayoría de la piratería informática es realizada por algún infeliz que sólo sabe hacer clic con el *mouse*. Los códigos realmente maliciosos son escritos por los llamados hackers de sombrero negro. Estos son los tipos malos. Es probable que Kartal haya utilizado el kit de herramientas de ataque en su computadora, pero tengo la sensación de que Centro es el sombrero negro que se lo envió a él.

Cuando Jack exploró todos los documentos en busca de información valiosa, Gavin Biery comenzó a inspeccionar el software del dispositivo, tratando de encontrar cualquier pista acerca de la forma en que Centro había logrado operar la cámara por control remoto. No había una aplicación obvia que hiciera esto en el disco, ni tampoco correos electrónicos entre Kartal y Centro en los que se discutiera el acceso de este último, así que Biery concluyó que el misterioso Centro probablemente había pirateado la computadora del libio sin su conocimiento. Biery decidió que dedicaría todo el tiempo necesario para descubrir las herramientas de piratería que utilizaba Centro y poder saber más sobre la identidad de este personaje.

Jack junior se sintió como mosca en leche en esta tarea; era tan incapaz de extraer inteligencia de un código crudo de software como de entender un texto en sánscrito.

Ryan se reunió con sus compañeros analistas y comenzó a trabajar por otros medios en la célula libia y en su misterioso benefactor, mientras Biery dedicaba virtualmente cada minuto que no estuviera trabajando en otras labores de TI en Hendley/Campus al Disco de Estambul, en su sala de conferencias solitaria pero segura.

Tardó varias semanas para abrir, examinar y reexaminar cada uno de los cientos de archivos ejecutables que había visto, con el fin de saber qué hacían y cómo afectaban al resto de la computadora, y cuando esto no arrojó ninguna información valiosa, trató de descifrar el código de acceso, las instrucciones de texto de cada programa, decenas de miles de renglones de información que, en última instancia, sólo revelaron poco más que los ejecutables.

Y después de haberse esforzado varias semanas, comenzó a

explorar el código de la máquina. Se trataba de la secuencia del lenguaje de la computadora, extensas líneas de 1's y 0's que *realmente* le decían al procesador lo que debía hacer.

Aunque el código fuente era arcano y de alta tecnología, el código de la máquina era casi indescifrable para cualquiera que no fuera un experto en programación de computadoras.

Era algo completamente aburrido, incluso para un tipo que vivía para los códigos de computadoras, pero a pesar de que sus *geeks* informáticos le habían sugerido que estaba persiguiendo fantasmas en la computadora, y de la presión de las directivas de Hendley para que se apurara o declarara sus labores como un asunto cerrado, Gavin siguió trabajando a su ritmo lento y metódico.

Jack pensó en la noche de Estambul y en la subsiguiente investigación que se prolongó por un mes mientras esperaba a que su computadora cargara. Percibió que había perdido la sensación del tiempo por un momento y luego se sacudió para encontrarse mirando la cámara en la parte superior del monitor de su computadora. Era un dispositivo integrado que utilizaba en ciertas ocasiones con otros departamentos del edificio para comunicaciones en chat por la Web. Aunque Gavin había declarado que la red de la compañía era impenetrable, Jack tuvo una sensación casi constante de que estaba siendo observado.

Miró atentamente la cámara mientras seguía pensando en aquella noche en Estambul.

Sacudió la cabeza y se dijo:

—Eres muy joven para ser paranoico.

Se puso de pie para ir a tomar una taza de café en la sala de descanso, pero antes de hacerlo retiró una nota adhesiva de una almohadilla a un lado de su teclado y luego cubrió el lente de la cámara con la banda adhesiva.

Era una solución de baja tecnología para un problema de alta tecnología, más apropiado para su paz mental que para cualquier otra cosa.

Mientras se daba vuelta, dio un paso hacia el corredor antes de detenerse súbitamente y suspirar en señal de sorpresa.

Gavin Biery estaba frente a él.

Jack veía a Biery prácticamente todos los días de trabajo y no parecía ser exactamente el epítome de la buena salud, pero hoy parecía como levantado del mundo de los muertos. Eran las ocho y treinta de la mañana y Biery tenía la ropa arrugada, su escaso cabello castaño salpicado de canas estaba muy desordenado y unas bolsas oscuras y pronunciadas coronaban sus mejillas mofle-tudas.

En el mejor de los días, Gavin era un tipo cuyo rostro parecía como si la única luz que hubiera recibido fuera el brillo de su monitor LCD, pero hoy parecía un vampiro en su ataúd.

—¡Cielos, Gav! ¿Pasaste la noche aquí?

—En realidad, todo el fin de semana —respondió Biery con voz cansada pero llena de emoción.

—¿Qué tal un café?

—Ryan... en este punto, *sudo* café.

Jack se rio.

—Bueno, al menos dime que tu aburrido fin de semana valió la pena.

El rostro de Biery se contrajo en una sonrisa.

—Lo encontré. De veras lo encontré.

—¿Qué encontraste?

—Encontré remanentes del malware en el Disco de Estambul. No es gran cosa, pero es una pista.

Jack lanzó un puño al aire.

—¡Excelente! —dijo, aunque no pudiera dejar de pensar en su interior *Ya era hora*.

NUEVE

. . . .

Mientras Ryan y Biery bajaban al departamento de tecnología, John Clark permanecía sentado en su oficina, tamborileando con los dedos de su mano ilesa en el escritorio. Eran apenas poco más de las ocho y treinta; Sam Granger, director de operaciones del Campus, llevaría ya más de una hora trabajando en su oficina, mientras que Gerry Hendley, director del Campus y de la operación del «lado blanco» de Hendley Asociados, estaría apenas llegando.

No hay razón para aplazar más esto. —Clark levantó el teléfono y marcó un número.

—Granger.

—Hola Sam, soy John.

—Buenos días. ¿Tuviste un buen fin de semana?

No. En realidad no —pensó.

—Sí. Oye, ¿puedo ir a hablar contigo y con Gerry cuando tengan un momento?

—Por supuesto. Gerry acaba de llegar. Ven, estamos disponibles.

—Entendido.

· · · · · · · · · ·

Cinco minutos después, Clark entró a la oficina de Gerry Hendley, situada en el noveno piso del edificio. Este fue a recibirlo y lo saludó con la mano izquierda, tal como lo hacían casi todos en el edificio desde enero. Sam se levantó de una silla frente al escritorio de Gerry y condujo a John a otra, a un lado de la suya.

Por la ventana que estaba detrás del escritorio de Hendley se veían los cultivos de maíz y los ranchos de caballos que se extendían desde Maryland hasta Baltimore.

—¿Qué tal, John?

—Caballeros, he decidido que es hora de confrontar los hechos. Mi mano derecha no va a mejorar. No al ciento por ciento. Digamos que un setenta y cinco por ciento, y eso sólo después de una gran cantidad de terapia. Tal vez después de una o dos cirugías más.

Hendley hizo una mueca.

—Maldita sea, John. Lamento oír eso. Todos estábamos deseando fuertemente que después de tantas cirugías pudieras recuperarte de nuevo en un ciento por ciento.

—Sí. Yo también.

—Tómate todo el tiempo que necesites. Con la investigación en curso del Disco de Estambul, el estado de alerta podría extenderse algunas semanas más y si los análisis no...

—No —replicó rotundamente John sacudiendo la cabeza—. Ya es hora de terminar. De retirarme.

Sam y Gerry se limitaron a mirarlo.

—John, eres una parte crucial de esta operación.

Clark suspiró.

—Lo *era*. Pero el hijo de puta de Valentín Kovalenko y sus secuaces terminaron con esto.

—No digas tonterías. Tienes más capacidades que la mayoría del Servicio Nacional Clandestino en Langley.

—Gracias, Gerry, pero he concluido que la CIA sigue recurriendo a oficiales de operaciones paramilitares que pueden sostener un arma con su mano dominante si fuera necesario. Y esa destreza actualmente está más allá de mis capacidades.

Ni Gerry ni Sam tenían una respuesta a esto.

Clark continuó.

—No es sólo la mano. Mi potencial para el trabajo de campo clandestino fue arruinado por todo lo que la prensa dijo de mí el año pasado. Es cierto que las cosas están calmadas ahora, que la mayoría de los medios corrieron con la cola entre las patas cuando se supo que estaban difundiendo propaganda para la inteligencia rusa. Pero piénsalo, Gerry: sólo bastará con que un reportero intrépido haga una de esas historias de «¿Dónde están ahora?» en un día que tenga pocas noticias. Me seguirá hasta acá, indagará un poco más y lo próximo que sabes es que el programa *60 Minutos* estará en la recepción con una cámara, pidiendo que les regales un poco de tu tiempo.

Hendley entrecerró los ojos.

—Les diré que se trata de mi propiedad.

Clark sonrió.

—Si todo fuera así de fácil. En serio; no quiero ver otra caravana de camionetas blancas con hombres del FBI llegando a mi granja. Una sola vez fue más que suficiente.

—El tipo de conocimientos que tienes es invaluable. ¿Qué tal si dejas de hacer trabajos operativos y asumes un papel detrás de bastidores?

Obviamente, Clark había pensado en eso, pero al final comprendió que el Campus funcionaba con la mayor eficiencia posible.

—No voy a limitarme a recorrer pasillos aquí, Sam.

—¿De qué estás hablando? Continuarás en tu oficina. Y seguirás haciendo...

—Hemos estado en esta situación de emergencia desde Estambul. Todo el equipo está trabajando ocho horas al día en sus computadoras. Me parece lamentable que mi nieto maneje mejor una computadora que yo. Ya no tengo absolutamente nada que hacer aquí, y si el Disco de Estambul fuera descifrado y los operadores reciben luz verde para regresar al campo, yo no tomaré parte, pues mis capacidades han disminuido.

—¿Y qué dice Sandy cuando recorres los pasillos de tu casa? —le preguntó Gerry.

Clark se rio.

—Sí, será una transición para los dos. Tengo que hacer muchas cosas en la granja, y sabrá Dios por qué, pero tal parece que ella quiere estar conmigo. Es posible que se canse de mí, pero tengo que darle la oportunidad de averiguarlo.

Gerry lo entendía. Se preguntó qué estaría haciendo ahora si su esposa y sus hijos estuvieran vivos. Habían muerto en un accidente automovilístico varios años atrás y desde entonces había estado completamente solo. Su trabajo era su vida y no se la deseaba a un hombre como John, que realmente tenía a alguien que quería estar con él en casa.

¿Dónde estaría Gerry si su familia todavía estuviera con vida? Gerry sabía que no estaría trabajando entre sesenta y setenta horas a la semana en Hendley Asociados y en el Campus. Se aseguraría de encontrar la manera de disfrutar al lado de su familia.

Escasamente podía envidiarle a John Clark un solo segundo de una vida que Gerry daría cualquier cosa por tener para sí.

Sin embargo, Hendley dirigía el Campus y Clark era un activo demasiado valioso. Tenía que hacer todo lo posible para retenerlo.

—¿Estás seguro de esto, John? ¿Por qué no te tomas un tiempo más y lo piensas?

John negó con la cabeza.

—No he pensado en otra cosa. Estoy seguro de eso. Permaneceré en la granja. Y estaré disponible para ustedes o para cualquier miembro del equipo veinticuatro horas al día, siete días a la semana. Pero no de manera oficial.

—¿Has hablado con Ding?

—Sí. Ayer pasamos todo el día juntos en la granja. Intentó convencerme, pero él me entiende.

Gerry se levantó de la silla y extendió su mano izquierda.

—Entiendo y acepto tu renuncia. Pero por favor, no te olvides nunca: siempre tendrás un lugar aquí, John.

Sam le transmitió el mismo mensaje.

—Gracias.

Mientras Clark estaba en la oficina de Hendley, Jack Ryan, Jr. y Gavin Biery permanecían sentados y a puerta cerrada en la sala de conferencias a un lado de la oficina de Biery en el segundo piso. Frente a ellos había una mesa pequeña y una computadora sin la cobertura exterior, dejando al desnudo todos los componentes, cables y tarjetas del aparato. Los otros elementos periféricos estaban unidos al sistema por medio de cables de diferente grosor, color y tipo; todo esto estaba desparramado encima de la mesa.

TOM CLANCY

Además del hardware de la computadora, un teléfono, una taza de café que había dejado decenas de círculos cafés en la mesa blanca y de un bloc de notas, no había nada más a la vista.

Ryan había pasado muchas horas de los últimos dos meses en aquella sala, pero eso no era nada comparado con el tiempo que Biery había estado allí.

En el monitor frente a Ryan había una pantalla llena de números, rayas y otros caracteres.

—Primero tienes que entender una cosa —dijo Gavin.

—¿Cuál?

—Este tipo, si es que Centro *es* un tipo, sabe muy bien lo que hace. Es un hacker de sombrero negro de primera línea. —Biery meneó la cabeza en señal de asombro—. No he visto nada como este código de ofuscación.

—Él está usando una especie de malware completamente nuevo, algo que yo no podría encontrar sin hacer una búsqueda manual larga y exhaustiva del código de la computadora.

Jack asintió y señaló una lista de números en el monitor.

—¿Así es que este es el virus?

—Una parte de él. Un virus tiene dos etapas: el método de entrega y la carga útil. Esta última todavía está oculta en el disco. Es una herramienta de acceso remoto, conocida como RAT. Es una suerte de protocolo de par a par, pero todavía no he podido dar con ella. Está muy oculta en otra aplicación. Lo que ves aquí es una parte del método de entrega. Centro removió la mayor parte luego de entrar, pero pasó por alto esta pequeña cadena.

—¿Por qué la removió?

—Porque está borrando sus huellas. Un buen hacker; por ejemplo, como yo, siempre se devuelve para limpiar. Piensa por ejemplo en un ladrón que irrumpe en una casa. Cuando entra por una ventana, lo primero que hace es cerrarla para que nadie sepa que hay alguien adentro. En este caso, Centro no necesitó el sistema de entrega cuando estuvo adentro de la computadora, así que lo borró.

—Sólo que no lo borró por completo.

—Exactamente. Y eso es importante.

—¿Por qué?

—Porque se trata de una huella digital. Podría tratarse de algo en su malware que él desconoce o que no sabe que está dejando atrás.

Jack entendió.

—¿Quieres decir que podría haberlo dejado en otras computadoras y que si ves esto de nuevo, sabrás entonces que Centro está involucrado?

—Sí. Sabrías que este malware extremadamente raro está involucrado y que el atacante, al igual que Centro, no lo eliminó de la computadora. Creo que puedes deducir que podría tratarse del mismo tipo.

—¿Sabes por qué introdujo ese virus en la computadora de Kartal?

—Sería un juego de niños para un tipo con las destrezas de Centro. Lo difícil de instalar en un virus es la ingeniería social; es decir, hacer que los seres humanos hagan lo que quieres tú. Hacer clic en un programa, ir a un sitio Web, escribir tu contraseña, conectar una memoria USB y cosas como estas. Centro y el libio se conocían mutuamente, se comunicaban entre sí y, a partir de estos correos electrónicos, está claro que el libio no sospechaba que Centro estaba espiando su máquina, operando su cámara web, cruzando las puertas traseras del software para instalar archivos y eliminar las huellas que dejaba. Hizo que Kartal mordiera el anzuelo.

—Genial —dijo Jack. El mundo de la piratería informática estaba oculto para él, pero reconoció que, en muchos sentidos, el espionaje era el espionaje y que muchos de los principios eran similares.

Gavin suspiró.

—No he terminado de examinar este disco. Podría tardar un mes o más. Por ahora, lo único que tenemos realmente es una huella electrónica que podemos relacionar con Centro si la vemos de nuevo. No es mucho, pero es algo.

—Necesito reunirme con Gerry y con los otros operadores para informarles de tus hallazgos. ¿Quieres que lo haga sin tu ayuda para que puedas irte a casa y descansar? —preguntó Jack.

Gavin negó con la cabeza.

—No. Me sentiré bien. Quiero estar aquí.

DIEZ

∙∙∙∙∙∙∙∙∙∙∙∙∙

Todd Wicks no había hecho nada como esto, pero lo cierto era que tampoco había estado en Shanghai.

Había viajado para asistir a la Exposición de Alta Tecnología de Shanghai y, aunque no era su primera feria internacional, sin duda alguna era la primera vez que había conocido a una hermosa chica en el bar de su hotel, quien no había ahorrado esfuerzos para dejar en claro que quería que la acompañara a su habitación.

Era una prostituta. Todd no era precisamente el hombre más curtido en estos asuntos, pero comprendió esto con bastante rapidez. Ella se llamaba Bao, un nombre que significaba, le dijo la chica con un acento fuerte pero atractivo, «tesoro precioso». Bao era despampanante, tenía alrededor de veintitrés años, de cabello negro, largo y lacio del color y el brillo del granito negro de Shanxi, y vestía un vestido rojo y ceñido que era al mismo tiempo elegante y sexy. Su cuerpo era estilizado y esbelto; cuando la vio por primera vez, Todd creyó que era una estrella de cine o una bailarina, pero cuando sus miradas se encontraron, ella levantó su copa de chardonnay del mármol de la barra con sus dedos delicados y la extendió hacia él con una sonrisa suave pero llena de confianza.

Fue entonces cuando Todd comprendió que se trataba de una «trabajadora» y que estaba trabajando.

Le preguntó si podía invitarla a un trago, y el barman le llenó de nuevo la copa de vino.

Hay que aclarar que Todd Wicks no hacía este tipo de cosas, pero ella era tan despampanante, se dijo, que sólo por esta vez tendría que una hacer una excepción.

Antes de viajar a Shanghai, Todd era un tipo agradable con una vida igualmente agradable. Tenía treinta y cuatro años, y era el gerente de ventas en Virginia, Maryland y el D.C. de Advantage Technology Solutions LLC, una compañía de TI con sede en California. Tenía una casa espaciosa en el atractivo sector de West End, en Richmond, dos hijos preciosos y una esposa, guapa, inteligente y más exitosa en su campo —la venta de productos farmacéuticos— de lo que él lo era en el suyo.

Lo tenía todo, no podía quejarse de nada, y no tenía enemigos.

Hasta esa noche.

Posteriormente, cuando pensaba en aquella noche, le echaba la culpa a los vodkas con agua tónica que había bebido desde la cena con sus colegas, y le atribuyó el leve mareo a las medicinas que tomó luego de contraer una infección nasal durante las veinticuatro horas de viaje desde el aeropuerto Dulles.

Y también le echó la culpa a esa china maldita. Bao, el tesoro precioso, le había arruinado la vida.

Todd y Bao salieron del ascensor al onceavo piso del Sheraton Shanghai Hongku Hotel poco antes de la medianoche. Iban abrazados y él tambaleaba un poco a causa del alcohol, mientras el corazón le latía excitado. Cuando llegaron al final del pasillo, Todd no sintió culpa ni remordimiento por lo que iba a hacer; sólo un poco de preocupación por saber cómo le ocultaría a su esposa el retiro de 3500 yuanes chinos —más de 500 dólares— que había hecho en un cajero automático. Sin embargo, se dijo que al día siguiente se preocuparía por eso.

No era el momento de estresarse.

La suite de Bao era del mismo tamaño que la suya, con una cama king-size en un dormitorio independiente de la sala, equipada con un sofá y un televisor grande. La suite de Bao estaba iluminada por velas y aromatizada con incienso. Se sentaron en el sofá y ella le ofreció otra bebida del bar, pero a él le preocupó su desempeño en caso de emborracharse, así que declinó la oferta.

La conversación trivial le daba tantas vueltas a Todd Wicks como la belleza de Bao; ella le contó una historia encantadora de su infancia; las preguntas que le hacía acerca de él, del lugar donde se había criado, de sus hermanos y hermanas y del deporte que practicaba para que él se mantuviera en semejante condición física; todo esto sirvió para fascinar a un hombre que ya estaba más que dispuesto a deshacerse de cualquier rastro de cautela.

Le encantaba su voz; era delgada y vacilante, pero inteligente y llena de confianza. Quiso preguntarle qué hacía una chica tan atractiva en un lugar como este, pero le pareció fuera de lugar. Todo era muy agradable y, como ya se sentía más desinhibido, Todd no veía nada malo en lo que estaba pasando. En realidad, no podía ver más allá de los ojos chispeantes y del escote pronunciado de Bao.

Ella se inclinó para besarlo. Todd no le había entregado los 3500 yuanes, pero tenía la fuerte impresión de que ella no estaba pensando en el dinero en ese instante.

Él sabía que era un buen partido y seguramente diez veces más apuesto que cualquier otro tipo con el que hubiera estado ella. Todd no tenía ninguna duda de que Bao había sucumbido a él con la misma pasión que Wicks se había rendido a ella.

La besó largamente, cubriéndole el pequeño rostro con sus manos.

Minutos después, habían resbalado del sofá al suelo, y pocos minutos más tarde, el vestido y los tacones de ella estaban en el piso de la sala, después de que los dos se fueran a la habitación. Bao estaba acostada en la cama y él permanecía desnudo encima de ella.

Todd se arrodilló, deslizó sus manos húmedas a un lado de las piernas de ella, llegó a su ropa interior y se la retiró ligeramente. Bao era toda sumisión y él vio esto como prueba adicional de que estaba tan excitada como él. Se levantó para que él le quitara la tanga de seda que cubría sus caderas estrechas.

Tenía el vientre plano y tonificado, y su piel de alabastro resplandecía bajo la luz tenue de las velas.

Todd estaba de rodillas y sintió que le temblaban. Se levantó de manera lenta y vacilante, y luego se tendió en la cama.

Momentos después se fundieron en un solo cuerpo. Él estaba encima de ella, a siete mil millas de su casa, y nadie se enteraría de esto.

Se movió despacio al comienzo, aunque sólo por un instante, y luego lo hizo cada vez más rápido. El sudor cayó de su frente y salpicó el rostro contraído de Bao, cuyos ojos parecían irradiar lo que él interpretó como un éxtasis.

Todd aceleró el ritmo y pronto sus ojos se posaron en el hermoso rostro de la oriental, quien movía la cabeza de un lado al otro en medio del orgasmo.

Sí, se trataba de una transacción para ella, y era su trabajo, pero Todd sintió que lo había sentido a él, y podía decir que su orgasmo había sido real y que su piel estaba enrojecida y caliente porque sentía algo en su interior diferente a lo experimentado con los otros hombres con los que había estado.

Ella estaba tan emocionada como él.

Todd se movió un poco más, pero en realidad, su energía no era tanta como había esperado y se vino pronto.

Bao abrió los ojos lentamente mientras él jadeaba y resollaba encima de ella, y sus cuerpos permanecían inmóviles salvo por el movimiento de los pulmones de Todd y el latido del corazón de ella.

Él los contempló profundamente; eran chispas doradas que titilaban a la luz de las velas.

Y cuando iba a decirle que era perfecta, Bao parpadeó y enfocó de nuevo su mirada en el hombro izquierdo de él.

Todd sonrió y giró lentamente la cabeza para seguir su mirada.

De pie, a un lado de la cama y arriba del cuerpo desnudo de Todd, estaba una china de mediana edad y mirada severa, con chaqueta y pantalón gris mate.

—¿Ya terminó, señor Wicks? —le preguntó con una voz semejante a un cuchillo que estuviera siendo afilado en una piedra de amolar.

—¿Qué demonios?

Mientras se apartaba de la chica y se levantaba de la cama, Todd vio a los hombres y mujeres que estaban en la suite. Debían ser unas seis personas las que entraron mientras Todd se extraviaba en las mieles del éxtasis.

Cayó desnudo al piso y gateó en busca de sus pantalones.

Su ropa había desaparecido.

Diez minutos después, Todd Wicks seguía desnudo, aunque la mujer de chaqueta y pantalón le había traído una toalla del baño. Estaba sentado en un borde de la cama con una toalla envuelta en la cintura; la sostuvo con fuerza porque era pequeña y no le cubría mayor cosa. Las luces del techo estaban encendidas y las lámparas apagadas, y era como si todos los extraños a su alrededor lo ignoraran. Todd permaneció semidesnudo mientras los hombres y mujeres con trajes negros y grises y cubiertos con impermeables recorrían la suite.

No había visto a Bao desde que se la habían llevado del cuarto cubierta con una bata segundos después de la intrusión.

En el televisor de pantalla plana de cincuenta y dos pulgadas, y al alcance de la vista de Todd, dos hombres veían una grabación que habían hecho con una cámara de vigilancia. Todd se vio sentado en el sofá, nervioso y conversando de cosas triviales con Bao. Los hombres adelantaron la grabación unos pocos minutos y el ángulo cambió; parecía que otra cámara estaba oculta arriba de la cama.

Todd se vio quitarse la ropa, permanecer allí desnudo y erecto, y luego arrodillarse entre las piernas de Bao.

Los hombres adelantaron de nuevo la grabación. Todd hizo una mueca mientras su cuerpo blanco y desnudo comenzaba a girar a la velocidad de un dibujo animado.

—Cielos —murmuró y desvió la mirada. Ver aquello en una

habitación llena de hombres y mujeres completamente desconocidos lo estaba destruyendo. No tenía agallas para verse a sí mismo teniendo sexo aunque estuviera solo. Sentía como si su corazón se le hubiera vuelto un nudo y los músculos de la zona lumbar se le hubieran apretado fuertemente a lo largo de la columna.

Sintió deseos de vomitar.

Uno de los hombres que estaba sentado frente al televisor lo miró. Era mayor que Todd; tenía unos cuarenta y cinco años, una mirada triste y avergonzada y hombros estrechos. Se quitó el impermeable mientras se acercaba, lo colgó en su brazo y retiró una silla de un escritorio, acercándola al borde de la cama antes de sentarse directamente frente a Wicks.

Sus ojos tristes permanecieron clavados en Todd mientras le daba una palmadita en el hombro.

—Lamento todo esto, señor Wicks. Es muy intrusivo de nuestra parte. No me puedo imaginar cómo se debe sentir usted.

Todd miró al suelo.

El hombre hablaba un buen inglés y tenía un acento británico salpicado ligeramente con un dejo asiático.

—Me llamo Wu Fan Jun y soy detective de la policía municipal de Shanghai.

Todd mantuvo sus ojos clavados en el piso, pues su vergüenza y humillación eran insoportables.

—Por el amor de Dios, ¿me podrían devolver *por favor* mis pantalones?

—Lo siento, tenemos que utilizarlos como parte de la evidencia. Le haremos llegar algo de su habitación. Es la 1844, ¿verdad?

Wicks asintió.

El televisor de cincuenta pulgadas que estaba a su derecha seguía mostrando la grabación. Todd se vio desde otro ángulo.

No era más favorecedor que el anterior.

¿Qué demonios? ¿Estos tipos lo editaron en tiempo real?

Todd escuchó sus propios gemidos y gruñidos.

—¿Pueden apagar eso, *por favor*?

Wu entrechocó sus manos como si hubiera olvidado hacerlo y luego dijo algo en mandarín. Un hombre se acercó rápidamente al televisor y movió las teclas del control remoto durante varios segundos.

Finalmente y de manera misericordiosa, la pantalla se apagó y los gemidos de lujuria de Todd dejaron de escucharse en la habitación, silenciosa por demás.

—Bien —dijo Wu—. No necesito decirle esto, señor, pero tenemos una situación delicada.

Todd se limitó a asentir con la cabeza, sus ojos miraban el piso.

—Hemos estado investigando ciertas... actividades impropias que han estado ocurriendo desde hace algún tiempo en este hotel. La prostitución no es legal en China, pues no es saludable para las mujeres.

Todd permaneció en silencio.

—¿Tiene familia?

Wicks comenzó a hablar.

—No. —Era una respuesta espontánea para dejar a su familia al margen de esto, pero se detuvo—. *En mi billetera hay fotos donde aparezco con Sherry y mis hijos y también en mi computadora portátil* —pensó. Sabía que no podía negar a su familia. Todd asintió con la cabeza—. Mi esposa y dos hijos.

—¿Niños? ¿Niñas?

—Un niño y una niña.

—Es un hombre afortunado. Yo tengo una esposa y un hijo.

Todd miró los ojos abatidos de Wu.

—¿Qué va a pasar, señor?

—Señor Wicks, lamento la situación en que se encuentra, pero yo no lo traje aquí. Usted nos suministra la evidencia que necesitamos en nuestro caso contra el hotel. Su fomento a la prostitución es motivo de gran preocupación aquí en la ciudad. Imagine tan sólo que fuera su hija la que hubiera entrado en un mundo de...

—Realmente lo siento. De verdad. Nunca hago este tipo de cosas. No sé por qué se me ocurrió.

—Veo que usted no es un mal hombre. Si la decisión estuviera en mis manos, simplemente registraríamos este caso como el de un turista desafortunado que se vio envuelto en algo desagradable y dejaríamos las cosas así. Pero... debe entender que tendré que arrestarlo y acusarlo de contratar a una prostituta. —Wu sonrió—. ¿Cómo puedo acusar al hotel y a la mujer si no tengo a nadie más; a nadie que me ofrezca el tercer ángulo del triángulo que es este delito tan infortunado?

Todd Wicks asintió ligeramente, pues no creía aún que le estuviera sucediendo esto. Entonces se le ocurrió una idea y se sacudió emocionado mientras miraba hacia arriba.

—Puedo dar una declaración. Puedo pagar una multa. Puedo prometer que...

Wu negó con la cabeza y las protuberantes bolsas debajo de sus ojos parecieron hincharse aún más.

—Todd, Todd, Todd. Pareció como si estuvieras tratando de ofrecerme algún tipo de soborno.

—No. Por supuesto que no. Yo nunca consideraría...

—No, Todd. *Yo* nunca lo consideraría. Reconozco que aquí en China hay un poco de corrupción, pero no tanta como insinúa el resto del mundo. Y si puedo atreverme a decirlo, gran parte de la corrupción proviene de las influencias occidentales. —Wu agitó la mano, indicando que Todd había traído la corrupción a su pobre país, pero no lo dijo en voz alta. Más bien, simplemente sacudió la cabeza y dijo—: No sé si puedo hacer algo para ayudarle.

—Quiero hablar con la Embajada —señaló Todd.

—Hay un consulado de los Estados Unidos aquí en Shanghai. La Embajada de los Estados Unidos está en Beijing.

—Entonces, me gustaría hablar con alguien del consulado.

—Por supuesto. Podemos hacer los preparativos para que así sea. Sin embargo, debo mencionar, como hombre de familia que soy, que notificar esta situación a los oficiales del consulado estadounidense requerirá que mi oficina le suministre nuestra evidencia al consulado. Es importante para nosotros mostrarles que no se trata de una acusación injusta contra usted. Espero que lo entienda.

Todd sintió un destello de esperanza. Que el consulado de Estados Unidos se enterara de que él había engañado a su esposa con una prostituta china sería aún más humillante, pero tal vez ellos podían librarlo de esto.

—Y, por favor, no piense que el consulado podrá mantener este asunto en secreto. Su participación en este caso consistirá principalmente en notificar a sus seres queridos en los Estados Unidos de su situación y en ayudarle a encontrar un abogado local.

Al diablo con eso —pensó Todd, y su destello de esperanza se esfumó en un instante—. ¿Y qué si me declaro culpable?

—En ese caso, pasará algún tiempo aquí. Será enviado a una cárcel. Obviamente, en caso de que pueda rechazar la acusación en su contra. —Wu se rascó la parte posterior de la cabeza—.

Aunque no sé cómo podría hacer eso, pues tenemos grabaciones de video y audio de todo... de todo el acto, pero si usted lo hace, tendrá que ir a juicio, el cual recibirá publicidad, y ciertamente aún más en los Estados Unidos.

Todd Wicks sintió que iba a enfermarse.

Entonces, Wu levantó un dedo en el aire como si se le hubiera ocurrido algo.

—Señor Wicks, usted me cae bien. Veo que es un hombre que cometió un grave error al obedecer a sus deseos lascivos y no a la sabiduría de su cerebro, ¿verdad?

Todd asintió con vigor. ¿Era esto una especie de salvavidas?

—Puedo hablar con mis superiores para ver si hay otra manera de que usted se libre de esto.

—Mire... cualquier cosa que necesite que yo haga... la haré.

Wu asintió pensativo.

—Para beneficio de su esposa y de sus dos pequeños hijos, creo que eso sería lo mejor. Haré una llamada telefónica.

Wu salió de la habitación, pero no hizo ninguna llamada porque, en realidad, no necesitaba hablar con nadie. No era un detective, no tenía familia y no había ido a investigar nada al hotel. Todo esto era una gran mentira, y mentir era una parte integral de su trabajo. Era miembro del MSE, el Ministerio de Seguridad Estatal, y Todd Wicks simplemente había sido sorprendido en su dulce trampa.

Normalmente, Wu trataba de atraer víctimas a sus trampas, pero Todd Wicks, de Richmond, Virginia, era un caso distinto. Wu había recibido una orden de sus superiores con una lista de nombres de empleados del sector tecnológico. La Exposición de

Alta Tecnología de Shanghai era una de las más grandes del mundo, y no era una sorpresa que tres de los hombres más buscados por los superiores de Wu hubieran asistido. No le había ido bien con el primero, pero había tenido un gran éxito con el segundo. Mientras permanecía en el pasillo, Wu sabía que en la suite al otro lado de la pared donde él se recostaba, había un estadounidense que estaría dispuesto a espiar para China.

No sabía por qué sus líderes estaban interesados en Todd Wicks; su trabajo no consistía en saberlo y a él tampoco le importaba. Wu vivía igual que una araña; toda su vida, su ser completo, estaban afinados para sentir los tirones en su red, los cuales le decían que una nueva víctima se estaba acercando. Había envuelto a Todd Wicks en su red así como lo había hecho con muchos otros, y ya estaba pensando en un ejecutivo japonés que se hospedaba en el mismo hotel, una oportunidad que Wu tenía ya al alcance de su red, y un hombre a quien esperaba envolver antes de que amaneciera.

A Wu le encantaba la Exposición de Alta Tecnología de Shanghai.

Todd seguía desnudo, aunque por medio de gestos persistentes con las manos había logrado persuadir a uno de los policías para que le trajera una toalla con la que pudiera cubrir sus partes íntimas y dejar de estirar la única que tenía.

Wu entró a la habitación y Todd lo miró esperanzado, pero Wu negó tristemente con la cabeza y le dijo algo a uno de los oficiales.

Este llegó con un par de esposas y Todd fue levantado de la cama.

—He hablado con mis superiores y quieren que lo detenga.

—Oh, cielos. Mire, no puedo...

—La cárcel es terrible, Todd. Me siento personal y profesionalmente humillado en llevar a un extranjero educado allá. Puedo asegurarle que el lugar no cumple con los estándares de su país.

—Le suplico, señor Wu. No me lleve a la cárcel. Mi familia no puede enterarse de esto. Lo perderé todo. Metí la pata. Sé que cometí un error, pero le suplico que me deje ir.

Wu pareció dudar un momento. Después de un encogimiento de hombros que transmitía una falta de compromiso, habló en voz baja con las cinco personas que estaban en la habitación, quienes salieron rápidamente, dejando solos a Wu y a Todd.

—Todd, veo en sus documentos de viaje que saldrá de China en tres días.

—Así es.

—Podría evitar que vaya a la cárcel, pero esto requerirá una colaboración de su parte.

—¡Se lo juro! Haré lo que sea.

Wu parecía seguir dudando todavía, como si no pudiera decidirse. Finalmente, se acercó y le dijo en voz baja:

—Regrese a su habitación. Mañana, siga su rutina normal en la feria. No le comente esto a nadie.

—¡Claro que no! ¡Dios mío, no puedo agradecerle lo suficiente!

—Usted será contactado, pero tal vez después de regresar a su país.

Todd dejó de agradecer.

—Ah. De acuerdo. Es... como usted diga.

—Permítame hacerle una advertencia como un amigo, Todd. Las personas que le pedirán un favor esperarán que ustedes les devuelva este. Ellos mantendrán toda la evidencia contra usted acerca de lo que sucedió acá.

—Entiendo —dijo, y era cierto; él entendía. Todd Wicks no era precisamente un hombre curtido, pero en ese momento tuvo la clara impresión de que le habían tendido una trampa.

¡Maldita sea! ¡Soy un estúpido de mierda!

Pero independientemente de que se tratara de una trampa o no, lo cierto es que ellos lo tenían en sus manos. Él haría cualquier cosa para evitar que su familia viera ese video.

Haría cualquier cosa que le pidiera la inteligencia china.

ONCE

·················

Jack Ryan, Jr. programó la reunión para el personal de alto rango a las once de la mañana y se sentó en su escritorio para repasar algunos análisis que presentaría en la reunión. Sus compañeros de trabajo se estaban enfocando en el material que habían interceptado cuando la CIA analizó la muerte de los cinco libios en Turquía dos meses atrás. No era ninguna sorpresa que la CIA tenía más que un poco de curiosidad por saber quiénes eran los asesinos, y a Jack le pareció al mismo tiempo escalofriante y emocionante leer las teorías de Langley sobre un golpe tan bien orquestado.

Los analistas más destacados sabían muy bien que los espías del nuevo gobierno libio no habían orquestado esto como una venganza contra la célula turca pero, más allá de eso, el consenso era escaso.

La Oficina de la directora de Inteligencia Nacional había trabajado algunos días en la ecuación, e incluso a Melanie Kraft, la novia de Jack, se le había encomendado examinar las evidencias de los asesinatos. Cinco asesinatos diferentes, todos ejecutados de una manera distinta y contra una célula con un nivel de comunicación decente entre sus miembros. Melanie estaba impresionada, y en el informe que escribió a nombre de su jefa, Mary Pat Foley, directora de Inteligencia Nacional, elogió la habilidad de los asesinos.

A Jack le encantaría contarle alguna noche, mientras se tomaban una botella de vino, que él había sido uno de los asesinos.

No. *Eso nunca.* Jack desechó esta idea de inmediato. Melanie había concluido que, sin importar quiénes habían cometido los tres asesinatos, no había nada que indicara que fueran una amenaza para los Estados Unidos. Los objetivos habían sido enemigos de Estados Unidos en cierto modo, y los perpetradores eran asesinos talentosos que habían corrido algunos peligros serios, pero lograron salir avantes gracias a su habilidad y astucia, así que la ODNI no se detuvo mucho tiempo en el evento.

Aunque el entendimiento que tenía el gobierno estadounidense de los eventos de la noche en cuestión era limitado, su conocimiento de la célula libia le pareció interesante a Jack. La NSA había logrado extraer mensajes de texto de los teléfonos móviles de los cinco hombres. Jack leyó las transcripciones traducidas de la NSA; eran diálogos cortos y crípticos que dejaban en claro que estos hombres conocía tan poco la identidad o misión general de Centro como el mismo Ryan.

Extraño —pensó Jack—. *¿Quién trabaja de una manera tan misteriosa que no sabe para quién lo hace?*

O los libios eran unos tontos rematados o su nuevo empleador era increíblemente competente con respecto a su propia seguridad.

Jack no creía que los libios fueran tontos. Tal vez habían descuidado su PERSEC, pero esto se debía a que creían que el único grupo que estaba detrás de ellos era la nueva agencia de inteligencia libia, y los hombres de la OSJ no tenían una gran opinión de las capacidades de sus sucesores.

Jack por poco sonrió al pensar en esto mientras examinaba archivos en su monitor, buscando cualquier otra cosa de la CIA con la que pudiera actualizar a los miembros directivos en la reunión.

Justo entonces, Jack sintió una presencia detrás. Miró por encima del hombro y vio a su primo Dom Caruso sentado en el borde del escritorio de Jack. Detrás de él estaban Sam Driscoll y Domingo Chávez.

—Hola, muchachos —les dijo—. Estaré listo en unos cinco minutos.

Todos tenían una expresión seria en sus rostros.

—¿Pasa algo malo? —preguntó Jack.

—Clark renunció —respondió Chávez.

—¿Renunció?

—Entregó la renuncia a Gerry y a Sam. Estará aquí un par de días organizando sus cosas, pero se habrá ido a mediados de la semana.

—Mierda. —Ryan tuvo un presentimiento de inmediato. Ellos necesitaban a Clark—. ¿Por qué?

—Todavía tiene la mano lesionada —dijo Dom—. Y le preocupa que la publicidad que le dio la televisión el año pasado pueda comprometer al Campus. Lo ha decidido. Se retira.

—¿En realidad puede permanecer por fuera?

Chávez asintió.

—John no toma decisiones a medias. Se dedicará a su nieto y a su esposa.

—Y será todo un caballero de campo —dijo Dom con una sonrisa.

Ding se rio.

—Creo que algo parecido. Cielos, ¿quién lo habría imaginado?

La reunión comenzó con pocos minutos de retraso. John no asistió, pues tenía una cita con su cirujano ortopédico en Baltimore y no estaba de ánimo para despedidas dramáticas, así que se marchó en silencio mientras todos se dirigían a la sala de conferencias del noveno piso.

Comenzaron a hablar sobre John y sobre su decisión de retirarse, pero Hendley no tardó en llamar la atención de todos sobre el asunto en cuestión.

—De acuerdo. Hemos dedicado mucho tiempo a rascarnos la cabeza y a mirar por encima de nuestros hombros. Jack me advierte que no tiene muchas respuestas, pero que él y Gavin nos darán una actualización sobre la investigación forense del disco.

Ryan y Gavin hablaron por espacio de quince minutos acerca de todo lo que habían descubierto en el disco duro y de las fuentes de la CIA. Les contaron que Centro había pirateado la computadora de Emad Kartal, del trabajo que les había encomendado Centro a los libios en Estambul y del hecho de que Centro parecía encomendar a los libios penetrar una red en el futuro, aunque parecía haber cambiado de opinión.

Gerry Hendley hizo una pregunta para la que todos los asistentes querían escuchar una respuesta.

—Pero, ¿por qué? ¿Por qué Centro se limitó a verlos a ustedes matar a toda la célula de activos en Estambul? ¿Qué razón posible podría tener él?

Ryan observó un momento la sala de conferencias. Tamborileó con los dedos sobre la mesa.

—No lo sé con seguridad.

—¿Pero tienes alguna sospecha? —le preguntó Hendley.

Jack asintió.

—Sospecho que durante algún tiempo, Centro supo que íbamos a matar a la célula libia.

Hendley se sintió hipnotizado.

—¿Así que ellos ya tenían información sobre nosotros antes de esa noche? ¿Cómo lo hicieron?

—No tengo la menor idea. Y también podría estar equivocado.

—Si tienes razón, y si él sabía que íbamos a ir a Turquía para matar a los libios que trabajaban para él, ¿por qué demonios no les advirtió? —preguntó Chávez.

—De nuevo, son sólo especulaciones. Pero... tal vez ellos hayan sido un señuelo. Tal vez él quería vernos en acción. Tal vez quería ver si podíamos hacerlo —respondió Jack.

Rick Bell, el jefe de Jack en asuntos analíticos, se inclinó sobre la mesa.

—Jack, estás dando unos enormes saltos subjetivos en tu análisis.

Ryan levantó las manos como si estuviera claudicando.

—Sí, tienes toda la razón en eso. Tal vez sea una sensación que tengo con respecto a esto.

—Háblanos de lo que señala la información y no de adónde te lleva tu corazón. No quiero ofenderte, pero tal vez te sientas anonadado después de verte sorprendido por una cámara —le advirtió Bell.

Jack estuvo de acuerdo, pero tampoco se sintió completamente identificado con el comentario del director de análisis. Ryan tenía su ego y no le gustaba reconocer que estaba dejando que sus prejuicios personales influyeran en la ecuación. Pero en lo más profundo de su interior, sabía que Rick tenía razón.

—Entendido. Todavía estamos tratando de resolver este enigma. Seguiré haciéndolo.

—Hay algo que no entiendo, Gavin —dijo Chávez.

—¿Qué?

—Centro... este tipo que obviamente tenía el control de la computadora. Él quería que Ryan supiera que lo estaba observando.

—Sí, eso es obvio.

—Si podía borrar prácticamente hasta el menor rastro de su malware, ¿por qué no borró todos los correos electrónicos relacionados con él y con su operación?

—He pasado varias semanas devanándome los sesos para tratar de averiguar eso —dijo Gavin—, y creo que lo he descubierto. Centro habría borrado el malware de entrega tan pronto logró penetrar la computadora, pero no limpió el resto del disco, es decir, los correos y otras cosas, porque no quería que Kartal supiera que él había pirateado su máquina. Entonces, cuando Ryan mató a Kartal, Centro pasó esas fotos del resto del equipo a la computadora para que Ryan las viera y las enviara por correo electrónico a su dirección, o las bajara a una USB o un DVD.

Jack lo interrumpió.

—Y las trajera al Campus y las cargara en mi computadora.

—Exactamente. Su idea era ingeniosa, pero metió la pata. Pensó en todas las formas posibles en que Jack podría haber llevado esa información al Campus, salvo una.

—Llevarse toda la computadora —dijo Hendley.

—Correcto. Con toda seguridad, Centro no previó que Jack se llevaría la computadora debajo del brazo. Esto fue tan tonto que resultó ser brillante.

Jack entrecerró los ojos.

—Tal vez fue brillante.

—Como sea. Lo importante es que no sólo trajiste un disco para examinar.

—Centro estaba tratando de utilizarme para infectar nuestro sistema con un virus —explicó Ryan para que todos entendieran.

—Así es —dijo Biery—. Dejó esos correos electrónicos para que mordieras la carnada, cosa que hiciste, pero pensó que extraerías la información digital, aunque no todo el aparato. Estoy seguro de que su plan era limpiar la computadora por completo antes de que llegara la policía.

—¿Centro podría haber infectado nuestra red de esa manera? —preguntó Hendley a Biery.

—Si su malware fuera lo suficientemente bueno, sí. Mi red tiene sistemas de anti intrusión mejores que las de cualquier red del gobierno. Sin embargo... lo único que se necesita es un cabrón con un dispositivo o cable USB para penetrarlos.

Gerry miró brevemente un punto indeterminado antes de decir:

—Muchachos... todo lo que ustedes nos han dicho hoy me da más certeza de que alguien sabe mucho más acerca de nosotros de lo que quisiéramos. No sé quién sea este actor potencial y maligno, pero nuestra emergencia operativa continuará hasta que consigamos más información. Rick, Jack y el resto del equipo analítico seguirán trabajando de manera incansable para descubrir la identidad de Centro utilizando todo el tráfico al que tenemos acceso desde Fort Meade y Langley.

Hendley se dirigió a Gavin Biery.

—Gavin, ¿quién es Centro? ¿Para quién trabaja? ¿Por qué se concentró tanto en comprometernos?

—No lo sé. No soy un analista.

Gerry Hendley negó con la cabeza, insatisfecho con aquella respuesta tan vaga.

—Te estoy pidiendo tu mejor hipótesis.

Gavin Biery se quitó los lentes y los limpió con su pañuelo.

—Si *tuviera* una hipótesis, diría que se trata de los tipos del ciberespionaje y de la ciberguerra más organizados, despiadados y capaces que hay en el planeta.

»Diría que se trata de los chinos.

Todos los asistentes refunfuñaron.

DOCE

Wei Zhen Li bebió jugo de durazno de un vaso alto mientras permanecía bajo el sol. Tenía los dedos de los pies hundidos en la arena húmeda y salpicada de piedras y el agua lo acariciaba a la altura de los tobillos, rozando la tela de sus pantalones, los cuales se arremangó hasta las espinillas para evitar que se mojaran.

Wei no parecía un bañista. Vestía una impecable camisa blanca estilo Oxford y una corbata militar, y sostenía su abrigo deportivo en su hombro con el dedo mientras contemplaba el agua verde azul que brillaba bajo el sol de mediodía.

Era un día hermoso. Wei se descubrió deseando ir allí más de una vez al año.

Una voz lo llamó desde atrás.

—¿Zongshuji?

Era uno de sus títulos, el de secretario general y, aunque Wei también era presidente, su personal le daba a su cargo como secretario general del Partido Comunista una importancia mucho mayor que a su título como presidente del país.

El partido era más importante que la nación.

Wei ignoró la voz y observó dos barcos grises que estaban apenas a una milla de la playa. Un par de patrullas costeras tipo 062C permanecía inmóvil en las aguas calmadas, sus cañones y armas antiaéreas apuntando al cielo. Tenían un aspecto imponente, poderoso y de mal agüero.

Pero a Wei le parecían poca cosa. El océano y el cielo eran inmensos, ambos estaban llenos de amenazas y Wei sabía que tenía enemigos poderosos.

Y temía que después de la reunión que iba a sostener con el principal oficial militar del país, su lista de enemigos pronto sería aún más larga.

El pináculo del poder en China es el Comité Permanente del Politburó, conformado por nueve miembros, un pequeño organismo que diseña las políticas para los mil cuatrocientos millones de habitantes del país. Cada año, los miembros del PSC, así como decenas, o tal vez centenares de miembros adjuntos y de asistentes, dejan sus oficinas en Beijing en julio y viajan ciento setenta millas al este, al apartado balneario de la playa de Beidaihe.

Se rumora que las decisiones más estratégicas que afectan a China y a sus habitantes se deciden más en los pequeños cuartos de reunión que hay en los edificios diseminados por los bosques y las playas de Beidaihe, que en el mismo Beijing.

La seguridad del retiro del Comité Permanente había sido rigurosa este año, incluso más que en tiempos recientes. Y había una buena razón para la protección adicional. El presidente y secretario general Wei Zhen Li había conservado su cargo en el poder gracias al respaldo del aparato militar de su país, pero el descontento popular de la nación contra el Partido Comunista chino aumentaba, y las manifestaciones de protesta y desobediencia civil, algo que no se había visto a gran escala en China desde la masacre de la plaza de Tiannanmen en 1989, habían brotado en varias provincias. En adición a esto, aunque los artífices del golpe habían sido arrestados y enviados a prisión, muchos asociados de quienes habían tramado el golpe aún detentaban cargos de mucha autoridad y Wei temía un segundo intento de golpe más que cualquier otra cosa en este mundo.

En los más de noventa años que el PCC llevaba en existencia, nunca había estado tan fracturado como en este momento.

Varios meses atrás, Wei había estado a un segundo de dispararse una bala en el cerebro. Se despertaba casi todas las noches cubierto de sudor tras las pesadillas de revivir aquellos momentos, y estas pesadillas le habían producido paranoia.

A pesar de sus temores, Wei estaba bien protegido. Permanecía aún más custodiado por los miembros de las fuerzas militares y de seguridad chinas porque estas tenían un interés en él, eran dueñas de él y querían que estuviera a salvo del peligro.

Pero esto no ofrecía mucho alivio a Wei porque sabía que, en cualquier momento, el Ejército Popular de Liberación se volvería en contra suya y que sus protectores se convertirían en sus verdugos.

La conferencia de Beidaihe había concluido el día anterior, la mayoría de los asistentes había regresado al bullicio y al smog de Beijing, pero el presidente Wei había postergado un día su viaje hacia el oeste para reunirse con su aliado más cercano del Politburó. Tenía que discutir varios asuntos con el general Su, director de la Comisión Militar Central y, cuando solicitó esta reunión, explicó que las oficinas gubernamentales de Beijing no eran lo suficientemente seguras para hablar.

Wei esperaba mucho de esta reunión informal, pues la conferencia había sido un fracaso.

Había inaugurado la semana de conversaciones con una actualización franca y desolada de la economía.

Las noticias del intento de golpe habían hecho que muchos inversionistas se marcharan del país, debilitando aún más la economía. Los enemigos de Wei habían señalado este hecho como evidencia adicional de que la apertura de los mercados chinos al mundo adelantada por Wei habían dejado al país en manos de los caprichos y antojos de las prostituidas naciones capitalistas. Si China hubiera permanecido cerrada y comerciado exclusivamente con países con una ideología semejante, la economía no habría sido tan vulnerable.

Wei escuchó estas declaraciones por parte de sus enemigos políticos sin denotar expresión alguna. Sin embargo, las afirmaciones le parecían absurdas y creía que quienes las hacían eran unos tontos. China se había beneficiado muchísimo gracias al comercio mundial y si hubiera permanecido cerrada en los últimos treinta años mientras el resto del planeta experimentaba un asombroso desarrollo económico, los chinos estarían comiendo tierra como lo hacían los norcoreanos o, más probablemente, el proletariado habría irrumpido en Zhongnanhai y matado a todos y a cada uno de los funcionarios gubernamentales.

Wei había trabajado de manera incansable desde el intento de golpe, principalmente en secreto, en un nuevo plan para enderezar el rumbo económico de la nación sin destruir el gobierno. Había expuesto su plan al Comité Permanente durante el retiro, pero este lo había rechazado de forma tajante.

Lo manifestaron con la suficiente claridad a Wei; ellos lo consideraban responsable por la crisis económica y no brindarían su respaldo a ningún aspecto de su plan doméstico para reducir gastos, salarios, beneficios y desarrollo económico.

Así que Wei supo desde el día anterior al término de la conferencia de Beidaihe que su plan estaba condenado al fracaso.

Hoy sentaría las bases para su segundo plan de acción. Creía que iba a funcionar, pero que no estaría libre de obstáculos tan grandes —o incluso mayores— como algunas dificultades domésticas a corto plazo.

Mientras permanecía en la orilla del mar, la voz lo llamó de nuevo.

—¿Secretario general?

Wei se dio vuelta y vio que el hombre estaba rodeado por varios guardias de seguridad. Era Cha, su secretario.

—¿Ya es hora?

—Acabo de recibir información. El director Su está aquí. Deberíamos regresar.

Wei asintió. Le habría gustado permanecer todo el día allí, con el pantalón y la camisa arremangados. Pero tenía que trabajar, y esto no daba margen de espera.

Comenzó a caminar por la playa, de regreso a sus obligaciones.

Wei Zhen Lin entró a una pequeña sala de conferencias adyacente a sus aposentos en el balneario y vio que el director Su Ke Qiang lo estaba esperando.

Se abrazaron someramente. Wei sintió en su pecho la colección de medallas que tenía el general Su en su uniforme.

Su no le agradaba, pero Wei no estaría en el poder sin él. Tal vez no estaría con vida de no ser por Su.

Después del abrazo superficial, Su sonrió y se sentó frente a una pequeña mesa con una tradicional vajilla china de té. El espigado general —que medía más de seis pies— sirvió dos tazas mientras sus dos secretarios se sentaron contra la pared.

—Gracias por esperar para hablar conmigo —dijo Wei.

—De nada, *tongzhi*. —Esta palabra significaba camarada.

Hablaron inicialmente de cosas triviales, de chismes sobre otros miembros del Comité Permanente y de algunos detalles sobre los eventos del retiro, pero pronto, los ojos de Wei se volvieron rígidos en señal de seriedad.

—Camarada, he intentado que nuestros colegas vean la calamidad que está a punto de suceder si no tomamos medidas urgentes.

—Ha sido una semana difícil para usted. Sabemos que tiene todo el apoyo del EPL, así como mi apoyo personal.

Wei sonrió. Sabía que el apoyo de Su era difícilmente incondicional. Dependía de que Wei se supeditara a él.

Y Wei estaba a punto de hacerlo.

—Hábleme de la disposición de sus fuerzas.

—¿De la disposición?

—Sí. ¿Somos fuertes? ¿Estamos preparados?

Su enarcó las cejas.

—¿Preparados para *qué*?

Wei suspiró brevemente.

—Traté de implementar medidas domésticas de austeridad que eran difíciles, pero necesarias. Fracasé en esta empresa. Pero si no hacemos nada, al final del actual plan quinquenal China se verá retrasada una generación o más en su desarrollo, seremos expulsados del poder y los nuevos líderes nos arrastrarán aún más al pasado.

Su permaneció en silencio.

Wei dijo:

—Debo aceptar ahora mi responsabilidad en adoptar una nueva dirección para mejorar la fortaleza de China.

Miró a Su a los ojos y vio en ellos un placer creciente mientras comprendía lo que Wei le había dicho.

—¿Esta nueva dirección requerirá el apoyo de nuestras fuerzas militares? —preguntó Su.

Wei asintió y respondió:

—Al comienzo, podría haber... *resistencia* a mi plan.

—¿Resistencia desde adentro o resistencia desde afuera? —preguntó Su antes de beber un sorbo de té.

—Director, estoy hablando de resistencia extranjera.

—Veo —se limitó a decir Su. Wei sabía que estaba dando a Su exactamente lo que este quería.

Su dejó la taza en la mesa y preguntó:

—¿Qué está proponiendo?

—Estoy proponiendo que utilicemos nuestro poderío militar para reafirmarnos en la región.

—¿Y qué ganaremos con esto?

—La supervivencia.

—¿La supervivencia?

—Sólo se puede evitar un desastre económico si expandimos nuestro territorio y creamos nuevas fuentes de materias primas, así como nuevos productos y mercados.

—¿De cuál territorio está hablando?

—Necesitamos proyectar nuestros intereses en el mar de China Meridional de un modo más agresivo.

Su abandonó su vaga expresión de interés y asintió vigorosamente.

—Estoy completamente de acuerdo. Los eventos recientes

relacionados con nuestros vecinos han sido problemáticos. El mar de China Meridional, un territorio que tenemos todo el derecho de controlar, se nos está yendo de las manos. El Congreso filipino aprobó un proyecto de ley como punto de referencia de áreas marinas, reivindicando la propiedad de la isla Huangyan, un territorio que pertenece a nuestra nación. India ha formado una alianza con Vietnam para realizar exploraciones petrolíferas en la costa de Vietnam y está amenazando con llevar sus nuevos portaviones a este lugar, desafiándonos con provocación y poniendo a prueba nuestra capacidad de resolución.

—Malasia e Indonesia están interfiriendo de manera activa en nuestras zonas económicas en el mar de China Meridional, afectando seriamente nuestras operaciones pesqueras.

—En efecto —señaló Wei, coincidiendo con todos los argumentos de Su.

—Si hacemos algunos avances cuidadosamente calculados en el mar de China Meridional, impulsaremos las finanzas de nuestra nación —dijo el director, sonriendo.

Wei negó con la cabeza, como si fuera un profesor decepcionado con la falta de comprensión de su estudiante con respecto a un principio fundamental, y dijo:

—No, director Su. *Eso* no nos salvará. Tal vez no haya aclarado la gravedad de nuestros problemas económicos. No es con la pesca que vamos a recuperar nuestra prosperidad.

Su no reaccionó a la condescendencia.

—¿Así que hay más?

—El dominio total del mar de China Meridional es el primer paso, y es necesario que demos los pasos dos y tres. —Wei hizo una pausa, sabiendo que Su no esperaría lo que estaba a punto de decirle. Wei sabía también que este era su último punto de desempate. Cuando las próximas palabras salieran de sus labios, no habría marcha atrás. Después de otro momento de vacilación, Wei dijo—: El paso dos es que Hong Kong regrese al control del territorio continental, abolir la Ley Básica de Hong Kong y mantener este territorio como una Zona Económica Especial. Nuestra antigua política de «Un país, dos sistemas» permanecerá en efecto, pero quiero que *seamos* realmente un solo país. Beijing debería recibir numerosos ingresos de los capitalistas de Hong Kong. Después de todo, les brindamos seguridad. Mis asesores me dicen que si logramos tomar Hong Kong, así como su pequeño y sucio primo de Macao, y los agrupamos en una sola unidad en la ZEE de Shenzhen, cuadruplicaremos los ingresos que recibimos actualmente de estos territorios. Ese dinero respaldará al PCC y también a los capitalistas, a quienes les ha ido muy bien allí.

»También quiero implementar currículos para una educación moral a nivel nacional en las escuelas y una mayor membresía en el Partido Comunista entre los empleados gubernamentales de Hong Kong. El «nacionalismo» se ha vuelto una palabra vulgar para ellos, y le pondré fin a eso.

Su asintió, pero Wei notó la febril actividad mental del director. El general estaría pensando en ese instante en la resistencia del Estado semi-autónomo de Hong Kong, así como en la resistencia por parte del Reino Unido, los Estados Unidos, el continente americano, Australia y cualquier otra nación que tuviera grandes inversiones de capital allí.

Hong Kong y Macao eran Regiones Administrativas Especiales de China, lo que significaba que disfrutaban del capitalismo y de un gobierno casi autónomo desde que los británicos les devolvieron ambas posesiones en 1997. Según el acuerdo con China, esto habría de durar cincuenta años. Nadie en China, y ciertamente ningún *líder* chino, había propuesto disolver la autonomía de las dos ciudades-Estado y devolverlas al territorio continental.

—Veo por qué necesitaríamos controlar en primera instancia el mar de China Meridional —dijo Su—. Muchas naciones considerarían como su interés nacional retener la condición actual de Hong Kong.

Wei desechó prácticamente este comentario.

—Sí, pero estoy planeando hacerle saber con mucha claridad a la comunidad internacional que soy un hombre de negocios, que defiendo el capitalismo de libre mercado y que cualquier cambio en la forma en que funcionan Hong Kong y Macao será un asunto menor y casi imperceptible para el mundo exterior. —Antes de que Su pudiera hacer un comentario, Wei añadió—: Y el paso tres será la meta antigua y declarada de nuestro país: la absorción de Taiwán. Hacer esto del modo adecuado y convertirla en la mayor Zona Económica Especial asegurará, según vaticinan mis asesores, la retención de casi toda su viabilidad económica. Obviamente, habrá resistencia por parte de la República de China y de sus aliados, pero no estoy hablando de invadir Taiwán, sino de reabsorberla por medio de la diplomacia y de la presión económica, de controlar el acceso a las rutas marítimas y de mostrar a ellos por medio de esto y con el paso del tiempo, que la única opción viable para sus habitantes es aceptar su futuro como miembros orgullosos de nuestra Nueva China.

»Recuerde, director Su, que las ZEEs de China, un modelo económico que he refinado y promovido a lo largo de mi carrera, son vistas por el mundo como un éxito y como una muestra de cooperación con el capitalismo. Soy visto personalmente por Occidente como una fuerza positiva para el cambio. No soy ingenuo y reconozco que mi reputación personal se verá afectada después de que se haga evidente cuáles son nuestros objetivos, pero no me importa eso. Cuando tengamos lo que necesitamos, creceremos más allá de cualquier pronóstico que podamos hacer ahora. Asumiré la responsabilidad para reparar cualquier problema que estas acciones produzcan en nuestras relaciones.

Su no ocultó su sorpresa ante la audacia del plan esgrimido por el presidente de modales educados, un hombre que era, después de todo, un matemático y economista y no un líder militar.

Wei vio algo semejante a un impacto en el rostro del general, y sonrió.

—He estudiado a los estadounidenses. Los entiendo. Comprendo su economía, pero también su cultura y sus políticas. Ellos tienen un refrán: «Sólo Nixon podía ir a China». ¿Lo conocía usted?

Su asintió.

—Por supuesto.

—Bueno, director Su. Haré que creen un nuevo refrán: «Sólo Wei podía retomar Taiwán».

Su se recobró ligeramente.

—Será difícil convencer al Politburó, incluso con los nuevos miembros después de... las desavenencias. Digo esto, pues la experiencia me asiste parcialmente ya que he pasado buena parte de la última década impulsando una postura más fuerte hacia nuestros vecinos, y con respecto al territorio oceánico que nos pertenece.

Wei asintió pensativamente.

—Después de los eventos que han ocurrido recientemente, ya no espero persuadir a mis colegas únicamente por medio de la razón. No cometeré ese error de nuevo. Más bien, me gustaría comenzar a hacer maniobras de una manera lenta, en términos políticos y con la proyección de la fuerza que usted comanda, para que el paso uno de mi visión sea una realidad antes de proceder con los pasos dos y tres. Cuando tengamos todo el territorio marítimo alrededor de nuestros dos botines, el Politburó verá que nuestras metas están a nuestro alcance.

Su dedujo que Wei quería decir que adoptaría inicialmente pequeñas medidas, las cuales desembocarían en medidas más grandes cuando el éxito estuviera más cerca.

—¿Cuál es su plazo previsto, *tongzhi*?

—Obviamente, quiero que usted me ayude a determinar eso. Pero hablando desde la perspectiva de alguien que tiene un ojo en nuestra economía, creo que dentro de dos años el mar de China Meridional y las aguas territoriales quinientas millas al sur de nuestras costas estarían bajo nuestro control. Esto equivale aproximadamente a tres millones y medio de kilómetros cuadrados de océano. Anularemos nuestro acuerdo con Hong Kong doce meses después de esto. Taiwán debería estar bajo nuestro control al final del ciclo quinquenal.

Su pensó detenidamente antes de hablar.

—Se trata de pasos audaces. Pero estoy de acuerdo en que son necesarios —dijo finalmente.

Wei sabía que Su tenía pocos conocimientos de economía, más allá de lo referente al complejo militar-industrial de China. Era obvio que no sabía lo que se necesitaba para revivirlo. Su quería una proyección del poder militar, y eso era todo.

Pero Wei no dijo esto, y más bien señaló:

—Estoy contento de que esté de acuerdo conmigo, director. Necesitaré su ayuda durante cada paso.

Su asintió.

—Usted inició la conversación preguntándome por la disposición de nuestras fuerzas. Las operaciones marítimas de rechazo, que era lo que usted estaba pidiendo, están entre las capacidades de nuestra Marina, pero me gustaría discutir esto un poco más con mis almirantes y personal de inteligencia. Le pido que me dé unos pocos días para hablar con mi personal de liderazgo y preparar un plan, basado en lo que acaba de decirme que tenemos por delante. Mi personal de inteligencia puede señalar nuestras necesidades exactas.

Wei asintió.

—Gracias. Por favor prepare un informe preliminar y entréguemelo personalmente en el transcurso de la semana. Sólo hablaré de esto en mis aposentos personales de Beijing.

Su se puso de pie para despedirse y los dos hombres se dieron la mano. El presidente Wei sabía que el director Su ya había hecho planes detallados para tomar cada isla, playa, banco de arena y coral del mar de China Meridional. También tenía planes para negar todo acceso a Taiwán, destruirlo y enviarlo de nuevo a la Edad de Piedra. Sin embargo, tal vez no había hecho muchos planes de contingencia con respecto a Hong Kong. Una semana bastaría para hacerlo.

Wei sabía que Su se sentiría feliz de regresar a sus oficinas y de informar a su personal de alto nivel sobre las actividades futuras.

Diez minutos después, el director Su Ke Qiang abordó la caravana de ocho vehículos que lo llevaría de nuevo a la capital, a ciento setenta y cinco kilómetros de distancia. Lo acompañaba

Xia, su general adjunto de dos soles, quien había servido al lado de Su durante todos sus cargos importantes. Xia había asistido a la reunión, donde escuchó y tomó notas en silencio.

Los dos hombres se miraron por un largo tiempo cuando estuvieron dentro del vehículo blindado Roewe 950.

—¿En qué está pensando? —preguntó el general a su jefe.

Su encendió un cigarrillo y dijo:

—Wei cree que haremos unos pocos disparos de advertencia en el mar de China Meridional y que la comunidad mundial retrocederá y nos permitirá avanzar sin ser molestados.

—¿Y qué cree *usted*?

Su sonrió —era una sonrisa astuta pero genuina— mientras guardaba el encendedor en el bolsillo de su abrigo.

—Creo que iremos a la guerra.

—¿A la guerra con quién, señor?

Su se encogió de hombros.

—Con Estados Unidos. ¿Con quién más?

—Discúlpeme que le diga algo, señor. Pero no parece disgustado.

Su rio ruidosamente detrás de una nube de humo.

—Acojo con gusto la empresa. Estamos preparados y sólo después de ensangrentar la nariz de los demonios extranjeros con una acción rápida y decisiva podremos perseguir todas nuestras metas en la región. —Hizo una pausa y luego se ensombreció un poco antes de añadir—: Estamos listos... pero sólo si actuamos ahora. El plan quinquenal de Wei es una tontería. Todos sus objetivos necesitan materializarse en el lapso de un año o la oportunidad desaparecerá. Una guerra relámpago y un ataque rápido en todos los frentes crearán una nueva realidad que el mundo en general no tendrá otra opción que aceptar. *Esa* es la única forma de alcanzar el éxito.

—¿Y Wei estará de acuerdo con esto?

El general movió su voluminoso cuerpo para mirar por la ventana mientras la caravana de ocho vehículos se dirigía hacia Beijing, en dirección oeste.

Respondió con determinación.

—No. Por lo tanto, tendré que crear una realidad que *él* no tenga otra opción que aceptar.

TRECE

· · · · · · · · · · · · · · · ·

Valentín Kovalenko se despertó poco antes de las cinco de la mañana en su habitación del Blue Orange, un club de salud, spa de vacaciones y hotel en el distrito Letňany, en el noroeste de Praga, República Checa. Llevaba tres días allí, había ido al sauna, le habían hecho masajes y había comido verdaderas delicias, pero además de estos lujos se había preparado con diligencia para una operación que emprendería antes del amanecer de esta mañana.

Había recibido órdenes por medio de un programa seguro de mensajería instantánea llamado Criptograma, tal como se lo había dicho el mafioso que le había ayudado a escapar de la cárcel. Poco después de llegar a la casa dispuesta por la mafia de San Petersburgo, había recibido una computadora con software, así como documentos, dinero e instrucciones para instalarse en Europa occidental. Había seguido las órdenes, ubicándose en el sur de Francia y encendiendo su máquina una vez al día en busca de instrucciones adicionales.

Permaneció dos semanas sin tener ningún contacto. Fue al médico y recibió tratamiento y medicinas para las enfermedades contraídas durante el tiempo que estuvo detenido en Moscú, y recuperó su fortaleza. Y una mañana, abrió el Criptograma y comenzó su proceso diario de contraseñas y autentificaciones. A continuación, apareció un renglón de texto en la ventana de mensajería instantánea.

«Buenos días».

«¿Quién eres?» —escribió Kovalenko.

«Soy su manejador, señor Kovalenko».

«¿Cómo puedo decirte?».

«Dígame Centro».

Valentín sonrió a medias y escribió:

«¿Podría saber si es señor o señora Centro, o si eres acaso un producto de Internet?».

Esta pausa fue más larga que las demás.

«Creo que se puede decir lo último. —Después de una breve pausa, las palabras aparecieron en la pantalla de Kovalenko con mayor rapidez—. ¿Está preparado para comenzar?».

Valentín replicó con una respuesta rápida.

«Quiero saber para quién estoy trabajando». —Su petición le parecía razonable, aunque el gánster le había advertido que su nuevo empleador no era razonable.

«Reconozco su preocupación por la situación que vive, pero no tengo tiempo para aplacarla».

Valentín Kovalenko se imaginó que estaba sosteniendo una conversación con la computadora en sí. Las respuestas eran rígidas, secas y lógicas.

Su lengua nativa es el inglés —pensó Kovalenko. Pero luego reflexionó más al respecto. Aunque Valentín hablaba inglés con fluidez, no podía saber con certeza si esta era la lengua nativa de su interlocutor. Tal vez si escuchaba hablar a la persona lo sabría con seguridad, pero por ahora se limitó a decirse a sí mismo que su jefe tenía un buen dominio de esta lengua.

Kovalenko le preguntó: «Si eres una entidad que realiza labores de espionaje por medio de la computadora, ¿cuál es mi papel?».

La respuesta apareció con rapidez.

«El manejo de activos humanos sobre el terreno. La especialidad de usted».

«El hombre que me recogió afuera de la cárcel dijo que estabas en todas partes. Que lo sabías y lo conocías todo».

«¿Es una pregunta?».

«¿Qué pasa si me niego a seguir instrucciones?».

«Utilice su imaginación».

Kovalenko enarcó las cejas. No sabía si esto denotaba sentido del humor por parte de Centro o si era una amenaza a secas. Valentín suspiró. Ya había comenzado a trabajar para la entidad al instalarse allí y organizar su apartamento y computadora. Era claro que no estaba en posición de discutir.

«¿Cuáles son mis instrucciones?» —escribió.

Centro le respondió; era lo que había conducido a Valentín a su trabajo en Praga.

Su recuperación física de los estragos de la bronquitis y la tiña, y de una dieta que consistía básicamente en sopa de cebada y pan mohoso, seguía adelante. Era un hombre saludable y en forma antes de estar preso en la cárcel de Matrosskaya Tishina, y había conservado la disciplina para recuperarse más rápido que la mayoría de los hombres.

El gimnasio del Blue Orange le había sido muy útil. Se había ejercitado varias horas en cada uno de los tres días pasados y esto, así como sus salidas a correr a primera hora de la mañana, lo habían llenado de energía y de vigor.

Se puso su ropa deportiva, una chaqueta negra con una delgada franja gris estampada a un lado y su gorra negra de lana sobre su cabello rubio. Cogió una navaja plegable de color negro, un par de pinzas para abrir cerrojos y una pequeña bolsa del tamaño de su puño que guardó en el bolsillo de su chaqueta. Finalmente, cerró el bolsillo.

Llevaba medias de color gris oscuro, zapatos deportivos negros marca Brooks y se puso unos guantes delgados Under Armour antes de salir de su habitación.

Un momento después estaba afuera del hotel, trotando hacia el sur bajo una lluvia ligera.

En el primer kilómetro corrió por la hierba a lo largo del Tupoleva y no vio una sola alma en la oscuridad que lo envolvía, salvo por una pareja de vehículos de reparto que pasaron por la calle.

Giró al oeste en Křivoklástská y mantuvo un ritmo relajado. Notó que su corazón latía con más fuerza de lo habitual, lo cual le sorprendió un poco. Casi todas las mañanas corría diez kilómetros por el Hyde Park cuando hacía ejercicio en Londres, y escasamente sudaba, salvo en los meses más calientes del año.

Sabía que no estaba tan en forma como en el Reino Unido, pero, sospechaba, su salud relativamente precaria no era la razón detrás del golpeteo en el pecho.

No, se sentía nervioso esta mañana porque estaba de nuevo en el terreno.

Aunque Valentín Kovalenko se había elevado al rango de *rezident adjunto* del SVR, la agencia de inteligencia rusa en el Reino Unido, una persona en esa posición no suele tomar parte en operaciones sobre el terreno; los «encuentros entre agentes», los «compartimentos secretos» y los «trabajos de bolsa negra» eran para quienes estaban más abajo en la cadena de espionaje. Valentín Kovalenko hacía la mayor parte de su trabajo como jefe de espías desde la comodidad de su oficina en la Embajada rusa, frente a un plato de carne en el restaurante Wellington de Hereford Road, o tal vez de carne de buey con berros y hueso y una salsa preparada en un horno Josper en el restaurante Les Deux Salons.

Esas eran las buenas épocas de antaño —reflexionó mientras disminuía un poco el ritmo para tratar de controlar el fuerte golpeteo de su pecho. Hoy, su trabajo no sería particularmente peligroso, aunque sí mucho menos sofisticado de lo que habían sido su vida y trabajo en Londres.

Obviamente, había hecho trabajos duros para Rusia; nadie podía llegar a ser *rezident adjunto* sin subir de rango. Había hecho operaciones ilegales para Rusia sin cobertura oficial en muchos lugares de Europa, así como en una breve estadía en Australia. En aquella época era más joven, obviamente; tenía apenas veinticuatro años cuando había trabajado en Sydney, y menos de treinta cuando abandonó las operaciones para hacer trabajo de escritorio. Pero de todos modos disfrutaba de estar en servicio.

Giró hacia Beranových en dirección norte, siguiendo una ruta por la que había corrido las dos mañanas anteriores, aunque hoy se desviaría de ella, pero sólo por unos pocos minutos.

La lluvia arreció ligeramente y lo mojó, pero le dio también una mejor cobertura de la que podría ofrecerle la oscuridad a secas.

Kovalenko sonrió. A los espías les gustaba la oscuridad y también la lluvia.

Se sintió bien al estar realizando esta tarea, aunque hasta donde él sabía, era una operación extraña, y sin importar lo que sus artífices quisieran lograr con ella, Valentín concluyó que las probabilidades de éxito eran más bien bajas.

Observó a su derecha e izquierda unas pocas decenas de metros después de haber girado por Beranových y luego miró por encima del hombro. La calle estaba despejada y avanzó rápidamente a la derecha. Se arrodilló ante una pequeña reja de hierro que había en una pared pintada de blanco y abrió rápidamente el sencillo candado. Era una puerta residencial y el cerrojo era pan comido, pero llevaba tanto tiempo sin poner a prueba su habilidad para abrir cerrojos que se permitió una breve sonrisa mientras guardaba las pinzas en la chaqueta.

Segundos después estaba en el jardín delantero de una casa de dos pisos y avanzó rápidamente, vestido de negro en una mañana igualmente negra, hacia el lado derecho de la vivienda y luego cruzó una puerta de madera que separaba el jardín delantero del trasero. Pasó al lado de una piscina elevada que estaba cubierta y avanzó en medio de un cobertizo con macetas y de otro que hacía las veces de depósito, hasta llegar a un muro que demarcaba los límites orientales de la casa privada. Segundos después, Valentín Kovalenko trepó el muro y cayó en la hierba húmeda, encontrándose exactamente donde los mapas de Google le habían indicado que estaría.

Ahora se encontraba al frente de los muros, las luces exteriores y las casetas de vigilancia que rodeaban al Parque de Ciencia y Tecnología VZLÚ.

Centro, el nuevo jefe de Kovalenko que sabía inglés y que se comunicaba por mensajes instantáneos, no le había dicho el objetivo de la tarea de hoy, o ni siquiera mayor cosa del objetivo en sí, además de la dirección y de la naturaleza de su misión allí. Pero el ruso había investigado por su cuenta y se había enterado de que el VZLÚ era una instalación de investigación y pruebas aeroespaciales cuyo trabajo se concentraba en aerodinámica, motores aéreos y rotores de helicópteros.

Era una extensa propiedad que incluía muchos edificios y varias instalaciones de pruebas.

Sin importar lo que el empleador de Valentín quisiera de este lugar, no le correspondía a él saberlo. En realidad, había recibido órdenes para traspasar simplemente la seguridad física del lugar y dejar algunos artículos allá.

Se arrodilló en la primera zona de estacionamiento que vio, resguardado por la oscuridad y la lluvia, y sacó la bolsa que tenía en la chaqueta. Extrajo una unidad USB de color gris mate y, en contra de su mejor juicio, simplemente la dejó sobre el pavimento de un estacionamiento. El dispositivo tenía una etiqueta que decía «Resultados de prueba», pero Kovalenko tuvo cuidado en dejar la etiqueta hacia abajo.

Él no era ningún tonto. Sabía que la USB no contenía resultados de ninguna prueba, ya fueran imaginarios o reales. Lo que sí contenía era un virus y, si el empleador de Valentín era competente, el virus estaría camuflado y se ejecutaría tan pronto fuera conectado por medio de un puerto USB a cualquier computadora de la red de aquel parque. El plan era, y estaba claro para Kovalenko, que alguien encontrara el dispositivo y lo conectara a su computadora para ver qué archivos contenía. Tan pronto se abriera algo en el dispositivo, una especie de virus infectaría la computadora y luego toda la red.

Valentín había recibido instrucciones para dejar sólo una unidad afuera de cada edificio de la instalación, de modo que la treta tuviera más posibilidades de éxito. Si doce expertos entraban al mismo edificio luego de haber descubierto un dispositivo misterioso en la zona de estacionamiento, sería más probable que dos o más comentaran el incidente y prendieran las alarmas. Era probable que la mayoría de las personas que encontraran la unidad sospecharían de algo, pero sabrían —y Kovalenko lo sabía por sus investigaciones sobre el parque— que la red conectaba también a varias divisiones diferentes, así que una sola infección exitosa en la computadora de un usuario, en cualquier lugar al interior del VZLÚ, afectaría el trabajo de todos.

Al igual que un correo electrónico de phishing, Valentín Kovalenko era un vector de ataque.

No era un plan malo, reconoció Valentín, pero no conocía los detalles de la misión como para convencerse de que sería un éxito. Se preguntó qué pasaría una vez que el departamento de TI de la división de ciencias y tecnología viera que dos docenas de dispositivos USB idénticos o similares habían aparecido en su propiedad. Esto los alertaría de que un intento de piratería por parte de un cliente estaba en camino, lo que probablemente los llevaría a cerrar su red en busca del virus. Valentín no sabía mucho acerca de espionaje informático, pero le había parecido difícil de creer que el virus no sería detectado y eliminado antes de que el sistema estuviera en riesgo.

Pero, de nuevo, Centro no consideraba adecuado incluirlo en la planeación de esta operación. En realidad, esto era algo insultante. Kovalenko supuso que estaba trabajando para un equipo de espionaje corporativo; ese tipo y sus matones sabían que Kovalenko había sido un operativo de inteligencia de alto rango, a quien se le había confiado un lugar crucial en uno de los organismos de espionaje más importantes del mundo, el SVR.

Mientras se arrastraba con sus manos y rodillas entre los pequeños camiones estacionados cerca del pequeño aeropuerto del parque y se disponía a dejar otra unidad USB en el piso húmedo, se preguntó quién demonios pensaban que eran esos espías industriales que lo utilizaban como su chico mandadero.

Sin embargo, tenía que reconocer que lo habían sacado de la prisión, el riesgo de la misión era bajo y el pago era bueno.

CATORCE

······················

La segunda reunión entre el presidente y secretario general Wei Zhen Lin y el director Su Ke Qiang tuvo lugar en Zhongnanhai, el complejo gubernamental del centro de Beijing. Las oficinas de ambos estaban allí, así como la residencia privada de Wei, por lo que se concertó una reunión privada entre ellos dos en el estudio personal de Wei en las primeras horas de la noche.

El secretario de Wei estaba presente, al igual que el segundo al mando de Su, casi como lo habían hecho una semana antes en el balneario marítimo de Beidaihe. Sin embargo, esta reunión sería diferente porque ahora el director Su haría la presentación.

Un empleado sirvió té sólo a los dos directivos y luego se retiró.

Wei le había dado una semana a Su para que adoptara con su personal de inteligencia un plan para proyectar el poder más allá en el mar de China Meridional como la movida inicial de la estrategia de Wei con el fin de absorber a Hong Kong y a Taiwán. Sabía que Su tendría que dormir y comer poco y no pensar en nada más.

A fin de cuentas, Su llevaba más de una década pensando en enviar hombres, barcos y aviones al mar de China Meridional.

El director Su sostuvo su informe en la mano mientras se sentaban para dar comienzo a la reunión. Xia, el segundo al mando de Su, tenía una copia y Wei supuso que le entregarían uno de los informes para examinarlo mientras lo discutían.

Pero antes de entregarle el documento, el director Su le dijo:

—*Tongzhi*, recientemente usted estuvo a un paso de ser removido del poder porque dijo la verdad a quienes lo rodeaban; era una verdad difícil de escuchar, y quienes lo rodeaban no querían escucharla.

Wei asintió en señal de acuerdo.

—Ahora me encuentro en una posición similar a la que usted vivió. Usted diseñó un plan de cinco años para devolverle a la nación una fuerza y una gloria que no ha disfrutado en varias generaciones. Sin embargo, y a regañadientes, tengo que hablarle de algunos aspectos de nuestra actual situación militar que harán que su plan quinquenal sea no sólo difícil, sino imposible.

Wei ladeó la cabeza en señal de sorpresa.

—Los objetivos que persigo no podrán lograrse únicamente por la vía del poder militar. Sólo necesito apoyo militar para controlar la zona. ¿No somos tan fuertes como los informes anuales nos han llevado a creer?

Su desestimó ese argumento con la mano.

—Somos fuertes en términos militares. Tan fuertes como nunca. El aumento del veinte por ciento en el gasto militar en las últimas dos décadas ha consolidado notablemente nuestra capacidad terrestre, marítima y aérea. —Su exhaló un fuerte suspiro.

—Dígame entonces qué le preocupa.

—Temo que nuestra fortaleza esté ahora en su punto más

alto, pero que pronto se desvanecerá en comparación con la de nuestros adversarios.

Wei no entendió, pues no era muy versado en asuntos militares.

—¿Por qué se desvanecerá?

Su hizo una pausa lo bastante larga como para que Wei entendiera que no respondería esta pregunta de manera inmediata o directa. La explicación que le daría implicaría algunos antecedentes.

—A partir de mañana por la mañana podremos eliminar cualquier oposición en nuestra región. Pero no es eso lo que necesitamos. Debemos prepararnos para combatir única y exclusivamente a un adversario. Cuando neutralicemos a este enemigo, ganaremos el resto de nuestros conflictos potenciales incluso antes de combatir.

Wei dijo:

—¿Cree usted que los Estados Unidos se involucrarán en nuestras incursiones en el mar de China Meridional?

—Estoy seguro de eso, camarada.

—Y nuestra capacidad militar...

—Seré franco con usted. En términos generales, nuestra capacidad convencional es una sombra de la de Estados Unidos. Virtualmente en cada categoría, número de armas, calidad de equipos, entrenamiento de fuerzas, hasta el último barco, avión, tanque, camión y bolsa de dormir, los americanos tienen equipos superiores. Además, han combatido en los últimos diez años, mientras que nosotros sólo nos hemos dedicado a entrenar.

El rostro de Wei se endureció.

—Parece que nuestra nación ha sido pobremente servida por nuestro aparato militar durante nuestras dos décadas de modernización.

Su no sintió rabia por este comentario, y más bien asintió.

—Esa es la otra cara de la moneda, y la buena noticia. Muchos aspectos de nuestra modernización estratégica han sido exitosos.

»Tenemos una gran ventaja en la disciplina de combate. En cualquier conflicto y con cualquier adversario, es un hecho comprobado que tendremos un dominio total y completo en el campo de la información.

»El ejército del presidente Mao, el ejército en el que su padre y el mío sirvieron, ha sido reemplazado por otro mejor. Se trata del C4ISR mecanizado: Comando, Control, Computadoras, Comunicaciones, Inteligencia, Vigilancia y Reconocimiento. Tenemos buenos recursos y estamos bien conectados y organizados. Y nuestras fuerzas están listas para un ataque inmediato.

—¿Un ataque? ¿Se refiere a la ciberguerra?

—A la ciberguerra y al ciberespionaje, así como a las comunicaciones entre los sistemas y fuerzas para optimizar su efecto. A la completa informacionalización de la batalla espacial. Somos mejores que los estadounidenses por un amplio margen.

—Usted dijo que tenía malas noticias. Y estas parecen ser buenas —señaló Wei.

—La mala noticia, secretario general, es que el plazo que usted me pidió para que lo apoyara con mis fuerzas militares no es realista.

Pero debemos hacer esto antes de la conclusión de la conferencia del partido, en un lapso de cinco años. Si tardamos más, nuestros papeles de liderazgo se debilitarán y no podremos estar seguros de que...

—No me está entendiendo bien —dijo el director—. Estoy diciendo que no hay manera de que podamos tardar *más* de un año en alcanzar nuestros objetivos. Ya lo ve, esta nueva capacidad es la única ventaja táctica real y verdadera que tenemos sobre los estadounidenses. Y es una ventaja increíble, pero se desvanecerá. Los estadounidenses están construyendo sus ciberdefensas con rapidez y sus fuerzas se están adaptando rápidamente a un escenario de adversidad. En este momento, la red de defensa de Estados Unidos está basada principalmente en controles reactivos. Sin embargo, el Ciber Comando de ese país está cambiando rápidamente el escenario para el futuro de la guerra. El presidente Ryan ha incrementado todos los recursos del Ciber Comando y, muy pronto, esto tendrá un efecto en nuestras capacidades.

Wei entendió.

—¿Está diciendo que el momento de usar esto es ahora?

—La puerta se cerrará, y me temo que no se abrirá de nuevo. Nunca más. Los Estados Unidos nos están alcanzando. Los proyectos de ley que modernizarán su infraestructura informática a nivel doméstico se están abriendo paso. La administración del presidente Ryan se está tomando el asunto en serio. Si adoptamos lentamente nuestro... *su* programa de expansión, quedaremos en una gran desventaja.

—Así que usted quiere comenzar de inmediato.

—*Debemos* hacerlo de inmediato. Debemos reafirmar nuestra creencia de que el territorio del mar de China Meridional es un interés vital de China, y presionar ahora mismo por el control del mar. Dentro de pocos días, y no de semanas, deberemos fortalecer nuestras patrullas hasta el estrecho de Malaca y empezar a trasladar fuerzas navales y marinas a las islas Spratly y Huangyan. Puedo desplegar fuerzas en algunas islas deshabitadas esta misma semana. Todo está en el informe. Luego deberemos anunciar nuestra nueva relación con Hong Kong y comenzar el bloqueo a Taiwán, todo esto en los próximos seis meses. En un año, gracias a nuestra actitud abierta y agresiva manifiesta para todos, lograremos nuestras metas y los estadounidenses estarán demasiado ocupados lamiéndose sus propias heridas como para detenernos.

Wei pensó un momento en esto.

—¿Estados Unidos es la única amenaza estratégica?

—Sí. Especialmente con Jack Ryan en la Casa Blanca. Al igual que en nuestra guerra con Rusia, él es un problema de nuevo. No sólo por la amenaza directa de su aparato militar, sino también por las bravatas de nuestros vecinos. Estos se están diciendo a sí mismos que China no hará nada contra ningún aliado de los Estados Unidos mientras Ryan esté en el poder.

—Porque nos propició una derrota muy contundente en la última guerra —comentó Wei.

Su no estuvo de acuerdo con esto.

—Es discutible que nos haya derrotado. Los rusos también estuvieron involucrados, como usted podrá recordar.

Wei levantó una mano en señal de disculpa.

—Es cierto, aunque también recuerdo que *nosotros* atacamos a Rusia.

—Nosotros no atacamos a Estados Unidos —dijo Su escuetamente—. Aún así, eso fue hace siete años y la Fuerza Naval estadounidense aún patrulla rutinariamente el mar de China oriental, cerca de nuestras aguas. Acaban de vender nueve mil millones de dólares en armamento militar a Taiwán. Nos amenazan con su acceso a la región. No tengo que decirle que el ochenta por ciento del petróleo que utilizamos en nuestro país pasa por el estrecho de Malaca y que los Estados Unidos podrían amenazar ese flujo con un escuadrón de portaviones. Debemos lanzar una ofensiva contra ellos para que el plan que tiene usted pueda tener éxito.

Wei no sabía mucho sobre asuntos militares, pero este hecho era bien conocido para todos los miembros del Politburó.

—Pero si comenzamos las hostilidades, Ryan...

—Comenzaremos las hostilidades sin que Ryan sepa que lo hemos hecho —dijo Su—. Podemos hacer esto sin mostrarnos como los agresores.

Wei tomó té.

—¿Con una especie de ataque informático?

—Señor presidente, hay una operación secreta de la que usted no está al tanto.

Wei enarcó una ceja detrás de su taza de té.

—Debería esperar que haya muchas operaciones secretas de las que no esté al tanto.

Su sonrió.

—En efecto. Pero esta en particular será crucial para el cumplimiento de sus metas. Sólo necesito una orden y comenzaremos, lentamente al principio y con gran cuidado de que no se le haga una atribución innegable a China, para menoscabar así la capacidad que tiene Estados Unidos de derrotarnos. Los enviaremos contra sus otros enemigos, haremos que se concentren en asuntos domésticos que requieran su foco y recursos y podremos adelantar nuestras empresas aquí en nuestra región, a espaldas de su conciencia.

—Es un alarde notable, director Su.

Su pensó en el comentario de Wei antes de decir:

—No lo hago a la ligera. Le haremos muchos cortes pequeños

al cuerpo, que escasamente son rasguños para un gigante como Estados Unidos. Pero los rasguños sangrarán, le prometo eso. Y el gigante se debilitará.

—¿Y ellos no sabrán que hemos sido nosotros los que los estamos debilitando?

—Seremos un ejército invisible. Estados Unidos no sabrá que el EPL los ha puesto de rodillas.

—Suena demasiado bueno como para ser cierto.

Su asintió lentamente.

—Habrá reveses y fallas de naturaleza táctica. Ningún plan de batalla se ejecuta sin problemas. Pero tendremos éxito en términos estratégicos. Pongo en juego mi reputación en este sentido.

Wei se enderezó en su silla.

—Como líder de nuestras fuerzas militares, camarada, tendrá que hacerlo.

Su sonrió.

—Entiendo. Pero la infraestructura está vigente y deberíamos aprovechar nuestra ventaja mientras la tengamos. La necesidad es grande. Y nuestra capacidad también.

A Wei le desconcertó que Su estuviera pidiendo claramente la autoridad para implementar las movidas iniciales del conflicto en este momento. Vaciló momentáneamente.

—Lo mismo dijeron nuestros predecesores poco antes de la guerra con Rusia.

El director asintió con seriedad.

—Lo sé.. Y no puedo rebatir su comentario de ninguna manera, salvo para recordarle que hay una gran diferencia entre esa ocasión y la actual.

—¿Y cuál es?

—Hace siete años, nuestros predecesores subestimaron a Jack Ryan.

Wei se recostó contra la silla y contempló el cielo varios segundos antes de reír sin mucha alegría.

—Ciertamente no cometeremos *ese* error.

—No. No lo haremos. Y si usted acepta autorizarme para poner en marcha nuestros movimientos iniciales, me gustaría que pensara sólo en una cosa más. Llevo años hablando acerca de la necesidad de actuar en el mar de China Meridional con el fin de proteger nuestros intereses vitales. Soy conocido, por encima de cualquier cosa que haya dicho o hecho, como el hombre que quiere recuperar territorios para China. Si comenzamos nuestros movimientos sin hablar de ellos, me temo que algunos en Occidente pensarán que yo he puesto en marcha estas acciones sin su consentimiento. —Su se inclinó hacia adelante, y dijo en un tono amistoso y suplicante—: No quiero que usted sea marginado. Creo que debería hablar en términos enfáticos y mostrar al mundo que está al mando.

—Estoy de acuerdo. Hablaré sobre nuestros intereses vitales en el mar de China Meridional —señaló Wei.

Su se sintió complacido de escuchar esto y sonrió.

—Seamos claros entonces. ¿Está autorizando mis acciones militares iniciales?

—Así es. Haga lo que mejor le parezca. Tiene mi bendición para comenzar los preparativos iniciales. Pero le advierto ahora, director, que si este plan suyo es descubierto, y eso amenaza nuestra empresa, tendré que pedirle que cese su operación de inmediato.

Su esperaba plenamente una objeción tan poco enérgica como esa.

—Gracias. Las acciones que emprendamos ahora suavizarán los golpes del enemigo si se presentan hostilidades posteriormente. Puede descansar seguro sabiendo que su decisión de esta noche ha contribuido en grande a nuestra empresa.

Wei Zhen Lin se limitó a asentir.

Su se marchó de la reunión con la certeza absoluta de que Wei Zhen Lin no sabía lo que acababa de autorizar.

El director Su estaba en su oficina veinte minutos después. Había pedido a Xia que hiciera una llamada, y cuando este se asomó por la puerta y le dijo «Está en la línea», el espigado director asintió cortésmente y movió los dedos de las manos para dispensar a su asistente.

Su se llevó el auricular al oído cuando la puerta se cerró.

—Buenas noches, Doctor.

—Buenas noches, camarada director.

—Tengo noticias importantes. Esta llamada tiene por objeto iniciar su permiso para autorizar la Operación Sombra de la Tierra.

—Muy bien.

—¿Cuándo empezará usted?

—Los activos físicos están en su lugar, tal como usted lo solicitó, así que la acción comenzará de inmediato. Una vez concluyan, en una semana o máximo en dos, comenzaremos las operaciones cibercinéticas. Todo sucederá con mucha rapidez después de eso.

—Entiendo. ¿Cómo van los preparativos para la Operación Fuego Solar?

No hubo ninguna pausa.

—Los preparativos se completarán tan pronto recibamos un cargamento de hardware procedente de Shenzhen y lo pongamos en línea. Estaremos listos en diez días. Esperaré sus órdenes.

—Y yo las mías.

—¿Camarada director?

—¿Sí, Doctor?

—Creo que es mi deber recordarle una vez más que los aspectos principales de Sombra de la Tierra están más allá de mi capacidad para rescindirlos una vez comiencen.

El director Su Ke Qiang sonrió por teléfono.

—Doctor... estoy *recurriendo* a nuestra incapacidad para dar marcha atrás una vez comience Sombra de la Tierra. El liderazgo civil nos ha autorizado a derribar la primera ficha de dominó de la fila como si pudiéramos detener simplemente el impulso antes de que caigan la segunda y la tercera ficha. La voluntad de nuestro presidente es fuerte en estos momentos en vista del comienzo de la adversidad. Si él duda debido a la presión, le enfatizaré que el único camino es hacia adelante.

—Sí, camarada director.

—Ya ha recibido sus órdenes, Doctor. No espere tener noticias mías hasta que lo contacte para autorizar el comienzo de Fuego Solar.

—Seguiré reportándome a través de los canales.

—Le deseo suerte —dijo Su.

—*Shi-shi*. —(Gracias).

La llamada terminó y el director Su sostuvo el auricular en la mano. Lo miró con una sonrisa antes de dejarlo en la base.

Centro no era un hombre dado a conversaciones triviales.

QUINCE

· · · · · · · · · · · · · ·

Silicon Valley es la sede de Intel, Apple, Google, Oracle y de docenas de otras importantes compañías tecnológicas. Además de estas firmas, cientos, si no miles de negocios más pequeños, se han instalado en la zona en los últimos veinte años.

Menlo Park, California, está en este valle, justo al norte de Palo Alto, y sus edificios de oficinas y parques empresariales albergan a centenares de compañías de alta tecnología.

En un complejo de tamaño mediano en Ravenswood Drive, un poco más allá de la firma de investigación mega-tecnológica SRI, un letrero en una puerta de cristal dice: *Consultores de seguridad de información adaptativa.* A continuación, el letrero señala que la compañía tiene los mismos horarios de operación diurna que los demás negocios de tecnología recientes y pequeños que comparten el parque de negocios. Sin embargo, al oficial de seguridad nocturna que conducía el carro de golf a las cuatro de la mañana no le sorprendió ver varios automóviles en el estacionamiento, los cuales estaban allí desde que había comenzado su turno seis horas antes.

Lance Boulder y Ken Farmer, los directores de ADSC, estaban acostumbrados a trabajar muchas horas. Era simplemente un gaje del oficio.

Lance y Ken habían sido vecinos en San Francisco desde que eran niños, y habían pasado sus vidas frente a sus computadoras en los primeros días de la Internet. Cuando tenían doce años ya estaban construyendo procesadores y desarrollando software y, a los quince, los dos amigos ya eran piratas informáticos consumados.

La subcultura de la piratería informática entre los adolescentes inteligentes era una fuerza poderosa para Ken y Lance, y comenzaron a trabajar juntos para penetrar las redes informáticas de su escuela de secundaria, universidades y otros objetivos alrededor del mundo. No hicieron mucho daño ni participaron en fraudes a tarjetas de crédito o en suplantación de identidad, aunque vendieron información a otras personas; hacían esto básicamente por la emoción y el desafío.

A excepción de unos pocos ataques a las páginas web de su escuela, no hicieron daño alguno.

Pero la policía local no vio las cosas de ese modo. Los dos jóvenes fueron arrestados por ataques informáticos después de que su maestro de computadoras en la escuela secundaria menor los rastreara, y Lance y Ken confesaron de inmediato.

Después de prestar servicio comunitario por unas pocas semanas, decidieron enmendar sus vidas antes de ser adultos, pues este tipo de incidentes con la ley permanecería en sus historiales y podría afectar seriamente sus prospectos futuros.

Concentraron entonces su talento y energías en la dirección correcta, fueron admitidos en Caltech, donde estudiaron ciencias informáticas, y luego trabajaron para compañías de software en Silicon Valley.

Eran ciudadanos ejemplares, pero todavía eran piratas informáticos de corazón, así que antes de cumplir treinta años abandonaron el mundo corporativo para abrir su propia compañía, especializada en pruebas de penetración, algo conocido en el mundo de la informática como «piratería ética».

Fueron contratados por los departamentos de tecnología de información de bancos, cadenas comerciales, compañías de manufacturas y de otro tipo, y luego se dedicaron a penetrar las redes de sus clientes y a piratear sus páginas web.

Pronto se jactaban de una tasa de éxito del ciento por ciento en piratear los sistemas de sus clientes.

Se ganaron la reputación de ser unos de los mejores piratas informáticos de «sombrero blanco» que había en Silicon Valley, y McAfee y Symantec —las grandes compañías de antivirus— intentaron contratarlos en varias oportunidades, pero los dos jóvenes estaban decididos a que su compañía fuera de talla mundial.

Los negocios aumentaron al lado de su reputación, y pronto comenzaron a hacer pruebas de penetración en redes con contratos gubernamentales e intentaron penetrar los llamados sistemas a prueba de balas dirigidos por contratistas ultrasecretos del gobierno, y descubrieron métodos que los sombreros negros —los piratas informáticos mal intencionados— no habían descubierto todavía. Lance y Ken, así como sus dos docenas de empleados, se habían destacado en este campo, y ADSC, que había recibido una gran cantidad de contratos del gobierno, se preparaba para expandirse de nuevo.

Los dos propietarios habían recorrido un largo camino en cinco años, pero Lance y Ken aún sabían trabajar veinte horas al día si un proyecto lo exigía.

Como esta noche.

Tres empleados y ellos estaban trabajando horas extra porque habían descubierto una nueva ventaja en el componente de un servidor de Windows que podría ser potencialmente calamitoso para cualquier red de seguridad gubernamental. Se había manifestado durante las pruebas de penetración en la red de un contratista gubernamental con sede en Sunnyvale, California, muy cerca de su compañía.

Lance y Ken habían descubierto la vulnerabilidad en el software y construido su propio Trojan, un malware que se introduce en un proceso legítimo, y lo utilizaron para penetrar la red de seguridad. Entonces, les asombró descubrir que podrían ejecutar un «ataque ascendente» utilizando la conexión de la compañía con la red de seguridad del Departamento de Defensa de Estados Unidos y adentrarse en las entrañas de las bases de datos más seguras del aparato militar estadounidense.

Todos en ADSC sabían las implicaciones que tenía lo que habían descubierto. Si un pirata inteligente y decidido descubría la vulnerabilidad antes de que Microsoft la subsanara, el «sombrero negro» podría construir su propio virus para robar, alterar o borrar terabytes de información crucial, necesaria en asuntos de guerra.

Lance y Ken aún no habían alertado a sus clientes —el Departamento de Defensa— ni a sus colegas en la unidad de crímenes digitales de Microsoft; sabían que tenían que estar seguros de sus hallazgos, así que hicieron pruebas durante la noche.

Y este proyecto fundamental iría a todo vapor, incluso ahora, a las cuatro de la mañana, si no fuera por un inconveniente importante.

Todo el parque de oficinas se había quedado sin energía eléctrica.

. . . .

Qué mierda —dijo Lance mientras contemplaba la oficina en tinieblas. El resplandor de los monitores frente a los cinco hombres que estaban trabajando allí era la única luz del recinto. Las computadoras seguían funcionando; las baterías de respaldo conectadas a cada máquina evitaron que los hombres perdieran su información, aunque las baterías sólo funcionarían una hora más, así que ellos tendrían que apagarlas si la electricidad no regresaba pronto.

Marcus, uno de los principales analistas de flujo de datos de ADSC, sacó un paquete de cigarrillos y un encendedor de su escritorio y se puso de pie. Mientras estiraba los brazos y los hombros, dijo:

—¿Quién se habrá olvidado de pagar el gas y la electricidad?

Ninguno de los cinco hombres pensó ni por un segundo que todo se debía a la falta de pago. La oficina tenía dos docenas de estaciones de trabajo, varios servidores de gran capacidad en la granja de servidores del sótano y decenas de otros periféricos electrónicos que funcionaban con energía eléctrica.

No era la primera vez que tenían problemas con la caja de fusibles.

Ken Farmer se puso de pie y bebió con rapidez un sorbo de una lata de Pepsi tibia.

—Voy a orinar y luego bajaré a mover los fusibles.

—Ten cuidado. Estoy detrás de ti —dijo Lance.

Tim y Rajesh, que eran analistas de flujos de datos, permanecieron frente a sus computadoras, pero descansaron las cabezas entre las manos.

Una red informática resiliente, poderosa y completamente segura era una necesidad para una compañía cuyo plan de negocios consistía en rastrear piratas informáticos, y ADSC tenía las herramientas y los protocolos para asegurarse de que cualquier ciberataque dirigido a su compañía fuera neutralizado.

Lance y Ken habían dedicado una gran atención para asegurarse de que ADSC blindara su red.

Pero no le habían prestado la misma atención a la seguridad física de su propiedad.

A ciento treinta yardas del lugar donde Lance, Ken y sus tres empleados se estiraban, fumaban y orinaban, un solo individuo avanzó envuelto por una fuerte bruma entre los árboles a través de la oscura y silenciosa avenida Ravenswood Drive y se acercó al parque comercial donde estaba ADSC. A excepción de la hora temprana y del ligero desvío de su ruta para permanecer alejado de la luz directa de las lámparas del alumbrado público, la figura humana no parecía ser nada fuera de lo ordinario.

Tenía un impermeable negro de cierre con la capucha abajo, no llevaba nada en sus manos enguantadas y caminaba a un ritmo pausado.

Otro hombre recorría el mismo camino unas treinta yardas detrás de él, pero lo hacía más rápido y ya lo estaba alcanzando. También llevaba un impermeable oscuro con la capucha abajo.

Y a veinte yardas detrás del segundo peatón, un tercer hombre trotaba por el sendero, alcanzando rápidamente a los dos que iban adelante. Tenía zapatos deportivos para correr oscuros.

Los tres llegaron juntos a poca distancia del estacionamiento del complejo; el que trotaba disminuyó el ritmo para ir a la velocidad de los otros dos y los tres entraron en un solo grupo a la propiedad.

Se cubrieron la cabeza con sus capuchas con un aire de despreocupación. Cada uno llevaba también un protector de vellón negro en el cuello, que levantaron de manera simultánea con sus manos enguantadas y sólo se les vieron los ojos.

Se acercaron a la pequeña zona de estacionamiento que habría estado iluminada si no se hubiera ido la energía eléctrica.

Los tres sacaron pistolas automáticas belgas modelo FN Five-seveN. Cada arma tenía veintiún balas de 5.7 x 28 milímetros, un calibre muy potente para una pistola.

Los silenciadores largos sobresalían de los cañones. Un hombre apodado Grulla estaba a cargo del pequeño grupo. Tenía más hombres —siete en total—, pero creía que su intrusión no requeriría de todo el escuadrón, así que sólo trajo a dos de sus hombres para esta fase de la misión.

Sus cálculos eran acertados. ADSC no era en modo alguno un objetivo difícil.

Un solo guardia de seguridad trabajaba allí, y patrullaba el complejo de oficinas en un carro de golf a esa hora de la mañana. Las paredes del carro estaban cubiertas de plástico, aislando así la bruma.

El guardia esperó unos treinta segundos a que llegara la luz y entonces sacó el iPhone de su cinturón. Sabía que de las seis compañías en toda la propiedad, sólo unos pocos tipos de ADSC se encontraban allí a esas horas. Decidió llamarlos para ver si necesitaban una linterna.

Mientras el guardia buscaba en su lista de contactos, un movimiento afuera de su burbuja plástica le llamó la atención. Miró hacia arriba y a su izquierda.

Grulla disparó una sola bala, la misma que atravesó el plástico y la cabeza del guardia de seguridad que estaba sólo a cinco pies de distancia. El carro quedó salpicado de sangre y de fragmentos de cerebro, y el joven guardia se desplomó hacia adelante. El teléfono móvil resbaló de sus dedos y cayó entre sus pies.

Grulla abrió el cierre del plástico, buscó en los bolsillos del guardia y sacó un juego de llaves.

Los tres hombres caminaron por un lado del edificio. Todo estaba completamente oscuro salvo por el resplandor anaranjado de un cigarrillo.

—Oigan —dijo una voz incierta detrás del resplandor.

Grulla alzó su pistola e hizo tres disparos en la oscuridad. Con los destellos del cañón vio a un hombre joven entrar tambaleando a una puerta abierta que conducía a una pequeña cocina.

Los dos hombres encapuchados de Grulla corrieron hacia adelante, sacaron el cadáver del hombre y luego cerraron la puerta.

Grulla sacó un walkie-talkie de su abrigo y presionó tres veces el botón para hablar.

Los tres hombres esperaron treinta segundos al lado de la puerta. Una Ford Explorer negra apareció en el estacionamiento con las luces apagadas. Se detuvo y estacionó, y cinco hombres más, vestidos a semejanza de quienes estaban en la puerta, bajaron de la camioneta con mochilas grandes.

Los hombres tenían apodos y cada uno correspondía al de un ave: Grulla, Urogallo, Codorniz, Playero, Becasina, Gaviota, Ánade

y Pato. Grulla estaba entrenado para liderar y los otros para obedecerle, pero todos y cada uno estaban adiestrados para matar.

Se habían memorizado el trazado de la propiedad tras ver los
planos del complejo, y uno de ellos tenía un esquema de los servidores del sótano. Entraron juntos por la puerta de la cocina y
avanzaron silenciosos en la oscuridad. Luego salieron a un pasillo
y entraron al vestíbulo frontal. Allí se dividieron en dos grupos.
Cuatro hombres subieron la escalera y los otros cuatro siguieron
hacia el fondo, más allá de los ascensores, en dirección al laboratorio principal.

Lance Boulder había sacado una linterna de la caja de herramientas de un armario que había cerca de la cocina, y la prendió para avanzar por el pasillo que conducía a la escalera con el
fin de examinar el sistema UPS, la unidad de batería de respaldo
interrumpible que mantenía sus servidores funcionando. Esperaba a toda costa que el fusible se hubiera apagado. Decidió ver si
todo el parque de oficinas estaba sin energía eléctrica, sacó su
Blackberry del cinturón y empezó a escribir un mensaje de texto
para Randy, el guardia nocturno.

Levantó su mirada del Blackberry y quedó petrificado. Allí, a
sólo unos pocos pies delante de él, su linterna iluminó a un hombre vestido de negro de pies a cabeza. Había otros detrás.

Y luego vio la larga pistola que tenía el primer hombre.

Sólo un leve jadeo escapó de sus labios antes de que Grulla le
disparara dos veces en el pecho. El sonido amortiguado de las
balas retumbó levemente en el pasillo. El cuerpo de Lance se estrelló contra la pared derecha, giró a la izquierda y luego se desplomó de bruces.

Su linterna cayó al piso, iluminando el camino a los cuatro asesinos, quienes se dirigieron al laboratorio.

Ken Farmer aprovechó la falta de fluido eléctrico del edificio. Llevaba más de seis horas sin pararse de su escritorio o computadora y estaba terminando de hacer sus necesidades en el baño. Las luces de emergencia no llegaban a la parte del corredor que había a la entrada, así que abrió la puerta para regresar a su oficina y tuvo que recorrer literalmente unos pocos pies a tientas.

Vio las siluetas de los hombres y supo de inmediato que no eran sus colegas.

—¿Quiénes son ustedes? —preguntó. Estaba demasiado impactado como para asustarse.

El primer hombre del grupo se acercó a él con rapidez y le puso el silenciador de la pistola en la frente.

Ken levantó sus manos lentamente.

—No tenemos dinero.

El hombre lo empujó y Ken caminó hacia atrás al laboratorio oscuro. Tan pronto entró, vio que unas siluetas negras se movían a su alrededor y pasaban a su lado, escuchó los gritos de Rajesh y de Tim y luego el golpeteo apagado de las balas y el sonido de los casquillos rebotando en las baldosas.

Farmer fue llevado a su escritorio, donde unas manos con guantes lo sentaron en su silla, y por la luz de los monitores vio a Tim y a Raj tirados en el piso.

Su mente no podía procesar el hecho de que acaban de ser asesinados.

—Todo lo que quieran... es suyo. Pero por favor, no...

Grulla acercó el silenciador de su pistola a la sien derecha de Ken Farmer y le disparó una sola vez. La alfombra quedó salpicada de fragmentos de huesos y tejidos, y el cuerpo cayó al suelo.

Pocos segundos después, Playero llamó por el radio y dijo en mandarín:

—El edificio está seguro.

Grulla no respondió en el walkie-talkie, pero sacó un teléfono satelital de la chaqueta. Presionó un botón, esperó unos segundos y luego dijo en mandarín:

—Enciendan la energía.

La energía eléctrica regresó al edificio menos de quince segundos después. Mientras cuatro de los hombres de Grulla permanecían en guardia en las entradas de ADSC, otros tres bajaron las escaleras hacia el sótano.

Grulla se sentó en la computadora de Ken y abrió el correo personal de este. Escribió un nuevo mensaje, luego agregó a todos los que estaban en la lista de contactos de Ken a la red de direcciones, lo que aseguró que más de mil direcciones recibieran un mensaje. A continuación, sacó de su chaqueta un pequeño bloc que contenía una carta escrita en inglés. La transcribió en el correo electrónico, tecleando lentamente con sus dedos cubiertos por guantes.

Familiares, amigos y colegas:

Los quiero a todos ustedes, pero no puedo seguir. Mi vida es un fracaso. Nuestra compañía ha sido una mentira. Lo estoy destruyendo todo. Estoy matando a todos. No tengo ninguna otra opción.

Lo siento.

Paz, Ken

Grulla no presionó la tecla enviar y habló en su walkie-talkie.

—Diez minutos —dijo en mandarín. Se puso de pie, pasó por

encima del cadáver de Farmer y se dirigió al sótano, donde los tres hombres ya habían comenzado a conectar una docena de explosivos caseros a los servidores. Cada uno fue colocado con cuidado cerca de los discos duros y tarjetas de memoria de los servidores, garantizando que no quedaran registros digitales.

Limpiar los discos duros les llevaría varias horas y Grulla no tenía todo ese tiempo, por lo que había recibido órdenes para realizar su tarea de un modo más cinético.

Terminaron al cabo de siete minutos. Grulla y Gaviota regresaron al laboratorio, aquel le entregó su pistola a este y luego se inclinó sobre el teclado de Farmer e hizo clic con el *mouse*, enviando el perturbador mensaje a 1130 destinatarios.

Grulla guardó el cuaderno y la carta original y miró el cuerpo de Ken Farmer. Gaviota le había puesto la pistola en la mano derecha.

Metió algunos cartuchos en el bolsillo de Farmer y en menos de un minuto los cuatro salieron del laboratorio. Uno de los hombres prendió los fusibles del sótano, regresaron a la cocina y subieron a la camioneta Ford.

El equipo de seguridad conformado por los cuatro hombres ya estaba en el vehículo.

Salieron despacio y con calma del estacionamiento sólo trece minutos después de haber entrado a la propiedad. Y cuatro luego de salir de Ravenswood para tomar la autopista, una enorme explosión iluminó el cielo matinal detrás de ellos.

DIECISÉIS

···············

Jack Ryan Jr. llegó en la mañana a D.C. para correr alrededor del National Mall. Melanie estaba con él; había pasado la noche en su apartamento. Llevaban ropa y zapatos deportivos, y Melanie tenía un canguro en la cintura donde llevaba una botella de agua, las llaves, la billetera y otras pertenencias.

Compartieron el café del termo para adquirir un poco más de energía antes de correr.

Ryan estacionó su BMW 335i negro un poco al norte del Espejo de agua del Capitolio y terminaron el café mientras escuchaban la *Edición de fin de semana* de la NPR, que informó brevemente de un suicida que había asesinado a cinco personas la mañana anterior en una compañía de software en Menlo Park, California.

Ni Jack ni Melanie comentaron esta noticia.

Bajaron del auto cuando terminó el programa noticioso y caminaron hacia el Espejo de agua, donde pasaron algunos minutos estirándose, tomando agua y contemplando el sol sobre el edificio del Capitolio y viendo a las personas que corrían en todas las direcciones.

Se dirigieron al oeste. Jack y Melanie tenían un excelente

estado físico, aunque ella era mejor atleta que él. Había comenzado a jugar soccer cuando su padre, un coronel de la Fuerza Aérea, había estado estacionado en Egipto durante la adolescencia de Melanie, quien se había dedicado a los deportes, ganándose una beca completa en la Universidad Americana, donde había sido una defensa sólida y confiable y capitana del equipo en su último año.

Se había mantenido en forma en la escuela y en los dos años después de salir de la universidad tras correr y pasar varias horas en el gimnasio.

Jack se había acostumbrado a correr de tres a cuatro millas algunas veces por semana, y esto le ayudaba a seguir el paso a Melanie durante buena parte del trayecto, pero quedaba completamente rezagado al final de la cuarta milla. Suprimió el impulso de pedirle que disminuyera la velocidad mientras pasaban frente al Smithsonian; su ego no le permitía reconocer que estaba pasando apuros.

Notó que ella lo miró varias veces poco después de la quinta milla; sabía que su rostro reflejaba el cansancio que sentía en cada parte de su cuerpo, pero no lo reconoció ante ella.

Melanie le dijo en un tono relajado:

—¿Quieres que paremos?

—¿Por qué? —preguntó él, su voz atragantada entre fuertes espasmos de aire.

—Jack, si necesitas que disminuya un poco la velocidad, todo lo que tienes que hacer es decir...

—Estoy bien. ¿Corremos hasta el final? —preguntó él, recobrando el ritmo ligeramente y sobrepasándola.

Melanie se rio.

—No, gracias —dijo—. Este ritmo es cómodo para mí.

Jack disminuyó un poco el ritmo y agradeció en silencio a Dios que ella no descubriera su fanfarronería. Sintió que Melanie no dejaba de mirarlo durante otras cincuenta yardas, y se imaginó que ella podía ver a través de él. Melanie le hacía un favor al no obligarlo a esforzarse más esta mañana, y la apreció por eso.

Habían corrido poco más de seis millas. Terminaron en el Espejo de agua, donde habían comenzado y, tan pronto se detuvieron, Jack dobló su cuerpo, apoyando las manos en las rodillas.

—¿Estás bien? —le preguntó ella mientras le ponía su mano en la espalda.

—Sss-sí. —Se esforzó para recuperarse—. Tal vez me esté dando un pequeño resfriado.

Ella le dio unas palmaditas en la espalda, sacó la botella de agua del canguro y se la ofreció.

—Toma un trago. Vamos a casa. Podemos comprar naranjas en el camino; te prepararé un jugo para acompañar la omelet que te voy a hacer.

Jack se enderezó, bebió un gran sorbo de agua y luego besó suavemente a Melanie.

—Te amo.

—Yo también. —Melanie recibió la botella, tomó un trago largo y entrecerró los ojos mientras veía el contenido del recipiente.

Un hombre con lentes de sol y una gabardina permanecía a cien pies de distancia en el Espejo de agua, frente a ella. Los estaba observando y no se esforzó en evitar la mirada de Melanie.

Jack no había visto al hombre.

—¿Lista para ir al auto?

Melanie rápidamente dejó de mirar al hombre.

—Sí. Vamos. —Caminaron hacia la Avenida Pennsylvania,

alejándose del hombre de la gabardina, pero no habían avanzado veinte yardas cuando Melanie tomó a Jack del hombro—. ¿Sabes algo? Detesto hacer esto, pero acabo de recordar que necesito ir a mi casa.

Ryan se sorprendió.

—¿No irás a mi apartamento?

El rostro de Melanie se llenó de desilusión.

—No, lo siento. Tengo que hacer algo para mi casera.

—¿Necesitas ayuda? Soy bueno con los destornilladores.

—No... no, gracias. Me encargaré de eso

Ella vio que a Jack le daban vueltas los ojos, como si tratara de saber por qué había cambiado de idea.

Antes de que pudiera hacerle más preguntas sobre el repentino cambio de planes, ella le preguntó:

—Todavía vamos a cenar esta noche en Baltimore con tu hermana, ¿verdad?

Jack asintió lentamente.

—Sí. —Hizo una pausa—. ¿Pasa algo malo?

—No, en realidad no. Simplemente olvidé que tenía que hacer unas cosas en mi apartamento. Y debo terminar un trabajo para el lunes.

—¿Es algo que puedes hacer en tu apartamento o irás a Liberty Crossing?

Liberty Crossing era el nombre del complejo de edificios de la ODNI donde trabajaba Melanie Kraft.

—Es sólo un material de dominio público. Sabes que siempre me gusta hacer trabajos adicionales. —Melanie dijo esto con una sonrisa que, esperaba, no fuera tan forzada como la sintió.

—Puedo llevarte a casa —le dijo Jack, que obviamente no había creído en su historia pero le seguía el juego

—No necesitas hacerlo. Tomaré el metro en la estación Archives y poco después estaré en casa.

—Está bien —dijo Jack y la besó—. Que tengas un buen día.
Te recogeré a eso de las cinco y media.

—Te esperaré sin falta. —Mientras Jack caminaba hacia su
auto, ella le dijo—: Compra jugo de naranja. Cuídate el resfriado.

—Gracias.

Minutos después, Melanie caminó al norte, frente al Capital
Grille, dirigiéndose a la estación Archives. Cuando dobló
por la calle Sexta, se encontró cara a cara con el hombre de la
gabardina.

—Señorita Kraft —le dijo el hombre con una sonrisa amable.

Melanie se detuvo en seco, lo miró varios segundos y luego
le dijo:

—¿Qué demonios te pasa?

El hombre le preguntó, aún sonriendo:

—¿Qué quieres decir?

—Que no puedes aparecer así.

—Yo *puedo*, y lo *hice*. Sólo necesito un poco de tu tiempo.

—Puedes irte al infierno.

—Eso no es muy amable, señorita Kraft.

Ella comenzó a caminar de nuevo por la colina hacia la estación del metro.

—Él te vio. Jack te vio.

El hombre la siguió y mantuvo su paso rápido.

—¿Sabes eso o simplemente lo sospechas?

—Lo supongo. Me tomaste desprevenida. Tuve que separarme de él porque no sabía si ibas a acercarte a nosotros. Él se dio cuenta de que algo pasaba. No es un idiota.

—El intelecto no tiene nada que ver con la capacidad de una persona para detectar medidas de vigilancia. Esto se logra con entrenamiento, Melanie. —Ella no respondió y se limitó a seguir caminando—. ¿En dónde crees que habría recibido él ese entrenamiento?

Melanie se detuvo.

—Si necesitabas hablar conmigo, ¿por qué no me llamaste?

—Porque quería hacerlo personalmente.

—¿Hablar de qué?

El hombre fingió una sonrisa retorcida.

—Por favor, Melanie. Esto no tardará nada. Tengo mi auto en la calle Indiana. Podemos encontrar un lugar tranquilo.

—¿Con esta ropa? —preguntó ella. Melanie miró sus pantalones cortos y completamente ajustados de Lycra y una chaqueta ceñida marca Puma.

El hombre la miró de arriba abajo y se tomó mucho tiempo en hacerlo.

—¿Por qué no? Con el aspecto que tienes, te llevaría a cualquier lugar.

Melanie gruñó para sus adentros. Darren Lipton no era el primer cabrón lujurioso que había conocido que trabajara con el gobierno federal. Sin embargo, era el primer cabrón lujurioso que había conocido y que era también un agente especial e importante del FBI, y no tuvo más remedio que seguirlo de mala gana a su auto.

DIECISIETE

. . . .

Bajaron juntos por la rampa de un estacionamiento subterráneo que estaba casi vacío a esas horas del sábado y, siguiendo las indicaciones de Lipton, se sentaron en los asientos delanteros de su miniván Toyota Sienna. Puso la llave en el interruptor de arranque, pero no le dio vuelta y permanecieron en silencio en el ambiente casi oscuro del garaje. Sólo la luz tenue de un foco fluorescente en la pared de concreto iluminaba sus rostros.

Lipton tenía cincuenta y tantos años y su cabello rubio y canoso terminaba en un copete infantil que no lo hacía parecer más joven, sino apenas menos coherente con su edad. Su rostro estaba surcado por cicatrices de acné y pronunciadas arrugas del ceño, y parecía que le gustaba tomar tanto el sol como beber alcohol; Melanie se imaginó que acostumbraba hacer ambas cosas al mismo tiempo. El olor de su loción era tan fuerte que Melanie se preguntó si llenaba la bañera con ella todas las mañanas y se sumergía. Hablaba con mucha rapidez y en un tono muy alto, y cuando se conocieron personalmente, ella notó que él se desgañitaba para mirarle el pecho mientras hablaban y que sentía placer al percibir que ella se daba cuenta de esto.

Este hombre le recordaba al tío de un exnovio que tuvo en la escuela secundaria, quien pasaba muchísimo tiempo mirándola y elogiando su complexión atlética de una manera a todas luces perversa, pero también expresada con cuidado para poderse retractar.

En suma, Lipton era repugnante.

—Ha pasado un tiempo —dijo él.

—Hace varios meses que no he recibido noticias tuyas. Creí que habías pasado a otra cosa.

—¿Pasado a otra cosa? ¿Quieres decir que me había salido del FBI, de la División de Seguridad Nacional o de la División de Contrainteligencia?

—Me refería a tu investigación.

—¿Y que me había olvidado de Jack Ryan, Jr.? No, señora. Al contrario, al igual que tú, todavía estamos muy interesados en él.

—Es obvio que no tienen ningún caso. —Melanie dijo esto con un tono de burla.

Lipton tamborileó con los dedos en el volante.

—La investigación del Departamento de Justicia es sólo una operación para reunir inteligencia en este punto; el hecho de que esto dé lugar a una acusación es algo que todavía está por verse.

—¿Y tú la estás dirigiendo?

—Yo *te* estoy dirigiendo. Realmente no necesitas saber nada más que eso en este punto.

Ella miró el muro de concreto a través del parabrisas mientras hablaba.

—Me dijiste lo mismo cuando supe de ti por primera vez en

TOM CLANCY

enero, después de que Alden, el diector adjunto de la CIA, fuera arrestado. La división de Seguridad Nacional del FBI estaba examinando las inquietudes que tenía Alden con respecto a Jack junior y a Hendley Asociados, sospechas de que Jack y sus compañeros de trabajo estaban consiguiendo información de inteligencia clasificada sobre asuntos de seguridad nacional para hacer negocios ilegales en los mercados financieros mundiales. Pero dijiste que todo era pura especulación y que el CID* no había determinado que se hubiera cometido algún crimen. ¿Me estás diciendo que aquí estamos seis meses después y nada ha cambiado?

—Las cosas han cambiado, señorita Kraft, pero son cosas de las que no estás enterada.

Melanie suspiró. Era una pesadilla. Esperaba que esto fuera lo último en saber de Darren Lipton y de la División de Contrainteligencia.

—Quiero saber qué tienes contra él. Quiero saber de qué se trata todo esto. Si quieres mi ayuda, tendrás que ponerme al tanto.

El hombre negó con la cabeza, pero siguió sonriendo levemente.

—Eres una agente de la CIA en préstamo a la Oficina de la Directora Nacional de Inteligencia y eres, para efectos prácticos, mi informante confidencial en esta investigación. Pero eso no te permite mirar el archivo de un caso. Tienes una responsabilidad legal de cooperar en esto con el FBI, para no hablar de la responsabilidad moral.

—¿Y qué pasa con Mary Pat Foley?

* Departamento de Investigación de Delitos, por sus siglas en inglés (N. del ed.).

192

—Lo mismo me pregunto yo.

—Cuando nos conocimos, me dijiste que ella también hacía parte de la investigación a Hendley Asociados y que yo no podía revelar ninguna información a ella. ¿Has logrado al menos dejarla por fuera de... esto?

—No —se limitó a decir Lipton.

—¿Entonces crees que Mary Pat y Jack están involucrados de alguna manera en un delito?

—Es una posibilidad que no hemos descartado. Los Foley han sido amigos de los Ryan desde hace más de treinta años. En mi equipo de trabajo te das cuenta de que las relaciones estrechas como esa significan que las personas hablan entre sí. No conocemos los detalles de la relación entre junior y la directora Foley, pero sabemos que se han reunido varias veces en los últimos años. Es posible que, gracias a su posición, ella pueda pasarle información clasificada a Jack para beneficio de Hendley Asociados.

Melanie se reclinó contra el apoyacabezas y exhaló un largo suspiro.

—Esto es completamente descabellado, Lipton. Jack Ryan es un analista financiero. Mary Pat Foley es... rayos, es una institución estadounidense. Tú mismo lo acabas de decir. Son viejos amigos. Almuerzan juntos de tanto en tanto. Suelo ir con ellos. Pensar siquiera en la posibilidad de que estén involucrados en algún delito de seguridad nacional contra los Estados Unidos es disparatado.

—Déjame recordarte lo que nos dijiste. Cuando Charles Alden te pidió información que vinculara a John Clark con Jack Ryan, Jr. y Hendley Asociados, expresaste tu creencia de que estaban involucrados realmente en algo más que en arbitraje y cambio de divisas. Sólo en tu segunda conversación me dijiste que creías que Ryan estuvo en Pakistán durante los eventos que ocurrieron allá el invierno pasado.

Ella dudó un momento.

—*Creí* que lo estaba. Él reaccionó de un modo muy sospechoso cuando se lo mencioné... hubo otra evidencia circunstancial que me hizo pensar que tal vez me estaba mintiendo. Pero no era nada que yo pudiera probar. E incluso si él me mintió, y si estuvo en Pakistán... eso no demuestra nada.

—Entonces necesitas escarbar un poco más profundo.

—No soy policía, Lipton, y definitivamente no soy una agente de seguridad nacional del FBI.

Lipton le sonrió.

—Serías muy buena, Melanie. ¿Qué tal si hablo con algunas personas?

Ella no le devolvió la sonrisa.

—¿Qué tal si no?

Su sonrisa se desvaneció.

—Tenemos que llegar al fondo de esto. Necesitamos saber si Hendley Asociados cometió un delito.

—Hace cuánto no hablaba contigo... ¿seis meses? ¿Por qué ustedes no han hecho nada en todo este tiempo?

—Lo hemos hecho, Melanie, por otros medios. De nuevo, eres sólo una pequeña pieza del rompecabezas. Una vez dicho esto, eres nuestro hombre adentro... o más bien debería decir «mujer». Dijo la última parte de la frase con una risa y una mirada rápida a la chaqueta ceñida de Melanie.

Ella ignoró su misoginia y le dijo:

—¿Qué ha cambiado entonces? ¿Por qué estás hoy aquí?

—Qué, ¿no te gustan nuestras visitas breves?

Melanie se limitó a mirar a Lipton. Su mirada decía «come

mierda». Era una mirada que él había recibido de muchas mujeres hermosas.

Darren le hizo una pequeña mueca.

—Mis superiores quieren que esto se mueva. Se ha hablado de escuchas telefónicas, de equipos para rastreo de lugares, incluso de un equipo de vigilancia a Ryan y a algunos de sus compañeros.

Melanie negó enfáticamente con la cabeza.

—¡No!

—Pero yo les dije que no era necesario. Debido a tu... relación *íntima* con el sujeto, cualquier vigilancia de cerca sería también una invasión de tu privacidad. A mis superiores no les importó mucho esto. No creen que hayas sido de mucha ayuda hasta ahora. Sin embargo, logré que te dieran un poco de tiempo para que hagas un poco de inteligencia accionable por tu propia cuenta, antes de que el FBI ordene una fuerte ofensiva.

—¿Qué quieren ustedes?

—Necesitamos saber dónde está él cada hora de su tiempo, o tan cerca de esto como puedas decirnos. Necesitamos saber de todos los viajes que haga, sus horarios y números de vuelo, los hoteles donde permanece, la gente con la que se encuentra.

—No me lleva cuando sale en viajes de negocios.

—Bueno, tendrás que sacarle más información por medio de preguntas útiles, en tus conversaciones íntimas —dijo él con una mueca.

Ella no respondió.

Lipton continuó.

—Haz que te envíe su itinerario por correo electrónico cuando viaje. Dile que lo extrañas y quieres saber dónde está. Pídele que te envíe la confirmación de la aerolínea cuando haga la reserva del billete.

—Él no viaja en aerolíneas comerciales. Su compañía tiene un avión.

—¿Un avión?

—Sí. Un Gulfstream. Despega de BWI, pero eso es todo lo que sé. Lo ha mencionado pocas veces.

—¿Por qué no sé nada de esto?

—Ni idea. Se lo dije a Alden.

—Pero no a mí. Soy del FBI, Alden era de la CIA y actualmente está en arresto domiciliario. Y no volverá a trabajar con nosotros. —Darren hizo una mueca de nuevo—. Somos los buenos.

—Claro —replicó ella.

—También necesitamos que obtengas información de inteligencia de sus compañeros de trabajo. Especialmente, con quién viaja él.

—¿Y cómo?

—Dile que estás celosa, que sospechas que tiene otras amantes. Lo que sea. Acabo de verlos a ustedes dos. Lo tienes en la palma de la mano. Eso está bien, podrías utilizarlo a tu favor.

—Jódete, Lipton.

Lipton se volvió loco; ella podía ver que él disfrutaba de las réplicas fuertes.

—Puedo arreglar eso, querida. *Ahora* estamos en la misma página. Déjame bajar la silla del auto. No será la primera vez que ponga a prueba la suspensión de mi Sienna, si es que sabes lo que quiero decir.

Él estaba bromeando, pero Melanie Kraft quería vomitar. Le dio una palmada a un lado de la mandíbula de manera casi instintiva.

El fuerte contacto entre la palma de su mano y el rostro mofletudo de Lipton sonó como el disparo de un rifle en la miniván cerrada.

Lipton se echó atrás debido al dolor y a la sorpresa, y su sonrisa socarrona desapareció.

—Estoy harta de ti —le gritó Melanie—. Di a tus jefes que pueden enviar a otro agente para hablar conmigo si desean. No puedo impedírselos, pero no te diré una sola palabra más.

Lipton se llevó los dedos al labio y vio una pequeña mancha de sangre producida por el golpe de Melanie.

Ella lo fulminó con la mirada. Pensó en bajar de la miniván y caminar hacia el metro. Si Jack estaba involucrado en algo, no era nada que afectara a los Estados Unidos. Ella había hecho lo que le habían pedido en enero.

Ahora el FBI podría besarle el trasero.

Lipton habló de nuevo mientras ella se daba vuelta para abrir la manija de la puerta. Su tono era dócil pero grave. Parecía otra persona.

—Señorita Kraft. Voy a hacerle una pregunta. Quiero que me responda con sinceridad.

—Ya te dije que no hablaré más contigo.

—Respóndeme. Puedes irte si quieres y no te seguiré.

Melanie se recostó de nuevo en la silla y miró por el parabrisas.

—De acuerdo. ¿Qué?

—Señorita Kraft, ¿ha trabajado alguna vez como agente para un actor extranjero?

Ella lo miró.

—Por Dios, ¿de qué estás hablando?

—Un actor extranjero es un término legal para referirse al gobierno de un país distinto a los Estados Unidos de América.

—Sé muy bien qué es un actor extranjero. Lo que no sé es por qué me estás preguntando eso.

—¿Sí o no?

Melanie negó con la cabeza. Se sentía realmente confundida.

—No. Por supuesto que no. Pero si me estás investigando por algo, quiero que venga un abogado de la Agencia para...

—¿Algún miembro de tu familia ha sido empleado como agente por un actor extranjero?

Melanie dejó de hablar. Todo su cuerpo se puso rígido. Darren Lipton se limitó a mirarla. Una gota de sangre brilló en su labio tras ser iluminada por una lámpara fluorescente afuera de la camioneta.

—¿Qué... estás... qué *es* esto?

—Responde la pregunta.

Ella lo hizo, pero de una manera más indecisa que antes.

—No. Por supuesto que no. Y me ofende la acusación de que...

Lipton la interrumpió.

—¿Sabes qué es el Título Veintidós del Código de Estados Unidos? ¿Específicamente el Subcapítulo Dos, sección seiscientos once?

Su voz se resquebrajó mientras negaba con la cabeza y respondía en voz baja.

—No lo sé.

—Se llama la Ley de Registro de Agentes Extranjeros. Puedo recitarte si quieres el capítulo y el versículo, pero déjame hacerte un resumen de esta pequeña pieza de la ley federal estadounidense. Si alguien está trabajando para otro país, como un espía por ejemplo, y no se registra como tal ante el gobierno de Estados Unidos, estará sujeto a una sentencia de hasta cinco años de cárcel por cada acto cometido como representante del otro país.

—¿Y? —dijo Melanie Kraft confundida y vacilante.

—La siguiente pregunta. ¿Sabes qué es el Título Dieciocho de la USC?

—De nuevo, agente Lipton, no sé por qué...

—Es asombroso. Es mi favorito. Dice, y obviamente voy a parafrasearlo aunque puedo citarlo al derecho y al revés, que puedes pasar cinco años en una prisión federal por mentirle a un oficial federal. —Darren sonrió por primera vez desde que ella le había dado la bofetada—. Por ejemplo, a un oficial federal como yo.

La voz de Melanie no tenía el menor rastro de la insolencia ni del desafío de dos minutos atrás.

—¿Y?

—Que acabas de mentirme.

Melanie permaneció en silencio.

—Tu padre, el coronel Ronald Kraft, le entregó información militar de máximo secreto a la autoridad Palestina en 2004. Esto lo convierte en agente de un actor extranjero. Salvo que, con toda seguridad, él nunca se registró como tal y nunca fue arrestado, enjuiciado, ni el gobierno de Estados Unidos sospechó de él.

Melanie se sintió atónita. Las manos comenzaron a temblarle y su visión se hizo borrosa.

La sonrisa de Lipton se hizo más amplia.

—Y tú, cariño, sabes todo esto. Lo sabías en aquella época, lo que significa que le mentiste a un oficial federal.

Melanie Kraft se estiró para agarrar la manija de la puerta, pero Darren Lipton la tomó del hombro y le dio vuelta con violencia.

—También mentiste en tu solicitud de la CIA cuando dijiste que no tenías conocimiento ni contacto con agentes de ningún gobierno extranjero. ¡Tu querido papito fue un maldito espía traidor y tú lo *sabías*!

Ella se sacudió y trató de agarrar la manija, pero Lipton la acercó de nuevo a él.

—¡Escúchame! Estamos a un cuarto de milla del edificio Hoover. Puedo estar en diez minutos haciendo una declaración jurada en mi escritorio y hacer que te arresten el lunes a la hora del almuerzo. No hay libertad condicional para los crímenes federales, ¡así que cinco años significan cinco malditos años!

Melanie Kraft estaba conmocionada; sintió que su cabeza y sus manos se quedaban sin sangre. Tenía los pies fríos.

Intentó hablar, pero no le salieron las palabras.

DIECIOCHO

....

La voz de Lipton se hizo más suave de nuevo.

—Cálmate... cariño. No me importa tu papá de mierda. Realmente no. Y tampoco me importa mucho su pobre hijita. Pero me importa Jack Ryan, junior, y mi trabajo consiste en utilizar cada herramienta que tenga a mi alcance para saber todo lo que necesite acerca de él.

Melanie lo miró con ojos hinchados y nublados por las lágrimas.

Él continuó.

—Me importa un pepino si Jack Ryan, junior es el hijo del presidente de los Estados Unidos. Y si él y su importante compañía de gestión financiera allá en West Odenton están involucrados en utilizar información de inteligencia clasificada para hacerse ricos, me *encargaré* de hacer que todos caigan.

»¿Me vas a ayudar, Melanie?

Ella miró el tablero de la miniván, se esforzó en contener las lágrimas y asintió levemente.

—No hay necesidad de prolongar esto. Lo que necesitas es notar cosas, escribirlas y entregármelas. No importa lo insignificantes que puedan parecer. Eres una oficial de la CIA, no debes llorar de esta manera; esto debería ser un juego de niños para ti.

Melanie resopló de nuevo y se limpió los ojos y la nariz con el dorso del brazo.

—Soy una oficial de reportes. Una analista. No dirijo agentes y no espío.

Darren sonrió por un buen tiempo.

—Ahora lo haces.

Ella asintió de nuevo.

—¿Puedo irme ya?

—No tengo que decir lo sensible que es esto en términos políticos.

Ella se esforzó para contener las lágrimas de nuevo.

—Es sensible en términos personales, señor Lipton.

—Entiendo. Es tu hombre. Lo que sea. Sólo haz tu trabajo y terminaremos en un par de semanas. Si no resulta nada de esta investigación, los dos pajaritos enamorados que son ustedes no tardarán en estar de nuevo juntos.

Ella asintió en señal de obediencia.

—Llevo casi treinta años trabajando en operaciones de contrainteligencia —dijo Lipton—. He trabajado en operaciones contra estadounidenses que espían para naciones extranjeras, contra estadounidenses que trabajan para el crimen organizado, o simplemente contra estadounidenses que realizan actos de espionaje por diversión; imbéciles que filtran documentos clasificados a la Internet sólo porque pueden hacerlo. Llevo haciendo esto el tiempo suficiente como para que se me ericen los pelos de la nuca cuando me mienten, y pongo a personas en la prisión federal por mentirme.

Su voz se había suavizado, pero la amenaza regresó.

—Le juro por Dios, señorita, que si se me llegan a erizar los pelos de la nuca porque no me está hablando con sinceridad, usted y su padre serán compañeros de celda en la prisión más dura y desagradable que el Departamento de Justicia les pueda encontrar. ¿Me entiende?

Melanie se limitó a mirar en blanco.

—Hemos terminado —dijo Lipton—. Pero puedes tener la seguridad de que estaré en contacto.

Melanie Kraft iba casi sola en el tren de la línea amarilla del metro, a lo largo del río Potomac, de regreso a su pequeño apartamento en Alexandria. Sostuvo el rostro en sus manos durante casi todo el trayecto y, aunque hizo todo lo posible para contener las lágrimas, sollozó de tanto en tanto mientras pensaba en la conversación que había tenido con Lipton.

Habían pasado casi nueve años desde el momento en que supo que su padre había traicionado a Estados Unidos. Cursaba su último año de secundaria en el Cairo, había recibido la beca de la Universidad Americana y ya había pensado en estudiar relaciones internacionales y trabajar con el gobierno, ojalá con el Departamento de Estado.

Su papá era agregado en la Embajada, donde trabajaba en la Oficina de cooperación militar. Melanie se sentía orgullosa de su padre, sentía un gran cariño por la Embajada y por todo el personal y quería que esa fuera su vida y su futuro.

Pocas semanas antes de su graduación, su madre viajó a Texas para cuidar a una tía que estaba agonizando, y su padre le dijo que iría algunos días a Alemania para un trabajo temporal.

Dos días después, Melanie estaba conduciendo su motoneta

Vespa un sábado por la mañana y lo vio salir de un edificio de apartamentos en Maadi, un barrio al sur de la ciudad, lleno de calles arborizadas y edificios elegantes.

Le sorprendió que le hubiera mentido, pero antes de poder confrontarlo, vio a una mujer que salía del edificio y lo abrazaba.

Era una mujer hermosa y de aspecto exótico. Melanie tuvo la impresión inmediata de que no era egipcia; sus rasgos tenían otra influencia mediterránea. Tal vez era libanesa.

Los vio abrazarse.

Los vio besarse.

En los diecisiete años que tenía, Melanie nunca había visto a su padre abrazar o besar así a su madre.

Estacionó a la sombra de un árbol al otro lado de la calle de cuatro carriles y los observó un momento más. El coronel subió a su auto de dos puertas y desapareció en el tráfico. Melanie no lo siguió; se sentó entre dos autos estacionados y observó el edificio.

Mientras permanecía sentada allí con lágrimas en los ojos, se llenó de rabia y se imaginó que la mujer salía por la puerta del edificio, y que luego ella cruzaba la calle, se acercaba a la acera y la golpeaba.

Treinta minutos después ya se había calmado un poco. Se puso de pie para irse en su motoneta, pero la hermosa mujer mediterránea apareció en la puerta del edificio con una maleta de ruedas. Segundos después, un Citroën amarillo en el que iban dos hombres se detuvo a su lado. Para sorpresa de Melanie, guardaron la maleta en el baúl y ella subió al auto.

Eran dos jóvenes de aspecto duro, que miraban a todos lados y se movían de un modo sospechoso. Se marcharon a toda velocidad.

A Melanie le dio por seguir el auto; era fácil no perder de

vista al Citroën amarillo en medio del tráfico. Lloró mientras pensaba en su madre.

Condujeron unos veinte minutos y cruzaron el río Nilo por el puente del 6 de octubre. Cuando entraron al distrito Dokki, a Melanie, que ya estaba bastante afligida, se le cayó el alma a los pies. Este distrito estaba lleno de embajadas. De alguna manera, Melanie supo que su padre no sólo tenía un romance, sino que además lo hacía con la esposa de algún diplomático o funcionario extranjero. Ella sabía que la posición de su padre era lo bastante sensible como para que le hicieran una corte marcial o lo enviaran a prisión por algo tan estúpido.

Entonces, el Citroën amarillo cruzó las puertas de la Embajada Palestina y Melanie supo una vez más que no se trataba de un simple romance.

Su padre estaba involucrado en asuntos de espionaje.

No confrontó al coronel en un comienzo. Pensó en su propio futuro; sabía que si su padre era arrestado, ella no tendría ninguna posibilidad de conseguir un trabajo en el Departamento de Estado, pues sería la hija de un traidor estadounidense.

Pero una noche antes de que su madre regresara de Dallas, Melanie entró al estudio de su padre, se acercó a su escritorio y permaneció frente a él al borde de las lágrimas.

—¿Sucede algo malo?

—Tú sabes qué es lo malo.

—¿Yo?

—La vi. Los vi juntos. Sé lo que estás haciendo.

El coronel Kraft negó las afirmaciones en un comienzo. Le dijo que su viaje había sido cancelado a última hora y que había ido a visitar a una vieja amiga, pero el agudo intelecto de Melanie desvirtuó una mentira tras otra y el coronel de cuarenta y ocho años se sintió cada vez más desesperado por escapar a su mentira.

Comenzó a llorar, confesó su relación, dijo a Melanie que la mujer se llamaba Mira y que tenía un romance clandestino con ella desde hacía algunos meses. Le dijo que amaba a su madre y que no tenía ninguna excusa por sus actos. Hundió la cara en las manos y pidió a Melanie que le diera un tiempo para enmendar su comportamiento.

Pero Melanie no había terminado.

—¿Cómo pudiste hacerlo?

—Ya te dije. Ella me sedujo. Fui débil.

Melanie negó con la cabeza. No le estaba preguntando eso.

—¿Fue por dinero?

Ron Kraft miró entre sus manos.

—¿*Dinero*? ¿*Cuál* dinero?

—¿Cuánto te pagaron?

—¿Qué? ¿Que cuánto me pagaron?

—No me digas que lo hiciste para contribuir a su causa.

—¿De qué estás hablando?

—De los palestinos.

El coronel Kraft se sentó completamente derecho. Pasó de una actitud cobarde a otra desafiante.

—Mira no es palestina. Es libanesa. Y también cristiana. ¿De dónde sacaste la idea de que...?

—¡Porque después de salir de tu nido de amor, dos hombres la recogieron y luego se dirigieron a la Embajada Palestina en la calle Al-Nahda!

Padre e hija se miraron mutuamente durante un largo tiempo.

El coronel habló finalmente con voz baja e insegura:

—Estás equivocada.

Melanie negó con la cabeza.

—Sé muy bien lo que vi.

Pronto se hizo evidente que su padre, el coronel de la Fuerza Aérea, no sabía que su amante lo estaba utilizando.

—¿Qué he hecho yo?

—¿Qué le dijiste a ella?

Él apoyó la cabeza de nuevo en las manos y permaneció un momento en silencio. Con su hija de pie frente a él, pensó en todas las conversaciones que había tenido con la hermosa Mira. Finalmente asintió.

—Le dije algunas cosas. Cosas sin importancia sobre el trabajo. Sobre colegas. Sobre nuestros aliados. Simplemente conversamos. Ella odia a los palestinos... todo el tiempo habla mal de ellos. Yo... le dije lo que estábamos haciendo para ayudar a Israel. Me sentí orgulloso y me jacté de eso.

Melanie no respondió. Pero su padre dijo lo que estaba pensando ella.

—Soy un tonto.

Él quería confesarse, explicar lo que había hecho y lamentar las consecuencias.

Pero la joven de diecisiete años le gritó y le dijo que al intentar hacer las paces con su propia insensatez, destruiría las vidas de ella y de su madre. Le dijo que tenía que ser un hombre, terminar la relación con Mira y no hablar nunca de lo que había hecho.

Por el bien de ella y de su madre.

Él aceptó.

Ella no había hablado con él desde que se marchó para estudiar en la universidad. Él se retiró de la Fuerza Aérea, dejó de tener contacto con todos sus amigos y compañeros militares y se mudó a Dallas con su esposa, donde trabajó vendiendo solventes y lubricantes industriales.

La madre de Melanie murió dos años después, del mismo cáncer que había acabado con la vida de su tía. Melanie culpaba a su padre, aunque no podía decir por qué.

En la universidad, hizo todo lo posible para olvidarse del asunto y para compartimentalizar esos pocos días anómalos e infernales de una vida feliz que la conducía de manera inexorable a su propio futuro como empleada del gobierno de Estados Unidos.

Sin embargo, un evento tuvo un fuerte impacto en ella. Su deseo de trabajar en la diplomacia se transformó en un deseo de trabajar en labores de inteligencia, lo cual era una evolución natural en ella, para combatir a los espías enemigos que por poco acaban con su familia y con su mundo.

No dijo a nadie lo que había visto y mintió en su solicitud y entrevistas con la CIA. Se dijo que estaba haciendo lo correcto. No permitiría que ni su vida ni su futuro se vieran arruinados por el hecho de que su padre no podía mantener los pantalones puestos. Ella podía hacer muchas cosas buenas para su país, sólo que no se podían valorar ahora.

Se sorprendió cuando el detector de mentiras no se iluminó tras su engaño, pero decidió que se había convencido de un modo tan completo de que las transgresiones de su padre no tenían nada que ver con ella, que su ritmo cardíaco ni siquiera se alteraba cuando pensaba en eso.

Su carrera en el servicio a los Estados Unidos enmendaría todo lo que había hecho su padre para perjudicar a su país.

Aunque ella vivía avergonzada de su secreto, desde hacía

mucho tiempo se había sentido cómoda al saber que nadie se enteraría de esto.

Pero cuando Darren Lipton la confrontó con su conocimiento del incidente, fue como si la hubieran agarrado de los tobillos y la hubieran hundido bajo el agua. Sintió pánico, no podía respirar y quiso escapar.

Y ahora, tras constatar que varias personas del FBI sabían que su padre había realizado actos de espionaje, Melanie sintió que era el fin de su mundo y que su futuro estaba en juego. Ya sabía que esto podría acecharla en cualquier momento.

Y entonces decidió, mientras el conductor del tren anunciaba la parada en PA, que le daría a Lipton lo que necesitara sobre Jack. Ella tenía sus propias sospechas con respecto a su novio. Sus salidas apresuradas del país, su falsedad para decir a dónde iba y su ambigüedad con respecto a su trabajo. Pero ella conocía al hombre, lo amaba y no creía ni por un segundo que estuviera robando información clasificada para llenarse los bolsillos.

Ayudaría a Lipton pero este no descubriría nada, y el baboso de Lipton no tardaría en desaparecer, todo el asunto quedaría sepultado, convertido apenas en otro pedazo compartimentalizado de su vida. Sin embargo, se dijo que, a diferencia de El Cairo, esto no volvería a acecharla.

Darren Lipton, agente superior y especial del FBI, tomó la autopista U.S 1 en su Toyota Sienna en dirección sur hacia el puente de la calle 14. Cruzó el río Potomac a las nueve de la mañana y su corazón aún le palpitaba con fuerza luego del encuentro con la cabrona y sexy agente de la CIA, y también debido a la anticipación que sentía por lo que le esperaba.

Las cosas habían tenido un desenlace físico con Kraft, aunque no de la manera en que él había esperado. Cuando ella lo golpeó, sintió deseos de agarrarla de la garganta, recostarla contra la silla y castigarla, pero sabía que sus superiores la necesitaban.

Y Lipton había aprendido a hacer lo que le decían, a pesar de sus deseos, que prácticamente lo consumían.

El agente de cincuenta y cinco años sabía que debía regresar ahora a su casa, pero había una sala de masajes en un motel de mala muerte cerca del aeropuerto en Crystal City, que él frecuentaba cuando no podía darse un gusto con una prostituta refinada, y aquel antro estaría abierto a esa hora temprana de la mañana. Decidió desahogar un poco la presión que la señorita Melanie Kraft había acumulado en él, antes de regresar a su casa de Chantilly y estar en compañía de la perra de su esposa y de sus hijos adolescentes confabulados con ella.

Luego informaría a su superior sobre el encuentro de hoy, y esperaría instrucciones adicionales.

DIECINUEVE

....

Se calcula que casi quinientos millones de personas ven el noticiero de las siete de la noche transmitido por la Televisión Central de China. El hecho de que todos los canales locales del país reciban órdenes del gobierno de transmitir este programa probablemente tenga mucho que ver con el gran número de televidentes, pero los anuncios frecuentes de que el presidente pronunciaría un importante discurso nacional esa noche garantizaba que los índices de audiencia serían mayores que de costumbre.

El discurso de Wei Zhen Lin también sería transmitido simultáneamente por la Radio Nacional de China para los habitantes de las provincias remotas que no tenían señal de televisión o no podían comprar un televisor, así como por la Radio Internacional de China, garantizando un cubrimiento inmediato alrededor del mundo.

La presentadora comenzó el noticiero introduciendo al presidente Wei a la audiencia, y luego, en todos los televisores del país se dio un cambio de imagen, mostrando al apuesto y despreocupado Wei caminando hacia un atril sobre una alfombra roja.

Detrás de él había un monitor grande que mostraba la bandera china. A ambos lados del pequeño plató, unas cortinas doradas colgaban del techo.

Wei vestía un traje gris y una corbata oficial roja y azul; sus lentes con montura metálica estaban en medio del puente de su nariz para poder leer una declaración que aparecía en el tele-prompter, pero antes de hablar saludó a casi la mitad de los habitantes del país, asintiendo y con una amplia sonrisa.

—Damas, caballeros, camaradas, amigos. Les hablo desde Beijing y tengo un mensaje para todos aquí en China, en nuestras regiones administrativas especiales de Hong Kong y Macao, en Taiwán, y también para los chinos en el extranjero y para todos nuestros amigos alrededor del mundo.

»Me dirijo a ustedes hoy para transmitirles una noticia orgu-llosa sobre el futuro de nuestra nación y del desarrollo del camino socialista.

»Anunciaré con gran entusiasmo nuestras intenciones con res-pecto al mar de China Meridional.

Detrás de Wei, la imagen del monitor mostró ahora un mapa del mar en cuestión. Una línea de rayas, nueve en total, descen-dieron del sur de China hacia el mar. Llegaban justo al oeste de Filipinas por el lado este de China, bajaban al norte de Malasia y Brunei y subían hacia el norte a poca distancia de las costas de Vietnam.

Las rayas demarcaban un tazón profundo que contenía prác-ticamente todo el mar de China Meridional.

—Detrás de mí, pueden ver una representación del territorio chino. Este ha sido el territorio chino desde que ha existido la República de China y desde mucho antes, aunque muchos de nuestros amigos y vecinos se nieguen a aceptar este hecho. China

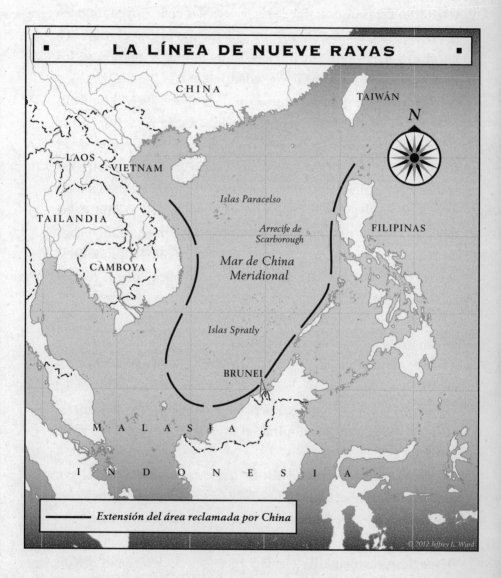

LA LÍNEA DE NUEVE RAYAS

CHINA

TAIWÁN

N

LAOS
VIETNAM

Islas Paracelso

TAILANDIA

Arrecife de
Scarborough

FILIPINAS

CAMBOYA

Mar de China
Meridional

Islas Spratly

BRUNEI

MALASIA

INDONESIA

——— Extensión del área reclamada por China

© 2012 Jeffrey L. Ward

tiene la soberanía incuestionable del mar de China Meridional y suficientes fundamentos históricos y legales para reclamar este territorio. Estas importantes vías navegables constituyen un interés vital para China, y durante mucho tiempo hemos permitido a nuestros vecinos que nos impongan sus términos a nosotros, los justos reclamantes de esta propiedad.

»Antes de ser nombrado director de la Comisión Militar Central, mi colega, camarada y amigo, el director Su Ke Qiang, había sido un crítico abierto de nuestra reticencia para presionar el tema del mar de China Meridional. Como general de cuatro estrellas y un experto en historia militar, él estaba en posición de saber que nos habíamos vuelto muy vulnerables al permitir que nuestros vecinos nos impusieran nuestros movimientos, derechos de pesca y autoridad para extraer petróleo y minerales de estas aguas que nos pertenecen. El director Su ha hecho que la rectificación de esta injusticia sea un componente clave de su modernización a largo plazo del aparato militar. Aplaudo al director Su por su brillante iniciativa y previsión.

»Soy yo quien se dirige hoy a ustedes, y no el camarada y director Su, porque quiero demostrar que estoy de acuerdo con su valoración y porque autorizo personalmente las próximas operaciones navales que contribuirán al avance de nuestros reclamos territoriales.

»Sería un grave error de cálculo que otras naciones supusieran que existe un desacuerdo entre el director Su y yo en cualquier sentido, pero específicamente en nuestras relaciones bilaterales con nuestros vecinos en la región del mar de China Meridional. Respaldo plenamente las claras y recientes declaraciones del director sobre el reclamo histórico de China con respecto a estas aguas.

Wei hizo una pausa, tomó un trago de agua, y carraspeó la garganta.

Miró de nuevo el teleprompter.

—Tengo formación en negocios y política, y no soy soldado ni marinero. Pero como hombre de negocios, entiendo el valor de la propiedad y el ejercicio legal de los derechos de esta. Y en calidad de político, represento la voluntad del pueblo y, en cualquier capacidad que yo posea, reclamo la propiedad de nuestros ancestros para la China de hoy.

»Damas y caballeros, los hechos no son algo que se deba aceptar o rechazar. Los hechos son verdades, y en el mapa que hay detrás de mí ustedes ven la verdad. Durante casi mil años, estos mares y la tierra que hay dentro de ellos han sido propiedad histórica de China, y ya es hora de que termine la injusticia histórica del robo de esta propiedad.

»Así que una vez efectuado nuestro reclamo territorial, surge ahora la pregunta de qué hacer con las personas que viven y comercian ilegalmente en nuestro territorio. Si un hombre vive en la casa de ustedes sin haber recibido invitación para hacerlo, ustedes no lo expulsarán si es una buena persona. Le dicen que se vaya antes de tomar otras medidas.

»Mis predecesores hicieron estas notificaciones durante unos sesenta años. No veo por qué yo debería hacer lo mismo. Como líder del pueblo, veo que mi papel en esta injusticia de vieja data consiste en notificar de inmediato a las naciones que están en nuestro territorio que reclamaremos nuestro legítimo derecho a la propiedad del mar de China Meridional. Y no en un momento difuso en el futuro, sino de inmediato.

Wei levantó la mirada directamente a la cámara y repitió:

—De inmediato.

»Si el uso de la fuerza se hace necesario en esta empresa, todo el mundo deberá reconocer que la responsabilidad recaerá en aquellos que están atrincherados en territorio chino y que han ignorado sumariamente nuestras peticiones amables para retirarse.

Wei se subió los lentes, miró de nuevo a la cámara y sonrió.

—Hemos trabajado muy duro y durante muchos años para tener buenas relaciones con los países de todo el mundo. Actualmente, tenemos negocios con más de ciento veinte naciones y nos consideramos, antes que nada, amigos de nuestros socios comerciales. Nuestros movimientos en la álgida zona del mar de China Meridional deberían reconocerse como nuestro intento para hacer que las vías marítimas sean seguras para todos, y que hacemos esto movidos por el interés del comercio mundial.

Dijo la próxima frase con una amplia sonrisa, en un inglés vacilante pero comprensible.

—Damas y caballeros, China está abierta a los negocios.

Y luego volvió a hablar en mandarín.

—Muchas gracias a todos. Les deseo prosperidad.

El presidente dio un paso al lado, salió del plató y la cámara mostró de lleno el mapa del mar de China Meridional, incluyendo una línea con rayas, nueve en total, rodeándolo.

Mientras la imagen permanecía estática en los televisores de cientos de millones de chinos, «La Internacional», el himno del Partido Comunista de China, sonaba al fondo.

VEINTE

....

A las diez de la mañana del lunes, después del discurso nacional del presidente Wei, se celebró una reunión plenaria en la Oficina Oval. Doce hombres y mujeres se sentaron en dos sofás y seis sillas, y Jack Ryan, el presidente de los Estados Unidos, llevó la suya al frente de su escritorio para estar más cerca de la acción.

El presidente Ryan pensó en reunirse inicialmente en el salón de conferencias de la Sala de Situaciones, localizada en el sótano del Ala Oeste. Pero luego decidió que la Oficina Oval sería el lugar más adecuado, pues China no había hecho nada todavía, exceptuando sus vagas amenazas en términos diplomáticos. También decidió reunir a todos en la Oficina Oval porque su intención era, en parte, congregar a sus tropas para que se concentraran en una tarea en la que, según Ryan, él y su administración no se habían enfocado lo suficiente en el primer año de su segundo mandato.

Y la Oficina Oval transmitía la autoridad apropiada para este propósito.

En el sofá que estaba al frente y a la derecha de Ryan, el

secretario de Estado, Scott Adler, se encontraba sentado al lado de Mary Pat Foley, directora nacional de inteligencia. Al lado de ellos estaba el vicepresidente Rich Pollan. Al otro lado de la mesa de centro, y en el otro sofá, estaba Jay Canfield, el director de la CIA, sentado entre el secretario de Defensa Bob Burgess y Arnie van Damm, el jefe de gabinete del presidente. Colleen Hurst, asesor nacional de seguridad, estaba en una silla en el extremo de la mesa. En las otras sillas que estaban a ambos lados se encontraban el general David Obermeyer, jefe del Estado Mayor Conjunto; Kenneth Li, embajador en China; y Dan Murray, procurador general.

Más atrás, delante de Ryan a su izquierda y derecha, estaban el director de la NSA y la secretaria de Comercio respectivamente.

Asimismo, se encontraba presente Mark Jorgensen, jefe del Comando del Pacífico de Estados Unidos. Burgess, secretario de Defensa, había pedido permiso para asistir con Jorgensen, pues este conocía mejor que nadie las capacidades que tenía China en el mar de China Meridional.

Mientras todos se acomodaban en sus sillas y se saludaban, Ryan miró al embajador Kenneth Li. El primer embajador chino-estadounidense de Estados Unidos había sido llamado el día anterior desde Beijing y su avión acababa de aterrizar en Andrews después de un vuelo de diecisiete horas. Ryan vio que aunque el traje y la corbata de Li estaban limpios e inmaculados, el embajador tenía los ojos hinchados y los hombros ligeramente caídos.

—Ken —dijo Ryan—, lo único que puedo ofrecerte ahora es una disculpa y todo el café que quieras tomar por hacerte viajar tan rápido.

Se escucharon risas en el salón.

Li esbozó una sonrisa cansada y respondió:

—La disculpa no es necesaria; estoy contento de estar aquí. Y realmente aprecio el café, señor presidente.

—Me agrada que estés acá. —Ryan se dirigió entonces a los asistentes, mirando por los lentes pequeños que descansaban en la punta de su nariz—: Damas y caballeros, el presidente Wei llamó mi atención, y estoy completamente seguro de que también llamó la de ustedes. Quiero saber lo que saben y piensan. Como siempre, les pido claridad para diferenciar lo uno de lo otro.

Los hombres y mujeres que estaban en la Oficina Oval asintieron y Ryan pudo ver en todos sus ojos que la proclamación de Wei era lo suficientemente amenazante como para que todos los presentes reconocieran su importancia.

—Comencemos contigo, Ken. Hasta hace veinte horas yo veía al presidente Wei como alguien un poco de línea dura en su país, pero también como un hombre que sabía cuál lado de su pan tenía mantequilla. Ha sido absolutamente el líder más favorecedor de los negocios y del capitalismo que pudiéramos esperar. ¿Qué ha cambiado?

El embajador Li habló lo bastante fuerte como para que todos lo escucharan.

—Francamente, señor presidente, nada ha cambiado con respecto a su deseo de hacer negocios con Occidente. Quiere nuestros negocios y necesita nuestros negocios. Teniendo en cuenta los problemas económicos de China, nos necesita más que nunca y él lo sabe mejor que nadie.

Ryan hizo la siguiente pregunta también al embajador:

—Sabemos acerca de la imagen pública que tiene Wei en Occidente, en contraste con su posición de «tipo duro» y a favor del partido en China. ¿Qué puedes decirnos sobre el hombre? ¿Es tan bueno como muchos piensan que es o es tan malo como muchos temen que sea, especialmente a la luz de todas las protestas que suceden actualmente en China?

Li pensó un momento en la pregunta antes de responder.

—El Partido Comunista de China ha obligado a la población de ese país a jurar lealtad a dicho partido desde 1949. El movimiento Tuidang, que está recibiendo una cobertura limitada de la prensa extranjera, es considerado como un enorme fenómeno cultural en China, especialmente entre la vieja guardia del partido. Están muy preocupados por eso.

»Adicionalmente, en el último par de meses han estallado huelgas, protestas por los derechos humanos, un creciente malestar en las provincias e incluso algunos actos de rebelión en pequeña escala lejos de la capital.

»Durante los últimos cuarenta años aproximadamente, la idea predominante en Occidente ha sido que con el crecimiento del capitalismo y un mayor involucramiento con el resto del mundo, la nación china adoptaría una forma de pensar más liberal, de manera lenta pero segura. Pero, infortunadamente, esta teoría de la «evolución liberal» no se ha hecho realidad. En lugar de adoptar una liberalización política, el Partido Comunista de China se ha vuelto más resistente, más paranoico con respecto a Occidente y más hostil a los valores liberales.

»Aunque Wei ha estado a la vanguardia del liberalismo económico, también está al frente de la ofensiva para combatir al movimiento de Tuidang y las libertades individuales.

—Wei siempre ha tenido dos caras —dijo Scott Adler, el secretario de Estado—. Cree en el partido y en la devoción al gobierno central. Pero no cree en el modelo económico comunista. Desde que llegó al poder ha aplastado a la oposición, restringido la libertad de viajes entre las provincias y eliminado más páginas web por día de lo que su predecesor hacía en un mes.

—Sólo que lo hace con una amplia sonrisa en la cara y con una corbata oficial que lo hace ver como graduado de una universidad de la Liga de la Hiedra —dijo Ryan—, y entonces recibe la aprobación de la prensa mundial.

—Tal vez no una aprobación plena, pero con toda seguridad sí recibe una segunda oportunidad —señaló el embajador Li.

Jack negó con la cabeza. Pensaba, aunque no lo dijo, que a la prensa mundial le agradaba más Wei Zhen Lin que John Patrick Ryan.

—¿Cuáles son sus intenciones? ¿Por qué ese ruido de sables? ¿Es sólo para enardecer a su partido y a los militares? ¿Qué dices, Scott?

—No lo veo así —respondió el secretario de Estado—. Hemos visto a generales y almirantes pronunciar importantes discursos con el mismo propósito, y parecen hacer una muy buena labor en exacerbar el orgullo nacionalista y la animosidad contra sus rivales regionales. Al hacer que su presidente y secretario general, quien decididamente no es un hombre militar, suba con soberbia al púlpito para repetir lo que piensan los generales, Wei tiene que saber que esto producirá animadversión en el resto del mundo. No hizo esto con el propósito de fanfarronear. Parece ser un cambio agresivo en sus políticas y deberíamos aceptarlas como tales.

—¿Estás diciendo, entonces —preguntó Ryan mientras se inclinaba hacia adelante—, que esto *significa* realmente que van a utilizar al Ejército y a la Fuerza Naval Popular de Liberación para controlar el mar de China Meridional?

—En el Departamento de Estado estamos muy preocupados

de que no *signifique* que esos dos estamentos se dirigirán al sur simplemente para ejercer más influencia.

Ryan giró la cabeza hacia la directora nacional de inteligencia. Como jefa de todas las diecisiete agencias de inteligencia de Estados Unidos, Mary Pat Foley estaba en capacidad de suministrar cualquier detalle.

—¿Qué significa eso, Mary Pat?

—Honestamente, señor, estamos viendo esto por su valor nominal. Esperamos que desplieguen tropas en algunas de las islas disputadas y sin defensa, que lleven a su Fuerza Naval aún más lejos y que reclamen aguas internacionales, no sólo con retórica sino con barcos cañoneros.

—¿Por qué ahora? —preguntó Ryan—. Wei es un economista; no ha mostrado evidencia de esta beligerancia.

—Es cierto, pero el director Su tiene mucho peso —señaló el secretario de defensa, Bob Burgess—. Se podría decir que tenía la tercera parte del poder antes del golpe. Después de salvar a Wei del abismo el verano pasado tras enviar tanques a su complejo para evitar que el Ministerio de Seguridad Pública lo arrestara, hay que suponer que las acciones de Su se dispararon.

»Wei no puede creer que vaya a contribuir a la economía de su país tomando el control de una mayor porción del mar de China Meridional. Por supuesto, allá hay petróleo, minerales y pesca, pero los dolores de cabeza que le producirán con Occidente no valen la pena.

—Si acaso, señor, una acción militar significativa en el MCM los destruirá económicamente —dijo Regina Barnes, secretaria de Comercio—. Ellos dependen del tránsito seguro de barcos de carga y buques cisterna, y el tránsito se verá alterado si las cosas se ponen feas en esas aguas. Arabia Saudita es el mayor proveedor de petróleo a China, lo que no debería sorprender a nadie. Lo que sí es sorprendente tal vez, es que Angola es el segundo proveedor de crudo. Ambas naciones llevan el petróleo en buques cisterna que atraviesan el MCM. Cualquier perturbación del tráfico marítimo en el mar de China Meridional sería devastadora para el sector industrial de ese país.

—Veamos el estrecho de Malaca —dijo Foley—. Es su cuello de botella, y los chinos lo saben. Es su talón de Aquiles. Entre el setenta y cinco y el ochenta por ciento de todo el petróleo que llega a Asia pasa por el estrecho de Malaca.

—Tal vez, señor presidente —comentó el embajador Ken Li—, Wei no esté haciendo esto para ayudar a la economía de su país. Tal vez lo está haciendo para protegerse a sí mismo.

—¿De qué amenaza?

—Del director Su. Tal vez esté haciendo esto para aplacar a Su.

Ryan miró un punto en la pared del otro extremo de la oficina oval. Los funcionarios que estaban frente a él permanecían en silencio.

Después de un momento, Jack dijo:

—Estoy de acuerdo en que es una parte del asunto. Pero creo que Wei tiene algo debajo de la manga. Él sabe que esto afectará los negocios. Si evaluamos toda su carrera, no podemos señalar una sola cosa que haya hecho para poner en peligro el comercio con Occidente, a menos de que tuviera algo que ver de un modo integral con la situación doméstica interna. Es decir, sí; él está involucrado con algunas decisiones de línea dura del Comité Permanente para sofocar la insurrección que afectó los negocios, pero fueron unas medidas que él consideró necesarias para que el partido mantuviera el control absoluto del poder. Creo que debe de haber algo más detrás de sus comentarios.

El almirante Mark Jorgensen levantó lentamente una mano para llamar la atención del presidente.

—¿Almirante?

—Sólo una especulación, señor.

—Especula —le dijo Ryan.

Mientras dudaba, Jorgensen hizo un gesto como si estuviera chupando un limón.

—Su quiere tomar Taiwán —dijo finalmente—. Él ha sido tan claro en ese sentido como cualquier figura del gobierno chino. Wei quiere fortalecer la economía, y si Taipei está bajo el dominio chino, se podría decir que lo lograría. La negación del área del mar de China Meridional es un primer paso necesario para los comunistas chinos antes de que puedan invadir Taiwán. Si no controlan su libre acceso al estrecho de Malaca, podemos cerrarles la llave del petróleo, y toda China frenará en seco. Tal vez este sea el primer paso de su apuesta para controlar de nuevo a Taiwán. —La Oficina Oval permaneció varios segundos en silencio. Y, luego, Jorgensen añadió—: Es simplemente una opinión, señor.

Scott Adler no creía en este tipo de reflexiones.

—No lo veo así. Las relaciones entre China y Taiwán son buenas en términos económicos o, al menos, mejor de lo que eran. Los vuelos directos, los acuerdos comerciales, las visitas desde la isla... hacen parte de situaciones normales en tiempos de paz. Taiwán invierte anualmente ciento cincuenta mil millones en China continental.

—La prosperidad mutua no significa que no suceda algo malo —interpuso Burgess, secretario de Defensa.

El presidente Ryan estuvo de acuerdo con Burgess.

—Sólo porque todo el mundo está ganando dinero no significa que los chinos comunistas no echen a perder esto. El dinero nunca ha sido su único objetivo. Ellos tienen otros caminos que llevan al poder. Es probable que tengas toda la razón, Scott, especialmente en vista de las buenas relaciones que tienen actualmente China y Taiwán. Pero no olvides que el Partido Comunista de China puede revertir este acercamiento en un instante. El liderazgo del PCC no está satisfecho con el statu quo de la relación con Taiwán. Quieren la isla de nuevo, pretenden que la isla deje de llamarse República de China, y unos pocos vuelos directos entre Shanghai y Taipei no van a cambiar ese objetivo a largo plazo.

Adler reconoció este argumento.

Ryan suspiró.

—Así que... el almirante ha descrito el peor escenario posible que quiero que todos ustedes tengan en cuenta mientras trabajamos en esto. Creíamos que el mandato de Wei sería el más amigable con Taiwán, pero el intento de golpe y la fortaleza del director Su han cambiado quizá esa ecuación.

Ryan podía ver que la mayoría de los asistentes creía que Jorgensen era muy pesimista. Él mismo creía que no era seguro que Wei quisiera tomar Taiwán, incluso si Su lo invitaba a hacerlo, pero el presidente no quería que su personal más importante se sintiera sorprendido si eso sucedía.

Los Estados Unidos habían reconocido oficialmente a Taiwán y podían verse obligados con facilidad a entrar en guerra si las dos naciones combatían. Y aunque Jack Ryan era considerado un hombre inclinado a la guerra por la mayoría de la prensa mundial, deseaba con todas sus fuerzas que no estallara una en el Pacífico.

—Está bien —dijo Ryan a continuación—. El presidente Wei dijo que China es propietaria del mar debido a unos antecedentes históricos. ¿Qué pasa con la ley internacional? ¿Con las leyes marítimas, o lo que sea? ¿Los chinos tienen derecho a hacer estas reclamaciones?

El secretario de Estado Adler negó con la cabeza.

—En absoluto, pero ellos son muy listos. Han planteado no suscribir acuerdos que puedan permitir a sus vecinos aliarse contra ellos en este aspecto o en cualquier otro. Para los chinos, el mar de China Meridional no es un asunto internacional; ellos lo consideran un asunto bilateral con cualquier nación con la que tengan una disputa en la región. No permitirán que esto vaya a la ONU ni a ningún organismo internacional. Ellos quieren defender sus argumentos uno a uno.

—Divide y conquistarás —dijo Jack.

—Divide y conquistarás —coincidió Adler.

Jack se puso de pie y caminó alrededor de su escritorio.

—¿Qué sabemos acerca de lo que está pasando en China?

Esto hizo que varios miembros de los servicios de inteligencia participaran en la conversación.

Durante los próximos veinte minutos, el asesor nacional de seguridad y el director de la CIA, así como la directora nacional de inteligencia, hablaron acerca de modalidades encubiertas de espionaje técnico. Los aviones y barcos que monitoreaban a China, volaban y navegaban muy cerca de las costas, los satélites que orbitaban su espacio y la interceptación de su señal de radio significaba que estaban en capacidad de captar gran parte de la comunicación insegura China en el país.

Esto hizo que Ryan se sintiera cómodo de que los ojos electrónicos de Estados Unidos estuvieran posados en el Reino Medio.

Las señales de inteligencia, las medidas y firmas de inteligencia y la inteligencia electrónica estaban bien representadas en el cubrimiento de China que hacía la comunidad de inteligencia de Estados Unidos.

Pero faltaba algo.

—He escuchado bastante acerca de la información de inteligencia recabada de señales, de decodificación e interpretación y de interceptación de mensajes electrónicos —dijo Jack—. Pero, ¿qué activos de inteligencia *humana* tenemos en la RPC? —La pregunta estaba dirigida, naturalmente, al jefe de la CIA.

—Señor, lamentablemente contamos con muy poca información de inteligencia recabada directamente —dijo el director Canfield—. Quisiera poder informarle que estamos bien posicionados en el interior de Zhongnanhai, señor presidente, pero, en realidad, tenemos muy pocos activos humanos, a excepción de los oficiales que trabajan por fuera de la Embajada de Estados Unidos en Beijing, y quienes controlan a agentes de un nivel relativamente bajo. Varios de nuestros mejores activos han sido arrestados en el último año.

Ryan sabía esto. Después de que una serie de agentes que espiaban para Estados Unidos fueran detenidos en China en la primavera, surgió un rumor acerca de un espía de la CIA que trabajaba para el gobierno chino, pero una investigación interna reveló que eso era improbable.

—¿Ya no tenemos activos encubiertos no oficiales en Beijing? —preguntó Ryan.

—No, señor. Tenemos algunos NOCs* en China, pero ninguno en Beijing, y a ningún agente que yo clasificaría como de

---

* Abreviatura en inglés para «agente encubierto no oficial» (N. del ed.).

alta importancia. Hemos estado trabajando incansablemente para tener más agentes en la RPC, pero nuestros esfuerzos han sido neutralizados por operaciones de contrainteligencia sorprendentemente robustas.

Operaciones de contrainteligencia sorprendentemente robustas —Ryan repitió este término para sus adentros. Sabía que era una manera amable de decir que los malditos chinos habían estado ejecutando a cualquiera que ellos pensaran que pudiera espiar para Estados Unidos.

—En nuestro último conflicto con Beijing tuvimos a un agente encubierto no oficial que nos dio una gran cantidad de información acerca de las reuniones del Politburó —dijo el presidente.

Mary Pat Foley asintió.

—¿Quién iba a saber que esas serían las buenas épocas de antaño?

Muchos de los asistentes sabían esa historia, pero Ryan la explicó para quienes no estaban en el gobierno en esa época o no tenían necesidad de saberla.

—Antes de que Mary Pat fuera directora adjunta de la CIA, tenía a un oficial que trabajaba para NEC, la compañía de computadoras. Este vendió una computadora intervenida a la oficina de un ministerio sin portafolio, uno de los confidentes más cercanos del premier. En la cúspide del conflicto estábamos recibiendo reportes casi diarios sobre los planes y actitudes del liderazgo. Y esto cambió todo el panorama, por decir lo menos.

—Y entonces, un par de meses después de la guerra, el ministro Fang sufrió un aneurisma fatal mientras tenía sexo con su secretaria —dijo Mary Pat.

—Un grave inconveniente —coincidió Ryan—. El oficial que reveló esto fue Chet Nomouri, ¿verdad?

Mary Pat asintió.

—Es correcto, señor presidente.

—Ahora debe ser un jefe de estación.

Jay Canfield, director de la CIA, negó con la cabeza.

—Se retiró de la agencia hace mucho tiempo. Lo último que supe de él es que estaba trabajando en una compañía de computadoras de la Costa Oeste. —Se encogió de hombros y añadió—: Más dinero para el sector privado.

—¿Acaso no lo sé? —murmuró el presidente Ryan.

Esto produjo un estallido de risas en una reunión que necesitaba alivianarse un poco.

—Señor presidente. Espero que no olvidemos lo que dijo Wei en su discurso: «China está abierta a los negocios» —dijo Barnes, secretaria de Comercio.

—¿Quieres decir que esperas que yo no olvide lo mucho que necesitamos hacer negocios con China? —replicó el presidente.

Ella se encogió de hombros en señal de disculpa.

—Señor, el hecho es que ellos son dueños de una porción grande de nosotros. Y en cualquier momento pueden reclamar su parte.

—Y quedar destruidos —comentó Ryan—. Si ellos nos perjudican económicamente, también se perjudicarán en ese sentido.

La secretaria de Comercio intervino de nuevo con una frase de su autoría:

—Destrucción mutuamente asegurada.

Jack asintió, pero dijo:

—Se trató de algo feo, pero no puedes decir que la destrucción mutuamente asegurada no funcionó.

Barnes asintió.

—Terminemos de hablar acerca de la capacidad —dijo Ryan

mientras se daba vuelta hacia su secretario de Defensa—. Si ellos quieren hacer maniobras en el mar de China Meridional, ¿qué pueden hacer exactamente?

—Como usted bien sabe, señor presidente, China ha aumentado en más de veinte por ciento anual su presupuesto militar desde hace casi dos décadas. Calculamos que gastan más de doscientos mil millones al año en logística, mano de obra y en armamentos ofensivos y defensivos.

»La Fuerza Naval china ha crecido a pasos agigantados. Tienen treinta destructores, cincuenta fragatas y alrededor de setenta y cinco submarinos. También cuentan con doscientos noventa barcos, pero no mayor cosa en términos de capacidad de combate en alta mar, o al menos no todavía.

—También se han estado concentrando en aviones de cuarta generación —dijo Obermeyer, jefe del Estado Mayor Conjunto—. Han comprado SU-27s y SU-30s a Rusia y tienen su propio avión de combate, el J-10, que es fabricado localmente, aunque actualmente le están comprando los motores a Francia. Adicionalmente, tienen alrededor de quince SU-33s.

—Pero no sólo se trata de su Fuerza Naval y Aérea —dijo Burgess—; se han expandido en todos los cinco ámbitos de la guerra: tierra, mar, aire, el espacio y la cibernética. Podría decirse, y estoy de acuerdo con esto, que de estos cinco aspectos, el terrestre es el que ha recibido la menor atención en los últimos cinco años aproximadamente.

—¿Qué nos permite concluir eso?

—China no contempla la posibilidad de que los enemigos ataquen su territorio —dijo Burgess—, ni ve guerras a gran escala con sus vecinos. Sin embargo, ve pequeños problemas con sus vecinos y grandes conflictos con las grandes potencias mundiales que están demasiado alejadas como para desplegar ejércitos en el litoral chino.

—Especialmente con nosotros —dijo el presidente. No era una pregunta.

—Exclusivamente con nosotros —replicó el secretario de Defensa.

—¿Qué pasa con sus portaviones?

—Señor presidente, el *Liaoning*, el portaviones chino, es una fuente de orgullo nacional, pero eso es *todo* —dijo el jefe del Estado Mayor Conjunto—. No es una exageración si digo que tenemos tres portaviones activos, el *Ranger*, el *Constellation* y el *Kitty Hawk*, los cuales están en mejores condiciones que ese pedazo de basura que le compraron a Rusia.

—Sí, pero a pesar de su mal estado —dijo Ryan—, ¿ese portaviones les da la *impresión* de que tienen una Fuerza Naval con capacidad de combate en alta mar? ¿Puede hacer que ellos sean peligrosos?

—Podrían suponer eso —respondió Obermeyer—, pero es una suposición de la cual podríamos sacarlos con mucha facilidad si esto desemboca en una guerra armada. No quiero parecer completamente jactancioso, pero podríamos dejar ese portaviones en el fondo del mar el primer día de combate.

—Además de hundir su portaviones —dijo Ryan—, ¿qué otras opciones tenemos para mostrarles que nos tomamos en serio sus amenazas?

—El *North Carolina* está actualmente en el MCM —dijo el almirante Jorgensen—. Su capacidad de ataque es tan rápida como la del *Virginia*. Es uno de los portaviones más sigilosos que tenemos.

Ryan miró a Jorgensen por un largo rato.

—Lo siento, señor presidente —dijo el almirante—. No quise ser condescendiente. ¿Sabe algo acerca de los barcos tipo *Virginia*?

—Sí, y también acerca del *North Carolina*.

—Le pido disculpas. Le informé a su predecesor... y algunas veces tenía que darle ciertos detalles.

—Entiendo, almirante. Estaba hablando del *North Carolina*.

—Sí señor. Podríamos hacer que haga una visita programada al puerto de la bahía de Súbic.

A Ryan le gustó la idea.

—Que permanezca simplemente allá en la zona de peligro para mostrar a China que no vamos a acostarnos boca abajo y a fingir que estamos muertos.

Al secretario de Defensa Burgess también le gustó la idea.

—Y mostrarles a los filipinos que los apoyamos. Ellos apreciarán el gesto.

Scott Adler levantó la mano. Era evidente que no le gustaba la idea.

—Beijing verá eso como un acto provocador.

—Señor...

Ryan miró al almirante.

—Hazlo. Haz todas las declaraciones típicas acerca de que la visita se había programado desde hace algún tiempo y de que el hecho de que lo haga ahora no significa de ninguna manera que bla, bla, bla.

—Por supuesto, señor

Ryan se sentó en el borde de su escritorio y se dirigió a todos los funcionarios.

—Durante algún tiempo hemos dicho que el mar de China Meridional era el lugar con mayores probabilidades de que sucediera algo malo. Como pueden imaginar, voy a querer mucha información de todos ustedes acerca de esto. Si tienen algo que necesiten discutir personalmente conmigo, simplemente vayan a la oficina de Arnie. —Jack miró a Arnie van Damm—. Este tema pasa a ocupar un lugar primordial. Si alguno de ustedes necesita algunos minutos de mi tiempo, no quiero que me envíe una invitación para conocer y saludar a la Girl Scout que vendió el mayor número de mentas el año pasado.

Todos se rieron, al igual que Arnie, pero él sabía que su jefe hablaba en serio.

VEINTIUNO

....

La conferencia anual DEF CON, en Las Vegas, Nevada, es una de las convenciones de piratería informática más grandes del mundo. Cada año, cerca de diez mil profesionales de seguridad informática, cibercriminales, periodistas, empleados federales y otros entusiastas de la tecnología se reúnen durante varios días para aprender y conocer nuevas técnicas, productos y servicios, así como para disfrutar de presentaciones personales y competencias relativas a todos los aspectos de la piratería y del desciframiento de códigos.

Es un Woodstock anual para hackers de alto nivel y *geeks* de la tecnología.

La conferencia se celebra en el Rio Hotel and Casino, y la mayoría de los asistentes se hospeda allí o en alguno de los muchos hoteles cercanos, pero, cada año, un grupo de viejos amigos se reúne para alquilar una casa situada en Paradise, unas pocas millas al este.

Justo antes de las once p.m., Charlie Levy estacionó su Nissan Maxima rentado a la entrada de una lujosa casa de vacaciones al final de South Hedgeford Court, en un barrio de apacibles calles residenciales llenas de casas de alquiler con pocas zonas verdes. Se detuvo en la puerta, bajó la ventanilla y presionó el botón del intercomunicador.

Mientras esperaba, miró la alta cerca de acero rodeada de palmeras y la entrada con jardines que conducía a la casa de seis habitaciones. Él y un grupo de antiguos asistentes a la DEF CON habían alquilado esa casa desde hacía diez años, y era agradable estar de nuevo en ella.

Después de un pitido que salió por el intercomunicador, una voz nasal dijo:

—¿Dios-Oscuro? ¿Cuál es la contraseña, maldito gordo bastardo?

—Abre, pedazo de mierda —dijo Levy riéndose, y segundos después la puerta de la entrada se abrió en silencio.

Charlie hundió el acelerador y quemó el caucho en la entrada, haciendo chillar los neumáticos con la fuerza suficiente para que los ocupantes de la casa escucharan.

Charlie Dios-Oscuro no era un miembro fundador de la conferencia DEF CON, pero había asistido desde 1994, el año de su lanzamiento, y como miembro de la vieja guardia era una especie de leyenda.

En el 94 era un estudiante de segundo año en la Universidad de Chicago, así como un pirata informático autodidacta que descifraba contraseñas para divertirse y escribía códigos como pasatiempo. La primera conferencia DEF CON había sido una experiencia que le había abierto los ojos. Se encontró siendo parte de un inmenso grupo de entusiastas con ideas afines que tenían cuidado en no preguntarle a nadie cómo se ganaban la vida, y que trataban a todo el mundo con la misma dosis de sospecha y afabilidad. Había aprendido mucho aquel primer año y, ante todo, había aprendido que tenía un gran deseo de impresionar a sus pares con sus proezas en materia de piratería informática.

Después de la universidad, Levy fue contratado como programador por compañías que desarrollaban juegos para computadoras, pero él dedicaba la mayor parte de su tiempo libre a sus proyectos personales de carácter informático: construir y configurar software, y trabajar en malware y tácticas de penetración nuevas.

Había pirateado todos los dispositivos con procesadores que existían y cada año iba a Las Vegas para mostrar a sus amigos y a la «competencia» lo que había hecho. Se convirtió en uno de los presentadores más importantes de la conferencia y obtuvo una especie de seguidores de culto; sus hazañas eran discutidas durante el resto del año en grupos de chat en la Web.

Cada año, Charlie Levy tenía que superarse a sí mismo, por lo que trabajaba más y más cuando no estaba en la oficina, escarbaba más y más profundo en los códigos de los sistemas operativos, y cada vez buscaba víctimas más importantes para atacarlas.

Estaba seguro de que todo el mundo hablaría de Charlie Levy cuando se presentara en la conferencia de este año.

Había subido al Maxima y saludado a cinco amigos que no había visto desde la convención del año pasado. Levy tenía apenas treinta y ocho años y se parecía mucho a Gerry Garcia; era bajito y grueso, con una barba larga y gris y un cabello ralo igualmente gris. Llevaba una camiseta negra con la silueta blanca de una mujer con pechos prominentes y la frase "Hack Naked". Era conocido por sus camisetas divertidas que ceñían su complexión robusta, pero este año había tenido cuidado en empacar también algunas camisas de botones porque sabía que después de su presentación el primer día de la conferencia tendría que dar muchas entrevistas a los medios.

Desempacó la maleta en su habitación y luego se reunió con sus amigos en la hermosa piscina del patio trasero. Sacó una cerveza Corona de una nevera con hielo y permaneció solitario cerca de la cascada de rocas para no tener que responder preguntas sobre sus actividades o sobre lo que tenía preparado para el día siguiente.

Miró a su alrededor y vio a la crema y nata de la tecnología. Dos hombres eran ejecutivos de Microsoft que habían viajado desde el Estado de Washington esa misma tarde. Otro era director técnico en Google; valía más que los dos tipos de Microsoft. Los otros dos eran simplemente millonarios; uno trabajaba en la división de hardware de AT&T y el otro dirigía el departamento de TI de un banco francés.

Charlie estaba acostumbrado a sentirse un poco como el bicho raro en estas reuniones anuales.

Era un programador de videojuegos, le pagaban bien, pero durante una década había rechazado varias promociones porque no quería ser rico.

No, Charlie Levy quería ser una leyenda.

Y este sería su año.

En su presentación del día siguiente, revelaría su descubrimiento de una vulnerabilidad día-cero que le permitía infiltrar el JWICS, el Conjunto de Comunicaciones Mundiales de Inteligencia, conocido como «Jay-Wicks» y, por medio de este, el Interlink-TS, el intranet ultra secreto utilizado por la comunidad de inteligencia de Estados Unidos para transferir su información de clasificación más alta.

Charlie Dios-Oscuro Levy había penetrado el cerebro de la CIA y pensaba utilizar esto como el golpe de efecto durante sus comentarios iniciales.

Aunque la página web de la CIA había sido vulnerada varias veces por «ataques de negación del servicio», Levy sería el primero en afirmar y en demostrar públicamente que había pirateado los cables actuales y de mayor secreto de la CIA y que había logrado leer información clasificada, la cual era enviada entre la sede de la CIA en Langley y las estaciones y oficiales de esta agencia en el extranjero.

Esta sería una noticia increíble en el mundo aficionado de la piratería: que un «hacker de garaje» hubiera logrado infiltrar la agencia de espionaje de Estados Unidos. Sin embargo, esta no era la parte más interesante de la presentación de Levy, por la simple razón de que él anunciaría también que tenía pruebas de no haber sido el primero en hacerlo.

Cuando Charlie entró a Interlink-TS y comenzó a investigar un poco, descubrió que otra entidad lo había hecho antes que él y que, en ese instante, estaba leyendo el tráfico de mensajes de la CIA por medio de un RAT, un Trojan de acceso remoto.

Charlie había visto los pantallazos de la intrusión, el código y todo un boceto del brillante RAT.

Charlie tenía muy claro que el malware era excepcional y ya había decidido no mencionar que el RAT utilizado por el otro pirata era mucho más avanzado que el código que él había logrado crear para acceder a la vulnerabilidad día-cero.

Esto era toda una bomba y no se lo había comentado a nadie en los treinta y cinco días desde que había hecho el descubrimiento.

Charlie miró alrededor de la piscina a los famosos del DEF CON que estaban allí con él, y supo que en veinticuatro horas tendrían que esperar su turno para hablar con él.

Este DEF CON sería su fiesta de lanzamiento.

Obviamente, Levy sabía que, inevitablemente, él causaría un

gran malestar en el gobierno, no sólo por su pirateo exitoso, sino también por su revelación de que sabía con toda certeza que alguien más conocía los secretos más profundos y oscuros de Estados Unidos y que, a pesar de esto, él no había alertado a las autoridades. Pensó que los federales lo molestarían por lo que había hecho, pero también se imaginó que decenas de miles de miembros de la comunidad saldrían a apoyarlo y a protestar contra el gobierno.

Ser molestado por los federales era un rito iniciático.

Y la historia de Charlie Levy tenía otro capítulo que también revelaría en la presentación de mañana.

El misterioso pirata informático de la red de la CIA había descubierto la intrusión de Levy. Su RAT estaba tan bien construido que podía reconocer cuando alguien entraba a la red por la misma vía que él.

¿Cómo sabía esto Charlie? Porque el hacker lo había contactado por mensajería instantánea dos semanas atrás y le había ofrecido dinero a cambio de trabajar a control remoto para él en otros proyectos relacionados con los sistemas JWICS e Interlink-TS.

Levy se sorprendió al comprender que había sido identificado, pero supo que era imposible que el misterioso pirata lo hubiera identificado por medio del Interlink-TS. Levy estaba seguro de sus métodos de encubrimiento de ataques; había realizado su penetración digital en la red de la CIA mediante una serie complicada de saltos y de proxies que encubrían por completo la computadora de origen. La única explicación que tenía acerca de la manera en que fue descubierto era su investigación del JWICS y del Interlink-TS, así como de los protocolos y arquitectura utilizadas por las redes. Había realizado una parte de su investigación en redes abiertas que, en teoría, podrían haber sido monitoreadas por el misterioso hacker.

De alguna manera, el misterioso pirata era lo bastante inteligente, y su visibilidad en la Internet era lo suficientemente amplia, que había deducido la participación de Levy.

Cuando Levy rechazó la oferta para trabajar con la otra entidad —Levy no quería ser el arma alquilada de nadie— su computadora sufrió una serie de ataques fuertes y persistentes desde una variedad de ciberamenazas sofisticadas. El misterioso hacker estaba haciendo todo lo posible para infiltrar la computadora de Levy. Pero Dios-Oscuro no era un simple mortal cuando se trataba de seguridad informática; asumió el desafío como si estuviera jugando al ajedrez con el misterioso pirata, y durante las últimas dos semanas había logrado mantener todo el malware lejos de su máquina.

Charlie Levy esperaba que su nueva némesis asistiera a DEF CON, o a la conferencia de Sombrero Negro, una convención más corporativa para profesionales de seguridad informática que se realizaría la próxima semana en Las Vegas.

Charlie detestaba pensar que aquel hijo de perra pudiera tratar de robarle su sorpresa.

Levy tardó un tiempo en incorporarse al círculo social, pero a las tres a.m. había tomado casi diez Coronas y no le dolía una muela. Siempre era así la primera noche, cuando el alcohol abundaba en la piscina. Aunque todos los otros tipos estaban casados y tenían hijos, iban a Las Vegas con el doble objetivo de emborracharse tanto como fuera posible y de seguir, e incluso de expandir, sus proezas legendarias en DEF CON.

El tipo de Google recién se había ido a la cama, pero el resto del grupo estaba todavía en la piscina, con bebidas en la mano.

Levy se recostó en una silla «chaise longue» con una Corona recién destapada, mientras los tipos de Microsoft fumaban Cohibas al lado de él, y el de AT&T y el del banco francés estaban en la piscina con flotadores, bebidas y sus computadoras portátiles.

Mientras la fiesta terminaba lentamente en la casa de South Hedgeford Court, en otra casa de vacaciones cinco puertas abajo en la avenida East Quail, la puerta de cristal del patio se abría en silencio. La casa estaba completamente oscura y parecía deshabitada, pero ocho hombres salieron de la oscuridad al patio trasero iluminado por la luna, caminaron a un lado de la piscina cubierta y llegaron a una cerca de madera.

Cada uno llevaba una mochila blanca en la espalda y una pistola con un silenciador largo en la funda en su cintura. Treparon la cerca de uno en uno y entraron a otro patio trasero, sus movimientos silenciosos y sigilosos.

El tipo de AT&T miró por encima de la computadora mientras flotaba en la piscina.

—Oye, Dios-Oscuro. Todos hemos hablado de nuestras presentaciones, pero no has dicho ni mierda acerca de tu tema.

Uno de los tipos de Microsoft exhaló humo de tabaco.

—Eso significa que lo que dirá Charlie es realmente bueno, o realmente malo —dijo.

—¿No les gustaría saber? —replicó Charlie con malicia.

El del banco francés negó con la cabeza; hizo señas con la mano para acercarse a los que estaban en la terraza.

—Si es algo como lo de hace dos años, cuando entraste a la

planta física de Bellagio y aumentaste la presión en las bombas de la fuente, paso. Mojar a unos pocos turistas no es mi idea de «Hola, ¿podemos ayudarlos?».

Los demás giraron sus cabezas hacia donde miraba el del banco francés. Allí, a la luz de la luna, cerca de una de las luces de la terraza de la piscina, varios hombres estaban en fila, mirando hacia la piscina.

Charlie se sentó.

—¿Quién demonios son ustedes?

La Corona que tenía en su mano explotó con un ruido seco. Su camiseta se rompió, y la sangre brotó de su pecho. Recibió un segundo impacto cerca del primero mientras miraba.

Un tercer disparo se alojó en su frente y cayó muerto en la silla.

Los dos hombres sentados en la terraza estaban sumidos en el letargo del alcohol, pero lograron ponerse de pie y darse vuelta. El primero dio algunos pasos hacia la casa, pero ambos se desplomaron luego de recibir disparos en la espalda.

Uno cayó a la piscina y el otro se derrumbó sobre un pequeño jardín de rocas.

Los dos que estaban en la piscina no tenían cómo defenderse. Gritaron, pero fueron baleados y de sus cuerpos sin vida manó sangre que se mezcló con el agua y con la sangre del hombre de Microsoft que flotaba boca abajo.

Cuando habían matado a todos, Grulla, el líder de la unidad, se dirigió a Playero. Le habló en mandarín.

—Debería haber uno más. Encuéntralo.

Playero corrió a la casa con la pistola en la mano.

El hombre de Google estaba dormido; Playero lo encontró en la cama y le pegó un tiro en la parte posterior de la cabeza.

En la piscina, tres asaltantes utilizaron linternas pequeñas para recoger los casquillos de balas, mientras que otros tres entraban a la casa y examinaban todas las habitaciones en busca del equipaje de Dios-Oscuro. Lo examinaron y sacaron su computadora portátil, todos sus periféricos, papeles, dispositivos USB, DVDs, teléfono móvil y cualquier otra cosa que no fuera ropa. Reemplazaron esto con un puñado de DVDs y de dispositivos USB que habían traído, con un teléfono móvil que tenía el número de Levy y con información que descargaron de su aparato.

Todo esto tardó poco más de diez minutos, pero a Grulla le habían asignado varios objetivos y le habían ordenado que los cumpliera a la perfección.

Pronto, los cuatro hombres regresaron de nuevo a la piscina. El agua tenía un color rosado. Por órdenes de Grulla, Ánade abrió el cierre de su mochila y sacó tres pequeñas bolsas de cocaína de alta pureza. Las arrojó en la hierba a un lado de la cerca, con la intención de que la droga fuera encontrada con los cuerpos y todo el evento pareciera ser un negocio inicuo que había terminado mal.

Que ninguno de los hombres tuviera sustancias narcóticas en su organismo podía explicarse por el hecho de que el negocio se había complicado y las armas abrieron fuego antes de que alguno de ellos tuviera tiempo de echarle mano a las drogas.

Finalmente, Grulla ordenó a todos sus hombres que entraran a la casa, a excepción de Becasina.

Después de darles tiempo para marcharse de allí, Grulla y Becasina permanecieron al lado de la hermosa piscina y retiraron los silenciadores de sus pistolas FN Five-seveN, los cuales guardaron en sus mochilas. Luego apuntaron sus armas al cielo en dirección sur, ligeramente por debajo de la media luna, y abrieron fuego.

Dispararon balas y tiros cortos en una cadencia caótica, hasta que ambas armas quedaron vacías y las correderas abiertas. Luego las recargaron con rapidez, las enfundaron y patearon los casquillos en todas las direcciones. Algunos cayeron en la piscina sangrienta y se hundieron en el fondo; otros rodaron por la hierba y algunos más terminaron en un extremo de la terraza de cemento.

Mientras los perros del vecindario ladraban y las luces se encendían en la avenida East Quail y en South Hedgeford Court, Grulla y Becasina avanzaron de manera rápida pero calmada por la entrada. Utilizaron una puerta peatonal que había al lado del portón principal y salieron a la calle.

La puerta de una casa en la calle de enfrente se abrió, y una mujer con bata permaneció iluminada desde atrás por el foco que había en el techo de la entrada. Becasina sacó su pistola y le disparó dos veces, haciendo que la mujer entrara de nuevo a su casa y se arrastrara en busca de seguridad.

Pocos segundos después, una camioneta gris se detuvo y los dos hombres subieron. Se dirigió al norte, hacia la I-15. Grulla sacó su teléfono y presionó algunos botones mientras Urogallo conducía y los otros hombres permanecían en silencio. Después de una larga espera en busca de conexión y de una respuesta, dijo:

—Todos los objetivos se han alcanzado.

VEINTIDÓS

· · · · · · · · · · · · · · · ·

Sentado frente a una serie de resplandecientes monitores de computadoras en una oficina de cristal desde la que se veía una enorme sala de espacios de trabajo en cubículos abiertos, un hombre chino de cuarenta y ocho años con una arrugada camisa blanca y una corbata aflojada asintió en señal de satisfacción al escuchar las noticias de Grulla.

—Comienza a cargar la información cuando puedas.

—Sí, señor —dijo Grulla.

—*Shi-shi* —(Gracias) respondió el hombre en la oficina.

El doctor Tong Kwok Kwan, cuyo código de nombre era Centro, se puso su audífono en el oído derecho para hablar por Internet y desconectar la llamada. Miró más allá de los monitores hacia el espacio abierto de la oficina y pensó en su próxima jugada. Decidió atravesar rápidamente la sala de operaciones para ir donde su mejor programador e informarle que los datos de Dios-Oscuro llegarían pronto de Estados Unidos.

Normalmente, presionaría simplemente un botón en su escritorio y hablaría con el joven por medio de una videoconferencia, pero sabía que una visita personal estimularía al programador a tomarse en serio este asunto.

Tong miró alrededor de su oficina impecable. Aunque no había fotos familiares ni otros artículos personales a la vista, un letrero sin marco colgaba de la puerta de cristal que conducía al corredor.

Estaba escrito en una fluida caligrafía china, los caracteres en una sola línea vertical. Extraída del *Libro de Qi*, una historia de China del 479 al 502 d.C., la línea era uno de los treinta y seis estratagemas, un ensayo sobre el engaño en la política, la guerra y la interacción humana.

Tong leyó las palabras en voz alta:

—«*Jie dao sha ren*». —(Mata con un cuchillo prestado).

Aunque su unidad de operativos en Estados Unidos sólo había matado en nombre suyo, Tong sabía que él era el cuchillo prestado.

No había muchas cosas que le dieran placer, pues su cerebro había sido virtualmente programado por el Estado para no responder a estímulos tan banales como el placer, pero su operación estaba bien encaminada y esto satisfacía al doctor Tong.

Se puso de pie y salió de su oficina sombría.

Tong Kwok Kwan había nacido en Beijing como hijo único de la unión entre dos matemáticos entrenados en la Unión Soviética que habían trabajado en el entonces incipiente programa de misiles balísticos de China.

Kwok Kwan no tenía el pedigrí de un Principito, pero sus brillantes padres le inculcaron los asuntos académicos de una manera incansable, concentrando su atención y sus estudios en las matemáticas. Estudió libros de texto y de ejercicios cuando era niño, pero llegó a la adolescencia en los primeros días de las computadoras personales, y sus padres vieron de inmediato que el futuro de su hijo estaba en el poder casi ilimitado de estas increíbles máquinas.

El Estado lo envió a las mejores escuelas y luego a las mejores universidades debido a sus buenas calificaciones. Viajó a los Estados Unidos para consolidar sus capacidades en la programación de computadoras, estudiando en MIT en 1984 y luego en Caltech, donde obtuvo una maestría en 1988.

Después de graduarse, Tong regresó a su país y enseñó programación durante algunos años en la Universidad de Ciencia y Tecnología de China, antes de inaugurar un programa doctoral en ciencias informáticas en la prestigiosa Universidad Peking en Beijing. En la actualidad, sus estudios se concentraban en la Internet y en su nueva red mundial y, más concretamente, en sus vulnerabilidades y en las ramificaciones de estas en cualquier futuro conflicto con Occidente.

En 1995, mientras era candidato doctoral, con apenas treinta años, escribió un ensayo titulado «La guerra mundial bajo condiciones de informacionalización». Casi de inmediato, el ensayo pasó por el mundo de la academia china y llegó al Ejército Popular de Liberación y al Ministerio de Seguridad Estatal. El gobierno chino clasificó el documento como de máximo secreto y, de inmediato, los operativos de este ministerio recorrieron todas las instituciones donde se había distribuido el ensayo, recogiendo copias, recolectando los disquetes que lo contenían y sosteniendo conversaciones largas, intensas e intimidantes con cualquier profesor o estudiante que hubiera tenido contacto con el mencionado texto.

Tong fue llevado de inmediato a Beijing y pocas semanas

después estaba dando conferencias a la comunidad militar y de inteligencia sobre las formas de fortalecimiento de las ciberoperaciones contra los enemigos de China.

Los generales, coroneles y jefes de espías se sentían totalmente confundidos en las conferencias de Tong, pues la terminología arcana utilizada por el brillante joven era difícil de entender, pero comprendieron que él era un recurso muy valioso. Tong recibió el doctorado y estuvo a cargo de un grupo pequeño pero poderoso de pruebas, entrenamiento y desarrollo de guerra cibernética perteneciente al MSE, y también se le adjudicó la responsabilidad de las operaciones informáticas de defensa del EPL y del MSE.

Pero Tong no se conformó con dirigir a equipos de operadores de redes informáticas gubernamentales. Vio un mayor potencial para obtener poder en la administración de los piratas informáticos individuales e independientes de China. Conformó una organización de hackers independientes en 1997, llamada la Alianza del Ejército Verde. Bajo su dirección, atacaron páginas web y redes de varios enemigos de China, logrando penetrar y hacerles daño. Aunque su impacto fue relativamente menor, demostró que el papel académico de Tong realmente podía ser implementado en el mundo real, y contribuyó a aumentar aún más su prestigio.

Posteriormente, organizó la Milicia de Guerra, un grupo de civiles independientes que trabajaban en la industria tecnológica y en la academia, aunque bajo la dirección del Tercer Departamento del EPL (Inteligencia de señales).

Además de esta unidad, Tong conformó la Alianza Roja de Hackers. Al cortejar o amenazar a cientos de los *coders* aficionados más capaces de China por medio de boletines informativos en línea que los hackers leían con frecuencia, y organizándolos luego en una fuerza con un propósito definido, Tong utilizó a estos hombres y mujeres para penetrar redes industriales y gubernamentales alrededor del planeta y robar secretos para China.

Pero Tong y su ejército desarrollaron la capacidad de hacer algo más que robar información digital. Durante una disputa pública entre una firma petrolera propiedad del gobierno chino y una compañía estadounidense por un contrato para construir un oleoducto en Brasil, Tong acudió al liderazgo del MSE y simplemente les pidió permiso para que su Alianza de hackers rojos destruyera a la compañía petrolera estadounidense.

Los ministros le preguntaron si se proponía destruir el dominio que tenía esa compañía en el mercado.

—No me refiero a eso, sino a arruinarlos físicamente.

—¿A que colapsen sus computadoras?

El rostro impasible de Tong no expresó lo que pensaba de aquellos ministros tontos.

—Por supuesto que no. Necesitamos sus computadoras. Hemos obtenido el control de sus oleoductos y de su capacidad de extracción petrolífera a nivel de comando. Tenemos capacidades cinéticas en sus instalaciones. Podemos causar una destrucción en el mundo real.

—¿Te refieres a destruir cosas?

—Sí. A destruirlas y a volarlas en pedazos.

—¿Y no pueden impedírtelo?

—Hay invalidaciones manuales para todo en ese lugar; es decir, en la ubicación física. Obviamente, sólo estoy suponiendo esto. Un ser humano podría cerrar una válvula o suspender la luz eléctrica de una estación de control. Puedo hacer tantas cosas y con tanta rapidez, que es imposible que su personal pueda detenerme.

No se emprendieron acciones físicas contra la compañía petrolífera, pero el gobierno chino reconoció la importancia de Tong y de sus capacidades. No sólo era un recurso valioso, sino también un arma potente, y no desperdiciarían esta capacidad arruinando sólo una compañía.

Entonces, él y su equipo piratearon la página web de la compañía petrolífera y leyeron comunicaciones internas y sensibles entre los ejecutivos de la firma acerca del intento para adquirir el oleoducto brasileño. Tong pasó esta información a la Corporación Nacional de Petróleo, propiedad del gobierno chino. Esta empresa ofreció un precio más alto que la norteamericana y obtuvo el contrato.

Posteriormente, cuando a K. K. Tong se le asignó la misión de robar a la Fuerza Naval de los Estados Unidos los planes para la propulsión eléctrica silenciosa de sus submarinos, Tong y sus hackers lo consiguieron, algo que representaba cinco mil millones de dólares en investigaciones realizadas por la Fuerza Naval de los Estados Unidos en menos de seis meses.

El doctor Tong extrajo personalmente más de veinte terabytes de información de la base de datos no clasificada del Departamento de Defensa y le entregó al EPL los nombres de todos los operarios de las Fuerzas especiales estadounidenses, así como las direcciones de sus hogares, los horarios para el reabastecimiento de combustible de cada barco en el Pacífico y el entrenamiento y rotaciones de prácticamente todas las unidades militares.

Él y sus hombres también robaron los planes para el F-35, el avión norteamericano de próxima generación.

Poco antes de finalizar la década, Tong, en compañía de los jefes del Tercer Departamento del EPL (Inteligencia de señales) y del Cuarto Departamento (Contra medidas y radares electrónicos), desarrolló la red de operaciones informáticas que hacían parte de las políticas del RIGE, la Red Integrada de Guerra Electrónica por parte del EPL, y que era el nombre formal de toda la estrategia de guerra electrónica de China. El RIGE recurriría a la guerra electrónica para bloquear, engañar y eliminar la capacidad de Estados Unidos de recibir, procesar y distribuir información, y todo el personal del EPL sabía ya que K. K. Tong y su ejército de hackers serían fundamentales para el éxito del RIGE.

Sus secuaces y él infectaron millones de computadoras en todo el mundo, creando una *botnet* —un ejército de robots informáticos— que podría ser dirigido para atacar una página web o una red, sobrecargarla con solicitudes y negar el acceso a cualquiera que intentara conectarse. Tong dirigió a sus *botnets* para que atacaran a los enemigos de China, ocasionando daños devastadores, y los propietarios de los nodos en el ejército de robots nunca supieron que su hardware estaba trabajando para la RPC.

A diferencia del resto de China, Tong operaba en un continuo estado de guerra contra Estados Unidos. A través del espionaje o de actos de hostigamiento, él y su fuerza de hombres y mujeres, la mayoría de los cuales trabajaban desde sus casas o en sus estaciones «diurnas» de trabajo, se dedicaron a poner en peligro permanente las operaciones de la red informática estadounidense y a identificar un enorme portafolio que sería atacado en caso de que estallara una guerra armada.

Sólo había un problema con Tong y con sus cómplices en lo que se refería a los chinos: que era demasiado exitoso. Se le había dado una libertad casi absoluta para buscar formas de acceso a las redes estadounidenses y, con el paso del tiempo, los estadounidenses comenzaron a notar esto. El gobierno de Estados Unidos advirtió que alguien prácticamente estaba conectando una aspiradora a su información, y que la estaba extrayendo toda.

Inicialmente, los piratas informáticos llamaron Lluvia de Titán a sus persistentes ataques a las redes gubernamentales industriales, y Ratas Turbias a una segunda serie de ataques. Los estadounidenses encomendaron a cientos de investigadores que descubrieran quién estaba detrás de estos ataques. Sospecharon de China desde un comienzo a medida que la operación de Tong aumentó en magnitud e importancia, y a los funcionarios del MSE y del Politburó que conocían el ciberprograma les preocupó que algunos de los ataques de más alto perfil se le pudieran atribuir a China.

Los Estados Unidos arrestaron a una serie de piratas informáticos que estaban involucrados en la operación, algunos de los cuales eran de origen étnico chino. Esto preocupó mucho a los chinos, y el EPL y el MSE fueron presionados para encubrir mejor sus operaciones futuras.

Cuando la vulnerabilidad de Tong se hizo aparente para el EPL y el MSE, decidieron que él necesitaba ser protegido a toda costa y que su organización debía ser totalmente confinada y distanciada del gobierno chino. Las operaciones negables de redes informáticas eran vitales en esta época de paz declarada y, a fin de poder conservar la calidad de negables, China no podría ser objeto de reclamos.

Sin embargo, Tong se había dado a conocer en Estados Unidos como un importante oficial civil de operaciones informáticas que trabajaba para el EPL. Los investigadores del FBI y de la NSA que analizaban las ciberoperaciones de China se refirieron a la influencia que tenía Tong en la ciberestrategia como la Dinastía Tong, y cuando los chinos se dieron cuenta de que Tong había sido elevado a ese nivel, supieron que debían actuar.

Después de largas discusiones, el jefe del Ministerio de Seguridad Estatal decidió que K. K. Tong, cuyo título oficial como director de entrenamiento tecnológico para la Oficina del Primer Reconocimiento Técnico de la Región Militar de Chengdu ocultaba su grado de influencia al nivel de mariscal de campo en uno de los cinco campos de la guerra, sería arrestado bajo falsos cargos de corrupción y que luego «escaparía».

Tong sería relocalizado en Hong Kong y estaría bajo la protección de las Tríadas 14K. La «Tríada» era una especie de título de comodín, el cual se refería a una organización con muchas ramas no afiliadas, y la 14K era la rama más grande y poderosa que había en Hong Kong. El MSE y la 14K no tenían una relación mutua en términos operativos. Desde mucho tiempo atrás, las actividades de la Tríada habían sido una piedra en el zapato del gobierno chino, pero Tong se «vendería» a sí mismo y a su ejército de hackers a las Tríadas y les pagaría por su protección con dinero proveniente de cualquiera de las docenas de conspiraciones financieras que sus hombres y mujeres realizaban en todo el mundo.

Obviamente, la 14K sólo sabría que Tong había escapado de la cárcel y que ahora estaba trabajando en desfalcos informáticos y en operaciones de chantaje; es decir, en delitos informáticos de sombrero negro.

Las Tríadas no sabrían que el noventa por ciento de la productividad de la organización de Tong estaba dedicada al ciberespionaje y a la guerra cibernética, todo esto en nombre del Partido Comunista de China, que era enemigo de las Tríadas.

Tong fue «arrestado» y una breve noticia de sus cargos apareció en el *People's Daily*, un periódico chino que hacía las veces de órgano divulgativo del gobierno. Tong fue acusado de delitos informáticos y el artículo señaló que el hacker había intentado hacer un desfalco electrónico al ICBC, el banco industrial y comercial de China propiedad del gobierno.

El artículo pretendía mostrar a Occidente que el misterioso doctor Tong había caído en desgracia con el gobierno chino y manifestar también a las Tríadas de Hong Kong que las destrezas del misterioso doctor Tong les podían hacer ganar mucho dinero.

Tong fue sentenciado al escuadrón de la muerte, pero el día de su ejecución surgieron rumores de que había escapado con ayuda de personal penitenciario. Para perfeccionar la artimaña, los oficiales de la prisión ordenaron que varios guardias fueran ejecutados al día siguiente por su «colaboración».

La Tríada 14K, la organización más grande y poderosa de los bajos fondos de Hong Kong, y la mayor del mundo, acogió a K. K. Tong pocas semanas después. Este reunió de nuevo al ejército de hackers civiles que había conformado, así como a su hueste de *botnets*, y pocos meses después estaba generando dinero para las Tríadas al utilizar decenas de miles de nodos de su *botnet* para apropiarse de números de tarjetas de crédito por medio de correos electrónicos que contenían phishing.

Tong se embarcó entonces en una nueva empresa. Con la bendición de la 14K, aunque sin el conocimiento de lo que este iba a hacer realmente, Tong compró cientos de computadoras y reclutó a hackers de primer nivel en el territorio continental y en Hong Kong para que los operaran, y los fue llevando lentamente a esta ciudad y al entramado de su nueva operación.

K. K. Tong adoptó el seudónimo de «Centro» y llamó al núcleo físico de su nueva operación mundial, y su centro nervioso, como el Barco Fantasma. Funcionaba en el onceavo piso de un edificio de dieciséis plantas propiedad de una Tríada, en Mong

Kok, un sector sórdido, densamente poblado y de bajos ingresos de Kowloon, muy al norte de las luces y el glamour de Hong Kong. Desde allí, las Tríadas observaban día y noche a Tong y a su gente, aunque ignoraban su verdadera misión.

Tong empleó a docenas de los mejores *coders* que pudo encontrar, la mayoría de los cuales eran hombres y mujeres que habían integrado sus primeros «ejércitos» de hackers. Llamaba controladores al resto de sus empleados; eran sus oficiales de inteligencia y todos utilizaban el seudónimo de «Centro» cuando trataban con sus activos. Laboraban en las estaciones de trabajo del piso de operaciones del Barco Fantasma y se comunicaban por medio del Criptograma, el programa de mensajería instantánea, con los piratas informáticos y los activos físicos alrededor del mundo, quienes no sabían que trabajaban para ellos.

Los controladores utilizaban pagos en efectivo, la coerción y trucos de bandera falsa para cooptar a miles de piratas informáticos, *script kiddies*, pandillas criminales, operativos de inteligencia, empleados gubernamentales y a destacado personal de los sectores tecnológicos en una enorme organización de inteligencia, cuyo tamaño y magnitud no había visto nunca el mundo.

Tong y sus principales lugartenientes patrullaban los cientos de foros de Internet utilizados por los hackers chinos, y fue gracias a esto que reclutaron a los miembros de su ejército. Fueron descubiertos de uno en uno, seleccionados, contactados y empleados.

El Barco Fantasma tenía ahora a casi trescientos empleados trabajando en el edificio y a miles más que trabajaban en su nombre alrededor del mundo. Cuando el idioma era una barrera, se comunicaban en inglés o utilizaban software de traducción de alta calidad. Tong reclutó a piratas informáticos extranjeros para su red, no como operarios del Barco Fantasma, sino como agentes proxy, ninguno de los cuales sabía que estaba trabajando para el gobierno chino, aunque muchos tenían conocimiento de que sus nuevos empleadores eran asiáticos.

Los agentes físicos fueron los últimos en ser incorporados. Varias organizaciones de los bajos fondos fueron reclutadas para trabajar en proyectos en el «espacio carnal» de manera ad hoc. Las mejores organizaciones recibieron con frecuencia misiones por parte de Centro.

La organización libia en Estambul era un ejemplo de esto, aunque su controlador vio casi de inmediato que la selección natural iría en contra de los tontos, especialmente de Emad Kartal, su oficial de comunicaciones, un hombre que no seguía sus propios protocolos de seguridad.

El controlador que supervisaba la célula de Estambul había descubierto que un grupo de estadounidenses que trabajaban en Hendley Asociados estaba vigilando a los libios. Con la bendición del doctor Tong, el controlador permitió el asesinato de los cinco hombres que integraban la célula, todo esto con el objetivo de plantar un virus en la red cerrada de Hendley Asociados, de modo que el Barco Fantasma pudiera saber más de ellos. El plan había fallado cuando el pistolero enmascarado de Hendley Asociados se había llevado la computadora en vez de hacer lo que esperaba el controlador, que era extraer información de la máquina e introducirla en su propia red cuando llegara a los Estados Unidos.

Sin embargo, los controladores de Tong ya habían explorado otras vías para descubrir la verdadera naturaleza de la curiosa organización Hendley Asociados.

Otras organizaciones criminales contratadas por Centro incluían grupos de Tríadas en Canadá y Estados Unidos, así como bratvas, o hermandades, en Rusia.

Pronto, Tong comenzó a reclutar de manera activa a más profesionales de espionaje de alto nivel para que trabajaran como activos de campo. Encontró a Valentín Kovalenko y decidió que era ideal para esta tarea. Utilizó a una de sus *bratvas* rusas para sacarlo de la cárcel, y luego se valió del chantaje para retener al voluntarioso ex*rezident* adjunto.

Al igual que con muchos otros espías, Centro probó lentamente a Kovalenko, monitoreó su éxito y su capacidad para no ser detectado y luego comenzó a darle más y más responsabilidades.

Tong también tenía otros tipos de espías involuntarios bajo su mando.

Los espías conversos.

Estos eran empleados de agencias gubernamentales alrededor del mundo que trabajaban en sectores como las telecomunicaciones y las finanzas, así como en firmas de contratistas militares o en agencias encargadas del cumplimiento de la ley.

Ninguno de estos miembros cooptados tenía la menor idea de estar trabajando para el gobierno chino. Muchos de estos activos sentían lo mismo que Valentín Kovalenko: que estaban realizando algún tipo de espionaje industrial a nombre de un inescrupuloso interés tecnológico extranjero. Otros estaban convencidos de trabajar para el crimen organizado.

El doctor K. K. Tong controlaba toda la operación y recibía instrucciones de las comunidades militares y de inteligencia chinas, dirigiendo a sus controladores, quienes a su vez dirigían a sus activos de campo.

Algo que contribuía tal vez más que cualquier otra cosa a esta causa, era que el doctor K. K. Tong era un sociópata. Manejaba a sus personas alrededor del planeta del mismo modo que manejaba 1's y 0's en la super autopista informática. Sentía tan poco respeto por lo uno como por lo otro, aunque las fallas de los seres humanos hacían que sintiera más respeto por el código malicioso que él y sus hackers habían desarrollado.

Después de dos años de actividad del Barco Fantasma, Tong comprendió con claridad que su control casi omnipotente no era suficiente. Se estaban propagando rumores acerca de unos virus nuevos y brillantes, de una red mundial dedicada a los delitos cibernéticos y de penetraciones exitosas de redes industriales y gubernamentales. A fin de evitar que esta información se propagara, Tong dijo a los líderes del EPL y del MSE que para que sus operaciones cibernéticas tuvieran el máximo efecto necesitaría más activos cinéticos, una unidad de espías-soldados en Estados Unidos: no activos engañados sino hombres dedicados al Partido Comunista de China y totalmente leales a Centro.

Después de discutir y deliberar, y del posterior involucramiento de altos oficiales militares, Tong recibió autorización para comandar a un equipo de oficiales de operaciones especiales del EPL. Ellos habían concluido que todo lo que hacía Tong funcionaba. Los dos años en que este había dirigido a activos proxy alrededor del mundo habían empoderado considerablemente al EPL y fortalecido la causa china. ¿Por qué no permitirle entonces una pequeña unidad adicional de fuerzas negables?

Grulla y su equipo, conformado por ocho hombres, provenían de la Espada Divina, una unidad de operaciones especiales adscrita a la Región Militar de Beijing. Estaban altamente entrenados en labores de reconocimiento, contraterrorismo y acciones directas. Este equipo, enviado a los Estados Unidos para seguir instrucciones de Centro, fue seleccionado también por su valor, pureza de pensamiento ideológico e inteligencia.

Se infiltraron algunos meses en la Tríada de Vancouver antes de pasar a Estados Unidos por la porosa frontera entre los dos países. Vivieron en casas alquiladas o compradas por compañías pantalla del Barco Fantasma y consiguieron documentos gracias a Centro y a su capacidad para generar todo tipo de recursos.

Si Grulla y su célula eran capturados o asesinados, se explicaría que eran un equipo de gánsteres pertenecientes a la Tríada de Vancouver que trabajaban para criminales informáticos en algún lugar del mundo. Pero ciertamente, no en nombre del PCC.

Al igual que en su operación en Menlo Park y en Las Vegas, Grulla y sus hombres realizaron operaciones «mojadas», matando a personas que representaban una amenaza para las operaciones de Centro, y robaron los códigos y registros necesarios para las actividades realizadas por el Barco Fantasma.

Los pocos individuos de alto nivel en el EPL y el MSE que tenían conocimiento de Centro y de su Barco Fantasma se sintieron complacidos. Los chinos tenían armas y una negación plausible. Podían robar secretos a los sectores gubernamentales, militares e industriales de Estados Unidos y preparar la batalla espacial para cualquier posible conflicto. Si Tong y su organización llegaran a ser descubiertos, después de todo se trataba de un enemigo de Beijing que trabajaba con las Tríadas. ¿Cómo podía afirmar alguien que él y su gente trabajaban *para* los comunistas chinos?

Una corta distancia a pie separaba la oficina de Tong de un pasillo bien iluminado y con piso de linóleo que conducía a una serie de puertas dobles, custodiadas a cada lado por hombres rudos y armados con metralletas QCW-05 de aspecto futurista y que colgaban de sus pechos. Los guardias no tenían uniformes; uno llevaba una chaqueta de cuero crudo y el otro una camisa azul con el cuello blanco levantado a la altura de las orejas.

El doctor Tong no se dirigió a ellos mientras cruzaba la puerta, pero esto no tenía nada de especial. Tong no conversaba con ninguno de sus subalternos y mucho menos con los treinta o cuarenta miembros de las Tríadas locales, quienes estaban encargados de protegerlo a él y a su organización, ni en sus instalaciones ni por fuera de estas.

Ciertamente era una relación extraña y a la que Tong no prestaba importancia, aunque entendiera la necesidad estratégica de abandonar su tierra natal para refugiarse en Hong Kong.

K. K. Tong caminó por el piso de operaciones abiertas y pasó al lado de docenas de hombres y mujeres completamente dedicados a trabajar en sus escritorios. Dos personas se pusieron de pie, le hicieron una venia a Centro y le pidieron un momento de su tiempo. Pero el doctor Tong se limitó a levantar la mano mientras seguía caminando, indicando que regresaría más tarde.

En ese instante estaba buscando algo específico.

Pasó por el departamento de banca y de phishing, por los de investigación y desarrollo, medios sociales e ingeniería y llegó al departamento de los *coders*.

Era allí donde estaban los hombres y mujeres que pirateaban las redes informáticas.

En una estación de trabajo al fondo de la sala, junto a un ventanal que llegaba hasta el techo y que, de no estar cubierto con cortinas rojas de pana, tendría vista a Kowloon en el sur. Un joven con el pelo completamente erizado estaba frente a cuatro monitores.

El punk chino se puso de pie e hizo una venia cuando Tong se le acercó por detrás.

—La operación cinética ha sido completada. Deberías recibir en breve la información —dijo Tong.

—*Sie de, xiansheng.* —(Sí, señor). El joven se dio vuelta y se sentó.

—¿Zha?

Este se puso de pie con rapidez y se dio vuelta.

—¿Sí, señor?

—Quiero un reporte de todo lo que encuentres. No creo que el código de Dios-Oscuro revele algo que puedas utilizar para optimizar tu RAT antes de que ataquemos al Departamento de Defensa, pero mantén la mente abierta. Ese hombre hizo todo lo que pudo para llegar tan lejos como fuera posible en la red Interlink de la CIA, aunque sus recursos eran limitados.

—Por supuesto, señor. Miraré el código de Dios-Oscuro y se lo reportaré a usted —dijo el rockero punk.

Tong se dio vuelta y emprendió el camino de regreso a través de la sala de operaciones sin decir palabra.

El joven rockero punk se llamaba Zha Shu Hai, pero era conocido como ByteRápido22 en el ciberespacio.

Había nacido en China, pero sus padres emigraron a los Estados Unidos cuando él era un niño, y se hizo ciudadano de ese país. Al igual que Tong, era una especie de niño prodigio en las ciencias informáticas y, como el mismo Tong, había estudiado también en Caltech, de donde se graduó a los veinte años. Un año después pasó las pruebas de seguridad del gobierno de Estados

Unidos y comenzó a trabajar en el departamento de investigación y desarrollo de General Atomics, un contratista de defensa de alta tecnología con sede en San Diego que fabricaba aeronaves no tripuladas para los sectores militar y de inteligencia. Zha recibió el encargo de examinar la seguridad y las redes encriptadas para ver si los sistemas podían ser pirateados.

Después de trabajar dos años en esto, Zha informó a General Atomics que aquello era virtualmente imposible sin tener un conocimiento específico de las redes, un equipo de comunicaciones que transmitiera las señales a los drones y un equipo completamente sofisticado.

A continuación, el joven chino-estadounidense trató de contactarse con la Embajada china en Washington D.C., les dijo que quería ofrecerles su conocimiento específico de todas estas cosas y luego les ayudó a construir equipos increíblemente sofisticados para que pudieran operarlos.

Infortunadamente para Zha, una prueba rutinaria del polígrafo detectó fuertes evidencias de que estaba mintiendo, y un registro de su computadora dejó en evidencia su correspondencia con la Embajada china. El joven analista de penetración fue arrestado y enviado a prisión. Sin embargo, apenas Tong lanzó el Barco Fantasma, utilizó sus recursos para ayudar al joven a salir de Estados Unidos y unirse a la operación que dirigía en Hong Kong.

Gracias a los conocimientos que Zha tenía para penetrar códigos informáticos y redes seguras, Tong desarrolló un poderoso Trojan de acceso remoto, un malware que permitía a Centro robar información de manera encubierta, así como ver a través de las cámaras y escuchar por los micrófonos de cada computadora infectada.

El virus de Zha era tan nocivo como brillante. Comenzaba

por realizar un escaneo de los puertos, buscando la versión de seguridad informática de una ventana sin protección. Si el virus encontraba un puerto explotable, comenzaba a utilizar una serie de contraseñas para entrar a la computadora.

Todo esto sucedía en el lapso de unas pocas centésimas de segundo. Nadie que manejara esa computadora notaría nada extraño, a menos de que vigilara con mucho cuidado los recursos de su máquina.

Si el gusano lograba entrar al «subconsciente» de la computadora, hacía un reconocimiento a una velocidad excesivamente alta, tomando nota de las aplicaciones instaladas, de la calidad del procesador y de la placa base. El gusano rechazaba las computadoras viejas o de baja calidad e informaba de inmediato al hacker que no valía la pena explorar más el nodo, en cuyo caso se borraba a sí mismo. Por otra parte, las computadoras sofisticadas sufrían una mayor invasión de este malware. El virus tomaba el control del cerebro de la máquina y el hacker recibía el mensaje de que otro miembro del ejército de robots se estaba reportando a sus deberes.

Cuando el Barco Fantasma tomaba el control absoluto de una computadora, una subrutina diseñada también por ByteRápido22 penetraba el código del sistema de la máquina y removía cualquier vestigio del sistema de aplicación.

O por lo menos eso pensaba Zha. En realidad, su subrutina no pudo localizar una franja de códigos, y esto fue lo que detectó Gavin Biery en el Disco de Estambul.

Gracias a este virus, Zha había sido el primero en penetrar el router utilizado para el tráfico por cable de la red Interlink-TS de la CIA, pero Zha se dio cuenta de que no estaba solo luego de una de sus intrusiones habituales en el código fuente. Rastreó al otro hacker, limitando la identidad del hombre después de monitorear las investigaciones realizadas en boletines informativos y directorios técnicos de fuente abierta y descubrió que se trataba de un conocido hacker aficionado de Estados Unidos llamado Charlie Levy. Entonces, los controladores de Centro trataron de convencer a Levy de que trabajara con su organización y pudiera aprovechar sus conocimientos.

El intento había fracasado y entonces Tong intentó aprovechar los conocimientos de Levy pirateando su computadora.

Eso también falló. Entonces, Grulla y sus hombres consiguieron la información del norteamericano a la antigua usanza: matándolo y robándosela.

Tong sabía que Zha era engreído y que no creería que el virus de Dios-Oscuro podría mejorar su propio trabajo.

Por otra parte, Tong apreciaba lo mucho que podía aprender al recolectar recursos intelectuales de hackers individuales, incluso de aquellos que no lo suministraban de manera voluntaria.

Tal vez Zha no había creído que Levy podía añadir algo a su código, pero Tong pensaba que él había sido lo suficientemente enfático como para informarle con claridad al joven que esperaba que este le prestara toda su atención a la información robada a Dios-Oscuro.

VEINTITRÉS

· · · · · · · · · · · · · · ·

Adam Yao, de treinta y cuatro años de edad, conducía su Mercedes clase C de doce años de antigüedad, y se limpió el rostro con una toalla playera que mantenía en el asiento del pasajero. El calor era infernal en Hong Kong este otoño, aunque fueran apenas las siete y media de la mañana, y Adam no había prendido el aire acondicionado porque no quería que el ruido del motor delatara sus labores de vigilancia.

Estaba cerca de la ubicación de su objetivo; demasiado cerca, y él lo sabía. Pero no podía estacionar lejos. Estaba estudiando la configuración del terreno, la curva de la carretera y la cercanía del sitio de estacionamiento a su objetivo.

Estaba arriesgando su suerte al estacionar allí, pero no tenía otra opción.

Adam Yao estaba solo.

Cuando se secó casi todo el sudor, levantó su cámara Nikon y enfocó la puerta del vestíbulo de una torre de apartamentos elegantes que había al otro lado de la calle. Su nombre era The Tycoon Court (El Palacio de los Magnates). A pesar del nombre cursi, su interior era opulento. Adam sabía que los penthouses del exuberante barrio Niveles Medios de la isla de Hong Kong debían costar un ojo de la cara.

Utilizó el gran alcance de su lente para registrar todo el vestíbulo y detectar al objetivo de su vigilancia. Sabía que era improbable que el hombre estuviera en el vestíbulo. Adam había ido varios días allí y cada mañana era igual. Alrededor de las siete y treinta a.m., el sujeto salía del ascensor de su penthouse, caminaba resueltamente por el piso de mármol del vestíbulo y salía para abordar una SUV custodiada por tres vehículos.

Eso era todo lo que Adam Yao había podido averiguar acerca del hombre. La SUV tenía ventanas oscuras, el sujeto siempre estaba solo y Adam no había intentado seguir la caravana por las calles estrechas y serpenteantes de aquel barrio.

Hacer esto sería casi imposible.

Adam deseaba contar con el apoyo del liderazgo de su organización; si tuviera al menos algunos recursos y personal a los cuales pudiera recurrir en ocasiones como esta para que le echaran una mano. Pero Adam trabajaba para la CIA, y básicamente todos los oficiales de esta agencia en Asia sabían una cosa acerca de la organización: que tenía una «brecha». Langley lo negaba, pero los hombres y mujeres que estaban aquí, realizando misiones peligrosas, sabían que la RPC estaba recibiendo información sobre los planes, iniciativas, fuentes y métodos de la CIA.

Adam Yao necesitaba un poco de ayuda con su labor de vigilancia, pero no tanto como para arriesgarse, porque a diferencia de casi todos los oficiales de la CIA en China y en Hong Kong, Adam Yao trabajaba sin la ayuda de una red. Era un oficial encubierto no oficial de la agencia, lo que significaba que no tenía protección diplomática.

Era un espía al margen.

Cogió su toalla y se limpió de nuevo el sudor del rostro.

Pocos días atrás, Yao había sido alertado de la presencia en Tycoon Court de un hombre procedente de China continental, un conocido fabricante de discos duros y de microprocesadores falsificados para computadoras que había logrado infiltrar importantísimos sistemas de equipos militares de Estados Unidos. Su nombre era Han, y era el director de una enorme fábrica estatal de productos tecnológicos, localizada en la cercana ciudad de Shenzhen. Por alguna razón, Han había venido a Hong Kong y todas las mañanas lo recogían tres SUVs blancas que lo llevaban a un lugar desconocido.

Pero, aunque este falsificador había logrado infiltrar equipos militares de Estados Unidos con sus aparatos falseados, la CIA consideraba que se trataba de un asunto comercial, y el espionaje comercial no era algo a lo que esta agencia le prestara mucha atención allí.

El ciberespionaje y la guerra cibernética de los chinos comunistas era algo de mucha importancia, mientras que los delitos informáticos de carácter industrial eran asuntos de poca monta.

Pero aunque Adam sabía muy bien que Langley mostraría poco interés en su iniciativa, continuó con esta nueva investigación por la simple razón de que tenía muchos deseos de saber con quién demonios se estaba encontrando el falsificador en el territorio de Adam.

Yao llevaba tanto tiempo sosteniendo la cámara contra su ojo, que el protector de caucho del visor se estaba llenando de sudor.

Empezó a bajar la cámara, pero las puertas del ascensor del penthouse se abrieron y, siguiendo con su ritual diario, el fabricante de hardware falsificado atravesó solitario el vestíbulo. A continuación, las tres SUVs blancas pasaron a un lado del auto de Yao y se detuvieron debajo del toldo de Tycoon Court.

Cada día, los vehículos que recogían al hombre eran los mismos. Inicialmente, Adam se apostó muy lejos y no pudo leer sus chapas, pero hoy estaba mucho más cerca y tenía un buen ángulo. Adicionalmente, le sobraba tiempo para tomar fotos a las chapas.

La puerta trasera del segundo vehículo se abrió desde adentro y el falsificador subió. Pocos segundos después las tres SUVs se pusieron en marcha hacia el este por Conduit Court y desaparecieron por la curva de una colina.

Yao decidió que este día intentaría seguir a las SUVs. No se acercaría demasiado y era improbable que pudiera seguirlas por mucho tiempo antes de que se le perdieran en el tráfico pesado, pero en lo que a él se refería, podía seguirlos en la misma dirección, no fuera a ser que tuviera suerte y lograra llegar hasta una intersección importante. En ese caso, y suponiendo que ellos tomaran la misma ruta todos los días, él podría esperarlos en un lugar más distante el día siguiente y seguirlos un poco más cerca a su lugar de destino.

Cualquier éxito utilizando esta técnica sería un proceso lento y largo. Pero era mejor que venir aquí cada mañana y permanecer sentado día tras día, algo que ya no parecía tener sentido.

Dejó la cámara en el asiento del pasajero y se dispuso a sacar las llaves, pero un fuerte golpe en la ventanilla de su lado lo hizo saltar.

Dos policías observaban por la ventana y uno de ellos había golpeado el vidrio con la dura antena plástica de su walkie-talkie.

Lo que faltaba.

Yao bajó la ventanilla.

—*Ni hao* —dijo en mandarín, cuando estos policías probablemente hablaban cantonés. Le disgustó profundamente desperdiciar de nuevo aquella mañana y no sintió muchos deseos de cooperar.

Antes de que el oficial dijera algo, miró el asiento del pasajero del Mercedes, donde vio la cámara con un teleobjetivo de doscientos milímetros, un micrófono direccional con un juego de audífonos, unos binoculares de alta calidad, una pequeña computadora portátil, una mochila pequeña y un bloc lleno de notas escritas a mano.

El oficial miró a Adam con sospecha.

—Salga.

Adam obedeció.

—¿Algún problema?

—Identificación —exigió el oficial.

Adam buscó dócilmente en sus pantalones y sacó su billetera. El policía, que estaba a pocos metros detrás de él, lo observó atentamente mientras hacía esto.

Adam entregó la billetera al oficial que se la había pedido y permaneció en silencio mientras el agente la examinaba.

—¿Qué es todo eso en su vehículo?

—Es mi trabajo.

—¿Su trabajo? ¿Acaso es un espía?

Adam Yao se rio.

—No propiamente. Tengo una firma que investiga robos de propiedad intelectual. Mi tarjeta de negocios está al lado de mi licencia. Se llama Servicios Investigativos Empresariales SinoShield Limited.

El policía observó la tarjeta.

—¿Qué hace usted?

—Tengo clientes en Europa y Estados Unidos. Si sospechan que una firma china está falsificando sus productos aquí, me contratan para investigar. Si creemos que los argumentos son sólidos, ellos contratan abogados para que el falsificador sea detenido. —Adam sonrió—. Es un buen negocio.

El policía se relajó un poco. Era un argumento razonable que explicaba por qué este tipo estaba en una zona de estacionamiento tomando fotos de las andanzas de alguien.

—¿Está investigando a alguien del Tycoon Court? —le preguntó el policía.

—Lo siento, oficial. No se me permite revelar información sobre una investigación en curso.

—El guardia de seguridad del edificio informó sobre usted. Dijo que también había venido ayer. Cree que usted le va a robar a alguien, o algo así.

Adam se rio y dijo:

—No voy a robar ni a molestar a nadie, por más que quisiera estar en el vestíbulo y disfrutar del aire acondicionado. Puede registrarme. Tengo amigos en la Policía de Hong Kong, especialmente en el Departamento B. Puede llamar y pedir a alguien que responda por mí. —El Departamento B de la policía de Hong Kong era la rama investigativa, integrada por los detectives y la fuerza que combatían el crimen organizado. Adam sabía que los dos agentes eran del Departamento A, división para la cual trabajaban todos los policías de patrullas.

El oficial que miraba a Adam se tomó un tiempo. Le preguntó por algunos agentes del Departamento B que él conocía, Yao respondió satisfactoriamente y los dos policías se tranquilizaron.

Subieron de nuevo a su patrulla y dejaron a Adam al lado de su Mercedes.

Yao subió a su vehículo y golpeó el volante en señal de frustración. Aparte de los números de las chapas, que probablemente no lo conducirían a ningún lugar, había sido un día desperdiciado. No había descubierto nada acerca del falsificador y de sus actividades que no supiera ayer, y se había visto comprometido por un maldito guardia de seguridad de una torre de condominios.

Sin embargo, Adam agradeció profundamente y una vez más la fantástica cobertura que tenía. Dirigir una firma de investigación privada le ofrecía una excusa preparada de antemano para hacer prácticamente cualquier cosa que se pudiera imaginar en caso de que fuera descubierto mientras hacía sus tareas clandestinas para la Agencia.

En lo que se refería a trabajos no oficiales y sin protección del «lado blanco» para la CIA, su compañía Servicios Investigativos Empresariales SinoShield Limited era tan sólida como podía pedir.

Bajó por la colina en dirección a su oficina, cerca de la bahía.

VEINTICUATRO

· · · · · · · · · · · · · · ·

J ack Ryan, Jr. se despertó junto a Melanie Kraft y se percató de inmediato de que su teléfono estaba timbrando. Inicialmente no supo qué hora era, pero su cuerpo le dijo que era mucho antes de la alarma normal de su reloj biológico.

Cogió el teléfono y miró la pantalla. Eran las *2:05 a.m.* Jack gruñó y miró el nombre en la pantalla.

Era Gavin Biery.

Gruñó de nuevo.

—¿En serio? —exclamó.

Melanie se movió.

—¿Es del trabajo?

—Sí. —No quería que ella sospechara nada, y entonces añadió—: Es el director del departamento de tecnológica de información.

Melanie se rio levemente y dijo:

—Dejaste la computadora encendida.

Jack también se rio y se dispuso a dejar el teléfono en la mesa.

—Pero debe ser importante. Deberías aceptar la llamada.

Jack sabía que ella tenía razón. Se sentó en la cama y dijo:

—Hola, Gavin.

—¡Tienes que venir en este instante! —le dijo Gavin Biery con la respiración entrecortada.

—Son las dos a.m.

—Son las dos y seis. Llega aquí a las dos y treinta. —Biery colgó.

Jack dejó el teléfono en la base y se esforzó en contener un gran impulso para arrojarlo contra la pared.

—Tengo que irme.

—¿Por lo del tipo de TI? —le preguntó Melanie con un tono de incredulidad.

—Le he estado ayudando en un proyecto. Era importante, pero no tanto como para ir a medianoche. Pero según él, es algo que amerita una reunión a las dos y treinta a.m.

Melanie se dio vuelta y se apartó de Jack.

—Que te diviertas.

Jack sabía que ella no le creía. Muchas veces tenía esa sensación, incluso cuando le decía la verdad.

Jack se detuvo en el estacionamiento de Hendley Asociados poco después de las dos y treinta. Cruzó la puerta de entrada y le asintió con cansancio a William, el guardia de seguridad nocturno, que estaba detrás del escritorio.

—Buenas, señor Ryan. El señor Biery dijo que usted entraría tambaleándose como si acabara de despertar. Tengo que decir que se ve mucho mejor que el señor Biery durante las horas normales de trabajo.

—Se verá peor aún después de que le dé una patada en el trasero por haberme sacado de la cama.

William se rio.

Jack encontró a Gavin Biery en su oficina. Trató de contener su leve rabia por la intrusión de Biery en su vida personal y le preguntó:

—¿Qué pasa?

—Sé quién introdujo el virus en la computadora del libio.

Esto despertó más a Jack que el hecho de haber conducido desde Columbia.

—¿Conoces la identidad de Centro?

Biery se encogió de hombros de manera dramática.

—No puedo estar seguro de eso. Pero si no es Centro, es alguien que trabaja para él, o con él.

Jack miró la cafetera de Biery con la esperanza de servirse una taza. Pero la máquina estaba apagada y la jarra, vacía.

—No pasaste toda la noche aquí, ¿verdad?

—No. Estaba trabajando en mi casa. No quería exponer la red del Campus a lo que estaba haciendo y entonces trabajé en una de mis computadoras personales. Acabo de llegar.

Jack se sentó. Después de todo, cada vez parecía ser más evidente que Biery tenía una razón de mucho peso para llamarlo.

—¿Qué has estado haciendo en tu casa?

—He estado frecuentando los bajos fondos digitales.

Jack todavía estaba cansado. Demasiado cansado como para hacerle veinte preguntas a Gavin.

—¿Podrías informarme simplemente mientras permanezco sentado aquí en silencio y con los ojos cerrados?

Biery se apiadó de Ryan.

—Hay páginas web que uno puede visitar para hacer cosas ilegales en el ciberespacio. Puedes ir a una especie de bazares en línea y comprar identificaciones falsas, fórmulas para fabricar bombas, información sobre tarjetas de crédito robadas e incluso acceso a redes de computadoras que ya han sido pirateadas.

—Es decir, a las *botnets*.

—Correcto. Puedes alquilar o comprar acceso a computadoras infectadas en todo el mundo.

—¿Y puedes entrar simplemente el número de tu tarjeta de crédito y alquilar una *botnet*?

Biery negó con la cabeza.

—No el número de tu tarjeta de crédito, pero sí un *Bitcoin*. Es una moneda en línea que no se puede rastrear. Es como el dinero en efectivo, pero mejor. Allá todo está rodeado por el anonimato.

—¿Me estás diciendo entonces que alquilaste una *botnet*?

—No una. Varias.

—¿Y eso no es ilegal?

—Es ilegal si haces algo ilegal con ellas. Pero yo no lo hice.

—¿Qué hiciste entonces? —Jack se encontró jugando de nuevo a las veinte preguntas con Biery.

—Tengo una teoría. ¿Recuerdas que te dije que la franja de códigos informáticos en el Disco de Estambul nos podría llevar a quienquiera que sea el culpable?

—Por supuesto.

—Decidí entrar a los bajos fondos cibernéticos y buscar otras computadoras infectadas que tuvieran también el mismo tipo de código de máquinas que encontré en la computadora del libio.

—Eso suena como buscar una aguja en un pajar.

—Bueno, creí que habría muchas máquinas infectadas con este virus. Así que más bien es como buscar a alguien en una canasta de agujas en un pajar e hice lo que pude para que el pajar fuera lo más pequeño posible.

—¿Cómo lo hiciste?

—Hay mil millones de computadoras en red en todo el mundo, pero el subgrupo de las que pueden ser pirateadas es mucho menor; tal vez sean cien millones. Y el subgrupo de computadoras que ya han sido pirateadas es probablemente la tercera parte de esta cifra.

—Sin embargo, tendrías que examinar treinta millones de computadoras para...

—No, Jack, porque un malware que sea así de efectivo no va a ser utilizado sólo en un par de máquinas. No, creí que había miles, decenas de miles, o incluso cientos de miles de nodos con este mismo Trojan de acceso remoto. Y luego los reduje al alquilar solamente las *botnets* de computadoras que utilizaban el mismo sistema operativo que el de las máquinas, procesadores y componentes de alta calidad del libio porque creí que Centro no se metería con ninguna computadora vieja. Pensé que sólo le interesaba penetrar las computadoras de personas, compañías y redes importantes, etcétera. Y entonces alquilé *botnets* de jugadores de alto calibre.

—¿Alquilan *botnets* de diferentes calidades?

—Por supuesto. Puedes ordenar una *botnet* que haya penetrado cincuenta computadoras en AT&T, otra que lo haya hecho en doscientas cincuenta máquinas de las oficinas del parlamento canadiense, la *botnet* de una diezmilésima de nodo de europeos que tengan al menos mil amigos cada uno en Facebook, o veinticinco mil computadoras que tengan cámaras de seguridad de calidad industrial. Básicamente, se puede comprar o alquilar cualquier variable.

—No tenía ni idea —reconoció Jack.

—Cuando vi que estaban vendiendo *botnets* con todos los

atributos que yo quería, simplemente lancé una red tan grande como podía permitirme, las alquilé y luego ejecuté algunos diagnósticos en las computadoras pirateadas para reducirlas aún más. A continuación escribí un programa de subprocesos múltiples que detectaban la ubicación de cada máquina para ver si tenían ese tipo de código.

—¿Y encontraste una computadora con el mismo código del Disco de Estambul?

La sonrisa del programador se hizo más amplia.

—No *una*, sino ciento veintiséis computadoras.

Jack se inclinó hacia adelante.

—¡Dios mío! ¿Con todos los componentes idénticos de malware que encontraste en el disco del libio?

—Sí.

—¿Dónde están esas computadoras? ¿De qué ubicaciones físicas estamos hablando?

—Centro está... no quiero sonar muy dramático, pero Centro está *en todas partes*. En Europa, en Norte y Suramérica, en Asia, en África y en Australia. Todos los continentes habitados están representados en las computadoras infectadas.

—¿Y cómo descubriste quién es? —preguntó Jack.

—Una de las máquinas infectadas estaba siendo utilizada como un relevador al servidor de comando. Pasaba tráfico de la *botnet* a una red en Kharkov, Ucrania. Penetré los servidores de la red y vi que tenían docenas de páginas web que eran ilegales o al menos cuestionables. El porno más enfermizo que puedas imaginar, mercados en línea para comprar y vender pasaportes falsos, tarjetas de crédito falsificadas y ese tipo de cosas. Logré entrar fácilmente a todas y cada una de estas páginas, a excepción de una. Lo único que conseguí fue el nombre del administrador.

—¿Cómo se llama?

—ByteRápido Veintidós.

Jack se sintió completamente decepcionado.

—Eso no es un nombre, Gavin.

—Es su seudónimo informático. Tampoco es su número de Seguridad Social ni la dirección de su casa, pero podemos utilizar esto para encontrarlo.

—Cualquiera puede inventar un seudónimo.

—Confía en mí, Jack. Hay personas que conocen la identidad de ByteRápido Veintidós. Sólo tienes que encontrarlas.

Jack asintió lentamente y luego miró el reloj de la pared.

Aún no eran las tres a.m.

—Espero que tengas razón, Gavin.

VEINTICINCO

....

Adam Yao, agente encubierto y no oficial de la CIA, se recostó contra la puerta cerrada de una tienda de zapatos en la calle Nelson, en el distrito Mong Kok de Hong Kong, mientras comía con palitos bolas de masa y fideos de una caja de cartón. Eran casi las nueve de la noche, y los últimos rayos diurnos habían desaparecido desde hacía mucho tiempo de la franja delgada de cielo visible entre los edificios altos que se levantaban a ambos lados de la calle, mientras su ropa oscura lo hacía casi invisible bajo la sombra de la puerta.

Los transeúntes no eran tantos como los que circulaban en el día, pero había un tráfico peatonal considerable, especialmente personas que iban o venían del cercano mercado de puestos callejeros, y Adam se sintió complacido pues creía que sus posibilidades de ser detectado eran mucho menores si había un buen número de personas caminando.

Adam estaba trabajando, pues vigilaba personalmente al señor Han, el fabricante de productos informáticos falsificados de Shenzhen. Después de tomar fotos a las chapas de las SUVs que habían recogido a Han en Tycoon Court durante la semana, llamó a un amigo que tenía en el Departamento B de la policía de Hong Kong y le pidió que investigara las chapas. El detective le dijo que los vehículos eran propiedad de una compañía de bienes inmobiliarios localizada en Wan Chai, un barrio de mala muerte en la isla de Hong Kong. Adam investigó a la compañía por sus propios medios y descubrió que su dueño era un conocido miembro de una Tríada. Este personaje era integrante de la 14K, la Tríada más grande y malvada de Hong Kong. Eso explicaba el origen de los matones de seguridad que protegían a Han, pero a Yao le pareció muy curioso que este fabricante de computadoras de alta tecnología se involucrara con la 14K. En términos generales, las Tríadas manejaban sus actividades criminales con mucha rudeza —especialmente el tráfico de protección, prostitución y drogas— y la 14K no era más refinada que el resto de las Tríadas. Por otra parte, cualquier operación delictiva en la que participara Han requeriría equipos y personal de alta tecnología.

No tenía mucho sentido que este tipo viniera a Hong Kong y se mantuviera con la 14K.

Cuando Adam supo que los gánsteres recogían todas las mañanas a Han, pasó los días siguientes yendo a restaurantes y clubes de nudismo de la 14K que eran frecuentados por el propietario del vehículo, hasta que vio a las tres SUVs blancas y resplandecientes estacionadas en un lugar cubierto afuera de un restaurante de sopas en Wan Chai. Adam, que tenía abundantes destrezas luego de tener dos trabajos que requerían ese tipo de pericia, colocó un pequeño aparato imantado de rastreo por GPS debajo del parachoques trasero de una de las camionetas.

Al día siguiente por la mañana se sentó en su apartamento y observó mientras un punto de su iPhone se desplazaba por un mapa de Hong Kong, primero hacia el sector Niveles Medios hasta llegar a Tycoon Court, y luego bajaba a Wan Chai. El punto desapareció y Adam comprendió que eso significaba que la SUV se desplazaba por el Cross-Harbour Tunnel, debajo de la bahía Victoria.

Adam salió deprisa y subió a su Mercedes, pues sabía a dónde se dirigía Han.

Estaba yendo a Kowloon.

Yao logró rastrear finalmente la SUV y dar con ese alto edificio de oficinas donde se encontraba el Mong Kok Computer Centre, un laberinto de varios pisos con pequeñas tiendas que vendían desde software falsificado hasta cámaras de cine de alta tecnología nuevas y originales. Allí podía encontrarse cualquier cosa relacionada con la electrónica, desde papel para impresoras hasta computadoras centrales, aunque gran parte de la mercancía era falsificada y un porcentaje incluso mayor era robado.

Arriba del Computer Centre había veinticuatro pisos destinados a oficinas.

Adam no entró al edificio. A fin de cuentas, era un grupo de un solo hombre y no quería delatarse ante su presa en una fase tan temprana de su investigación. Permaneció afuera, aguardando a que Han saliera, mientras esperaba tomar fotos de todas las personas que pasaran por la entrada del edificio.

Instaló una cámara miniatura a control remoto y con un imán en un puesto de revistas cerrado que había en la acera, mientras tenía en su bolsillo un dispositivo inalámbrico con el que podía girar el lente, acercarlo y tomar fotos en secuencia rápida y de alta resolución.

Permaneció en la calle y observó, sorbiendo ruidosamente

fideos y bolas de masa de su caja y tomando fotos de toda la actividad que sucedía frente al edificio o en la entrada de un callejón lateral.

Había fotografiado más de doscientas caras en tres noches consecutivas. Analizaba las imágenes con un software de reconocimiento facial en su oficina, en busca de alguien interesante a quien pudiera relacionar con el señor Han o con la venta de equipos informáticos de nivel militar a los Estados Unidos.

Hasta ahora no había descubierto nada.

Era un trabajo aburrido en buena parte, pero Adam Yao llevaba mucho tiempo haciendo esto y le encantaba su trabajo. Se dijo que si llegara a ser promovido a un cargo de Embajada en el Servicio Nacional Clandestino de la CIA, renunciaría a la agencia y abriría su propia compañía para dedicarse exactamente a lo que hacía esta organización encubierta: investigaciones comerciales en China y en Hong Kong.

Operar de manera encubierta en las calles era excitante y Adam temía el día en que estuviera demasiado viejo o acomodado como para preocuparse por otra cosa que no fuera su misión.

Cuatro hombres salieron del callejón oscuro y paralelo al edificio de Mong Kok Computer Centre. Pasaron cerca de Adam, pero este miró la caja y se llevó bolas de masa y fideos a la boca con los palitos. Cuando los hombres se alejaron, Adam miró a un lado y reconoció de inmediato que tres de ellos eran matones de una Tríada. Vestían chaquetas abiertas en esta noche cálida, y Adam sospechó que seguramente llevarían pequeñas pistolas ametralladoras. Iban acompañados por un cuarto hombre, más bajito y de cabello largo erizado y con gel. Su ropa era extraña; una camiseta apretada de color púrpura y jeans estrechos, con media docena de pulseras en el brazo y una cadena de oro al cuello.

Parecía más un rockero punk que el miembro de una Tríada.

Al americano que estaba en aquella entrada oscura le pareció que los tres miembros de la Tríada estaban protegiendo al joven, casi del mismo modo en que el señor Han era protegido.

Adam metió la mano en el bolsillo del pantalón, encontró el control remoto de la cámara instalada en el puesto de revistas y luego vio la imagen del lente de la cámara en su teléfono inteligente. Presionó un palillo de control y la cámara giró noventa grados, mostrando al rockero punk, que caminaba con rapidez. Adam hundió un botón en la caja de control y, en un rango de sólo dos metros, la cámara empezó a captar cuatro imágenes por segundo de alta definición.

Las fotos se desactivaron de manera automática y Yao tuvo que mover la cámara con el palillo de control para mantener enfocado al sujeto. Al cabo de pocos segundos, los cuatro hombres habían subido por la calle Nelson, quedando fuera del rango de la cámara, y luego giraron hacia la izquierda, a la calle Fa Yuen, y desaparecieron de la vista de Adam Yao.

No sabía si regresarían esta noche. Se recostó de nuevo en la puerta para esperar a Han y, mientras se sentaba con sus fideos, decidió echar un vistazo a las fotos que acaba de tomar.

La cámara estaba conectada por Bluetooth a su iPhone, y ver las últimas fotos era fácil y rápido. La cámara tenía capacidad de visión nocturna, de modo que los rostros, aunque no eran perfectamente claros, se veían mucho mejor que si hubieran sido tomados con una cámara normal y sin flash a esa hora de la noche.

Vio a los primeros dos idiotas; tenían la habitual expresión de «Vete a la mierda» de los gánsteres que pensaban que eran dueños de la acera por la que caminaban. Detrás de ellos estaba el tercer hombre de seguridad; parecía tan matón como los demás, pero

Adam notó que tenía su mano izquierda en el codo del rockero punk, llevándolo mientras caminaban.

El joven era extraño y la ropa que llevaba no parecía ser suya. Sostenía una computadora con las dos manos y tecleaba furiosamente. Yao no sabía si estaba jugando algún juego o trabajando en alguna tesis, pero lo hacía con intensidad y completamente abstraído de su entorno. A Adam le parecía como si el joven fuera a separarse en cualquier momento de los tres hombres para luego cruzar la calle en medio del tráfico.

Adam observó la cara del joven, iluminada por el aumento de la visión nocturna. Miró una y otra vez las dos fotos más cercanas y enfocadas que había tomado con su teléfono. Una y otra.

Una y otra.

El agente estadounidense de la CIA no podía creer lo que veía.

—Conozco a este imbécil —murmuró.

Yao se levantó rápidamente y salió detrás de los cuatro hombres. Se estiró con agilidad mientras pasaba frente a su cámara magnética y la retiró del puesto de revistas sin dejar de caminar.

Adam vio a los hombres que iban adelante de él entre la multitud y los siguió a una calle de distancia, logrando verlos por algunos minutos, hasta que ellos doblaron y entraron a la oficina postal de la calle Kwong Wa.

Normalmente, el joven oficial de la CIA no se arriesgaría a tener un encuentro cercano con ellos, pero la adrenalina bombeaba rápidamente por su cuerpo y lo animó a seguir adelante. Entró a la oficina postal. No había atención al público, pero se podía acceder a los buzones postales, enviar cartas y comprar estampillas en la máquina.

Adam pasó al lado de los cuatro hombres, sintió que los ojos de los matones de la 14K se posaban sobre él, pero no les devolvió la mirada. Sacó algunos dólares de Hong Kong del bolsillo y compró estampillas.

Miró por encima del hombro mientras esperaba que las estampillas salieran de la máquina, tratando de recordar lo que veía. El rockero punk había abierto un buzón postal y ahora examinaba la correspondencia en una mesa de madera. Adam sabía que no podía ver el número del buzón, pues estaba al otro lado de la sala, pero miró de nuevo mientras salía de la oficina.

Salió a la calle. No sonrió; no se le ocurriría delatarse de esa manera. Sin embargo, *estaba* feliz.

Lo había logrado.

El buzón postal del joven era el más grande de los tres que había en la pared del lado sur, cuatro casillas de izquierda a derecha, y dos de abajo hacia arriba.

Se adentró en la noche, alejándose unos ochenta metros del edificio, y luego dobló.

Los cuatro hombres salieron de la oficina postal, caminaron en dirección opuesta y entraron a Kwong Fai Mansion, un edificio de apartamentos.

Yao miró el edificio. Tendría unos treinta pisos. Era imposible seguir a alguien dentro del edificio. Se dio vuelta y se dirigió a su auto; aún se sentía casi impactado por la revelación de esa noche.

Después de todo, Adam Yao no se topaba con un fugitivo todos los días.

El chico se llamaba Zha Shu Hai, y Adam se había enterado de él hacía poco más de un año, cuando el Servicio de Alguaciles de Estados Unidos le envió un boletín por correo electrónico, pidiéndole que estuviera atento a un delincuente fugitivo que, tanto los Alguaciles como el FBI, sospechaban que se dirigía a China.

Zha, que era ciudadano estadounidense, había sido arrestado en San Diego por tratar de vender a los chinos comunistas secretos clasificados de ingeniería que pertenecían a General Atomics, empresa para la cual trabajaba el joven y que fabricaba aviones no tripulados para la Fuerza Aérea. Zha había sido sorprendido en flagrancia con cientos de gigabytes de información de diseño sobre las redes de seguridad por las que se enviaban comunicaciones e información GPS, y el joven se había jactado ante la Embajada china de que él sabía cómo hacer colapsar el sistema pirateando la señal satelital y cómo obtener acceso continuo y masivo a la red de seguridad del Departamento de Defensa construyendo un RAT que podía infectar las redes de un contratista del gobierno y propagarse en todas las direcciones. Los federales no le creyeron, pero tampoco estaban muy seguros de que el joven pudiera hacer esto, así que le ofrecieron inmunidad parcial si explicaba a General Atomics todo lo que sabía sobre las vulnerabilidades de su sistema.

Zha se negó y fue sentenciado a ocho años en prisión.

Sin embargo, después de pasar sólo un año en una cárcel federal de mínima seguridad, salió a trabajar en un programa de libertad condicional y desapareció.

Las autoridades de Estados Unidos sabían que Zha trataría de regresar a China. Adam trabajaba en Shanghai en esa época, y el Servicio de Alguaciles le envió el boletín para que estuviera atento porque había sospechas razonables de que alguna firma de alta tecnología en Shanghai podría emplear a Zha si lograba llegar a territorio continental.

Adam se había olvidado prácticamente del asunto, especialmente después de trasladarse a Hong Kong.

Hasta esta noche. Era evidente que Zha se había esforzado mucho en cambiar su apariencia; la foto del boletín mostraba a un joven chino común y corriente y no a un extravagante rockero punk de pelo erizado, pero Adam Yao lo reconoció de todos modos.

Mientras subía a su auto, Adam pensó en esta situación extraña. ¿Por qué diablos estaría Zha acá, y protegido además por las Tríadas? Al igual que su descubrimiento de que el señor Han estaba relacionado con los maleantes callejeros locales, Zha estaba —de ser cierto todo lo que los federales decían acerca de sus capacidades como pirata informático de sombrero negro y de alto nivel— seriamente involucrado con la 14K.

Yao no sabía qué significaba esto, pero sí que iba a suspender temporalmente sus otros trabajos para descubrirlo.

Sin embargo, estaba seguro de una cosa. No le enviaría un solo correo electrónico al Servicio de Alguaciles de Estados Unidos ni al FBI.

Adam Yao era un NOC y no era propiamente miembro de equipo alguno. Sabía que si llamaba al Servicio de Alguaciles, varios agentes y funcionarios de la Embajada irían a la oficina postal de la calle Kwong Wa y al Computer Centre de Mong Kok, y también sabía perfectamente que Zha y la 14K los detectarían, huirían de la zona y eso sería todo.

Y también había otra razón por la cual Adam decidió reservarse esta noticia temporalmente.

Por la obvia brecha en la CIA.

En los últimos meses, varias iniciativas de esta agencia habían sido frustradas por el MSE. Agentes con posiciones destacadas en el gobierno habían sido arrestados, disidentes que tenían contacto con Langley fueron encarcelados o ejecutados y las operaciones electrónicas encubiertas contra la RPC fueron descubiertas y desmanteladas.

Inicialmente, pareció ser simplemente un caso de mala suerte, pero a medida que pasó el tiempo muchos estuvieron seguros de que los chinos tenían a alguien trabajando en la estación de Beijing.

Adam, el equipo de un solo hombre, siempre había jugado sus cartas cerca de su chaleco. Era algo propio de un NOC. Pero ahora estaba operando realmente solo. Le enviaba a Langley tan poca información por cable como fuera posible y no tenía ninguna comunicación con la estación de Beijing ni con los oficiales de campo de la CIA en Hong Kong.

No, Adam se guardaría su descubrimiento sobre Zha Shu Hai y averiguaría por sus propios medios qué estaba haciendo ese tipo aquí.

Sin embargo, quiso contar con un poco de ayuda. Ser un equipo de un solo hombre suponía largas horas de trabajo y reveses desconsoladores.

Sin embargo, esto era mucho mejor que quemarse.

VEINTISÉIS

....

A muchos clientes del Indian Springs Casino en la Ruta 95 de Nevada les sorprendería saber que las guerras más lejanas y secretas de Estados Unidos se combaten desde un conjunto de tráileres situados a poco más de media milla de las mesas de blackjack.

En el desierto de Mojave al noroeste de Las Vegas, las pistas de aterrizaje y de rodaje, los hangares y otras estructuras de la Base Aérea Creech sirven como sede del Ala Expedicionaria Aérea 432, la única dedicada a aviones no tripulados. Desde allí, donde se puede ver el Indian Springs Casino, los pilotos y operadores de sensores hacen volar drones en territorios de difícil acceso en Afganistán, Pakistán y África.

Los pilotos de los drones no suben a la cabina de un avión antes de despegar; en realidad, entran a sus estaciones de control terrestre, ubicadas en un tráiler de treinta pies por ocho en una zona de estacionamiento de la base Creech. Los «detractores», que muchas veces son pilotos «reales», se refieren a la 432 como la Fuerza de la Silla, pues aunque los hombres y mujeres de Creech están a casi 7500 millas de los campos de batalla que sobrevuelan sus aviones, pueden conectarse con la acción por medio de sus computadoras, cámaras y sistemas de control satelital de última tecnología, del mismo modo en que lo haría cualquier piloto a bordo de un avión.

El mayor Bryce Reynolds era el piloto del Cyclops 04, y el capitán Calvin Pratt se desempeñaba como operario del sensor de la aeronave. Mientras Reynolds y Pratt permanecían cómodamente sentados en un extremo de su estación de control terrestre, su dron, un MQ-9 Reaper, entraba al espacio aéreo de Pakistán, volando a veinte mil pies sobre Baluchistán.

A pocos pies detrás de las sillas del piloto y del operario del sensor está el control principal, un teniente coronel que supervisa la misión del Reaper, coordinando las unidades en el teatro de operaciones en Afganistán, la base física de los UAVs (Vehículo Aéreo no Tripulado, por sus siglas en inglés) en Bagram, Afganistán, y los operativos de inteligencia que monitorean el vuelo en los dos hemisferios.

Aunque el vuelo de esta noche no cumplía una misión de ataque, sino de reconocimiento, el Reaper llevaba un poderoso armamento en sus alas; cuatro misiles Hellfire y dos bombas de quinientas libras guiadas por láser. Los vuelos de reconocimiento localizaban con frecuencia objetivos y el Cyclops 04 estaba listo para causar estragos si fuera necesario.

Reynolds y Pratt llevaban tres horas de las seis que duraba su misión, monitoreando el tráfico terrestre en la Autopista Nacional N-50 de Pakistán, cerca de Muslim Bagh, cuando la voz del controlador principal se escuchó en sus auriculares.

—Piloto, MC. Proceda al siguiente *waypoint*.

—MC, piloto, entendido —dijo Reynolds, inclinando la palanca de mando hacia la izquierda para darle al Cyclops 04 veinte grados de inclinación lateral, y luego bajó la mirada para tomar un sorbo de café. Cuando se concentró de nuevo en el monitor, esperó que apareciera la cámara infrarroja que miraba hacia abajo, señalando una loma al oeste.

Pero el monitor mostró que la aeronave seguía una trayectoria recta.

Reynolds miró el «indicador de actitud» para examinar esto y vio que las alas estaban niveladas. Sabía que el piloto automático no estaba activado, pero revisó de nuevo.

No.

El mayor Reynolds empujó la palanca con más fuerza, pero ninguna de las visualizaciones importantes respondió.

Trató de inclinar el avión hacia la derecha, pero la aeronave seguía sin responder.

—MC, piloto. Mi palanca no funciona. No veo reacción positiva. Creo que hemos perdido el contacto.

—Copiado, MC, entiendo que el Cyclops 04 se volvió estúpido. —Esta era una expresión que utilizaban los pilotos de los UAVs para indicar que la plataforma no respondía a las órdenes del operador. Sucedía en algunas ocasiones, pero era una ocurrencia suficientemente extraña y eso garantizaba la atención inmediata de los técnicos de la base.

El capitán Pratt, operario del sensor, y que estaba sentado al lado derecho de Reynolds, dijo:

—Sensor confirmando. No estoy recibiendo ninguna respuesta del UAV.

—Entendido —dijo el controlador principal—. Esperen. Haremos un diagnóstico y una solución del problema.

Mientras Reynolds observaba el avión volar hacia el norte, el rumbo que había dado al Reaper varios minutos atrás, esperó oír el reporte del MC, señalando que habían identificado una falla técnica en el software o en la señal satelital. Entretanto, no podía hacer nada más que mirar los monitores que tenía enfrente mientras el avión volaba a veinte mil pies sobre unas colinas despobladas y rocosas.

El software del Reaper contenía un importante mecanismo de seguridad que el piloto en el GSC esperaba que se activara en los próximos segundos si los técnicos no podían tener comunicación en línea con el UAV. Cuando el Cyclops 04 pasara cierto tiempo sin comunicación con el GCS, ejecutaría una secuencia de aterrizaje en piloto automático que enviaría a la aeronave a una zona de repliegue para aterrizar de manera segura.

Después de volar unos pocos minutos más sin tener conexión con el GCS y de que los técnicos intentaran en vano descubrir qué pasaba con el software que funcionaba con Linux, Reynolds vio que el indicador de actitud se movió. El ala derecha del avión se alzó sobre el horizonte artificial y el ala izquierda quedó abajo.

Pero el mecanismo de seguridad del aterrizaje de emergencia en piloto automático seguía sin reaccionar. El dron estaba rectificando el rumbo.

El mayor Reynolds soltó la palanca para cerciorarse de que no estaba afectando accidentalmente al Reaper. Las alas siguieron inclinándose; todos los visores de las cámaras mostraban que la aeronave estaba girando al este.

El UAV se estaba inclinando a veinticinco grados.

El capitán Pratt, operador del sensor, preguntó en voz baja:

—Bryce, ¿eres tú?

—Mm... negativo. *No* hice eso. Piloto, MC, Cyclops 04 acaba de alterar el rumbo. —Vio que las alas se desnivelaban mientras terminaba de transmitir el mensaje—. Ahora se está nivelando a cero-dos-cinco grados. Altitud y velocidad sin cambios.

—Mm... repite lo último.

—Piloto, MC. El Cyclops está haciendo algo por cuenta propia.

Un instante después, el mayor Reynolds vio que la velocidad del Cyclops 04 aumentaba con rapidez.

—Piloto, MC. La velocidad de avance acaba de pasar a uno-cuarenta, uno-cincuenta... uno-sesenta nudos.

Aunque un avión que no responda y se haya «vuelto estúpido» temporalmente no era algo desconocido, un UAV que ejecutara sus propios giros y aumentara la velocidad sin recibirla del controlador era algo que los operadores del GCS y los técnicos que se comunicaban con ellos no habían visto nunca antes.

Durante los minutos siguientes, el piloto, el operador del sensor y el MC trabajaron de manera rápida y profesional, aunque cada vez se sentían más preocupados. Examinaron los programas en múltiples pantallas, eliminando los comandos del piloto automático, las coordenadas de *waypoint* y otra información, tratando de eliminar alguna falla técnica en el comando que hubiera hecho que el avión armado desviara su curso.

Los monitores en tierra mostraron la imagen en infrarrojo mientras el UAV se dirigía al este. Ninguno de los intentos para recobrar el control de la aeronave había funcionado.

—Piloto, MC. Dime que alguien está trabajando en esto.

—Entendido. Hemos... hemos estado tratando de restablecer el contacto. Hemos establecido comunicaciones con General Atomics y ellos están investigando el problema.

El UAV hizo varias correcciones más en materia de velocidad y rumbo mientras se acercaba a la frontera con Afganistán.

Cal Pratt, el operador del sensor, fue el primer hombre de la base Creech en decir en voz alta lo que estaban pensando todos los que tenían conocimiento de la situación.

—No se trata de una falla en el software. Alguien ha pirateado la PSL.

La conexión satelital primaria (PSL, por sus siglas en inglés), era el cordón umbilical y satelital que enviaba los mensajes de Creech al Reaper. Era —al menos en teoría— imposible de alterar y de controlar, pero ninguna persona que estuviera en tierra tenía otra explicación para lo que le estaba sucediendo al UAV a 7500 millas de distancia.

La lectura del GPS indicaba que el Cyclops 04 había cruzado la frontera con Pakistán a las 2:33 hora local.

Reynolds describió el rumbo actual.

—Piloto. A la velocidad y rumbo actual, el Cyclops 04 llegará a una zona poblada en catorce minutos. Pasará a dos kilómetros al este de Qalat, Afganistán.

—MC copiando.

—Sensor copiando.

Reynolds dijo al cabo de unos pocos segundos:

—MC. Estamos en contacto con activos de inteligencia en Kandahar... nos informan que hay una base de operaciones dos kilómetros al este de Qalat. Se trata de la Base de Operaciones Avanzadas Everett. Las fuerzas de los Estados Unidos y de ANA están en tierra allá.

—Pasaremos directamente por encima.

El silencio reinó varios segundos en el GCS. Luego el capitán Pratt dijo:

—Con toda seguridad... —Hizo una pausa, pues no quería

decir el resto de la frase en voz alta. Sin embargo, lo hizo—. Con toda seguridad no podrá lanzar armas.

—No —respondió Reynolds, pero no pareció muy convencido—. Piloto, MC. ¿Queremos... mm... asegurarnos de tener o no activos aéreos en la zona que puedan... derribar el UAV?

No hubo respuesta.

—Piloto, MC, ¿copiaste lo último? Claramente está en manos de otra persona y no conocemos sus intenciones.

—Copiado, piloto. Estamos entrando en contacto con Bagram.

Reynolds miró a Pratt y negó con la cabeza. La base de la Fuerza Aérea de Bagram no podía hacer nada, pues estaba muy lejos del Cyclops 04. Unos instantes después hubo más actividad en el GCS; las imágenes que se vieron en varios visores cambiaron y las cámaras a bordo comenzaron a pasar de función de color a infrarrojo/negro-caliente y luego a infrarrojo/blanco-caliente. La pantalla mostró los múltiples cambios de función, pero no a una velocidad constante. Finalmente, permaneció en infrarrojo/blanco-caliente.

Reynolds miró a Pratt.

—Algún ser humano está haciendo eso.

—No hay ninguna duda —confirmó el operador del sensor.

—MC, piloto. Bagram avisa que hay un escuadrón de F-16. Tiempo estimado de llegada: treinta y seis minutos.

—No llegarían ni remotamente a tiempo —confirmó Reynolds.

El visor del lente de la cámara que estaba en la consola de control principal comenzó a hacer algunos ajustes y enfocó la cima de una colina lejana en la que había varias estructuras cuadradas que describían un círculo.

—MC. Creo que se trata de Everett.

Un cuadrado verde apareció en la consola de control principal alrededor de la edificación más grande de la colina.

—Está en la mira —dijo Pratt—. Alguien tiene acceso a todas las funciones del Cyclops. —Trató desesperadamente de desactivar la captación del objetivo con los controles del teclado, pero la aeronave no respondió.

Todo el personal de GCS sabía que el dron se estaba dirigiendo a la base estadounidense. Y todos sabían lo que sucedería a continuación.

—¿Tenemos a alguien que pueda entrar en contacto con esta base y advertirles que están a punto de recibir fuego?

La voz del MC se escuchó en sus auriculares.

—Kandahar lo está intentando, pero habrá un retraso. —Luego añadió—: Cualquier cosa que pueda ocurrir, sucederá antes de que podamos transmitirles un mensaje.

—Santo cielo —dijo Reynolds—. ¡Mierda! —Movió la palanca con fuerza a la izquierda y a la derecha, y luego hacia adelante y hacia atrás. No vio ninguna reacción en la pantalla. Él era simplemente un espectador en este desastre inminente.

—El arma principal está activada —informó el capitán Pratt.

Y luego comenzó a leer la información mientras aparecía en sus pantallas. No podía hacer nada más que narrar el desastre.

—Torres del tendido eléctrico seleccionadas.

—Piloto copiando.

—Sensor, piloto —dijo Pratt con voz temblorosa.

—Hellfire aire-tierra activándose. El arma está encendida. El láser está armado. El arma está encendida. ¿Dónde están los malditos F16s?

—MC, sensor. A treinta minutos.

—¡Maldita sea! ¡Adviertan a la Base!

—¡Láser disparado! —Esto le daría información exacta al UAV acerca del rango-objetivo. Era el último paso antes de lanzar el misil.

El Reaper disparó el misil pocos segundos después. La cabeza explosiva de quinientas libras avanzó velozmente en la parte inferior del monitor y su llama dejó la cámara en blanco por un momento antes de que la pantalla se recobrara de nuevo; sólo se vio una mancha brillante avanzar velozmente.

—¡Rifle! —gritó Reynolds. *Rifle* era el término utilizado para indicar que el piloto había lanzado un misil, pero no había un término que describiera un ataque fantasma, así que dijo esto textualmente. Luego leyó en voz alta la información del operativo en su PCC.

—Tiempo de vuelo, trece segundos.

Sintió un nudo en el estómago.

—Cinco, cuatro, tres, dos, uno.

El impacto del misil dejó el centro del monitor en blanco. Fue una detonación masiva, con varias explosiones secundarias, indicando que el misil había impactado municiones o gasolina.

—Hijo de perra, Bryce —murmuró Pratt, sentado al lado derecho del mayor Bryce Reynolds.

—Sí.

—¡Mierda! —exclamó Pratt—. Otro misil se está activando. Treinta segundos después, Reynolds dijo de nuevo:

—¡Rifle! Parece que el objetivo es el mismo.

Hubo una pausa.

—Entendido.

Los dos hombres permanecieron sentados, mirando a través del sistema visual del avión mientras atacaba fuerzas amigas.

El Reaper de la Fuerza Aérea disparó los cuatro misiles, que impactaron tres edificaciones prefabricadas en la Base de Operaciones Avanzadas.

Luego arrojó las dos bombas, que detonaron en un costado de una colina deshabitada.

Después de lanzar todas sus armas, el Cyclops 04 hizo un giro abrupto, aumentó la velocidad a doscientos nudos, que era prácticamente la velocidad máxima del UAV, y se dirigió al sur, hacia la frontera con Pakistán.

El MC dio actualizaciones sobre la ubicación de los F-16; estaban a veinte minutos, luego a diez y después a sólo cinco minutos de tener al dron en el rango de sus misiles aire-aire AIM-120 AMRAAM.

Ya no se trataba de salvar vidas en este punto, sino de destruir al Reaper antes de que «escapara» hacia la pista, donde podía terminar en manos enemigas.

Sin embargo, el dron logró cruzar la frontera antes de que pudieran derribarlo. Los F-16 también lo hicieron en un intento desesperado por destruir ese equipo sensible, pero el dron descendió a una altura de cinco mil pies y se acercó a las afueras de Quetta, una ciudad densamente poblada, y los F-16 recibieron órdenes de regresar a la base.

Finalmente, los hombres y mujeres de Creech, así como los que estaban en Afganistán y en las instalaciones de la CIA en el Pentágono, quienes miraban el rumbo en tiempo real del Reaper fugitivo, vieron consternados que el Cyclops 04 volaba en círculo sobre un cultivo de trigo a pocos cientos de metros de Samungli, un suburbio de Quetta.

Los pilotos sabían que incluso la colisión había sido controlada. El descenso había sido ejecutado casi a la perfección, la velocidad había disminuido mientras el piloto fantasma moderaba la velocidad, y el Reaper había hecho un escaneo del sitio de aterrizaje utilizando sus cámaras. Sólo en el último instante, mientras el UAV estaba a sesenta pies de altitud, arriba de una carretera de cuatro carriles y con mucho tráfico mientras se disponía a aterrizar, el fantasma haló con fuerza la palanca de control, haciendo que el dron se inclinara hacia la izquierda y dejara de elevarse. Luego, la aeronave descendió del cielo, tocó tierra, las ruedas golpearon la tierra dura unas pocas veces y luego se detuvo.

Los hombres y mujeres que estaban en Creech, en Langley y en Airlington, quienes observaban de cerca esta pesadilla, se sacudieron simultáneamente ante la violencia de la colisión intencional y sorpresiva al final de un vuelo sereno.

En el GSC de la base aérea de Creech, el mayor Reynolds y el capitán Pratt, que estaban tan sorprendidos como furiosos, se quitaron los audífonos, salieron a la tarde cálida y con viento y esperaron noticias de bajas humanas en la Base de Operaciones Avanzadas Everett.

Los dos estaban cubiertos en sudor y les temblaban las manos.

Ocho soldados estadounidenses y cuarenta y un afganos murieron tras el ataque.

Un coronel de la Fuerza Aérea que estaba en el Pentágono permanecía frente a un monitor de setenta y dos pulgadas que había mostrado todo el evento, antes de que la pantalla se oscureciera por completo dos minutos atrás.

—Sugiero que hagamos una demostración en el lugar de los hechos.

Les estaba pidiendo permiso a sus superiores para enviar un segundo UAV a la zona con el fin de lanzar municiones sobre el UAV que había caído en tierra, para demolerlo y destruir así toda evidencia de que se trataba de un dron estadounidense. Con un poco de suerte —y con una gran cantidad de misiles Hellfire— tal vez el UAV desaparecería por completo.

Se vieron expresiones de aprobación en la sala, aunque muchos asistentes permanecieron en silencio. Había protocolos disponibles para destruir un UAV que se estrellara cerca de un territorio controlado por Al-Qaeda y así poder mantener sus secretos ocultos y minimizar el valor de la propaganda del enemigo.

El secretario de Defensa Bob Burgess estaba en un extremo de la larga mesa. Golpeaba su bloc de notas con el bolígrafo mientras pensaba. Dejó de hacer esto y preguntó:

—Coronel, ¿qué garantías puede darme de que el UAV de seguimiento no será secuestrado y derribado al igual que el Cyclops 04 o, peor aún, que cruzará la frontera y atacará a fuerzas azules?

El coronel miró al secretario de Defensa y negó con la cabeza.

—Francamente, señor, no puedo darle ningún tipo de garantías hasta que no sepamos más sobre lo que ha sucedido.

—Entonces salvemos nuestros drones ahora que todavía nos quedan algunos —dijo Burgess.

El coronel asintió. No le gustaba el sarcasmo del secretario de Defensa, pero su lógica era sólida.

—Sí, señor.

El secretario de Defensa llevaba media hora conversando con almirantes, generales, coroneles, ejecutivos de la CIA y de la Casa

Blanca. Pero entre todas sus comunicaciones desde que había empezado esta crisis tan súbita, su conversación más informativa había sido con un técnico de General Atomics que estaba casualmente en el Pentágono y que se había apresurado para reunirse cinco minutos con el secretario de Defensa antes de ser enviado a una sala a esperar consultas adicionales. Cuando le explicaron la magnitud de la crisis, el técnico señaló, en términos lo bastante contundentes como para hacerse entender, que independientemente de lo que hubiera logrado el pirateo del UAV, sería peligroso suponer que existían *algunas* limitaciones tecnológicas para el alcance geográfico del perpetrador. Ninguna persona del aparato militar ni de General Atomics podía decir, en esta fase temprana, que un operador que lograra controlar un dron en Pakistán no podría controlar también un dron de Estados Unidos que sobrevuele la frontera entre este país y México o un dron que vuele en el sudeste asiático o en África.

El secretario de Defensa, Burgess, utilizó esta información al anunciar en la sala:

—No sabemos dónde está el atacante o cuáles son sus puntos de acceso a nuestra red. Por lo tanto, estoy ordenando en este instante que inmovilicen por completo todos los drones Reaper.

Un coronel que participaba en operaciones de UAV levantó la mano.

—Señor, no sabemos si el punto de acceso está limitado al sistema y a la flotilla de los Reaper. Podría ser que alguien con la capacidad que acabamos de observar pueda tener también la capacidad para piratear otras estructuras del UAV.

El secretario de Defensa había pensado en esto. Se puso de pie, tomó el abrigo que estaba en el respaldo de su silla y se lo puso.

—Únicamente los Reaper por ahora. ¿Qué tenemos entre nosotros, la CIA y Seguridad Interior? ¿Cien operaciones de drones funcionando simultáneamente? —Miró a una subalterna—. Necesito esa cifra para el presidente.

La mujer asintió y salió rápidamente de la sala.

—Hay una gran cantidad de soldados, patrulleros fronterizos y otros agentes de la ley que deben su seguridad al conocimiento de la situación que ofrecen los UAVs —continuó Burgess—. Iré a la Casa Blanca y hablaré de esto con el presidente. Le mostraré las dos caras del argumento y él decidirá si debemos o no inmovilizar a todos los UAVs que tengamos en el mundo hasta que descubramos esto... hasta que sepamos qué demonios está pasando. Mientras tanto, necesito información. Necesito saber quién, cómo y por qué. Este incidente va a ser un lío muy desagradable para todos nosotros, pero si no podemos responder estas tres preguntas a la mayor brevedad posible, entonces las cosas se volverán más desagradables y durarán más. Si ustedes y su gente no están trabajando para darme respuestas a estas tres preguntas, no quiero que me molesten a mí ni a mi gente.

Se escucharon numerosos «Sí, señor»; Burgess salió de la sala, seguido por los asistentes.

Al final, el presidente de los Estados Unidos, Jack Ryan, no tuvo tiempo para decidir si era necesario o no inmovilizar todos los UAVs. Mientras la camioneta Suburban negra del secretario de Defensa cruzaba las puertas de la Casa Blanca una hora después de que el Reaper se estrellara en Pakistán, un enorme dron Global Hawk, la aeronave no tripulada más grande que tenía Estados Unidos, perdió contacto con el equipo de vuelo a distancia mientras volaba a sesenta mil pies de altura lejos de la costa de Etiopía.

Se trataba de otro secuestro, algo que se hizo evidente mientras el aviador fantasma desactivaba el piloto automático y comenzaba a hacer pequeños ajustes en la inclinación y el balanceo de la aeronave, como si estuviera probando su control del dron.

Los hombres y mujeres que observaban la trayectoria reconocieron rápidamente que, o el piloto fantasma de este incidente no tenía tanta experiencia como el que había conducido con destreza al Reaper por el este de Afganistán, o se trataba del mismo piloto, sólo que su familiaridad con esta aeronave, que era más grande y compleja, no era tan completa. Independientemente de la razón, el Global Hawk empezó a perder el control momentos después de ser secuestrado. Los sistemas se cerraron de manera incorrecta y se reiniciaron fuera de secuencia, y se perdió cualquier posibilidad de recuperar el control de la aeronave cuando estaba todavía a varias millas de altura.

Se estrelló en el golfo de Adén como si fuera un piano cayendo desde el cielo.

Prácticamente todos los que estaban facultados para saber esto consideraron que se trataba de un mensaje de los hackers. Toda su flotilla de aviones no tripulados estaba en peligro. Sigan operando sus drones bajo su propio riesgo.

VEINTISIETE

· · · · · · · · · · · · · ·

El oficial de la CIA Adam Yao vestía una gorra negra de béisbol, una camiseta blanca y unos jeans sucios. Parecía casi como cualquier otro hombre de su edad en Mong Kok, y se movió entre la multitud en las calles como un hombre que viviera en este barrio para personas de bajos ingresos y no como si viviera en Soho Central, uno de los sectores más elegantes de Hong Kong. Estaba interpretando el papel de un comerciante local que iba a recibir la correspondencia de su negocio, al igual que cualquiera de cientos de otros hombres que salían y entraban a la oficina postal de la calle Kwong Wa.

Obviamente, no tenía ningún negocio en Mong Kok, lo que significaba también que no tenía correo en Kwong Wa. En realidad, había ido allí para forzar el cerrojo del buzón postal de Zha Shu Hai y echarle una mirada al correo del joven.

La oficina estaba llena de gente y las personas chocaban entre sí al cruzar la puerta. Adam había decidido ir poco antes del mediodía, que era la hora más agitada en el siempre congestionado sector de Mong Kok, esperando sacar partido del tumulto.

Adam siempre había operado en el campo con un lema simple: «Véndelo». Cualquier cosa que hiciera, ya fuera que estuviera fingiendo ser una persona sin techo o un prominente agente bursátil de la Bolsa de Valores de Hong Kong, Adam se entregaba de lleno a su papel. Esto le permitía entrar y salir de edificios sin las credenciales adecuadas, caminar al lado de pistoleros de alguna Tríada sin que ellos lo miraran con sospecha y que las secretarias que hacían fila para comprar fideos y té a la hora del almuerzo hablaran del trabajo a poca distancia de él sin que sospecharan nada, permitiéndole saber más cosas de una compañía y de sus secretos durante la hora del almuerzo de las que podría conseguir si entraba a la empresa el fin de semana y examinaba todos sus archivos.

Adam era un actor, un timador y un espía.

Y él estaba vendiendo eso ahora. Tenía en la mano una serie de pinzas para abrir cerrojos, entró a la oficina postal, se dirigió al buzón de Zha Shu Hai y se arrodilló. Nadie lo miró ni por un segundo pues había toda una multitud a ambos lados de él.

Yao abrió el cerrojo en menos de diez segundos. Metió la mano y encontró cuatro paquetes; un sobre de negocios y un pequeño paquete que contenía un artículo empacado en plástico de burbujas. Los sacó, cerró la puerta del buzón, le dio vuelta a la pinza y le echó seguro de nuevo.

Un minuto después ya estaba en la calle y realizó una rápida labor de detección para asegurarse de que nadie lo hubiera seguido desde la oficina postal. Cuando comprobó satisfecho que nadie lo había hecho, bajó a la estación subterránea del MTR y se dirigió a su oficina en la isla de Hong Kong.

Poco después estaba sentado en su escritorio, vestido de traje y corbata, y había guardado el paquete y el sobre en el compartimento de los cubos de hielo de un pequeño refrigerador/

congelador que tenía cerca de su escritorio. Después de dejarlos enfriar una hora, sacó el sobre del congelador y lo abrió con un cuchillo afilado. La cinta se había congelado y solidificado, permitiendo que el cuchillo hiciera cortes sin rasgar el papel para poder sellarlo de nuevo cuando se hubiera descongelado.

Al abrirlo, Adam leyó la dirección del remitente. Pertenecía a territorio continental chino, a una ciudad en la provincia de Shanxi que Yao no reconoció. El sobre no estaba dirigido a Zha Shu Hai, sino a su buzón postal. La remitente era una mujer; Yao anotó su nombre en un bloc y luego miró el interior del sobre.

Se sorprendió al encontrar un segundo sobre adentro que no tenía nada escrito. Lo abrió igual que el primero y vio una carta escrita a mano en mandarín con letra temblorosa. Adam la leyó con rapidez y, en el tercer párrafo, comprendió de qué se trataba.

La autora de la carta era la abuela de Zha. Por su contenido, Adam dedujo que ella vivía en Estados Unidos y que le había enviado esta carta a un familiar en la provincia de Shanxi para no despertar sospechas del Servicio de Alguaciles de Estados Unidos, pues sabía que su nieto era buscado.

La parienta de Shanxi había enviado esto al buzón sin añadir ninguna nota.

La abuela hablaba de su vida en el norte de California, de una cirugía reciente, de otros miembros de la familia y de algunos vecinos viejos. La carta terminaba ofreciendo ayuda a Zha con dinero o ponerlo en contacto con otros miembros de la familia que, decía ella, no habían recibido noticias suyas desde que había llegado a China un año atrás.

Adam vio que era la típica carta de una abuela y que no decía nada más a excepción de que una pequeña anciana china en los

Estados Unidos estaba probablemente involucrada en ayudar y en dar apoyo a un fugitivo.

Dejó la carta y el sobre a un lado y fue por el paquete al congelador. Era pequeño, no más grande que un libro de bolsillo, y lo abrió rápidamente antes de que la cinta se descongelara. Luego leyó las direcciones. De nuevo, había sido enviado al buzón sin ningún nombre, pero la dirección del remitente era de Marsella, Francia.

Adam sintió curiosidad, metió la mano en el paquete y sacó un pequeño disco envuelto en papel de burbujas, aproximadamente del tamaño de un dólar de plata. Tenía unos pernos que salían de los lados, como si se conectara a la placa base de una computadora o a otro dispositivo electrónico.

Además de este artículo, varias páginas con información explicaban que el dispositivo era un receptor superhetherodino de bajo poder. El folleto explicaba también que el dispositivo se debía usar en sistemas de entrada sin llaves, para abrir puertas de garajes, desactivar alarmas de seguridad a control remoto, dispositivos médicos y muchos otros que recibían transmisiones de frecuencias radiales externas como órdenes para realizar funciones mecánicas.

Adam no supo qué podría hacer Zha con ese dispositivo. Leyó la última página y vio que se trataba de un correo en cadena entre dos direcciones de correo electrónico.

Ambas estaban en inglés; el hombre de Marsella era claramente un empleado de la compañía tecnológica que había fabricado el dispositivo. Sostenía correspondencia por correo electrónico con alguien llamado ByteRápido22.

Adam leyó de nuevo.

—ByteRápido Veintidós. ¿Es Zha?

Los correos eran concisos. Parecía que ByteRápido22 se había contactado con este empleado a través de Internet y le había pedido que le vendiera una muestra del receptor superhetherodino porque la compañía francesa no lo exportaba a Hong Kong. Negociaron el pago en *Bitcoin*, una moneda en línea que no se podía rastrear y que Adam sabía que era utilizada por los piratas informáticos para intercambiar servicios, y también por criminales para vender y comprar artículos ilícitos en la Internet.

Los correos electrónicos databan de varias semanas atrás y no indicaban qué demonios podía necesitar ByteRápido22 de aquel pequeño artefacto, el cual podía utilizarse para abrir una puerta del garaje o conectarlo incluso a un dispositivo médico.

Adam sacó su cámara y comenzó a tomar fotos a todo, desde la carta de la abuela de Zha, al receptor de alta tecnología. Tendría que destinar la mayor parte del resto del día a desandar sus pasos y empacar de nuevo la carta en el sobre, cerrar el paquete, regresar a Mong Kok, abrir de nuevo el buzón y dejar los dos artículos allí antes de que Zha tuviera motivos para sospechar que alguien los había visto.

Sería una tarde larga, y no sabía aún lo que había logrado este día.

Además de encontrar un posible alias para Zha Shu Hai.

ByteRápido22.

VEINTIOCHO

....

El salón de conferencias de la Sala de Situaciones de la Casa Blanca es más pequeño de lo que la mayoría de la gente se imagina. La mesa oval y estrecha tiene capacidad para diez personas, lo que significa que, en muchas reuniones importantes, los asistentes de los personajes principales permanecen de pie contra la pared.

El ambiente del salón de conferencias era caótico mientras el personal de la Sala de Situaciones se preparaba para la reunión. Las paredes estaban atiborradas de hombres y mujeres, muchos de ellos con uniforme; algunos discutían entre sí y otros trataban de obtener desesperadamente información de último minuto sobre los eventos de la mañana.

La mitad de las sillas estaban vacías, pero Canfield, director de la CIA, y Burgess, secretario de Defensa, ya estaban sentados. La directora de la NSA y el director del FBI también se encontraban presentes, pero estaban de pie, hablando con sus subalternos y compartiendo detalles de cualquier cosa que hubieran sabido en los últimos diez minutos.

Era ciertamente una situación fluida y todos querían estar listos para responder todas las preguntas del presidente.

El tiempo se les acabó a quienes estaban tratando de prepararse para el mandatario cuando Jack Ryan entró por la puerta.

Se acercó a la cabecera de la mesa y miró a su alrededor.

—¿Donde está Mary Pat?

Foley, directora Nacional de Inteligencia, entró detrás del presidente. Era un leve quebrantamiento del protocolo, aunque todo el personal de la Casa Blanca, desde los empleados domésticos hasta el vicepresidente, sabían que a Ryan le tenían sin cuidado las ceremonias.

—Discúlpeme, señor presidente —dijo ella mientras se sentaba en su silla—. Me acabo de enterar de que ha ocurrido un tercer secuestro. Un dron Predator de seguridad interna que estaba realizando labores de aduanas y de cumplimiento de la ley en la frontera con Canadá dejó de obedecer instrucciones hace veinte minutos.

—¿En los Estados Unidos?

—Sí, señor.

—¿Cómo diablos sucedió eso? Ordené que inmovilizaran los UAVs que estuvieran en tierra. Seguridad Doméstica fue notificada.

—Sí, señor. Este Predator estaba en la pista de la AFB Grand Forks en Dakota del Norte. Había sido preparado para una misión que realizaría hoy en la frontera, pero la misión fue cancelada tras la orden de inmovilización. Se disponían a llevarlo al hangar cuando la aeronave prendió sus sistemas, se desconectó del control de tierra y despegó desde una pista de rodaje. Actualmente está volando a veinte mil pies de altura sobre Dakota del Sur.

—¡Rayos! ¿A dónde se dirige?

—No sabemos todavía. La FAA lo está rastreando y redirigiendo el tráfico aéreo. Tenemos dos interceptores de la Fuerza Aérea en ruta para derribarlo. Obviamente, no lleva armas, pero podría ser utilizado como una especie de misil. Podrían tratar de impactar otra aeronave o edificio, o incluso vehículos en las carreteras.

—Esto es irreal —murmuró Coleen Hurst, asesora nacional de seguridad.

—Quiero que hasta el último UAV que aparezca en el inventario de Estados Unidos, sin importar su propietario, modelo o fabricante, aquí o en el extranjero, sea desmantelado físicamente de cualquier forma que sea necesaria para que no pueda despegar.

—Sí, señor. Ese proceso ya está en marcha —señaló el secretario de Defensa Burgess.

El Departamento de Seguridad Doméstica y la CIA coincidieron en que estaban haciendo lo mismo con sus drones.

Jack miró a Scott Adler, el secretario de Estado.

—Necesitamos que tu oficina informe a todos nuestros aliados que tengan UAVs de que necesitan seguir nuestras recomendaciones hasta que tengamos más información.

—Sí, señor.

—Bien. ¿Qué sabemos hasta ahora de este ciberataque?

—La NSA está haciendo que toda su gente investigue cómo se hizo esto. Ya me han advertido que pasarán varias horas antes de recibir respuestas y sólo esperan saber algo dentro de algunos días. Me han dicho que se trata de un ataque muy sofisticado.

—¿Qué saben ellos?

—Sospechan que alguien bloqueó la frecuencia de las comunicaciones del dron con el satélite, haciendo que el Reaper entrara en piloto automático. Es algo que hace siempre que las comunicaciones se interrumpen.

—Cuando la aeronave dejó de estar bajo nuestro control, alguien utilizó su propio equipo para transmitir la señal válida de seguridad. Para poder hacer esto, debería tener un acceso considerable al interior de la red más segura del Departamento de Defensa.

—¿Quién pudo haber hecho esto?

—Estamos sospechando de Irán —dijo Canfield, director de la CIA.

—Señor presidente, recuerde que no tiene que ser un actor estatal —dijo Mary Pat.

Ryan pensó un momento en esto.

—Lo que estás diciendo es que nuestra matriz de amenazas necesita incluir terroristas y organizaciones criminales, negocios privados... ¡Rayos!, incluso operadores sin escrúpulos de nuestro propio gobierno.

—Todo lo que podemos hacer ahora es investigar a los actores que tuvieran los motivos y los medios —dijo Canfield, director de la CIA—. Con respecto al ataque de Afganistán, seguramente fueron Al-Qaeda, los talibanes e Irán, pues todos ellos llevan un buen tiempo oponiéndose a nuestras operaciones. Por otra parte, con respecto a los recursos, podemos descartar a los talibanes. Son prácticamente un cero a la izquierda en materia de conocimientos técnicos.

»Al-Qaeda está a años luz de los talibanes, lo que significa que podrían ser capaces de hacer ataques informáticos de bajo nivel en el mejor de los casos. Pero ellos *no* hicieron esto.

—¿Entonces crees que fue Irán?

—Si alguien en esa parte del mundo lo hizo, fue Irán.

—Están pirateando de un UAV en uno. ¿Significa esto algo acerca de la forma en que lo están haciendo? ¿Se debe a una capacidad técnica o simplemente a que tienen un solo piloto entrenado para hacer volar los drones? —preguntó Ryan.

—Las dos teorías son posibles, señor. Puede ser que sólo tengan un centro de control de vuelos. Tengo que decir que, considerando la capacidad que hemos visto hoy, me parece difícil creer que haya una razón técnica por la que no puedan volar más de un UAV al mismo tiempo.

—Alguien nos está enviando un mensaje. Y, aunque realmente me gustaría enviarles una respuesta inmediata, creo que necesitamos estar en modo de recepción por el momento.

—Estoy de acuerdo, señor. Llegaremos al origen de esto antes de que podamos señalar a los culpables —comentó Mary Pat.

Ryan asintió y luego se dirigió al secretario de Defensa.

—A ustedes los han pirateado antes, ¿verdad?

—El avión Veinticuatro de la Fuerza Aérea detectó un virus hace seis meses en el software del Reaper mientras actualizaba la red en Creech —respondió Bob Burgess—. Realizamos una suspensión de alerta en la flotilla mientras examinábamos todos y cada uno de los drones. Ninguno estaba infectado. Sin embargo, tuvimos que limpiar los discos duros de todos los GCS en Creech y comenzar de cero.

—Se supone que la red de seguridad del Departamento de Defensa no está conectada a la Internet. ¿Cómo demonios un virus logró infectar el software del Reaper? —preguntó el presidente.

—Sí, es cierto que hay lo que se llama un «vacío aéreo» de espacio físico entre nuestra red segura y la Internet, y que eso debería haber evitado que sucediera esto.

—¿Pero?

—Pero los seres humanos están involucrados, y son falibles. Encontramos el virus en un disco portátil utilizado para actualizar software de mapas en una de las estaciones de control terrestre. Se trató de un rompimiento del protocolo por parte de un contratista.

—Irán ya ha hecho este tipo de cosas —señaló Canfield, director de la CIA—. Hace un par de años, los iraníes piratearon de manera exitosa la trayectoria de un Predator y descargaron videos de las cámaras.

—Sacar el video de una cámara de transmisión satelital no es lo mismo que tener el control total de la unidad, apuntar y disparar el armamento, y luego estrellar el UAV —interpuso la directora Foley—. Esto es algo mucho más complicado en términos de magnitud.

Ryan asintió, asimiló esto y se reservó su opinión por el momento.

—De acuerdo —dijo—. Espero que me informen tan pronto sepan algo más valioso acerca de la investigación.

—Señor presidente, como usted sabe, hemos perdido a ocho miembros de la primera división de caballería y a cuarenta y un soldados de las fuerzas especiales afganas —dijo el secretario de Defensa—. Todavía no hemos suministrado información sobre las bajas, pero...

—Hazlo —dijo Ryan—. Y reconoce que el UAV estuvo involucrado en eso y que hubo una falla técnica. Necesitamos pasar al frente de esto y decirle al mundo que nos han pirateado y que varios militares estadounidenses y afganos fueron asesinados.

—Señor, no recomendaría eso —dijo Burgess—. Nuestros

enemigos lo utilizarán contra nosotros; eso nos hará aparecer débiles.

La directora de inteligencia estaba negando con la cabeza, pero Ryan se adelantó a Mary Pat.

—Bob, quienquiera que haya pirateado el dron, tendrá el video de transmisión de las cámaras. Ellos pueden mostrar que han derrotado nuestra tecnología cuando les dé la gana. Si hacemos algo para encubrir esto, el problema sólo se agravará. —Luego añadió—: En este caso, damas y caballeros, tendremos que asumir el golpe. Quiero que transmitan una declaración diciendo que una fuerza desconocida tomó el control de nuestro dron de combate que realizaba una misión sensible en el espacio aéreo de Afganistán por invitación del gobierno afgano y atacó una base de operaciones avanzadas estadounidense. Nuestros intentos para destruir el arma antes de que cruzara a Pakistán no tuvieron éxito. Encontraremos a los culpables, a los asesinos, y los traeremos ante la justicia.

Ryan notó que lo que acababa de decir no agradaba a Burgess. El secretario de Defensa estaría pensando que, pocas horas después de ese anuncio, los talibanes aparecerían en Al Jazeera con alguna historia falsa y se adjudicarían el ataque.

—No me gusta compartir nuestras vulnerabilidades con el mundo —dijo Burgess—. Esto animará a más personas a intentarlo.

—Tampoco es que me emocione a mí, Bob. Sólo que la otra alternativa me parece peor —replicó Ryan.

En ese momento, sonó el teléfono en el centro de la sala de conferencias. El presidente Ryan contestó personalmente.

—¿Sí?

—Señor, acabamos de recibir información de Seguridad Doméstica. El dron Predator ha sido derribado al oeste de Nebraska. No se reportan bajas.

—Bueno, gracias a Dios por eso —dijo Ryan. Era la primera noticia buena en todo el día.

VEINTINUEVE

....

Todd Wicks, gerente regional de ventas de hardware para computadoras, estaba sentado en una pizzería con una porción de pizza de queso que chorreaba grasa en un papel de cera en el plato que tenía frente a él.

No tenía apetito, pero no podía pensar en ninguna otra razón para estar sentado allí, a las tres p.m., y no comer pizza.

Se obligó a dar un mordisco. Masticó despacio y tragó de manera tentativa, preocupado por la posibilidad de no poder mantener el bocado en el estómago.

Creyó que iba a vomitar, pero no a causa de la pizza.

Había recibido una llamada telefónica a las ocho de la mañana para concertar el encuentro. La persona no le dijo su nombre ni tampoco el tema de la reunión. Simplemente le dio una hora y un lugar y luego le pidió que repitiera los dos datos.

Eso era todo. Después de la llamada, Wicks sintió el estómago como si se hubiera comido un gato vivo; miraba las paredes de su oficina y su reloj cada tres o cuatro minutos, queriendo de manera simultánea que nunca dieran las tres de la tarde y apresurarse al mismo tiempo allá para terminar con eso de una vez por todas.

El hombre que lo había contactado era chino, lo cual era evidente por su acento en el teléfono, y eso, además de la conversación breve y críptica, era razón suficiente para preocuparse.

Seguramente se trataba de un espía, quien quería que Todd cometiera algún acto de traición que podría causarle la muerte o pasar el resto de su vida en prisión, y Todd ya sabía que... independientemente de lo que fuera, él lo haría.

Cuando Todd regresó de Shanghai después del incidente con la prostituta y con el detective chino, pensó en decir a la persona que lo había contactado que se fuera al diablo cuando este lo llamó para hablarle de esa maldita misión de espionaje. Pero no podía hacer eso. Ellos tenían la grabación de video y de audio y él sólo tenía que pensar de nuevo en ese televisor de cincuenta y dos pulgadas en la suite de Shanghai para que le sudara y temblara el trasero al saber que el chino lo tenía agarrado de las pelotas.

Si protestaba cuando el chino lo llamara, no habría duda de que en pocos días su esposa Sherry recibiría un correo electrónico con un video en alta definición de todo el incidente.

De ninguna manera. Eso no va a suceder —se dijo esa vez, y desde entonces había esperado la llamada y temido lo que sucedería a continuación.

Cinco minutos después de la hora estipulada, un asiático que llevaba un bolsa de compras entró a la pizzería, compró un calzone y una lata de Pepsi y se llevó su almuerzo a la pequeña área con mesas que había atrás.

En el instante en que Todd vio que el hombre era asiático, rastreó cada uno de sus movimientos, pero cuando se acercó a su mesa, el vendedor de hardware para computadoras apartó la mirada y se concentró en su pizza grasosa, suponiendo que el contacto visual sería definitivamente inadecuado en una situación como esta.

—Buenas tardes. —El hombre se sentó junto a Todd a la pequeña mesa, violando el protocolo que Wicks acababa de establecer.

Todd miró hacia arriba y estrechó la mano que le había ofrecido el chino.

A Wicks le sorprendió el aspecto de este espía. Ciertamente no parecía peligroso. Tenía veintitantos años, era más joven de lo que había imaginado, y tenía casi el aspecto de un *nerd*. Lentes gruesos, una camisa blanca de botones y unos pantalones negros Sansabelt ligeramente arrugados.

—¿Cómo está la pizza? —le preguntó el hombre con una sonrisa.

—Bien. Oiga, ¿no deberíamos ir a algún lugar privado?

El hombre de lentes gruesos se limitó a negar con la cabeza y a sonreír levemente. Mordió el calzone e hizo una mueca tras sentir el queso caliente. Tomó un poco de Pepsi y dijo:

—No, no. Aquí está bien.

Todd se pasó los dedos por el cabello.

—Este lugar tiene cámaras de seguridad. Casi todos los restaurantes las tienen. ¿Qué pasa si alguien...?

—La cámara no está funcionando ahora —le dijo el espía chino con una sonrisa. Comenzó a morder de nuevo el calzone, pero se detuvo—. Todd, estoy comenzando a preguntarme si estás buscando una mala disculpa para no ayudarnos.

—No. De acuerdo. Sólo estoy... preocupado.

El hombre joven dio otro mordisco y bebió otro sorbo de su lata. Negó con la cabeza y agitó la mano con desdén.

—No hay nada de qué preocuparse. Nada en absoluto. Nos gustaría pedirte un favor. Es muy fácil. Un favor, y eso es todo.

Todd había pasado el último mes pensando en muy pocas cosas aparte de este «favor».

—¿De qué se trata?

—Estás planeando hacer una entrega a uno de tus clientes en horas de la mañana —dijo el espía chino con su despreocupación habitual.

Mierda —pensó Wicks. Estaba citado en la base Bolling de la Fuerza Aérea a las ocho a.m. para entregar un par de tarjetas madre en la DIA. El pánico se apoderó de su corazón. Estaría espiando para los chinos. Sería atrapado. Lo perdería todo.

Pero no tenía otra alternativa.

Todd bajó la cabeza y miró la mesa. Sintió deseos de llorar.

—Hendley Asociados. En Maryland —dijo el chino.

Todd levantó la cabeza con rapidez.

—¿Hendley?

—¿Tienes una cita con ellos?

Todd ni siquiera se había preguntado cómo sabía el chino de sus negocios con este cliente. Se había sentido entusiasmado al creer que le pedirían que hiciera algo relacionado con espionaje corporativo y no con el gobierno de los Estados Unidos.

—Sí. A las once a.m. tengo que llevar un disco nuevo de alta velocidad fabricado en Alemania.

El joven chino, que no había dicho su nombre, pasó la bolsa de compras por debajo de la mesa.

—¿Qué es eso? —preguntó Todd.

—Es tu producto. El disco. Es exactamente igual al que ibas

a entregar. Queremos que hagas la entrega pero que la reemplaces con este disco. No te preocupes, es idéntica.

Wicks negó con la cabeza.

—El director de tecnología de información es una especie de maniático de la seguridad. Hará todo tipo de diagnósticos en el disco. —Todd hizo una pausa, pues no sabía si debía decir en voz alta lo que era obvio. Después de un momento señaló—: Encontrará cualquier cosa que hayas puesto en el disco.

—Yo no dije que hayamos puesto algo en él.

—No. No lo dijiste. Pero estoy seguro de que ustedes lo hicieron. Es decir... ¿por qué si no estaríamos haciendo esto?

—No hay nada en el disco que ningún director de tecnología de información pueda encontrar.

—Usted no conoce a ese tipo ni a su compañía. Son de primera categoría.

El chino sonrió mientras le daba un mordisco al calzone.

—Conozco a Gavin Biery, y conozco a Hendley Asociados.

Wicks se limitó a mirarlo un rato. Un grupo de estudiantes de secundaria entró hablando ruidosamente; un chico hizo una llave de cabeza a otro mientras se acercaban al mostrador para ordenar, y el resto del grupo se rio.

Todd Wicks permaneció sentado en medio de esa escena normal y supo que su vida no era del todo normal.

Se le ocurrió una idea.

—Déjeme llevar la unidad para hacerle mi propio diagnóstico. Si no encuentro nada en ella, se la entregaré a Gavin.

El chino sonrió de nuevo. Era todo sonrisas.

—Todd. No estamos negociando. Harás lo que te digan y cuando te lo digan. El producto está limpio. No tienes que preocuparte de nada.

Todd le dio un mordisco a su pizza, pero no masticó. Se preguntó cuándo volvería a sentir deseos de comer. Comprendió que tenía que confiar en el chino.

—¿Hago esto y eso es todo?

—Sí. Haces esto y eso es todo.

—Está bien —dijo; luego se agachó y recogió la bolsa.

—Excelente. Ahora relájate. No tienes nada de qué preocuparte. Se trata únicamente de un negocio. Todo el tiempo hacemos este tipo de cosas.

Todd se puso de pie con la bolsa.

—Sólo por esta vez.

—Lo prometo.

Wicks salió del restaurante sin decir otra palabra.

TREINTA

. . . .

Adam Yao había estado ocupado todo el día en este trabajo de «lado blanco» como presidente, director y único empleado de SinoShield, la firma de investigaciones de derechos de propiedad intelectual. Así como debía hacerlo con la CIA, su trabajo consistía también en mantener la compañía pantalla que lo había traído aquí a Hong Kong, lo que le permitía estar en contacto contínuo con miembros de la policía y del gobierno local a la vez que le daba una cobertura para sus actividades de vigilancia a favor de la CIA.

Eran las nueve p.m. y, debido a las doce horas de diferencia que había entre Langley y Hong Kong, Adam decidió examinar el «lado negro» de sus deberes por medio de su vínculo seguro de correo electrónico.

No quiso enviar el mensaje ayer por la tarde, pues sabía que en algún sector asiático del Servicio Nacional Clandestino de la CIA había una filtración.

Pero tenía que enviar el mensaje.

Ayer, toda la flotilla de drones de Estados Unidos —militares, inteligencia, Seguridad Doméstica, es decir, toda la enchilada—

había sido inmovilizada por completo porque alguien había pirateado la red, las señales satelitales o ambas, lo cual era la opinión predominante en los informes preliminares tecnológicos de la NSA sobre el incidente, que había leído Adam.

Apenas se enteró del incidente del UAV en Afganistán, Adam supo que tendría que salir de la oscuridad e informar a Langley que, aquí en Hong Kong, él le estaba siguiendo los pasos a Zha Shu Hai, un chino que pirateaba drones y que era un fugitivo americano.

No, no podía estar muy seguro de esa información.

Yao sabía que el cable que le había enviado a Langley sería un asunto difícil de «vender». Su suposición de que un joven hacker chino que había robado un código de software de UAV hacía dos años pudiera estar involucrado de alguna manera en el ataque informático y en el secuestro de varios drones estadounidenses que había sucedido esta semana no se basaba en ninguna evidencia sólida.

Al contrario, parecía haber alguna evidencia de que Zha Shu Hai no estaba trabajando en nada que estuviera a ese nivel tan sofisticado de secuestrar drones. Yao no mencionó a las Tríadas en su cable, pues piratear drones y matar soldados estadounidenses en Afganistán escasamente parecía ser el modus operandi de la 14K. No, piratear software bancario y otras formas de fraudes informáticos parecía ser el objetivo más probable de Zha, si es que realmente trabajaba para la 14K.

Pero Adam necesitaba estar seguro y sólo había pedido algunos recursos adicionales que le ayudaran a escarbar más profundo en lo que fuera que estuviera pasando arriba del Mong Kok Computer Centre.

Pero Langley había declinado su solicitud, explicando que

todos sus activos en Asia estaban ocupados actualmente y que los de Langley también se encontraban igualmente atareados.

La respuesta que recibió Adam era razonable y él tenía que aceptarla, así le molestara. La respuesta de Langley había explicado simplemente que, en el caso improbable de que China estuviera involucrada con los incidentes de los UAVs, estos provendrían del interior de ese país. Toda la inteligencia que había por fuera de China indicaba que las operaciones de redes informáticas de carácter ofensivo y de naturaleza militar a la escala de un ataque a un UAV se originaría en el Cuarto Departamento, que era el departamento de personal general del EPL. Se trataba de la élite de los ciberguerreros de China.

Un ataque bien coordinado a los Estados Unidos tendría su origen allí, y no en un hacker o grupo de hackers en Hong Kong.

El cable también explicaba a Adam Yao, en lo que parecía ser un tono condescendiente, que el hecho de que Zha trabajara en un edificio de oficinas en Hong Kong no era una amenaza para la red de seguridad informática del Departamento de Defensa.

Después de todo, Hong Kong no era China.

—Basura —dijo tras leer el mensaje en el monitor. Sabía que la situación que había descrito en su cable era altamente inusual, pero su evidencia y su recolección de inteligencia sobre el terreno, aunque eran circunstanciales, seguramente ameritaban una mirada más detenida.

Pero sus superiores, los analistas de la CIA, no estaban de acuerdo con él.

Por lo tanto, Adam no recibió activos, aunque esa no era la peor noticia que contenía el cable de Langley. Sus superiores del Servicio Nacional Clandestino habían señalado que pasarían la información útil sobre la ubicación de Zha Shu Hai al Servicio de Alguaciles de los Estados Unidos.

Adam estaba seguro de que eso significaba que dentro de unos pocos días un par de vehículos con cuatro puertas aparecerían en Mong Kok y un equipo de alguaciles bajaría de él. Las Tríadas los identificarían como una amenaza, sacarían a ByteRápido22 de la ciudad, y esa sería la última vez que Yao vería a Zha.

Adam salió del sistema seguro de correo electrónico y se recostó en su silla.

—¡Mierda! —gritó en la pequeña oficina.

Zha Shu Hai no había estado nunca en la oficina de Centro. Muy pocos empleados del Barco Fantasma, incluso los importantes como Zha, habían ido a la zona de trabajo sorprendentemente pequeña y espartana de su líder.

Zha permaneció sentado con las manos a sus lados y las rodillas juntas, en posición casi militar, pues Centro no le había dicho que se sentara. El gel duro como la roca de su cabello erizado brillaba y relucía bajo la luz de las pantallas planas que había en el escritorio de Centro. Este se encontraba en su silla frente a sus monitores, con su infaltable auricular VOIP en su oído; su apariencia deslustrada se reflejaba en su oficina, y también en la sala de operaciones.

—Tres drones estadounidenses fueron derribados antes de que los estadounidenses suspendieran todos los vuelos —dijo Centro.

Zha permaneció allí, en un estado de semiatención. *¿Era una pregunta?*

Centro aclaró la confusión.

—¿Por qué sólo tres?

—Ellos inmovilizaron rápidamente a todos los UAVs. Logramos apoderarnos de uno más en Afganistán pocos minutos después de que el primero se estrellara, pero aterrizó antes de que nuestro piloto pudiera tener el control, y las armas ya habían sido descargadas. Apenas me enteré de esto, llevé al Global Hawk lejos de la costa africana. Es una aeronave muy valiosa y avanzada en términos tecnológicos. Esto mostrará a los americanos que tenemos la capacidad de causarles grandes daños.

—El Global Hawk se estrelló en el océano. —Centro lo dijo de una manera que Zha no entendía muy bien.

—Sí. Es un producto de Nortrop Grumman y mi software fue optimizado para las plataformas fabricadas por General Atomics para el Reaper y el Predator. Yo había esperado que el piloto lograra estrellarlo contra un barco, pero perdió el control después de delegarle la responsabilidad.

—La tercera aeronave que secuestré estaba en territorio estadounidense, con el propósito obvio de causarles una gran preocupación.

Zha se sentía orgulloso de los tres secuestros. Quería recibir un mayor aprecio por parte de Centro del que estaba recibiendo.

—Deberíamos haber tenido más pilotos —dijo Centro.

—Señor. Yo creía que era necesario involucrarme personalmente con cada secuestro. Podía haber capturado la señal y haber dado el control a diferentes pilotos, pero cada operación contenía muchas sutilezas técnicas. El piloto no estaba entrenado para mantener la señal.

Tong miró un informe que le había enviado Zha con los detalles de cada operación. Parecía como si fuera a decir algo, pero se limitó a dejar el papel en el escritorio.

TOM CLANCY

—Estoy satisfecho.

Zha inhaló un largo suspiro. Sabía que ese era el mayor elogio de Centro.

—Esperaba que fueran cinco, o incluso más, pero los tres UAVs que secuestraste fueron bien escogidos para el máximo impacto —dijo Tong.

—Gracias, Centro.

—¿Y el Trojan en su red?

—Todavía está activo. Les he suministrado una pista falsa. Lo descubrirán esta semana, pero el Trojan está listo para volver a la guerra apenas hagan volar los drones.

—¿Es la pista falsa para que concentren su atención en Irán?

—Sí, Centro.

—Bien. El EPL espera que los americanos ataquen Irán por esto. Es su objetivo principal. Sin embargo, creo que están subestimando las capacidades de la NSA para reconocer el engaño. Pero, cada día que Washington no esté seguro de la participación de China en la Sombra de la Tierra, es otro día en que nuestras fuerzas se acercan al logro de sus metas.

—Sí, Centro.

—Muy bien —dijo Centro. Zha le hizo una venia y se dio vuelta para salir de la oficina.

—Hay otra cosa.

Zha se dio vuelta y miró al doctor Tong.

—¿Señor?

Centro cogió otro papel de su escritorio y lo miró un momento.

—Parece que la Agencia Central de Inteligencia te ha seguido. Hay un espía de su organización aquí en Hong Kong y te está observando. Pero no te preocupes; no estás en problemas. A pesar de tu cambio de apariencia, sabíamos que era posible que algún día te reconocieran. Él tiene tu nombre y tu seudónimo informático. No vuelvas a utilizar el nombre ByteRápido Veintidós.

—Sí, Centro —dijo Zha.

—Sin embargo, el hombre de la CIA no parece tener ningunos detalles concretos adicionales sobre nuestra operación. El liderazgo de esa agencia le ha dicho que no eres un asunto que les preocupe por el momento, aunque podría notificar a la policía y tratar de llevarte de nuevo a Estados Unidos.

El joven de cabello erizado permaneció en silencio.

Después de un momento, Centro agitó una mano en el aire.

—Esto es algo que comentaré a nuestros amigos. Deberían cuidarnos mejor. A fin de cuentas, están ganando mucho dinero gracias a nuestras operaciones bancarias.

—Sí, Centro.

—Deberías limitar tus actividades en la ciudad e insistiré en que dupliquen tu número de escoltas.

—¿Qué haremos con respecto a los americanos? —preguntó Zhang.

Era evidente que Centro ya había pensado en esto.

—¿Por ahora? Nada aparte de advertir a Catorce-K que estén alertas. Este es un momento crítico de la operación Sombra de la Tierra; no podemos hacer nada excesivamente... estoy buscando la palabra adecuada... cinético en esta operación sin recibir un fuerte escrutinio por parte de los americanos.

Zha asintió.

—Esperaremos por ahora. Más tarde, cuando ya no tengamos ninguna razón para permanecer a la sombra, nos iremos de Hong Kong y dejaremos que nuestros amigos se encarguen del señor Adam Yao de la CIA.

TREINTA Y UNO

· · · · · · · · · · · · ·

Jack Ryan, Jr. se sentó en la silla de su cubículo a las ocho y treinta a.m., tal como lo hacía todos los días en su trabajo.

Cuando llegaba a la oficina, solía comenzar el día leyendo el tráfico nocturno enviado desde la CIA en Langley a la NSA en Fort Meade. Pero eso había cambiado desde el cibersecuestro de los tres drones estadounidenses. Jack pasaba más tiempo ahora mirando el flujo de tráfico en la dirección contraria. Los ciberdetectives de la NSA le estaban entregando actualizaciones diarias a la CIA sobre sus investigaciones del ataque.

Jack leía la información de la NSA todas las mañanas, esperando que el personal de ese organismo llegara rápidamente al fondo del asunto, pero el Campus no estaba trabajando oficialmente en los secuestros de los drones. No, Jack y los otros analistas estaban analizando todavía la investigación del Disco de Estambul, pero él leía cada fragmento de información que podía entender de la NSA para ver en qué iban con respecto a la investigación.

Había tenido incluso una larga conversación con su novia sobre los sucesos. Se había convertido en una especie de experto en mantener un tono liviano y un interés a medias cuando hablaba del trabajo de Melanie, aunque en realidad quería exprimirle el coco como el analista altamente capacitado que era. Ella estaba trabajando en el asunto para Mary Pat Foley, pero en este punto la gente de informática forense de la NSA estaba a la delantera de la investigación.

Hubo un nuevo desarrollo esta mañana. Pruebas concretas, por lo que Ryan podía concluir a partir de la información, de que Irán estaba involucrado en el ataque a los UAVs.

—Maldita sea —dijo Ryan mientras tomaba notas en un bloc para su reunión matinal—. A papá le va a dar un ataque. —El padre de Jack se había enfrascado en una guerra con la República Islámica Unida varios años atrás, destrozado a Irán y asesinado a su líder. Aunque Irak e Irán ya eran de nuevo dos naciones separadas, a Ryan no le sorprendió que los iraníes todavía estuvieran causando problemas.

Ryan se imaginó que su papá recibiría esta noticia del NSA y empezaría a preparar su venganza.

Jack pasó gran parte de la mañana leyendo el tráfico de la NSA a la CIA, pero cuando terminó de leer toda la nueva información proveniente de Fort Meade, repasó rápidamente la comunicación interna de la CIA. No vio mucho en referencia al asunto de los UAVs, pero notó que uno de sus objetivos de extracción de datos había recibido una señal.

Jack hizo clic en el programa para abrirlo.

Ryan utilizaba software de extracción de datos para buscar términos clave en el tráfico de la CIA. Todos los días recibía de diez a cien entradas de términos como «operativos de la OSJ libia», «pirateo informático» y «asesinato» y, mientras esperaba a ver cuál término marcado había aparecido en el tráfico de la CIA, deseaba que fuera algo que le ayudara a levantar el estado de alerta operativo en el Campus.

Cuando el software se ejecutó, Jack parpadeó varias veces en señal de sorpresa.

El término marcado era ByteRápido22.

—Que me parta un rayo —dijo Jack. El pirata informático del Disco de Estambul había aparecido en un cable de la CIA.

Ryan leyó el cable con rapidez. Un operativo encubierto y no oficial de la CIA, llamado Adam Yao, había descubierto a un pirata informático estadounidense de ascendencia china llamado Zha Shu Hai, que vivía y trabajaba en un barrio de Hong Kong. Yao explicaba también que Zha podría estar utilizando el seudónimo informático de ByteRápido22 en el ciberespacio, y que era un fugitivo de la justicia estadounidense.

Yao señalaba en su cable que el pirata informático había sido un probador de penetración en General Atomics, la firma contratista de defensa, y que había estado en la cárcel por tratar de vender secretos sobre pirateo de drones y penetración de redes clasificadas a los chinos.

—Que me parta un rayo —dijo Jack nuevamente.

Adam Yao sugería a la CIA que enviara un equipo a Hong Kong para seguir a Zha y saber más de sus actividades, asociaciones y afiliaciones ahí, para determinar si estaba involucrado en la reciente penetración informática de la red segura de información del Departamento de Defensa.

Jack Ryan, Jr. había leído miles —no, *decenas* de miles— de cables de la CIA en los cuatro años que llevaba trabajando en Hendley Asociados. Esta correspondencia particular le pareció ser muy débil en cuanto a los detalles que explicaban cómo había encontrado Yao a Zha, cómo Yao relacionaba a Zha con el nombre de ByteRápido22 y qué tipo de actividades realizaba actualmente Zha. Adam Yao parecía estar ofreciendo a Langley apenas una pequeña parte del enigma.

Langley declinó la solicitud de apoyo para vigilar a Zha Shu Hai realizada por Adam Yao.

Jack buscó información sobre Adam Yao en los registros de la CIA. Miró el reloj mientras los registros cargaban; su reunión comenzaría en pocos minutos.

Veinte minutos después, Jack estaba en el noveno piso, dirigiéndose al resto de los operativos, Gerry Hendley, Sam Granger y Rick Bell.

—La NSA dice que todavía les falta mucho, pero que han encontrado un Trojan en su red segura de la base de la Fuerza Aérea Creech, en Nevada. Una de las líneas de códigos roba el software para volar los drones y luego ordena que el software sea enviado a un servidor en la Internet.

—Si la red del Departamento de Defensa no está conectada a la Internet, ¿cómo se puede exfiltrar el software a un servidor de Internet? —preguntó Bell.

—Siempre que alguien use un disco duro a control remoto —explicó Ryan—, que es lo que tiene que hacer para actualizar el software o agregar nueva información en la red, el Trojan introduce automáticamente información robada en porciones ocultas del disco sin que el usuario lo sepa. Luego, cuando el disco es conectado a una computadora con acceso a Internet, la información es enviada a un servidor principal controlado por los tipos malos. Si el malware funciona bien, entonces sucede lo peor.

—La antigua manera de defenderse se llamaba «Pah»: puertas,

armas y hombres, pero este método no va a detener a esos tipos ni remotamente —dijo Domingo Chávez.

—¿A dónde se envió la información? —preguntó Sam Granger.

—A un servidor de la red, a una computadora física en la Universidad Tecnológica Qom.

—¿Qom? —Caruso no reconoció este nombre.

Ding Chávez exhaló un suspiro.

—A Irán.

—Esos hijos de puta —murmuró Sam Driscoll.

—Parece que las sospechas de la CIA están confirmadas —señaló Sam Granger.

—Eso no es completamente cierto, Sam —dijo Jack—. El virus no estaba controlando el dron; este virus es un Trojan que grabada cada parte del software de control y lo exfiltraba. El Trojan señala a una universidad en Irán, pero tendrían que haber burlado la señal para hacer volar el Reaper. Necesitarían muchísimos equipos y un poco de pericia, aunque eso no significa que no pudieran hacerlo.

—¿Entonces fue Irán?

—No lo sé. Mientras más lo pienso, más sospechas tengo. Este tipo de código hace que sea tan obvio, que me parece que quienquiera que haya lanzado esta operación *quiere* que Irán esté implicado.

—Me gustaría que Gavin viniera a la reunión y nos diera su opinión —dijo Jack—. Esto es básicamente lo mismo que piensa él.

Rick Bell protestó.

—Aunque eso fuera cierto, él no es un analista.

—No. No lo es. No ha sido entrenado para serlo, ni tiene la paciencia o el temperamento para lidiar con opiniones distintas a las suyas, que es lo que necesita tener cualquier analista que valga la pena. Sin embargo, sugiero que veamos a Biery como una fuente.

—¿Una fuente?

—Sí. Que le demos todo lo que la NSA sepa sobre el ataque. Comenzando con esta información sobre el servidor de exfiltración.

Rick Bell miró a Gerry Hendley para llamarlo.

—Gavin sabe de esto —dijo Gerry—. Traigámoslo y preguntémosle qué piensa al respecto. Jack, ¿por qué no hablas con él cuando terminemos aquí?

—Por supuesto. Esta mañana recibí más noticias de la CIA. Le habría contado esto a Gavin porque está relacionado con él, pero primero tenía que venir aquí.

—¿Y qué es? —preguntó Granger.

—Hay un agente encubierto y no oficial en Hong Kong que dice que ByteRápido Veintidós, el tipo que está relacionado con el Disco de Estambul, vive allá en Hong Kong. Dice que lo ha seguido durante varios días.

—¿Y qué está haciendo?

—No explica eso en el cable. El agente está tratando de conseguir algunos recursos para aumentar la vigilancia porque dice que el hacker trabajó en el software de alguno de los drones UAVs que fueron atacados. Cree que podría estar involucrado en lo que está sucediendo.

—¿Y qué dice Langley al respecto?

—Dijeron: «gracias, pero no gracias». Creo que la CIA se está concentrando demasiado en Irán como para darle mucha credibilidad a esta pista en Hong Kong. Refutaron su argumento con algunas razones de peso.

TOM CLANCY

—Pero, ¿estamos seguros de que se trata del mismo ByteRápido Veintidós? —preguntó Hendley.

—Es el único que ha aparecido en todas partes. Fuente abierta, inteligencia clasificada, LexisNexis. Creo que es nuestro tipo.

Sam Granger notó cierta expresión en el rostro de Ryan.

—¿En qué estás pensando, Jack?

—Gerry, estaba pensando que tal vez podríamos ir y ayudar a Adam Yao.

Sam Granger negó con la cabeza.

—Jack, sabes que el Campus está en alerta operativa.

—El Campus sí, pero Hendley Asociados no.

—¿A qué te refieres, Jack? —preguntó Chávez.

—Este NOC, Adam Yao, tiene una compañía pantalla; una firma de investigación comercial. Estaba pensando que podríamos ir como representantes de Hendley y decir que ByteRápido ha tratado de entrar en nuestra red. Hacernos simplemente los tontos, como si no supiéramos que Adam Yao ya le está siguiendo los pasos al tipo como parte de su trabajo para la CIA.

La sala de conferencias permaneció en silencio por unos quince segundos.

—Me gusta —dijo Gerry Hendley finalmente.

—Es una idea genial, muchacho —reconoció Chávez.

—De acuerdo, pero seamos discretos con esto —dijo Granger—. Ryan y Chávez pueden ir a Hong Kong y hablar con Yao. Vean lo que pueden descubrir acerca de ByteRápido y luego nos informan.

Jack asintió, pero Ding dijo:

—Sam, voy a decir algo, y espero que lo consideres.

—Dilo.

—Ryan y yo nos sentimos por fuera de nuestro elemento cuando se trata de piratería informática. Es decir, incluso en términos conceptuales. No sé cómo son los servidores, cuántas personas se necesitan para manejarlos, quién hace qué, etc., etc.

—Sí. Yo tampoco —reconoció Ryan

—Sugiero que vayamos con Biery.

Granger por poco escupe su último sorbo de café al escuchar esa sugerencia.

—¿Gavin? ¿En trabajo de campo?

—Ya sé —dijo Chávez—. No me gusta pensar mucho en eso, pero él es ciento por ciento confiable y tiene toda la inteligencia que necesitamos para convencer al agente encubierto que está trabajando en esto. Creo que él podrá ayudarnos también con nuestro estado de cobertura.

—Explícate.

—Vamos a esta compañía como si estuviéramos persiguiendo a un hacker, pero Gavin es el único que puede explicar el problema que tenemos. Tengo una maestría, y Jack es un genio, pero si el tipo en el terreno comienza a hacernos muchas preguntas, se dará cuenta de que no sabemos mucho al respecto. Pareceremos como un par de trogloditas comparados con los *geeks* informáticos.

Sam asintió.

—De acuerdo, Ding. Petición concedida. Pero necesito que ustedes velen por la seguridad de Gavin. Se sentirá tan frágil como un bebé en la selva si las cosas se complican.

—Entendido. Diré que puesto que la Agencia le va a notificar al Servicio de Alguaciles de Estados Unidos, existe una buena posibilidad de que no tengamos mucho tiempo para actuar. Si ellos van a Hong Kong y arrestan a ByteRápido y lo llevan ante la justicia, es probable que nunca sepamos para quién estaba trabajando.

—Y podría hablar de nuestra operación aquí para negociar una reducción en su sentencia —dijo Chávez.

—¿Por qué no viajan esta noche? —sugirió Hendley.

—Suena bien —comentó Ryan.

—¿Ding? —preguntó Granger—. ¿Pasa algo?

—Patsy no se encuentra esta semana en la ciudad. Está recibiendo un curso en Pittsburgh hasta mañana. JP está en la escuela y luego tiene otra actividad, pero debo recogerlo a las cinco. —Pensó un momento—. No hay problema. Puedo conseguir a alguien que lo recoja.

—¿Qué va a decir Biery de ir a Hong Kong con los operativos? —preguntó Caruso.

Jack se puso de pie.

—Creo que la única manera de saberlo es preguntándole. Hablaré con él, le pediré que venga a la reunión de la tarde, escucharemos sus opiniones sobre la participación de Irán y le informaremos que viajará a Hong Kong.

TREINTA Y DOS

Todd Wicks no estaba sudando y sintió que tenía la presión sanguínea baja y el pulso también. De hecho, hacía varios años que no se sentía tan calmado.

Y esto gracias a los tres Valium que se había tomado.

Permanecía en su Lexus en el estacionamiento de Hendley Asociados, dejando que las píldoras hicieran su efecto antes de su cita. También se había aplicado tres veces el antitranspirante que utilizaba normalmente, y esta mañana no había tomado su café habitual en Starbucks para no sentir el estímulo habitual.

Había escuchado incluso *cool* jazz durante media hora en una emisora satelital en su trayecto desde D.C. hasta West Odenton, pensando que la música le daría una actitud mental aún más relajada.

A las once a.m. decidió que estaba tan preparado como le era posible, y entonces bajó de su lujoso vehículo, abrió el maletero y sacó una pequeña caja plástica que contenía su entrega para Hendley Asociados.

Sabía muy poco de esta compañía; él manejaba alrededor de cien cuentas, así que no tenía mucho sentido investigar a fondo todo lo que ofrecía o vendía, o el servicio que le prestaba a cada una de ellas. La mitad de sus clientes era de departamentos de TI de agencias gubernamentales, y la otra mitad estaba conformada por compañías como Hendley que, hasta donde Todd Wicks sabía, negociaban acciones, invertían, o algo parecido.

Él conocía a Gavin Biery y se podía decir que le caía en gracia este desaliñado *nerd* informático, aunque Gavin pudiera ser también un cascarrabias.

Y Biery no disputaba esta clasificación. Hendley Asociados era una cuenta buena y Wicks detestaba hacer cualquier cosa que pudiera hacerles daño, pero se había resignado al hecho de que era necesario.

Sabía un par de cosas acerca de espionaje industrial; leía la revista *Wired* y trabajaba en una industria donde las fortunas se ganaban y perdían por los secretos que mantenían las compañías. Seguramente los chinos habrían ocultado algún tipo de software de espionaje en el disco de fabricación alemana, probablemente en el registro de arranque principal. No sabía cómo lo habían hecho ni por qué estaban tan interesados en Hendley Asociados, pero esto no le sorprendía mucho. Los chinos eran unos cabrones inmorales cuando se trataba de robar secretos industriales, especialmente los financieros o de alta tecnología de compañías occidentales.

Wicks se sentía asqueado de ayudar a los chinos, pero tenía que reconocer que se estaba librando con relativa facilidad.

Esto era preferible que espiar contra el gobierno.

Cogió la bolsa de compras donde estaba el disco y cruzó puntualmente la puerta de Hendley Asociados, se acercó al escritorio de la recepción y dijo a los guardias de seguridad con chaquetas deportivas azules que tenía una cita con Gavin Biery.

Esperó en el vestíbulo, las rodillas un poco flojas por los relajantes musculares, pero se sentía bien en términos generales.

En realidad, se sentía más relajado que el día anterior.

—¿Qué demonios, Wicks?

Todd regresó de nuevo a la realidad, se dio vuelta y se encontró cara a cara con Gavin Biery, quien tenía cara de pocos amigos. Detrás de él estaban los dos guardias en el escritorio de la recepción.

Mierda, mierda, mierda.

—¿Ppa-pasa algo malo?

—¡Ya sabes qué es lo malo! ¡Siempre me has traído rosquillas! ¿Dónde están mis malditas rosquillas?

Todd expulsó todo el aire de sus pulmones y sintió que el sudor se le acumulaba detrás de la nuca y debajo de su camisa. Forzó una amplia sonrisa.

—Ya casi es hora del almuerzo, Gavin. Acostumbro venir mucho más temprano.

—¿En dónde está escrito que las rosquillas son sólo para el desayuno? He disfrutado ampliamente de un almuerzo más abundante que el de un oso y más de mi parte de frituras de manzana para la cena.

Antes de que Todd pudiera pensar en una respuesta graciosa, Gavin le dijo:

—Subamos a TI y echémosle un vistazo al nuevo juguete que me trajiste.

Wicks y Biery salieron del ascensor en el segundo piso y se dirigieron a la oficina de Biery. A Wicks le habría encantado entregarle el disco y marcharse de inmediato, pero siempre

iba al TI a charlar algunos minutos con Gavin y con otros empleados de ese departamento. No quería romper con esa rutina hoy
y entonces aceptó hacer una visita rápida al departamento de
informática.

Habían caminado apenas unas pocas yardas cuando Todd vio
a un hombre alto, joven y de cabello oscuro dirigirse hacia ellos.

—Oye, Gav. Te estaba buscando.

—Salgo de mi departamento cinco minutos a la semana y sólo
cuando alguien me visita —respondió Biery—. Jack, te presento
a Todd Wicks, uno de nuestros vendedores de hardware. Todd,
este es Jack Ryan.

Todd Wicks extendió la mano, y estaba saludando al joven
cuando se dio cuenta de que estaba cara a cara con el hijo del
presidente de los Estados Unidos.

De inmediato, el pánico se apoderó de su cuerpo, las rodillas
se le endurecieron y la espalda se le puso completamente rígida.

—Encantado de conocerte —dijo Ryan.

Pero Wicks no estaba oyendo. Su mente bullía al recordar que
estaba haciendo un trabajo para la inteligencia china en contra del
lugar donde trabajaba el hijo de un hombre que había entablado
una guerra contra los chinos durante su primer mandato y que
ahora estaba de nuevo en la Casa Blanca.

Wicks tartamudeó un «Encantado de conocerte» antes de que
Biery le dijera a Ryan que lo llamaría cuando se desocupara.

Jacy Ryan Jr. se dirigió al ascensor.

Mientras Gavin y Todd seguían caminando por el pasillo,
Todd Wicks se apoyó en la pared para recobrar la compostura.

—Mierda, Wicks, ¿estás bien?

—Sí—logró decir—. Supongo que estoy un poco deslumbrado.

Gavin se limitó a reír.

Se sentaron en la oficina y Biery sirvió café para ambos.

—No me habías contado que el hijo del presidente trabajaba contigo.

—Sí. Desde hace unos cuatro años. Pero no soy muy dado a hablar de eso. Y a él no le gusta llamar la atención.

—¿Qué hace aquí?

—Lo mismo que hacen todos los tipos que no están en TI.

—¿Y qué es exactamente?

—Gestión financiera, cambio de divisas. Jack es inteligente. Heredó el cerebro de su padre —respondió Biery.

Wicks no estaba dispuesto a decir a Biery que había votado por Ed Kealty en las elecciones pasadas.

—Interesante.

—Realmente *estás* deslumbrado. Rayos, parece como si hubieras acabado de ver un fantasma.

—¿Qué? No, no. Sólo estoy sorprendido. Eso es todo.

Biery lo miró un momento más, y Todd hizo todo lo que pudo para representar a un hombre calmado, tranquilo y sosegado. Recordó haber querido tomar un cuarto Valium antes de bajar de su auto. Intentó cambiar de tema, pero afortunadamente no tuvo que hacerlo.

Biery abrió la caja que contenía el disco duro y dijo:

—Aquí está.

—Así es.

Gavin sacó la placa de su funda de protección y la miró.

—¿Cuál fue el asunto con el retraso?

—¿El retraso? —preguntó Wicks con nerviosismo.

Biery ladeó la cabeza.

—Sí. Ordenamos esto el día seis. Ustedes acostumbran entregarnos los pedidos en una semana.

Todd se encogió de hombros.

—El pedido estaba pendiente. Tú me conoces, socio. Siempre te traigo todo tan rápido como puedo.

Biery se limitó a mirar al vendedor y sonrió mientras cerraba la caja.

—¿Socio? ¿Estás tratando de endulzarme? ¿De venderme algunas almohadillas para *mouse* o algo así?

—No. Simplemente estoy siendo amigable.

—Un renegón es un pobre sustituto para una caja de rosquillas.

—Lo recordaré. Espero que no hayas tenido inconvenientes porque el pedido estuviera en espera.

—No, pero instalaré personalmente el disco duro en el próximo par de días. Necesitamos la actualización.

—Genial. Realmente genial.

Biery desvió la mirada del componente que Wicks sabía que podía enviarlo a la cárcel.

—¿Te sientes bien? —le preguntó.

—Sí. ¿Por qué?

Biery ladeó la cabeza.

—Pareces un poco desconectado. No sé si necesitas unas vacaciones o si acabas de llegar de unas.

Todd sonrió.

—Es curioso que digas eso. Me iré unos días a Saint Simons Island con mi familia.

Gavin Biery concluyó que su vendedor estaba de vacaciones mentales antes de tiempo.

· · · · · · · · · ·

Biery se despidió de Todd Wicks y, en menos de veinte minutos, se encontró sentado en la sala de conferencias, al lado de la oficina de Gerry. Mientras que los otros siete hombres en la sala se veían limpios y almidonados, Gavin parecía como si hubiera subido gateando las escaleras hasta el noveno piso. Sus pantalones y camisa estaban arrugados, salvo donde su voluminosa panza apretaba la tela, su cabello estaba despeinado, y sus ojos hinchados llevaron a Ryan a pensar que parecía un viejo san Bernardo.

Jack contó a Biery acerca del descubrimiento de la NSA en torno a la conexión entre Irán y los ataques a los drones y le explicó en detalle que la información robada había sido exfiltrada a un servidor de comando en la Universidad Tecnológica Qom.

Biery comentó de inmediato:

—No creo eso ni por un segundo.

—¿No? ¿Por qué no? —le preguntó Rick Bell.

—Piensa en ello. Quienquiera que haya logrado penetrar la red de seguridad de la Fuerza Aérea y exfiltrar la información, seguramente habría ocultado el origen del ataque. Es imposible que los iraníes hayan insertado un código de línea en un virus que envíe información a un punto de recepción dentro de sus fronteras. Ellos podían poner ese servidor en cualquier lugar del planeta y utilizar otros medios para llevar la información allá.

—Entonces, ¿no crees que Irán tuvo algo que ver con esto?

—No. Alguien quiere hacernos creer que ese país está involucrado.

—Pero —dijo Ryan—, si no fueron los iraníes, ¿quiénes...?

—Fueron los chinos. No hay ninguna duda en mi mente. Ellos son los mejores, y algo como esto requiere lo mejor.

—¿Por qué los chinos? —preguntó Caruso—. Los rusos también son buenos en todo lo relacionado con la realidad virtual. ¿Por qué no podrían ser ellos?

—Les diré una buena regla general para que la recuerden cuando se trate de ciberdelitos y de ciberespionaje —explicó Gavin—. Los europeos del Este son muy buenos: los rusos, los ucranianos, los moldavos, los lituanos, etcétera. Tienen una gran cantidad de maravillosas universidades tecnológicas y educan a programadores de computadoras de alta calidad y en gran número. Y entonces, cuando estos chicos salen de la universidad... no encuentran empleo. Allá no hay trabajos, salvo en los bajos fondos. Algunos son reclutados por Occidente. De hecho, el rumano es el segundo idioma más hablado en la sede de Microsoft. Sin embargo, se trata de una pequeña fracción del número total de todo el talento que hay en Europa Central y del Este. La mayoría del resto se dedica a los delitos cibernéticos. Roban información bancaria y piratean cuentas corporativas.

»Por otra parte, en China hay unas universidades tecnológicas sorprendentes, tan buenas o mejores que en los países de la antigua cortina de hierro. También tienen un entrenamiento especial para jóvenes programadores en los estamentos militares. Y entonces, cuando estos jóvenes salen de la universidad o de los cursos de entrenamiento militares... todos y cada uno de ellos consigue empleo en uno de los numerosos batallones de información militar de guerra que hay alrededor de China o en el ciberdoctorado del Ministerio de Seguridad Estatal. Pueden trabajar también en las telecomunicaciones estatales o en algo parecido, pero incluso estos programadores son educados para ORI, es decir, para operaciones de redes informáticas, porque el gobierno tiene cibermilicias que reclutan a las mentes más brillantes para que trabajen con el Estado.

Hendley tamborileó con los dedos en el escritorio.

—Entonces, me parece que los chinos son más organizados y están más dispuestos a actuar contra nosotros.

—Sí. Un hacker ruso robará el número de tu tarjeta bancaria y tu clave. Un hacker chino hará colapsar la red eléctrica de tu ciudad y que los aviones comerciales de nuestro país se estrellen contra una montaña.

La sala de conferencias permaneció un momento en silencio.

—Pero, ¿por qué harían esto los chinos? No estamos haciendo volar drones contra ellos. Esto ha sucedido únicamente en Afganistán, en África y en Estados Unidos —señaló Chávez.

Biery pensó un momento en esto.

—No sé. Lo único que se me ocurre es que quieren distraernos.

—¿De qué? —preguntó Ryan.

—De lo que sea que estén haciendo realmente —dijo Gavin encogiéndose de hombros—. No lo sé. Yo sólo trabajo en informática. Ustedes son los agentes secretos y los analistas.

Sam Granger se inclinó en su escritorio.

—Bien. Esa es una transición adecuada en el orden del día.

Biery miró a su alrededor y no tardó en ver que todos se estaban riendo de él.

—¿Qué pasa, muchachos?

—Gavin, necesitamos que abordes un avión con nosotros esta noche —dijo Chávez.

—¿Un avión *a dónde*?

—A Hong Kong. Hemos localizado a ByteRápido Veintidós y

necesitamos tu ayuda allá, para saber más de él y descubrir para quién trabaja.

Gavin abrió los ojos más de lo normal.

—¿Localizaron a ByteRápido Veintidós?

—En realidad, fue la CIA.

—¿Y ustedes me quieren en el campo? ¿Con los operadores?

—Creemos que podrías ser una parte crucial de esta operación —dijo Ryan.

—Eso es indudable —señaló Gavin con total ausencia de modestia—. ¿Puedo llevar un calentador?

Chávez ladeó la cabeza.

—¿Un *qué*?

—Un calentador. Ya sabes. Un hierro. Una pieza.

Ryan comenzó a reírse.

—Se refiere a un arma.

Chávez gruñó.

—No, Gavin. Lamento decepcionarte, pero no llevarás un calentador.

Biery se encogió de hombros.

—De todos modos valió la pena intentarlo.

John Clark estaba sentado en su porche, contemplando el pastizal en la tempestuosa tarde de otoño. En su mano izquierda tenía un libro de bolsillo que había tratado de leer durante los últimos días, y en su mano derecha sostenía una bola de tenis.

Cerró los ojos lentamente y se concentró en apretarla. Sus tres dedos funcionales ejercieron la suficiente presión como para deformar ligeramente la bola de caucho, pero su dedo índice flaqueó un poco.

Lanzó la bola al patio trasero y se concentró de nuevo en el libro.

Su teléfono móvil sonó y le agradó distraerse un momento en aquella tarde aburrida, así lo estuviera llamando algún vendedor telefónico.

Leyó el nombre en el teléfono y su ánimo mejoró de inmediato.

—Hola, Ding.

—Hola, John.

—¿Cómo estás?

—Bien. Tenemos una pista sobre el Disco de Estambul.

—Excelente.

—Sí, pero aún nos falta mucho trabajo. Ya sabes cómo son las cosas.

Clark lo sabía, pero actualmente se sentía completamente desinformado.

—Sí. ¿Puedo ayudar en algo?

Ding hizo una pausa.

—Lo que sea, Ding —repitió Clark.

—John, esto es una mierda. Pero no puedo hacer nada.

—Simplemente dilo.

—Se trata de JP. Patsy regresa mañana de Pittsburgh y me dirijo a BWI para viajar a Hong Kong.

Un niñero —se dijo Clark para sus adentros. Ding lo estaba llamando porque necesitaba un niñero. John se recobró rápidamente y dijo:

—Lo recogeré en la escuela y estará con nosotros hasta que Patsy regrese.

—Realmente te lo agradezco. Recibimos una pista pero no hay tiempo...

—No hay ningún problema. Encontré un nuevo sitio de pesca y quería mostrárselo a JP.

—Eso es genial, John.

—Cuídense las espaldas en Hong Kong, ¿me oyes?

—Por supuesto.

TREINTA Y TRES

· · · · · · · · · · · ·

El presidente de los Estados Unidos, Jack Ryan, abrió los ojos, los enfocó rápidamente en la oscuridad y vio a un hombre al pie de su cama.

Esto asustaría a muchas personas, pero Ryan se limitó a frotarse los ojos.

Era el oficial de noche, en este caso un miembro uniformado de la Fuerza Aérea. Permaneció incómodo al lado de la cama, esperando a que el presidente despertara.

Los presidentes rara vez son despertados si sucede algo tan maravilloso que el oficial de noche simplemente tiene que contárselo, así que Jack sabía que se trataba de una mala noticia.

No sabía si el hombre lo había sacudido o llamado. Esos tipos siempre parecían preocupados por interrumpir el sueño del presidente, sin importar que muchas veces les dijera que le comunicaran las noticias importantes y que no se preocuparan por algo tan irrelevante como «sacudirlo y despertarlo» a medianoche.

Se sentó tan rápido como pudo, cogió los lentes de lectura de la mesa de noche y luego salió con él de su habitación para dirigirse al West Sitting Hall. Los dos caminaban en silencio para no despertar a Cathy. Jack sabía que ella tenía el sueño liviano y, en los años que llevaban en la Casa Blanca, despertarse a media noche era casi la norma, lo que con más frecuencia que no, perturbaba el sueño de su esposa.

Había algunas luces encendidas en las paredes, pero, por lo demás, el salón estaba tan oscuro como su dormitorio.

—¿Qué pasa, Carson?

El oficial de la Fuerza Aérea habló en voz baja:

—Señor presidente, el secretario de Defensa Burgess me pidió que lo despertara y le informara que, aproximadamente hace tres horas, las fuerzas del EPL chino desembarcaron un batallón de ingeniería y un elemento de tropas de combate en el Arrecife de Scarborough, en Filipinas.

Jack deseó haberse sorprendido por esta información.

—¿Hubo alguna resistencia?

—De acuerdo con los chinos, un bote de la patrulla costera filipina les disparó. El barco fue hundido por un destructor chino tipo *Luda*. Aún no sabemos el número de bajas.

Jack exhaló un suspiro de cansancio.

—De acuerdo. Dile al secretario de Defensa que venga. En treinta minutos estaré en la Sala de Situaciones.

—Sí, señor presidente.

—Quiero que Scott Adler, el PACOM Jorgensen, el embajador Li y Foley, de la DNI, estén en la sala o participen por medio de una video conferencia. Y —Ryan se restregó los ojos—, lo siento, Carson. ¿Me estoy olvidando de alguien?

—Mm... ¿del vicepresidente, señor?

Jack asintió con rapidez bajo la luz tenue de la sala de espera.

—Gracias. Sí, infórmale al vice.

—Sí, señor.

. . . .

El presidente Ryan se sentó a la mesa de conferencias y tomó su primer sorbo de lo que sabía que serían muchas tazas de café. La Sala de Situaciones adyacente estaba abarrotada, y la sala de conferencias se había llenado antes de que él llegara.

Bob Burgess y varios de sus asesores militares del Pentágono acababan de llegar. Todos se veían como si hubieran permanecido despiertos la noche entera. Mary Pat Foley también estaba presente. Arnie van Damm se encontraba en la sala, pero el comandante de la Flota del Pacífico, el vicepresidente y el secretario de Estado, se encontraban fuera de la ciudad, aunque estaban conectados a la videoconferencia, y el personal de su oficina estaba de pie junto a las paredes.

—Bob —dijo Ryan—. ¿Qué es lo último?

—Los filipinos dicen que el barco que les hundieron llevaba veintiséis marineros. Lograron sobrevivir, pero habrá bajas humanas. Hay otros barcos de guerra filipinos en el área, aunque su armamento es muy inferior y seguramente no atacarán a los chinos.

—¿Y las tropas chinas están en territorio filipino?

—Sí, señor. Tenemos satélites allá y estamos recolectando imágenes. El batallón de ingeniería ya está fortificando posiciones.

—¿Qué quieren en ese arrecife? ¿Tienen algún objetivo militar, o se trata de derechos de pesca?

—Lo hacen simplemente para incrementar su presencia en el mar de China Meridional y para despertar una reacción, señor presidente —dijo Mary Pat Foley.

—Mi reacción.

—En efecto.

El presidente Ryan pensó un momento. Luego dijo:

—Necesitamos enviar un mensaje inmediato y hacerles saber que no estamos retorciendo nuestras manos mientras observamos sus acciones allá.

Scott Adler habló en el monitor que había en la sala.

—El submarino que fue a la bahía de Súbic hace un par de semanas: los chinos sostendrán que esa provocación tuvo algo que ver con esto.

—No creo ni por un instante que nosotros estemos causando esto. Salvo por dispararles a los chinos, ellos van a hacer sus movimientos en el plazo previsto —dijo Jack.

—Pero no queremos caer en la trampa de darles una excusa para magnificar la situación —señaló Adler.

—Es un buen argumento, Scott, pero no responder es también una disculpa. Parecerá que les estamos dando luz verde. Y no voy a darles ninguna luz verde.

Ryan miró a Burgess.

—¿Tienes sugerencias, Bob?

Bob se dirigió al almirante Jorgensen, que estaba en el monitor.

—Almirante, ¿qué activos tenemos preparados para desplegar rápidamente en el área? ¿Algo que les muestre que nos estamos tomando esto en serio?

—El *Ronald Reagan* está en el mar de China oriental y se dirige hacia el grupo aeronaval «Grupo Aeronaval Nueve». Podemos llevarlo hoy mismo al oeste. Estará frente a las costas de Taiwán este fin de semana.

—No recomiendo eso —advirtió Adler.

Arnie van Damm coincidió con él.

—Yo tampoco. Señor presidente, la prensa lo ha criticado

a usted por oponerse al país que es dueño de nuestra deuda extranjera.

Ryan reaccionó con rabia.

—Si los estadounidensess quieren subyugarse a los chinos, entonces necesitan poner a otra persona aquí para encargarse de eso. —Jack se pasó los dedos por su cabello canoso mientras se calmaba. Luego dijo—: No vamos a entrar en guerra por el arrecife de Scarborough. Los chinos saben eso. Ellos esperan que enviemos portaviones cerca de nuestros aliados. Ya lo hemos hecho antes. Hágalo, almirante. Y asegúrese de que el grupo de portaviones tenga todo lo que necesite.

Jorgensen asintió al tiempo que Burgess se dirigía a uno de los oficiales de la Marina que estaban apoyados contra la pared y con quien comenzaba a hablar.

—Este no es el fin del juego —dijo Jack—. Que este batallón tome el arrecife es sólo un pequeño paso. Protegemos a Taiwán, apoyamos a nuestros amigos en el mar de China Meridional y aseguramos a China que no vamos a quedarnos con los brazos cruzados. Quiero información sobre sus intenciones y capacidades.

Los hombres y mujeres que estaban en el salón de conferencias de la Sala de Situaciones habían recibido instrucciones. Iba a ser un largo día.

A Valentín Kovalenko le gustaba Bruselas en otoño. Había pasado un tiempo allí cuando trabajaba para el SVR y le parecía una ciudad hermosa y cosmopolita de un modo que Londres no lograba serlo, y que Moscú no podía imaginar siquiera.

Se sintió complacido cuando Centro le ordenó que fuera a

Bruselas, pero la naturaleza de esta operación le había impedido disfrutar de la ciudad.

En este momento estaba en la parte trasera de una van caliente, llena de equipos cifrados, mirando por la ventana de atrás a clientes acaudalados entrar y salir de un costoso restaurante italiano.

Intentó permanecer concentrado en la misión, pero no pudo dejar de pensar en un pasado no muy lejano cuando estaba en aquel restaurante, disfrutando de un plato de lasaña y una copa de Chianti y le ordenaba a otro cabrón que permaneciera en la van.

Kovalenko nunca había sido un bebedor. Su padre, al igual que muchos hombres de su generación, era un consumidor de vodka de talla mundial, mientras que Valentín prefería una copa de buen vino para acompañar las comidas, o un aperitivo o digestivo ocasional. Pero desde su experiencia en la prisión de Moscú y la presión de trabajar para su misterioso empleador, había adquirido el hábito de mantener siempre unas pocas cervezas en el refrigerador o una botella de vino que bebía todas las noches para poder conciliar el sueño.

Era algo que no afectaba su trabajo, razonó, y que le ayudaba a mantener sus nervios estables.

Valentín miró a su socio de hoy, un asistente técnico alemán de sesenta y algo de años llamado Max, quien no había dicho una sola palabra en toda la mañana además de lo estrictamente necesario para la misión. A comienzos de la semana, cuando se habían encontrado en un estacionamiento en la terminal ferroviaria de Bruselas-Midi, Kovalenko había tratado de enfrascar a Max en una conversación sobre Centro, su jefe mutuo. Pero Max no había aceptado. Se había limitado a levantar una mano y a decir que necesitaba varias horas para ensayar el equipo y que la casa escondite de ellos debía tener un garaje con varias tomas eléctricas.

El ruso sintió la desconfianza del alemán, como si Max creyera que Valentín le informaría a Centro de cualquier cosa que le dijera.

Valentín supuso que todo el aparato de operaciones de Centro mantenía la seguridad organizacional basada en el principio de la desconfianza mutua.

Casi al igual que el SVR, el antiguo empleador de Valentín.

En este instante, Valentín olió el aroma a ajo salir por la puerta del Stella d'Italia, y esto le hizo sonar el estómago.

Intentó alejar esta sensación de su mente, pero esperaba a toda costa que su objetivo terminara pronto y se dirigiera de nuevo a su oficina.

Como si estuvieran sincronizados, el hombre, que estaba impecablemente vestido con un traje azul a rayas y zapatos color cereza con costuras perforadas, salió por la puerta de entrada, estrechó la mano a dos hombres que habían venido con él y empezó a caminar hacia el sur.

—Es él. Está regresando a pie. Hagámoslo ahora —dijo Valentín.

—Estoy listo —confirmó Max con su típica parquedad.

Kovalenko se arrastró rápidamente al lado de Max y llegó a la silla del conductor. Los aparatos electrónicos zumbaban, bullían y calentaban el aire inmóvil a su alrededor. En un momento dado tuvo que estirarse por completo contra la pared mientras se arrastraba, pues un tubo metálico salía hacia el techo de la van. El tubo contenía cables que estaban conectados a una pequeña antena que sobresalía por encima del techo y que Max podía mover en cualquier dirección.

Valentín se sentó detrás del volante y comenzó a seguir a su objetivo a cierta distancia por la Avenue Dailly, girando lentamente a la izquierda en Chaussée de Louvain.

Kovalenko sabía que el hombre se desempeñaba como asistente del secretario para diplomacia pública en la OTAN, la Organización del Tratado del Atlántico Norte. Era un canadiense, tenía alrededor de cincuenta y cinco años, y no era en modo alguno un objetivo difícil.

Y aunque trabajaba para la OTAN, no tenía porte militar. Era un diplomático, una contratación política.

Centro no había informado de esto a Valentín, pero el asistente del secretario estaba muy cerca de ser el acceso de Centro a la red informática de seguridad de la OTAN.

Kovalenko no entendía el zumbido ni el bullicio tecnológico que había en la van; para eso estaba Max. Pero sabía que la pequeña antena del techo podía detectar y recibir señales filtradas de radio de un teléfono móvil o, más específicamente, del chip del teléfono que realiza los cálculos de codificación, garantizando así la seguridad del aparato. Al tomar estas señales filtradas, recibidas inicialmente como una serie de picos y valles en las ondas radiales, y luego convertidas por la computadora de la van en los 1s y 0s que conforman cualquier señal electrónica, la clave de codificación del teléfono podía ser descifrada.

Mientras seguían al asistente del secretario, Kovalenko se sintió complacido al ver que el hombre sacaba el teléfono del bolsillo de su chaqueta y hacía una llamada.

—Está hablando, Max.

—*Ja*.

Mientras conducía, Kovalenko escuchó a Max mover interruptores y escribir en su teclado.

—¿Cuánto tiempo?

—No mucho.

El ruso tuvo cuidado de permanecer lo suficientemente cerca del objetivo como para que la antena captara la señal, pero también lo suficientemente lejos como para que si el funcionario miraba por encima del hombro, no advirtiera la presencia de una van de color beige y de aspecto sospechoso circulando despacio en posición de las «cinco».

El asistente terminó su llamada y guardó el teléfono en su bolsillo.

—¿Lo lograste?

—Sí.

Valentín giró a la derecha en la próxima intersección y salió del barrio.

Se detuvieron en el estacionamiento de la terminal ferroviaria y Kovalenko fue a la parte trasera de la van para ver trabajar al técnico.

Valentín sabía que el teléfono inteligente utilizaba un algoritmo tipográfico común llamado RSA. Era eficaz, aunque no nuevo, y se podía intervenir fácilmente con las herramientas que tenía el técnico.

Cuando el alemán obtuvo la clave, el software le dijo que ya podía intervenir el aparato. Abrió el sitio Web de la red de control segura de la OTAN en Bruselas luego de pocos clics y luego envió la información de codificación que había tomado del hombre del departamento de diplomacia pública.

A continuación, conectó el teléfono inteligente a su software y entró a la red segura de los Servicios de Sistemas de Comunicación e Información de la Agencia.

Max y Valentín tenían la responsabilidad de entrar a la red

sólo para comprobar el acceso. No podían hacer nada más salvo regresar a su casa escondite y enviar por correo electrónico la información de codificación del teléfono del diplomático a Centro. El alemán se marcharía de inmediato, pero Valentín tardaría un día o dos en desmantelar la van y en limpiar por completo la casa escondite, y entonces se marcharía de Bruselas.

Un trabajo fácil, pero eso no era nada nuevo. Kovalenko había concluido el mes pasado que su trabajo era poco más que un juego de niños.

Había decidido que esperaría la hora propicia, y que muy pronto escaparía. Dejaría atrás a Centro y a su organización.

Todavía tenía amigos en el SVR, estaba seguro de ello. Se contactaría con alguien de una Embajada en algún lugar de Europa y le ayudarían. Sabía que no podía volver a Rusia. Allí, el gobierno podía capturarlo y «desaparecerlo» sin mayores problemas, pero él se contactaría con uno o dos antiguos amigos de alguna delegación extranjera y comenzaría a trabajar para poder regresar algún día.

Sin embargo, necesitaba dinero para viajar y esperar, así que Kovalenko tendría que seguir trabajando para Centro antes de estar listo para hacer su próxima jugada.

Aunque el gánster ruso le había advertido que Centro lo mataría, Valentín no se sentía preocupado. Sí, Centro lo había librado de su desagradable estancia en la prisión Matrosskaya Tishina, pero Kovalenko creía que estaría relativamente a salvo de esos matones si permanecía fuera de Rusia.

Esta era una organización de piratas informáticos y de especialistas en vigilancia técnica. Después de todo, no parecía que en la organización de Centro fueran propiamente asesinos.

TREINTA Y CUATRO

l capitán Brandon «Basura» White desvió la mirada de sus instrumentos, concentró su atención fuera de la cabina y sólo vio la negra noche y las gotas de lluvia iluminadas por las luces de su aeronave.

En algún lugar de allí, a las once horas y a varios cientos de pies debajo de él, una cubierta tan pequeña como una estampilla en medio del océano aparecía y desaparecía bajo el mar agitado. Volaba a ciento cincuenta millas por hora, salvo cuando los fuertes vientos a esta altitud lo detenían, le hacían aumentar la velocidad o lo movían a la izquierda y a la derecha.

Y en sólo un par de minutos, él, Dios mediante, aterrizaría en esa pequeña estampilla que se movía de manera errática.

Era un aterrizaje Caso Tres, una operación nocturna, lo cual significaba que había estado «volando las agujas», es decir, observando las agujas del Sistema de Aterrizaje automático del avión de transporte proyectadas en el monitor que tenía arriba de la cabina. Mantenía su aeronave alineada en el centro de la pantalla mientras se acercaba al portaviones, lo que era relativamente fácil, pero estaba a punto de salir del radar de control y acercarse al oficial de las luces de aterrizaje durante los últimos cientos de pies que le faltaban para llegar a la cubierta, y por poco deseó seguir volando un poco más para recobrar la compostura.

Se decía que los vientos al nivel de la cubierta eran de «ángulo abajo», es decir, que soplaban de la proa a la popa, y eso le ayudaría un poco mientras bajaba, pero lo cierto era que se estaba dando muchos golpes contra la cabina y las manos le sudaban dentro de sus guantes debido al esfuerzo para permanecer alineado.

Sin embargo, la situación era segura arriba, pero completamente peligrosa abajo en la cubierta.

Basura detestaba con todas sus fuerzas aterrizar en portaviones, pero aún cien veces más en horas de la noche. Si a esto se le añadía un clima horrendo y un mar tormentoso, no sería exagerado decir que White estaba teniendo una noche de mierda.

Allá. Allá abajo, más allá de toda la información digital proyectada en la pantalla que tenía sobre él, vio una pequeña fila de luces verdes con una amarilla en el medio. Era el sistema de aterrizaje óptico, y su tamaño y resplandor aumentaron en su HUD.

Un instante después se escuchó una voz en su radio, lo suficientemente fuerte como para ser audible en medio del fuerte sonido de su propia respiración que se oía en el intercomunicador.

—Cuatro-ocho, tres cuartos de milla. ¿Ves la luz?

Basura hundió la tecla de transición.

—Cuatro-ocho, Hornet-luz, cinco-punto-nueve.

El oficial de aterrizaje respondió con voz suave y calmada:

—Luz copiada. Estás alineado a la izquierda. No subas más.

Basura movió ligeramente la palanca del acelerador con la mano izquierda y la palanca de mando un poco a la derecha con la otra mano.

Marines en portaviones. ¿Por qué? —pensó Basura. Obviamente, él sabía la respuesta. La llamaban integración de portaviones. Los marines llevaban veinte años despegando de portaviones como resultado de alguna idea brillante que se le ocurrió a algún oficial sentado en un escritorio. Era una manifestación del pensamiento de que cualquier cosa que pudiera hacer la Aviación Naval, se suponía que también podía hacerla la Aviación de la Infantería de Marina.

Lo que fuera.

En lo que concernía a Basura White, sólo porque la Infantería de Marina pudiera hacerlo, no significaba necesariamente que debería hacerlo. La labor de los marines consistía en dormir en carpas debajo de redes camufladas con otros marines, caminar en medio del pantano hacia sus aviones y luego despegar y apoyar a sus compañeros marines en el campo de batalla.

Su labor no consistía en vivir en —y despegar de— un maldito barco. Esa era la opinión de Basura, pero no es que nadie se la hubiera pedido nunca.

Se llamaba Brandon White, pero desde hace mucho tiempo nadie le decía así. Todo el mundo le decía Basura. Sí, se debía a una broma basada en su apellido, pero este hombre originario de Kentucky no era realmente alguien a quien, salvo los norteños de sangre más azul, llamarían basura blanca. Su padre era un exitoso médico podiatra en Louisville, y su madre era profesora de historia de arte en la Universidad de Kentucky.

No era exactamente un apodo sucio, pero su sobrenombre ya era una parte suya y, tenía que admitirlo, había apodos peores que Basura.

Conocía a un piloto en otro escuadrón, a quien le decían Destrozador, un sobrenombre que le pareció genial a Basura, hasta que supo que el pobre tipo había recibido este apodo después de una noche en que tomó muchas margaritas en un bar de Key West. Mientras salía tambaleando del baño, la piel de los testículos quedó engarzada en el cierre de su pantalón, no pudo desprenderla, y tuvieron que llevarlo al hospital. El término médico que escribió la enfermera de la sala de emergencias en su registro fue «destrozo testicular», y aunque el joven teniente se recuperó del infortunado incidente, estaba completamente seguro de que nunca podría olvidarse de aquella noche en los cayos, pues se convirtió en su apodo permanente.

Recibir un sobrenombre por algo relacionado con su apellido, como era el caso de Basura White, parecía algo mucho menos problemático.

Cuando era niño, Brandon quería ser un piloto de la NASCAR, pero cuando tenía alrededor de quince años dio una vuelta en la avioneta de un amigo de su padre y definió el curso de su vida. Esa mañana que pasó volando a baja altura sobre cultivos de soya en un biplano de dos puestos descubiertos, le mostró que la verdadera emoción no estaba en una pista en forma de óvalo, sino en el cielo completamente abierto.

Habría entrado a la Fuerza Aérea o a la Naval, pero un amigo de su hermano mayor se unió a los marines y convenció a Brandon de que entrara a esta división la noche que regresó de Paris Island, cuando los invitó a su hermano y a él a un McDonald's y les contó muchas historias sobre el hombre duro que era.

Ahora, White tenía veintiocho años y era piloto de un caza táctico F/A-18 Hornet, un avión tan distinto a una avioneta agrícola como podría existir.

A Basura le encantaba volar, y también le encantaba la Infantería de Marina. Llevaba los últimos cuatro meses estacionado en Japón, y lo había disfrutado tanto como era posible. Japón no era tan divertido como San Diego, Key West o los otros lugares donde había estado estacionado, pero no tenía quejas.

No hasta anteayer, cuando supo que su escuadrón de doce aviones se dirigiría al *Ronald Reagan* para apresurarse a Taiwán.

El día después de que Estados Unidos anunció que el *Reagan* se acercaría a la República de China, los aviones de la Fuerza Aérea del Ejército Popular de Liberación comenzaron a hostigar a las aeronaves taiwanesas alrededor del estrecho de Taiwán en señal de retaliación. Basura y sus marines recibieron órdenes de aterrizar en el portaviones para reforzar a los Super Hornets de la Fuerza Naval que ya estaban a bordo. Juntos, los pilotos de la Fuerza Naval y de los marines realizarían misiones de combate y de patrullaje aéreo en el lado de la República de China de la línea central del estrecho de Taiwán.

Sabía que los chinos perderían seguramente el control cuando supieran que los aviones estadounidenses estaban protegiendo a la República de China, pero a Basura no le importó. Le alegraba la oportunidad de que la situación con los chinos se hubiera complicado. Si iba a haber acción y los F/A-18C iban a participar, Basura quería definitivamente que la Infantería de Marina estuviera allí y también que su propio avión hiciera parte de esto.

Pero él detestaba los barcos. Había pasado las pruebas en los portaviones —todos los marines tenían que hacerlo— pero tenía menos de veinte aterrizajes en su haber, y todos ellos los había hecho hacía más de tres años. Sí, en el último par de semanas había estado realizando FCLP (prácticas de aterrizaje en portaviones, por sus siglas en inglés) en un campo de Okinawa, donde había aterrizado en un pedazo de pista que tenía cables de frenado iguales a los de un portaviones, pero esa porción de concreto plano era muy distinta del «balanceo del holandés» en medio de la oscuridad y una tormenta como la que azotaba la cubierta del *Reagan* que tenía debajo.

La FLCP era muy distinta de lo que estaba haciendo ahora. Dos minutos atrás, el líder de vuelo de Basura, el mayor Scott «Queso» Stilton, aterrizó en la cubierta y tocó los cuatro cables en un aterrizaje largo pero aceptable. Los otros diez pilotos de los aviones F/A-18C de la Marina habían aterrizado esa noche antes que Queso. Basura era el último en estar en el cielo esta noche, con la excepción del reabastecedor, pero esto le disgustaba a Basura porque el clima estaba empeorando a cada minuto y él tenía mucho menos de seis mil libras de combustible, lo que significaba que sólo podría hacer dos intentos en la cubierta antes de tener que reaprovisionarse de combustible e intentarlo otra vez, haciendo que todos los que realizaban operaciones de vuelo en el USS *Ronald Reagan* tuvieran que esperarlo.

—Más poder. Estás bajo —le dijo el oficial de control de aterrizaje por la radio.

Basura había bajado demasiado el acelerador. Lo subió de nuevo, y su avión ascendió demasiado.

Demasiado alto significaba que él tocaría los cuatro cables, los últimos que estaban en la cubierta, o que haría un tornillo, es decir, que dejaría de tocar los cuatro cables y aterrizaría en la cubierta. En el caso de un tornillo, él despegaría justo al final, subiría de nuevo al cielo completamente negro y entraría otra vez a la zona de aterrizaje.

Demasiado alto no sería bueno, pero era mucho mejor que demasiado bajo.

Demasiado bajo, que era no tocar un solo cable, pero volar *realmente* demasiado bajo significaba golpear una rampa, que era el término que utilizaban los operadores de los portaviones para chocar contra la popa del barco, morir y enviar el avión en llamas rodando por la cubierta hecho una bola de fuego, lo cual podría ser convertido en un video utilizado en programas de entrenamiento en portaviones como un ejemplo claro y contundente de lo que *no* se debía hacer.

Basura no quería hacer un tornillo, pero era mucho mejor que la otra opción.

Basura se concentró en la «albóndiga», la luz ámbar en el centro de luz óptica de aterrizaje (OLS, por sus siglas en inglés) que ayudaba a los pilotos a mantener el ángulo apropiado mientras se acercaban a la pista. Aunque su instinto humano le decía que observara la pista mientras se acercaba a ciento cincuenta millas por hora, él sabía que tenía que ignorar su punto de impacto y confiar en que la «albóndiga» le ayudaría a aterrizar de una manera segura. Ya estaba sobre la bola, centrado en el medio del OLS, indicando una buena trayectoria de planeo, tres-punto-cinco grados de descenso, y le faltaban pocos segundos para tocar la cubierta. Parecía que iba camino a un aterrizaje de tres cables, que era seguro y aceptable si se tenía en cuenta el clima.

Pero un momento antes de que las ruedas y el gancho de la cola tocaran el suelo, la bola ambarina se elevó sobre el centro horizontal verde de las luces de referencia del OLS.

—Hazlo con calma —dijo el oficial de señales de aterrizaje.

Basura echó rápidamente el acelerador hacia atrás, pero la bola ambarina se elevó más y más.

—Enciende de nuevo el poder —le advirtió el oficial de señales de aterrizaje.

Basura tardó un momento en darse cuenta, pero fue sólo porque no era un piloto de la Fuerza Naval acostumbrado a aterrizar en portaviones. *Había* estado perfectamente alineado, pero la cubierta en movimiento estaba bajando de nivel ahora a medida que el *Ronald Reagan* se deprimía entre el fuerte oleaje del océano.

Las ruedas del avión tocaron la pista, pero Basura sabía que había aterrizado más allá de lo recomendable, y que le quedaba poca pista. Subió el acelerador al máximo poder y ganó una gran velocidad. Avanzó a toda marcha por la pista hacia la oscuridad impenetrable que tenía adelante.

—¡Bólter! ¡Bólter! ¡Bólter! —dijo el oficial de señales de aterrizaje, confirmando algo que ya sabía Basura.

Segundos después estuvo de nuevo en el cielo negro, elevándose sobre el mar y entrando de nuevo al patrón bólter/agitación con su avión, el único que había en el aire.

Si no lograba aterrizar en su próximo intento, el jefe aéreo del portaviones, el oficial a cargo de todas las operaciones de vuelo, lo enviaría a abastecerse de combustible detrás del F/A-18E que estaba dando vueltas adelante y a la izquierda de la proa del *Reagan*.

Basura tenía la fuerte sospecha de que el piloto del reabastecedor tenía tan pocos deseos de estar en medio de la oscuridad como él, y seguramente quería que ese maldito piloto de la Marina dejara su avión en la cubierta para irse a descansar.

Basura se concentró en sus instrumentos mientras se nivelaba y comenzaba a hacer una serie de giros para completar su aterrizaje.

Cinco minutos después estaba alineado de nuevo encima del portaviones.

—Cuatro-ocho, aquí Paddles —le dijo por la radio el oficial

de señales de aterrizaje—. La cubierta se está moviendo un poco. Concéntrate en un buen comienzo y en no controlarte en exceso en el medio.

—Cuatro-ocho, Hornet-luz, cinco-punto-uno. —Observó la bola, que era prácticamente la única maldita cosa que podía ver en este punto, y supo que estaba muy alto.

—Bola, entendido. Alto de nuevo. Baja —le dijo el oficial.

—Entendido. —Basura bajó ligeramente el acelerador.

—Estás alto y alineado a la derecha —le informó el oficial—. Ve con calma. Alíneate a la derecha.

Basura tiró de nuevo del acelerador con la mano izquierda y empujó la palanca de mando hacia la derecha.

Quedó bien centrado sobre la cubierta que estaba adelante y abajo, pero su altura era excesiva.

Le faltaba muy poco para hacer otro bólter.

Y entonces, mientras cruzaba el umbral de la popa del enorme portaviones, vio las luces y la cubierta elevarse en el cielo negro hacia la parte baja de su avión como si se tratara de un levantamiento hidráulico.

La cola de su avión tocó los tres alambres y el cable de frenado lo contuvo, haciendo que su avión cargado que volaba a ciento cincuenta millas por hora se detuviera por completo en menos de tres segundos.

Basura se sacudió luego de detenerse de una manera violenta pero afortunada en la cubierta del *Ronald Reagan*.

Un instante después, el jefe de operaciones aéreas le habló por el auricular.

—Bueno, si no puedes venir al *Reagan*, el *Reagan* vendrá a ti.

Basura soltó una risa cansada. Su aterrizaje sería calificado, al igual que todos los aterrizajes en portaviones. Sería considerado aceptable, lo cual le parecía bien, pero el jefe aéreo había sido claro en señalar que sabía que la única razón por la que él no había hecho otro bólter era porque el portaviones se había levantado y lo había atrapado desde el cielo.

Sin embargo, se sintió contento de estar en la cubierta.

—Sí, señor —dijo.

—Bienvenido a bordo, marine.

—*Semper fi*, señor —dijo Basura con un poco de falsa bravata. Retiró sus manos enguantadas de la palanca y el acelerador y se las puso en la cara. Los guantes se agitaron un poco, lo que no le sorprendió en lo mínimo.

—Detesto los barcos —se dijo.

TREINTA Y CINCO

············

La oficina de Servicios Investigativos Empresariales SinoShield Limited estaba localizada en el piso treinta y tres del IFC2, Two International Finance Centre, que, con ochenta y ocho pisos, era el segundo edificio más alto de Hong Kong y el octavo edificio de oficinas más alto del mundo.

Gavin, Jack y Domingo vestían costosos trajes y llevaban maletines y folios de cuero; encajaban perfectamente con los miles de clientes y oficinistas que caminaban por los pasillos del IFC2.

Los tres americanos dieron el número de la oficina a la recepcionista, quien llamó al señor Yao y habló brevemente en cantonés con él. Luego les dijo:

—Llegará en un momento. ¿Quieren sentarse?

Ellos tuvieron la impresión de que varias pequeñas compañías compartían el escritorio de registro, la recepcionista y todas las áreas comunes del piso treinta y tres.

Pocos minutos después, un hombre asiático, joven y apuesto avanzó por la alfombra del pasillo hacia el área común. A diferencia de la mayoría de los hombres de negocios chinos, no llevaba chaqueta. Tenía su camisa de color lavanda ligeramente arrugada y los puños remangados a la altura de los codos. Se acomodó la corbata con las manos mientras se acercaba a los tres hombres.

—Buenos días, caballeros —les dijo con una sonrisa cansada y extendió la mano. No tenía vestigios de ningún acento, a excepción tal vez de un dejo del sur de California—. Adam Yao, a su servicio.

Chávez le estrechó la mano.

—Domingo Chávez, director de seguridad corporativa.

—Señor Chávez —dijo Yao con amabilidad.

Jack y Ding reconocieron de inmediato que el joven era probablemente un gran oficial de inteligencia y un magnífico jugador de póquer. Todos los miembros del Servicio Clandestino de la CIA reconocerían de inmediato el nombre de Domingo Chávez, y sabían que tendría entre cuarenta y cinco y cuarenta y nueve años aproximadamente. El hecho de que Yao no vacilara en lo mínimo y que demostrara haber reconocido a una leyenda de la CIA era prueba de sus destrezas en el oficio.

—Jack Ryan, analista financiero asociado —dijo Jack mientras le estrechaba la mano al asiático.

Esta vez, Adam Yao denotó una sorpresa genuina.

—Guau —exclamó con una sonrisa radiante—. Jack junior. Lo único que sabía acerca de Hendley Asociados era que el senador Hendley llevaba las riendas del negocio. No sabía que tú...

Jack lo interrumpió.

—Sí, trato de mantener un perfil bajo. Soy sólo uno de los gruñones que trabaja con un teclado y un *mouse*.

Yao lo miró como si creyera que el comentario de Jack era simple modestia.

Le presentaron a Gavin Biery y condujo a los tres hombres a su oficina.

—Siento haber concertado este encuentro contigo de una manera tan repentina, pero teníamos un problema y necesitábamos a alguien que conociera el terreno —dijo Chávez.

—Mi secretaria me dijo que los representantes de su compañía estaban en la ciudad y que habían solicitado una breve consulta —respondió Yao—. Honestamente, quisiera darles más de veinte minutos, pero no tengo tiempo. Tal como estoy seguro de que ustedes pueden imaginar, las investigaciones sobre propiedad intelectual en Hong Kong y en China mantienen ocupada a una persona de mi profesión. No me estoy quejando, por más que esté reducido a hacer pequeñas siestas en el sofá de mi oficina en vez de dormir en mi casa y tener una vida decente. —Agitó la mano en referencia a su camisa ligeramente arrugada, disculpándose por su aspecto cansado.

Mientras entraban a su pequeña y espartana oficina, Jack le dijo:

—Apreciamos cualquier tiempo que tengas para hablar con nosotros. Realmente lo apreciamos.

La secretaria de Yao trajo café a los cuatro hombres y dejó la bandeja en una pequeña área social frente al desordenado escritorio de Adam.

Jack se preguntó en qué estaría pensando Yao. Tener al hijo del presidente de los Estados Unidos en su oficina debía ser algo agradable, pues Jack se sentía orgulloso de su apellido y, aunque siempre era modesto, reconocía al menos eso. Pero no tenía la menor duda de que conocer a Domingo Chávez y conversar con él sería uno de los eventos seminales en la vida de este oficial de la CIA.

—Y —dijo Yao—, ¿cómo se enteraron ustedes de mí?

—Por un artículo en el que apareció tu firma y un par de otras hace algunos meses en el periódico *Investor's Business Daily*

—respondió Jack—. Cuando nuestros problemas nos trajeron aquí a Hong Kong, lo miramos de nuevo y llamamos a tu oficina.

—Ah, sí. Fue un caso en el que trabajamos el año pasado, relacionado con algunas patentes de alta tecnología que estaban falsificando en Shenzhen. Es algo que sucede todo el tiempo, pero fue agradable obtener publicidad gratis.

—¿Qué tipo de proyectos estás realizando en estos días? —le preguntó Jack.

—Podría ser cualquier cosa realmente. Tengo clientes en el sector informático, en el farmacéutico, en las ventas al por menor, en el editorial e incluso en el de restaurantes.

—¿En el de restaurantes?

Adam asintió.

—Sí, hay una importante cadena del sur de California con más de sesenta locales. Y resulta que aquí hay once locales de los que ellos no tenían conocimiento.

—Debes de estar bromeando —dijo Biery.

—No. Tienen el mismo nombre, los mismos letreros, el mismo menú y los mismos sombreros pequeños para los empleados. Sólo que los propietarios de la cadena no reciben un solo centavo de las ganancias.

—Increíble.

—Es algo que cada vez sucede con mayor frecuencia. Acaban de cerrar una cadena de supuestas tiendas de Apple que vendían falsificaciones de Mac. Incluso los empleados creían trabajar para Apple.

—Debe ser difícil cerrar ese tipo de negocios —dijo Ryan.

Yao sonrió complacido

—Lo es. Me gustan las investigaciones, pero tratar con la burocracia china es... estoy buscando la palabra.

—¿Una mierda? —sugirió Jack.

Yao sonrió.

—Iba a decir «tedioso», pero «mierda» es una descripción más acertada. —Miró a Ryan con una sonrisa—. Jack, ¿por qué no veo a un par de guardias de seguridad con mandíbulas cuadradas, trajes negros y audífonos detrás de ti?

—Rechacé mi protocolo del Servicio Secreto. Me gusta tener privacidad.

—Le cuido la espalda cuando es necesario —añadió Chávez con una sonrisa.

Yao se rio, tomó un trago de café y se acomodó en su silla. Jack lo sorprendió mirando a Chávez.

—Bien, caballeros, ¿qué tipo de problemas ha causado China a su compañía de gestión financiera?

—Básicamente, delitos informáticos —dijo Gavin Biery—. Mi red ha sido golpeada con una serie de intentos de pirateo muy bien pensados y organizados. Lograron entrar y robarnos la lista de clientes. Obviamente, esta es una información extremadamente sensible. Pude rastrear la fuente de la intrusión a un servidor de comando en los Estados Unidos y logré piratearla.

—Afortunadamente —dijo Adam—. Me gusta que las compañías devuelvan el golpe. Si todo el mundo lo hiciera, seguramente todos estaríamos en una mejor posición en materia de robos comerciales. ¿Qué encontraste en el servidor?

—Encontré al culpable. Había información que me permitió saber quién estaba detrás del ataque. No era un nombre real, sino su seudónimo en la Web. También pudimos determinar que el ataque se originó aquí en Hong Kong.

—Eso es interesante, y estoy seguro de que fue difícil rastrearlo hasta acá, pero hay algo que no entiendo. Cuando esos tipos consiguen la información que están buscando en tu red... no tiene sentido que la devuelvan. Está ahí, la han usado y copiado y te han perjudicado. ¿Por qué vinieron ustedes aquí?

Chávez intervino.

—Queremos atrapar al tipo que hizo esto para que no lo haga de nuevo. Queremos enjuiciarlo.

Yao miró a los tres hombres como si fueran completamente ingenuos.

—Caballeros, mi opinión profesional es que eso es *altamente* improbable. Aunque ustedes pudieran demostrar ese delito, el delincuente no será enjuiciado aquí, y si están pensando en extraditarlo, pueden olvidarse de eso. Quienquiera que sea ese tipo, está trabajando aquí en Hong Kong porque este es un lugar condenadamente apropiado para cometer ese tipo de delitos. La situación está mejorando, Hong Kong ya no es el Salvaje Oeste que fue alguna vez, pero ustedes no entienden. Detesto ser brusco, pero es mejor que les hable honestamente antes de que despilfarren una gran cantidad de dinero aquí simplemente para descubrir eso.

—Tal vez podrías aceptarnos como clientes e investigar simplemente un poco —dijo Jack—. Si no resulta nada, entonces habremos despilfarrado nuestro dinero, ¿de acuerdo?

—El problema es que estos casos transcurren de una manera muy lenta y metódica. Actualmente estoy trabajando en un caso de hace cuatro años —respondió Adam—. Me gustaría poder decirles que las cosas se mueven más rápido aquí, pero engañarlos sobre lo que ustedes están afrontando no serviría al propósito de nadie.

»Adicionalmente, soy mucho más versado en el aspecto de la propiedad intelectual de los fraudes que se cometen aquí. La ciberseguridad es un problema creciente, pero no es mi especialidad. Sinceramente creo que eso estaría por fuera de mi campo laboral.

—¿Tienes contactos o recursos? —preguntó Chávez—. Como dijo el señor Biery, tenemos el nombre de usuario del perpetrador. Estábamos esperando que hubiera alguien aquí con un una base de datos que pudiera darnos un poco más de información sobre las actividades de este personaje.

Yao sonrió con un poco de condescendencia hacia el hombre mayor, aunque no de manera intencional.

—Señor Chávez, probablemente haya diez millones de hackers en China involucrados en fraudes electrónicos de un grado u otro. Cualquiera de estos tipos seguramente tiene varios nombres de usuario. No tengo conocimiento de ninguna base de datos que se mantenga al día con esta situación creciente.

—Se trata de un tipo muy hábil. Seguramente alguien sabe algo de él —dijo Jack.

Yao suspiró ligeramente pero sonrió con amabilidad, se puso de pie y se sentó detrás de su escritorio. Luego acercó su teclado.

—Puedo enviar un mensaje instantáneo a un amigo que tengo en Guangzhou, quien está un poco más actualizado con los ciberdelitos financieros. Les aseguro que será como buscar una aguja en un pajar, pero no está por demás preguntarle si tiene noticias del tipo.

Y mientras escribía en su teclado, preguntó:

—¿Cuál es el seudónimo?

Gavin y Jack se miraron entre sí. Con una sonrisa cómplice que decía «Hagamos delirar a este tipo», Ryan dio luz verde a Gavin.

—Su seudónimo es ByteRápido Veintidós —dijo Biery.

Yao dejó de escribir. Los hombros se le pusieron rígidos. Se dio vuelta lentamente hacia sus tres invitados.

—Tienen que estar bromeando conmigo.

Chávez se unió al juego de sus dos colegas y le preguntó.

—¿Lo *conoces*?

Yao miró al otro lado de su escritorio. Ryan podía sentir una leve sospecha por parte del operador encubierto de la CIA, pero, más que esto, la emoción en los ojos del hombre era obvia. Pareció recobrarse un poco antes de responder.

—Sí. Lo conozco. Él es... Él es un sujeto de interés en otro caso en el que... en el que estoy involucrado tangencialmente.

Jack se esforzó para no sonreír. Le caía en gracia este asiático, era supremamente inteligente y, después de todo lo que había visto él, era evidente que Yao trabajaba de manera incansable y básicamente sin ayuda de nadie. Disfrutó al ver que Adam Yao se debatía para encontrar las palabras adecuadas y ocultar su emoción de que recibiría finalmente más información de inteligencia sobre un objetivo que, hasta ahora, no había estado en el radar de nadie más que en el suyo.

—Bueno, tal vez podamos trabajar entonces juntos y combinar nuestros esfuerzos —comentó Chávez—. Como dijo Jack, estamos dispuesto a destinar cierto dinero a esta operación y ver si podemos ubicarlo.

—La ubicación es gratis —señaló Yao—. El tipo trabaja en las oficinas del Mong Kok Centre, en Kowloon.

—¿Lo has visto? ¿En persona?

—Sí. Pero es una situación complicada.

—¿Cómo así? —preguntó Ding.

Yao titubeó varios segundos. Finalmente dijo:

—¿En dónde están hospedados ustedes?

—Justo al frente de la bahía, en el Hotel Peninsula —respondió Jack.

—¿Están libres esta noche para unas copas? Podemos hablar un poco más al respecto y tal vez armar un plan.

Chávez habló por el grupo:

—¿A las ocho en punto?

TREINTA Y SEIS

························

Melanie Kraft estaba sentada en el sofá de la sala de su diminuto apartamento en la calle Princess, en el sector colonial de Alexandria. Eran las siete de la noche y normalmente estaría en el apartamento de Jack o trabajando hasta tarde, pero esta noche Jack había viajado y ella quería simplemente permanecer en su sofá en medio de la oscuridad, ver televisión y pensar en otra cosa que no fueran sus problemas.

Pasó varios canales y no quiso ver un programa sobre el Medio Oriente del Discovery Channel, ni otro sobre la vida y carrera del presidente Jack Ryan transmitido por el History Channel. En condiciones normales, los dos programas le parecerían interesantes, pero en este instante Melanie sólo quería vegetar.

Se decidió por un programa de Animal Planet sobre la vida silvestre en Alaska. Estaba segura de que este programa concentraría su atención y la haría olvidarse de todo lo que estaba sucediendo.

Su teléfono móvil vibró, moviéndose en la mesa de centro frente a ella. Melanie miró la pantalla, esperando que fuera Jack, pero no era él. No reconoció el número y vio que el código de área era del D.C.

—¿Hola?

—Hola, chica. ¿Qué haces?

Era Darren Lipton, la última persona del planeta con la que Melanie quería hablar esta noche.

Ella carraspeó la garganta, entonó su voz laboral, y dijo:

—¿Qué puedo hacer por usted, Agente Especial Lipton?

—Agente Especial Superior, pero ignoraré la omisión.

El tipo parecía estar de buen humor, incluso jovial.

Melanie pensó casi de inmediato que seguramente estaba borracho.

—Agente Especial Superior —corrigió ella.

—Escucha, necesitamos reunirnos para un breve *powwow*. Tal vez nos tome unos quince minutos.

Ella sabía que no podía negarse. Pero tampoco estaba preparada para decirle que sí. Quería que Lipton pensara que ella no era su mascota, su propiedad personal que acudiría a él siempre que la llamara. Sin embargo, Melanie se sentía exactamente así ahora que él le había dicho que tenía todo el futuro de ella en sus manos.

—¿De qué se trata? —preguntó Melanie.

—Lo discutiremos mañana. ¿Qué tal si nos tomamos un café? Iré a la zona donde vives. ¿En el Starbucks de la calle King?

—Sí —dijo ella antes de colgar, y luego volvió a ver osos grizzlies atrapando salmones, su mente llena de nuevas preocupaciones.

Melanie y Lipton se sentaron en una mesa exterior en una mañana de otoño fresca y con viento. El cabello le cubría la cara mientras tomaba té para mantenerse caliente. Lipton bebía café, su gabardina negra y abierta mostraba un traje azul oscuro y, aunque el cielo estaba nublado, llevaba lentes oscuros.

Ella se preguntó si estaría tratando de ocultar sus ojos inyectados en sangre. En todo caso, con sus lentes y su traje oscuro y gabardina, parecía gritar a todos los clientes de la cafetería, o a los peatones que caminaban por la acera, que él era un agente federal.

Después de hablar de cosas insustanciales por espacio de un minuto, Lipton fue al grano.

—Mi jefe necesita más de ti. Procuré calmarlo, pero no nos has dado nada desde nuestra última conversación.

—No sé más ahora de lo que sabía entonces. Es como si ustedes quisieran que yo lo descubra pasándole secretos nucleares a los rusos, o algo así.

—O algo así —repitió Lipton. Retiró el mechón de cabello gris debajo de sus lentes y luego metió las manos en la chaqueta. Sacó un manojo de papeles y los sostuvo en el aire.

—¿Qué es eso?

—Una orden judicial para instalar un localizador en el teléfono móvil de Ryan. El FBI quiere rastrear todos sus movimientos.

—¿Qué? —Ella le arrebató los documentos y empezó a leerlos.

—Tenemos evidencia de que ha estado sosteniendo reuniones altamente sospechosas con ciudadanos extranjeros. Necesitamos estar ahí y ver lo que está pasando.

Melanie se sintió furiosa de que la investigación hubiera continuado. Pero también se le ocurrió otra cosa.

—¿Qué tiene que ver eso conmigo? ¿Por qué me lo estás diciendo?

—Porque tú, mi fina dama, vas a poner el dispositivo en su teléfono.

—No. Yo no —dijo Kraft con irritación.

—Me temo que sí. Tengo la tarjeta que debes usar. No hay ningún dispositivo físico que él pueda encontrar. Todo se hace con el software. Simplemente metes la pequeña tarjeta en su teléfono, dejas que se cargue y luego la sacas. Es una operación de treinta segundos.

Melanie miró un momento hacia la calle.

—¿No tienes activos que hagan esto?

—Sí. *Tú* eres mi activo. Mi activo con activos, si sabes lo que quiero decir. —Le miró los pechos.

Melanie lo observó con incredulidad.

—Ah-oh —dijo Lipton, con una risa socarrona—. ¿Voy a recibir otro golpe en los dientes?

Melanie pensó que él había disfrutado un poco cuando lo golpeó, luego de escuchar el tono de su voz y ver sus expresiones faciales.

Se dijo que no haría *eso* de nuevo.

Tardó un momento en calmarse. Sabía, gracias a la información que el FBI tenía sobre ella y su padre, que Lipton podía obligarla a hacer lo que quisiera.

—Quiero hablar con otra persona de la Rama de Seguridad Nacional antes de aceptar hacer esto —le dijo.

Lipton negó con la cabeza.

—Yo te estoy controlando, Melanie. Afronta esto.

—No estoy diciendo que necesite un nuevo controlador. Simplemente quiero confirmar las cosas con otra persona. Con alguien que esté por *encima* de ti.

La risa lasciva y casi constante del agente especial flaqueó.

—Lo que tienes en las manos es una orden de la corte. Firmada por un juez. ¿Qué otra confirmación quieres?

—No soy tu esclava. Si hago esto, quiero algún tipo de garantías por parte del FBI de que no me seguirás usando. Haré esto, y eso es todo.

—No puedo hacer esa promesa.

—Entonces encuentra a alguien que pueda hacerlo.

—No va a suceder.

—Entonces creo que hemos terminado. —Se puso de pie.

Él descruzó las piernas y se incorporó rápidamente.

—¿Entiendes todos los problemas que puedo causarte?

—Sólo estoy pidiendo hablar con otra persona. Si no puedes hacer que eso suceda, entonces escasamente creo que tengas el poder para enviarme a prisión.

Ella avanzó hacia la multitud de ciudadanos y caminó por la calle King en dirección al metro.

El Hotel Peninsula, con vista a la bahía Victoria, está situado en el extremo sur de Kowloon, en un elegante distrito comercial llamado Tsim Sha Tsui. Este hotel de cinco estrellas fue inaugurado en 1928 y luce con orgullo su encanto colonial del viejo mundo.

Más allá de la flotilla de catorce Rolls Royce que están frente al hotel, del inmenso vestíbulo adornado y de un pequeño pasillo, un ascensor lleva a los huéspedes a la cima del hotel. Allí, el ultramoderno y elegante restaurante Felix, diseñado por Philippe Starck, ofrece comida moderna europea, y los ventanales que van del piso al techo permiten ver la bahía Victoria y la isla de Hong Kong. Un pequeño bar está en la parte superior de unas escaleras en caracol arriba del restaurante. Los cuatro americanos se sentaron allí, en un rincón, mientras tomaban cerveza y observaban las luces.

—Esta mañana dijiste que la situación era complicada —dijo Chávez—. ¿Qué quieres decir con eso?

Yao tomó un sorbo de cerveza Tsingtao.

—El verdadero nombre de ByteRápido Veintidós es Zha Shu Hai. Tiene veinticuatro años. Nació en China, pero emigró a los Estados Unidos cuando era niño y se hizo ciudadano estadounidense. Era un hacker desde muy pequeño, pero pasó las pruebas de seguridad y fue empleado por un contratista del gobierno para hacer pruebas de penetración de sus sistemas. Descubrió cómo hacerlo de manera ilegal, trató de vender la información a China, y fue descubierto y enviado a prisión.

—¿Cuándo lo dejaron salir?

—No lo hicieron. Cumplía su condena en una institución correccional federal de mínima seguridad en California. Estaba en libertad condicional, enseñando informática a ancianos, y un buen día... *paf.*

—¿Desapareció? —preguntó Chávez.

—Sí. Los federales lo buscaron en su casa y hablaron con todos sus contactos, pero nunca apareció. Los fugitivos casi siempre regresan a su antigua vida, así sea sólo para tener contacto con su familia, pero Zha no lo hizo. El Servicio de Alguaciles de los Estados Unidos concluyó que los chinos lo habían ayudado a salir de los Estados Unidos y a regresar al territorio continental.

Biery estaba confundido.

—No estamos en territorio continental.

—No. No lo estamos. Es sorprendente que haya venido acá, pero hay algo aún más sorprendente.

—¿Qué?

—Que ahora está con la Catorce-K.

Chávez ladeó la cabeza.

—¿Con la Catorce-K? ¿Con las Tríadas?

—Exactamente.

A Ryan le sorprendió que Ding supiera acerca de esta organización. Él nunca había oído hablar de la 14K.

—¿Es una pandilla?

—No es una pandilla como las de Estados Unidos. Aquí, el simple acto de reconocer que eres un miembro está en contra de la ley. ¿No es cierto, Adam? —dijo Chávez.

—Sí. Nadie en Hong Kong reconoce que es miembro de una Tríada. Sólo por dirigir hombres te dan quince años de cárcel.

—Hay más de dos millones y medio de miembros de Tríadas en el mundo —explicó Ding a Ryan y a Biery—. El verdadero nombre de la organización es San He Hui, la Sociedad de las Tres Armonías. La Catorce-K es sólo una de las muchas ramificaciones, pero es la más poderosa que hay actualmente aquí. Sólo en Hong Kong hay tal vez veinte mil miembros de la Catorce-K.

—Me siento impresionado —dijo Adam.

Chávez desestimó el elogio con una mano.

—En mi profesión es importante saber quiénes son los agitadores cuando llegas a un territorio nuevo.

—Entonces —dijo Ryan—, ¿ByteRápido Veintidós es uno de sus miembros?

—No sé si es un miembro, pero definitivamente está asociado con ellos.

—Si no es un miembro de las Tríadas, ¿cuál es su relación con ellos? —preguntó Ryan.

—Podría ser algún tipo de relación protector-protegido. Un tipo como él puede imprimir dinero, literalmente. Se sienta en su computadora y, en menos de dos horas, puede robar los números de tarjetas de crédito de diez mil personas. El muchacho vale su peso en oro en lo que se refiere a su habilidad para cometer delitos cibernéticos, y entonces la Catorce-K podría protegerlo por esta razón.

—¿Qué tan bien lo protegen los tipos de la Catorce-K? —preguntó Chávez.

—Mantienen a un par de guardias con él las veinticuatro horas del día, siete días a la semana. Lo acompañan cuando va a trabajar, cuando sale del trabajo, vigilan su oficina y también están afuera del edificio donde vive. Le gusta ir de compras y a los clubes nocturnos, algo que hace básicamente en bares y barrios controlados por la Catorce-K, y siempre acompañado de matones. He hecho todo lo posible para seguirlo y saber con quién anda, pero como ustedes pueden ver, mis operaciones son pequeñas. Creí que estaba haciendo un buen trabajo al mantener la distancia, pero el otro día fue evidente que me quemaron.

—¿Sabes cómo? —preguntó Ding.

—Ni idea. Una buena mañana lo estaban protegiendo más hombres, que parecían alerta ante una amenaza específica. Debieron detectarme la noche anterior.

—Me parece que necesitas un par de agentes que te ayuden a seguirlo.

Yao enarcó las cejas.

—¿Te estás ofreciendo como voluntario?

—Totalmente.

—¿Has realizado trabajos de vigilancia? —le preguntó Yao.

Ding sonrió.

—Sí, varios. Ryan me ha ayudado un par de veces; le gusta hacerlo.

Jack asintió.

—Creo que es algo que está en la sangre.

—Me imagino. —Ryan sintió un destello de sospecha por parte de Adam Yao. Era evidente que el tipo era un observador consumado. Adam continuó—: Sólo por curiosidad, ¿qué tipo de vigilancia, es decir, además de esta situación, realiza Hendley Asociados?

—Labores habituales de inteligencia. Realmente no puedo entrar en detalles —respondió Ding.

Adam pareció aceptar esto y luego miró a Gavin Biery.

—Señor Biery, ¿se unirá usted a nosotros?

Chávez respondió por él:

—Gavin permanecerá aquí en el Peninsula y nos brindará apoyo.

Adam Yao se llevó la mano al bolsillo y sacó su iPhone. Abrió una foto y luego les pasó el teléfono a los hombres.

—Es Zha Shu Hai —dijo.

El cabello erizado, las joyas, y las ropas de punk rock sorprendieron a Ding y a Jack.

—No era propiamente lo que yo esperaba —comentó Ding.

—Me imaginaba una versión china y más joven de Gavin Biery —reconoció Ryan.

Todos se rieron, incluso Gavin.

—Muchos hackers en China creen que son estrellas del rock de la contracultura —dijo Yao—. La verdad es que, incluso los civiles como Zha, suelen trabajar para los chinos comunistas, así que son todo lo opuesto a la contracultura.

—¿Es posible que él trabaje para los chinos comunistas? —preguntó Ryan.

Yao negó con la cabeza.

—Estar aquí en Hong Kong y no en territorio continental, y ser protegido por las Tríadas, son dos argumentos muy sólidos contra la teoría de que este joven está trabajando para la RPC.

Ryan tuvo que admitir que la lógica de Yao era sólida en ese sentido.

Una vez dicho esto, Yao terminó su cerveza.

—De acuerdo, muchachos. Podemos localizar a Zha cuando salga mañana por la noche del Mong Kok Computer Centre. Ahora que somos tres, tal vez logremos tomar fotos a sus contactos.

Todos estuvieron de acuerdo.

—Sin embargo —dijo Adam—, primero necesitamos hacer algunos recorridos por la ciudad, simplemente para tener la sensación de trabajar juntos. ¿Por qué no nos encontramos mañana temprano y practicamos seguimientos por un par de horas?

—Buena idea —dijo Ding, que también terminó su cerveza y pidió la cuenta.

Mientras los hombres salían del restaurante, un joven americano que cenaba con una atractiva mujer se puso de pie y se acercó rápidamente a Jack. Ding se interpuso entre Ryan y el hombre y levantó una mano para detenerlo.

El hombre preguntó en un tono ligeramente alto:

—¿Junior?

—¿Sí?

—Soy un gran entusiasta de tu papá. Me encanta verte. Muchacho, ya eres un hombre hecho y derecho.

—Gracias. —Jack sonrió con cortesía. No conocía a ese

hombre, pero el papá de Jack era famoso, lo que significaba que a Jack lo reconocían con cierta frecuencia.

El tipo había sonreído, pero la fuerte mirada del latino bajito y de aspecto duro habían mitigado su emoción en cierto sentido.

Jack le estrechó la mano al hombre. Esperaba que este le pidiera un autógrafo o una foto con él, pero podía ver que Chávez lo estaba disuadiendo.

Yao, Ryan, Chávez y Biery se dirigieron al vestíbulo.

—Apuesto a que esto te sucede con frecuencia —dijo Adam a Jack.

Ryan se rio.

—¿Ser reconocido? No es ningún problema. No me reconocen ni la décima parte que antes.

—Yo estaba el otro día con un vendedor en la oficina, quien no sabía que Ryan trabajaba con nosotros —dijo Gavin Biery—. Cuando se lo presenté, creí que se iba a cagar en los pantalones de lo emocionado que estaba. Seguramente es un gran entusiasta de Jack Ryan, sénior.

Todos se rieron. El equipo del Campus se despidió de Adam, quien regresó a la oscuridad de la noche para tomar el ferry que atravesaría la bahía Victoria y dirigirse luego a su apartamento.

TREINTA Y SIETE

....

Melanie Kraft comía una ensalada en un restaurante de comidas rápidas en McLean, a sólo un par de cuadras de su oficina en Liberty Crossing. No tenía mucho apetito después de su conversación de esa mañana con el Agente Especial Lipton. Le preocupaba que en cualquier momento aparecieran varios agentes del FBI y la arrestaran, y ella se descubrió mirando, incluso más de una vez, por las ventanas del lugar siempre que se detenía un auto.

Pensó, y no por primera vez, en sentarse con Jack y decirle lo que estaba pasando. Sabía que esto destruiría su confianza en ella y que él se sentiría justificado en no volverle a hablar nunca, pero tal vez, si ella le explicaba toda la situación, él entendería lo suficiente como para no odiarla por el resto de su vida. Después de todo, ella había hecho muy poco en su misión para espiarlo a nombre del FBI. De hecho, además de un par de llamadas telefónicas sobre sus viajes al extranjero, Lipton tenían razón al decirle que ella era básicamente una agente inútil.

Su teléfono sonó y ella respondió sin mirarlo.

—¿Hola?

—Hola, cariño. —Era Lipton—. De acuerdo, has conseguido lo que querías. Ven acá; podrás conocer a mi jefe Packard, el Agente Especial Encargado.

—¿Que vaya? *¿A dónde?*

—Al J. Edgar, ¿a dónde más? —El edificio Edgar Hoover, situado en la Avenida Pennsylvania, era la sede del FBI.

Melanie renegó. No quería que la vieran entrar a ese edificio.

—¿Podríamos encontrarnos en otro lugar?

—Cariño, ¿crees que el SAIC Packard no tiene nada mejor que hacer que ir conduciendo hasta McLean esta tarde?

—Tomaré la tarde libre e iré a D.C. Lo haré ahora mismo. Dime dónde. En cualquier lugar menos en el edificio Hoover.

Lipton exhaló un largo suspiro y dijo:

—Déjame llamarte de nuevo.

Una hora después, Melanie entró al mismo garaje subterráneo donde se había encontrado anteriormente con Lipton. A diferencia de aquel sábado por la mañana, el garaje ahora estaba lleno de autos.

Vio a dos hombres a un lado de una Chevy Suburban negra con chapas oficiales.

Packard tenía unos años menos que Lipton, aunque su cabello era totalmente canoso. Mostró sus credenciales a Melanie, quien las miró brevemente para confirmar su nombre y cargo, y luego le entregó todos los papeles que Lipton le había mostrado esa mañana.

—Lo que estamos pidiendo de usted, señorita Kraft, es muy simple —dijo Packard—. Instalar un software de rastreo de ubicación en el teléfono del señor Ryan sin su conocimiento, y eso es todo. No estamos diciendo que no requiramos sus servicios de nuevo, pero no requeriremos que usted nos ofrezca actualizaciones sobre el paradero de él.

—No he recibido una respuesta sincera del Agente Especial Lipton, y tal vez usted pueda dármela. ¿Qué evidencias tienen de que él haya cometido algún delito?

Packard tardó un momento.

—Es una investigación en curso, de la cual el señor Ryan es un tema de interés. Esto es realmente todo lo que puedo decirle.

Melanie no se sintió satisfecha.

—No puedo espiar indefinidamente a mi novio. Especialmente si no tengo motivos para creer que haya hecho algo malo.

Packard se dirigió a Lipton.

—Darren, ¿puedes darnos un minuto?

Lipton pareció como si quisiera discutir. Packard enarcó una ceja poblada y Lipton atravesó el garaje, dirigiéndose por la rampa al nivel de la calle.

Packard se recostó contra su camioneta.

—Primero lo primero. Sé que el que Agente Especial Lipton es un poco brusco.

—Creo que eso es quedarse corto.

—Él es terriblemente bueno en lo que hace, así que le doy un poco de margen, pero sé que debe ser difícil para usted por muchas razones.

Melanie asintió.

—Lamento toda esta situación. Para decirle la verdad, Jack Ryan sénior es mi héroe. Lo último que quiero es exponer a su hijo a algún tipo de ilegalidad. Dicho esto, lo cierto es que hice un juramento y voy allí donde la ley lo señale.

—Sé que, básicamente, Lipton ha amenazado con develar la

participación de su padre en aquel incidente palestino en Egipto si usted no colabora con nosotros. Algunas veces, nuestro trabajo se vuelve así, un poco sucio.

Melanie se miró las manos.

—Seré honesto con usted. Aprobé que él la amenazara. Pero lo hicimos únicamente porque sabemos que no podemos realizar esta investigación sin su colaboración. Es decir, claro que podemos destinar a doce hombres para que lo sigan, obtener autorización federal para intervenir sus teléfonos, una orden para registrar su casa y su oficina. Pero usted y yo sabemos que eso causaría un gran revuelo en esta ciudad y queremos evitar eso. Si nada resulta de todo esto, no queremos hacer nada para perjudicar su reputación o la de su padre. Así pues, queremos hacer esto con toda la sensibilidad que amerita la situación.

—Usted entiende eso, ¿verdad?

—Sí, señor —respondió Melanie después de un momento.

—Fantástico. Si usted puede instalar el software de rastreo que el juez nos ha permitido utilizar, entonces podremos estar al tanto de sus movimientos sin montar un espectáculo que será titular de portada en *The Washington Post*.

—¿Y mi situación? —preguntó ella.

—Nadie necesita enterarse de eso. Cuente con mi garantía personal de que dejaremos las cosas como están. —Packard sonrió—. Ayúdenos, y nosotros la ayudaremos. Es una situación de gana-gana, señorita Kraft.

—De acuerdo —dijo Melanie—. Él no está actualmente en la ciudad, pero cuando regrese cargaré esa cosa en su teléfono.

—Eso es todo lo que necesitamos. —Packard le dio su tarjeta de presentación—. No dude en llamarme si Darren le causa muchos problemas. No puedo retirarlo del caso porque lo último que queremos es involucrar a otra persona en esto. Pero hablaré con él sobre su comportamiento peculiar.

—Aprecio eso, Agente Packard.

Los dos se estrecharon la mano.

Adam Yao, Chávez y Jack Ryan, Jr. se encontraron en el Peninsula a comienzos de la tarde. Yao había intercambiado su vehículo con un vecino, permitiéndole a este conducir su Mercedes mientras Adam utilizaba su Mitsubishi Grandis de color granate, una miniván de siete puestos muy común en Asia. No sabía que su Mercedes ya había sido detectado por las Tríadas, pero no quería correr ningún riesgo, y le gustaba la idea de tener un poco de espacio adicional en su vehículo para llevar a los hombres de Hendley Asociados.

Recorrieron unas pocas cuadras en Nathan Road y Yao dejó la miniván en un estacionamiento que cobraba por horas.

—Pensé que podíamos montar nuestra operación esta noche y trabajar tal vez algunas rutinas en nuestro proceso de vigilancia.

—Tú estás a cargo aquí. Simplemente dinos qué quieres que hagamos —le dijo Chávez.

Adam vaciló. Ryan sabía que el hombre de la CIA seguramente se sentía intimidado al dirigir a Domingo Chávez en una operación de vigilancia. Ding tenía más de quince años de experiencia que Yao en este tipo de cosas. Pero, obviamente, Adam Yao no podía revelarle su incomodidad a los ejecutivos que estaban trabajando con él.

—De acuerdo —dijo. Primero lo primero. Pónganse sus auriculares Bluetooth y marquen este número.

—¿Para qué es este número? —preguntó Ding.

—Es un número que nos pondrá a los tres en conferencia telefónica. Así estaremos en comunicación permanente.

Todos se conectaron en conferencia telefónica y comprobaron que podían comunicarse entre sí.

Adam abrió la guantera y sacó dos aparatos pequeños, no más grandes que una caja de fósforos. Le entregó uno a cada uno de los dos hombres de Hendley Asociados.

—¿Qué es esto? —preguntó Jack.

—Es un dispositivo magnético con GPS. Lo utilizo principalmente para rastrear vehículos, pero también puedo rastrearlos fácilmente a ustedes con este aparato. Guárdenlos en sus bolsillos y podré monitorearlos en el mapa de mi iPad. Navegaré en el auto mientras ustedes caminan.

—Genial —reconoció Jack.

Ding y Jack bajaron de la camioneta Mitsubishi y se dirigieron al sur. Yao permaneció en comunicación con ellos mientras cada uno se dirigía a una acera distinta de una calle atestada de peatones. Chávez decidió seguir a una mujer al azar y permaneció a buena distancia mientras la mujer miraba vitrinas en Nathan Road.

Ryan logró abrirse paso entre la multitud y se le adelantó a la mujer al otro lado de la calle arborizada. Esperó en una tienda de ropa, observándola por la ventana mientras ella caminaba.

—Ryan la está observando —dijo Adam.

—Copiado —respondió Chávez—. Tal parece que ella quiere seguir caminando hacia el sur. Iré al final de la calle y luego al próximo punto acordado.

Yao les habló por los auriculares.

—Ding, el punto será la intersección de Austin Road. Hay un

7-Eleven allá. Puedes entrar y mantener contacto visual con el objetivo mientras dobla la esquina.

—Copiado.

Yao controló a los dos hombres siguiendo el mapa de su tableta. Movió su auto en varias ocasiones para ver si la mujer abordaba algún vehículo.

La siguieron durante una hora. Hizo compras, se detuvo a tomar un café, habló por teléfono y regresó finalmente a su habitación, en el quinto piso del Holiday Inn, sin saber que los tres hombres la habían seguido todo el tiempo.

Adam quedó impresionado con las habilidades de los ejecutivos americanos. Obviamente, no le sorprendía que Domingo Chávez tuviera esas destrezas, pero las habilidades de Ryan eran francamente sospechosas, teniendo en cuenta el hecho de que era analista en una firma de gestión financiera y cambio de divisas.

El hijo del presidente sabía cómo operar en un seguimiento a pie sin delatarse.

Se reunieron de nuevo en el auto, que estaba estacionado en un lote subterráneo cerca de la estación Jordan Road del metro.

Yao les comentó sus observaciones y les dijo cómo serían las cosas esa noche.

—Las Tríadas están tomando medidas de contravigilancia, así que tendremos que ser un poco más cautelosos de lo que fuimos ahora.

Chávez y Jack estuvieron de acuerdo, pero Yao podía advertir que Ryan no parecía satisfecho.

—¿Hay algo que te moleste, Jack?

—El único problema es que me reconocieron un par de veces. Si a esto se le suma el tipo que me vio anoche en el Peninsula, serán tres veces en unas dieciocho horas. Casi nunca me reconocen en Estados Unidos.

Adam se rio.

—Hong Kong está lleno de gente y es uno de los centros financieros mundiales. Además de eso, aquí hay muchas conexiones con Occidente. Todo el mundo sabe quién es tu papá y algunos saben quién eres tú.

—Y no puedo hacer mucho al respecto.

—Eso no es exactamente cierto —dijo Adam—. Si quieres que no te reconozcan, la solución es muy sencilla.

—Estoy en tus manos.

Yao abrió su mochila y sacó una mascarilla nasal de papel que se sujetaba con bandas de caucho en las orejas.

Jack había visto a cientos de personas caminar por las calles de Kowloon con esas máscaras. La gripa aviar y el SARS habían golpeado con fuerza a Hong Kong, lo cual no era de extrañar, pues su población era muy densa. Muchas personas, especialmente aquellas con sistemas inmunológicos debilitados, no corrían riesgos y siempre se ponían las máscaras para filtrar un poco el aire.

Adam le puso la máscara azul a Ryan. Buscó otra vez en su mochila y sacó una gorra de béisbol negra, que también le puso a Ryan. Retrocedió un paso y lo miró.

—Eres un poco alto para ser un habitante local, pero mira a tu alrededor; ahora hay muchos chinos que miden más de seis pies, para no hablar de la gran cantidad de habitantes británicos que hay aquí. En términos generales, te camuflarás bien con este par de cosas.

A Jack no le agradaba mucho ponerse la máscara, especialmente con el calor y la humedad apabullantes de Hong Kong.

Pero entendía que ser reconocido en el momento equivocado mientras hacía un seguimiento a pie podía resultar desastroso.

—Creo que es una cosa menos de la cual preocuparnos —dijo a Yao.

—Así es. Esto te ayudará con los occidentales, pero para la mayoría de la gente de aquí, seguirás siendo un *gweilo* aunque tengas una máscara.

—¿Un *gweilo*?

—Lo siento. Un diablo extranjero.

—Eso es fuerte.

Adam asintió.

—Sí. Sería bueno que recordaras que los chinos son un pueblo orgulloso. Ellos creen, en términos generales, que son superiores a las razas extranjeras. Básicamente, no son una sociedad incluyente.

—No estoy pensando en comprar un condominio aquí, sino únicamente en seguir a Zha.

Adam se rio.

—Vayamos al Mong Kok Computer Centre. Zha saldrá del trabajo aproximadamente en una hora.

TREINTA Y OCHO

· · · · · · · · · · · · · ·

A las ocho y treinta p.m., Zha Shu Hai salió por la puerta lateral del Mong Kok Computer Centre acompañado por cuatro hombres. Chávez lo observaba; estaba calentando unas bolas de masa congeladas en el microondas del 7-Eleven. Se dispuso a darse vuelta para anunciar a Ryan y a Yao que el pájaro había abandonado el nido, pero vio que Zha se detuvo abruptamente y se dio vuelta, como si alguien lo hubiera llamado. Luego regresó con sus hombres a la entrada del edificio y se movió con la rapidez de un soldado. Gracias a la luz del alumbrado público, Chávez vio a un hombre cerca de la entrada. Zha hablaba con él con una deferencia evidente. Ding sabía que podía tratarse de un asunto importante y se arriesgó a delatar su cobertura en la tienda; sacó de su mochila una cámara grande, marca Nikon, con un lente de trescientos milímetros, y le tomó una foto a los hombres, que estaban a cincuenta yardas de él. Desvió su mirada con rapidez, fue al fondo de la tienda y miró la imagen digital en el visor de la cámara. Escasamente era aceptable. Pudo reconocer a Zha y también al guardia de la Tríada que estaba frente al 7-Eleven, pero no veía bien al hombre sumido en la penumbra.

Utilizó rápidamente la función de correo electrónico de su cámara, envió la imagen a Gavin Biery, que estaba en la suite del Peninsula, y luego se alejó del campo visual de los hombres.

—Ryan, ven acá. Necesito salir un momento.

—Entendido.

Salió a la calle y llamó a Gavin.

—¿Qué pasa, Domingo?

—Acabo de enviarte una imagen.

—La estoy viendo en estos momentos.

—Necesito un favor.

—Lo que necesitas son clases de fotografía.

—Sí, claro. ¿Puedes hacer algo para que se vea mejor?

—No hay problema. En unos minutos la enviaré a sus teléfonos.

—Genial. Por la forma en que reaccionó ByteRápido cuando este tipo lo llamó, podríamos estar viendo al mismísimo CAM.

—¿Al CAM? No conozco ese acrónimo. ¿Es de una institución militar china o algo así?

—Simplemente trabaja la foto y envíala de regreso —respondió Chávez.

—Entendido.

Cinco minutos después, los tres americanos estaban de nuevo en la Mitsubishi Grandis, siguiendo a la SUV blanca que llevaba a Zha ByteRápido Shu Hai y a sus seis guardias de la 14K mientras dejaban atrás las calles sórdidas de Mong Kok y se dirigían al sur en el pesado tráfico de Kowloon, rumbo a Tsim Sha Tsui.

La SUV se detuvo en la esquina de una elegante zona

comercial. Cinco guardias bajaron, seguidos por Zha. Vestía jeans negros y una chaqueta de cuero cruda del mismo color. Por otro lado, todos sus hombres vestían jeans azules, camisetas grises y chaquetas de denim.

Zha y su guardia entraron a una tienda de ropa. Había comenzado a llover copiosamente, algo que no mitigaba el calor opresivo y que simplemente aumentaba la humedad incómoda. Adam detuvo su camioneta dos cuadras más abajo de la tienda y, en la misma acera, sacó cuatro sombrillas y le entregó una negra y una roja a cada hombre. Ding y Jack guardaron las sombrillas rojas debajo de sus camisas y sostuvieron las negras en sus manos. Esto duplicaría virtualmente sus posibilidades de permanecer encubiertos, pues podrían cambiar de sombrillas para reducir el riesgo de que alguien los viera y reparara en ellos por segunda vez.

Adam dijo a los dos hombres de Hendley Asociados mientras bajaban de la Mitsubishi:

—Recuerden que, por alguna razón, la seguridad de Zha ha sido alertada de que alguien lo está siguiendo. Cuídense. No fuercen situaciones y permanezcan atrás; si esta noche los perdemos de vista, mañana por la noche les daremos alcance.

Jack y Ding tomaron caminos separados y se alternaron para pasar por la tienda cada pocos minutos. La oscuridad, la gran multitud de transeúntes en las aceras y las grandes ventanas de la tienda de ropa hacían que observar al joven hacker fuera un trabajo fácil, por más que uno de los hombres de la 14K permaneciera afuera de la tienda para fumar y observar a los peatones que pasaban.

Zha y sus hombres salieron pocos minutos después sin ningún paquete, pero no subieron a la SUV. Los cinco guardias sacaron sombrillas, uno cubrió a Zha con la suya, y se dirigieron al sur, donde entraron y salieron de varias tiendas.

Zha pasó la mitad de su tiempo mirando vitrinas, ropa o artículos electrónicos en varias tiendas, y los guardias pasaron la mitad de su tiempo hablando por teléfono o utilizando una pequeña computadora mientras el hombre que llevaba del brazo a Zha lo conducía por las calles congestionadas.

Zha compró algunos cables y una batería para computadora portátil en una pequeña tienda de Kowloon Park Drive y luego entró con sus matones a un café Internet en Salisbury Road, cerca de la entrada al puerto del Star Ferry.

Ryan no estaba observando esta vez.

—¿Entro? —preguntó a Yao.

—Negativo —respondió Adam—. He estado en ese lugar. Es un espacio pequeño y estrecho. Tal vez se va a encontrar con alguien, pero no podemos arriesgarnos a que entres.

Ryan entendió.

—Permaneceré a la entrada del Star Ferry, con visión hacia el frente.

—Ding, ese lugar tiene una puerta trasera —dijo Yao—. Si él sale por allí, llegará a Canton Road. Apresúrate allá en caso de que estén tratando de despistarnos.

—Copiado. —Ding estaba dos cuadras detrás de Ryan, pero aceleró el paso y giró a la derecha en Canton. Se apostó en el otro extremo de la calle y permaneció bajo la lluvia mientras su sombrilla le cubría el rostro de las luces del alumbrado público.

Tal como Yao lo había sospechado, Zha y sus hombres aparecieron en Canton Road pocos minutos después.

—Chávez los está observando. Se dirigen al sur por Canton.

Adam había notado que los miembros de las Tríadas habían hecho SDV, es decir, series de detección de vigilancia, con mayor frecuencia en los últimos días. El operativo americano de la CIA no sabía aún cómo se había quemado, pero al margen de lo que hubiera hecho para exponerse, se sentía muy contento de contar con la ayuda de Chávez y de junior.

Pocos minutos después de que Ding anunciara que los estaba observando, Jack vio a Zha y a sus hombres caminar cubiertos por varias sombrillas y acercarse a la entrada del ferry.

—Parece que van a tomar el ferry —dijo Jack.

—Excelente —comentó Yao—. Probablemente está yendo a Wan Chai. Es la zona de los bares. Ha ido varias veces esta semana, especialmente a los bares nudistas de Lockhart Road. Creo que las chicas desnudas le importan un comino, pero la Catorce-K controla la mayoría de esos clubes, así que es probable que se sientan cómodos llevándolo allí.

—¿Podemos ir sin arriesgarnos? —preguntó Jack.

—Sí, pero cuídense. Habrá más miembros de las Tríadas en el bar. Tal vez no estén cuidando a Zha, pero se vuelven agresivos cuando beben.

—¿Y todos saben artes marciales? —preguntó Jack.

Yao se rio.

—No se trata de una película de Jackie Chan. Aquí no todos son maestros de kung fu.

—Eso es reconfortante.

—Creo que no. Todos tienen pistolas o cuchillos. No sé qué piensas tú, pero yo preferiría recibir una patada en el pecho que una bala de nueve milímetros.

—Tienes razón en eso, Yao.

—Jack, anda y haz la fila para el próximo ferry. No deberían sospechar de ti aunque estés frente a ellos, pero ten cuidado con tu ubicación.

—Entendido.

—Ding, voy en camino para recogerte. Cruzaremos el túnel y esperaremos al otro lado cuando bajen del bote.

El viejo barco del Star Ferry se mecía y balanceaba bajo el oleaje de la bahía Victoria a través del pesado tráfico marítimo en su viaje de ocho minutos a la isla de Hong Kong. Jack estaba sentado muy atrás de los hombres de la 14K y del pirata informático, quienes se encontraban al fondo de la cubierta techada.

Estaba seguro de que los hombres no lo habían detectado y de que no se iban a encontrar con ninguna persona en el barco, pues no se les había acercado nadie.

Pero hubo algo que llamó la atención de Jack a mediados del trayecto.

Dos hombres entraron a la cabina de pasajeros, pasaron al lado de Jack y se sentaron varias filas detrás de Zha. Se veían en forma y tenían poco menos o más de treinta años; uno vestía un polo rojo y jeans, y en su antebrazo derecho tenía un tatuaje que decía «Cowboy Up». El otro llevaba una camisa de vestir por fuera y unos pantalones cortos tipo cargo.

Parecían —al menos para Jack— americanos, y ambos tenían sus ojos clavados en la cabeza de Zha.

—Tal vez tengamos un problema —dijo Ryan en voz baja mientras miraba por la ventana en dirección opuesta al grupo de la Tríada.

—¿Qué pasa? —preguntó Chávez.

—Creo que hay dos tipos más, dos americanos que están observando al objetivo.

—Mierda —exclamó Yao.

—¿Quiénes son, Adam? —preguntó Chávez.

—No sé. Podrían ser alguaciles de los Estados Unidos. Zha es buscado ahí. Si es así, se sentirán desorientados en Hong Kong. No sabrán camuflarse ni que Zha y los hombres de la Catorce-K están atentos a una cola. Se quemarán.

—Están un poco demasiado cerca, pero por lo demás, todavía no están siendo evidentes —dijo Ryan.

—Sí, pero si hay dos hombres observándolo ahora, pronto habrá media docena —replicó Yao—. Sólo puedes poner a varios estadounidenses aquí sin que las Tríadas concluyan que su protegido tiene una cola.

El ferry atracó en la isla de Hong Kong pocos minutos después, y Ryan fue el primero en bajar, mucho antes que Zha y su cuadrilla. Cruzó una larga rampa que conducía al barrio Central, y luego subió a un ascensor para tomar el metro, sin siquiera mirar a sus objetivos.

No necesitaba hacerlo. Chávez estaba apostado a la salida del ferry, y siguió a Zha y compañía mientras tomaban un taxi-van. Se dirigieron al sur.

Adam había visto esto desde la miniván Mitsubishi. Anunció por la teleconferencia:

—Los seguiré. Ding, baja al metro con Jack y toma un tren a la estación Wan Chai. Apuesto a que están yendo allá. Podrías llegar antes que ellos si te apresuras, y luego te guiaré hasta dondequiera que estén.

—En ruta —dijo Ding, se desconectó de la teleconferencia y bajó corriendo a la entrada del metro para reunirse con Jack.

. . . .

Mientras Chávez y Ryan iban a bordo del largo tren subterrá- neo, Jack desconectó su teléfono y le dijo a su superior al oído:

—Si los alguaciles se acercan demasiado, Zha desaparecerá. Y si hace esto, entonces nunca sabremos nada acerca de Centro ni del Disco de Estambul.

Chávez había estado pensando exactamente lo mismo.

—Sí.

Pero no había estado pensando en nada semejante a lo que Ryan dijo a continuación:

—Necesitamos agarrarlo.

—¿Cómo, Jack? Tiene un numeroso destacamento de seguridad.

—Es manejable —señaló Ryan—. Podemos armar algo rápido y desagradable. Los riesgos son grandes. Si ByteRápido Veintidós logró piratear los UAVs, tiene las manos untadas de sangre. No me quitará el sueño liquidar a un par de sus secuaces.

—¿*Entonces* qué, muchacho? ¿Vamos a llevar a ByteRápido al Peninsula y a interrogarlo mientras pedimos servicio de habitación?

—Por supuesto que no. Lo llevaremos con nosotros en el Gulfstream.

Ding negó con la cabeza.

—Por ahora seguiremos con el plan de Adam Yao. Pensare- mos en atraparlo si se presenta una buena posibilidad, pero lo mejor que podemos hacer ahora es apoyar al tipo de la Agencia, pues sabe lo que hace.

Jack suspiró. Entendía eso, pero le preocupaba que perdie- ran la oportunidad de agarrar a ByteRápido y saber para quién trabajaba.

TREINTA Y NUEVE

· · · · · · · · · · · · · · ·

L os dos operativos del Campus salieron de la estación Wan Chai y, para ese entonces, Adam ya había rastreado al taxi que llevaba a los cinco hombres a un club nudista llamado Club Stylish, en Jaffe Road, a pocas cuadras de distancia. Yao advirtió a los dos hombres de Hendley Asociados que ese bar era un conocido lugar de la 14K, y que entre la multitud de hombres de negocios y de meseras y bailarinas filipinas, habría algunos gánsteres fuertemente armados que beberían copiosamente.

Jack y Ding creían tener una definición distinta de «fuertemente armados» a la de Adam Yao, pero ni Jack ni Ding llevaban armas, así que se dijeron que estarían atentos y no harían nada para despertar la ira de los clientes del club.

Jack y Ding vieron que la entrada del Club Stylish era simplemente una puerta estrecha y oscura al nivel de la calle de un edificio alto de apartamentos destartalados en una calle de dos vías a una cuadra de Lockhart Road, un sector turístico y agradable de Wan Chai. Ryan se quitó la máscara y entró antes que Ding, pasando al lado de un gorila que parecía aburrido, y luego bajó una pequeña escalera iluminada por unas luces de navidad colgadas del techo. La escalera parecía bajar al menos dos niveles y vio un sótano grande abajo, de techo alto, donde funcionaba el club. A su derecha había una barra larga y paralela a una pared, el club lleno de mesas e iluminado por velas frente a él, mientras que en la pared del fondo había una tarima con baldosas transparentes iluminadas por una luz ambarina que le daba un extraño resplandor dorado al lugar. Arriba de la tarima, una bola de espejos giratoria despedía miles de luces blancas que giraban, iluminando a la multitud.

Cuatro tubos verticales estaban cerca de las esquinas de una pista de baile elevada.

El establecimiento parecía estar a un veinte por ciento de su capacidad, con una clientela estrictamente masculina sentada a las mesas, en cabinas a lo largo de las paredes, y en el bar. Algunos hablaban con bailarinas de aspecto aburrido. Jack vio a Zha y a su grupo de cuatro Tríadas sentados en una cabina grande en un rincón de la pared del fondo, a la derecha del escenario y al otro lado de la entrada, donde había un pasillo oscuro que conducía a la parte trasera del club. Jack supuso que los baños estaban allá, pero no quería pasar cerca de Zha para inspeccionar mejor el terreno. Vio una escalera en espiral a su izquierda y subió por ella, encontrando un pequeño mezzanine sobre el bar. Algunos hombres de negocios estaban sentados en grupos y observaban la escasa acción. A Ryan le gustó el mezzanine, pues podía observar a Zha mientras mantenía un perfil bajo gracias a las cabinas grandes y oscuras. Se sentó solo, y pocos minutos después pidió una cerveza a una mesera que pasaba por allí.

Momentos después, dos bailarinas filipinas subieron al escenario y pusieron en práctica su bien ensayada coreografía de un baile seductor al ritmo de una música tecno con influencias asiáticas que sonaba a todo volumen.

Zha y su guardia de seguridad permanecieron en su cabina al lado izquierdo de las nudistas. Jack vio que el joven estaba más interesado en su computadora portátil que en las mujeres semidesnudas a veinte pies de él y escasamente las miraba mientras tecleaba furiosamente con sus dedos.

Jack pensó en lo mucho que le gustaría apoderarse de ese aparato. No es que supiera qué demonios haría con él, pero Gavin Biery seguramente pasaría un día develando sus secretos.

Domingo Chávez entró al club pocos minutos después y se sentó en el bar que estaba cerca de la entrada. Tenía una buena panorámica de la escalera que subía al nivel de la calle, y una vista decente del grupo de la 14K, pero su trabajo consistía básicamente en respaldar a Jack, quien hacía el seguimiento visual.

Se comunicaron con Adam por medio de sus pequeños audífonos. Yao estaba sentado en la Mitsubishi prestada, en un callejón situado entre la parte trasera de altos edificios en Jaffe, y de otros edificios igualmente altos en Gloucester, a pocas cuadras del extremo norte de la isla de Hong Kong. Estacionó en un pequeño lote desde donde podía ver bien la salida trasera del Club Stylish, a un lado de docenas de contenedores llenos de basura afuera de un restaurante de mariscos, lo que significaba un fuerte olor a podrido y la compañía de una verdadera horda de ratas.

Adam dijo por la teleconferencia a los hombres de Hendley Asociados que eran afortunados. Chávez bebió la primera cerveza de la noche, miró a las mujeres bailar en el escenario a cambio de propinas, y a las bailarinas que estaban con los asistentes. Le aseguró al joven Adam que no se estaba perdiendo de gran cosa.

Los dos americanos misteriosos del ferry entraron al club pocos minutos después, confirmando las sospechas de Jack de que, efectivamente, estaban siguiendo a Zha. Ding reportó esto a Ryan, quien vio a los hombres desde su puesto de observación en el mezzanine sentarse en sillas afelpadas en un rincón oscuro y alejado del escenario. Le pidieron budweisers a la mesera y tomaron sorbos al mismo tiempo que rechazaban las propuestas de las chicas del bar.

Otros dos occidentales, ambos con corbatas y chaquetas deportivas azules, entraron mientras Chávez se daba vuelta y observaba la escalera.

Había una docena de occidentales en el bar, incluyendo a Ding, a Jack y a los dos tipos jóvenes del ferry, pero los que acababan de llegar llamaron la atención de Chávez. Parecían agentes federales y Chávez los identificó fácilmente, lo que no era decir mucho, porque siempre tenían una manera especial de llamar la atención. Los dos hombres se sentaron a pocas mesas de distancia del grupo de la Tríada, colocándose en una posición extraña para tener una mejor vista de ByteRápido22 que del escenario.

—Esto parece una maldita convención de meteorólogos —dijo Chávez en voz baja, ocultando sus labios detrás de la botella de cerveza antes de tomar otro sorbo.

La voz de Adam Yao se escuchó en los audífonos.

—¿Más americanos?

—Dos, vestidos de traje. Podrían ser hombres del Departamento de Justicia que trabajan en el consulado, y que han venido para tratar de confirmar la presencia de Zha.

—Tal vez deberíamos pensar en retirarnos —dijo Yao—. Mis cuentas me dicen que en estos momentos hay seis *gweilos* allá observando a Zha. Son muchos.

—Te escucho, Adam, pero tengo otra idea. Espera —dijo Chávez. Hurgó en la chaqueta, sacó su teléfono móvil y luego prendió la cámara de video. Puso la teleconferencia con Ryan y Adam en espera y llamó a Gavin Biery, que estaba en el Peninsula.

Gavin respondió al primer repique.

—Biery.

—Oye, Gavin. Te estoy enviando un video desde mi teléfono. ¿Puedes ir a tu computadora portátil y comprobar si lo estás recibiendo?

—Sí, me está llegando. —Pocos segundos después dijo—: ¿Qué tal si enfocas el escenario?

Ding dejó el teléfono en la mesa, se apoyó en un pequeño candelabro de cristal y giró hacia la mesa de Zha.

—Necesito que te concentres en el objetivo, y no en las bailarinas —le dijo Ding.

—Ah, está bien. Acerca un poco la imagen.

Chávez lo hizo y luego centró de nuevo la imagen.

—Lo tengo. ¿Qué debo buscar?

—Simplemente obsérvalos. Harás el seguimiento visual. Sacaré a Ryan de aquí y me alejaré de ellos. Hay mucha vigilancia en este lugar.

—Entendido —dijo Gavin y se rio—. Estoy en una misión. Bueno... por lo menos en una misión *virtual*. Oye, a propósito, te estoy enviando la imagen mejorada del tipo al que fotografiaste en el Mong Kok Computer Centre. No deberías tener problemas para ver al hombre sumido en la penumbra.

Domingo conectó a Gavin a la teleconferencia con los otros dos y luego explicó a Jack y a Adam lo que había hecho. Jack salió del club, caminó hacia la entrada, cruzó Jaffe y se sentó en un pequeño puesto de fideos sobre la calle. Desde allí podía ver la escalera de entrada al Club Stylish.

Yao, Chávez y Ryan recibieron correos electrónicos simultáneos en sus teléfonos. Los abrieron; había una foto nítida de un cuarto de perfil del rostro de Zha, y de tres cuatros de la parte posterior de su cabeza, mientras hablaba con un chino de más edad, de camisa blanca y corbata azul clara o gris. La cara del hombre se veía bien, pero ninguno de los tres lo reconoció.

Chávez sabía que Biery tenía un software especial de reconocimiento facial en su computadora y que trataría de hacer una comparación en ese instante.

—No me parece conocido, Ding —dijo Yao—, ¿pero crees que se trata de alguien importante?

—Sí. Yo diría que podrías estar viendo al CAM.

—¿Al qué?

—Al Cabrón al Mando.

Ryan y Yao se rieron.

La voz de Gavin Biery se escuchó en los auriculares del equipo un minuto después.

—Domingo, gira la cámara a tu izquierda. —Chávez se estiró para hacerlo mientras miraba en la otra dirección, hacia los barmans.

—¿Qué viste?

—Que todos los guardias de Zha miraban algo o a alguien. Creo que se trata de los dos tipos blancos con chaquetas azules. Uno de los Tríadas sacó un teléfono e hizo una llamada.

—Mierda —exclamó Ding—. Estoy dispuesto a apostar que los tipos del consulado dejaron en claro que no están aquí para ver a las bailarinas. Adam, ¿qué crees que harán los de la Catorce-K?

—Creo que traerán unos pocos refuerzos. Si estuvieran realmente preocupados sacarían a Zha por la puerta de atrás, pero todo está muy calmado allí. Ryan, ¿qué está pasando adelante?

Jack vio a tres chinos entrar al club. Dos eran jóvenes y tendrían quizá poco más de veinte años, y el tercero tenía tal vez sesenta. A Jack no le pareció extraño, pues los clientes entraban o salían con frecuencia del bar.

—Simplemente un tráfico normal.

—De acuerdo —dijo Yao—. Sin embargo, deberías estar preparado para ver más hombres de la Catorce-K. Si esos tipos llamaron porque sienten una amenaza potencial, las cosas podrían complicarse allá.

Nuestro muchacho tiene visitantes —dijo Biery un minuto después, cuando los tres clientes más recientes del bar, el chino mayor y sus dos amigos, se sentaron en la cabina de Zha—. Estoy enviando una imagen a sus teléfonos para que puedan verla.

Adam esperó a que llegara la foto y la miró atentamente.

—Sí. El hombre mayor es el señor Han, un conocido contrabandista de sofisticados equipos informáticos. Yo lo estaba siguiendo cuando me topé con Zha. No sé qué relación tenga con él. No sé quiénes son los otros dos, pero no pertenecen a la Catorce-K. Son demasiado enclenques y parecen muy desconcertados.

Gavin habló:

—Estoy pasando sus caras por el software de reconocimiento facial y confrontándolas con una base de datos de conocidos hackers chinos.

Todos permanecieron varios segundos en silencio.

Ryan maldijo en el puesto de fideos y Chávez gruñó para sus adentros en el bar del club nudista. Sería difícil que Adam Yao creyera que esta base de datos, extraída por el Campus de una base de datos clasificada de la CIA, estuviera en la computadora de una firma de gestión financiera, por más que persiguieran a un hacker chino.

Ryan y Chávez esperaron a ver qué decía Yao.

—Eso es algo muy útil, Gavin. Infórmanos. —Su tono era abiertamente sarcástico.

Gavin no tenía la menor idea de lo que acababa de hacer, y era evidente que no había entendido el sarcasmo de Yao.

—Les informaré. Y, a propósito, también acabo de pasar al CAM por el software, pero no encontré nada —dijo con un asomo de frustración en su voz.

—Oye, Domingo ¿es posible que te encuentres conmigo detrás del club para una charla rápida? —le preguntó Yao.

Ding, que estaba en la barra a la entrada del club, puso los ojos en blanco. Ese joven NOC estaba a punto de llevar a Ding al paredón, y él lo sabía.

Jack Ryan apoyó la cara en sus manos en el puesto de fideos. En lo que a él se refería, la cobertura de todos había sido revelada al hombre de la CIA.

—Ya salgo, Adam —dijo Chávez—. Ryan, ¿por qué no regresas al mezzanine y observas? Hazlo con discreción. Simplemente asegúrate de que nadie se una al grupo de Zha sin que sea notado.

—Entendido —dijo Jack.

....

J ack tardó pocos minutos en subir al mezzanine, y Chávez en salir del club, caminar por la calle y doblar en la pequeña calle que había detrás del club y entre los altos edificios de apartamentos, y Ding subió finalmente al puesto del pasajero de la Mitsubishi.

Se limitó a mirar a Adam y le dijo:

—¿Querías hablar conmigo?

—Sé que eras de la Agencia y te investigué —respondió Yao—. Conservas tu acreditación de seguridad de Alto Secreto.

Chávez sonrió. Mientras más rápido terminaran con esta farsa, tanto mejor.

—Hiciste tu tarea.

Yao no estaba sonriendo.

—Tienes amigos en la Agencia y en todas partes. Me arriesgaré a decir que sabes perfectamente bien que yo también soy de la Agencia.

Ding asintió lentamente.

—No voy a mentirte, muchacho. Sé que tienes dos sombreros.

—¿Vas a decirme la verdadera razón que los ha traído acá?

—No hay ningún misterio con eso. Estamos aquí para averiguar quién diablos es Zha. Él está tratando de entrar a nuestra red.

—¿Tratando? ¿No lo logró?

—No que nosotros sepamos. —Ellos habían mentido a Yao en ese sentido—. Lo siento, muchacho. Necesitábamos tu ayuda y queríamos ayudarte. Te hemos dado un poco de mierda.

—¿Un poco de mierda? ¿Ustedes vinieron hasta Hong Kong para seguir a un hacker que trata de penetrar su red? Parece que ustedes me pusieron en una dieta exclusiva de mierda.

Chávez suspiró.

—Esa es una *parte* de la razón. También sabemos que él es un sujeto de interés en los ataques a los UAVs. Velamos por nuestros intereses y por los de Estados Unidos mientras estamos aquí, y queríamos apoyarte en tu investigación.

—¿Cómo sabes que él está involucrado en el ataque a los UAVs?

Chávez se limitó a negar con la cabeza.

—Los rumores circulan.

Yao no pareció satisfecho con esta respuesta, pero continuó hablando.

—¿Cuál es el papel de Jack junior en todo esto?

—Es analista de Hendley Asociados. Tan simple como eso.

Yao asintió. No sabía qué pensar de Hendley Asociados, pero sabía que Domingo Chávez tenía tanta o más credibilidad que cualquier persona que hubiera trabajado en la comunidad de inteligencia de Estados Unidos. Chávez y compañía le estaban suministrando a él los activos que necesitaba para seguir trabajando y, esperaba Yao, poder identificar a algunas de las personas que trabajaban con Zha. Necesitaba a estos tipos a pesar del hecho de que no eran exactamente parte de su equipo.

—La Agencia no cree que Zha esté involucrado en los ataques a los UAVs. Creen que el responsable es algún tipo de actor estatal, tal vez China o Irán, y como es evidente que Zha no está trabajando para ninguno de ellos aquí, creen que no está involucrado.

—Nosotros pensamos otra cosa y, aparentemente, tú también.

—Así es.

En ese momento, Gavin Biery llamó a Chávez, y Ding activó el parlante del teléfono para que Yao pudiera escuchar.

—Bingo. Encontré una correspondencia con uno de los jóvenes, el tipo de camisa negra. Se llama Chen Ma Long. Se dice que vive en Shaoxing, China. Fue un conocido miembro de una organización conocida como la Dinastía Tong.

—¿La Dinastía Tong? —preguntó Yao con sorpresa.

—¿Qué es eso? —preguntó Chávez.

—Es el nombre no oficial que la NSA le dio a una organización que funcionó aproximadamente del 2005 al 2010. Era comandada por el doctor K. K. Tong, que es prácticamente el padre de los sistemas cibernéticos ofensivos de China. Utilizó a decenas de miles de hackers civiles y los convirtió en una especie de ejército. Este muchacho debe haber sido parte de ese grupo.

—¿Donde está Tong ahora?

—Fue enviado a una prisión en China por corrupción, pero escapó. Nadie ha tenido noticias de él durante el último par de años. Se dice que los chinos comunistas lo quieren muerto.

—Interesante. Gracias, Gavin —dijo Chávez. Terminó la llamada con Biery y dirigió de nuevo su atención a Yao.

—No vamos a saber nada más de lo que ya sabemos sobre lo que sea que esté pasando aquí, y las Tríadas no tardarán en ver que Zha ya tiene una cola realmente larga. Y cuando vean a estos tipos seguir a Zha, este desaparecerá.

—Lo sé.

—Necesitas comprobar otra vez con Langley. Si ellos lo quieren, será mejor que lo agarren ahora porque él intentará escapar al territorio continental, en cuyo caso nunca lo encontrarás, o el Servicio de Alguaciles lo va a arrestar, quedando así en manos de la justicia. En este último caso, le asignarán un abogado, le darán una patada en el trasero, tres comidas al día y un catre. Y la agencia nunca sabrá para quién trabajaba Zha.

Adam asintió. Chávez veía que el prospecto de perder a Zha Shu Hai estaba carcomiendo al joven NOC.

—Ya hablé con Langley. Me dijeron que no creen que Zha esté involucrado, pero que se lo comentarían al Pentágono, pues su sistema fue pirateado —dijo Adam.

—¿Y qué dijo el Pentágono?

—No tengo ni idea. Me comunico con Langley tan poco como sea posible.

—¿Por qué?

—Casi todo el mundo sabe que hay una filtración en la Estación de Beijing. El Pentágono sabe también que los asuntos de la CIA están comprometidos en China, así que dudo que nos informen si están interesados en Zha.

—¿Una filtración?

—Llevo un tiempo viviendo con esa realidad. Son demasiadas las iniciativas de la Agencia relacionadas con China que han fracasado de formas que sólo podemos creer que se debieron a la información confidencial sobre nuestras actividades. La mayoría de mis actividades tienen un perfil muy bajo. No me gusta que Langley sepa lo que hago, en caso de que los chinos comunistas hagan algo para detenerme. Aunque Hong Kong no es territorio continental per se, por todas partes hay espías chinos.

—Tal vez esa filtración sea la razón por la cual la Catorce-K ha duplicado la guardia de Zha y ha comenzado a hacer SDR cada dos horas —dijo Chávez.

—Eso sólo tiene sentido si la Catorce-K está trabajando con los chinos comunistas, lo cual no encaja con todo lo que he visto o escuchado acerca de las Tríadas —respondió Yao.

El teléfono de Ding sonó. Era Ryan, y Ding activó el parlante.

—¿Qué pasa, Jack?

—Los dos jóvenes americanos que viste en el ferry acaban de pagar la cuenta y salir del club.

—Bien. Tal vez eso sea todo para ellos esta noche. ¿Y los dos de traje?

—Están en el mismo lugar, observando a Zha y compañía cada treinta segundos con la precisión de un reloj. Es algo demasiado obvio.

—De acuerdo —dijo Ding—. Voy en camino. Haré labores de observación y tú podrás salir de nuevo.

—Entendido —dijo Jack.

Chávez entró al club por la puerta de atrás, la cual conducía a una escalera larga y estrecha que bajaba a un pasillo. Chávez pasó por las puertas de los baños y de la cocina, y regresó de nuevo al club, pasó al lado del rincón en el que estaban Zha y su grupo, y luego fue al bar. Ryan salió por la puerta de adelante, regresó al puesto de fideos en Jaffe y pidió una cerveza Tsingtao.

Un minuto después de regresar a su puesto, Ryan anunció:

—Aquí viene la Catorce-K. Son una docena de matones que acaban de bajar de un par de SUVs plateadas; todos llevan chaquetas aunque la temperatura sea de ochenta grados, así que creo que se están preparando. Están cruzando la puerta del Stylish Club.

—Mierda —dijo Yao—. Ding, ¿crees que deberíamos abandonar la zona?

—Decide tú, pero no estoy en peligro aquí en el bar, aunque haya estado murmurando para mis adentros cada pocos minutos. Qué tal si simplemente permanezco al margen para asegurarme de que los tipos del consulado no tengan problemas con los nuevos refuerzos.

—Entendido, pero ten cuidado.

Al cabo de un momento, la presencia de la Tríada aumentó en

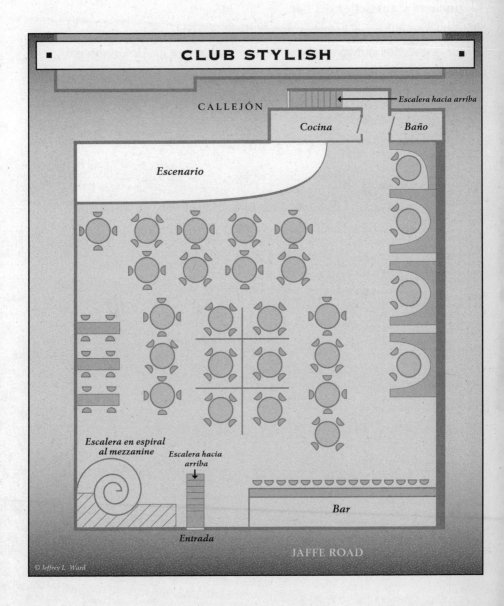

CLUB STYLISH

CALLEJÓN

Escalera hacia arriba

Cocina

Baño

Escenario

Escalera en espiral al mezzanine

Escalera hacia arriba

Bar

Entrada

JAFFE ROAD

© Jeffrey L. Ward

el Club Stylish. Una docena de pistoleros tomó posiciones en los rincones y alrededor del bar.

Ding habló en voz baja detrás de su cerveza.

—Sí... los nuevos matones están mirando a los dos tipos con traje. Esto podría volverse feo, Adam; déjame permanecer un minuto aquí en caso de que alguien necesite llamar a la caballería.

Adam Yao no respondió.

—Ding para Adam, ¿me copias?

Nada.

—Yao, ¿estás ahí?

Después de un largo rato, Adam Yao respondió en un susurro.

—Muchachos... las cosas se van a poner *realmente* feas.

CUARENTA

· · · · · · · · · · · ·

Adam Yao había bajado completamente el espaldar de su silla y permaneció acostado, su cuerpo fuera del campo de visión de las ventanas. No movió un solo músculo, pero su mente bullía.

Sólo treinta segundos antes, una van grande para doce pasajeros había pasado con las luces apagadas y avanzó cuarenta pies en el callejón, no lejos de donde estaba estacionado. Adam se agachó antes de que lo viera el conductor de la miniván y logró ver al hombre detrás del volante. Parecía americano, tenía una gorra de béisbol y unos auriculares de radio. Yao vio también a varias figuras difusas en la parte posterior del vehículo.

—¿Qué pasa, Adam? —le preguntó Ding por el auricular, pero Adam no respondió. Yao buscó en su mochila y sacó un espejo de mano rectangular, que alzó con cuidado sobre la ventana del conductor. El espejo le permitió ver la van para doce pasajeros. Siete hombres bajaron en silencio, todos ellos con rifles pegados a sus cuerpos, pequeñas mochilas, pistolas en la cintura y blindaje personal.

Mientras permanecía inmóvil y en silencio, la voz de Ding se escuchó de nuevo en el auricular.

—¿Qué pasa, Adam?

—Hay un maldito Equipo-A aquí. No son Alguaciles ni de la CIA, probablemente sean Jay-Sock. —Los JSOC (Comandos de Operaciones Especiales Conjuntas, por sus siglas en inglés) eran las unidades de misiones especiales de acción directa del Departamento de Defensa, el Equipo Seis o la Fuerza Delta de los SEAL. Yao sabía que el Pentágono sólo enviaría al JSOC para hacer este trabajo—. Creo que están a punto de entrar por la puerta de atrás y es obvio que no lo harán para ver mujeres meneando las tetas.

—Mierda —dijo Ding—. ¿Cuántos son?

—Conté a siete operadores —respondió Adam.

—Probablemente haya cuatro o cinco veces ese número de Tríadas armados en el club. Necesitas detenerlos antes de que sean masacrados.

—Correcto —dijo Adam, abriendo rápidamente la puerta y bajando de la Mitsubishi. Los estadounidenses que estaban en la puerta trasera miraron hacia el lado opuesto segundos antes de entrar al Club Stylish. Yao decidió llamarlos, pero no había dado más de un paso cuando lo derribaron desde atrás. El audífono salió de su oído, él se estrelló de bruces contra el callejón húmedo y el aire escapó de sus pulmones.

No vio al hombre que lo derribó, pero sintió el peso de una rodilla en su espalda, el ardor en sus hombros mientras le halaban con fuerza los brazos detrás de la espalda y el escozor en sus muñecas mientras le ataban las manos con unas esposas flexibles. Antes de poder hablar, escuchó que alguien desenrollaba cinta aislante y la pasaba con fuerza alrededor de su cabeza y su boca, amordazándolo con brusquedad.

Lo llevaron arrastrando al estacionamiento y procuró no rasparse la cara contra el asfalto. Pocos segundos después se encontró al otro lado de la van Mitsubishi luego de ser arrojado a ella; cayó sentado y se golpeó la cabeza contra un lado de la miniván. Entonces vio que una sola persona había hecho todo esto. Era un hombre con pelo rubio, barba, pantalones tácticos, chaleco blindado, cartuchos de balas, una pistola automática y un rifle de cañón recortado colgado al hombro. Adam trató de hablar a través de la cinta, pero el americano lo golpeó en la cabeza y le puso una capucha.

La última imagen que vio Yao fue el antebrazo del hombre y su tatuaje «Cowboy Up».

Adam oyó al hombre correr alrededor de la van, obviamente para reunirse con sus compañeros cerca de la puerta.

Chávez había pasado diez de los últimos veinte segundos tratando de que Adam Yao le respondiera, dos segundos más maldiciendo fuertemente para sus adentros y los últimos ocho segundos mascullando órdenes en voz baja pero contundentes por su auricular mientras iba hacia los baños que estaban al fondo del club.

—Gavin, escucha. Necesito que tomes un taxi y te dirijas a nuestra posición. Dale todo el dinero que puedas al taxista para que te traiga a toda velocidad.

—¿Yo? ¿Quieres que esté allá con...?

—¡Hazlo! Te actualizaré cuando te acerques.

—Ah. De acuerdo. Voy en camino.

—Ryan, quiero que vayas al callejón y veas qué le pasó a Adam. Ponte la máscara.

—Entendido.

Chávez pasó al lado de varios Tríadas en el animado club nocturno mientras se dirigía a los baños junto a la puerta de atrás. Sabía que tenía que tratar de evitar que los hombres atraparan a Zha antes de que se formara un baño de sangre.

Lo que había sucedido era claro para él. Los dos jóvenes que Ryan había visto en el ferry y luego aquí en el club eran vigilantes del equipo de SEALs, Deltas, o lo que fueran. Habían visto a Zha y a su grupo controlable de guardias de seguridad sentados en una cabina al lado del pasillo que conducía a la puerta de atrás, y habían anunciado por radio al equipo de captura que había llegado el momento de atraparlo.

Los vigilantes se habían marchado en el último instante, seguramente para ir por sus equipos y armas y participar en el golpe. No era su procedimiento habitual de operaciones; seguramente no contaban con que una cuadrilla de refuerzos de la 14K apareciera en tan poco tiempo cuando Zha no tenía cobertura.

Chávez sabía que las cosas iban a terminar mal, y la única manera en que él podía impedir esto era llegando a la puerta de atrás antes de que comenzara...

En la oscuridad del pasillo que conducía a las escaleras al fondo del club, un grupo de hombres armados apareció en una fila bien formada y los dispositivos láser de sus armas emitieron rayos de luz roja para iluminar el espacio y poder moverse, centelleando entre las luces tenues y ambarinas del club al igual que las chispas rutilantes de la bola de la discoteca que colgaba del techo.

Chávez fue sorprendido en el centro del club, demasiado lejos como para detener a los hombres, pero no tanto como para estar lejos de la inminente batalla armada. A sólo veinte pies adelante y a la derecha de él, Zha estaba sentado ante una mesa llena de delincuentes informáticos y de gatilleros armados de la 14K. A la izquierda y al frente de Ding, el escenario iluminado estaba lleno de mujeres desnudas y a su alrededor había una docena de centinelas de la 14K, la mayoría de los cuales miraba amenazante a los dos hombres del consulado estadounidense que parecían muy incómodos, y que Ding tenía la certeza, no sabían que un equipo de comandos se disponía a irrumpir en aquel lugar con sus armas en alto y gritando.

Chávez habló por su micrófono y anunció con solemnidad:

—Empezó.

Michael Meyer, el jefe de los oficiales y líder de este DEVGRU (Equipo Seis de los SEALs) perteneciente al JSOC, era el segundo en la fila táctica, apuntando con su arma de defensa personal HK MP7 justo arriba del hombro izquierdo del operador especial de guerra que tenía adelante. Se dividieron en equipos mientras cruzaban el pasillo y entraban al club, con Meyer y el primer hombre dirigiéndose a la derecha, apuntando sus rayos láser a la pista de baile y a los clientes que estaban allí.

Justo a su izquierda, dos operadores cubrieron el club hacia la parte posterior del bar, y ahora, directamente detrás de él, tres de sus hombres estaban agarrando a Zha y sosteniendo sus armas en señal de protección.

Meyer sintió casi de inmediato que su zona estaba libre de peligro. Había bailarinas y unos pocos hombres de negocios, pero la acción sucedía en la mesa de Zha, en la parte posterior del bar y detrás de él, así que se separó del otro SEAL y se dio vuelta para tomar parte en la captura.

El equipo pensaba arrestar a Zha cuando saliera con sus hombres del club, y habían esperado a pocas cuadras para hacerlo. Pero los dos hombres que Meyer había destinado para seguir a Zha habían reportado que un par de estadounidenses estaba aquí. Iban de traje y con el cabello peinado con secador; todo parecía indicar que eran del consulado y a los hombres de Meyer les preocupaba que Zha fuera evacuado por su numerosa guardia.

Entonces, Meyer ejerció su autoridad de ejecución para hacer algo inesperado y atrapar al objetivo en el callejón que había detrás del club.

No era la imagen que alguien tendría de una situación perfecta. El DEVGRU operaba normalmente con una fuerza mucho más grande y con un mejor comando, control y comunicaciones, así como con una mejor imagen visual de la zona del objetivo. Mientras tanto, lo de ahora se conocía en el gremio como una «operación in extremis», un trabajo apresurado sin duda alguna, y la primera regla de una operación in extremis era aprovechar al máximo una situación imperfecta.

Los dos hombres del equipo de reconocimiento SEAL habían salido del club menos de cinco minutos antes y, casi de inmediato, Meyer tuvo la certeza de que las cosas habían cambiado en ese lapso de tiempo. Esperaba ver a cuatro o cinco guardias en la cabina en círculo del rincón, pero vio a diez.

Eran hombres rudos con chaquetas, cabello corto y miradas duras, que permanecían alrededor de la mesa sin bebidas en sus manos.

Meyer escuchó gritar a uno de sus hombres que tenía a la

derecha; era lo último que esperaba oír esta noche por parte de sus subalternos que observaban a la multitud.

—¡Contacto frontal!

Las cosas empeoraron con rapidez. Un solo hombre de la 14K que estaba en el bar y que se encontraba parcialmente cubierto por un grupo de hombres de negocios que estaban de pie, aprovechó la oportunidad para sacar una pistola calibre 45 de la cintura. Con la protección de cobertura que le ofrecían los civiles, levantó el arma y le disparó dos veces al primer pistolero armado a través de la puerta, impactando al hombre en el brazo izquierdo y también en la placa de cerámica que tenía en el chaleco.

El SEAL de la Marina más cercano al operador herido despachó al pistolero chino con tres balas 4.6x30 milímetros, pequeñas pero de gran impacto, esparciendo fragmentos del cráneo del hombre sobre la multitud de personas que estaban a su alrededor.

En los dos segundos siguientes, unos veinte hombres de las Tríadas14K fueron a buscar sus armas alrededor del club nudista.

Y se desató un verdadero infierno.

Cuando Chávez se encontró en tierra de nadie mientras comenzaba el tiroteo, hizo todo lo que pudo: entró en modo de auto-preservación. Se tendió en el piso, rodó a su izquierda derribando sillas y personas, tratando desesperadamente de permanecer al margen del fuego cruzado entre los americanos y los Tríadas. Avanzó a través de las mesas en compañía de otros hombres que habían estado sentados en la pista elevada y se apretó contra el borde de la contrahuella.

Deseó con todas sus fuerzas tener una pistola. Habría podido eliminar a algunos enemigos y ayudar a los hombres del JSOC en su misión. Se cubrió la cabeza mientras varios hombres con trajes a la medida y bailarinas con chancletas y brillo corporal tropezaban con él, tratando a toda costa de evitar los disparos.

En medio de esto, hizo lo que pudo para estar al tanto de la situación. Miró a la multitud confundida, vio pistolas y subametralladoras disparando aquí y allá y escuchó el estruendo infernal de un escopetazo que estalló cerca del bar. La multitud parecía ratas dispersándose en la luz ambarina, mientras los rayos láser rojos de los dispositivos de los SEALs y el centelleo de la bola de la discoteca conferían un movimiento frenético y adicional a la escena.

El jefe de oficiales, Meyer, tardó pocos segundos en comprender que había conducido a su equipo a un verdadero avispero. Se había preparado para la resistencia ofrecida por los guardias de Zha, pero pensaba mitigarla con velocidad, sorpresa y con una acción abrumadoramente violenta. Pero en vez de un combate manejable contra un número igual de rivales desconcertados, Meyer y su fuerza de seis operadores se encontraron en medio de un verdadero tiroteo. A esto se añadió el gran número de civiles que había en medio del fuego, lo que obligó a sus hombres a ver muy bien a quién le disparaban, no haciéndolo a menos de que vieran un arma en la mano de una de las figuras que se movían en la oscuridad del club.

Dos de los hombres del jefe de oficiales ya habían levantado a Zha por encima de la mesa grande y redonda del rincón y lo habían arrojado frente a la cabina. El chino de cabello erizado estaba boca abajo; un SEAL apretó su rodilla contra la nuca para mantenerlo inmovilizado mientras buscaba objetivos con su rifle en la larga barra cerca de la entrada.

Descargó dos ráfagas rápidas tras oír un disparo cerca de la entrada, luego guardó su rifle en la bandolera y se ocupó del preso mientras Meyer recibía una bala de nueve milímetros en la placa del chaleco, que lo envió ligeramente hacia atrás. El jefe de oficiales recobró la compostura, se lanzó al piso y disparó una ráfaga en dirección al bar.

Jack Ryan encontró a Adam Yao «atado y encapuchado» al lado de su vehículo, forcejeando todavía para librarse de sus ataduras. La puerta del pasajero de la Mitsubishi no tenía seguro, Jack la abrió y sacó una navaja de la mochila de Yao y en pocos segundos cortó las ataduras que el oficial de la CIA tenía en las muñecas.

Se escucharon disparos y ráfagas breves y metódicas de armas automáticas provenientes del club. Ryan le quitó la capucha y luego levantó al pequeño hombre.

—¿Hay armas en la van? —gritó Jack.

Adam retiró la cinta de su boca e hizo una mueca.

—No me han dado armas, y si me atrapan con...

Ryan se dio vuelta y corrió desarmado a la puerta trasera del club.

Chávez había logrado resguardarse del fuego cruzado mientras permanecía boca abajo y apretado contra un lado del escenario. Estaba completamente por fuera del campo de visión de los SEALS, pero totalmente expuesto a los Tríadas armados que habían tomado posiciones de ocultamiento o de cobertura detrás de las mesas, en la larga barra que había en la parte frontal del

establecimiento o mezclados entre los civiles. Ding no participaba en el combate que había desencadenado en el tiroteo y miraba y actuaba como cualquiera de los hombres de negocios
aterrorizados que se acurrucaban en el centro de este torbellino,
tratando de evitar los disparos al actuar con discreción.

Ding se preguntó si los comandos lograrían llegar al pasillo de
atrás, subir las escaleras y salir al callejón antes de ser masacrados
por los tiradores de la 14K. Su objetivo original, capturar vivo a
Zha Shu Hai, parecía inalcanzable desde la vista tan precaria que
tenía de los hechos.

Chávez pensó que si ellos lograban exfiltrarse, lo harían atravesando el pasillo y subiendo la escalera de atrás. Gritó por su
auricular en medio de las ráfagas de disparos.

—¿Ryan? ¡Si estás afuera, cúbrete el trasero! ¡Parece que esta
mierda va a salpicar el callejón!

—¡Entendido! —dijo Ryan.

En ese instante, un Tríada armado con una pistola Beretta de
acero 9 mm se arrastró al lado de Chávez, utilizando el escenario
para esconderse de los comandos estadounidenses.

Chávez vio que el hombre podía llegar a diez pies de donde
estaba el equipo de captura del JSOC en el pasillo trasero, sin
que este lo viera. Allí, podría simplemente ponerse de pie y disparar varias veces su Beretta a quemarropa y balear a los hombres
que estaban concentrados en los tiradores apostados en la barra, a
unos cien pies de ellos.

Chávez sabía que el joven matón que sostenía la pistola no
podía disparar más que unas pocas balas de las diecisiete que
tenía su arma antes de ser acribillado, pero no era erróneo suponer que lograría matar a uno o a dos estadounidenses.

El matón de la 14K se puso en cuclillas, sus zapatos deportivos a pocas pulgadas del rostro de Chávez, y comenzó a acercarse a los comandos, pero Ding le agarró la pistola, le hizo perder el equilibrio y lo arrojó al suelo. Luego lo lanzó detrás de una mesa que estaba patas arriba, forcejeó para arrebatar el arma al chino, que tenía una fuerza sorprendente, y finalmente se abalanzó encima de él, haló la Beretta, le quebró dos dedos de la mano derecha y finalmente le arrebató la pistola.

El Tríada gritó, pero sus gritos fueron sofocados por el tiroteo y los alaridos en el club. Ding le dio dos cabezazos, partiéndole la nariz con el primero y dejándolo inconsciente con el segundo.

Ding permaneció contra la mesa, escondido de los Tríadas que disparaban en el bar, y sacó el cartucho de la pistola para ver cuántas balas tenía. Estaba casi lleno; tenía catorce balas, además de otra que había en la recámara.

Los problemas del jefe de oficiales Meyer aumentaban a cada segundo, pero llevaba muchísimo tiempo haciendo este tipo de trabajo como para permitir que el miedo, la confusión o la sobrecarga de la misión se apoderaran de sus facultades. Él y sus hombres mantendrían la cabeza fría, concentrados en la acción mientras estuvieran con vida y tuvieran una misión que cumplir.

Zha había sido esposado y arrastrado al pasillo, a veces de la camisa, y de su cabello erizado el resto del trayecto. Apenas estuvo al pie de las escaleras que conducían a la salida de atrás, el equipo de Meyer comenzó a retroceder, cubriéndose entre sí mientras recargaban sus armas.

Dos miembros de los SEALs habían recibido disparos en sus chalecos blindados, pero Kyle Weldon, Operador Especial de Guerra, fue el primero en quedar seriamente herido. Cayó boca abajo en el corredor luego de que una bala de nueve milímetros se alojara en su rodilla. Soltó su HK PDW, pero el arma permaneció unida a su cuerpo gracias a la bandolera y él se esforzó en contener rápidamente el dolor, lo suficiente como para que uno de sus compañeros pudiera agarrarlo de las correas del chaleco.

Segundos después, su compañero fue alcanzado por un disparo. El oficial Humberto Reynosa recibió un disparo en la pantorrilla izquierda mientras levantaba a Weldon, y cayó al lado de su compañero. Mientras el jefe de oficiales Michel Meyer ofrecía cobertura desde el pasillo hasta la salida del club, otros dos SEALs retrocedieron para agarrar a los operadores y ponerlos a salvo.

Meyer resbaló en el charco de sangre cuando subía las escaleras detrás de ellos. Luego recobró el equilibrio y centró la mira en un pistolero de la 14K que había aparecido por el pasillo con una escopeta con empuñadura de pistola. El americano le disparó tres veces a la parte baja del torso antes de que el Tríada lograra detonar su arma.

El SWO Joe Bannerman, que estaba más cerca de la puerta arriba de las escaleras y más lejos del tiroteo, recibió, sin embargo, un disparo en la parte posterior del hombro; un hombre de la Tríada había salido del baño y escupido plomo con su arma. La bala envió a Bannerman ligeramente hacia adelante, pero este se mantuvo en sus pies y siguió caminando, mientras el oficial Bryce Poteet acribillaba al Tríada con doce balazos de plomo enchaquetado.

Ryan había seguido las instrucciones de Chávez y buscó cobertura. Recién había cruzado el callejón y avanzado entre varios contenedores pestilentes de basura cuando las luces de un automóvil se acercaron desde la boca del callejón. Era la van de doce pasajeros de la que habían bajado los SEALs pocos minutos atrás; seguramente había recibido la llamada para regresar y recogerlos.

La van escasamente había terminado de frenar junto a la salida del club cuando la puerta se abrió. Desde su escondite detrás de dos botes plásticos, Jack vio a un hombre barbado y con el hombro derecho ensangrentado correr por el callejón mientras buscaba posibles objetivos en la dirección contraria. Un segundo hombre salió y escaneó con su rifle, apuntando arriba y más allá de Jack.

Momentos después, Jack vio a ByteRápido22, o al menos a alguien con la misma ropa del punk. Iba encapuchado y con las manos atadas, mientras un operador estadounidense lo empujaba hacia adelante.

Meyer fue el último en salir por la puerta. Se apresuró a la van a tiempo para ver que Zha era arrojado por la puerta abierta del vehículo. A continuación, los otros hombres entraron saltando o cojeando luego de recibir ayuda.

Meyer mantuvo su arma apuntada hacia la escalera hasta que la puerta se cerró, y luego subió a la van.

Se dio vuelta para examinar a sus seis hombres que se seguían arrastrando entre sus colegas heridos mientras entraba al vehículo.

La puerta trasera del club se abrió de golpe y salieron dos hombres con chaquetas negras de cuero. Uno sostenía una pistola negra y el otro una escopeta calibre 12 con empuñadura de pistola.

Meyer les vació la mitad de la recámara y los hombres cayeron con sus armas al callejón mientras alguien cerraba la puerta del club.

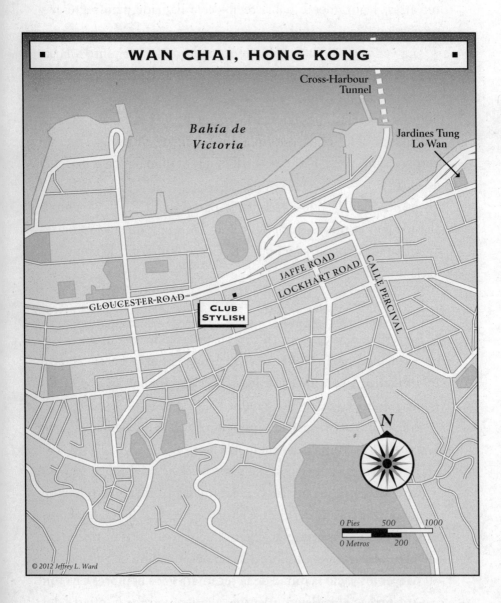

—¡Arranca! —gritó Meyer, y la van avanzó veloz por el callejón hacia el este.

Jack salió de su escondite cuando la van pasó a su lado, y se apresuró a la puerta del club, pues necesitaba saber cómo estaba Chávez.

—¿Ding? ¿Ding? —dijo por el auricular.

Cuando estaba a veinticinco pies de la puerta, una SUV blanca apareció en el callejón desde el lado oeste y sus neumáticos chirriaron.

Se acercó a toda velocidad y aceleró después de pasar a la van que llevaba a Zha y a los americanos.

Jack estaba seguro de que la SUV estaría abarrotada de refuerzos de la 14K. Se acercó a la escopeta que había al lado del Tríada muerto, la recogió del suelo y luego se dirigió al centro del callejón. Levantó el arma y le disparó una vez al vehículo que se aproximaba. El perdigón rebotó en el asfalto y desgarró los dos neumáticos de adelante, haciendo que la SUV virara a la izquierda y se estrellara contra las ventanas de un mercado nocturno.

Jack escuchó un ruido cercano a su derecha, se dio vuelta y vio que Adam Yao corría en su dirección, lo pasaba y se dirigía a la puerta trasera del Club Stylish.

—Vendrán más del mismo lugar —le dijo mientras corría—. Tendremos que atravesar el club para largarnos de aquí. Suelta el arma y sígueme. ¡Ponte la máscara!

Jack hizo eso y siguió a Adam.

Yao abrió la puerta del club e inmediatamente vio un charco de sangre que bajaba por las escaleras. Gritó en mandarín:

—¿Todos están bien?

Logró dar algunos pasos antes de ser confrontado por un hombre que le apuntó a la cara con una pistola. El pistolero vio que tenía enfrente a dos hombres desarmados y vestidos de civil, y no a tiradores con equipos de asalto.

—¿A dónde se fueron? —preguntó .

—Al oeste —respondió Adam—. Creo que van a tomar el Cross Harbour Tunnel.

El Tríada bajó el arma y se apresuró entre ellos. Luego de bajar al club, Adam y Jack se encontraron ante una verdadera carnicería. Un total de dieciséis cuerpos yacían en el piso. Algunos se movían en los estertores de la agonía y otros permanecían inmóviles.

Siete Tríadas de la 14K estaban muertos o agonizando, y otros tres habían quedado heridos. Seis clientes del club yacían sin vida o lastimados.

Adam y Jack encontraron a Chávez, quien se dirigía a las escaleras que había al fondo del pasillo. Ding levantó una pequeña computadora portátil apenas los vio. Jack reconoció que era la de Zha Shu Hai. Ding la había recogido del suelo cuando ByteRápido fue capturado por los SEALs.

Ding la guardó en el bolsillo interior de su abrigo deportivo.

—Necesitamos movernos y salir por la puerta de entrada como todo el mundo —dijo Adam.

El oficial de la CIA caminó hacia adelante, seguido por Ding y Jack.

Ryan no podía creer lo que veía. Todas las mesas y sillas estaban de lado o patas arriba, por todas partes había fragmentos de vidrio y la sangre de los cuerpos brotaba o se esparcía por el piso de baldosas, brillando bajo la luz de la bola giratoria de la discoteca que, por alguna razón, permanecía intacta y funcionando.

Los chillidos de las sirenas se hicieron cada vez más fuertes en Jaffe Road.

—Esto no tardará en llenarse de policías —dijo Yao—. Siempre vienen a los barrios de la Tríada cuando los tiroteos han terminado.

Mientras subían las escaleras, Jack dijo:

—Sin importar quiénes fueran esos tipos, no puedo creer que se hayan librado de esta.

Y entonces, se escuchó de nuevo el sonido de disparos. Esta vez provenían del este.

Ding miró a Jack y le dijo en voz baja:

—Todavía no lo han logrado. Baja y trae alguna de las armas que hay en el suelo.

Jack asintió, se dio vuelta y bajó las escaleras deprisa.

—¿Qué vamos a hacer? —preguntó Yao a Chávez.

—Cualquier cosa que podamos.

—La van —añadió Adam—. Tiene la llave puesta y está sin seguro. Tal vez Biery pueda recogerla.

Chávez asintió y llamó a Gavin, quien ya venía en el taxi.

—Necesito que saques la Mitsubishi Grandis granate de Adam del callejón que está detrás del Club Stylish. Llámame cuando lo hagas. Estoy seguro de que necesitaremos que alguien nos recoja.

—De acuerdo.

CUARENTA Y UNO

eyer y su unidad de operadores del Equipo Seis SEAL lograron recorrer seis cuadras antes de que los de la 14K los alcanzaran.

Desde el instante en que habían sonado los primeros disparos en Jaffe Road cinco minutos antes, todos los teléfonos de Wan Chai vibraron y recibieron mensajes de texto. Los pistoleros de la 14K no tardaron en ser informados de que su territorio estaba bajo algún tipo de ataque y todos recibieron órdenes para dirigirse a la esquina de Jaffe y Marsh, donde estaba el Club Stylish.

La coordinación entre los varios grupos de la 14K fue deficiente, especialmente en los minutos iniciales, pero el gran número de matones que iban a pie, en motocicletas, en autos e incluso en el metro para dirigirse al lugar de los hechos, se aseguró de que Meyer y su equipo fueran superados quince a uno en número. Los Tríadas ignoraban que Zha había sido secuestrado; de hecho, sólo una pequeña parte de ellos sabía apenas quién era Zha. Todo lo que sabían era que había ocurrido un tiroteo en el club y que un grupo de *gweilos* fuertemente armados estaba tratando de escapar. Alguien reportó que iban en una van negra, lo cual parecía indicar que más pronto que tarde, Meyer y sus elementos quedarían atrapados como cucarachas en las calles estrechas, iluminadas y atestadas de Wan Chai.

Habían conducido al este por el callejón que desembocaba en Canal Road y luego doblaron al sur hasta que pudieron ir de nuevo al este por Jaffe. Mientras pasaban al lado de negocios cerrados y de altos edificios de oficinas y apartamentos, el conductor de la van, el Operador Especial de Guerra Terry Hawley, serpenteaba a la izquierda y a la derecha para esquivar el tráfico lento.

Zha permanecía atrás, boca abajo, atado y encapuchado, y los hombres que habían recibido disparos se ocupaban de vendarse las heridas mientras Meyer se comunicaba con el equipo de extracción y les decía que su elemento ya estaba a varios minutos de distancia.

Pero las cosas tomaron un mal rumbo en el instante en que Meyer terminó de transmitir. Llegaron a la intersección de Jaffe y Percival, a menos de media milla del lugar del tiroteo, y se disponían a entrar en el lujoso sector de Causeway Bay, cuando un hombre vestido de civil disparó un rifle desde el asiento trasero de un Ford Mustang convertible. El operador especial de Guerra Terry Hawley recibió disparos en los brazos y en el pecho y cayó sobre el volante.

La van para doce pasajeros se desvió bruscamente bajo la lluvia, resbaló en sentido perpendicular a la calle, y luego se volcó de lado, deslizándose treinta yardas hasta chocar contra la parte delantera de un pequeño autobús de transporte público con capacidad para dieciséis pasajeros.

Hawley murió tras los disparos y otro Operador Especial de Guerra se fracturó un hombro luego del choque.

Meyer quedó aturdido, los fragmentos de vidrio le hicieron cortes en el mentón, las mejillas y los labios, pero abrió la puerta trasera de la van de una patada y sacó a sus hombres. Los muertos y heridos fueron cargados o ayudados, el prisionero fue custodiado y todos se escabulleron por un callejón que conducía hacia el mar, a unas cuatrocientas yardas al norte.

Llevaban pocos segundos allí cuando las primeras docenas de patrullas de la policía se apresuraron al lugar del accidente y comenzaron a sacar a los desconcertados pasajeros del pequeño autobús.

A trescientas yardas al oeste del accidente, Chávez, Ryan y Yao corrían en medio de la lluvia, avanzando entre la multitud nocturna y esquivando todo tipo de vehículos de emergencia que se apresuraban al Club Stylish o se dirigían hacia el este, de donde provenían los disparos.

Después de cruzar los ocho carriles de Canal Road, Adam alcanzó a Chávez y le dijo:

—¡Sígueme! Hay un cruce peatonal entre esas torres de apartamentos de allá. Podemos ir al norte de Jaffe y salir por una calle más tranquila.

—Hagámoslo —dijo Ding.

—¿Cuál es el plan cuando lleguemos allá? —preguntó Yao mientras corrían.

—Improvisaremos —respondió Domingo. Luego aclaró—: No podemos hacer mucho por esos muchachos, pero te aseguro que valorarán cualquier ayuda que podamos prestarles.

Los siete sobrevivientes SEALs quedaron abrumados con responsabilidades. Dos hombres cargaban a su compañero muerto; un hombre mantenía su mano enguantada firmemente en el cuello de ByteRápido, llevando al joven hacker mientras sostenía su pistola SIG Sauer con la otra mano. Los dos operadores con heridas de consideración eran ayudados por los SEALs que aún podían caminar por sus propios medios, aunque uno de ellos tenía el hombro fracturado. Se había despojado de todos sus equipos y lo único que podía hacer era ayudar a caminar al hombre que tenía un disparo en la rodilla, al mismo tiempo que hacía todo lo posible para mitigar el impulso de su cuerpo de entrar en estado de shock tras el fuerte dolor que sentía por su hombro fracturado.

Meyer ayudó a Reynosa, pues el disparo le había arrancado una buena porción de la pantorrilla izquierda.

Meyer y uno de los operadores aún podían utilizar sus HK PDW con silenciador como armas principales. Dos hombres más tenían pistolas en la mano, pero los otros tres sobrevivientes no podían sostener ni un alfiler porque estaban completamente ocupados en ayudar a caminar a un compañero o en ocuparse de sus propias heridas.

La capacidad de combate del equipo de Meyer había disminuido en más del sesenta por ciento en cinco minutos.

Avanzaron maltrechos tan rápido como pudieron, serpenteando por lotes de estacionamiento y callejones ocultos, haciendo lo que podían para mantenerse alejados de los vehículos de la policía que avanzaban veloces por las calles, y de los escuadrones de la 14K que delataban sus posiciones al gritar y vociferar en medio de la persecución frenética.

El aguacero y la hora avanzada de la noche hacían que hubiera muy pocos peatones aquí, a pocas cuadras del bullicio de los restaurantes y bares situados en Lockhart Road, y Meyer sabía que cualquier número de hombres en edad de pelear y que estuvieran reunidos representaban una amenaza.

Mientras se acercaban a una hilera de tiendas cerradas en la base de un rascacielos en construcción envuelto con estructuras de bambú, Bannerman dijo:

—¡Contacto a la izquierda! —Y Meyer apuntó con su láser a tres jóvenes que corrían armados con rifles por una calle lateral. Uno de ellos disparó una ráfaga de su AK de culata plegable, produciendo chispas y desprendiendo el asfalto de la calle cerca del grupo SEAL, pero Meyer y el oficial Wade Lipinski abrieron fuego con sus MP7, matando a los tres combatientes en cuestión de segundos.

La amenaza fue eliminada, pero los disparos del AK y las alarmas de autos que comenzaron a sonar en la calle suponían malas noticias para Meyer y su equipo. Las bandas de Tríadas que deambulaban podían detectarlos con facilidad.

Siguieron caminando hacia al norte en dirección al mar, y haciendo todo lo que podían para permanecer cubiertos mientras los helicópteros volaban sobre ellos y los reflectores iluminaban los altos edificios a su alrededor.

A Jack Ryan le pareció como si todas las malditas sirenas de Hong Kong estuvieran sonando ahora en Wan Chai o a su alrededor. Incluso antes de que el breve tiroteo de los rifles retumbara entre los rascacielos pocos segundos atrás, a Jack ya le zumbaban los oídos por el ruido de las sirenas de la policía y de los bomberos, así como por los disparos que él había hecho con la escopeta a la salida del club.

Corrió por el sendero peatonal, siguiendo a Adam, quien se había adelantado, y sintió el peso y la presión de la Beretta que tenía en el cinturón. De no ser por Adam, Ding y Jack habrían tropezado muchas veces con controles de carreteras de la 14K. Hasta ahora, sólo habían pasado al lado de un grupo de cinco o seis hombres, a quienes Adam identificó como probables tiradores de la 14K. Jack se preguntó si vería de nuevo a esos tipos cuando se contactara con los operadores del JSOC que habían secuestrado a ByteRápido, si es que lograba hacerlo.

Por el sonido de un nuevo intercambio de disparos fue evidente que el equipo americano de acción directa seguía dirigiéndose al norte. Estaban a muy pocas cuadras de la bahía Victoria.

—¿Les conseguimos un bote? —preguntó Jack mientras corrían.

Ding se dirigió a Yao.

—¿Qué es lo más cercano a nosotros en la orilla?

—Hay una Marina privada allá, pero es mejor olvidarnos de ella —dijo Yao—. Habrá veinticinco patrullas con reflectores en la bahía, listas para detenerlos tan pronto se metan al agua, y los helicópteros tendrán una visibilidad perfecta. Esos tipos no se van a librar de esta mierda a bordo de Jet Skis.

Chávez encendió el audífono mientras corría. Un momento después, Gavin respondió.

—¿Dónde estás? —le preguntó Chávez.

—Me estoy acercando a la parte trasera del club, pero hay mucha gente allá. Seguro que algunos de ellos son de la Catorce-K.

—Gavin, *necesitamos* la van.

—De acuerdo, pero no lo prometo. Ni siquiera estoy seguro de...

—¡Se trata de un asunto de vida o muerte! Haz lo que tengas que hacer.

—Pero hay policías y...

—¡Resuélvelo y me llamas! —Chávez colgó.

Los tres hombres dejaron de correr de un momento a otro. Escucharon una serie de disparos adelante de ellos. Provenían de varios HK MP7 con silenciador; Ding y Jack conocían ese sonido.

Los operadores del JSOC estaban cerca.

Jack llegó a un pequeño patio de concreto en medio de cuatro edificios idénticos. La única luz que iluminaba el lugar provenía de las lámparas chinas de color rojo que había sobre las mesas metálicas de picnic y en un pequeño patio de juegos con rejas. Al otro lado del patio, Jack vio que el grupo de hombres que había visto salir del bar nudista aparecía por un pasadizo cubierto debajo de uno de los edificios.

Ryan dobló rápidamente la esquina, se arrodilló y miró de nuevo.

Parecía como si acabaran de desembarcar en la playa de Omaha. Cada hombre que Ryan podía ver estaba gravemente herido o ayudando a alguien que lo estaba. Dos hombres cargaban lo que parecía ser un cadáver.

Ding miró con rapidez y luego dobló la esquina de nuevo con Ryan, para cubrirse. Mientras seguía cubierto, Chávez giró con fuerza y les gritó:

—¡Escuchen! ¡Ustedes tienen amigos aquí! ¡Una unidad de tres hombres de la OGA! ¡Estamos dispuestos a ayudarles si lo necesitan! —La OGA era la manera en que el personal de la CIA se refería con frecuencia a sí mismos en el campo. Significaba Otra Agencia Gubernamental (por sus siglas en inglés) y era más seguro que decir «Agencia» o «Compañía», que eran sobrenombres comunes de la CIA.

Ellos entenderían este término, independientemente de que fueran del JSOC, de la CIA o de cualquier otra unidad paramilitar de los EE. UU.

Meyer observó a Reynosa para asegurarse de que hubiera escuchado lo que él creyó que había oído. El operador herido asintió levemente, se recostó contra la pared del patio y levantó su arma para cubrir la zona en caso de que fuera una trampa.

—¡Salgan de uno en uno, con las manos vacías y en alto! —gritó Meyer.

—Saliendo —gritó Chávez, levantando las manos y cruzando la luz tenue debajo de las lámparas de papel.

Jack Ryan y Adam Yao hicieron lo mismo, y en menos de treinta segundos comenzaron a brindar ayuda a los SEALs.

—Podemos hablar mientras nos movemos —dijo Meyer.

Ryan se apresuró a ayudar al hombre que tenía el vendaje ensangrentado en la pantorrilla y Adam Yao relevó al SEAL de rostro empolvado que se había fracturado el hombro, mientras ayudaba al operador que tenía una herida de bala en la rodilla.

Chávez levantó al SEAL muerto como lo haría un bombero, para que los dos hombres que llevaban el cuerpo pudieran sacar sus HK.

Juntos, los diez supervivientes estadounidenses y el encapuchado y esposado Zha Shu Hai, empezaron a caminar de nuevo hacia el norte. Se movían muy despacio, aunque más rápido que antes.

Las sirenas de la policía sonaban por todos lados y las luces centelleaban en todas direcciones; los helicópteros volaban encima y las luces se reflejaban en las ventanas. Afortunadamente para los SEALs, los dos operadores del Campus y Adam Yao, los altos edificios de apartamentos impedían que los helicópteros los alumbraran con sus luces.

Cinco minutos después habían encontrado refugio ocultándose en los árboles y en la oscuridad de los jardines Tung Lo Wan. A su alrededor, las patrullas de la policía avanzaban veloces por las calles en todas las direcciones y también varios autos repletos de jóvenes de aspecto rudo que se detenían con frecuencia para alumbrar el parque con sus linternas.

Todos los hombres permanecían tendidos en la hierba, aunque el oficial Jim Shipley tenía la mitad de su cuerpo sobre Zha Shu Hai para mantenerlo inmóvil y en silencio.

Chávez llamó a Biery y se sintió contento y sorprendido al saber que el director de TI había logrado superar su primer desafío en el campo. Había dicho a una barrera de policías que iba a sacar «su» minivan del estacionamiento y Ding le dio instrucciones para que llegara donde ellos.

Meyer examinó a sus hombres heridos y se arrastró hacia los tres nuevos integrantes de su grupo. Realmente no sabía quiénes eran. El tipo hispano y bajito era el mayor de los tres y era el que más hablaba; el más alto y joven tenía una mascarilla de papel cubierta de sudor en la cara; y el asiático parecía estar extenuado y aturdido.

Meyer hizo señas a Yao.

—Te vimos detrás de la ubicación del objetivo. Le dije a Poteet que te atara. No sabía que eras un OGA. Lo siento.

Yao negó con la cabeza.

—No pasa nada.

—Habría querido conectarme contigo desde el comienzo, pero nos dijeron que ustedes tienen una filtración masiva, así que no podría haber habido coordinación.

—No puedo rebatir ese argumento —dijo Yao—. Hay una filtración, pero no proviene de Hong Kong. Créeme, nadie sabe dónde estoy ni qué hago ahora.

Meyer levantó una ceja detrás de su protector balístico visual.

—Está bien.

—¿Quiénes son ustedes? —preguntó Chávez

—El DEVGRU.

Chávez sabía que el Grupo de Desarrollo Especial de Guerra de Estados Unidos, o DEVGRU, era una organización anteriormente conocida como el Equipo Seis SEAL. No le sorprendió saber que este elemento había sido extraído de una de las unidades más selectas de misiones especiales de Estados Unidos. A pesar de todos los daños que habían sufrido, seguramente habían liquidado a veinte enemigos en los últimos veinte minutos y estaban próximos a lograr el objetivo de su misión, aunque Ding tenía la experiencia suficiente como para saber que Meyer recordaría este evento sólo como la misión en la que había perdido a un hombre.

El líder del equipo de la Marina recargó su HK.

—Nuestra exfiltración será muy difícil, en vista de nuestros heridos y de todos los helicópteros que hay en el aire. Ustedes conocen la zona mejor que nosotros. ¿Tienen ideas acertadas para poder salir de esta mierda?

Chávez se inclinó.

—Tengo un tipo que viene en camino a bordo de una miniván. Creo que todos podemos caber en ella si nos apretamos. ¿Cuál es tu punto de reunión para la exfiltración?

—El punto norte en el embarcadero del ferry —dijo el SEAL—. A un par de kilómetros de aquí. Tenemos a hombres del RIB que están viniendo a recogernos.

Chávez comprendió que estos tipos debían haber llegado a la bahía en un bote o en un submarino y que luego pidieron a su hombre en la bahía que los recogiera en la van, mientras sus otros dos colegas vigilaban a Zha. Era una operación muy rápida y sucia para una ciudad tan agitada como Hong Kong, pero Ding sabía que el Departamento de Defensa estaba desesperado por acabar con la ciberamenaza que estaba plagando su red.

Meyer se dirigió a Chávez.

—Saqué a mis dos hombres del bar porque quería hacer la captura con siete operadores y un hombre al volante. Ellos dijeron que había cuatro o cinco guardias armados y eso fue todo.

—Sólo *había* cuatro, pero las cosas se deterioraron con mucha rapidez. Algunos tipos del consulado entraron al club, tal vez el Departamento de Justicia los envió para observar a Zha. Los miembros de la Tríada que protegían a Zha se asustaron y la Catorce-K llamó a una van llena de refuerzos antes de que ustedes golpearan la puerta de atrás —dijo Ding.

—Mierda —exclamó Meyer—. Deberíamos haberlo sabido.

Chávez negó con la cabeza.

—Es la ley de Murphy.

Meyer asintió.

—Aplica con mucha frecuencia.

En ese momento, las luces de un vehículo aparecieron por la calle paralela al pequeño parque. El vehículo disminuyó la velocidad y siguió acercándose.

Ding llamó a Gavin.

—¿Dónde estás?

—Estoy yendo hacia el este. Estoy... realmente perdido. No sé en dónde diablos estoy.

—Detente ahí donde estás.

El vehículo se detuvo en la calle.

—Enciende las luces.

Gavin las encendió.

—Bien. Ya te vi. Avanza unas doscientas yardas y luego gira al fondo. Abre campo, tendremos que acomodar una docena de cuerpos ahí.

—¿Una *docena*?

Chávez se sentó detrás del volante y se dirigió al noroeste siguiendo las instrucciones de Yao, quien iba a su lado. Nueve hombres vivos y un cadáver estaban apretujados como sardinas atrás. Los hombres gruñían y gemían cada vez que la van pasaba por un hueco en el camino, y los que estaban al fondo se quedaban sin aire cuando doblaban por una esquina. El operativo Lipinski, paramédico del ST6, luchaba con valor para examinar los vendajes de cualquier herida a la que tuviera acceso con su mano libre en medio de aquel tumulto. El resto de las heridas no podrían recibir atención.

Ding circuló a gran velocidad y evitó cambiar de carril, pero un vigilante de la 14K cruzó la calle y lo miró directamente en un semáforo en rojo de Gloucester Road. El hombre sacó un teléfono móvil del bolsillo y se lo llevó al oído.

Chávez miró hacia adelante y dijo:

—Maldita sea. Esto no ha terminado todavía.

El semáforo se puso en verde y él aceleró, haciendo todo lo posible para no sólo conducir a gran velocidad, sino también para esperar que el vigilante concluyera que la miniván granate no estaba atestada de *gweilos* armados que escapaban del lugar.

Pero sus esperanzas eran infundadas.

Mientras se dirigían al este por una calle lateral paralela a King Road en medio de la lluvia, un pequeño auto de dos puertas llegó con las luces apagadas a la intersección. Chávez se vio obligado a girar abruptamente para que el auto no lo chocara.

El auto siguió a un lado de la miniván, y un hombre en el asiento del pasajero se puso de pie, se sentó en la puerta y luego sacó un rifle AK-47 por encima del techo del vehículo, apuntando a Chávez.

Ding sacó la Beretta que tenía en la pretina y disparó a través de la ventana mientras sostenía el volante con la mano izquierda.

Varios disparos del AK impactaron la miniván antes de que Chávez acertara un tiro en el cuello al conductor del vehículo. El auto se desvió bruscamente y se estrelló contra la pared de un edificio de oficinas.

—¿Alguien recibió un disparo? ¿Alguien recibió un disparo? —gritó Chávez, seguro de que con tantas personas en el pequeño vehículo, varios hombres habrían recibido disparos de la poderosa arma de 7.62 milímetros.

Todos se miraron, los hombres heridos señalaron que no sentían más dolor que antes, e incluso ByteRápido22 dijo que estaba bien cuando Adam le preguntó si había recibido un disparo.

Era un pequeño milagro que los cuatro proyectiles que impactaron el lado de la miniván se hubieran alojado en el cadáver del operador especial que estaba contra la pared del vehículo.

Chávez se dirigió al este a mayor velocidad que antes, pero tuvo cuidado en no llamar más la atención de lo estrictamente necesario.

Después de consultar con Adam Yao el mejor lugar para ser recogidos por un bote, y de estar lo suficientemente lejos del lugar del tiroteo, Meyer se esforzó en llevarse a la boca el micrófono de su radio bajo el enorme peso de los cuerpos que tenía encima.

Finalmente se comunicó con su extracción y le pidió que los recogiera en Chai Wan, varias millas al este de allí.

Chávez llegó poco después de las tres a.m., encontró una playa rocosa y escondida, y todos se esforzaron para bajar de la pequeña miniván.

Aquí, detrás de la cobertura de rocas grandes, Lipinski, el paramédico, puso vendajes nuevos a todos los hombres heridos. Reynosa y Bannerman habían perdido mucha sangre, pero se encontraban estables.

Mientras esperaban a que los botes inflables de los SEAL los recogieran, Jack se acercó a Ding y le dijo en voz baja:

—¿Qué tal si nos quedamos con la computadora de ByteRápido?

Chávez se limitó a mirarlo.

—Adelante, muchacho. Haremos que Gavin la examine y

encontraremos la forma de entregársela después al Departamento de Defensa.

Los tres botes Zodiac aparecieron en el mar oscurecido y llegaron a la orilla.

El jefe de oficiales, Michael Meyer, reunió a sus hombres, tanto a los vivos como al muerto, y le estrechó rápidamente la mano a Yao.

—Habría querido trabajar contigo desde el comienzo.

—Habrían tenido más problemas —dijo Adam—. Estamos filtrando como un colador. Me alegra haberles podido ayudar. Pero habría querido hacer más.

Meyer asintió, agradeció a Ryan y a Chávez y luego se reunió con sus hombres mientras subían a los RIB.

Los Zodiac se alejaron de la playa y desaparecieron en la noche.

Cuando los SEAL se hubieron ido, Gavin Biery preguntó a Adam Yao:

—¿Sabes dónde se pueden conseguir panqueques?

Yao, Ryan y Chávez se rieron cansadamente mientras subían de nuevo a la Mitsubishi.

CUARENTA Y DOS

El doctor K. K. Tong, conocido como Centro, se sentó en su escritorio y vio las grabaciones de decenas de cámaras de seguridad, tanto municipales como privadas. Era un video editado por el personal de seguridad del Barco Fantasma, el cual mostraba los hechos de la noche anterior.

En el Club Stylish, vio a los hombres blancos aparecer en el pasillo, a una multitud enloquecida y dispersa reaccionar al tiroteo y al joven Zha siendo levantado de la mesa, atado y arrastrado en la oscuridad.

Desde una cámara de seguridad de un 7-Eleven dirigida hacia la calle, vio el accidente de la van negra, a los hombres que bajaban y sacaban a Zha y al hombre muerto, y que luego se apresuraban por un callejón oscuro.

Vio la grabación de una cámara de tránsito en la intersección de King Road, que mostraba la miniván granate mientras se desviaba bruscamente para no chocar con el auto de dos puertas con los hombres armados, y luego vio que el vehículo viraba y se estrellaba, mientras la miniván en la que iban Zha y sus secuestradores avanzaba a gran velocidad en la noche.

Tong no denotó ninguna emoción al ver esto.

El líder del personal de seguridad del Barco Fantasma estaba detrás de él, observando las violentas escenas. No pertenecía a la Tríada, pero era el responsable de coordinar con estas organizaciones. El hombre dijo:

—Veintinueve miembros de la Catorce-K fueron asesinados o heridos. Como puede ver en las grabaciones, los miembros de la fuerza de oposición también sufrieron bajas, pero ninguno ha sido atendido en ningún hospital local.

Tong no hizo ningún comentario, y simplemente dijo:

—CIA.

—Sí, señor, su hombre local, Adam Yao, del que hemos tenido conocimiento durante la última semana, aparece con claridad en este video.

—Estamos leyendo las comunicaciones de la CIA. Sabemos que Yao está en Hong Kong y que vigila nuestra operación. ¿Por qué no lo impediste?

—Si la CIA hubiera utilizado a sus fuerzas paramilitares o coordinado este secuestro directamente, habríamos tenido conocimiento de ello y nos habríamos preparado. Pero el Pentágono utilizó fuerzas militares estadounidenses, aparentemente miembros de su Comando de Operaciones Conjuntas Especiales. No tenemos un acceso constante y profundo a las comunicaciones del JSOC.

—¿Por qué la CIA utilizó al JSOC? ¿Sospechan de una filtración en su tráfico de cable?

—Negativo. A partir de lo que hemos determinado luego de monitorear el tráfico de cable de la CIA después de este golpe, descubrimos que este elemento de comandos estaba entrenando en Corea del Sur y logró llegar con mucha rapidez aquí el día de ayer cuando surgió una oportunidad in extremis para secuestrar a Zha. Nadie del JSOC informó a la CIA que vendrían acá.

—Y sin embargo, el operativo local de la CIA estaba presente.

—Yo... yo no he determinado cómo ocurrió eso.

—Estoy muy disgustado de que haya sucedido esto —dijo Tong.

—Entiendo, señor —respondió el jefe de seguridad—. La visualización del secuestro después de los hechos no nos ayuda mucho. Lo ideal habría sido prevenirlo.

—¿Has reportado esto a nuestros colegas en Beijing?

—Sí, señor. Piden que se contacte con ellos a la mayor brevedad posible.

Tong asintió.

—Nuestra estadía en Hong Kong ha terminado.

Miró las escenas violentas en su monitor principal por segunda vez. Se estiró con rapidez y hundió un botón, deteniendo la cinta cuando el conductor de la miniván disparaba contra la ventana del conductor del automóvil. Mientras el vidrio se quebraba, una imagen breve pero relativamente clara del conductor apareció a medida que el vehículo se acercaba a la cámara.

Tong extrajo una imagen fija y pocos segundos después ya la había mejorado notablemente con el software de su máquina.

—Este hombre estuvo en el Club Stylish al comienzo de la secuencia, antes del ataque. No hizo parte de la fuerza ofensiva.

—Sí, creo que eso es correcto.

Tong y el jefe de seguridad vieron las grabaciones del Club Stylish antes y después del secuestro. Vieron al hombre desconocido sentado en el bar antes del ataque; estaba completamente solo. Sin embargo, se reunió con dos hombres después del ataque y salieron juntos por la puerta de entrada. Uno de ellos era alto y llevaba una mascarilla de papel en la cara.

Y el otro hombre era Adam Yao.

Tong encontró una buena imagen del hombre bajito y ligeramente oscuro mientras entraba por primera vez al club y pasaba directamente frente a una cámara de seguridad en la entrada. Limpió la imagen un poco más y acercó la cara del hombre.

—Sé quién es —dijo K. K. Tong.

Presionó algunas teclas en su computadora y se conectó en una videoconferencia. Una mujer con un auricular estaba sentada en su escritorio, en algún lugar del piso de operaciones del Barco Fantasma.

Ella se sorprendió al verse en la cámara. Se enderezó e hizo una venia en su silla.

—Escritorio cuarenta y uno.

—Ven a mi oficina.

—Sí, Centro.

Pocos segundos después, la controladora entró a la oficina oscura de Tong, permaneció al lado del jefe de seguridad, y se inclinó rápidamente antes de concentrarse y mirar el monitor.

—Mira esta imagen.

Ella observó la pantalla durante varios segundos y luego se enderezó de nuevo.

—Ese parece ser Domingo Chávez, de Maryland, Estados Unidos, de la compañía Hendley Asociados —dijo—. Esposa, Patsy Chávez. Un hijo, John Patrick Chávez. Domingo Chávez sirvió en el Ejército de Estados Unidos y luego en la División de Actividades Especiales de la CIA. Después de abandonar...

—Sé quién es —la interrumpió Tong—. Hendley Asociados es un objetivo de interés, ¿verdad?

—Sí, Centro.

—Ellos asesinaron a Kartal y a su banda de bichos libios en Estambul hace pocos meses, ¿no es así?

—Sí, Centro.

—¿Sabías también que el señor Chávez y al menos un colega suyo estaban anoche aquí en Hong Kong, ayudando a la CIA y al aparato militar de Estados Unidos a capturar a Zha Shu Hai, jefe de nuestro departamento de *coders*, y que mataron además a un gran número de nuestros aliados de la Catorce-K en el proceso?

La joven miró a Centro, y su piel blanca pareció volverse gris mientras la sangre abandonaba su rostro.

—No, Centro —dijo en voz baja.

—¿Ya tenemos un acceso profundo y constante a la red de Hendley Asociados?

—No, Centro.

—Lo ordené hace varios meses.

—Gracias a la ayuda de los activos del MSE en Shanghai y en Washington, hemos instalado un RAT en un disco duro que fue entregado la semana pasada a Hendley Asociados —dijo la mujer—. El Trojan todavía no se ha reportado en funcionamiento.

—¿Tal vez la gente de Hendley Asociados descubrió el RAT y no instaló el dispositivo?

La mujer parpadeó con fuerza.

—Es posible, señor.

Tong pasó a otra fotografía con la punta del bolígrafo. En ella aparecían Adam Yao, Domingo Chávez y un hombre alto y de cabello oscuro con una mascarilla de papel.

—¿Este es Jack Ryan, el hijo del presidente de los Estados Unidos? Ya sabes que trabaja en Hendley.

La mujer miró la imagen.

—Yo... No sé, Centro. No puedo ver su cara.

—Si tuviéramos acceso a su red, sabríamos exactamente quién es él, ¿estás de acuerdo?

—Sí, Centro.

Tong pensó un momento y dijo finalmente:

—Serás reasignada. Estás despedida.

La mujer hizo una venia y salió de la oficina. Tong inició otra videoconferencia antes de que ella cruzara la puerta, esta vez con el director del departamento de control del Barco Fantasma.

—Reemplaza el escritorio cuarenta y uno con el mejor controlador y ordénale que asuma el control inmediato de tu mejor operativo de campo que hable inglés. Sin importar quién sea o en dónde trabaje, envíalo a él o a ella a Washington, D.C. Ven a mi oficina en treinta minutos cuando hayas hecho esto para darte más instrucciones.

Desconectó la videoconferencia sin esperar respuesta y luego giró en su silla hacia el director de su personal de seguridad.

—¿A dónde llevaron a Zha los militares de EE. UU?

El hombre miró un cuaderno que tenía en la mano.

—Estamos trabajando para conseguir esa información. Seguramente a los Estados Unidos, y probablemente a la base Andrews de la Fuerza Aérea. De allí, seguramente lo entregarán a la CIA para que sea interrogado. Utilizarán una casa de seguridad, pues querrán interrogarlo antes de dejarlo bajo la custodia oficial estadounidense.

Tong asintió.

—Quiero la dirección.

—Se la conseguiré.

Valentín Kovalenko había trabajado varios días y noches para Centro en las últimas semanas. Había instalado micrófonos en oficinas corporativas, extraído comunicaciones inalámbricas de compañías tecnológicas, robado información RFDI sobre tarjetas de crédito y realizado varias actividades más.

Esta noche, sin embargo, no estaba trabajando para Centro. Había pasado el día aquí en Barcelona tomando fotos a un político británico que estaba de vacaciones en la soleada España con su novia, mientras su esposa permanecía en el grisáceo Londres con sus cuatro hijos.

Pero eso ya había pasado. Esta noche, él tenía una misión propia. Había comprado un teléfono celular prepagado en una tienda situada a varios kilómetros de su apartamento en el Boulevard Rosa, y luego fue a un café Internet para buscar un número telefónico que no se sabía de memoria. Después de anotarlo en un papel, entró a un bar y bebió con rapidez dos copas de Rioja para calmar sus nervios, regresó a su apartamento, cerró la puerta con seguro y se sentó para hacer la llamada.

Miró la computadora portátil que tenía en el escritorio. El Criptograma estaba abierto y titilaba.

Mierda.

Se dirigió al pequeño escritorio. Se comunicaría primero con

Centro y luego estaría libre para llamar a su padre, Oleg Kovalenko, en Moscú.

Su padre no tenía computadora ni teléfono celular. Estaba fuera de la red y del alcance de la organización de Centro.

Valentín planeaba contar tan poco sobre su situación a su padre como fuera posible. Luego le diría que fuera al SVR en Moscú, hablara con sus viejos amigos y les explicara su situación. Su arresto por el episodio de John Clark, su escape de la prisión y su reclutamiento forzado en la organización de Centro.

Su papá y sus viejos amigos le ayudarían a salir de esto.

Decidió este curso de acción después de parar por la Embajada rusa en Barcelona, cuando fue a pie un par de veces, pero luego decidió que no era seguro hacer contacto directo con nadie allí. Su padre podría hacerlo por él, en Moscú, donde Valentín conocía a muchas personas, y podría decirle a su padre que visitara a una docena de amigos que podían ayudarle.

Pero primero hizo clic en el programa Criptograma. Escribió:

«Estoy aquí. —Sacó la tarjeta de su cámara y la introdujo a un lado de la computadora—. Cargando imágenes ahora».

Empezó a cargar el Criptograma y Centro aceptó el archivo.

Pero cuando llegó la respuesta, era incongruente con el mensaje de Kovalenko.

«Todo el mundo comete un error». —Eso fue lo que apareció en la pantalla.

Kovalenko ladeó la cabeza y escribió:

«¿Qué significa eso?».

«Cometiste un error al decidir contactarte con tu padre».

La nuca de Kovalenko se llenó inmediatamente de sudor. Comenzó a escribir una especie de negación, pero dejó de hacerlo.

¿Cómo demonios lo había sabido Centro?

Después de una pausa, escribió:

«Es mi padre».

«Eso es irrelevante para nosotros, y él es irrelevante para tu tarea. No tendrás contacto con nadie de tu vida anterior».

«Él ya no trabaja con el gobierno. No le dirá a nadie».

«Eso es irrelevante. Necesitas seguir instrucciones».

Kovalenko miró su nuevo teléfono móvil. No, era imposible que Centro tuviera algún tipo de dispositivo de rastreo o de escucha instalado en cada teléfono nuevo y en cada estuche del mundo.

¿Acaso era por el café Internet? ¿Realmente podía mirar cada computadora de cada café Internet de Barcelona? ¿De Europa? ¿Del mundo? Eso era algo insondable.

Imposible.

Espera. Kovalenko sacó el teléfono móvil de su chaqueta. Llevaba el tiempo suficiente trabajando para Centro como para reunir algunos detalles tecnológicos de cualquier operación que estuvieran realizando en contra suya. Tal vez su teléfono tenía algún tipo de dispositivo con GPS. Sus movimientos podrían ser rastreados; si Centro realmente lo tenía detectado, podría haberlo visto cuando iba al café Internet. También podría haber mirado —supuso Kovalenko— el tráfico que salía de las computadoras. La búsqueda de la guía telefónica de Moscú por Internet. Podía haber reconocido el nombre, o hacer otra búsqueda de seguimiento para determinar que él estaba tratando de contactarse con su padre.

Podría haberlo monitoreado en el mercado donde compró el teléfono.

¿Era así como operaban ellos?

No era algo simple, sino poco menos que omnipotente.

Mierda.

Había sido estúpido. Debió haberse esforzado más, ingeniarse una manera más discreta de conseguir el número telefónico de su padre.

«Llevo tres meses trabajando para ti. Quiero regresar a mi vida anterior» —escribió.

La respuesta que recibió de Centro no era la que esperaba: «Seguirás obedeciendo las órdenes que recibas. Si hubieras logrado contactar a tu padre, él ya estaría muerto».

Kovalenko no respondió.

Un nuevo párrafo apareció en el Criptograma un instante después.

«Recibirás los documentos en Barcelona hoy. Los utilizarás para ir a Estados Unidos. Lo harás mañana. Alquilarás un lugar apropiado en Washington D.C., desde el cual operarás. Tendrás dos días para ponerte en posición, reportarte y prepararte para recibir instrucciones operativas».

¿D.C.? —Kovalenko se sorprendió y se sintió muy preocupado.

«No tengo una buena relación con la administración actual». —Esta escueta declaración de Valentín Kovalenko no podía ser más que una subestimación. Un año antes, Kovalenko había conspirado con el multimillonario Paul Laska, un ciudadano estadounidense, para acabar con las posibilidades de elección de Jack Ryan. Habían fracasado y, aunque Laska parecía haber salido impune, Valentín se había convertido en una molestia muy incómoda para el Kremlin, y entonces lo habían arrojado a un nido de ratas.

A Kovalenko no le cabía la menor duda de que la administración de Ryan lo sabía todo acerca de él. Viajar a Washington D.C. trabajando para una misteriosa organización criminal le parecía una idea terrible.

«Sabemos todo acerca de tu relación con el episodio de John Clark y, por asociación, con el presidente Ryan —respondió Centro—. Los documentos, las tarjetas de crédito y la cobertura para actuar que te daremos garantizarán tu capacidad para entrar al país y tomar posición. Tu propia OPSEC y tus métodos operativos garantizarán tu seguridad cuando estés allí».

Kovalenko miró la pantalla un momento antes de escribir «No. No quiero ir a Estados Unidos».

«Lo harás». —Eso fue todo. Simplemente era una orden.

Valentín escribió «No», pero no presionó la tecla enviar. Simplemente la miró.

Después de varios segundos, borró la palabra «No» y escribió «¿Cuánto dura la tarea?».

«Se desconoce. Probablemente menos de dos meses, pero todo depende de tus habilidades. Creemos que lo harás bien».

Kovalenko habló en voz alta en su apartamento.

—Sí. Amenazas y halagos. Dar una patada en el trasero a un agente y luego chupársela. —No sabía nada acerca de Centro, pero podía deducir fácilmente que el hombre era un espía curtido.

«¿Y si me niego?» —escribió el ruso.

«Ya verás lo que te pasará si te niegas. Te sugerimos que no lo hagas».

CUARENTA Y TRES

· · · · · · · · · · · · · · · · ·

La vida de un oficial de la CIA tenía momentos de adrenalina pura y de emoción, pero también existían muchos otros momentos como este.

Adam Yao había pasado la noche en la pequeña sala de espera de un taller de reparación de automóviles en Sai Wan, en la isla de Hong Kong, a pocos kilómetros de su apartamento. Había llevado allí la miniván Mitsubishi de su vecino la noche anterior, y le había pagado al propietario y a su ayudante una buena suma de dinero para que trabajaran toda la noche y limpiaran la sangre de la silletería, rellenaran los agujeros de las balas, repararan la latonería, pintaran el vehículo y reemplazaran las ventanas rotas.

Ya eran las siete a.m. y estaban terminando su trabajo, lo que significaba que Adam, esperaba él, lograría dejar la miniván en el garaje antes de que su vecino bajara de su apartamento para ir a trabajar.

Nada de esto era un epílogo apasionante a la emoción de los días pasados, pero este tipo de cosas sucedían y a Yao le era muy difícil devolverle la Mitsubishi a su vecino en el mismo estado en que la había recibido.

Su vecino, un hombre de su misma edad llamado Robert Kam y quien tenía tres hijos, era propietario de la miniván por pura necesidad. Había conducido el Mercedes de Adam en los dos últimos días y no tenía la menor queja. Aunque el auto de Adam tenía doce años, estaba en buen estado y era mucho mejor que la miniván Mitsubishi Grandis.

El propietario del taller entregó las llaves a Yao e inspeccionaron el vehículo juntos. Adam estaba impresionado; no pudo ver ningún rastro de los daños que había sufrido el vehículo, y habían reemplazado las ventanas con un color exactamente igual al del parabrisas y el vidrio trasero.

Adam siguió al propietario al mostrador y pagó la cuenta. Se aseguró de que le dieran un recibo detallado. La reparación había valido un ojo de la cara y él lo había pagado de su propio bolsillo. Obviamente, le enviaría la cuenta a Langley y, si la agencia no le pagaba, se enojaría tanto que echaría humo.

Sin embargo, no enviaría la factura en los próximos días. Aún estaba aquí, en el campo, operando bajo una fuerte sospecha de que había una filtración en la cadena de información entre Langley y los oficiales de la CIA en Asia.

Lo último que quería era enviar un cable revelando que había estado involucrado en el tiroteo ocurrido dos noches atrás.

Adam se apresuró a su casa a bordo de la miniván, mirando el reloj cada minuto, esperando poder llegar a tiempo para que su vecino encontrara la Mitsubishi en su estacionamiento.

Adam vivía en el Soho, un sector costoso y de moda en el barrio Central de la isla de Hong Kong, emplazado en una colina escarpada. Yao nunca podría permitirse su pequeño pero moderno apartamento con el salario de la CIA, pero su vivienda encajaba con su cobertura como presidente y propietario de una firma de investigación comercial, lo cual había justificado ante Langley.

Por otra parte, su vecino Robert trabajaba en el banco HSBC y seguramente tenía un salario cuatro veces superior al de Adam, aunque este podía imaginar que los gastos que demandaban tres hijos reducían considerablemente los ingresos del banquero.

Adam regresó a su edificio y subió la rampa hacia su estacionamiento poco después de las siete y treinta a.m., y buscó el estacionamiento numerado de la Mitsubishi.

Adelante de él, y al fondo de la fila de automóviles, Adam vio a Robert subir al Mercedes negro de Yao con su maletín y el abrigo en la mano.

Mierda —pensó Adam. Aún podía intercambiar de vehículo con él, pero tendría que inventar alguna disculpa para explicar por qué llegaba a esa hora con la van. Su imaginación febril comenzó a pensar en una excusa mientras se dirigía al espacio numerado de Robert, que estaba una fila más allá del suyo.

Vio a Robert abrir la puerta del Mercedes y subir al vehículo justo cuando Adam dejó la Mitsubishi en el estacionamiento que estaba frente a él, al otro lado de la fila.

El oficial de la CIA estacionó la miniván mientras Robert lo miraba y luego lo reconocía. Adam sonrió y agitó la mano con timidez, un gesto en señal de disculpa por regresar con el vehículo a esa hora.

Robert sonrió.

Y luego, Robert Kam desapareció con la velocidad de un rayo.

El Mercedes explotó frente a Adam Yao; las llamas, los fragmentos y la onda expansiva formaron una nube de polvo, detonaron en el garaje, las ventanas de la Mitsubishi se hicieron añicos y Adam se golpeó fuertemente la cabeza contra el apoya cabezas.

Unas cien alarmas de lujosos vehículos comenzaron a chirriar, pitar y sonar, y los fragmentos de autos y del techo de concreto cayeron encima de la miniván, resquebrajando aún más el parabrisas y abriendo agujeros en el capó y en el techo. Adam sintió sangre en su cara tras el corte producido por los vidrios, y el humo sofocante de la explosión del garaje confinado amenazó con sofocarlo.

Yao logró bajar de la Mitsubishi averiada y se tambaleó hacia su Mercedes.

—¡Robert! —gritó, y tropezó con una viga en forma de I que había caído del techo. Avanzó gateando entre el metal retorcido de los otros autos, su cabeza martillándole después de la conmoción cerebral que había sufrido, y su cara completamente ensangrentada—. ¡Robert!

Trepó a la capota del Mercedes, miró el interior en llamas y vio los restos calcinados de Robert Kam en el asiento del conductor.

Adam Yao desvió la mirada mientras se agarraba la cabeza con las manos.

Había visto a Robert con su esposa y sus tres pequeños hijos en el ascensor o subiendo o bajando de la miniván cien veces en el último año. La imagen de los niños con sus uniformes de soccer, riendo y jugando con su padre, pasaron una y otra vez por la mente de Yao mientras trastabillaba, alejándose de su auto en llamas, caminando entre pedazos de concreto, Audis, BMWs, Land Rovers destrozados y otros fragmentos retorcidos de metal caliente que pocos segundos antes habían sido filas y filas de automóviles lujosos.

—Robert —dijo Adam esta vez, sin gritar. Cayó al suelo, abrumado y ensangrentado, pero se esforzó para levantarse y luego caminó un minuto entre el polvo y el humo mientras los oídos le zumbaban por las alarmas de los automóviles. Finalmente encontró un lugar despejado que llevaba a la salida en medio del humo y del polvo, y se dirigió allí.

Los hombres y mujeres que estaban en la calle corrieron hacia él y trataron de ayudarlo, pero él los apartó, señalando el lugar de la explosión, y ellos corrieron en busca de más sobrevivientes.

Adam estuvo en la calle un momento después. El clima era fresco esta mañana en lo alto de la colina, arriba de las calles congestionadas de Central y del aire cargado de humedad de la bahía Victoria. Se alejó de su edificio, bajó por una calle inclinada, se limpió la sangre de la cara mientras los vehículos de emergencia pasaban veloces a su lado y subían las calles serpenteantes hacia el humo negro que ahora estaba a dos cuadras detrás de él.

No tenía un rumbo fijo y simplemente se limitó a caminar.

Pensó en su amigo Robert, un hombre de su misma edad que había subido a su propio auto y recibido todo el impacto de la bomba que estaba destinada obviamente a Adam Yao y no a Robert Kam.

Cuando estaba a cinco cuadras de su edificio, el zumbido de sus oídos disminuyó y el martilleo de la conmoción cerebral se redujo lo suficiente como para comenzar a hilvanar pensamientos sobre su propia situación.

¿Quién? ¿Quién había hecho esto?

¿Las Tríadas? ¿Cómo demonios sabrían las Tríadas quién era él y dónde vivía? ¿O qué auto tenía? Las únicas personas que conocían su identidad y sabían que él era de la CIA, además de esta agencia, eran los hombres de Hendley Asociados y quienquiera que estuviera logrando filtrar el tráfico de cable fuera de Hong Kong y de China.

Era imposible que las Tríadas estuvieran recibiendo inteligencia directamente de la CIA. Las Tríadas controlaban prostitutas y pirateaban DVDs, pero no asesinaban a oficiales de la CIA ni ponían en peligro a agencias de inteligencia de primer nivel.

Si no eran las Tríadas, entonces tenía que ser la RPC. De algún modo, y por alguna razón, la RPC quería matarlo.

¿ByteRápido había estado aquí trabajando *con* las Tríadas *para* la RPC?

Nada de eso encajaba con lo que Adam entendía acerca de la manera en que funcionaban estas organizaciones.

Aunque Adam estaba muy confundido por lo que acababa de suceder y el peligro que había sufrido, había otro asunto con respecto al cual el herido y ensangrentado operador de la CIA tenía una certeza total.

No llamaría a la CIA; no le diría una sola palabra a nadie. Adam era una banda de un solo hombre y se iba a largar de allí por sus propios medios.

Siguió tambaleando por la colina hacia abajo, en dirección a la bahía, limpiándose la sangre de los ojos mientras caminaba.

CUARENTA Y CUATRO

....

Brandon Basura White examinó el sello de la máscara de oxígeno que tenía en la boca, saludó al oficial de despegue que estaba a su derecha en la cubierta, y luego agarró el acelerador de su F/A-18 Hornet con su mano izquierda, cubierta por un guante. Sin mucho entusiasmo, empuñó con su mano derecha la «percha de la toalla», una manija metálica arriba y al frente de su cabeza. Le faltaban pocos segundos para estar en el aire, y su inclinación natural era mantener las manos en los controles de su avión, pero las reglas del portaviones eran diferentes. La salida en catapulta habría empujado con fuerza a Basura contra su silla, y si tuviera su mano en la palanca, habría muchas posibilidades de que su mano se fuera hacia atrás por efecto de la fuerza-G, halando la palanca de mando con ella, y haciendo que el avión se elevara y descontrolara durante el despegue.

Entonces, Basura se agarró de la percha de la toalla y esperó a ser disparado del barco como una piedra desde una honda.

Justo a su derecha, el F/A-18 Hornet del mayor Scott Queso Stilton, cuyo distintivo de llamada era Mágico Dos-Uno, se dirigió hacia la proa, adelante de la pista de lanzamiento cubierta de vapor y de los motores rojos y llameantes. Volaría un instante después, dirigiéndose hacia la derecha y subiendo a un cielo hermoso y azul.

Y, entonces, Basura empezó a moverse. Pasó de cero a ciento sesenta y cinco millas por hora en dos segundos, al lado de un buldócer de trescientos pies de largo al final del barco. Tenía el casco apretado contra el descansacabezas, y el brazo derecho y alzado lo empujaba ligeramente, pero él se mantuvo en su sitio, esperando sentir el golpetazo de las ruedas delanteras al final de la cubierta.

Así sucedió y se elevó sobre el agua, lanzado de la cubierta sin tener control de su avión. Agarró rápidamente la palanca de mando, elevó ligeramente la nariz de la aeronave y se ladeó suavemente a la izquierda para poder girar bien.

—Basura volando. Hurra —dijo con despreocupación por el sistema radial de comunicaciones, informándole a Queso que estaba en el aire, y ganó altura para dirigirse al Estrecho, cien millas al noroeste.

Los F/A-18 del *Ronald Reagan* llevaban cuatro días patrullando el estrecho de Taiwán, y Basura y Queso habían hecho dos vuelos en cada uno de esos días. Afortunadamente para la presión sanguínea de Basura, todos sus vuelos hasta el momento habían sido durante el día, pero dudó de que seguiría teniendo esa suerte.

La presión sanguínea se le *había* disparado algunas veces luego de tener encuentros cercanos con los pilotos del EPL. Basura y Queso habían volado en patrullas aéreas de combate en el lado taiwanés del Estrecho, cubriendo un sector frente a las costas de Taipei, en el norte de la isla. Los F-16 de la República de

China hacían casi todas sus incursiones por el resto del Estrecho y, al igual que las aeronaves del *Reagan*, tenían cuidado en no cruzar la línea central del Estrecho y entrar a territorio chino.

Pero los chinos no actuaban siguiendo las mismas reglas. Unas dieciséis veces en los últimos cuatro días, los vuelos de los jets Su-27, J-5 y J-10 de la FA del EPL despegaron de su base aérea en Fuzhou, directamente a través de las cien millas que tenía el estrecho de Taipei, la capital de Taiwán, y luego volaron hacia la línea central. Hasta el momento, los cazas chinos habían localizado una docena de veces a las aeronaves estadounidenses o taiwanesas con sus radares. Estas «detecciones» eran consideradas agresivas, pero aún más agresivas eran las tres instancias en que los cazas Su-27 y J-5 habían sobrevolado la línea central antes de regresar al norte.

Era una amenaza que mostraba el poderío chino, y que mantenía a Basura y al resto de los pilotos que estaban en el Estrecho en sus posiciones, listos para entrar en acción.

Basura y Queso fueron enviados a su patrulla aérea por un oficial naval de vuelo del Centro de Información de Combate del *Reagan*, conocido como el CIVIC, y también recibían actualizaciones sobre otras aeronaves en su área de operaciones por parte de un controlador aéreo de combate que viajaba en calidad de pasajero en una aeronave E2-C Hawkeye de alerta temprana, la cual patrullaba hasta el este del Estrecho y tenía visualización de la zona por medio de sus potentes radares y computadoras.

El Hawkeye, que era los ojos y oídos para los pilotos del Estrecho, podía rastrear aeronaves, misiles e incluso barcos de superficie en cientos de millas en todas las direcciones.

Cuando se encontraban estacionados, Basura y Queso volaban describiendo un óvalo a veinte mil pies sobre el agua. Basura manipuló su acelerador y su palanca de mando de manera instintiva para permanecer en una formación flexible de combate con su posición avanzada, monitoreó su radar y escuchó las comunicaciones del Hawkeye y del CIVIC.

Había algunas nubes dispersas muy abajo de él, pero el cielo era completamente azul y brillante a su alrededor. Vio algunos fragmentos del territorio continental chino cuando había despegado hacia el norte, y pudo distinguir fácilmente a Taipei y a otras ciudades grandes de Taiwán cuando las nubes se dispersaban lo suficiente en el sur.

Aunque la tensión en el Estrecho era palpable, Basura se sentía bien de estar aquí, en este instante, confiando en el hecho de que tenía el mejor entrenamiento, el mejor apoyo, la mejor posición avanzada y el mejor avión de todo el conflicto.

Y realmente *era* un avión magnífico. El F/A-18 tenía cincuenta y seis pies de largo y una envergadura de cuarenta pies. Cuando volaba sin armas ni gasolina adicional, sólo pesaba diez toneladas gracias a su construcción de materiales compuestos de aluminio y acero. Y sus dos motores de turbohélice General Electric producían casi la misma energía que trescientos cincuenta avionetas Cessna 172, dándole una excelente proporción potencia-peso, lo que significaba que podía alcanzar un Mach 1.5 —o mil trescientas millas por hora—, permanecer con los pelos de punta y volar verticalmente como un cohete lanzado desde una plataforma.

La aeronave, que tenía sistemas de control eléctrico, hacía gran parte del trabajo de Basura en ese momento mientras él observaba el cielo y las pantallas que tenía al frente: el indicador de datos a su izquierda, el monitor de DDI que tenía al frente y el mapa móvil debajo, casi entre sus rodillas.

La cabina tenía ciento treinta interruptores, pero la mayoría de los controles que Basura necesitaba para volar y combatir se reducían a los dieciséis botones de su palanca y acelerador, sin tener siquiera que apartar sus ojos del HUD.

El avión, que tenía un costo de treinta millones de dólares, era uno de los mejores aviones de combate que había en el aire, pero no era exactamente el más reciente. La Marina tenía Super Hornets más nuevos, grandes y avanzados que costaban por lo menos veinte millones de dólares más.

Basura acababa de seguir a Queso de nuevo hacia el sur, detrás de su líder de vuelo en una formación escalonada, cuando escuchó una transmisión del Hawkeye en sus auriculares.

—Objetivo contactado, cero-cuatro-cero. Cuarenta y cinco millas en dirección suroeste, un solo grupo, dos aviones no identificados al sureste de Putian. Dirigiéndose dos-uno-cero. Parecen ir al Estrecho.

La voz de Queso se escuchó en el auricular de Basura.

—Vienen por nosotros, hermano.

—Hurra, ¿acaso no somos populares? —respondió Basura con un rastro de sarcasmo en su voz.

Los dos marines habían recibido notificaciones similares por parte de las patrullas en múltiples ocasiones durante los cuatro días pasados. Cada vez, Basura y Queso se encontraron en el sector donde podría ocurrir una incursión potencial, los cazas chinos volaban hacia la línea central sólo para girar hacia el noroeste y luego regresar a la costa.

La FA del EPL estaba subiendo y bajando a lo largo del Estrecho, pero nadie sabía por qué hacía eso, además de incitar algún tipo de respuesta.

Queso acusó el recibo de la transmisión del Hawkeye, e inmediatamente después se escuchó el reporte de un contacto justo al sur del sector de los marines. Otros dos aviones no identifica-dos se dirigían al Estrecho. Esta área estaba patrullada por dos F-16 de la RDC (République de China, o Taiwán) que también recibían información del Hawkeye norteamericano.

Queso dijo a Basura:

—Mágico Dos-Dos, bajemos a ángeles quince, compactemos nuestro patrón para poder estar cerca de la línea central en caso de que los aviones enemigos hagan una incursión.

—Entendido —dijo Basura, y siguió a Queso, quien descen-dió y giró. No se le había ocurrido que los dos pilotos chinos iban a hacer algo diferente a lo que había visto en los últimos cuatro días, y sabía que Queso pensaba lo mismo, pero Basura sabía tam-bién que Queso era lo suficientemente cuidadoso como para no dejarse sorprender con los pantalones abajo y estar fuera de posi-ción junto a su compañero de ala en caso de que los cazas chinos entraran al espacio aéreo taiwanés.

El Hawkeye actualizó a Queso.

—Mágico Dos-Uno. Aviones no identificados cero-dos-cero, cuatro-cero millas, diez mil... subiendo.

—Mágico Dos-Uno, entendido —respondió Queso.

Un momento después de esta transmisión, el oficial de com-bate aéreo del Hawkeye notificó a Queso que los aviones que se estaban acercando a los F-16 taiwaneses en el sur seguían un pa-trón de vuelo similar.

—Parece que esto pudo ser coordinado —dijo Basura.

—¿Acaso no? —respondió Queso—. Es una táctica diferente a la que han utilizado. Ellos han estado enviando vuelos de dos avio-nes. Me pregunto si dos vuelos de dos aviones al mismo tiempo en sectores adyacentes significa que están aumentando sus apuestas.

—Estamos próximos a averiguarlo.

Queso y Basura ampliaron su formación y suspendieron su descenso a quince mil pies. El Hawkeye dividió su tiempo enviándoles actualizaciones sobre los dos aviones desconocidos que se dirigían hacia ellos, y pasándoles información a los F-16 de la Fuerza Aérea de la RDC, que estaban cuarenta millas al sur de los marines que sobrevolaban el Estrecho.

Justo después de que el Hawkeye anunciara que los dos aviones que se dirigían hacia Mágico Dos-Uno y Mágico Dos-Dos estaban ya a veinte millas de distancia, el oficial añadió:

—Todavía están yendo hacia la línea central del Estrecho. A la velocidad y dirección actual, llegarán en dos minutos.

—Entendido —dijo Queso—. Observó en el horizonte para tratar de distinguirlos en medio de las nubes blancas y grises del territorio continental.

—Mágico Dos-Uno, Hawkeye. Nuevo contacto. Cuatro aviones despegando de Fuzhou y acercándose al Estrecho. Elevándose rápidamente y girando al sur, ángeles tres.

Las cosas se estaban complicando, comprendió Basura. Tenía a muchos cazas chinos de tipo desconocido dirigiéndose directamente hacia él y a su líder de vuelo, a dos más que amenazaban el sector justo al sur de él, y ahora a otros cuatro aviones que venían detrás del primer grupo.

El oficial anunció que tenía un vuelo de cuatro F/A-8 Super Hornets de la Marina terminando de reabastecerse de combustible al este de la isla de Taiwán, y que se apresuraría a llevarlos al sector de los marines para apoyarlos apenas pudiera.

—Basura, tengo a los aviones en el radar, están muy cerca de mi nariz. ¿Tu situación es la misma? —dijo Queso.

Basura hizo clic en un botón y removió la mayoría de los datos digitales proyectados en el tablero de arriba y en el sistema de señalización del casco, y luego entrecerró los ojos mientras miraba más allá del tablero en dirección al cielo.

—Negativo —dijo, pero siguió observando.

—Sesenta segundos para interceptar, volemos dirigiéndonos a cero-treinta, en un descenso de veinte grados para que vean que no los estamos amenazando —dijo Queso.

—Entendido —replicó Basura, e inclinó su ala a la derecha, siguiendo el giro de Queso para que los aviones dejaran de estar directamente frente a él.

Queso dijo algo al cabo de pocos segundos:

—Los aviones están girando a la izquierda para regresar a su trayectoria de intercepción. Descendiendo, aceleremos.

—Hijos de puta —dijo Basura, y sintió de inmediato un nuevo grado de tensión. Los pilotos chinos estaban volando a toda velocidad hacia la línea central y apuntando claramente sus narices, es decir, sus radares y armas, directamente a las dos aeronaves de la Marina.

Ahora que iba a una velocidad de intercepción de más de mil doscientas millas por hora, Basura sabía que la acción comenzaría muy, pero muy pronto.

—Giro en dirección tres-cuarenta; separémonos otra vez de ellos —dijo Queso.

Basura giró a la izquierda con Queso, y menos de diez segundos después vio en su radar que los chinos hacían la misma maniobra.

—Aviones detrás de nosotros, relación-uno-cinco, dos-ocho millas. Catorce mil —reportó.

Basura oyó que el oficial del Hawkeye había entendido esto y luego concentró su atención de inmediato en dos F-16 que también veían los movimientos de los aviones.

—Estaca —dijo Queso, indicando que uno de los aviones había localizado su aeronave con el radar.

Basura escuchó la advertencia de estaca para su propio jet un instante después.

—También estoy en la estaca. Estos tipos no se andan con rodeos, Queso.

Queso dio la próxima orden con un tono de seriedad que Basura casi nunca escuchaba del mayor:

—Mágico Dos-Dos, Brazo Maestro encendido.

—Entendido —respondió Basura. Colocó su Brazo Maestro en posición armada, asegurándose de que todas sus armas estuvieran listas y de tener el lanzamiento de sus misiles aire-aire al alcance de sus dedos. No había pensado todavía que estuviera a un paso de entrar en combate, pero el nivel de amenaza había aumentado considerablemente debido al bloqueo del radar, y sabía que él y Queso necesitaban estar listos en caso de que esto pasara de un incidente a un combate.

El oficial del Hawkeye anunció casi simultáneamente que los taiwaneses habían reportado una estaca.

Basura giró otra vez siguiendo a Queso, alejándose de la línea central y de los aviones que se acercaban. Miró por un lado de la cabina utilizando el sistema de señalización del casco, un pequeño visor que le suministraba gran parte de la información que tenía encima de la cabeza incluso cuando miraba a la izquierda, a la derecha y arriba de su HUD. Por medio de este vio dos manchas negras sobrevolando una nube blanca y voluminosa.

Habló de forma rápida y enérgica, pero era un profesional y su voz no delató ningún sobresalto innecesario.

—Mágico Dos-Dos. Cuento dos bandidos. Diez en punto, sólo un poco abajo. Posiblemente Super 10. —Ningún estadounidense se había encontrado con un Chengdu J-10B Super 10, la aeronave de combate más avanzada de China y una versión nueva del Aniquilador J-10. Basura sabía que el avión J-10 tenía materiales compuestos como su propio avión, y que su magnitud reducida del radar estaba diseñada para que fuera difícil detectar un misil con el radar. El modelo B tenía supuestamente un conjunto de equipos electrónicos mejorados de guerra que también ayudaban en este sentido.

Era un avión más pequeño que el F/A-18 y tenía un solo motor, en comparación con los dos del Hornet, pero la turbohélice de fabricación rusa le daba a ese avión más liviano mucha potencia en actividades aire-aire.

—Entendido —dijo Queso—. Creo que es nuestro día de suerte.

Los chinos tenían más de doscientos sesenta J-10 en servicio, pero probablemente menos de cuarenta variantes B. Basura no respondió; ya había entrado en juego.

—¡Vienen con todo! A treinta segundos de la línea central y mostrando intenciones hostiles —dijo Queso.

Basura esperaba oír al oficial del Hawkeye acusar recibo de la transmisión de Queso, pero lo que escuchó fue una voz fuerte.

—Vuelo Mágico, advertencia. RDC volando al sur tuyo está siendo atacado, y hay misiles defensivos en el aire.

Basura comentó sorprendido por la radio:

—Maldita mierda, Scott.

Queso vio a los J-10 frente a él y reportó el hecho.

—Cuento dos en mi nariz. Super 10 confirmados. Hawkeye, ¿estamos autorizados para disparar?

Antes de que el Hawkeye respondiera, Basura dijo:

—Entendido, dos en tu nariz. Dime de cuál me encargo.

—Yo tengo el de la izquierda.

—Entendido, tengo al tipo de la derecha.

Queso confirmó.

—Entendido, Dos-Dos, tienes al segundo avión a la derecha.

Entonces, el HUD y el sistema de advertencia de misiles anunciaron a Basura que habían detectado el lanzamiento de un misil. Uno de los J-10 acababa de dispararlo. Vio en su HUD que el tiempo al objetivo del misil era de trece segundos.

—¡Misil en el aire! ¡Misil en el aire! ¡Girar a la derecha! ¡Mágico Dos-Dos a la defensiva! —¡*Hijo de puta!* Basura se alejó de Queso y voló en posición invertida. Movió su palanca hacia atrás y, como sólo veía el mar azul, aumentó la velocidad y el descenso.

Las piernas de su overol se llenaron de aire, haciendo que la sangre en la parte superior de su cuerpo permaneciera allí para que su cerebro pudiera seguir pensando y su corazón sobresaltado siguiera latiendo.

Maldijo en contra de las fuerzas-G.

El Hawkeye anunció con retraso:

—Vuelo Mágico, estás despejado para atacar.

En esta etapa del juego, a Basura le importaba un comino si alguien que estaba a salvo en la línea del horizonte le daba autorización para devolver el disparo. Este era un asunto de vida o muerte, y Basura no tenía ninguna intención de hacer piruetas pacíficas hasta que volaran su avión en pedazos.

Claro que no, Basura quería matar a los otros pilotos, y dispararía cada misil que tuviera para lograr su cometido y sin importar las instrucciones del oficial del Hawkeye.

Pero en ese instante tenía que permanecer con vida para devolver el disparo.

CUARENTA Y CINCO

....

Basura bajó a toda velocidad hacia el mar, que estaba a doce mil pies debajo de él, aunque comenzaba a llenar rápidamente todo su parabrisas. El americano, que sabía la distancia que había entre él y el J-10 cuando su piloto disparó, estaba seguro de que era perseguido realmente por un PL-12, un misil aire-aire de mediano rango guiado por un radar, con una cabeza altamente explosiva. Basura sabía también que no podría escapar a esta amenaza debido a la velocidad máxima del misil del Mach 4. Y también sabía muy bien que en vista de la capacidad del misil para hacer un giro de treinta y ocho grados, tampoco podría esquivarlo, pues su cuerpo no podía resistir más de nueve grados antes de la pérdida inducida de conciencia, que lo dejaría sin sentido y sin ninguna posibilidad de salir vivo de este lío.

Basura sabía también que tendría que utilizar la geometría y otros trucos que conocía.

Haló de nuevo de la palanca a cinco mil pies de altura, llevando la nariz del avión directamente hacia la amenaza que se aproximaba. No podía ver el misil, el cual había sido disparado por un cohete utilizando combustible sin humo y que avanzaba por el cielo casi tan rápido como una bala. Pero conservó la calma durante esta maniobra y controló la situación lo suficiente como para ver la dirección desde la cual había sido disparado el misil.

Haber bajado en picada suponía otro desafío para el capitán de veintiocho años. Era un giro de siete grados; Basura lo había aprendido en su entrenamiento, y utilizaba una maniobra de gancho para mantener suficiente sangre en la cabeza durante este giro abrupto. Mientras tensionaba todos los músculos del torso, gritaba a todo pulmón:

—¡Gancho! —Haciendo que sus músculos se tensionaran aún más.

Escuchó su propia voz por el intercomunicador.

—¡Gancho! ¡Gancho! ¡Gancho!

Betty la gruñona, la voz femenina que transmitía los anuncios de advertencia y que permanecía demasiado calmada considerando las noticias, se escuchó por el auricular de Basura:

—Altitud. Altitud.

Basura se niveló y vio en su radar receptor de advertencias que la amenaza seguía en pie. Lanzó una lluvia de partículas de cristal cubiertas en aluminio que se dispersaban por medio de una descarga pirotécnica en un amplio patrón alrededor y detrás de la aeronave, con la esperanza de confundir al radar del misil que se acercaba.

Al mismo tiempo, Basura giró a la derecha, haló de nuevo la palanca y voló de lado a sólo dos mil trescientos pies sobre el mar.

Lanzó más partículas de cristal mientras se alejaba, con el ala derecha inclinada hacia el agua y la izquierda apuntando al sol.

El radar del misil PL-12 mordió el anzuelo. Disparó a las partículas flotantes de cristal de aluminio, perdiendo la detección en la marca del radar del F-18, y momentos después cayó al mar.

Basura había esquivado el misil de mediano rango, pero sus maniobras y su concentración en esta amenaza le habían permitido al J-10 alcanzarlo de nuevo. El marine niveló sus alas a mil ochocientos pies, miró el cielo por todos los lados de su cabina y comprendió que había perdido de vista a su enemigo.

—¿Dónde está él, Queso?

—Desconocido, Mágico Dos-Dos. ¡Me estoy defendiendo!

Basura se dio cuenta de que Queso estaba luchando por su propia vida. Ninguno de los dos podría ayudar al otro; ambos estaban solos hasta que mataran a sus enemigos o recibieran ayuda de los Super Hornets de la Marina, que aún estaban a varios minutos de distancia.

Basura miró al DDI que tenía arriba de la rodilla izquierda. La pequeña pantalla le mostraba una vista en sentido vertical de todas las aeronaves que estuvieran en el área. Vio a Queso al norte y a los dos F-16 de la RDC muy lejos y al sur.

Miró por encima del hombro izquierdo tan atrás como podía y vio la silueta negra de un avión que avanzaba hacia él a su altura de «siete en punto», a casi dos millas de distancia. La aeronave estaba lejos y a la izquierda, pero él podía apuntarle con su visor Jay-Macks.

El J-10 giró hacia Basura en seis en punto, y este giró abruptamente a la izquierda, llevó su acelerador hacia adelante, inclinándose para ganar más velocidad y evitar que el piloto enemigo se colocara detrás de él.

Sin embargo, el piloto del J-10 anticipó su movimiento y alcanzó la posición del marine, acercándose a un rango de milla y media.

El piloto chino disparó su cañón doble de 23 milímetros. Algunos proyectiles brillantes pasaron a pocos pies de la cabina, mientras Basura invertía su giro a la derecha y bajaba aún más. Las balas parecían como largos rayos de láser, y Basura los vio convertir el agua verdeazul en géiseres de espuma delante de él.

Basura viró con fuerza a la izquierda y a la derecha, pero mantuvo recta la nariz del avión; estaba a sólo quinientos pies sobre el agua y no podía inclinar el avión hacia abajo, y tampoco quería perder velocidad en caso de subir. En la jerga de la aviación de combate, esto se llamaba «armas-d» o «armas defensivas», pero Basura y sus compañeros pilotos la llamaban el «pollo vibrante». Era una pirueta deslucida y desesperada para permanecer por fuera de la línea de fuego. Basura giraba su cabeza a la izquierda y a la derecha tanto como podía, tensionando los músculos del cuello para ver a su enemigo detrás mientras giraba por el firmamento. Advirtió que el J-10 había virado para seguir su última maniobra evasiva, y Basura comprendió que el piloto chino estaba casi listo para hacer otro disparo.

Después de otra ráfaga de disparos de cañón, el marine vio por el pequeño espejo al lado de la percha de la toalla que el Super 10 se había acercado a menos de una milla, y que estaba perfectamente alineado para acabar con Basura en su segundo ataque.

Basura no vaciló; tenía que actuar. Se «adelgazó» girando su aeronave para mostrar la dimensión más pequeña, el lado del avión, y mientras el J-10 se acercaba, Basura subió la nariz del Hornet. Su cuerpo quedó inclinado aún más hacia atrás, contra las correas y la silla. La zona lumbar le dolió tras la maniobra, y sus ojos perdieron el foco mientras giraban en las cuencas.

Su última maniobra había aumentado el cierre sobre el avión enemigo, no por haber disminuido la velocidad, sino simplemente por haber girado en sentido perpendicular a su línea de vuelo en el momento ideal. Basura gruñó y castañeteó los dientes, y luego miró hacia arriba por el vidrio de la cabina.

El J-10B se había concentrado en su cañón y no había reaccionado a tiempo. Pasó de largo a sólo cien pies por encima del Hornet de Basura.

Era evidente que el piloto chino hacía todo lo posible para disminuir su velocidad excesiva y permanecer en la zona de control, pero incluso con los frenos activados y con el acelerador al máximo, no pudo lograr la desaceleración de Basura.

Apenas la sombra del avión chino pasó por la aeronave de Basura, este intentó subir a la zona de control detrás de su enemigo para atacarlo, pero el piloto era diestro y no estaba dispuesto a convertirse en un objetivo fácil. El J-10 elevó la nariz, aceleró el motor una vez más, suprimió los frenos y quedó en posición vertical.

Basura pasó más abajo de su objetivo y se encontró inmediatamente en peligro. Para evitar que el J-10 estuviera detrás de él, Basura había llevado el acelerador hacia adelante, más allá del seguro y de los dispositivos de poscombustión, y su F/A-18 retrocedió como un potro salvaje y salió disparado hacia arriba sobre dos columnas de fuego.

Basura aceleró, inclinando gradualmente la nariz del avión a setenta y cinco grados, superando los tres mil pies, luego los cuatro mil, después los cinco mil. Vio al J-10 arriba de él en el cielo, y las alas del enemigo girar mientras el piloto trataba de encontrar al avión americano debajo de él.

Basura alcanzó los noventa grados de inclinación —completamente vertical— y voló a una velocidad de cuarenta y cinco mil pies por minuto.

En sesenta segundos podía estar a nueve millas sobre el mar.

Pero Basura sabía muy bien que no tenía sesenta segundos. El J-10 estaba allí con él, y el piloto enemigo seguramente se estaba golpeando la cabeza contra la cabina tratando de ver a dónde infiernos del cielo se había ido el Hornet.

A diez mil pies, el capitán White llevó el acelerador más allá del dispositivo de poscombustión e inclinó la nariz de su jet hacia arriba. Sabía que el piloto enemigo no lo había visto todavía, pues estaba pocos miles de pies abajo y detrás de él. El piloto chino voló invertido y giró de nuevo hacia el mar.

Al igual que un círculo de una montaña rusa, Basura salió disparado en dirección a su enemigo; pocos segundos después vio al Super 10 pasar por una nube debajo de él. El piloto estaba haciendo una maniobra de «dispersión en S», tratando de regresar de nuevo hacia el F/A-18, girando a gran velocidad con la nariz hacia abajo.

Basura movió un pequeño dispositivo en su palanca de mando y encendió el cañón. Apenas el punto estimado de puntería apareció en su HUD, el J-10 descendió hacia él, a sólo ochocientas yardas de distancia.

Basura disparó una ráfaga larga y luego dos cortas de su Vulcan 20 milímetros con seis cañones.

La ráfaga larga pasó mucho más allá del Super 10; la segunda lo hizo más cerca, pero todavía alejada del jet.

Su última ráfaga corta, tan sólo una fracción de la segunda, impactó al avión enemigo en el ala derecha y el humo empezó a salir de la aeronave. El piloto chino se desvió bruscamente a la derecha. Basura lo siguió a sólo seiscientos pies de distancia, en dirección al humo oscuro.

El avión chino planeó hacia el agua y Basura se esforzó en disparar de nuevo, «enganchado» con las fuerzas-G que lo sacudieron fuertemente y que le imprimió al avión para posicionarse detrás.

Delante de él, un destello hizo que dejara de concentrarse en el punto de impacto predeterminado y se ocupara de su objetivo. Las llamas salieron del ala y del motor, y casi de inmediato supo que el avión que tenía frente a él quedaría destruido.

La cola del J-10 explotó y el avión fue lanzado a la derecha, cayendo en picada en dirección al mar.

Basura concluyó el ataque, se desvió con fuerza hacia la izquierda para evitar la bola de fuego, y luego se esforzó para nivelar sus alas sobre el mar. No tenía tiempo para buscar el paracaídas.

—Ese está muerto. Primer chapoteo. ¿«Pos», Queso? —«Pos» significaba preguntar por la posición del otro avión.

Antes de que su líder de vuelo respondiera, Basura miró su DDI y vio que se estaba dirigiendo hacia Queso. Miró hacia arriba a través de varias nubes pequeñas y vio el destello del sol en el metal gris, mientras que Mágico Dos-Uno, el avión de Queso, se dirigía de derecha a izquierda.

La voz de Queso se escuchó por la radio.

—Defensiva. Está en mi seis, a unas dos millas detrás. Me tiene en la mira. ¡Quítamelo de encima, Basura!

Basura miró rápidamente al norte y vio al otro Super 10 justo cuando le lanzaba un misil al tubo de escape de la aeronave de Queso.

—¡Gira a la derecha, Dos-Uno! ¡Misil en el aire!

Basura no vio el misil ni tampoco a Queso. Encendió sus armas para seleccionar un Sidewinder, un buscador de misiles de corto alcance que funcionaba con calor. Basura tenía una «coincidencia» con el Super 10 chino, es decir, que podía verlo a través del visor de su casco.

Escuchó un fuerte zumbido electrónico en su auricular, indicando que su Sidewinder estaba buscando una marca de calor apropiada.

El zumbido se convirtió en un tono agudo mientras el J-10 pasaba a sólo tres millas de la nariz de Basura, indicando que el sistema de búsqueda del AIM-9 había localizado el motor encendido de la aeronave china y la estaba rastreando.

Basura hundió el botón de lanzamiento aire-aire en su palanca de mando y disparó el Sidewinder AIM-9, el cual salió envuelto en una estela de humo con destino al Super 10.

El misil era un asunto de «dispara y olvida», y Basura giró a la izquierda para posicionarse detrás del avión enemigo por si el Sidewinder erraba el blanco.

Basura localizó rápidamente a Queso en el cielo. El líder de vuelo de Basura estaba girando bruscamente al sur; detrás de él, las bengalas automáticas salieron de ambos lados del avión en dirección a la tierra.

El misil chino se encendió y explotó.

Basura miró de nuevo su blanco y vio al J-10 lanzar sus propias bengalas mientras giraba con fuerza a la izquierda.

—Dale, dale, dale —dijo Basura en voz alta, como si estuviera animando a su misil hacia el motor encendido de la aeronave china. Pero el Sidewinder fue engañado por las bengalas que disparó el Super 10.

—¡Mierda!

Basura se ocupó nuevamente de sus armas, pero antes de que pudiera colocar el punto de impacto predeterminado en su blanco, el jet enemigo planeó hacia la cubierta.

Basura lo siguió, esperando colocarse detrás de él para dispararle de nuevo.

Escuchó en su auricular:

—Mágico Dos-Uno está persiguiendo bandidos que vienen del norte. Zorro tres.

Basura no había tenido tiempo siquiera de ver lo que había sucedido con los otros cuatro aviones que se aproximaban, pero era evidente que Queso les estaba disparando misiles orientados por radar desde lejos.

—Queso, estoy en posición de combate, persiguiendo este tipo a la cubierta.

—Entendido, Basura, Super Hornets de la Marina a dos minutos.

Basura asintió y luego se concentró de lleno en su enemigo, el piloto chino y su avión.

—¡Zorro tres! —dijo Queso mientras disparaba otro AIM-20 AMRAAM a los intrusos que se acercaban por el norte.

Basura y el Super 10 que había detectado pasaron los próximos sesenta segundos en una persecución estrecha y vertiginosa, cada piloto acomodándose para quedar en posición de dispararle al otro, mientras que al mismo tiempo hacían todo lo posible para evitar que su enemigo estuviera en posición de dispararle.

Esto era conocido en el argot del combate aire-aire como «cabina telefónica». Era una zona pequeña para operar y volverse más pequeños con las correcciones que ambos pilotos hacían para acomodarse en busca de una ventaja en el aire.

Basura sintió la presión de los giros g-positivos y altos que le aplastaban los huesos y las zambullidas de las g-negativas que le desorbitaban los ojos y le producían náuseas.

Un minuto después de la persecución, White llevó la palanca a la derecha, siguiendo el giro g-alto del enemigo sobre el agua. Basura metió levemente la nariz dentro del giro, pero el hombre del avión de la FA del EPL invirtió la trayectoria súbitamente y acabó con la ventaja de Basura.

La cantidad de información que entró al cerebro de Basura fue inimaginable. Su aeronave se movió sobre tres ejes mientras trataba de permanecer en una posición ofensiva contra el otro avión, que también se movía sobre tres ejes. Su boca le pasaba información a su líder de vuelo y al Hawkeye mientras perseguía los blancos y la cubierta de abajo, y sus dos manos se movían a la izquierda, a la derecha, hacia atrás y hacia adelante, mientras sus dedos encendían interruptores y hundían botones en la palanca y el acelerador. Había visto doce lecturas diferentes en su HUD, que se movía continuamente, y concentraba ocasionalmente su atención dentro de la cabina para mirar rápidamente sus pantallas de navegación y ver dónde estaban él y su líder de vuelo en relación con la línea central arriba del Estrecho.

El sudor le resbaló por la nuca y los músculos de la mandíbula le temblaron y sufrieron un espasmo debido a la tensión del momento.

—¡No puedo darle alcance! —anunció Basura en su micrófono.

—Estoy en combate, Mágico Dos-Dos. Es tuyo.

Queso había disparado un tercer misil a los aviones que se acercaban; había concluido que eran Su-33 de fabricación rusa. Uno de los tres AMRAAM dio en el blanco, y Queso anunció:

—Segundo chapoteo.

El avión FA viró a la izquierda y a la derecha, giró hacia arriba y hacia abajo, y realizó una maniobra alta en g-reversa que Basura imitó, haciendo que los ojos se le desorbitaran y la cabeza se le llenara de sangre.

Apretó los músculos del torso, los abdominales y la zona lumbar tan duros como piedras, y repitió el «gancho» una y otra vez.

Se esforzó para disminuir el ángulo de giro, lo que alivió su cuerpo pero le hizo perder su posición detrás del enemigo.

—No lo pierdas de vista. No lo pierdas de vista —se dijo mientras rastreaba y perseguía al J-10 por las nubes grandes y expandidas.

Sin embargo, el otro piloto siguió girando, Basura echó el cuello completamente hacia atrás, y luego enderezó la cabeza para ver los espejos en lo alto de la cabina.

El otro jet se estaba acomodando detrás de él para dispararle. Basura había perdido su ventaja ofensiva.

Eso no era bueno.

El piloto del Chengdu J-10 se colocó detrás de Basura y le disparó un misil PL-9 de corto rango a la cola, pero Basura logró neutralizarlo con su lanzamiento automático de bengala y con un giro de siete-punto-cinco grados que casi lo liquida de inmediato.

Necesitaba velocidad, pero se estaba rezagando mientras giraba.

—¡No te rezagues! ¡No te rezagues! —se gritó mientras despotricaba de las fuerzas-G.

Los dos aviones estaban cayendo como dos tirabuzones por el cielo. Siete mil pies, seis mil, cinco mil.

A sólo tres mil pies, Basura cambió la dirección con rapidez, hizo un giro de ocho grados y se ocupó de sus armas.

La aeronave china no reconoció lo que había pasado y mantuvo su espiral hacia abajo durante unos segundos críticos mientras Basura se preparaba para recibirlo de frente.

Basura vio al Super 10 a una milla y utilizó sus timones para prepararse y disparar. Golpeó con los pies hacia abajo, a la izquierda y a la derecha hasta el fondo del cortafuegos para hacer los correctivos necesarios en el tiempo tan corto que tenía antes de que pasara el Super 10.

Ahí. A una distancia de dos mil pies y a una velocidad de acercamiento de más de mil millas por hora, Basura hundió el dedo índice derecho en el gatillo de su palanca de mando.

Una extensa ráfaga de proyectiles disparada por el cañón Vulcan salió de la nariz de su avión. Utilizó una luz semejante a un láser para orientarla hacia el enemigo.

El Super 10 se convirtió en una bola de fuego a quinientos pies. Basura dejó de atacar, agarró la palanca de mando fuertemente con un gancho para evitar una colisión aire-aire o un apagado FOD, porque las partículas del avión impactado podían alojarse en su avión y destruir un motor, o incuso los dos.

Cuando estuvo a salvo, confirmó la baja volando invertido y mirando por encima de la cabina.

Debajo de él, el J-10 quedó reducido a fragmentos negros en llamas y a chatarra humeante que cayó al agua. El piloto estaría muerto, pero la emoción de Basura por haber sobrevivido a esto superó cualquier sensación que pudiera sentir en este momento.

—Tercer chapoteo —dijo.

L os Super Hornets llegaron a tiempo y persiguieron a los tres Su-33 restantes que atacaban arriba de la línea central, pero Vuelo Mágico no había terminado. Uno de los dos jets de la Fuerza Aérea taiwanesa que estaba siendo atacado por el otro par de J-10 en el sur, ya había desaparecido del radar.

—Mágico Dos-Dos, dirigiéndose dos-cuatro-cero, propagación de combate. Ayudemos al F-16 de la RDC antes de que sea demasiado tarde —dijo Queso.

—Entendido.

Basura y Queso volaron a toda velocidad al suroeste mientras que los Super Hornets de la Marina perseguían a los Su-33 por la línea central y luego hacia la costa china.

Un momento después, Basura recibió una detección del radar del J-10, que estaba todavía a cuarenta millas. Inmediatamente disparó un misil AMRAAM.

—Zorro tres.

No creyó que el misil pudiera impactar al avión chino. El piloto de la aeronave enemiga tendría a su alcance una gran cantidad de trucos defensivos que podría emplear fácilmente gracias a la gran distancia que había entre ellos, pero quería que el atacante se concentrara en otra cosa que no fuera en derribar los F-16 de Taiwán.

Era probable que su misil AMRAAM no destruyera al avión chino, pero evitaría el ataque del piloto.

Su ofensiva funcionó como esperaba: un J-10 se batió en retirada, aunque ellos no llegaron a tiempo para salvar al piloto taiwanés. El F-16 fue impactado por un misil de corto alcance y voló en pedazos sobre la costa occidental de Taiwán.

Los dos aviones chinos regresaron de inmediato a territorio continental antes de que Basura y Queso pudieran atacarlos.

Los dos F/A-18 de la Marina tenían poca gasolina, así que volaron al oeste y se alinearon detrás de un reabastecedor estacionado sobre Taipei para abastecerse de combustible antes de regresar al portaviones. Basura sintió el temblor en sus manos mientras posicionaba con delicadeza su avión detrás del embudo de reabastecimiento.

Estaba hecho pedazos debido al cansancio y a la poca adrenalina que le quedaba.

Regresaron al portaviones y sus aeronaves quedaron apuntaladas por tacos y cadenas en las ruedas y los frenos de estacionamiento fueron activados. Ambos hombres bajaron de sus cabinas y de las plataformas al lado del fuselaje, regresaron a la sala de espera y se quitaron los accesorios de supervivencia para dejar al descubierto sus trajes de vuelo completamente empapados en sudor, y entonces se estrecharon la mano y se abrazaron.

A Basura le temblaban las rodillas, pero se sintió bien. Especialmente porque se sentía feliz de estar vivo.

Sólo cuando estuvieron en la sala de espera se enteraron de que a lo largo del estrecho de Taiwán se habían presentado varios encuentros aire-aire. Nueve aviones de la RDC habían sido derribados, y cinco cazas de la FA del EPL.

Basura y Queso propinaron tres de las cinco bajas; Basura destruyó dos Super 10 y Queso derribó un Su-33.

Nadie entendía la audacia o agresión de los chinos, y el comandante del escuadrón dijo a sus pilotos que podían esperar combatir de nuevo en el cielo en pocas horas.

Los marines del barco trataron a Basura y a Queso como héroes, pero cuando los dos hombres regresaron a sus aposentos, el mayor Stilton notó que algo molestaba al capitán White.

—¿Pasa algo malo, muchacho?

—Debería haberlo hecho mejor. Esa cabina telefónica en la que estuve en el segundo intento de ataque... ahora se me ocurren unas cinco cosas que pude haber hecho de un modo diferente para acabar más rápido con ese tipo.

—¿De qué estás hablando? Lo liquidaste y tu conciencia de la situación arriba fue notable.

—Gracias —respondió Basura.

Pero Queso veía que el capitán seguía pensando en algo.

—¿Qué es lo que realmente te está molestando?

—Debimos haber liquidado a los otros dos J-10 antes de que derribaran a los F-16. Tardamos mucho tiempo con nuestros bandidos, y los tipos de la RDC fallecieron. Regresamos aquí al *Reagan* y todo el mundo se comporta como si fuéramos malditas estrellas de rock. Esos dos pilotos de la RDC murieron y no estoy sintiendo ninguna alegría.

—Lo hicimos endemoniadamente bien hoy, muchacho —dijo Queso—. ¿Fuimos perfectos? No. Sólo somos humanos. Hicimos lo que pudimos, y hoy derribamos un par de aviones enemigos, salvamos nuestro pellejo y mostramos a los chinos comunistas que no son dueños del cielo que hay en el Estrecho. —Se estiró y apagó la luz del cuarto—. Eso tendrá que bastar.

Basura cerró los ojos y trató de dormir. Mientras permanecía acostado, se dio cuenta de que estaba temblando todavía. Deseó con todas sus fuerzas poder descansar un poco antes de dirigirse al día siguiente a los cielos hostiles.

CUARENTA Y SEIS

El doctor Tong Kwok Kwan permaneció en su nueva oficina rodeada de cristales, mirando el enorme piso de cubículos bajos, y decidió que estaba satisfecho con su reconstituido aunque temporal Barco Fantasma. Salió de su oficina, recorrió un pasillo corto y avanzó por una puerta con seguro que daba al balcón de un doceavo piso. Allí, respirando aire contaminado que no era tan húmedo como el de Hong Kong, observó una ciudad que crecía rápidamente, llana y emplazada alrededor de un río que serpenteaba desde el sureste al noroeste.

En el estacionamiento del primer piso había vehículos de transporte blindados, emplazamientos para ametralladoras y tropas patrullando a pie y en jeeps.

Sí —pensó—. *Estos arreglos bastarán por ahora.*

El doctor Tong y toda su operación se habían mudado del barrio Mong Kok de Hong Kong, al distrito Huadu de Guangzhou, a unas cien millas al noroeste. Ahora que estaban dentro de los bordes de China continental y a salvo de la CIA, era evidente para Tong que el EPL no había reparado en gastos para protegerlos y suministrarles todo lo que necesitaran.

El Barco Fantasma había pasado los dos últimos días operando bajo el supuesto de que no era parte de la infraestructura de guerra cibernética de China. Al MSE le habría gustado mantener las cosas así, pero el incidente en Hong Kong —la ubicación de Zha Shu Hai por parte de la CIA y su secuestro por parte de una unidad de misiones especiales— habían requerido un rápido cambio de planes. Tong había recibido órdenes para trasladar a toda su operación a territorio continental y aumentar de inmediato sus ataques cibernéticos a los Estados Unidos.

Las Tríadas 14K no habían logrado mantener su operación segura en Hong Kong y ahora se estaban preguntando qué demonios le había pasado a su vaca lechera. Cuatro noches antes, unos sesenta paramilitares chinos de la unidad «Espada Afilada de China Meridional» de la Región Militar de Guangzhou fueron despachados a Mong Kok en una docena de vehículos civiles. Se presentó un breve incidente en el Mong Kok Computer Centre entre los soldados y la 14K, pero la llamada telefónica que le hizo un coronel al jefe de la 14K desde su suite de un casino en Macao aclaró a este que a menos de que sus matones se dispersaran de inmediato, habría otro baño de sangre en las calles y, por segunda vez en esa semana, la 14K suministraría la mayor parte de la sangre.

Los 14K se retiraron; asumieron que las fuerzas del EPL habían recapturado a Tong y que lo llevarían a él y a su gente a territorio continental, donde sería enjuiciado y ejecutado.

De hecho, todo el Barco Fantasma —el personal, las computadoras, los equipos de comunicación, absolutamente todo— había sido trasladado a un edificio alto de telecomunicaciones a unas pocas cuadras de distancia de la Oficina de Reconocimiento Técnico del EPL en Guangzhou, uno de los centros con capacidad de guerra cibernética del Ejército. Todas las operaciones de telecomunicaciones de China fueron relocalizadas, lo que significaba que el servicio de telefonía móvil en el área de Guangzhou sería deficiente o inexistente por unos días, pero los deseos del EPL estaban antes que las necesidades de los ciudadanos.

Aquí, Tong y su gente eran custodiados veinticuatro horas al día y siete días a la semana por las Unidades de Fuerzas Especiales de la Región Militar de Guangzhou, y en menos de cuatro días ya estaban trabajando de nuevo, organizando el ataque contra Estados Unidos.

Era una solución temporal. Con el paso del tiempo, el EPL quería que Tong y sus instalaciones estuvieran protegidos por un búnker blindado, pero en ningún lugar de China había instalaciones con recursos de conexión de redes y con requerimientos estructurales, así que hasta que se construyera algo apropiado, el edificio de China Telecom, rodeado por numerosas tropas, tendría que bastar.

Tong volvió a entrar. Había terminado su breve descanso y ya era hora de volver a trabajar. Se sentó en el nuevo escritorio de su oficina y abrió un archivo enviado por uno de los controladores a quien le había ordenado monitorear el tráfico de cable de la CIA. Tong hojeó la transcripción de un cable de la CIA y encontró lo que estaba buscando.

Marcó un número preprogramado a un teléfono con señal de Internet en los Estados Unidos. Permaneció inmóvil y en silencio, esperando a que contestaran la llamada.

—Habla Grulla.

—Grulla, Centro.

—Adelante.

—Calle Prosper, número 3333, Washington, D.C.

Se hizo una pausa. Luego:

—¿Tiene más información sobre la ubicación y disposición de fuerzas allá?

—Ordenaré al controlador local que obtenga y ofrezca más inteligencia antes de su llegada. Eso tardará un día, así que prepárese para actuar dentro de dos días. El tiempo es esencial.

—Muy bien. ¿Cuál es el blanco en esa ubicación?

Centro replicó de inmediato.

—Su blanco son todos los seres que vivan en esa ubicación.

—Entendido. Cumpliremos.

—*Shi-shi.*

Tong colgó y se olvidó del asunto. Revisó los mensajes que le habían enviado sus controladores. Leyó algunos, ignoró otros que no le interesaban y luego se concentró en un tema que le pareció extremadamente interesante.

Hendley Asociados, West Odenton, Maryland, USA.

Tong había pedido un nuevo controlador para este caso y le había ordenado que trajera a un activo de campo para suplantar su entendimiento de la relación que tenía esta compañía con la CIA. Había observado a Hendley Asociados meses atrás cuando comenzaron a rastrear a un equipo de exoficiales de inteligencia libios contratados por uno de sus controladores para hacer un trabajo ad hoc en el área de Estambul. Los libios no eran muy competentes y tuvieron la culpa en ser descubiertos, así que cuando el controlador dijo a Tong que uno de sus equipos proxy de personal de campo había sido comprometido, este ordenó a su controlador no hacer otra cosa que monitorear el ataque y averiguar más acerca de la fuerza atacante.

Pronto se hizo evidente que los hombres de la compañía estadounidense Hendley Asociados estaban involucrados.

Se trataba de una compañía extraña. Tong y su gente estaban interesados en ellos desde hacía algún tiempo. El propio hijo del presidente trabajaba allí, al igual que John Clark, el hombre involucrado en el caso de Jack Ryan durante las elecciones del año anterior y que se había retirado pocas semanas antes. Gerry Hendley, un exsenador de Estados Unidos, dirigía la organización.

Era una firma de gestión financiera que también asesinaba gente y parecía respaldar a la CIA. Obviamente, a Tong le había parecido curioso que mataran a los libios en Estambul, pero eso no retrasó su operación en lo más mínimo. Sin embargo, su participación en el secuestro de Zha la semana anterior le preocupaba profundamente.

Tong y su gente tenían sus ojos y oídos en cientos de compañías alrededor del mundo que trabajaban bajo contrato para organizaciones militares, de inteligencia y otras burocracias encubiertas de gobiernos. Tong sospechaba que Hendley Asociados era un tipo de operación negable y por fuera de los libros, organizada con el conocimiento del gobierno de Estados Unidos.

Muy semejante a Tong y a su Barco Fantasma.

Él quería saber más y estaba investigando a Hendley por varios medios. Y uno de ellos acababa de revelarse. El nuevo informe que tenía en las manos explicaba que el virus implantado en la red de Hendley Asociados había entrado en funcionamiento. En los próximos días, el gerente del proyecto esperaba tener un mejor conocimiento del papel que tenía Hendley en la comunidad de inteligencia estadounidense. El director de TI de la compañía —Tong miró para ver de nuevo su nombre, Gavin Biery, un nombre extraño— había sido evaluado por los *coders* de Tong, quienes habían determinado que era un hombre altamente competente. Aunque el RAT del Barco Fantasma ya estaba en la red, tardaría más tiempo de lo normal en exfiltrar información de un modo efectivo.

Tong había esperado mucho ese informe.

Había pensado en despachar a Grulla y a sus hombres para ponerle fin a la operación de Hendley. Si él hubiera sabido que los hombres de Hendley iban a venir y ayudar a la CIA a arrebatarle a Zha, habría hecho eso, ya fuera en Estambul o en sus oficinas en West Odenton. Pero ahora Tong los consideraba como «el diablo que él conocía». Estaba dentro de su red, podía ver quiénes eran y qué hacían. Podía controlarlos con la visualización de su operación.

Obviamente, si Hendley Asociados se volvía problemática de nuevo contra su operación, él podía enviar a Grulla y a los otros hombres de la Espada Divina.

El discurso pronunciado por el director de la Comisión Militar Central, Su Ke Qiang, estuvo dirigido a los estudiantes y profesores de la Universidad de Ingeniería Naval China en Wuhan, pero los hombres y mujeres del público no eran más que simples accesorios. En realidad, el mensaje estaba claramente destinado al público internacional.

A diferencia del presidente Wei, el director Su no tenía interés en comportarse como un hombre amable o educado. Era un hombre grande, tenía el pecho lleno de medallas y la proyección de su poder personal estaba sintonizada con los planes que tenía para su país y con sus aspiraciones para el ascenso del Ejército Popular de Liberación.

Sus comentarios iniciales alababan al MEPL —la Marina y el Ejército Popular de Liberación— y prometió a los estudiantes que se estaba haciendo todo lo posible para asegurarse de que tuvieran todos los equipos, la tecnología y el entrenamiento que necesitarían para hacer frente a las futuras amenazas que sufriera China.

Los observadores occidentales esperaron otro discurso más del director Su, lleno de fanfarronadas y de advertencias siniestras a Occidente, de amenazas ligeramente veladas sobre los reclamos territoriales chinos sin ofrecer detalles concretos.

Había pronunciado más o menos el mismo discurso desde que era un general de tres estrellas en el Departamento de Personal General poco después de la guerra con Rusia y los Estados Unidos.

Pero el que había pronunciado hoy era diferente y había trazado líneas específicas.

Leyendo de una página impresa y no de un teleprompter, había hablado de los recientes encuentros aire-aire en el estrecho de Taiwán, considerándolos como consecuencias inevitables del hecho de que Estados Unidos enviara aviones de guerra a una parte del mundo poblada pero pacífica. Luego dijo:

—En vista del nuevo peligro, China está excluyendo todo los barcos de guerra internacionales del estrecho de Taiwán y del mar de China Meridional, a excepción de aquellos que se encuentren dentro de los límites marítimos nacionales o que cuenten con permiso para navegar en territorio chino. Todas las naciones que no tengan límites nacionales en el MCM tendrán que solicitar permiso a China para entrar a nuestro territorio.

»Esto, por supuesto, también incluye a todas las naves de guerra submarinas.

»Cualquier barco de guerra que ingrese a esta zona de exclusión será considerado nave atacante y tratado como tal. Por el bien de la paz y de la estabilidad, invitamos a la comunidad mundial a seguir estos lineamientos. Estoy hablando de la soberanía territorial de China. No enviaremos nuestros barcos al río Támesis de Londres ni al río Hudson de la ciudad de Nueva York; sólo pedimos que otras naciones nos ofrezcan la misma cortesía.

Los estudiantes y profesores que se encontraban en la Universidad de Ingeniería Naval aplaudieron, lo que condujo a una situación muy poco común: el director Su miró al público y sonrió.

Excluir a los barcos de guerra extranjeros del mar de China Meridional les creaba dificultades inmediatas a unos pocos países, pero a ninguno más que a la India. Este país había firmado un contrato con Vietnam hacía dos años para explorar petróleo y gas natural en una parte de la Zona Económica Exclusiva de este país en aguas internacionales alejadas de sus costas. Hasta la fecha, la exploración no había sido particularmente provechosa, pero India tenía dos corbetas, la *Kora* y el *Kulish*, así como el *Satpura*, una fragata más grande, que protegían a más de una docena de barcos de exploración en el mar de China Meridional, a sólo ciento treinta millas de la costa china.

La flota aérea de la FA del EPL había despegado de la isla de Hainan, en el extremo Meridional de China, volado bajo y amenazado a los barcos indios un día después del discurso del director Su y, tres días después del discurso, un submarino chino atacó *al Kulish*, dejando heridos a varios marineros indios.

India no se quedó de brazos cruzados luego de esta provocación. Nueva Delhi anunció en público que uno de sus portaviones había sido invitado por los vietnamitas a atracar en Da Nang, la tercera ciudad más grande de Vietnam. El portaviones, que ya estaba en las costas occidentales de Malasia, entraría por el estrecho de Malaca en compañía de algunos barcos de apoyo y luego se dirigiría a la costa de Vietnam.

Los chinos enfurecieron y exigieron a los indios que sacaran de inmediato el portaviones del MCM, y un segundo ataque perpetrado por un submarino chino a una corbeta india indicó que la MEPL estaba hablando en serio.

En Washington, el presidente Ryan vio que el paso del portaviones indio por el mar de China Meridional sólo traería problemas, y envió a su secretario de Estado, Scott Adler, a Nueva Delhi para implorar al primer ministro indio que cancelara la acción y llevara sus otros barcos que estaban en el MCM a aguas territoriales vietnamitas hasta que se pudiera encontrar una solución diplomática a la situación.

Sin embargo, los indios no estaban dispuestos a ceder.

CUARENTA Y SIETE

....

Melanie Kraft y Jack Ryan, Jr. estaban disfrutando su primera noche juntos en más de una semana. Ella había trabajado hasta tarde en la noche en la ODNI y él se encontraba fuera de la ciudad. Le había dicho que estaba en Tokio; anteriormente había ido allí en viajes de negocios, y eso parecía explicar su leve desfase horario después de su regreso.

Esta noche habían cenado en el Old Ebbitt Grill, uno de los restaurantes favoritos de Jack, situado al lado de la Casa Blanca. Ryan solía venir aquí con su familia cuando era más joven, y se convirtió en un lugar de reunión semanal para él y sus amigos cuando estudiaba en Georgetown. Esta noche la comida era tan buena como él la recordaba, quizá más porque en Hong Kong no había tenido la oportunidad de sentarse y disfrutar de un buen plato.

Después de la cena, Jack invitó a Melanie a Columbia y ella aceptó de buena gana. Tan pronto llegaron al apartamento se sentaron en el sofá. Vieron televisión un rato, lo que implicaba ver la mitad de los programas y la totalidad de los anuncios comerciales.

A eso de las once, Melanie dijo que iría al baño. Entró con la cartera y, cuando estuvo sola, sacó el pequeño disco cuyo extremo tenía una conexión para iPhone. El dispositivo era tan pequeño como una caja de fósforos, y Lipton le había explicado que lo único que necesitaba hacer era conectar el teléfono de Jack al dispositivo y que luego el programa cargaría de forma automática en unos treinta segundos.

Las manos le sudaban de los nervios y se sentía casi abrumada por la culpa.

Había tenido una semana para pensar en esto y justificar lo que estaba haciendo. Reconoció que un localizador en el teléfono de su novio sería preferible a que él tuviera a todo un equipo de vigilancia siguiéndolo veinticuatro horas al día, y como ella no creía que él estuviera involucrado en ninguna actividad ilegal o incluso discutible en términos éticos, sabía que nada resultaría luego de unos pocos días de seguimiento que no conducirían a ninguna parte.

Pero en esos momentos de culpa, cuando ella se permitía ser honesta, reconoció por completo que estaba haciendo esto por su propia preservación.

No era algo que haría si no se hubiera visto coaccionada y amenazada por su pasado.

—Tranquilízate —murmuró para sus adentros; guardó el pequeño dispositivo en el bolsillo de sus pantalones y vació el inodoro.

Pocos minutos después estaba con Jack en el sofá. Quería introducir el rastreador antes de que se fueran a la habitación porque Jack tenía el sueño muy liviano y ella no creía en lo más mínimo que pudiera ir hasta el lado de su cama y conectar el dispositivo sin que él se despertara. En este instante, su iPhone estaba debajo de la lámpara de la mesa al lado de él; ella sólo necesitaba que él fuera al baño, a la cocina o a la habitación para ponerse su ropa interior larga.

Y, como si estuvieran sincronizados, Jack se puso de pie.

—Prepararé una bebida antes de acostarme. ¿Quieres algo?

—¿Qué te vas a preparar?

—Un Maker's Mark.

Ella lo pensó.

—¿Tienes Baileys?

—Por supuesto.

—¿Con hielo, por favor?

Jack desapareció por la puerta abierta de la cocina y Melanie decidió que había llegado el momento. No tendría problemas en escucharlo sacar el hielo del refrigerador para las bebidas. Sabía que no tenía que preocuparse de que regresara a la sala hasta que las hubiera preparado.

Se apresuró al otro lado del sofá, miró hacia abajo para retirar el teléfono de la mesa, y luego sacó el rastreador del FBI de su bolsillo. Con una mano en cada aparato, los conectó mientras mantenía los ojos en la puerta de la cocina.

Treinta segundos. Ella empezó a contarlos mentalmente, aunque Lipton le había explicado que el aparato vibraría suavemente cuando la carga estuviera completa.

Escuchó los gabinetes que se abrían y se cerraban en la cocina y el sonido de una botella colocada en el mostrador.

¡Vamos! Hizo fuerza para que la maldita carga fuera más rápida.

Quince, dieciséis, diecisiete...

Jack carraspeó la garganta; parecía como si estuviera en el lavaplatos.

Veinticuatro, veinticinco, veintiséis...

Comenzó el noticiero de las once de la noche, y la primera noticia era sobre los aviones de la Marina de Estados Unidos que atacaron a cazas chinos en el estrecho de Taiwán.

Melanie miró hacia la cocina abierta y le preocupó que Jack corriera para ver la noticia en caso de que la escuchara.

Treinta. Se dispuso a desconectar el dispositivo el teléfono, pero recordó que no había sentido la vibración.

¡Maldita sea! Melanie se obligó a esperar. Aún no había oído el sonido de los cubos de hielo y se dijo que Jack estaría un momento más en la cocina.

El dispositivo que tenía en la mano izquierda sonó y ella desconectó de inmediato los dos aparatos, guardó el dispositivo de rastreo del FBI en el bolsillo y se estiró para dejar el teléfono de nuevo en la mesa. Mientras lo dejaba allí, se detuvo de repente.

¿Estaba hacia arriba o hacia abajo?

No podía recordarlo. *Mierda.* Miró la mesa y el teléfono, y trató de recordar cómo estaba el aparato cuando ella lo agarró. Menos de un segundo después, lo puso hacia abajo y lo dejó en la mesa.

Listo.

—¿Qué estás haciendo con mi teléfono?

Melanie saltó mientras miraba de nuevo hacia la cocina. Jack estaba allí con un vaso de Baileys en la mano.

—¿Qué?

—¿Qué estabas haciendo con mi teléfono?

—Ah, sólo estaba mirando la hora.

Jack se quedó mirándola.

—¿Qué? —preguntó ella de nuevo. Se dio cuenta de que tal vez estaba muy a la defensiva.

—Tu teléfono está justamente allá. —Ryan señaló con la cabeza el lado del sofá donde ella había estado sentada—. En serio, ¿qué está pasando?

—¿Pasando? —Melanie sintió el fuerte latido de su corazón y tuvo la certeza de que Jack debía haberlo escuchado.

—Sí. ¿Por qué estabas mirando mi teléfono?

Los dos se miraron varios segundos mientras el informe noticioso hablaba de la guerra aérea en Taiwán.

—Porque quiero saber si hay alguien más —dijo Melanie, finalmente.

—¿Alguien más?

—Sí. Vamos, Jack. Todo el tiempo estás de viaje, no hablamos cuando estás fuera de la ciudad y nunca me dices cuándo vas a regresar. Puedes decírmelo, soy una mujer adulta. ¿Tienes a alguien más?

Jack meneó lentamente su cabeza.

—Por supuesto que no. Mi trabajo... mi trabajo me lleva a lugares de repente y de cuando en cuando. Siempre ha sido así. Antes de la semana pasada, llevaba un par de meses sin ir a ningún lado.

Melanie asintió.

—Lo sé. Es una tontería de mi parte. Pero me habría gustado que me llamaras.

Jack suspiró.

—Lo siento. Debería haber sacado tiempo para llamarte. Tienes razón.

Melanie se puso de pie, fue al otro lado de la sala con Jack y lo abrazó con fuerza.

—Simplemente estoy estresada. Son las hormonas. Lo siento.

—No te preocupes. Realmente no pensé que te molestara.

Melanie Kraft estiró el brazo para coger el vaso. Sonrió.

—¿Te olvidaste del hielo?

Jack miró el vaso.

—Tenía la botella en el congelador. Está tan espeso como una malteada. Creí que estaría bien así.

Melanie bebió un sorbo.

—Sí, está delicioso.

Se dio vuelta con su bebida para sentarse en el sofá, pero Jack permaneció un momento de pie, mirando su teléfono.

Sabía que ella sospechaba de él y le había dado buenos motivos para hacerlo. No le gustó haberla sorprendido investigándolo, pero tampoco podía decir que no la entendiera. Se olvidó de eso, se dijo que necesitaba ser cuidadoso para hacerla feliz y apartó el asunto de su mente.

Valentín Kovalenko se sentó ante el pequeño escritorio del apartamento amueblado que había alquilado en Washington D.C. Acababa de entrar al Criptograma para informar a Centro de que estaba en el sitio, preparado para recibir instrucciones, y que esperaba una respuesta.

Los dos días anteriores habían sido tumultuosos. Había salido de Barcelona, viajado en tren a Madrid y volado desde allí a Charlotte, Carolina del Norte. Se sentía estresado por el viaje a Estados Unidos; sabía que los peligros que le esperaban allí estaban a la par con lo que enfrentaba en su propio país. Con el fin de aplacar el nerviosismo que sentía luego de pensar en el momento de llegar al Departamento de Inmigración de Estados Unidos, se emborrachó en el avión y pasó por las formalidades de los controles del aeropuerto con un estupor calmo y contenido.

Alquiló un auto en Charlotte y se dirigió por la costa al D.C.

Pasó la noche en un hotel y llegó después a su apartamento sub-terráneo, debajo de la escalera frontal de un edificio de ladrillos oscuros en el exclusivo sector de Dupont Circle.

Realmente estaba listo para trabajar desde el mediodía de hoy y ya eran las ocho p.m., pero incluso antes de sacar su computadora portátil de la mochila o de encender su teléfono móvil, había intentado contactarse con un conocido que tenía en la Embajada rusa. No sabía si su antiguo colega del SVR aún se encontraba estacionado en Washington, así que vio un teléfono público afuera de una oficina de correos y llamó al directorio de ayuda local.

El hombre no figuraba bajo su propio nombre, lo cual no era una gran sorpresa, pero Kovalenko examinó un par de seudónimos que su amigo había utilizado en operaciones en el extranjero, y sólo entonces aceptó el hecho de que no se libraría fácilmente de sus obligaciones con la organización de Centro por el simple hecho de pedirle ayuda a un amigo.

Después de una vigilancia exhaustiva en busca de detección, caminó hacia a la Embajada rusa en la avenida Wisconsin, pero no se atrevió a acercarse demasiado. Permaneció a una cuadra de distancia y por espacio de una hora observó a los hombres y mujeres que pasaban por allí. Llevaba una semana sin afeitarse y esto le ayudó a camuflarse, pero sabía que necesitaba limitar su exposición al mínimo. Vigiló de nuevo antes de regresar a su barrio, tomando diversas modalidades de transporte público.

Entró a una tienda de licores en la calle 18, a la vuelta de la esquina de su apartamento, y compró una botella de Ketel One y algunas cervezas, regresó a su vivienda, dejó el vodka en el congelador y se tomó las cervezas.

Había sido una tarde muy difícil, y se encontró sentado en su computadora, esperando la respuesta de Centro.

Un texto verde apareció en la pantalla negra.

«¿Estás en posición?».

«Sí» —escribió.

«Tenemos una operación para ti que es sumamente urgente».

«De acuerdo».

«Pero antes necesitamos discutir tus movimientos del día de hoy».

Kovalenko sintió un fuerte dolor en el corazón. *No. Es imposible que me hayan seguido.* Había dejado su teléfono en el escritorio y no había desempacado siquiera su computadora portátil. No había utilizado ninguna computadora, ni había visto a nadie siguiéndolo cuando vigiló.

Estaban tratando de engañarlo.

«Hice exactamente lo que me pediste».

«Fuiste a la Embajada rusa».

El dolor en su pecho aumentó; no era más que pánico, pero se esforzó en mitigarlo. Estaba seguro de que ellos trataban de engañarlo. Les sería fácil suponer que él trataría de contactarse con sus antiguos asociados en el SVR apenas llegara a Washington. Había estado a cien yardas de la Embajada.

«Estás adivinando —escribió—. Y adivinaste mal».

Una fotografía apareció en la ventana de su Criptograma sin ninguna advertencia. Era una foto tomada por una cámara de seguridad, y Kovalenko se veía sentado en un pequeño parque frente a la Embajada rusa en la calle Wisconsin. Era evidente que había sido tomada esta tarde, tal vez por una cámara de tráfico.

Valentín cerró un momento los ojos. *Estaban* en todas partes.

Se apresuró a la cocina y sacó la botella de Ketel One del congelador. Cogió rápidamente un vaso de cristal del gabinete y lo llenó con el vodka helado. Se lo bebió de unos pocos tragos y lo llenó de nuevo.

Un minuto después regresó a la computadora.

«¿Qué carajos quieres de mí?».

«Quiero que sigas tus instrucciones».

«¿Y qué pasa si no lo hago? ¿Enviarás a la mafia de San Petersburgo por mí? ¿Aquí en Estados Unidos? No lo creo. Puedes hackear una cámara de seguridad, pero no puedes tocarme aquí».

Pasó un largo rato sin recibir respuesta. Valentín miró su computadora mientras vaciaba el segundo vaso de vodka. Y justo cuando dejó el vaso en el pequeño escritorio, tocaron la puerta de su apartamento.

Kovalenko se puso de pie de inmediato y se dio vuelta. El sudor que tenía en la frente le cayó a los ojos.

Miró la ventana del Criptograma. No había recibido respuesta.

Y luego... «Abre la puerta».

Kovalenko no tenía armas; no era ese tipo de oficial de inteligencia. Corrió a la pequeña cocina al lado de la sala y sacó un cuchillo largo de un porta-cuchillos. Regresó a la sala, sus ojos en la puerta.

Se apresuró a la computadora.

«¿Qué pasa?» —escribió con manos temblorosas.

«Tienes un visitante. Abre la puerta o él la derribará».

Kovalenko observó por la pequeña ventana al lado de la puerta y no vio nada distinto a las escaleras que subían a la calle. Descorrió el cerrojo de la puerta y la abrió, con el cuchillo a un lado.

Vio la figura en la oscuridad, al lado del bote de la basura debajo de las escaleras. Era un hombre, concluyó Kovalenko por la estatura, pero permaneció inmóvil como una estatua y Valentín no pudo distinguir ninguno de sus rasgos.

Kovalenko regresó a la sala y la figura se movió hacia él; se acercó a la puerta, pero no entró al apartamento.

La luz de la sala le permitió a Kovalenko ver a un hombre que tenía tal vez poco menos de treinta años. Su complexión era sólida y se veía en forma, con una frente angular y pómulos altos y muy pronunciados. A Valentín le pareció que era una mezcla entre un asiático y un guerrero indio americano. Serio y adusto, el hombre vestía una chaqueta de cuero negro, jeans negros y zapatos deportivos del mismo color.

—No eres Centro —declaró Valentín.

—Soy Grulla —fue la respuesta, y Kovalenko supo de inmediato que era chino.

—Grulla. —Kovalenko retrocedió otro medio paso. El hombre era terriblemente intimidante; el ruso pensó que era un asesino a sangre fría, como un animal no apto para una sociedad civilizada.

Grulla bajó la cremallera y abrió su chaqueta. Tenía una pistola automática negra en la pretina.

—Suelta el cuchillo. Si te mato sin permiso, Centro se enojará conmigo. No quiero que Centro se enoje.

Valentín retrocedió otro medio paso y tropezó con el escritorio, donde dejó el cuchillo.

Grulla no sacó la pistola, pero era evidente que quería mostrarla. Habló en inglés con un fuerte acento.

—Estamos aquí, cerca de ti. Si Centro me pide que te mate, morirás. ¿Entiendes?

Kovalenko se limitó a asentir.

Grulla se dirigió a la computadora portátil que estaba en el escritorio detrás del ruso. Valentín se dio vuelta y la miró. En ese momento apareció un nuevo párrafo en el Criptograma.

«Grulla y sus hombres son multiplicadores de fuerzas para nuestra operación. Si pudiera realizar todos mis planes desde el teclado de una computadora, lo haría. Pero algunas veces se deben tomar otras medidas. Personas como tú son utilizadas. Y personas como Grulla son utilizadas».

Kovalenko desvió la mirada de la computadora y volteó a ver a Grulla, quien ya se había ido. Kovalenko cerró la puerta con rapidez y le echó seguro.

Regresó al escritorio y escribió «¿Asesinos?».

«Grulla y sus hombres tienen sus tareas. Una de ellas es asegurarse de que sigas instrucciones».

Valentín se preguntó si había trabajado todo este tiempo para la inteligencia china.

Cuando pensaba en ello, algunas piezas encajaban. Pero otras no.

Escribió con sus manos todavía temblorosas. «Una cosa es trabajar para la mafia rusa. Pero es muy diferente controlar equipos de asesinos en Estados Unidos. Esto no tiene nada que ver con espionaje industrial».

La atípica y larga pausa de Centro era inquietante. Valentín se preguntó si debería haberse reservado sus sospechas para sí mismo.

«Todo es un negocio».

—¡Basura! —gritó Kovalenko en su apartamento, aunque no escribió esto.

No respondió, y una nueva línea apareció en el Criptograma. «¿Estás listo para escuchar tu próxima tarea?».

«Sí» —escribió Kovalenko.

«Bien».

CUARENTA Y OCHO

....

Aquel que conquista el mar es todopoderoso». Era el lema del *Viraat*, del INS, el portaviones indio que había anclado en Da Nang una semana después de que el director Su Ke Qiang ordenara a todos los barcos de guerra extranjeros que salieran del mar de China Meridional.

El *Viraat* comenzó a operar en 1959 como el Hermes del HMS de Gran Bretaña, y navegó varias décadas bajo la bandera británica antes de ser vendido a la India en los años 80. Nadie podía afirmar que el portaviones aún tenía una tecnología avanzada, pero una reparación reciente emprendida por la Marina India había extendido en pocos años la vida del *Viraat* y, aunque su tecnología fuera vieja, era un símbolo importante de la nación india.

Con un peso ligeramente inferior a treinta mil toneladas, su tamaño era mucho menos de la tercera parte que el *Ronald Reagan*, tipo *Nimitz*. Llevaba a 1750 marineros y pilotos a bordo, así como catorce aviones de combate Harrier y ocho helicópteros de ataque Sea King.

Dos días después de que el portaviones llegara a Da Nang,

uno de sus helicópteros Sea King estaba patrullando la zona de exploración petrolífera de India cuando detectó un submarino chino tipo *Song* acercándose al rango de ataque de un barco que operaba en la explotación petrolífera india. El submarino atacó y averió el barco algunos minutos después, obligando a los treinta y cinco civiles que participaban en la exploración a refugiarse en botes salvavidas. El Sea King comenzó a llevar a los miembros de la tripulación a otros barcos cercanos, pero no antes de llamar al *Kamorta*, del INS, una corbeta que había navegado al MCM al lado del *Viraat* y que estaba en capacidad de destruir submarinos. El *Kamorta* se apresuró al área y centró su radar en el submarino tipo *Song*.

El *Kamorta* disparó un cohete de 213 milímetros desde el RBU-6000 que tenía en la cubierta, un lanzacohetes antisubmarino de fabricación soviética. El cohete salió del lanzador en forma de herradura, voló cinco kilómetros y luego se introdujo en el agua. Se hundió a una profundidad de doscientos cincuenta metros pero explotó prematuramente y no le infligió daños al submarino, que ya se había sumergido a una profundidad de trescientos veinte metros.

Un segundo misil también erró el blanco.

El submarino tipo *Song* escapó al ataque. Esta era la excusa que estaban esperando los chinos.

Tres horas después del ataque al submarino chino, cuando ya había oscurecido, el *Ningbo*, un destructor guiado por misil y estacionado entre Hainan y la costa vietnamita, se dirigió a las estaciones de batalla. Lanzó cuatro misiles antibarcos SS-N-22 de fabricación rusa, clasificados por la OTAN como Sunburn.

Los Sunburns pasaron como un rayo sobre el agua a Mach 2.2, tres veces más rápido que el Harpoon, el misil antibarcos estadounidense. El radar y los sistemas de orientación en la nariz de las armas las mantenían en el blanco mientras enfocaban al barco más grande dentro de su rango.

El *Viraat*.

A medida que las cabezas de guerra veloces y de trescientos kilogramos se acercaban a su objetivo, los SAMs defensivos y misiles del *Viraat* dispararon, en un intento desesperado por derribar a los Sunburns antes de que estos impactaran. Milagrosamente, el primer SAM lanzado golpeó al primer misil cuando le faltaban sólo cuatro kilómetros para impactar, pero instantes después los tres SS-N-22 restantes se estrellaron contra el casco de estribor del enorme barco, y el segundo misil impactó lo suficientemente alto como para enviar por el aire a los tres helicópteros Sea King convertidos en una bola de fuego y destruir a dos de los Harriers que estaban en la cubierta, dejando una gran cantidad de fragmentos.

El portaviones no se hundió. Las cabezas de guerra de trescientos kilogramos no eran tan letales como para llevar al barco de treinta toneladas al fondo del mar, pero los misiles lograron ejecutar una «misión asesina», un término naval para referirse a un barco que es inutilizado como instrumento de guerra.

Doscientos cuarenta y seis marineros y aviadores resultaron muertos, y los barcos de apoyo del *Viraat* se apresuraron a ayudar al portaviones, a apagar los incendios y a sacar a los tripulantes del mar oscuro.

Dos pilotos de Harriers que estaban volando durante el accidente no encontraron dónde aterrizar, pues tenían muy poco combustible para regresar a sus campos aéreos en Vietnam. Ambos pilotos se lanzaron en paracaídas al océano y sobrevivieron, aunque sus aviones sucumbieron a las olas.

Mientras que la MELP declaró de inmediato el ataque como una respuesta defensiva al ataque de India a uno de sus submarinos a comienzos del día, se hizo completamente evidente para el mundo que China había determinado que valía la pena matar por el mar de China Meridional.

Valentín Kovalenko alquiló un Nissan Maxima blanco en una agencia cercana al aeropuerto Ronald Reagan, cruzó el puente Francis Scott Key en dirección norte y llegó a Georgetown.

Estaba haciendo otro mandado para Centro, o por lo menos eso dedujo de las instrucciones que Centro le dio la noche anterior, poco después de su encuentro cara a cara con Grulla.

Kovalenko no se imaginó que el trabajo de hoy sería tan dramático como los eventos de anoche. Debía recoger un auto y luego vigilar un lugar que estaba a sólo dos millas de su apartamento.

Como de costumbre, Kovalenko no sabía un solo detalle sobre su operación más allá de sus instrucciones.

Condujo unos pocos minutos por Georgetown antes de llegar a su ubicación objetivo, simplemente para asegurarse de que no hubiera adquirido una cola. Obviamente, era un buen método de espionaje, pero Valentín no sólo estaba observando la vigilancia del enemigo. Pasaba casi el mismo tiempo tratando de detectar a Centro o a alguien de la organización para la cual trabajaba, así como lo hacía con la policía local o con los operativos de contrainteligencia estadounidense.

Giró por Wisconsin y tomó la calle Prosper, una apacible vía de dos carriles rodeada de altos edificios federales y antiguas casas victorianas con pequeños patios delanteros, así como por una escuela primaria y algunas tiendas pequeñas. Kovalenko circuló justo al límite de velocidad mientras trataba de encontrar la dirección que buscaba.

La vio a su derecha. Era una casa de dos plantas y dos siglos de antigüedad que ocupaba casi toda la extensión de un terreno pequeño e inclinado, el cual estaba rodeado por una escuela de ladrillos rojos y un dúplex de dos pisos a ambos lados. La casa tenía una cerca negra de hierro forjado a su alrededor, y unos arbustos y árboles frondosos cubrían la fachada de la vivienda. Parecía una mansión embrujada. Había un garaje al nivel de la calle, y un camino serpenteante y empedrado conducía desde el portón de la acera a la casa, que estaba un poco más arriba.

Valentín dobló por la esquina, dejó el auto en el pequeño estacionamiento de una tintorería y utilizó una grabadora digital para poder registrar tantos detalles como fuera posible acerca de la propiedad. Cuando terminó de hacer esto, condujo de nuevo y miró la calle que estaba al norte de la 3333 Prosper. Aquí encontró un callejón detrás de la casa, entre las dos calles.

La tercera vez que pasó por allí lo hizo caminando, después de dejar su auto en Wisconsin y de darle la vuelta a la manzana, mientras se detenía a mirar muchas otras casas y no sólo su ubicación objetivo.

Caminó por el callejón, pasó al lado de la escuela y vio una pequeña puerta que tenía acceso a la ubicación objetivo.

En todas las veces que había pasado, no había visto ningún rastro de movimiento en la casa ni alrededor de esta; percibió las hojas secas de otoño en los peldaños que conducían a la puerta principal, que parecían llevar un buen tiempo allí. Aunque no podía ver el interior del garaje y no sabía si tenía acceso directo a la casa, concluyó que la propiedad no estaba ocupada actualmente.

No lograba saber qué quería Centro de esta propiedad. Tal vez pretendía comprarla. Como su manejador había sido muy vago acerca de lo que Valentín necesitaba saber sobre aquella casa, este se preguntó si todos sus subterfugios no eran acaso innecesarios.

Tal vez debería haber subido simplemente hasta la puerta principal, tocado y pedido que le mostraran la casa.

No. Ese no era el estilo de Kovalenko. Sabía que lo mejor para él era mantener al mínimo sus interacciones con los demás.

Regresó a su auto en Wisconsin y se dirigió al aeropuerto para devolverlo a la agencia. Luego iría a su apartamento, le reportaría sus hallazgos a Centro por el Criptograma, y se emborracharía.

John Clark permanecía inmóvil como una piedra en su pastizal, y un viento frío de otoño alejó varias hojas de roble de su campo visual, aunque no se concentró en ellas mientras pasaban.

Se movió de repente. Llevó la mano izquierda delante de su cuerpo y luego a la pretina del lado derecho, debajo de su chaqueta cazadora de cuero, sacando una pistola SIG Sauer negra calibre 45 con un pequeño silenciador. Alzó la pistola al nivel de los ojos y la apuntó a un disco de acero del tamaño de una toronja que colgaba de una cadena metálica al nivel del pecho y a diez yardas de distancia, frente a unos fardos de heno que estaban al fondo.

John Clark disparó con una mano al pequeño objetivo, un par de tiros que tronaron en el aire frío a pesar del silenciador.

Dos agradables y fuertes sonidos metálicos retumbaron en el pastizal mientras las balas explotaban contra el acero.

Todo esto sucedió en menos de dos segundos.

John Clark utilizó la mano izquierda para mover su chaqueta a un lado y luego guardó la pistola en la funda cruzada.

Clark había hecho grandes progresos luego de una semana de rutinas diarias con una pistola, pero no estaba satisfecho con su rendimiento. Le gustaría reducir su tiempo a la mitad y acertar sus disparos al doble de esta distancia.

Pero eso requeriría tiempo y dedicación y, aunque John creía tener tiempo —no tenía nada más que hacer estos días—, por primera vez desde que era adulto se preguntó si realmente tenía la dedicación que necesitaba para lograr un objetivo.

Aunque era un individuo disciplinado, había una especie de fuerte probabilidad de que necesitara su destreza con un arma para salvar su propia vida en el futuro, así que él tendía a concentrar sus energías para ser un estudiante destacado.

Y John sabía que ya no volvería a disparar su arma en señal de rabia.

Sin embargo, tenía que reconocer que los movimientos, el humo de la pistola y la certeza del arma en su mano —incluso en su mano izquierda— se sentían condenadamente bien.

John recargó el proveedor que estaba en una pequeña mesa de madera a su lado y se dijo que dispararía unas pocas cajas más de municiones antes de almorzar.

No tenía nada más que hacer hoy.

CUARENTA Y NUEVE

· · · · · · · · · · · · · ·

Al presidente Ryan le pareció que estaba pasando tanto tiempo en la Sala de Situaciones como en el Despacho Oval.

Los funcionarios de rigor estaban allí. Mary Pat Foley y Scott Adler a su derecha. Bob Burgess y Colleen Hurst a su izquierda. También estaban en la mesa Arnie van Damm, el vicepresidente Pollan, el embajador Ken Li y varios generales y almirantes de alto rango del Pentágono.

En el monitor que había en un extremo de la sala, el almirante Mark Jorgensen, jefe del Comando del Pacífico, estaba sentado ante una mesa de conferencias con una computadora portátil abierta delante de él.

La visita del embajador Li a Washington era el motivo principal de la reunión. Había sido llamado por el ministro de Relaciones Exteriores de China el día anterior; le dieron un mensaje que debía entregar personalmente al presidente de los Estados Unidos.

Li había volado en la noche, llegado el día siguiente y había cumplido con la petición de China.

El mensaje era breve. China le estaba advirtiendo directamente a Estados Unidos que moviera su portaviones *Ronald Reagan* a trescientas millas náuticas de la costa de China o que se arriesgara a sufrir «incidentes accidentales y lamentables».

El *Reagan* se encontraba actualmente a noventa millas náuticas al noroeste de Taipei, lo que significaba que podía enviar fácilmente sus aviones a patrullar el Estrecho. Alejarse trescientas millas significaba que el Estrecho estaría fuera de rango para la mayoría de operaciones normales de vuelo.

Ryan no quería hacer eso y, aunque deseaba manifestarle su apoyo a Taiwán, también reconocía que el *Reagan* estaba en la línea de fuego de virtualmente cientos de misiles tan poderosos o más que los que habían impactado al *Viraat* en el mar de China Meridional.

El secretario de Defensa, Burgess, comenzó la reunión actualizando a todos sobre la agresión del régimen chino en el mar de China Meridional en los días siguientes al ataque del *Viraat*, el portaviones del INS. Los aviones de combate del MELP habían sido vistos muy lejos al sur en las aguas de Indonesia, y pequeños grupos habían desembarcado en varias islas deshabitadas de Filipinas. El *Liaoning*, el principal portaviones de China, había zarpado de Hainan y llegado al mar de China Meridional rodeado de una fuerte custodia de fragatas con misiles, destructores, reabastecedores y otras naves de apoyo.

—Están demostrando su poderío, pero es un espectáculo muy patético —dijo el secretario de Defensa.

—¿Qué tiene de patético? —preguntó Ryan

—Que el barco no tiene aviones —respondió Burgess.

—¿Qué? —exclamó Jack, sorprendido.

—Lleva unos veinticinco helicópteros de ataque y transporte, pero los chinos no tienen siquiera un escuadrón de jets propios de un portaviones. El recorrido del *Liaoning* es... —Burgess vaciló—. Iba a decir que era sólo para hacer un espectáculo, pero no puedo decir eso. Probablemente harán algunos ataques y matarán a algunas personas. Pero ellos no están operando como un verdadero portaviones porque no tienen capacidad.

—Tengo la fuerte sospecha de que los medios de comunicación estatales de China olvidarán mencionar que el portaviones no está operando con aviones de alas fijas a bordo —señaló Ryan.

—Está en lo correcto, señor presidente —dijo Kenneth Li—. Gran parte de China reaccionará con un profundo orgullo porque, hasta donde ellos saben, el *Liaoning* zarpó para reclamar el MCM.

—¿Ha habido más ataques en el estrecho de Taiwán? —preguntó Ryan.

—No desde el ataque al *Viraat*, pero es de esperarse que las cosas sigan así. Ha habido mal clima en el Estrecho, lo que seguramente está más relacionado con eso que con cualquier percepción de China de que han ido demasiado lejos —respondió Burgess.

—¿Qué te dicen tus instintos sobre lo que está pasando, Ken? —preguntó el presidente al embajador Li.

—El ataque al *Viraat* tiene muy poco que ver con el conflicto entre China e India, y mucho más con el conflicto entre China y Estados Unidos —señaló el embajador chino-estadounidense.

—Fue una señal para nuestra Marina. Una señal para mí —comentó Ryan.

Li asintió y dijo:

—Una señal que decía: «permanezcan alejados».

—En lo que a mensajes se refiere, matar a doscientas cuarenta y tantas almas es algo muy claro y contundente.

Li estuvo de acuerdo.

—Wei nos señala y nos dice que no interfiramos en asuntos que no nos conciernen. ¿Qué cosa específica están señalando cuando nos amenazan así? ¿Simplemente portaviones? —dijo Ryan.

—Están señalando en parte a nuestro mayor involucramiento en la región.

Pero un gran porcentaje es simplemente culpa por asociación, señor presidente. Los países de esa región que son aliados nuestros, es decir, virtualmente todos los de la región del MCM, están publicitando su relación con nosotros, insinuando que los protegeremos si estalla algún conflicto con China. Esto no ayuda a la situación allá. Los incidentes entre los barcos chinos y filipinos han estado aumentando y lo mismo sucede con los de Indonesia y Vietnam.

—¿Los chinos piensan realmente que todo el mar de China Meridional les pertenece a ellos?

—Así es —dijo Li—. Están haciendo todo lo que pueden para incrementar la soberanía china. Están expulsando a las fuerzas navales de Vietnam, Filipinas, Indonesia e India de lo que ellos consideran su propio territorio, y no les importan las leyes internacionales. Al mismo tiempo, están haciendo todo lo posible para fomentar el conflicto armado en el Estrecho con los ataques aire-aire.

Li hizo una pausa, pero Ryan percibió que quería decir algo más.

—Habla, Ken. Tus opiniones son muy valiosas para mí.

—Las aspiraciones hegemónicas de China no son la única razón del conflicto actual. Lo que pasa, señor presidente, es que usted no puede subestimar la gran animosidad en contra suya que hay en los altos mandos militares.

—¿Estás diciendo que me odian?

—Yo... estoy diciendo eso. Sí, señor. Ellos están humillados por la guerra, y si usted lee las declaraciones de los generales chinos que se hacen para el consumo local, verá que quieren alcanzar la gloria contra Estados Unidos.

Ryan observó al almirante Jorgensen, que estaba en el monitor.

—Almirante, ¿qué piensa usted acerca del mensaje de los chinos? ¿Regresamos el *Reagan* a trescientas millas?

Obviamente, Jorgensen sabía que el presidente le haría esa pregunta y respondió con cautela.

—Señor presidente, los chinos han actuado irracionalmente durante el último mes. Creo que sería un suicidio para ellos atacar al *Reagan* o a cualquiera de sus barcos de apoyo, pero no voy a decir que no creo que lo hagan. Si usted me hubiera preguntado hace un mes si las FA del EPL dispararían a los aviones de combate de la Fuerza Naval y de la Marina de Estados Unidos en aguas internacionales, yo habría dicho que consideraba eso como altamente improbable.

—¿Ellos tienen la capacidad en términos tecnológicos para destruir al *Ronald Reagan*?

—Claro que sí, señor —dijo Jorgensen, sin dudarlo un instante—. Pueden hacerlo. Tenemos medidas defensivas antimisiles que son efectivas, pero no contra una avalancha prolongada de misiles balísticos y cruceros disparados desde aire, mar y tierra. Si los chinos realmente quieren hundir al *Reagan*, no me atrevería a decir que podríamos evitarlo.

»Pero si ellos quisieran afectar nuestra capacidad de combate en su territorio, no tendrían que destruir al *Ronald*. Les sería más fácil hundir a barcos de apoyo crucial que no están tan bien protegidos.

—Explícate.

—Nuestros portaviones y submarinos con armas nucleares pueden operar varios años sin reabastecerse de combustible, pero el resto de la flota, todos esos barcos de apoyo, están siendo abastecidos por sólo seis tanques en el Océano Pacífico. A los chinos no les sería imposible atacar esos tanques y degradar severamente la movilidad de la Séptima Flota. Nuestra capacidad de poder sería limitada. Quedaríamos como un oso encadenado a un árbol. El árbol sería Pearl Harbor y no podríamos llegar muy lejos. Tenemos doscientos ochenta y cinco barcos desplegados alrededor del mundo y el cincuenta por ciento de ellos está en el Pacífico Oeste. Los misiles antibarco que tiene China son un peligro real.

Mary Pat Foley dijo:

—Con las capacidades de China para negar acceso al área, la balanza del poder se ha inclinado en contra de Estados Unidos y de nuestros aliados en la región, y ellos lo saben. Los chinos creen que seríamos idiotas si los desafiamos en su territorio.

—Pensamos que eso es lo que está pasando —señaló Burgess—. Nos están arrastrando a un combate breve pero intenso en su territorio, y nos están ensangrentando la nariz para que ellos puedan irse a casa y permanecer allá.

—Y entonces hacen una jugada para tomar Taiwán —comentó Ryan.

—Ese es el anillo de oro, ¿verdad? Los chinos están tratando de destruir al gobierno taiwanés. Lo hacen con éxito y luego entran y escogen las piezas —dijo Mary Pat.

—No. No de inmediato. No invadirán Taiwán. En realidad, quieren poner a su propia gente en posiciones de poder, debilitar a los partidos que se oponen a la RPC y afectar la economía y las relaciones políticas de la isla con sus aliados. Simplemente hacen eso y no tienen que invadir. Sólo tienen que trapear. Piensan que pueden terminar con la RDC lentamente, con el tiempo, reabsorbiéndola a la RPC.

—Últimamente han decidido arriesgarse más en Taiwán. Hacen todo lo posible para conseguir informantes y espías, y compran a políticos solidarios con la RPC.

El presidente Ryan siguió hablando del tema algunos minutos más y se sentó un momento en silencio en la cabecera de la mesa. Luego miró a Jorgensen.

—Ordena al *Reagan* que retroceda exactamente trescientas millas, pero acerca al grupo de batalla del *Nimitz*. Haz que entre al mar de China Meridional.

—Envía el mensaje de que no vamos a jugar a lo que sea que ellos quieren que juguemos, pero de que tampoco estamos huyendo.

—Señor presidente —dijo Burgess—, si llevamos al *Reagan* a trescientas millas no podremos patrullar el estrecho de Taiwán. La RDC quedará abandonada a su propia suerte.

Ryan clavó su mirada en Bob Burgess.

—¿Hay alguna forma encubierta de prestar apoyo aéreo a Taiwán?

—¿Encubierta?

—Sí.

Foley habló.

—Los casos de espionaje en la RDC se han disparado en el último par de años. China está dando una gran cantidad de dinero a sus servicios de espías, sobornando a todos los que tengan acceso a información política o militar y que trabajen a su favor. Es un lugar duro para hacer algo sin que la RPC se entere.

—Duro significa que será difícil —dijo Jack—. Pero esa no fue mi pregunta. Mi pregunta fue: ¿se puede hacer?

—Ya hemos elaborado planes de contingencia —señaló Burgess—. Tenemos un plan para llevar números limitados de pilotos de combate de la Marina a bordo de aeronaves de la RDC. No estamos hablando de un gran número. Pero sería una muestra de apoyo hacia el gobierno de la RDC.

El presidente Ryan asintió.

—Hazlo. Pero hazlo bien. No te limites a llevar a un par de tipos allá sin cobertura o apoyo. Si son detectados por la RPC, tal vez sería justamente la provocación que ellos necesitan para atacar Taiwán.

—Sí, señor presidente. Entiendo los riesgos.

Jack Ryan se puso de pie y concluyó la reunión diciendo:

—Envía a los marines.

CINCUENTA

A Su no le agradó que Wei lo hubiera llamado hoy. Tenía programadas varias reuniones durante todo el día en Zhongnanhai, pero poco antes del mediodía la oficina del presidente se contactó con él y le dijo que Wei exigía su presencia en sus aposentos privados a la hora del almuerzo.

A Su enfureció la intemperancia de que su par le exigiera algo, pero canceló su reunión del mediodía y fue puntualmente a los aposentos de Wei.

No es que necesitara tiempo para prepararse antes de conversar con el presidente. Sabía *exactamente* lo que este le diría.

Los hombres se abrazaron, se dijeron mutuamente «camarada» y preguntaron por los miembros de sus familias, pero las cortesías no duraron minutos, sino segundos.

Poco después, Wei se sentó con Su y le dijo con voz preocupada:

—No era así como me imaginaba que transcurrirían las cosas.

—¿Las cosas? ¿Debo suponer que se refiere a lo sucedido en el mar de China Meridional y en el Estrecho?

Wei asintió y dijo:

—Siento que usted me ha manipulado hasta cierto punto,

que tomó mi programa inicial para el mejoramiento de la economía y lo incluyó en su propia agenda.

—Secretario general, en los estamentos militares tenemos un adagio: «El enemigo recibe un voto». Lo que ha visto en las últimas semanas (la agresión de India a pesar de nuestras claras advertencias, la agresión de Estados Unidos mientras ejecutábamos con cuidado maniobras calculadas en el estrecho de Taiwán para desplegar nuestra disposición y actuar contra cualquier demostración de fuerza por parte de la RDC) fueron situaciones propiciadas por nuestros adversarios. Obviamente, si todas mis... discúlpeme, si todas *nuestras* fuerzas permanecieran en sus bases o en sus puertos, entonces, ciertamente nada de esto habría sucedido, pero a fin de alcanzar nuestros objetivos territoriales, que nos ayudará a su vez a lograr nuestros objetivos económicos, tuvimos que hacer estas incursiones en las áreas disputadas.

Wei se sintió casi abrumado por toda la retórica. Por un momento perdió el orden de sus pensamientos. Su no era conocido por ser un orador, sino un agitador, pero Wei sintió que el hombre había manipulado el tiempo y el espacio para que su argumento prevaleciera.

—El ataque cibernético contra Estados Unidos...

—No tiene conexión con China.

Wei se sorprendió.

—¿Está diciendo que no estamos involucrados?

Su sonrió.

—Estoy diciendo que no pueden involucrarnos.

Wei vaciló de nuevo.

Su aprovechó la oportunidad para añadir:

—En la última hora, mi servicio de inteligencia naval me ha

notificado que el grupo aeronaval del portaviones *Ronald Reagan* ha comenzado a moverse al noroeste.

Wei ladeó la cabeza en señal de sorpresa.

—¿Y creemos que esto es una reacción a nuestra exigencia de que ellos retrocedan a trescientas millas náuticas?

—Estoy seguro de ello —dijo Su.

Esto alegró de inmediato al presidente Wei.

—Así que, después de todo, Jack Ryan puede entrar en razón.

Su se esforzó en mantener una mirada serena. No, era obvio que Ryan no podía entrar en razón. Sólo podía ser amenazado o derrotado. Pero Wei decidió considerar esta política arriesgada como una especie de distensión.

Idiota —pensó Su.

—Sí —dijo él—. El presidente Ryan sólo quiere lo que sea mejor para su país. Y lo mejor para él, y también para nosotros, es que abandone la región. Está aprendiendo lentamente, pero mover al *Reagan* nos muestra que él *está* aprendiendo.

Y con eso, la rabia de Wei pareció disiparse. Durante la media hora siguiente habló de sus planes para el futuro de la economía. De las oportunidades para las empresas controladas por el Estado en el MCM y de su esperanza de que la transición de Taiwán de regreso al dominio del territorio continental sería aún más rápida y menos traumática de lo que serialaban sus mayores esperanzas.

Su repitió las ambiciones de Wei y se esforzó para no mirar su reloj.

Finalmente, Wei dio por concluido el encuentro. Pero antes de que Su se marchara de los aposentos privados de Wei, el presidente miró un largo rato al director. Era evidente que dudaba en hacer la siguiente pregunta.

—Si las circunstancias cambian. Si decidimos que el momento no es el adecuado... ¿aún seremos capaces de detener esto?

—¿De detener el crecimiento de China? ¿El único prospecto de crecimiento de China?

Wei vaciló.

—Me refiero a las medidas militares más extremas. A algunos de los mayores ataques cibernéticos que sugirió usted en nuestras primeras discusiones y a los ataques navales y aéreos.

—¿Está pensando en detener esto?

—Simplemente hice la pregunta, director.

Su sonrió débilmente.

—Estoy a su servicio, secretario general. Puedo hacer lo que usted quiera. Pero le recuerdo que hay mucho en juego. El camino hacia adelante nunca estará libre de obstáculos.

—Entiendo.

—Espero que lo haga. La adversidad es parte del proceso. Como dije antes: «El enemigo recibe un voto».

Wei asintió; su expresión ya era solemne.

Por otra parte, Su sonrió y dijo:

—Pero, recuerde, camarada, que Estados Unidos votó hoy, y lo hizo para alejarse de nuestro camino.

Los cinco hombres que trabajaban en la casa de seguridad de la CIA en el 3333 de la calle Prosper, en Georgetown, estaban disfrutando de un descanso a mediados de la mañana, pero no tanto como el joven encerrado en el cuarto insonorizado del segundo piso.

Tres de los cinco eran guardias de seguridad armados, uno observaba por la ventana de la cocina hacia la calle Prosper y un segundo hombre permanecía en una silla frente a un dormitorio del segundo piso, desde donde se veía una planta de magnolia y, más abajo, una antigua vía de carruajes detrás de la propiedad, ahora convertida en un callejón.

El tercer oficial de seguridad permanecía en el primer piso. Estaba ante una mesa de la cocina con varios monitores, desde los cuales observaba la radio y el sólido sistema de seguridad de la casa. Mantenía los ojos en la pantalla, que mostraba las grabaciones de las cuatro cámaras de seguridad.

Los otros dos hombres permanecían arriba, ya fuera con su sujeto, o en una pequeña oficina donde se reunían para planear la próxima «entrevista». Varias veces al día, alguno de los hombres entraba al cuarto insonorizado con una grabadora, un bloc de notas y un bolígrafo, y hacía una larga lista de preguntas que, hasta el momento, el sujeto había hecho todo lo posible para no responder.

Zha Shu Hai no había recibido ninguna tortura física, pero lo habían mantenido despierto toda la noche, y era sometido a docenas de rondas de interrogatorios a todas horas. Varias personas le preguntaban las mismas cosas de manera diferente y en tantas ocasiones, que Zha ni siquiera podía recordar la mayoría de las conversaciones.

Sin embargo, estaba seguro de que no había dicho nada acerca de Tong, del Barco Fantasma, del pirateo a los UAVs, ni que había penetrado las redes clasificadas del gobierno.

Sabía que no podía resistir indefinidamente, pero se sentía seguro de que no tendría que hacerlo.

Había pedido un abogado al menos doscientas veces desde que había llegado aquí a los Estados Unidos, y no podía entender por qué no le habían asignado uno. Anteriormente había pasado un tiempo en este país y realmente las cosas no eran tan malas, pero sabía que lo había hecho en una instalación de mínima seguridad, y que probablemente ahora se vería envuelto en un problema mucho más grande debido a los ataques a los UAVs.

Pero sólo tendría problemas si ellos lograban formular cargos en su contra, y Zha había pasado el tiempo suficiente en el sistema penal estadounidense durante su anterior juicio y encarcelamiento como para saber que en este instante, ellos no tenían nada en su contra que fuera tan grave como lo que *él* tenía contra *ellos*. El secuestro ilegal, el asesinato de los tipos de la 14K en Hong Kong, la privación del sueño, etc., etc.

Zha Shu Hai sabía que tenía que resistir sólo un poco más, utilizar su inteligencia superior —una ventaja de pertenecer a una raza superior— y luego los estadounidenses se convencerían de que no se iba a desmoronar.

Zha estaba exhausto, pero eso era apenas una molestia. Él era mejor que estos tontos y los vencería; sólo tenía que mantener la boca cerrada. No iban a golpearlo ni a matarlo. Eran estadounidenses.

Uno de los interrogadores regresó al cuarto y llamó a Zha a la mesa. Mientras se levantaba de su estera y se acercaba a la silla plástica, todas las luces del cuarto titilaron y se apagaron.

—Mierda —dijo el interrogador mientras retrocedía hacia la puerta, manteniendo los ojos en su sujeto en medio de la oscuridad. Golpeó la puerta con el puño.

A Zha Shu Hai comenzó a palpitarle el corazón de la emoción. Se sentó en la silla y puso las manos sobre la mesa.

No esperaba esto. Sonrió ampliamente a pesar de sí mismo.

—¿Qué es lo que te parece tan gracioso? —le preguntó el interrogador.

Zha no había hablado ese día, pero ahora no podía contener su lengua.

—Ya verás qué es tan gracioso.

El hombre no entendió y golpeó de nuevo la puerta cerrada del cuarto insonorizado. Sabía que los cerrojos no eran eléctricos sino mecánicos, así que no había motivos para que su compañero no lo dejara salir.

Después de golpear la puerta por tercera vez, el interrogador se dirigió a la ventana de observación. Obviamente, no podía ver nada, pero su compañero debería estar vigilando allí.

Agitó la mano y luego escuchó que corrían el cerrojo de la puerta.

Esta se abrió.

El interrogador se dispuso a salir.

—¿Se fundió un fusible, o todo el barrio...?

Un hombre asiático de chaqueta negra permanecía en la puerta, sosteniendo un arma con silenciador delante de él. Miró a su alrededor con ojos negros y fríos.

—¿Qué...?

Grulla disparó en la frente al interrogador de la CIA y el cuerpo cayó en el piso del cuarto insonorizado con un golpe apagado.

Zha tuvo cuidado en mantener las manos en la mesa. Se inclinó ligeramente.

—Grulla, no he hablado. No he dicho una...

—Son órdenes de Centro —dijo Grulla, y le disparó igualmente a Zha Shu Hai en la frente.

El cuerpo de ByteRápido resbaló de la silla plástica y cayó al piso. Quedó boca abajo al lado de su interrogador.

CINCUENTA Y UNO

Valentín Kovalenko salió de la tienda de licores para regresar a su apartamento cuando escuchó varias sirenas sonando al suroeste. Se le ocurrió que no habían comenzado a hacerlo en ese instante; tal vez habían estado sonando antes de que entrara al pequeño y lúgubre café para comprar una caja de almuerzo antes de entrar a la tienda de licores para comprar una botella de Ketel One.

Tuvo una sensación de vacío en la boca del estómago casi de inmediato. Se esforzó en apartarla de su mente mientras seguía caminando por la calle 17, pero mucho antes de doblar por la calle Swann escuchó helicópteros en el aire.

—*Nyet* —se dijo—. *Nyet.*

Caminó rápidamente por la calle Swann hacia su apartamento subterráneo, pero cuando estuvo adentro se acercó al televisor que estaba en la sala, dejó la botella y la comida en el sofá y sintonizó el canal local.

Estaban pasando una telenovela. Cambió de canal y vio un comercial.

Se sentó en el sofá, sus ojos clavados en el aparato, esperando las noticias del mediodía que comenzarían en cinco minutos.

Oyó el aullido lejano de las sirenas mientras esperaba y sirvió dos porciones de vodka tibia en un vaso que había dejado la noche anterior en la mesa.

Lo bebió de un trago y se sirvió más.

Se obligó casi a creer que sus miedos eran infundados. Hasta que el noticiero comenzó con una imagen en vivo de un helicóptero que sobrevolaba Georgetown. Valentín vio el humo salir de la casa en el lote arborizado de la calle Prosper.

La presentadora de noticias tenía poca información, salvo que había bajas humanas y que los vecinos reportaron el sonido de disparos desde el interior de la vivienda, así como una van misteriosa.

La primera reacción de Kovalenko fue beber alcohol, algo que hizo esta vez directamente de la botella. Su segunda reacción fue correr. Simplemente ponerse de pie, salir y dirigirse en dirección contraria a las sirenas.

Pero luchó contra este impulso, se puso de pie y fue a su computadora portátil. Las manos le temblaban mientras escribía en el Criptograma «¿Qué hiciste?».

Le sorprendió la rapidez con que aparecieron las letras verdes en la pantalla negra delante de él: «Explica tu pregunta».

¿Explicar mi pregunta? Las manos de Kovalenko revolotearon en el teclado. Finalmente escribió «3333».

El retraso fue de sólo pocos segundos, y luego: «Tú y tu trabajo no han sido comprometidos».

El ruso de treinta y seis años miró el techo de su cuarto y gritó:

—¡Mierda!

Luego escribió «¿A quién mataste?».

«Eso no está relacionado contigo. Permanece concentrado en tus instrucciones diarias».

Kovalenko escribió con furia «¡Vete a la mierda! ¡¡¡Me hiciste ir allá!!! Podrían haberme visto. Podrían haberme grabado. ¿Quién estaba en la casa? ¿Por qué? *¿Por qué?*». —Agarró la botella de Ketel One y la sostuvo con fuerza contra su cuerpo mientras esperaba una respuesta.

Hubo una larga pausa antes de que le contestaran. Valentín se imaginó a Centro esperando enviar un mensaje sólo para dar un tiempo para que el hombre enojado al otro lado de la conexión se tranquilizara.

Finalmente: «Estoy monitoreando el tráfico de la policía y otros de carácter oficial. No te han mencionado. Te aseguro que no había CCTVs grabándote a ti ni a tu vehículo alquilado en ningún lugar de la calle Prosper. No tienes nada de qué preocuparte, y no tengo tiempo para calmar a cada uno de mis agentes».

Kovalenko escribió «Vivo a menos de dos millas. Tendré que reubicarme».

«Negativo. Permanece donde estás. Te necesito cerca de Dupont Circle».

Kovalenko sintió deseos de preguntar por qué, pero sabía que no debía molestarse en hacerlo.

Entonces bebió por espacio de un minuto, sintió los efectos del vodka calmándolo un poco, y luego preguntó: «¿Quiénes eran las personas del 3333?».

No recibió respuesta.

Valentín escribió: «Pronto aparecerá en las noticias. ¿Por qué no me dices?».

«Uno de ellos era un problema».

Eso no decía nada a Valentín. Comenzó a escribir una línea de signos de interrogación, cuando un nuevo renglón de letras destelló en la pantalla.

«Los otros cinco eran empleados de la Agencia Central de Inteligencia».

Kovalenko se limitó a mirar la pantalla sin entender nada, con la boca ligeramente abierta.

—*Ni huya sebe* —(Ay, mierda) murmuró y apretó la botella contra el corazón.

Jack Ryan se enteró directamente por la red Interlink-TS de la CIA de que la noticia más destacada del mes en D.C., el asesinato de seis hombres esa mañana en Georgetown, habría sido aún más relevante si la verdad hubiera salido a flote.

El tráfico entre la CIA y la NSA revelaba que el 3333 de la calle Prosper era una casa de seguridad de la CIA, y las comunicaciones confirmaron que cinco de los muertos eran empleados de esta agencia y que el sexto era el principal sospechoso en los ataques a los UAVs.

Era ByteRápido22, el tipo que Jack Ryan y sus colegas ayudaron a identificar y capturar.

No es necesario decir que Ryan hizo que todo el personal operativo y directivo del Campus se reuniera en la sala de conferencias para contarles la noticia.

Chávez no podía creer en la audacia del crimen.

—¿Así que los chinos tienen los cojones para enviar a un equipo ilegal a Georgetown y matar agentes de la CIA?

—No sé si fueron realmente los chinos quienes lo hicieron

—comentó Rick Bell, director de análisis, mientras entraba a la sala de conferencias—. Simplemente interceptamos un mensaje enviado por la CIA al Ciber Comando en Fort Meade. En uno de los interrogatorios, cuando aparentemente sufría los efectos de una prolongada privación del sueño, ByteRápido mencionó el nombre de Tong Kwok Kwan como la verdadera identidad de Centro. Tal vez Centro lo hizo como castigo por delatar su nombre.

—¿Qué sabemos sobre este tipo Tong? —preguntó Granger.

—Es el doctor K. K. Tong —señaló Ryan—. Adam Yao dijo que era el padre de la comunidad de la guerra cibernética china.

Granger no podía creerlo.

—¿Y qué demonios estaba haciendo en Hong Kong, trabajando con ByteRápido y con los hackers? Debería estar en Beijing o en alguna instalación militar.

Ryan negó con la cabeza.

—Cayó en desgracia con ellos. Es un hombre buscado en China.

—Tal vez se besaron, hicieron las paces y está trabajando de nuevo con los chinos. Con el EPL. No puedo creer ni por un segundo que alguna organización de piratas informáticos ad hoc esté haciendo todo esto sólo para sus propios fines oscuros. Este acto de hoy parece como si contara con patrocinio estatal, al igual que el pirateo a los UAVs —señaló Chávez.

—Sin importar quiénes sean, tenían que matar a Zha para silenciarlo —dijo Gerry.

—Pero no lo silenciaron. Gavin tiene la computadora de Zha y puedes apostar a que sabremos muchas cosas de él cuando Gavin nos revele el contenido —replicó Jack.

· · · · · · · · · ·

Como miembros de la élite de pilotos de combate de la Marina que eran, el mayor Scott Queso Stilton y el capitán Basura White habían experimentado mucho más en sus vidas que los ciudadanos promedio de treinta y un y veintiocho años de edad —las edades que tenían los pilotos— pero ninguno de los dos podría decir que hubiera experimentado algo semejante a lo que acaban de hacer en las últimas veinticuatro horas.

Sólo un día antes, los dos aviadores fueron despertados a medianoche por oficiales de inteligencia naval, y fueron conducidos, todavía con los ojos hinchados, a la sala del escuadrón del *Reagan* con el resto de sus compañeros y de otros escuadrones de marines.

Los veinticuatro pilotos permanecieron en posición de atención cuando un teniente comandante entró a la Oficina de Inteligencia Naval. Les pidió que se sentaran, les dijo que todos volarían a Japón tan pronto amaneciera, y que se reabastecerían de combustible en el camino. El escuadrón aterrizaría en la estación Iwakuni de la Infantería de Marina, donde recibirían instrucciones adicionales.

Los marines se sintieron enojados y decepcionados. La acción había ocurrido aquí en medio del mar de China Meridional y del Estrecho, y no allá en Japón. Pero el *Reagan* se estaba devolviendo y salía del rango del Estrecho, lo que Basura veía como una retirada. Y ahora les habían ordenado abandonar el portaviones y retirarse aún más lejos de la acción.

Ninguno de los pilotos quería abandonar el *Reagan*, pero todos estos jóvenes llevaban el tiempo suficiente en la Infantería de Marina como para saber que las órdenes militares no necesitaban tener una maldita pizca de sentido para ser legítimas, y entonces permanecieron sentados allá, esperando a romper filas.

Pero el teniente comandante los sorprendió de nuevo cuando les dijo que necesitarían ofrecerse como voluntarios para una misión extremadamente peligrosa. Se enterarían de más detalles en Iwakuni y de otros más cuando llegaran a su destino final.

Cada hombre que estaba en la sala se sintió confundido, intrigado y emocionado, y se ofreció como voluntario.

Aterrizaron en Iwakuni antes del almuerzo, y tan pronto se retiraron su indumentaria de vuelo recibieron ropas civiles y fueron conducidos a una sala de información. Aquí, Basura, Queso y el resto de los dos escuadrones se encontraron a sí mismos frente a un civil de la Agencia de Inteligencia de la Defensa que no dio su nombre.

Basura quedó sorprendido cuando el hombre les dijo que todos recibirían pasaportes falsos, un poco de equipaje y que subirían a un helicóptero y serían llevados al aeropuerto internacional de Osaka. Allí, abordarían un vuelo comercial a Taipei, Taiwán.

Basura y su escuadrón iban a infiltrarse en Taiwán, una isla sin presencia militar estadounidense.

La Fuerza Aérea taiwanesa había recibido recientemente el pedido de dos docenas de F/A-18 Hornets. Los marines serían enviados a Taiwán, pilotearían estos aviones y realizarían patrullajes aéreos de combate en el estrecho de Taiwán.

Los Estados Unidos no habían llevado fuerzas militares de combate a Taiwán desde 1979, pues eso habría sido considerado por China continental como una provocación abierta. La sabiduría convencional siempre había sido que las fuerzas estadounidenses en Taiwán disgustarían lo suficiente a la RPC como para lanzar misiles contra la pequeña isla y repatriarla por la fuerza. Estados Unidos no quería dar semejante excusa a China y había permanecido por fuera de la isla.

El hombre de la Agencia dijo a los pilotos que habían sido escogidos porque eran versátiles, capaces de operar con menos apoyo que las fuerzas navales y porque todos los hombres que estaban en la sala habían pasado las dos últimas semanas combatiendo frente a frente en el Estrecho con la FA del EPL.

Estaban tan endurecidos por la batalla como podían serlo.

El escuadrón encubierto recibiría algún personal de apoyo, mecánicos y de operaciones de vuelo aquí en Ikawuni, pero la mayoría del equipo terrestre estaría conformada por hombres y mujeres de la Fuerza Aérea taiwanesa que llegarían en secreto a la base.

Basura sabía que él y los otros veintitrés tipos no iban a pelear contra los chinos si estos atacaban Taiwán. Se preguntó si todo este ejercicio no era más que simple política para mostrar al gobierno de la RDC que aunque el *Reagan* y los otros portaviones del Pacífico no se iban a acercar mucho al peligro, los Estados Unidos estaban dispuestos a desplegar a algunos de sus hombres allí, en medio del Estrecho.

Le molestó pensar en él y en sus amigos como peones en una partida de ajedrez geopolítico, pero tenía que reconocer que estaba contento por la oportunidad de entrar de nuevo en acción.

El vuelo al aeropuerto internacional Taoyuan de Taiwán no tuvo incidentes, a excepción del hecho de que veinticuatro hombres estadounidenses, de edades entre los veintiséis y los cuarenta y un años de edad, todos con cortes de cabello militares, permanecían solos o en parejas en la cabina, ignorándose mutuamente.

Pasaron sin problema por Aduanas y luego se reunieron en el vestíbulo de un hotel del aeropuerto.

Un par de tipos que Basura tomó por operativos de la Agencia de Inteligencia de la Defensa los condujo a un autobús que los llevó a una parte cerrada del extenso aeropuerto internacional.

Volaron en un avión de transporte C-130 de Taipei al aeropuerto de Hualien, un aeródromo comercial emplazado en una base militar activa en las costas orientales de Taiwán. La Fuerza Aérea de la RDC volaba aviones de combate F-16 todo el año, y la parte civil del aeropuerto había sido cerrada indefinidamente debido a «maniobras de entrenamiento militar». A Basura y a los otros marines les habían dicho que estarían aislados de la gran mayoría del personal de la base para minimizar la posibilidad de filtraciones.

Adicionalmente, un Hawkeye de la Fuerza Aérea taiwanesa llevaba oficiales estadounidenses de combate aéreo, y ofrecía comando y control para los vuelos.

Los americanos fueron conducidos a un gran búnker construido dentro de una colina cerca de la pista, donde encontraron veintidós F/A-18 Hornets usados pero en buen estado, así como alojamientos y áreas operacionales destinadas a los estadounidenses.

Treinta y cuatro horas después de ser despertados a medianoche en el *Ronald Reagan*, el capitán Brandon Basura White y el mayor Scott Queso Stilton salieron del área de seguridad con sus cascos puestos, siguiendo las órdenes de seguridad operacionales que les había dado el agente de Inteligencia de la Defensa.

Ambos inspeccionaron sus aeronaves por última vez en la pista y Basura subió a la cabina de «su» Hornet, el 881. Queso subió la escalera y entró a la cabina de su aeronave asignada, la 602.

Pronto estuvieron de nuevo en el aire, haciendo patrullajes aéreos arriba del Estrecho, para después —esta era la mejor parte para Basura y los otros marines— regresar de sus misiones y aterrizar en una pista real: un tramo largo, ancho, plano e inmóvil de asfalto, y no una maldita estampilla postal balanceándose en medio del océano.

CINCUENTA Y DOS

L uego de regresar de Hong Kong, Gavin Biery pasó la última semana encerrado en su laboratorio, descifrando los secretos de la computadora manual de ByteRápido22.

Ahora que ya estaba muerto, Gavin sabía que las únicas pistas que revelaría el joven hacker estaban dentro de los circuitos que tenía en sus manos, y su labor era develarlas.

El dispositivo había sido difícil de penetrar. El primer día que trabajó en él comprendió que ByteRápido22 había instalado en su máquina un virus que podía entrar en cualquier computadora, dispositivo de recepción por Bluetooth o cualquier otro periférico que estuviera conectado de algún modo. El virus le transmitiría un RAT con un componente malicioso al dispositivo infectado, y le tomaría una foto al usuario que estaba al otro lado.

Era un código ingenioso y Gavin tardó dos días enteros en descifrarlo.

Cuando entró al disco y penetró la codificación, encontró un verdadero tesoro de información. Obviamente, casi todas las notas que encontró estaban en chino, y Zha tomaba muchas. Biery sintió pánico por la posibilidad de que la computadora tuviera otros virus instalados y entonces hizo que un traductor del tercer piso que hablaba mandarín fuera a su laboratorio después de someterse a un registro personal y, luego, el pobre joven tuvo que transcribir a mano cientos de páginas de archivos de documentos en un bloc de notas para después traducirlas en su escritorio.

Mientras el chino transcribía los documentos, Biery examinó los archivos ejecutables y descubrió otros secretos.

Un complejo sistema de carga de archivos de códigos personalizados le pareció un misterio. Examinó el código fuente del programa, pero no logró saber qué lo hacía diferente de todas las aplicaciones comerciales y gratuitas para carga de archivos. Parecía ser una pieza de software sumamente complicada.

Estaba seguro de que debía tener algo; ByteRápido22 no era la clase de hacker que construía algo muy complejo simplemente para pasar el tiempo. Biery siguió examinando el dispositivo.

Al final, el traductor chino develó el secreto de la computadora de ByteRápido22. Parecía que las notas en mandarín eran reflexiones que hacía Zha cuando no estaba trabajando. Ryan había explicado a Gavin que cuando habían seguido a ByteRápido por las calles de Hong Kong, e incluso cuando estaba sentado en el club, el joven parecía escribir a todas horas en la computadora. Biery entendía al muchacho: era igual a él. Cuando no estaba trabajando, Gavin siempre estaba con su computadora en casa o tomando pequeñas notas de audio en su auto, ideas que se le ocurrían en ese momento y que grababa para recordarlas después.

La mayoría de las notas de Zha eran sólo ideas, y muchas eran tontas o completamente extrañas: «Quiero piratear el sitio web del palacio de Buckingham y poner una foto del presidente Mao sobre la cabeza de la reina» o «Si pudiéramos disparar con nuestros cohetes estabilizadores a la Estación Espacial Internacional, ¿podríamos tener al mundo entre la espada y la pared para evitar que la EEI chocara contra un satélite?».

También había un plan detallado para tomar el control del bombeo de insulina a control remoto de un paciente diabético al examinar el receptor de superheterodino y piratearlo con una antena direccional, presumiblemente con el fin de incrementar el flujo de insulina en el torrente sanguíneo del paciente y matarlo a cien pies de distancia. A partir de sus notas, era claro que Byte-Rápido22 había hecho algunas pruebas con ese equipo y que había ordenado recientemente un receptor a una compañía en Marsella, que esta debía enviar a un buzón postal en Mong Kok.

Sin embargo, muchas de las notas contenían un gran valor de inteligencia. «Hablar con Centro acerca del descubrimiento referente a las medidas de protección segura de la represa hidroeléctrica» o «Los servidores de comando de Ucrania tienen la misma estabilidad que la red de energía eléctrica local. Kharkov = mejor que Kiev. Discutir con Centro la necesidad de que Data Logistics redirija el tráfico lejos de Kiev antes de adoptar la siguiente etapa».

La mayoría de las notas planteaban a Biery más preguntas que respuestas, pero logró encontrar la explicación para la aplicación masiva y complicada de la carga de archivos. A partir de una nota que Zha había tomado sólo una semana antes de ser capturado por los SEALs de la Fuerza Naval, Gavin descubrió que se trataba de un malware elaborado manualmente por Zha que permitiría a un hacker cargar un virus por medio del Criptograma, el sistema de mensajería instantánea que utilizaba Centro, y que era considerado prácticamente imposible de piratear. Gavin había estudiado el Criptograma, pero no había investigado el software con la profundidad suficiente como para reconocer fácilmente el código escrito por Zha. Cuando vio la explicación simple en el documento en mandarín, examinó de nuevo el código y advirtió que el cargador no tenía nada de simple. Era brillante e intricado, y Biery vio que el código estaba escrito de un modo diferente y que un numeroso equipo de *coders* había participado en su construcción.

Eso era interesante. Zha había sido visto en Hong Kong con otros conocidos hackers chinos. Aquí había más evidencia de que ellos estaban trabajando realmente juntos en un malware informático de alto nivel.

La segunda gran revelación que contenían las notas de Byte-Rápido fue una sorpresa incluso mayor. El joven hacker chino utilizaba códigos de palabras para referirse a personas, y nombres genéricos para lugares, y Gavin comprendió rápidamente que no podría descifrar los códigos a menos de que estuviera dentro de la cabeza de Zha Shu Hai. Pero Zha cometió un desliz en uno de sus documentos. Había mencionado el «servidor de comando de Miami» cuatro veces antes en una larga nota personal que trataba acerca de exfiltrar información de un contratista de defensa anónimo de EE. UU., pero la quinta vez se refirió a la ubicación como al «servidor de comando BriteWeb».

Gavin salió de inmediato de su laboratorio esterilizado, se apresuró a su oficina, entró en línea y buscó BriteWeb en Miami. Obtuvo información instantánea. Era una organización de diseño Web y de almacenamiento de datos localizada en Coral Gables. Un poco más de investigación demostró que el negocio era propiedad de una compañía *holding* en Gran Caimán.

Gavin cogió el teléfono, llamó a uno de sus empleados, le pidió que suspendiera todo y que investigara a esta compañía.

Una hora después, Gavin estaba de nuevo en el teléfono, esta vez llamando a Sam Granger, director de operaciones.

—Buenos días, Gavin.

—¿Qué tan pronto puedes reunir a todos en la sala de conferencias?

—¿Tienes algo? —respondió Granger.

—Sí.

—Te espero en veinte minutos.

Veinticinco minutos después, Gavin Biery permanecía al fondo de la mesa de conferencias. Frente a él estaba toda la plantilla de operadores del Campus, así como Gerry Hendley y Sam Granger.

—¿Qué nos tienes? —le preguntó Hendley cuando todos se habían acomodado.

—Me falta recorrer un largo camino para descubrir todos los secretos del dispositivo, pero mientras tanto, he localizado unos de los servidores de comando de Centro.

—¿Dónde está?—preguntó Chávez.

—En Miami. Coral Gables. Sesenta y dos Place, en el Suroeste.

—¿En Miami? —Granger estaba claramente sorprendido—. ¿Así que esa es la ubicación de comando y control de la operación de pirateo? *¿Miami?*

—No. Es uno de los lugares de *botnets* dirigidos por Zha y Tong que envían información extraída de computadoras pirateadas. Sin embargo, parece que esto no fuera apenas un servidor benigno que es pirateado como un sitio para descargar información. Por la forma en que está constituida la compañía, es evidente que los propietarios de este servidor sabían muy bien que iban a utilizar el hardware para propósitos nefastos. Es un servidor de economía de bajos fondos. Indudablemente dirigido por cabrones oscuros. Tienen un punto de descarga cercano, así que pueden recibir dinero en efectivo y artículos.

—¿Estamos hablando de actos criminales?

—Sí —respondió Gavin—. No hay ninguna duda. Ellos están ocultando la identidad de los propietarios del servidor detrás de las compañías «pantalla» y de información falsa de registro. El propietario de la compañía es ruso, su nombre es Dmitry Oransky, la conformó en las islas Caimán y vive en los Estados Unidos.

—Mierda —dijo Granger—. Estaba esperando... confiando que fuera en otro país.

—Habrá otros servidores de comando en una *botnet* tan grande como esta —replicó Gavin—. Probablemente algunos estarán en Estados Unidos y otros en el extranjero. Pero definitivamente, este es parte de la operación, y los tipos que lo dirigen definitivamente no están siguiendo las reglas.

—Si está atacando a los Estados Unidos, ¿por qué estaría aquí, en nuestro país? ¿Acaso no saben que así nos queda más fácil cerrarlo? —dijo Driscoll.

—A los tipos malos les *gusta* tener sus servidores en los Estados Unidos. Tenemos una red eléctrica estable, nuestra banda ancha es barata y está en todas partes y gozamos de unas políticas a favor de los negocios que reducen considerablemente los trámites burocráticos que no gustan a los gánsteres. Estos pueden estar completamente seguros de que un camión lleno de soldados o de policías no irá a medianoche a sacar a ellos y a sus equipos sin que los federales interpongan largos obstáculos legales que les den tiempo para librarse y quedar en libertad.

Gavin vio que la mayoría de los asistentes no entendía realmente.

—Ellos creen que pueden esconder el origen de sus servidores de comando, así que, ¿por qué no ponerlos delante de nuestras narices? El hecho es que eso funciona condenadamente bien el noventa y nueve por ciento de los casos.

—Aunque Miami no sea el nervio central de toda esta operación, está claro que la dirección en Coral Gables es una parte del rompecabezas, y necesitamos investigarla —dijo Dom Caruso.

Sam Granger levantó la mano.

—No tan rápido. Tengo mis reservas de que ustedes envíen a sus tipos a una operación en territorio estadounidense.

—No es que no lo hayamos hecho antes.

—Es cierto. Por ejemplo, la operación Nevada. Pero esa fue una situación diferente. Sabemos que sin importar quiénes sean, Tong y su gente nos han atacado directamente, y tienen pruebas de que pueden hacer colapsar nuestro sistema con facilidad. Este no es el momento de ir y combatir contra estadounidenses en Estados Unidos. Ningún perdón del papá de Jack nos servirá si somos identificados y sorprendidos en un operativo judicial a nivel local o estatal.

—Miren —dijo Jack Ryan—. Nuestro enemigo es extranjero; eso está claro. Sólo que algunos de sus recursos están aquí. Propongo simplemente que vayamos y echemos un vistazo. No estoy diciendo que irrumpamos en el lugar con chalecos blindados, sino que hagamos un reconocimiento simple. Tomamos un par de fotos a los tipos que trabajan allá, investigamos sus orígenes y a sus asociados conocidos, y eso nos podrá llevar al siguiente eslabón de la cadena.

Granger negó con la cabeza.

—Me gustaría hacerlo, pero eso sería meternos en arenas movedizas. Tu papá no organizó esta operación para que pudiéramos espiar a ciudadanos estadounidenses.

—Los cabrones son cabrones, Sam. No importa de qué color sean sus pasaportes —replicó Jack.

Sam sonrió al oír esto, pero era evidente que había tomado una decisión.

—Le informaremos al FBI sobre el servidor de comando. Pensaremos en los detalles acerca de cómo les notificaremos. Pero mientras tanto, el Campus permanecerá al margen de esto.

Dom y Jack asintieron. Ninguno de los dos lo entendía realmente, pero Sam era su jefe, y eso era todo.

La reunión concluyó poco después, pero Gavin Biery pidió a Ryan que fuera con él a su oficina. Una vez allí, Biery le dijo:

—No quería discutir esto en la reunión porque, en este punto, todo lo que tengo es una teoría, pero quería contártela porque tal vez sea necesario hacer algún trabajo paralelo a las operaciones del Campus.

—Cuéntamela. Ya que no podemos ir a investigar a Miami, me gustaría trabajar un poco.

Gavin levantó una mano.

—No tengo nada para ti ahora. Esto puede tomar varios días. Pero si trabajo bastante, podría hacer una ingeniería inversa a dos partes del malware que encontré en la computadora de Zha y tener con esto un arma muy poderosa.

—¿Qué tipo de arma?

—Zha construyó un sistema oculto de entrega que permite a alguien enviar malware por medio del Criptograma, y le introdujo a su dispositivo un virus que infecta a cualquier unidad que se conecte con su dispositivo con una versión de su software RAT.

—Lo que hace que él pueda ver a través de la cámara.

—Correcto.

Jack tardó un poco en entender.

—Entonces... ¿estás diciendo que podrías construir un nuevo virus que se puede transmitir por el Criptograma para infectar la computadora del otro lado, y luego tomarle una foto a la persona que la maneja?

Biery asintió.

—De nuevo, es una teoría. Y además, tendrías que encontrar una computadora que utilice alguien para conectarse con Centro. No se puede hacer con la computadora manual de Zha porque Centro sabrá que está «quemada» y nunca se comunicaría con ella. Tampoco se puede hacer con el Disco de Estambul, exactamente por la misma razón. Pero sí podría hacerse con un dispositivo nuevo, utilizado por alguien en quien Centro confíe. Si Centro abriera una conversación en el Criptograma, aceptara el saludo digital de la otra parte y luego admitiera un archivo cargado por la otra persona... entonces podríamos echarle un vistazo a Centro.

En términos generales, Jack veía que Gavin se entusiasmaba cuando hablaba de lo que podía hacer con los códigos informáticos, pero Gavin parecía mucho más taciturno de lo normal.

Jack quiso animarlo.

—¿Entiendes lo importante que sería eso para el Campus? Mierda, ¿lo importante que sería para Estados Unidos?

—Sin embargo, no prometo nada —dijo Gavin—. No va a ser fácil.

Jack le dio una palmadita en el brazo.

—Confío en ti.

—Gracias, Ryan. Trabajaré en el código mientras tú te encargas de encontrar a una de las personas de Centro que sea lo suficientemente estúpida como para caer en la trampa.

Dos horas después, Ryan estaba sentado en su escritorio. Sintió una presencia, miró y vio a Dom detrás de él con una sonrisa en la cara.

—Oye, primo. ¿Algún plan interesante para el fin de semana?

Ryan negó con la cabeza.

—No. Melanie dice que trabajará el sábado. Pensé en venir acá y hacer algo. Creo que podríamos inventarnos algo después del trabajo. ¿Por qué, pasa algo?

—¿Hace cuánto que no nos vamos juntos de vacaciones?

Jack desvió su mirada del monitor.

—¿Alguna vez nos hemos ido juntos de vacaciones? ¿Es decir, salvo cuando éramos niños?

Tony Wills, el compañero de cubículo de Jack, estaba almorzando y Caruso se sentó en su silla. Se acercó a Ryan. Le dijo en un tono cómplice:

—Hace mucho tiempo.

Jack presintió problemas.

—¿En qué estás pensando, muchacho?

—Hemos trabajado muy duro. Simplemente estaba pensando

que podríamos salir temprano esta tarde e irnos a alguna parte el fin de semana. Dos tipos que se desahogan un poco.

Jack Ryan ladeó la cabeza.

—¿Dónde estás pensando en desahogarte?

Dom Caruso no respondió. Se limitó a sonreír.

Jack respondió su propia pregunta:

—Miami.

—¿Y por qué no? Tomamos un vuelo comercial, conseguimos un par de habitaciones en South Beach, comemos deliciosa comida cubana... —Dom se fue apagando al final y, de nuevo, Ryan terminó su pensamiento.

—Vamos a Coral Gables y tal vez le echemos un vistazo rápido al Sesenta y Dos Place del Suroeste. ¿Ese es tu plan?

Dom asintió.

—¿Quién se va a enterar? ¿A quién le va a importar?

—¿Y no se lo decimos a Granger?

—¿Tenemos que decirle a Granger lo que vamos a hacer cada fin de semana?

—Y si no se lo decimos a él ni a nadie, ¿qué sentido tiene ir?

—Mira, no nos acercaremos mucho ni nos comprometeremos. Simplemente vamos a echar una mirada. Tal vez anotemos algunos números de chapas en el estacionamiento, sigamos a un *nerd* informático a su apartamento de *nerd* informático y consigamos una dirección.

—No lo sé —replicó Jack. Pero como dijo Dom, él sabía que los dos podían hacer lo que quisieran en su tiempo libre.

Pero también sabía que eso sería infringir la esencia de las instrucciones de Sam Granger, y probablemente las instrucciones en sí. Aunque no estarían trabajando para el Campus si viajaban a Miami, de todos modos se trataba de una línea muy delgada.

—¿Quieres permanecer sentado todo el fin de semana en tu casa o quieres hacer algo que simplemente haga una diferencia? De nuevo, si no resulta nada, no hay daños ni perjuicios. Pero si conseguimos una inteligencia accionable, se la pasamos a Sam y le pedimos disculpas. Ya sabes cómo son las cosas. Algunas veces es mejor pedir perdón que permiso.

Este argumento convenció a Jack. Se vio preguntándose qué podía lograr si aceptaba la propuesta de su primo. Lo pensó un poco más y sonrió con picardía.

—Primo, tengo que reconocer que me encantaría un buen mojito.

Caruso sonrió.

—Ese es mi chico.

CINCUENTA Y TRES

Dominic y Jack llegaron a Miami a finales del viernes por la tarde. Habían tomado un vuelo comercial y el avión les pareció como de la Edad de Piedra comparado con el avión G-550 de la compañía Hendley, pero el vuelo fue puntual y ambos durmieron la mayoría del trayecto.

Iban desarmados, aunque llevar un arma en un vuelo comercial en los Estados Unidos no es ilegal. El porte de un arma oculta y con licencia estaba permitido en la Florida, y ellos podrían haber viajado a Miami con armas descargadas y con el seguro puesto, pero eso suponía demoras y llenar formularios y decidieron que no querían pasar por eso. Tenían órdenes para no ejecutar una operación formal de vigilancia en la ubicación del servidor de comando, y también sabían que si Sam llegaba a enterarse, el hecho de no haber llevado sus armas sería un argumento en su defensa, señalando así que no habían viajado para hacer «negocios oficiales».

Era una discusión bizantina, y Jack no se sentía muy bien al respecto, pero creía que los operadores del Campus debían poner sus ojos en la ubicación del servidor de comando.

Alquilaron un Toyota común de cuatro puertas y se dirigieron a Miami Beach, donde encontraron un motel barato de una estrella y media. Dominic alquiló dos cuatros por dos noches y pagó en efectivo mientras Ryan esperaba en el auto. Fueron a sus habitaciones contiguas, dejaron su equipaje en las camas y regresaron al estacionamiento para subir al Toyota. Treinta minutos después de haberse registrado en el motel, estaban caminando por la avenida Collins, entre multitudes de aficionados a las playas y de turistas de fin de semana. Recorrieron dos cuadras hasta Ocean Drive y se sentaron en el primer bar que vieron y que, al igual que la mayoría de los sitios nocturnos en la noche de un viernes en Miami, tenía una gran cantidad de mujeres hermosas.

Cuando se habían tomado un mojito y ordenado otro, hablaron sobre su plan del fin de semana.

—Mañana a primera hora vamos a Coral Gables —dijo Dom.

—¿A plena luz del día? —preguntó Jack.

—Claro. Sólo un reconocimiento liviano. No lograremos mucho más en este viaje. Ya viste la calle en los mapas de Google. No habrá oportunidad de desaparecer allá, así que tendremos que permanecer en movimiento, ya sea a pie o en el auto.

—¿Seguro que no quieres ir ahora?

Dominic miró a las mujeres hermosas que había en el bar.

—Primo, tal vez *tú* ya no estés soltero. Pero yo sí. Y tengo un corazón.

Ryan se rio.

—Todavía estoy soltero. Pero no quiero buscar nada ahora.

—Claro. Veo que te derrites cuando Melanie te llama. Diablos, muchacho, tu voz sube media octava cuando hablas con ella.

Jack renegó.

—No. Por favor, dime que no es así.

—Lo siento, pero ella te tiene en la palma de la mano.

Jack estaba reaccionando todavía a la posibilidad de que los tipos en la oficina supieran cuando él hablaba con Melanie por teléfono. Suspiró y dijo:

—Tuve suerte con ella.

—No es suerte. Eres un buen tipo. Te la mereces.

Permanecieron algunos minutos en silencio mientras bebían los mojitos. Ryan estaba aburrido; miró su teléfono para ver si Melanie le había enviado mensajes de texto, mientras que Dom miraba a una hermosa colombiana que estaba en el bar. Ella le sonrió, pero pocos segundos después apareció su novio, la besó y se sentó en el taburete de al lado. El hombre parecía un defensa de los Dolphins. Caruso sonrió mientras negaba con la cabeza, y terminó su mojito de un trago.

—Mierda, primo. Vamos a echarle una mirada al servidor de comando.

Un segundo después, Ryan ya había sacado un par de billetes de veinte de la billetera. Los dejó en la mesa y se dirigieron al auto alquilado.

Era casi medianoche cuando encontraron la dirección. Pasaron despacio a un lado del lugar y observaron el estacionamiento y la entrada. El letrero decía que BriteWeb era una compañía de almacenamiento de datos para individuos y pequeños negocios. Había luces encendidas dentro de la edificación de dos pisos, y algunos autos en el pequeño estacionamiento.

Doblaron por la esquina y vieron un pasillo techado, pequeño e iluminado que conducía al centro de la edificación.

Jack sintió de inmediato que se le erizaban los pelos de la nuca. Dominic se limitó a silbar y dijo:

—No parecen ser *nerds* informáticos.

Dos jóvenes estaban fumando cigarrillos al lado de la puerta del pasillo. Ambos vestían camisetas apretadas y pantalones caqui estilo cargo. Los dos medían más de seis pies y eran musculosos. Tenían pelo rubio, mandíbulas cuadradas y narices anchas y eslavas.

—¿Crees que sean rusos?

—Sí —dijo Jack—. Pero dudo de que alguno de los dos sea Dmitri Oransky, el dueño del lugar. Parecen ser guardias de seguridad.

—Podrían ser de la mafia rusa. Están por todo el sur de la Florida —dijo Dom.

—Quienesquiera que sean, nos descubrirán si seguimos pasando por aquí a esta hora de la noche. Regresemos mañana.

—Buena idea.

—¿Qué tal si conseguimos dos vehículos nuevos, sólo para asegurarnos de que no estemos comprometidos? Marcas y modelos diferentes. Estamos en el sur de la Florida y tendrán autos con vidrios oscuros, lo cual nos facilitará las cosas. Con dos autos duplicaremos nuestro tiempo en el objetivo sin que los matones que vigilan la calle sospechen nada extraño. Necesitamos tomar fotos de todos los que entren y salgan.

—Entendido.

A nueve mil millas de allí, en un edificio de catorce pisos en Guangzhou, una mujer de veintitrés años se inclinó para examinar una imagen en su monitor. Cinco segundos después presionó una tecla y escuchó un pitido breve y bajo en sus auriculares.

Permaneció en silencio, viendo la imagen en tiempo real

desde Miami mientras esperaba que Centro aceptara su videoconferencia. Había visto a Centro entrar pocos minutos antes, así
que podía estar en la sala de conferencias y no en su oficina. En
ese caso, tomaría la llamada en su auricular VOIP y no en la función de videoconferencia de su computadora. No lo llamó aunque
él pudiera estar en la sala. Si alguien hacía eso, parecería como la
sala de operaciones de la Bolsa Mercantil de Chicago.

La figura del doctor Tong apareció en el monitor de su computadora al lado de la imagen en Coral Gables.

Él miró desde su escritorio.

—Centro.

—Centro, escritorio treinta y cuatro.

—¿Sí?

—Objetivo Hendley Asociados, Maryland, Estados Unidos.
Personalidad Jack Ryan, junior y personalidad Dominic Caruso.

—¿Han llegado a la Florida?

—Afirmativo. Están realizando vigilancia en el servidor de
comando en la ubicación de allá. Los tengo en tiempo real en un
vehículo alquilado a sólo una cuadra de la ubicación de BriteWeb.

—Alerta a los activos locales. Notifícales que una fuerza
desconocida ha comprometido el servidor de comando. Dales la
información de su hotel, la identificación del vehículo y las des-
cripciones personales. No les reveles las identidades de las perso-
nalidades a los activos locales. Instrúyelos para que eliminen a los
objetivos. Hemos permitido que esto continúe por el tiempo suficiente.

—Entendido.

—Luego pide a Data Logistics que desvíe el flujo de datos del
servidor de comando de Miami. Esa operación se cierra a partir
de ahora. Con la muerte de Jack Ryan, junior, habrá una investi-

gación detallada del incidente y no debemos dejar ninguna huella que conduzca al Barco Fantasma.

—Sí, Centro.

—Data Logistics podrá despachar a través del servidor de comando de Hong Kong hasta que puedan encontrar una solución permanente.

—Sí, Centro.

La controladora de veintitrés años desconectó la llamada y abrió la aplicación del Criptograma en uno de sus monitores. Pocos segundos después estaba conectada con una computadora en Kendall, Florida, propiedad de un ruso de treinta y cinco años que vivía en Estados Unidos con una visa de estudiante expirada.

Doce minutos y treinta segundos después de que Centro hablara con su oficial de escritorio, un teléfono celular sonó en el bolsillo de un ciudadano ruso-estadounidense que estaba en un club nocturno en Hollywood Beach, Florida.

—¿Da?

—Yuri. Es Dmitri.

—¿Sí, señor?

—Tenemos una situación. ¿Los muchachos están contigo?

—Sí.

—Saca un bolígrafo y anota esta dirección. Se divertirán en serio esta noche.

Jack y Dom regresaron al motel de mala muerte y se tomaron una cerveza en el pequeño patio adyacente al cuarto de Ryan. Terminaron sus cervezas alrededor de la una y media y Dom comenzó a dirigirse a su cuarto, pero decidió que primero iría a comprar una botella de agua en la máquina del pasillo.

Abrió la puerta que conducía al pasillo y se encontró mirando el cañón de una pistola automática, larga y negra.

Ryan todavía estaba en el patio. Apareció a tiempo para ver a los hombres que saltaron la cerca baja. Ambos le estaban apuntando con sus pistolas.

—Entra al cuarto —le dijo un hombre con un fuerte acento ruso.

Jack levantó las manos.

Uno de los rusos trajo dos sillas de aluminio del patio, y obligaron a Ryan y a Caruso a sentarse en ellas. El más bajito de los tres matones tenía una bolsa deportiva de lona, de la cual sacó un enorme rollo de cinta adhesiva. Mientras los otros dos permanecían en un extremo del cuarto, el ruso pasó la cinta por los pies de Jack y luego de Dom, atándolos a las patas de las sillas, y después hizo lo mismo con sus manos detrás de los respaldos.

Ryan se sentía demasiado asombrado como para hablar; sabía que no habían sido seguidos al motel y no podía imaginar cómo los habían localizado.

Los tres hombres tenían caras de pocos amigos, y también parecían tener sólo músculos. Jack sabía que ellos no eran los cerebros detrás de esta operación, o de ninguna otra más complicada que atarse los cordones de los zapatos o disparar sus pistolas.

Seguramente eran los matones de Dmitri y todo parecía indicar que este quería matar a Ryan y a Caruso.

Dom intentó hablar con los hombres.

—¿De qué se trata todo esto?

—Sabemos que ustedes nos están espiando —dijo el líder del trío.

—No sé de qué demonios estás hablando. Simplemente vinimos a la playa a pasar el fin de semana. Ni siquiera sabemos quién...

—¡Cállate!

Cada fibra de Ryan estaba concentrada en prepararse para actuar. Sabía que no tendría posibilidades si tenía los pies atados, pues no podía moverse ni pelear.

No vio ninguna posibilidad. Los dos hombres que le apuntaban con sus pistolas estaban al otro lado de la cama, fácilmente a diez pies de él. Jack sabía que le era imposible arrebatarles las armas antes de que ellos dispararan.

—Miren. No queremos ningún problema. Simplemente estábamos siguiendo órdenes —dijo Jack.

—¿Sí? Bueno, tu jefe tendrá que conseguir un nuevo equipo, porque los dos niños lindos que son ustedes morirán pronto —respondió el hombre a cargo.

El hombre de la bolsa sacó un cable negro y se lo pasó a su jefe. Ryan tardó un segundo en ver los lazos en cada extremo e identificó el artilugio.

Era un garrote, un dispositivo de asesinato que se colocaba en el cuello de la víctima y luego se halaba desde atrás para estrangularla.

Ryan habló más rápido.

—Ustedes no entienden. Nuestro jefe es el mismo de ustedes.

—¿De qué estás hablando?

—Centro nos envió. Dice que Dmitri se está robando la transferencia que supuestamente se debe dividir por partes iguales entre ustedes. Es por eso que estamos aquí.

—¿De qué estás hablando?

Caruso siguió el juego de Jack.

TOM CLANCY

—Centro pirateó la computadora y el teléfono de Dmitri: él los está estafando.

—Se están inventando una mentira para que no los matemos —dijo uno de los hombres que estaban al otro lado de la cama.

—Tengo pruebas en mi computadora portátil. Es una conversación por el Criptograma en la que Centro le dice a Dmitri cuánto les tiene que pagar a ustedes. Puedo mostrárselas —dijo Jack.

—No vas a mostrarnos ni mierda —replicó el mismo hombre—. Estás mintiendo. ¿Por qué le importaría a Centro que nos paguen?

—Porque Centro exige que sus agentes hagan lo que él diga. Ustedes *deben* saber eso. Él le dice a tu jefe que te pague cierta cantidad y espera que él lo haga. Dmitri los está esquilmando a ustedes, y Centro nos envió para encargarnos de eso.

Caruso agregó:

—Sí. Hace pocos meses nos envió a Estambul para eliminar a unos tipos que lo estaban engañando.

El líder ruso que estaba contra la pared señaló:

—Dmitri me dijo que Centro quería que nos encargáramos de ustedes.

Jack y Ryan se miraron. ¿Centro sabía que ellos estaban aquí en Miami? ¿Cómo lo había sabido?

Pero Jack reaccionó con rapidez.

—¿Eso fue lo que te dijo Dimitri? Puedo *demostrar* que es falso.

—¿Cómo?

—Déjame entrar al Criptograma. Puedo hablar con Centro en menos de dos minutos y ustedes podrán confirmar con él.

Los tres matones comenzaron a hablar rápidamente en ruso.

—¿Y cómo sabremos si es realmente él? —preguntó uno de ellos.

Jack se encogió de hombros.

—Muchacho. Es Centro. Pregúntale cualquier cosa. Pregúntale por tu organización. Pregúntale por las operaciones que hayas hecho para él. Demonios, pregúntale qué día es tu cumpleaños y él lo sabrá.

Ryan sabía que su argumento había convencido a los rusos.

Ellos conversaron de nuevo, y uno se guardó la pistola en la funda y se acercó al escritorio.

—Dame tu contraseña. Confirmaré con Centro en tu computadora.

Ryan negó con la cabeza.

—Eso no funcionará. Él puede ver por la cámara. Mierda. ¿Cuánto tiempo llevan ustedes en el trabajo? Verá que no soy yo y no aceptará la conversación. Bloqueará la computadora y, conociendo a Centro, seguramente enviará otro equipo aquí a Miami para matar a todos los que trabajan para él, empezando por el idiota que entró a mi computadora.

—Estás exagerando —dijo el ruso que estaba en el escritorio. Sin embargo, dio un paso atrás de la computadora, alejándose de la cámara.

—Confía en mí —dijo Jack—. Los chinos se toman muy en serio su seguridad.

—¿Los chinos?

Jack se limitó a mirar al hombre.

—¿Centro es chino? —preguntó otro de los rusos.

—¿Están hablando en serio? —dijo Jack y luego miró a Dom, quien se limitó a negar con la cabeza como si estuviera frente a unos imbéciles.

—Muchachos, ¿ustedes son nuevos?

—No —dijo el ruso más bajito.

El hombre que estaba cerca del escritorio vociferó una orden y otro ruso sacó un cuchillo plegable de su chaqueta y lo abrió con destreza. Cortó la cinta que Ryan tenía en los tobillos y las muñecas, y Jack se levantó de la silla metálica. Miró por encima de la espalda a Caruso mientras caminaba diez pies. Dominic actuó con discreción y permaneció sentado observando.

Ryan miró al matón principal.

—Déjame conectarme con Centro, explicarle la situación y luego conversas con él.

El ruso asintió y Jack supo que había logrado engañar a los tres hombres armados, quienes tan sólo un minuto atrás iban a matarlo a él y a su primo.

Se arrodilló frente a su computadora portátil, dolorosamente consciente de que los tres rusos lo miraban. El más cercano estaba a sólo dos pasos a su derecha, el otro se encontraba todavía al otro lado de la cama con la pistola en la mano y apuntando al suelo, y el tercero, el que había liberado a Ryan, permanecía al lado de Caruso con el cuchillo en la mano.

Jack tenía un plan, pero estaba incompleto. Sabía que no podría hablar con Centro en el Criptograma, pues ni siquiera tenía el software en su computadora, así que estaba a pocos segundos de enfrascarse en una verdadera pelea en el cuarto. Y aunque se sentía razonablemente seguro de que podía encargarse de uno de los tres matones en una pelea mano a mano, le era imposible llegar hasta el tipo que estaba al otro lado de la cama.

Necesitaba un arma y la más cercana era la que estaba en la funda debajo de la camisa del hombre que tenía al lado.

Jack, que estaba arrodillado frente a la computadora, lo miró.

—¿Y? —dijo el ruso.

—Tal vez no me comunique con Centro —dijo Jack con un tono mucho más fuerte que cuando estaba atado a la silla.

—¿Por qué no? —preguntó el ruso.

—Ustedes no van a hacernos nada. Simplemente están fanfarroneando.

—¿Fanfarroneando? —El ruso se sintió confundido. El americano que tenía al lado acababa de pasar varios minutos tratando de convencerlo para que lo dejara usar su computadora. Y ahora estaba diciendo que no lo haría—. No estoy fanfarroneando.

—¿Qué? ¿Vas a ordenar a tus pequeños compañeros que me den una paliza?

El líder negó con la cabeza y sonrió.

—No. Ellos te matarán.

—Ah. Ya veo. Tienes a estos tipos contigo para que hagan la mierda que te asusta tanto que no puedes hacerla solo. —Jack negó con la cabeza—. El típico cobarde ruso.

¡Saca tu arma! —gritó Jack con su voz interior. Era la única oportunidad que él y Dom tenían de sobrevivir unos pocos segundos más.

La cara del hombre se enrojeció de furia y metió la mano debajo de su camisa roja de seda, en dirección al apéndice.

Bingo —pensó Jack, saltando y tratando de agarrar con sus dos manos el arma que estaba empezando a asomar debajo de la seda.

El hombre trató de retroceder, pero Ryan había pasado muchas horas practicando arrebato de armas y sabía lo que hacía. Mientras utilizaba su cuerpo para embestir al ruso, haciéndolo retroceder, empujó la boca de la pistola hacia abajo y a su izquierda para quedar por fuera de la línea de fuego en caso de que el ruso lograra disparar. Con el mismo movimiento consiguió girar la pistola, dirigirla contra el dedo índice y romperle una falange al ruso. Mientras este gritaba, Jack metió el dedo en el compartimiento del gatillo y giró el arma casi a ciento ochenta grados al tiempo que el ruso la seguía sosteniendo con la mano. Jack presionó el dedo fracturado del ruso contra el gatillo.

Los dos disparos impactaron al ruso que estaba al otro lado de la cama. El hombre giró en sus talones y cayó al piso.

Mientras el ruso que estaba más cerca de Jack caía de espaldas en dirección a la cama, Jack logró arrebatarle el arma, la puso en posición de combate, y le disparó dos veces al estómago a una distancia de menos de tres pies. El matón ruso murió antes de derrumbarse sobre el colchón.

Jack se dio vuelta hacia el hombre que estaba a la derecha de Dom, pero antes de apuntarle supo que estaba en problemas. Apenas se dio vuelta vio que el hombre estaba levantando la mano encima de su cabeza y le lanzaba el cuchillo.

Jack se tiró al suelo sin detonar la pistola; no quería arriesgarse a dar un balazo a su primo mientras hacía disparos indiscriminados al mismo tiempo que esquivaba un cuchillo.

El cuchillo pasó cerca de su cabeza y se clavó en la pared.

El ruso sacó una pistola de los pantalones mientras Jack miraba hacia arriba. El hombre era rápido... incluso más que Ryan.

Pero Jack ya tenía su Glock en la mano. Le disparó dos veces al pecho, el ruso se estrelló contra la pared y luego cayó al suelo, entre la silla de Dom y la cama.

Caruso trató de quitarse la cinta mientras Ryan tardaba un momento para asegurarse de que todos los rusos estuvieran muertos.

—Buenas ideas y maravillosos tiros —dijo Dom.

Jack quitó las cintas a su primo.

—Necesitamos salir de aquí en sesenta segundos.

—Entendido —dijo Dom, apresurándose al otro lado de la cama para agarrar su bolsa y guardar sus artículos personales.

Ryan sacó los teléfonos móviles y las billeteras a los rusos, recogió su bolsa, guardó su computadora en ella y corrió al baño, donde cogió una toalla. Tardó diez segundos en limpiar cualquier superficie que hubiera tocado y otros diez para cerciorarse de que no dejaba nada en el cuarto.

Mientras se apresuraban al estacionamiento oscuro, Jack dijo:

—¿La cámara de seguridad?

—Sí. La caja está detrás del contador; la vi.

—Iré por el auto.

Caruso entró al vestíbulo. Sólo había un empleado, quien miró desde el teléfono al ver que Dom se acercaba con determinación al mostrador.

El hombre colgó el teléfono y dijo con nerviosismo:

—Acabo de llamar a la policía. Vienen en camino.

—Yo *soy* la policía —replicó Caruso, saltando por encima del mostrador, apartando al empleado y presionando el botón de expulsión del sistema de grabación de la cámara de seguridad del hotel—. Necesitaré esto para las evidencias legales.

Era innegable que el empleado no le creía, pero no hizo ningún movimiento para detenerlo.

Jack detuvo el Toyota frente a la entrada del vestíbulo y Dom subió con rapidez. Se alejaron mucho antes de que llegara la policía.

—¿Y ahora qué? —preguntó Ryan.

Caruso recostó la cabeza con fuerza contra el apoyacabezas en señal de frustración.

—Llamaremos a Granger, le contaremos lo que pasó y luego regresaremos para que nos griten.

Ryan renegó y apretó el volante, la adrenalina bombeando por todo su cuerpo mientras conducía.

Sí. Parecía que las cosas sucederían exactamente así.

CINCUENTA Y CUATRO

La llamada entre el presidente de los Estados Unidos Jack Ryan y el presidente de la República Popular China Wei Zhen había sido originalmente una iniciativa de Ryan; quería tratar de dialogar con Wei porque, sin importar lo que este había dicho públicamente, Ryan y la mayoría de sus principales asesores sentían que Su estaba presionando el conflicto en el Estrecho y en el MCM más de lo que le agradaba a Wei.

Ryan sentía que podía acudir a Wei y recordarle el peligroso sendero que estaba transitando su país. Tal vez no lograra nada, pero Ryan sintió que debería tratarlo al menos.

El personal de Wei se contactó con el embajador Ken Li el día anterior y concertó una hora a la tarde siguiente, hora china, para que los dos presidentes hablaran.

Jack se encontró en la Oficina Oval antes de la llamada, reunido con Mary Pat Foley y el director de la CIA Jay Canfield, tratando de decidir si debía mencionar los asesinatos en Georgetown al presidente chino. Foley y Canfield tenían la certeza de que Zha había sido asesinado para silenciarlo antes de que revelara la participación de China en los ataques cibernéticos que estaban sucediendo en Occidente, especialmente en los Estados Unidos.

Sabían poco acerca del doctor K. K. Tong y de su organización, pero mientras más indagaba la NSA en la operación, más seguros estaban de que se trataba de un asunto ejecutado por los chinos, y no de alguna conexión entre las Tríadas y el cibercrimen que operaba desde Hong Kong. La participación de Zha en el pirateo de los UAVs parecía evidente, la acusación infundada a los iraníes de estar involucrados en el código había sido desestimada por los *geeks* de la NSA, y los crecientes ataques contra importantísimas redes gubernamentales de Estados Unidos llevaban la impronta del código de Zha.

Su evidencia era circunstancial, pero persuasiva. Ryan creía que China estaba detrás de los ataques a las redes y a los UAVs, y también que los asesinatos de Georgetown eran producto de una operación gubernamental, es decir, del gobierno chino.

Además de esto, Canfield y Foley querían sangre por la muerte de los cinco oficiales de inteligencia, algo que Jack entendía muy bien, aunque ahora se encontró representando el papel de abogado del diablo. Les dijo que necesitaba pruebas más concretas de que el EPL y/o el MSE estaban dirigiendo la red de Centro antes de poder acusar públicamente a los chinos.

Decidió no mencionar los asesinatos de Georgetown en la llamada de esta mañana. Más bien, se concentraría en acciones que China no podría negar, es decir, en todo lo que había sucedido en el mar de China Meridional y en el estrecho de Taiwán.

Ryan y Wei utilizarían sus propios traductores. El intérprete de inglés de Jack estaba en la Sala de Situaciones, y su voz llegaba a uno de los oídos de Jack por medio de un audífono, mientras el mandatario podía oír la voz de Wei por el teléfono. Esto haría que las conversaciones fueran lentas y sin mucha chispa, pensó Ryan, pero eso no le molestó en absoluto.

Haría todo lo posible para escoger sus palabras con cuidado; dedicaría un tiempo adicional a pensar en lo que diría a continuación para no desafiar al presidente Wei a un altercado.

La conversación empezó como lo hacen todas las conversaciones diplomáticas de alto nivel. Fue amable y formal, más aún por los intérpretes. Pero Ryan no tardó en abordar el tema principal de la conversación.

—Señor presidente, es con gran preocupación que debo discutir con usted las acciones militares de su nación en el mar de China Meridional y el estrecho de Taiwán. Las agresiones del EPL en el último mes han dejado cientos de muertos, miles de personas desplazadas y afectado el flujo de tráfico en toda la región, perjudicando las economías de nuestros dos países.

—Presidente Ryan, yo también estoy preocupado. Preocupado por sus acciones en las costas de Taiwán, territorio soberano de China.

—Le ordené al *Ronald Reagan* que retrocediera trescientas millas como usted lo pidió. Esperaba que eso distensionara el ambiente, pero hasta ahora no he visto evidencias de que su agresión se haya detenido.

—Usted también, señor presidente, ha traído al *Nimitz* cerca del límite de las trescientas millas —dijo Wei—. Esto está a miles de millas de su territorio, ¿por qué razón harían esto ustedes si no para causar una provocación?

—Los intereses estadounidenses están en el área, y mi labor consiste en proteger esos intereses, presidente Wei. —Antes de que el intérprete de Wei terminara de traducir la frase, Ryan añadió—: Las maniobras militares de su nación, aunque han sido belicosas en las últimas semanas, aún pueden enmendarse mediante la diplomacia. —Ryan siguió hablando mientras el intérprete le traducía en voz baja a Wei—. Quiero animarlo a usted a asegurarse de que no suceda nada; que usted no *permita* que no pase nada que la diplomacia no pueda solucionar.

Wei aumentó el tono de su voz.

—¿Está amenazando a China?

Ryan, en cambio, tenía un tono calmado y medido.

—No le estoy hablando a China. Ese es su trabajo, señor presidente. Le estoy hablando a usted y esta no es una amenaza.

»Como usted sabe, el arte de gobernar implica tratar de determinar lo que harán tus adversarios. Lo exonero de esa carga en esta llamada telefónica. Si su nación ataca a los grupos aeronavales de nuestros portaviones en el mar de China oriental, poniendo en peligro la vida de unos veinte mil estadounidenses, los atacaremos a ustedes con todo lo que tengamos.

»Si usted dispara misiles balísticos a Taiwán, no tendremos otra opción que declarar la guerra a China. ¿Usted dice estar abierto para negociar? Le aseguro que la guerra con nosotros será mala para sus negocios.

Ryan continuó:

—Valoro las vidas de mis conciudadanos, señor presidente. No puedo hacer que usted entienda esto, ni que lo respete. Pero puedo y debo hacer que usted reconozca que este es el caso. Si el conflicto deriva en una guerra abierta, no huiremos; nos obligará a responder con furia. Espero que usted entienda que el director Su está llevando rápidamente a China por el camino equivocado.

—Su y yo estamos totalmente de acuerdo.

—No, presidente Wei, no lo están. Mis servicios de inteligencia son muy buenos y me aseguran que usted quiere mejorar la economía, pero él quiere la guerra. Son dos cosas mutuamente excluyentes, y creo que usted está comenzando a entender eso.

»Mis activos me dicen que es probable que el director Su le esté prometiendo a usted que nosotros no iremos más allá de donde está yendo él, y que si él nos ataca, nos retiraremos y abandonaremos la región. Si realmente eso es lo que Su le ha dicho a usted, le ha suministrado una información muy errónea, y me preocupa que usted actúe basado en esa información.

—Su irrespeto por China no debería sorprenderme, señor presidente, pero reconozco que realmente lo hace.

—No quiero irrespetar a China. Ustedes son el país más poblado, tienen uno de los territorios más extensos y cuentan con una fuerza laboral brillante y muy trabajadora con la que mi país ha hecho buenos negocios durante los últimos cuarenta años. Pero todo eso está en peligro.

La conversación no terminó ahí. Wei se extendió unos minutos para decir que no recibiría sermones, y Ryan expresó el deseo de mantener abierta esta línea de comunicación, pues sería muy importante en caso de emergencia.

Cuando colgaron, Mary Pat Foley, que estaba escuchando, felicitó a Ryan y señaló:

—Señor presidente, usted le dijo que sus servicios de inteligencia le estaban dando información sobre decisiones militares de alto nivel. ¿Acaso tiene usted otro servicio de inteligencia que yo desconozca? —lo dijo con una sonrisa maliciosa.

—Llevo un tiempo haciendo esto y pensé que detectaría alguna indecisión en sus palabras —respondió Jack—. Expresé mi intuición sobre la discordia entre los dos campos, y traté de transformar su preocupación en paranoia con el comentario sobre nuestros servicios de inteligencia.

—Suena como psicología improvisada —dijo Mary Pat—, pero la respaldo plenamente si eso le complica más la vida a los chinos comunistas. Tengo que asistir esta semana a los funerales de algunos estadounidenses ejemplares, y estoy segura de que Wei, Su y sus secuaces son responsables por las muertes de estos hombres.

CINCUENTA Y CINCO

Jack Ryan y Dominic Caruso se sentaron en la oficina de Gerry Hendley y miraron al exsenador y a Sam Granger, director de operaciones del Campus.

Eran las ocho de la mañana del día sábado y, aunque Jack se imaginaba que a Sam y a Gerry no les gustaría estar en la oficina tan temprano un sábado, estaba seguro de que no sería su mayor queja cuando escucharan todo lo que había sucedido la noche anterior en Miami.

Hendley se inclinó hacia delante con los codos en su escritorio y Granger permaneció sentado con las piernas cruzadas mientras Dom explicaba todo lo que había pasado la noche anterior. Jack hizo uno que otro comentario que no añadió mucha información a la historia. Los dos jóvenes reconocieron abiertamente que ellos sabían que sus «vacaciones» en Miami contravenían la esencia, si no la letra, de la orden de Granger de no realizar vigilancia a BriteWeb, la compañía rusa de almacenamiento de datos.

Cuando Dom terminó de contar la historia, y cuando Gerry y Sam comprendieron que tres hombres habían sido asesinados en el cuarto de un motel de Miami hacía pocas horas y que ninguno de los dos operativos podía explicar cómo había hecho Centro para saber que ellos estaban en Miami, o prometer que no hubieran dejado una sola huella, una imagen en alguna cámara o teléfono o una grabación en un circuito cerrado de televisión que relacionara a Caruso y a Ryan con el grave incidente, Gerry se recostó de nuevo en su silla.

—Me alegra que estén vivos. Parece que estuvieron muy cerca de lo peor —dijo Gerry y luego miró a Sam—. ¿Qué piensas?

—El Campus no podrá funcionar mucho tiempo más con unos operadores que ignoran las órdenes directas. Y cuando el Campus deje de hacerlo, Estados Unidos sufrirá. Nuestro país tiene enemigos, por si acaso no lo saben, y todos nosotros, incluidos ustedes dos, han hecho un gran trabajo para combatir a los enemigos de Estados Unidos —señaló Sam.

—Gracias —dijo Jack.

—Pero no puedo permitir que hagan cosas como esta. Necesito saber que puedo confiar en ustedes.

—Puedes hacerlo —dijo Ryan—. Metimos la pata. No volverá a suceder.

—Bueno, no sucederá esta semana porque ambos quedarán suspendidos por siete días —dijo Sam—. ¿Por qué no van a casa y pasan algunos días pensando lo cerca que estuvieron de comprometer nuestra importantísima misión?

Dom empezó a protestar, pero Jack lo agarró del brazo. Habló por los dos cuando dijo:

—Entendemos totalmente. Sam, Gerry, creímos que podíamos arreglárnoslas sin exponernos. No sé cómo descubrieron que estábamos allá, pero de alguna manera lo hicieron. Sin embargo, no tenemos excusas. La cagamos, y lo lamentamos.

Jack se puso de pie, salió de la oficina y Dominic lo siguió.

N os merecíamos eso —dijo Ryan mientras caminaban hacia sus autos.

Caruso asintió.

—Así es. Diablos, salimos muy bien librados. Sin embargo, es un mal momento para estar suspendidos. Estoy seguro de que me gustaría trabajar y descubrir quién mató a Zha y a los tipos de la CIA. Pensar que los chinos tienen asesinos aquí en D.C. me hace hervir la sangre.

Ryan abrió la puerta de su BMW.

—Sí, lo mismo siento yo.

—¿Quieres que hagamos algo después? —preguntó Caruso.

Jack negó con la cabeza.

—Hoy no. Llamaré a Melanie para ver si podemos almorzar juntos.

Caruso asintió y se dio vuelta para alejarse.

—¿Dom?

—Sí.

—¿Cómo supo Centro que estábamos en Miami?

Caruso se encogió de hombros.

—No tengo idea, primo. Averígualo y me cuentas. —Caminó hacia su auto.

Jack subió al BMW, encendió el motor y luego cogió el teléfono. Empezó a marcar el número de Melanie, pero se detuvo.

Miró el teléfono.

Después de una larga pausa, marcó un número, pero no el de Melanie Kraft.

—Biery.

—Oye, Gavin. ¿Dónde estás?

—Es sábado por la mañana y estoy en la oficina. Qué vida tan emocionante la mía, ¿verdad? He trabajado toda la noche en el pequeño juguete que trajimos de Hong Kong.

—¿Puedes venir al estacionamiento?

—¿Por qué?

—Porque tengo que hablar contigo y no puedo hacerlo por teléfono. Me suspendieron y tampoco puedo ir a tu oficina.

—¿Te suspendieron?

—La historia es larga. Ven al estacionamiento y te invitaré a desayunar.

Gavin y Jack fueron al Waffle House de North Laurel y consiguieron una cabina en un rincón del fondo. Apenas se sentaron y ordenaron, Gavin trató de que Jack le contara qué había hecho para recibir una semana de suspensión, pues Jack se había negado a hablar durante los diez minutos de camino.

Pero Jack lo interrumpió.

—Gavin. Lo que voy a decirte se queda entre tú y yo. ¿De acuerdo?

Biery bebió un sorbo de café.

—Por supuesto.

—Si alguien cogió mi teléfono, ¿podría cargar un virus para rastrear mis movimientos en tiempo real?

Gavin no lo dudó.

—Eso no es un virus. Es sólo una aplicación que se ejecuta en el trasfondo para que el usuario no lo sepa. Por supuesto, alguien pudo poner eso en tu teléfono si lo tuvo en sus manos.

Ryan pensó un momento.

—¿Y podría hacer que grabara todo lo que yo diga y haga?

—Sin ningún problema.

—Si esa aplicación está en mi teléfono, ¿podrías encontrarla?

—Sí, eso creo. Déjame verlo.

—Lo tengo en el auto. No quise traerlo.

—Comamos, y luego lo examinaré en el laboratorio.

—Gracias.

Gavin ladeó la cabeza.

—¿Dijiste que alguien cogió tu teléfono? ¿Quién fue?

—Preferiría no decirlo —respondió Jack, quien estaba seguro de que su expresión preocupada delataba la respuesta.

Gavin se sentó derecho.

—Mierda. No tu novia.

—No lo sé con certeza.

—Pero es obvio que sospechas algo. Suspendamos el desayuno. Lo examinaré ahora mismo.

Jack Ryan esperó cuarenta y cinco minutos sentado en su auto en el estacionamiento de Hendley Asociados. Era extraño no tener su teléfono con él. Al igual que la mayoría de las personas en estos días, su teléfono móvil se había convertido en una extensión de sí mismo. Permaneció en silencio y tuvo pensamientos incómodos.

Tenía los ojos cerrados cuando Biery regresó al auto. Gavin tuvo que dar un golpecito en la ventana del BMW negro de Jack.

Ryan bajó del auto y cerró la puerta.

Gavin se limitó a mirarlo un largo rato.

—Lo siento, Jack.

—¿Está intervenido?

—Tiene un software de ubicación y un RAT. Los dejé en el

laboratorio para estudiarlos más. Tendré que examinar el código fuente para ver los detalles del malware, pero créeme, está ahí.

Jack murmuró unas pocas palabras de agradecimiento y luego subió al auto. Se dirigió a su apartamento pero cambió de idea, condujo a Baltimore y consiguió un nuevo teléfono celular.

En el instante en que el empleado terminó de formatearlo para aceptar llamadas de su número telefónico, Ryan vio que tenía un mensaje de voz.

Lo escuchó mientras caminaba por el centro comercial.

Era Melanie.

—Hola, Jack. Me preguntaba si ibas a estar aquí esta noche. Es sábado y probablemente tendré que trabajar casi hasta las cuatro. De todos modos... llámame. Espero que nos podamos ver. Te amo.

Jack desconectó el mensaje y luego se sentó en una banca del centro comercial.

La cabeza le daba vueltas.

Valentín Kovalenko había estado bebiendo cada vez más desde los asesinatos de Georgetown; cada noche se quedaba despierto hasta más tarde con su botella de Ketel One y con la programación de la televisión de Estados Unidos. No se atrevía a navegar en la Internet pues sabía con seguridad que Centro estaba observando cada uno de sus movimientos en línea, y no había sitios que él quisiera visitar tanto como para que algún *über-geek* chino lo mirara por encima del hombro.

No había salido a correr por las mañanas en la última semana, pues permanecía comiendo pizza, bebiendo alcohol y pasando canales hasta altas horas de la noche. Esta mañana logró despertarse a las nueve y treinta, un pecado casi cardinal para un amante de la salud y aficionado al gimnasio como era Kovalenko.

Con los ojos llorosos y la mente adormecida, preparó café y tostó pan en la cocina, y luego se sentó en el escritorio y abrió la computadora portátil; había tenido cuidado en apagarla cuando no la utilizaba, porque sospechaba que Centro permanecería observando su sala durante toda la noche si no apagaba el maldito aparato.

Sabía que estaba paranoico, pero sabía también qué lo había conducido a ese estado.

Revisó el Criptograma para ver las instrucciones de esta mañana y vio que Centro le había enviado un mensaje a las cinco y doce a.m. ordenándole esperar afuera de la Institución Brookings esta tarde y tomar fotos encubiertas de los asistentes a un simposio sobre seguridad cibernética.

—Fácil —se dijo antes de apagar la computadora portátil y ponerse ropa deportiva.

Decidió que podría salir a correr, pues tenía la mañana libre. Terminó de desayunar y salió de su apartamento alquilado cinco minutos antes de las diez. Se dio vuelta para poner seguro a la puerta y encontró un pequeño sobre pegado con cinta al pomo. Miró la calle residencial más allá de la escalera y luego al lado de su edificio, hacia el estacionamiento que había atrás.

No vio a nadie.

Despegó el sobre y entró de nuevo a su apartamento para abrirlo.

Lo primero que notó mientras lo abría fue el alfabeto cirílico. Era una nota escrita a mano, sólo un renglón de texto garabateado, y no reconoció la letra.

«Fuente de Dupont Circle. Diez a.m.».

Y luego la firma.

«Un viejo amigo de Beirut».

Kovalenko leyó la nota de nuevo y la dejó en el escritorio.

En vez de salir a correr, el ruso se sentó lentamente en el sofá para pensar en este extraño cambio de eventos.

El primer empleo de Kovalenko como trabajador ilegal en el SVR había sido en Beirut. Había pasado un año allí a comienzos del siglo, y aunque no había trabajado en la Embajada rusa de esa ciudad, recordaba a muchos contactos rusos tras su estadía en el Líbano.

¿Podría tratarse de alguien de la Embajada que lo había visto aquel día y le estaba ofreciendo su ayuda, o quizá alguna especie de truco por parte de Centro?

Kovalenko decidió que no podía ignorar el mensaje. Miró su reloj y comprendió que tendría que apurarse si quería llegar a tiempo a la cita.

Kovalenko cruzó la calle de Dupont Circle y caminó despacio hacia la fuente sobre las diez en punto.

El sendero alrededor de la fuente estaba rodeado de bancas llenas de personas, ya fueran solas o en pequeños grupos, y muchas estaban sentadas en el pasto aunque la mañana fuera fría. Valentín no sabía a quién debía buscar y se limitó a describir un círculo amplio, tratando de reconocer cualquier cara de su pasado.

Pocos minutos después vio a un hombre con una gabardina color beige debajo de un árbol en el costado sur del parque circular. El hombre estaba solo, alejado de otras personas que disfrutaban del día, y miró a Valentín.

Kovalenko caminó hacia él con cautela. Y cuando se acercó, reconoció su cara. No podía creerlo.

—¿Dema?

—Dema Apilikov era del SVR; había trabajado con Valentín en Beirut hacía muchos años, y posteriormente fue asignado al cargo de Valentín en Londres.

Kovalenko siempre había pensado que Dema era un poco idiota; había sido un sub-estándar ilegal por un par de años antes de trabajar como oficinista para el servicio de espionaje ruso en la Embajada, pero fue lo suficientemente honesto y nunca tan terrible en su trabajo como para ser despedido.

Sin embargo, Valentín Kovalenko miró ahora a Dema Apilikov en buenos términos, porque era un salvavidas conectado al SVR.

—¿Cómo está, señor? —le dijo Dema. Era mayor que Valentín, pero a todo el mundo le decía señor, como si él no fuera más que un sirviente asalariado.

Kovalenko miró de nuevo a su alrededor en busca de observadores, cámaras o de pequeños pájaros que podría haber enviado Centro para seguir cada uno de sus movimientos. El lugar parecía despejado.

—Estoy bien. ¿Cómo supiste que estaba aquí?

—La gente se entera. Personas influyentes. Me han enviado con un mensaje.

—¿De parte de quién?

—No puedo decir. Lo siento. Pero son amigos. Hombres que están en la cima, en Moscú, quienes quieren que usted sepa que están trabajando para rescatarlo de su situación.

—¿Mi situación? ¿A qué te refieres?

—Me refiero a sus problemas legales en Rusia. Lo que usted está haciendo aquí en Washington tiene un respaldo, y está considerado como una operación SVR.

Kovalenko no entendía.

Dema Apilikov percibió esto con claridad y dijo:

—Centro. Sabemos acerca de Centro. Sabemos cómo lo está utilizando a usted. Me pidieron que le dijera a usted que cuenta con el permiso del SVR para continuar hasta el final. Esto podría ser muy útil para Rusia.

Kovalenko carraspeó la garganta y miró a su alrededor.

—Centro es de la inteligencia china.

Dema Apilikov asintió.

—Sí, es del MSE. También está trabajando para la dirección militar de guerra cibernética. Tercera rama.

Esto tuvo un sentido instantáneo y completo para Valentín, quien se alegró de que el SVR supiera todo acerca de Centro. De hecho, Dema parecía saber más acerca de Centro que el mismo Kovalenko.

—¿Tienes un nombre para este tipo? ¿Sabes dónde trabaja?

—Sí, él tiene un nombre, pero no puedo dárselo. Lo siento, señor. Usted es mi antiguo jefe, pero oficialmente está por fuera del sistema. Usted es un agente, más o menos, y yo tengo un guion para darle en esta operación; eso es todo.

—Entiendo, Dema. Necesito saberlo. —Miró el cielo a su alrededor y le pareció más azul, y el aire más limpio. Le habían quitado todo el peso del mundo de sus hombros—. Así que... ¿mis órdenes son seguir trabajando para Centro hasta que me saquen de aquí?

—Sí. Mantenga la cabeza agachada y cumpla todas las órdenes lo mejor que pueda. Tengo licencia para decirle que aunque tal vez no regrese al Directorado del PR cuando vuelva a trabajar con nosotros, debido al riesgo de exposición que supone que usted viaje al exterior, podrá elegir entre varias posiciones de alto nivel en el Directorado R. —El Directorado PR era la inteligencia política, la antigua posición y trayectoria profesional de Kovalenko. El directorado R era el planeamiento y análisis operativo. Aunque él prefería mil veces regresar a su antigua vida de *rezident adjunto* en Londres, sabía que era imposible. Trabajar en el Kremlín para R, desarrollando operaciones del SVR a nivel mundial, era una posición soñada para cualquier miembro del SVR. Si podía escapar de la inteligencia china y regresar al SVR, no se quejaría en lo más mínimo del Directorado R.

Ya estaba pensando en regresar a Moscú como un héroe. Qué cambio de fortuna tan increíble.

Pero se olvidó rápidamente de eso y se concentró en su situación.

—¿Tú... sabes lo de Georgetown?

Dema asintió.

—Es algo que no debe preocupar a usted. Los americanos descubrirán que los chinos están detrás de eso y los perseguirán. Estamos a salvo. Usted está a salvo. Los americanos ya tienen suficientes cosas de las cuales ocuparse en este momento.

Kovalenko sonrió, pero su sonrisa se esfumó. Faltaba otra cosa.

—Escucha, una cosa más. Centro hizo que un sector de la mafia de San Petersburgo me sacara de Matrosskaya. No tuve nada que ver con la muerte de...

—Tranquilícese, señor. Lo sabemos. Sí, fue la Tambovskaya Bratva.

Kovalenko sabía un poco de esta *bratva* o hermandad. La Tambovskaya estaba conformada por hombres rudos que operaban en toda Rusia y en muchos países europeos. Se sintió aliviado al constatar que el SVR sabía que él no había estado involucrado en el escape.

—Eso es un gran alivio, Dema —dijo.

Apilikov le dio una palmadita en el hombro.

—Simplemente siga haciendo esto por ahora; cualquier cosa que le digan que haga. Lo sacaremos antes de que sea demasiado tarde, y usted regresará a casa.

Se dieron la mano.

—Gracias, Dema.

CINCUENTA Y SEIS

· · · · · · · · · · · · · ·

Tres días después de recibir la suspensión, Jack salió de Columbia y condujo hacia Alexandria en el pesado tráfico matinal.

No estaba seguro de lo que hacía, pero quería ir un momento a echar un vistazo al apartamento de Melanie mientras ella trabajaba. No estaba pensando en irrumpir allí por la fuerza —al menos no lo pensaba muy en *serio*—, pero sí en mirar a través de las ventanas y en examinar el bote de la basura.

No se sentía orgulloso de nada de esto, pero durante los últimos tres días había hecho poco más que sudar la gota gorda en su casa.

Sabía que Melanie le había hecho algo a su teléfono cuando estaba en su apartamento antes de viajar a Miami, y cuando Gavin le dijo en términos claros que alguien había instalado un micrófono oculto en su teléfono, Jack comprendió que no sería más que un tonto enceguecido por el amor si creía que ella no tenía que ver nada con esto.

Necesitaba respuestas y, a fin de obtenerlas, decidió ir a casa de ella y hurgar en la basura.

—Qué bien, Jack. Tu papá, la leyenda de la CIA, se sentiría condenadamente orgulloso.

Sin embargo, sus planes cambiaron mientras pasaba por Arlington a las nueve y treinta a.m.

Su teléfono sonó.

—Sí, habla Ryan.

—Hola, Jack. Hablas con Mary Pat.

—Directora Foley, ¿cómo está?

—Jack, ya hemos hablado de esto. Todavía soy la misma de siempre.

Jack sonrió a pesar de sí mismo.

—De acuerdo, Mary Pat, pero no creo que eso signifique que vaya a permitir que me digas junior.

Ella se rio de la broma, pero Jack tuvo la impresión inmediata de que se trataba de algo serio.

—Me estaba preguntando si podíamos vernos —dijo ella.

—Por supuesto. ¿Cuándo?

—Te parece bien en este instante?

—Ah... de acuerdo. Claro. Estoy en Arlington. Puedo ir a McLean. —Jack sabía que se trataba de algo importante, pero no podía imaginar todo lo que la directora de la Oficina Nacional de Inteligencia tenía ahora en sus manos. Definitivamente no sería un encuentro de carácter social.

—En realidad, necesito que esto tenga un perfil bajo. ¿Qué tal si nos encontramos en un lugar tranquilo? ¿Puedes venir a mi casa? Estaré allí en media hora —añadió ella.

Mary Pat y Ed Foley vivían en Adams Morgan, un barrio del D.C., Jack había ido muchas veces a su casa y en los últimos nueve meses casi siempre lo había hecho en compañía de Melanie.

—Me pondré en marcha. Ed podrá hacerme compañía hasta que llegues.

Jack sabía que Ed se había jubilado.

—En realidad, Ed no está en la ciudad. Trataré de llegar tan rápido como pueda.

Jack y Mary Pat se sentaron ante una mesa en la terraza del patio trasero de su casa colonial. El patio tenía un jardín con árboles gruesos y muchas plantas, casi todas marchitas y marrones debido al frío del otoño. Le ofreció café pero él declinó la oferta, simplemente porque vio su expresión de urgencia en el instante en que estacionó. Ella había pedido al oficial de seguridad que permaneciera en la casa, lo que sorprendió aún más a Jack.

Mientras tanto, ella acercó la silla hacia él y le habló en voz baja cuando se sentaron.

—Esta mañana llamé a John Clark. Me sorprendió saber que ya no está trabajando en Hendley.

—Fue su propia elección —dijo Jack—. No queríamos perderlo, tenlo por seguro.

—Entiendo —dijo Mary Pat—. Es un hombre que le ha servido al país y se ha sacrificado bastante durante mucho tiempo. Unos pocos años de vida normal pueden empezar a parecer mucho más atractivos, y definitivamente se merece esto, especialmente después de lo que le ocurrió el año pasado.

—Llamaste a Clark, te enteraste de que ya no trabajaba con la compañía, y entonces me llamaste. ¿Debo suponer que hay algo que quieras compartir con nosotros?

Ella asintió.

—Todo lo que voy a decirte es clasificado.

—Entendido.

—Jack, es hora de que la comunidad de inteligencia de Estados Unidos afronte la realidad de que nuestros activos en China están seriamente comprometidos.

—Tienes una filtración.

—No pareces sorprendido.

Jack dudó y dijo finalmente:

—Tenemos nuestras sospechas.

Foley pensó en el comentario y luego continuó.

—Hemos tenido varias oportunidades para aliarnos con personas en China: disidentes, grupos de protesta, empleados desencantados con el sector gubernamental y militar, y con otras que tienen cargos importantes en el CPC. Pero cada una de estas oportunidades ha sido descubierta por la inteligencia china. Muchos hombres y mujeres han sido arrestados, obligados a esconderse o asesinados en ese país.

—Así que tus ojos y oídos en territorio chino son deficientes.

—Desearía que sólo fueran deficientes. No, nuestros activos de inteligencia humana virtualmente no existen en estos momentos en China.

—¿Sabes de dónde viene la filtración?

—De la CIA —dijo Mary Pat—; lo sabemos. Lo que *no* sabemos es si tienen algún tipo de visualización de nuestro tráfico por cable o si se trata de alguien de adentro. De la Estación de Beijing, de la de Shanghai o tal vez incluso de alguien de Langley que trabaje en Asia. —Hizo una pausa—. O de alguien a un nivel más alto.

—Yo examinaría detenidamente sus capacidades cibernéticas en vista de todo lo que está ocurriendo —dijo Jack.

—Sí, lo estamos haciendo. Pero si está proviniendo de nuestro tráfico, entonces han sido verdaderos expertos en ocultarlo. Han utilizado la información con mucho juicio, restringiéndola sólo a ciertos aspectos de contrainteligencia con respecto a China. Obviamente, hay una gran cantidad de información que pasa por nuestros cables y que puede ser benéfica para China, pero no vemos ese nivel de explotación.

—¿Cómo podemos ayudarte? —preguntó él.

—Se ha presentado una nueva oportunidad.

Ryan levantó una ceja.

—¿Una oportunidad en una agencia tan filtrada como la CIA?

Ella sonrió.

—No. En este momento no puedo confiar en ninguna organización de la comunidad de inteligencia de los Estados Unidos ni en ningún servicio que esté bajo la jurisdicción del Departamento de Defensa, en vista de lo que está ocurriendo allá en el Pentágono. —Hizo una pausa—. Las únicas personas a las que confío esta información es a las que están por fuera y tienen un incentivo para mantenerla en secreto.

—El Campus —dijo Jack.

—Exactamente.

—Continúa.

Mary Pat acercó su silla un poco más y Jack se inclinó muy cerca de su cara.

—Hace varios años, cuando Ed estuvo a cargo de la CIA durante la última confrontación de tu padre con los chinos, yo dirigía a un oficial de la CIA en Beijing, quien resultó fundamental para resolver ese conflicto. Pero también nos ofrecieron otras opciones, las cuales descartamos porque ellos eran... ¿cuál es el término? Supongo que es *mal vistos*.

—Pero es todo lo que tienes ahora.

—Correcto. En el territorio chino hay crimen organizado. No me refiero a las Tríadas, que están activas por fuera del territorio continental chino, sino a organizaciones que existen de manera clandestina dentro del estado comunista chino. Si te arrestan por ser miembro de una de esas pandillas en China recibirás un juicio protocolario, y luego un disparo en la nuca, así que sólo los más desesperados o malvados se unen a estos grupos.

Jack no podía imaginar ser parte de una pandilla criminal organizada en un estado policial, lo que significaba básicamente que el gobierno en sí era una pandilla de criminales organizados; en el caso de China, se trataba de una pandilla con un ejército de millones de soldados y trillones de dólares en equipos militares.

Mary Pat continuó.

—Una de las organizaciones más crueles es la Mano Roja. Obtienen dinero secuestrando, extorsionando, robando y traficando con personas. Son unos verdaderos hijos de puta, Jack.

—Tal parece.

—Cuando estuve segura de que nuestra inteligencia humana en China estaba comprometida, hablé con Ed acerca de la Mano Roja, pues pensamos en utilizarlos durante la última guerra como activos adicionales de inteligencia en ese país. Ed recordó que la Mano Roja tenía un representante en la ciudad de Nueva York, que vivía en Chinatown. Esta persona no figuraba en la base de datos de la CIA ni estaba relacionada en ningún sentido con la inteligencia de Estados Unidos; era simplemente alguien de quien supimos en aquel entonces, pero que nunca contactamos.

Jack sabía que Ed Foley, antiguo director de la CIA, no estaba en la ciudad, y dijo:

—Enviaste a Ed para que hablara con el representante.

—No, Jack. Él lo hizo por iniciativa propia. Salió ayer para Nueva York en su auto y habló anoche con el señor Liu, el emisario de la Mano Roja. Liu se contactó con su gente en territorio chino y aceptaron ayudarnos. Pueden ponernos en contacto con una organización disidente que dice tener contactos con la policía y el gobierno de Beijing. Este grupo está cometiendo actos de rebelión armada en esa ciudad, y la única razón por la que no han sido detectados como muchos otros se debe a que la CIA no ha tenido contacto con ellos.

—El noventa por ciento de los grupos disidentes en China existen actualmente sólo en la Internet. Pero este grupo, si hemos de creerle a la Mano Roja, está hablando en serio.

Jack levantó una ceja.

—¿Hemos de creerle a la Mano Roja? No quiero ofenderte, Mary Pat, pero eso parece más bien una laguna en tu forma de pensar.

Ella asintió.

—Les estamos ofreciendo una gran cantidad de dinero, pero sólo si cumplen con lo que nos prometen: un grupo insurgente activo y con algunas conexiones. No esperamos que se trate de un equivalente del Ejército Continental de George Washington, pero sí de algo legítimo. No sabremos con qué estamos tratando hasta que alguien los investigue.

»Necesitamos a alguien allá en el terreno, en la ciudad, para que se reúna con ellos, lejos de los ojos estadounidenses o de los chinos comunistas y evalúe quiénes son. Si fueran poco más que un grupo de tontos bien intencionados pero ineptos, los apoyaríamos para que recibieran inteligencia sobre lo que está sucediendo allá en la ciudad. No esperamos insurrecciones a gran escala, pero necesitamos estar listos para ofrecerles apoyo clandestino si se presenta la oportunidad.

»Esto está totalmente por fuera de los libros —añadió en forma totalmente innecesaria.

Antes de que Jack pudiera hablar, ella se defendió de lo que esperaba que dijera él.

—Esta es una guerra no declarada, Jack. Los chinos están matando estadounidenses. Me siento muy bien ayudando a ciudadanos locales que combaten a ese régimen malvado. —Señaló el pecho de Jack para enfatizar más—. Pero no es mi intención crear más carne de cañón. Ya lo hemos hecho lo suficiente con nuestras situaciones de inteligencia.

—Entiendo.

Mary Pat entregó a Ryan un papel que sacó de la cartera.

—Este es el contacto de la Mano Roja en Nueva York. Su nombre no aparece en ninguna computadora y no se ha reunido con nadie del gobierno. Apréndete de memoria el nombre y el número, y luego lo destruyes.

—Por supuesto.

—Bien. Y entiende esto. Tú, Jack, *no* irás a China. Quiero que hables con Gerry Hendley y, si él cree que tu organización puede ayudarnos con esto de una manera discreta, entonces podrá enviar a Domingo Chávez o a otro de los operadores. Que el hijo del presidente sea capturado en Beijing mientras trabaja con los rebeldes de allá haría que todos nuestros problemas fueran exponencialmente peores.

—Comprendo —dijo Jack—. *Para no mencionar que a mi*

papá le daría un infarto —pensó—. Hablaré de esto con Gerry apenas salga de aquí.

Mary Pat dio un abrazo a Jack y se dispuso a levantarse.

—Una cosa más —dijo Ryan—. No sé si me esté saliendo de mi línea en esto, pero...

Mary Pat se sentó de nuevo.

—Habla.

—De acuerdo. El Campus estuvo involucrado en el arresto de Zha en Hong Kong hace un par de semanas.

Mary Pat pareció genuinamente sorprendida.

—¿Involucrado?

—Sí. Estuvimos allá, trabajando con Adam Yao, el NOC de la CIA que lo identificó en Hong Kong.

—Entiendo.

—Yao no sabía que trabajábamos en el Campus. Le dijimos que nuestra empresa estaba buscando a Zha porque había pirateado nuestra red. La «pantalla» de Yao es trabajar como investigador de inteligencia empresarial.

—He leído los informes de la CIA sobre Adam Yao y el incidente de Zha en Hong Kong. Los SEALs dijeron que habían recibido apoyo de la CIA. Sospechamos que Yao tenía a dos activos locales que le ayudaban.

—De todos modos, simplemente quería decirte esto: supongo que conoces a cientos de maravillosos oficiales de la comunidad de inteligencia de Estados Unidos, pero Adam parecía estar muy bien sintonizado allá. Es un tipo extremadamente listo. Sabía de la filtración de la CIA y estaba trabajando de manera incansable, manteniendo un perfil bajo para no ser sorprendido en la filtración, al mismo tiempo que hacía su trabajo.

»No me corresponde decirlo, pero realmente creo que es el tipo de persona que necesita todo tu apoyo, especialmente en un momento como este.

Mary Pat no dijo nada.

Después de un momento incómodo, Ryan comentó:

—Discúlpame. Sé que tienes más hierros en el fuego en este momento de lo que sabes qué hacer con ellos. Simplemente creía que...

—Jack. Adam Yao desapareció hace dos semanas después de que alguien colocara una bomba en su auto y matara en su lugar a su vecino.

La noticia produjo un gran impacto en Ryan.

—¡Dios mío!

—Es probable que haya decidido poner pies en polvorosa por su propia PERSEC. Rayos, no podría culparlo si está huyendo de nosotros debido a la filtración. Pero nuestra gente en el consulado de Hong Kong cree que las Tríadas Catorce-K lo atraparon. —Se puso de pie—. Y se atreven a pensar que está en el fondo de la bahía Victoria.

—Lo siento. Nosotros también le fallamos a Adam.

Mary Pat entró a la casa mientras Jack permanecía sentado en la silla del patio, con la cabeza entre las manos en medio del frío.

CINCUENTA Y SIETE

Adam Yao estuvo dos semanas en la isla de Lamma después del tiroteo ocurrido en Wan Chai. Esta isla era parte de Hong Kong y quedaba a cuarenta minutos en ferry de su casa. Era un lugar pacífico y tranquilo, que era justamente lo que necesitaba. No conocía una sola alma, y los habitantes locales creían simplemente que él era un turista que había venido a divertirse en las playas y en los bares.

No se había contactado con nadie. Ni con la CIA ni con sus clientes o colegas de SinoShield ni con sus familiares en los Estados Unidos ni con sus amigos del Soho. Se hospedó en un pequeño apartamento de vacaciones en alquiler cerca de la playa, pagó en efectivo y siempre comía en el restaurante de aquel lugar.

Su vida había cambiado drásticamente en el último par de semanas. No había utilizado sus tarjetas de crédito, y había arrojado su teléfono celular a un contenedor de escombros en Kowloon. Había vendido algunos de sus artículos personales en la calle para conseguir un poco de dinero, pasando algunos días sin efectivo, pero el dinero no le preocupaba demasiado. Su trabajo «diurno», la compañía de pantalla SinoShield, lo había puesto en contacto con todo tipo de malhechores, contrabandistas, falsificadores y otros delincuentes, y tenía relaciones cordiales con muchos de ellos. Ocasionalmente tenía que hacer amigos en los bajos fondos para poder hacer su trabajo y les había hecho ciertos favores a algunos de ellos. Sabía que podía conseguir un trabajo temporal en un muelle, en un taller que fabricara bolsos falsificados o en muchos otros empleos de poca monta, lo que de todos modos era mucho mejor que ser reducido a cenizas como su pobre amigo Robert Kam.

Esperó dos semanas; quería que quienes lo perseguían creyeran que otros lo habían atrapado o que había escapado, y también quería que todos en la CIA dejaran de buscarlo. Adam sabía que el hecho de que un NOC hubiera desaparecido sería un asunto importante en la CIA, especialmente luego de las circunstancias posteriores a la misión de los SEALs, pero también sabía que los activos de la CIA en el área eran prácticamente inexistentes y que, de todos modos, Langley tenía peces más grandes por freír en estos días.

Cuando transcurrieron las dos semanas, Adam regresó a Kowloon con bigote y una barba poblada. Veinticuatro horas después compró lentes oscuros, un teléfono móvil, un nuevo traje y varios accesorios. El traje era impecable; cualquier persona en Hong Kong que quisiera tener uno tan elegante podría adquirirlo sin problemas, pues la reputación de los sastres de Hong Kong rivalizaba con los de Savile Row, y eran conocidos por confeccionar trajes a la medida por la cuarta parte de lo que cobraban sus colegas londinenses.

Adam sabía que podía regresar a Hong Kong y viajar desde allí a Estados Unidos, donde estaría a salvo, ciertamente lejos de la Tríadas y casi también de la RPC.

Pero no iba a marcharse de Hong Kong; averiguaría más sobre el grupo siniestro de hackers con el que se había topado y que dejó a quién sabe cuántas personas muertas. Los americanos tenían a Zha, eso era indudable, pero Centro —aquel personaje del que había hablado Gavin Biery— seguramente todavía estaba operando.

Adam no iría a ningún lugar hasta que no diera con Centro.

Con el CAM.

Luego de respirar profundo y de decirse cosas reconfortantes, Adam se dirigió al Mong Kok Computer Centre como si fuera el dueño del lugar, pidió hablar con la gerente de arrendamientos del edificio, y le dijo que estaba buscando una oficina grande con el fin de instalar un centro de llamadas para un banco con sede en Singapur.

Le dio su tarjeta de negocios, que era toda la identificación que necesitaba para convencerla de que estaba tratando con un hombre dedicado a negocios legítimos.

Ella le dijo complacida que dos semanas atrás habían desocupado dos pisos, y él le pidió que se los mostrara. La mujer lo condujo por espacios y corredores alfombrados, que Adam inspeccionó con cuidado mientras tomaba fotos y le hacía preguntas.

También le hizo preguntas de carácter personal, lo que no era su plan original, pero ir a cenar con esta mujer y obtener información de la compañía que acababa de desocupar el edificio, le parecía a Adam algo mucho más preferible que su plan original, el cual consistía en hurgar prácticamente en contenedores de basura con la vana esperanza de encontrar un papel que pudiera darle una pista sobre la inmensa operación de la que había hecho parte Zha.

Esa noche, la mujer habló sin restricciones sobre Commercial

Services Ltd., la compañía de computadoras que acababa de mudarse, dedicó un buen tiempo a contarle que era un negocio propiedad de la 14K, que consumía una cantidad increíble de energía y que había instalado un número alarmante de antenas muy poco atractivas en la azotea del edificio, algunas de las cuales no tuvieron la decencia de retirar cuando desocuparon en medio de la noche y se marcharon en camiones custodiados por hombres armados que parecían ser una fuerza de seguridad.

Adam procesó toda la información, la cual hizo que la cabeza le diera vueltas.

—La Catorce-K fue muy amable en sacar todos sus equipos.

Ella negó con la cabeza.

—No. Los oficinistas empacaron sus cosas y luego un servicio de envíos se llevó todo.

—Interesante. Necesitaré a alguien que pueda traer con rapidez mis computadoras de Singapur. ¿Recuerdas el nombre de la empresa de envíos?

Ella lo recordó, Adam lo memorizó y pasó el resto de la noche disfrutando su velada con la agente de arrendamientos.

A la mañana siguiente cruzó las puertas de Service Cargo Freight Forwarders, localizada en el Centro Industrial Kwai Tak, en los Nuevos Territorios al norte de Hong Kong. La empresa era pequeña, sólo había un empleado, y Adam Yao entregó al hombre una tarjeta de negocios impecable, la cual decía que era el gerente de arrendamientos del edificio Mong Kok Computer Centre.

El empleado pareció creerle aunque no se sintió muy impresionado; escasamente apartó su mirada del televisor.

—Un día después de que tu compañía recogiera en nuestro edificio las pertenencias de Commercial Services —dijo Yao—, les enviaron dos paletas con computadoras portátiles que se habían retrasado en aduanas. El cargamento está actualmente en nuestra bodega de almacenamiento. Examiné la lista de remisiones y figura como un envío completo, pero alguien cometió un error y no se dio cuenta de que no había entregado esas dos paletas. Alguien se sentirá muy molesto si esa mercancía no es enviada con el resto del cargamento.

El empleado no parecía estar más interesado.

—Ese no es mi problema.

Yao permaneció impávido.

—No, será mi problema, salvo por el hecho de que ustedes firmaron el recibo equivocado. Si ellos acuden a mí para recoger las trescientas unidades que ustedes registraron como entregadas, yo podría decirles que la compañía de envíos debió perderlas.

El empleado miró a Yao con molestia.

Adam sonrió.

—Mira viejo, sólo trato de hacer lo correcto.

—Trae las paletas. Se las llevaremos al cliente tan pronto se dé cuenta del error.

—Espero no parecer así de estúpido. No voy a darte una mercancía que vale un millón de dólares de Hong Kong y que ha sido legalmente importada de China. Ustedes podrían venderla en la calle y decirle al cliente que nunca se las entregué.

»Quiero que nuestro cliente se sienta satisfecho, y tú también deberías quererlo. Cometimos un pequeño error, este tipo de cosas suceden, y simplemente estoy tratando de enmendarlo sin mucho alboroto. Si me haces el favor de darme el puerto de desembarque y el nombre de la persona que firmó el recibo de la mercancía, podré hablar directamente con ellos sin involucrar al cliente en esto.

Adam logró casi todo lo que se proponía gracias a las increíbles destrezas de ingeniería social que tenían la mayor parte de los buenos espías. Se había presentado de una manera profesional, fue amable y se comportó con un aire calmado y de seguridad en sí mismo. Era difícil que alguien le dijera que no. Pero, ocasionalmente, Adam tenía éxito en el campo de la ingeniería social más por el hecho de que podía ser perseverante, así fuera de un modo fastidioso.

Y esta fue una de esas ocasiones. El empleado de envíos determinó, después de varios minutos de decir «No», que su propia pereza y estricta adherencia a las políticas de la compañía no bastarían para deshacerse de aquel joven exasperante y de traje elegante.

El empleado se dirigió a su computadora, haciendo alarde de lo problemático que era hacer eso. Miró unas pocas páginas, se concentró en una y utilizó un bolígrafo para examinar los datos.

—De acuerdo. Fue enviada el dieciocho. Ayer salió de Tokio. —El empleado siguió mirando la computadora.

—¿A dónde se dirige?

—A Estados Unidos y luego a México.

—Eso es el cargamento. ¿Pero dónde desembarcarán las catorce paletas?

El hombre ladeó la cabeza.

—Ya no están en el barco. Fueron descargadas el diecinueve en Guangzhou.

—¿En Guangzhou?

—Sí. No tiene sentido. Dijiste que la mercancía fue importada del territorio continental, lo que significa que todos los derechos de aduana, impuestos y tarifas fueron pagados. ¿Y luego le dan la vuelta y la envían de nuevo a China? ¿Quién diablos hace eso?

Adam sabía que nadie hacía semejante cosa. Sin embargo, esto le permitió saber a dónde había trasladado Centro su organización.

Centro estaba en China. No había otra explicación. Y era completamente imposible que pudiera dirigir una operación tan enorme en territorio continental sin que los chinos comunistas lo supieran.

Todas las piezas encajaron rápidamente en la mente de Yao mientras permanecía frente al escritorio de envíos. Centro estaba trabajando para China. Zha había trabajado para Centro. Y Zha había orquestado los ataques a los UAVs.

¿El grupo de Centro era alguna operación de «bandera falsa» organizada por los chinos?

La posibilidad era escalofriante, pero Yao tenía dificultades para creer en otras explicaciones.

Deseó poder hablar simplemente con alguien de la CIA de lo que acaba de enterarse y de lo que iba a hacer. Sin embargo, Adam Yao quería permanecer con vida incluso más de lo que deseaba una palmadita en la espalda o una mano amiga.

Cruzaría la frontera. Encontraría a Centro y a su operación. Y luego pensaría qué hacer.

Valentín Kovalenko se despertó temprano esta mañana. Tomó el metro desde el D.C. y cruzó el río en dirección a Arlington, hizo una breve rutina de vigilancia de detección y entró al garaje de estacionamiento público Ballston a las siete y quince a.m.

Las instrucciones de hoy eran claras, aunque inusuales. Estaría dirigiendo a un agente por primera vez desde que había llegado al

D.C. Centro le había explicado que esa sería su tarea prioritaria aquí en los Estados Unidos, así que debía tomársela en serio y velar por su cumplimiento.

Todo estaba organizado simplemente como una breve reunión para conocerse y saludarse, pero esta tenía un subtexto que Centro le había transmitido por el Criptograma la noche anterior. El agente era un empleado del gobierno y un cómplice voluntario de Centro, aunque no conocía la identidad de este, y el mismo Kovalenko estaba dirigiendo a un agente que ignoraba la situación.

La labor de Kovalenko consistía en hacer que el hombre presionara a su agente y obtuviera resultados.

Todo esto parecía ser un juego de niños cuando Centro le transmitió la misión la noche anterior; al menos no parecía ser algo relacionado con los asesinatos de los cinco oficiales de la CIA.

Pero Kovalenko no sabía realmente qué tan sensible sería esta operación por la simple razón de que no se le permitía saber quién era el objetivo final. Como de costumbre, Centro mantenía las cosas tan malditamente compartimentalizadas que Valentín sólo sabía que debía hacer que su agente fuera más duro con el suyo quien, a su vez, era responsable de comprometer el objetivo final.

—Esa no es la forma de dirigir una operación efectiva de inteligencia —había dicho Kovalenko en voz alta la noche anterior.

Sin embargo, el SVR quería que Valentín hiciera esto con buena disposición, así que allí estaba, en este helado garaje de estacionamiento a una hora tan temprana, esperando encontrarse con su agente.

Una miniván Toyota entró y estacionó al lado de Kovalenko, quien oyó que el conductor quitaba el seguro a las puertas del vehículo. Valentín subió al asiento del pasajero y se encontró al lado de un hombre grande con un mechón ridículo de pelo canoso que le cubría los ojos.

El hombre extendió una mano.

—Darren Lipton. FBI. ¿Cómo demonios estás?

CINCUENTA Y OCHO

Kovalenko estrechó la mano del hombre pero no se identificó. Dijo simplemente:

—Centro me ha pedido que trabaje directamente con usted para ayudarle a encontrar acceso a recursos que pueda necesitar en la consecución de su objetivo.

Esto no era realmente cierto. Valentín sabía que este hombre era un agente del FBI de la Rama de Seguridad Nacional de esta agencia. Seguramente tenía acceso a recursos mucho mayores que Valentín. No, Kovalenko estaba aquí para presionarlo en busca de resultados, pero tampoco tenía sentido empezar la conversación o la relación, breve como Kovalenko esperaba que fuera, con amenazas.

El americano se limitó a mirarlo por un largo rato sin hablar.

Kovalenko carraspeó la garganta.

—Dicho eso, podemos esperar resultados inmediatos. Su objetivo es crucial para el...

El grandulón lo interrumpió con un grito ensordecedor:

—¿Me estás tomando el pelo?

Kovalenko se echó hacia atrás en señal de sorpresa.

—¿Perdón?

—¿De veras? Es decir... *¿De veras?*

—Señor Lipton, no sé a qué...

—¿Para los malditos *rusos*? ¿He estado trabajando para los hijos de puta *rusos*?

Kovalenko se recobró de su impacto. En realidad, se solidarizó con su agente. Sabía lo que se sentía ignorar por cuál bandera estaba arriesgando su libertad y su vida.

—Las cosas no son como parecen, Agente Especial Lipton.

—¿No? —dijo Lipton golpeando con fuerza el volante—. Espero que no, porque usted parece ser un maldito *ruso*.

Kovalenko se limitó a mirarse las uñas un momento. Luego dijo:

—Aunque pueda ser así, sé que su agente ha instalado un dispositivo oculto en el teléfono móvil del objetivo. Pero ya no estamos recibiendo actualizaciones del GPS. Suponemos que ha dejado de utilizar el teléfono. Seguiremos adelante con la vigilancia física si no vemos resultados inmediatos. Esto no lo involucrará a usted, a mí, ni tal vez a otros. No tengo que decirle que esto supone muchas horas de trabajo incómodo.

—No puedo hacer eso. Tengo un trabajo y una familia que depende de mí.

—Obviamente no haremos nada que despierte las sospechas del FBI. Usted no tendrá que hacer vigilancia cuando necesite estar en su oficina. Por otra parte, su familia es su problema, no el nuestro.

Lipton miró a Kovalenko por un largo rato.

—Podría aplastarte ese cuellito de mierda que tienes.

Kovalenko sonrió. Tal vez no supiera nada del agente Lipton o del objetivo del agente de este, pero *sí* sabía un par de cosas sobre Darren Lipton. Centro le había enviado todo tipo de información.

—Si usted trata de romper mi cuellito de mierda, Agente Especial Lipton, no podrá hacerlo. Porque ya sea que usted fracase o tenga éxito en esto, su pasado regresará para acecharlo con mucha rapidez pues Centro se enojará con usted y ambos sabemos lo que hará él.

Lipton desvió la mirada hacia el parabrisas de la miniván.

—Señor Lipton —dijo Kovalenko—, la pornografía infantil en una computadora, ciertamente de la variedad y cantidad que ha sido encontrada en *su* computadora personal, es algo que lo pondrá tras las rejas con mucha rapidez. Y no sé cómo son las cosas en este país, pero me imagino que un exagente federal encarcelado tendría dificultades en prisión. Si a esto se le añade —Valentín se inclinó hacia Lipton de un modo amenazante—, y confíe en mí que lo *añadiremos*, el conocimiento de sus delitos específicos, creo que la vida en prisión para usted sería especialmente... brutal.

Lipton se mordió el labio mientras miraba por el parabrisas. Comenzó a tamborilear los dedos en el volante.

—Entiendo —dijo en voz baja, con un tono muy distinto al que había utilizado al comienzo de la conversación—. Entiendo —repitió.

—Excelente. Ha llegado el momento de poner toda la presión posible en su agente.

Lipton asintió sin mirar al ruso.

—Estaré confirmando con usted.

Otro asentimiento.

—¿Eso es todo?

Kovalenko abrió la puerta y bajó de la miniván. Lipton encendió el motor y miró a Kovalenko antes de que este cerrara la puerta. Negó con la cabeza y murmuró:

—Los malditos rusos.

La Toyota retrocedió y se dirigió a la rampa de salida del garaje.

—Eso quisieras —dijo Kovalenko en voz baja mientras veía desaparecer las luces traseras del vehículo.

Darren Lipton se encontró con Melanie Kraft en el Starbucks de las calles King y Saint Asaph. Ella tenía muchas cosas que hacer esta mañana; hacía parte de un equipo de tarea organizado por la oficina de la directora de la NSA para evaluar cualquier filtración de seguridad que pudiera haber puesto en peligro la casa de la calle Prosper, y tenía una reunión a las ocho en punto a la que no podía llegar tarde.

Pero Lipton había sido muy insistente y ella le dijo que le daría diez minutos antes de tomar el autobús con dirección a su trabajo.

Ella percibió de inmediato que él estaba más estresado de lo normal. No se comportaba de un modo lascivo, como acostumbraba hacerlo. Al contrario, fue directo al grano.

—Él se deshizo del teléfono —dijo Lipton tan pronto se sentaron.

Melanie se sintió nerviosa. ¿Acaso Jack había descubierto el dispositivo?

—¿De veras? No me ha dicho nada.

—¿Le diste una pista? ¿Le dijiste algo sobre el localizador del FBI?

—¿Estás bromeando? Por supuesto que no. ¿Crees que puedo confesarle todo esto después de tomar una cerveza?

—Bueno, algo hizo que él no volviera a utilizarlo.

—Tal vez sospecha —dijo Melanie, y su voz se hizo lenta mientras pensaba en lo distante que había estado Jack el fin de semana. Ella lo había llamado para que hicieran algo el sábado por la noche, pero él no le había devuelto la llamada. Cuando lo llamó al día siguiente por la mañana, él dijo que no se sentía bien y que había tomado un par de días libres en su trabajo. Ella le ofreció que fuera a su apartamento para cuidarlo, pero él le respondió que sólo quería dormir.

Y ahora Lipton le estaba diciendo que era posible —incluso probable— que Ryan hubiera descubierto el dispositivo.

—¡Se suponía que el dispositivo era imposible de detectar! —le gritó ella.

Lipton levantó las manos.

—Oye, eso fue lo que me dijeron. No lo sé. No soy un técnico. —Luego sonrió un poco—. Sólo trato con personas.

Melanie se puso de pie.

—Hice exactamente lo que me pidieron. Nadie me dijo que me quemaría al hacer esto. Puedes decírselo a Packard, o se lo diré yo. Se me agotó la paciencia con ustedes.

—Entonces tú y tu papá irán a la cárcel.

—No tienes nada en contra de mi papá. Si tuvieras algo lo habrían arrestado hace varios años. Y si no tienes nada en contra de él, significa que tampoco tienes nada en contra mía.

—Cariño, eso no importa porque somos el FBI y tenemos los mejores técnicos y equipos de polígrafos que hay en la tierra y pondremos tu culito en un cuarto, te conectaremos con ese aparato y te preguntaremos sobre El Cairo. Tú serás la encargada de que tú y tu papá terminen tras las rejas.

Melanie se alejó, caminando hacia la calle King sin decir una palabra.

Le decían la «silla caliente». Basura y Queso corrieron hacia la pista y permanecieron debajo de dos Hornets que habían acabado de aterrizar mientras los otros pilotos de la Marina bajaban de sus aviones y el equipo de reabastecimiento llenaba los tanques de gasolina, dejando un solo motor encendido para no tener que prender de nuevo todos los sistemas de la aeronave. Basura y Queso subieron a los jets y se dirigieron a los asientos de las cabinas que los otros pilotos habían dejado calientes. Se pusieron los cinturones con rapidez, conectaron los equipos de comunicaciones y las mangueras de aire, encendieron el segundo motor y rodaron por la pista.

Tres días antes, cuando habían comenzado a hacer patrullajes aéreos en el estrecho de Taiwán a bordo de aviones de la RDC, había el mismo número de aviones que de pilotos. Pero el uso intensivo ya le había pasado factura a los antiguos Hornet modelo C, y cuatro de los aviones habían sido retirados para darles mantenimiento, pues necesitaban la silla caliente.

Otro más había sido derribado; el joven piloto logró eyectar en su paracaídas y fue rescatado por un bote patrullero de Taiwán repleto de marineros sorprendidos de ver a un americano en el agua. Otro jet que había derribado a un J-5 chino recibió en sus motores los fragmentos de este, y tuvo que aterrizar de emergencia en un aeropuerto en el extremo sur de la isla.

El piloto había sobrevivido pero tenía heridas de gravedad, y se decía que sus días en el aire habían terminado.

En los últimos tres días, los Estados Unidos habían sufrido una sola baja, y matado a nueve pilotos de aviones de la FA del EPL. La flotilla de F-16 de la RDC había perdido once aviones y seis pilotos, lo cual suponía un golpe fuerte para la pequeña fuerza, pero de todos modos era un precio mucho menor del que habría tenido que pagar si no fuera por las dos docenas de pilotos estadounidenses que estaban allí, haciendo todo lo posible para mantener a raya la amenaza china.

La situación también era incierta en el mar. Un misil chino antibarcos había hundido un crucero taiwanés. El EPL señaló que había hecho esto sólo después de que el crucero hundiera un submarino diesel chino, pero todo indicaba que el submarino se había hundido por sus propios medios mientras colocaba minas en el Estrecho y una de estas explotó contra el casco de la nave, pues había sido mal colocada.

Los dos hundimientos dejaron más de cien bajas humanas en ambos lados. Sin embargo, esta cifra era inferior a la que dejaría una guerra abierta, al menos en este punto, pero las pérdidas humanas y materiales aumentaban diariamente.

Basura y Queso recibieron órdenes para volar al sur esta mañana; se predecían tormentas y los chinos no habían enviado muchos barcos hostiles debido al mal clima, pero los dos americanos sabían muy bien que no debían suponer que su patrullaje aéreo sería apacible.

Queso había grabado su segundo ataque letal el día anterior. Con Basura como su compañero de ala apoyando y observando su «seis», Queso había disparado un misil AMRAAM guiado por un radar AIM-120, derribando a un J-5 que atacaba a un escuadrón de F-16 taiwaneses a treinta millas al norte de Taipei.

Esto significaba que los dos marines habían matado a cuatro

aviadores, y los dos Super 10 —con sus pilotos— que había destruido Basura lo estaban convirtiendo ya en una leyenda en la Infantería. Pero muy pocos sabían, incluso en la Infantería de Marina, que este escuadrón que estaba volando contra los chinos en Taiwán era un poco molesto para los hombres, especialmente para Queso, quien no conseguiría registrar la grabación de la baja en su propio avión en caso de que regresara a su base en Japón.

Sin embargo, en medio del estrés, del miedo, del peligro y del agotamiento, los dos jóvenes pilotos americanos no cambiarían sus predicamentos con ningún ser humano en la tierra. Volar, combatir y proteger a los inocentes era algo que estaba en su sangre.

Sus Hornet despegaron de la base aérea Hualien y volaron al sur hacia el Estrecho y hacia la tormenta.

CINCUENTA Y NUEVE

Gavin Biery estaba en el escritorio, frotándose sus ojos cansados. Parecía un hombre derrotado, y lo estaba, mientras la sensación de pérdida y desesperanza se manifestaba en sus hombros caídos y en su talante cabizbajo.

Dos de sus mejores ingenieros estaban con él. Permanecían de pie. Uno le dio palmaditas en la espalda y el otro lo abrazó. Los hombres salieron sin decir palabra.

¿Cómo? ¿Cómo puede ser esto?

Exhaló un largo hilo de aire y cogió el teléfono. Presionó un botón y cerró los ojos mientras esperaba que le contestaran.

—Granger.

—Sam. Es Biery. ¿Tienes un segundo?

—Suenas como si alguien se hubiera muerto.

—¿Puedo reunirme rápidamente contigo, con Gerry y con los operadores del Campus?

—Sube. Los reuniré.

Gavin colgó, se puso lentamente de pie, apagó la luz y salió de la oficina.

. . . .

B iery se dirigió con solemnidad al grupo reunido.

—Esta mañana, uno de mis ingenieros fue a decirme que después de una prueba de seguridad al azar, había detectado un aumento en la red de tráfico exterior. Esto comenzó inmediatamente después de que yo regresara de Hong Kong y no siguió un patrón estricto, aunque cada incidente de actividad aumentada duró exactamente dos minutos y veinte segundos.

El anuncio de Biery fue recibido con miradas por parte de todos los asistentes.

Luego añadió:

—Nuestra red sufre decenas de miles de ataques informáticos cada día. La inmensa mayoría de estos ataques no son más que intentos estúpidos de phishing que se encuentran masivamente en la Internet. El noventa y ocho por ciento de toda la actividad de correos electrónicos del mundo es spam, y la mayor parte de estos son intentos de pirateo. Cada red del planeta es atacada todo el tiempo por estas cosas, y las medidas de seguridad moderadamente competentes son suficientes para protegerlas. Pero en medio de todas estas cosas de bajo nivel, nuestra red ha sido seleccionada como objetivo de ataques cibernéticos muy graves e inteligentes. Esto ha sucedido desde hace mucho tiempo, y sólo gracias a las medidas decididamente draconianas que he adoptado, hemos podido mantener controlados a los tipos malos.

Suspiró de nuevo como un balón desinflándose.

—Cuando regresé de Hong Kong, los ataques de bajo nivel continuaron, pero los de alto nivel se detuvieron.

»Desgraciadamente, este aumento en la actividad exterior

significa que hay alguien dentro de nuestra red. Ha instalado algo para enviar datos: nuestros datos, nuestros datos *seguros*.

—¿Qué nos dice esto? —preguntó Granger.

—Que están adentro. Hemos sido comprometidos. Nos han pirateado. La red tiene un virus. Investigué un par de ubicaciones y lamento decir que encontré la huella de ByteRápido Veintidós en nuestra red.

—¿Cómo lo hicieron? —preguntó Hendley.

Biery miró en blanco.

—Hay cuatro vectores de amenaza. Cuatro maneras de comprometer una red.

—¿Cuales son las cuatro?

—Una amenaza remota, semejante a un ataque a la red en la Web, pero eso no sucedió. Instalé un cortafuegos, lo que significa que no hay una línea directa a la Internet que pueda utilizar alguien para acceder a nuestra red.

—De acuerdo. ¿Qué más? —dijo Granger.

—Una amenaza cercana, como si alguien pirateara una red inalámbrica a poca distancia. Pero de nuevo, estamos tan blindados contra eso como podemos.

—Bien —dijo Chávez, invitando a Biery a continuar.

—El tercer vector de amenaza es la amenaza interior. Es decir, alguien que está aquí en el edificio, que trabaja para el enemigo, y que compromete nuestro sistema. —Biery negó con la cabeza—. Pero no puedo creer que alguien de aquí haría eso. Mi proceso de contratación y de selección es tan estricto como es posible. Todos en este edificio han trabajado en alta secrecía...

Hendley desestimó eso con un gesto.

—No. No creo que sea alguien de aquí. ¿Cuál es el cuarto vector de amenaza?

—La cadena de abastecimiento.

—¿Qué significa eso?

—Comprometer hardware o software que entren en la red. Pero de nuevo, tengo medidas de protección contra eso. Monitoreamos todo lo que recibimos, cada periférico conectado al sistema, cada...

Biery se detuvo en medio de la frase.

—¿Qué pasa? —dijo Chávez.

Biery se puso firme con rapidez.

—¡El disco duro alemán!

—¿Qué?

—Todd Wicks, empleado de Advantage Technology Solutions, me trajo el disco que le pedí. Lo examiné personalmente. Es legítimo. No tiene virus conocidos. Pero tal vez hay algo nuevo. Algo oculto en el Registro de Arranque Maestro que nadie sabe cómo detectar. Lo instalé después de regresar de Hong Kong y fue exactamente cuando el virus comenzó a manifestarse de nuevo.

—¿Qué piensas hacer?

Biery se sentó. Puso los codos sobre la mesa y hundió la cabeza en sus manos.

—¿Paso uno? Dispararle al rehén.

—¿Qué? —exclamó Hendley.

—Lo llamamos dispararle al rehén. Ellos tienen mi red. Esa es la ventaja que tienen sobre nosotros. Pero puedo desconectar todo. Toda la red. Quedarnos a oscuras. Eso les quitaría su ventaja. Matar todo.

Granger asintió.

—De acuerdo. Hazlo. ¿Y el paso dos?

—¿El paso dos? Ustedes me envían a Richmond.

—¿Qué hay en Richmond?

—Todd Wicks. Si su placa hubiera estado comprometida, él lo sabría.

—¿Estás seguro de que él lo sabe? —preguntó Hendley.

Gavin recordó de nuevo la vez que Todd fue a Hendley Asociados. Parecía excesivamente amigable y un poco nervioso, especialmente cuando conoció a Jack junior.

—Lo sabe —dijo Biery.

Chávez se puso de pie rápidamente.

—Vamos. Conduciré yo.

Todd Wicks veía a sus hijos jugar en el columpio del patio de su casa. Aunque la temperatura era de cuarenta y cinco grados, estaban disfrutando de los últimos rayos del sol, y él sabía que disfrutarían aún más las hamburguesas que estaba asando él.

Sherry estaba en la terraza con él, hablando por teléfono con un cliente mientras se reclinaba en la *chaise longue*, abrigada por una chaqueta de vellón y unos pantalones de esquiar, pero de todos modos se veía hermosa.

Todd se sentía bien aquel día, con su familia y con su vida.

Entre el bullicio constante de sus hijos, Wicks escuchó otro sonido, apartó su mirada de las hamburguesas y vio que una Ford Explorer negra se detenía en la entrada de su casa. No reconoció la camioneta. Le dio vuelta a las hamburguesas con rapidez y llamó a su esposa.

—¿Cariño, estás esperando a alguien?

Ella no veía la entrada de su casa desde la silla. Apartó el teléfono del oído.

—No. ¿Vino alguien?

Él no respondió, pues vio a Gavin Biery bajar del asiento del pasajero de la Explorer y no supo qué hacer.

Por un momento sintió las rodillas flojas, pero combatió su pánico, dejó la espátula en el asador y se quitó el delantal.

—Un par de tipos del trabajo, nena. Los llevaré adentro.

—¿Puedo conocerlos?

—No —respondió él con un poco más de contundencia de lo que habría querido, pero ya le estaba preocupando lo que iba a pasar.

Niega, niega, niega —pensó—. *No sabes nada de ningún virus.*

Caminó deprisa hacia la entrada y se acercó a Gavin y al hombre de aspecto hispano antes de que ellos llegaran al patio trasero.

Compórtate con naturalidad —dijo para sus adentros una y otra vez. Sonrió ampliamente.

—¿Gavin? Oye, socio. ¿Cómo vas?

Gavin no le devolvió la sonrisa. El tipo hispano permaneció a su lado con cara de piedra.

—¿Podemos entrar y hablar un minuto?

—Por supuesto.

Bien. Aléjalos de la maldita entrada y hazlos pasar a la casa, donde Sherry no pueda oír.

Un minuto después estaban de pie en la sala. Pidió a los visitantes que se sentaran, pero ninguno de los dos lo hizo. Todd permaneció de pie; se sentía nervioso y parecía incómodo mientras se repetía una y otra vez que se comportara con naturalidad.

—¿De qué se trata esto? —preguntó, creyendo haberlo dicho con el tono adecuado.

—Ya sabes de qué se trata. Encontramos el virus en el disco —respondió Biery.

—¿El *qué*?

—¿El *qué*? ¿Eso es todo lo que tienes qué decir? Vamos, Todd. Recuerdo que estuviste a punto de cagarte en los pantalones cuando te presenté a Jack Ryan. ¿En qué estabas pensando en ese momento?

Chávez miró a Wicks con desprecio.

—¿Quién eres tú?

El hombre hispano no respondió.

Wicks miró a Biery.

—Gavin, ¿quién diablos es...?

—Sé que el disco duro está infectado con malware —dijo Biery—. En el registro de arranque maestro.

—¿De qué estás hablando...?

—Es mejor que no mientas —dijo Chávez—. Podemos ver a través de ti. Y si mientes, te *lastimaré*.

Wicks se puso aún más pálido y las manos comenzaron a temblarle. Dijo algo, pero su voz se resquebrajó, y Ding y Gavin se miraron mutuamente.

—¡Habla! —lo increpó Chávez.

—No sabía qué había en el disco.

—¿Cómo supiste que había *algo* en él? —preguntó Chávez.

—Fueron los... los chinos. La inteligencia china.

—¿Te dieron el disco? —preguntó Gavin.

—Sí. —Todd comenzó a llorar.

El hombre hispano puso los ojos en blanco.

—¿Estás bromeando, carajo?

—¿Podemos sentarnos por favor? —preguntó Wicks entre sollozos.

· · · · · · · · · · ·

En los diez minutos siguientes, Todd contó todo a los dos hombres. La chica de Shanghai, el grupo de policías, el detective que dijo que podía ayudar a Todd a librarse de la cárcel, el agente en la pizzería en Richmond y el disco duro.

—¿Entonces te dejaron colgado? —dijo Chávez.

—¿Qué?

—Se le dice así. Utilizaron a Bao para que tú la buscaras y luego te sorprendieron en la dulce trampa.

—Sí. Creo que esa es la situación.

Chávez miró a Biery. El fofo *geek* informático parecía tener deseos de matar a Todd Wicks. La red de Hendley/Campus era el gran amor de Gavin Biery y este tipo se había colado por las barreras protectoras y la había hecho colapsar. Ding se preguntó si tendría que alejar a Gavin de Wicks, quien era más joven y estaba más en forma, pero que en este instante no parecía poder defenderse de un gato doméstico, y mucho menos de un *geek* informático enfurecido.

—¿Qué me van a hacer? —preguntó Wicks.

Chávez miró al hombre, que estaba desconsolado.

—No digas otra palabra sobre esto a nadie mientras vivas. Dudo de que los chinos te contacten de nuevo, pero si lo hacen, tal vez sea sólo para matarte, así que podrías pensar en ir por tu familia y correr como un demonio.

—¿*Matarme*?

Ding asintió.

—¿Viste lo que sucedió en Georgetown?

Wicks abrió los ojos de par en par.

—Sí.

—Son los mismos tipos para los que trabajaste, Todd. Lo que pasó en Georgetown es sólo un ejemplo de la forma en que ellos atan los cabos sueltos. Tal vez quieras recordar eso.

—¡Dios mío!

Chávez miró a la esposa de Wicks a través de la ventana. Estaba empujando a sus hijos en los columpios y mirando la ventana de la cocina, preguntándose sin duda quiénes eran los dos hombres que su esposo no quería presentarle. Chávez inclinó la cabeza en señal de saludo y luego se dirigió a Todd Wicks.

—No te la mereces, Wicks. Tal vez quieras pasar el resto de tu vida tratando de rectificar ese hecho obvio.

Chávez y Biery salieron por la puerta del garaje sin decir otra palabra.

SESENTA

· · · · · · · · · · · · · ·

Gavin Biery y Domingo Chávez llegaron al apartamento de Jack Ryan, Jr. poco después de las diez de la noche. Jack todavía estaba suspendido, pero Gavin y Ding querían contarle lo que había pasado.

Chávez se sorprendió cuando Ryan dijo que no quería hablar en su casa. Jack le entregó una Corona a cada uno, los condujo de nuevo al estacionamiento, y luego a un campo de golf que había al cruzar la calle. Los tres se sentaron en la oscuridad en una mesa de picnic y tomaron sus cervezas al lado de una calle envuelta en neblina.

Después de que Biery contara a Ryan sobre la visita a la casa de Wicks y de que los agentes de inteligencia estaban detrás del virus que tenía la red informática de Hendley Asociados, Jack buscó una explicación.

—¿Hay alguna posibilidad de que estos tipos no estuvieran trabajando para el MSE? ¿Podrían ser soldados de a pie, de Tong, que entraron al territorio continental chino para comprometer al vendedor de computadoras?

Ding negó con la cabeza.

—Esto sucedió en Shanghai. Es imposible que Centro hubiera intervenido la habitación de un hotel, traído un gran número de policías, tanto uniformados como vestidos de paisano, y hacerlo sin el conocimiento del MSE. En China, los hoteles, especialmente los lujosos y los de estilo ejecutivo, tienen que cumplir por ley con las órdenes del MSE. Están intervenidos, vigilados y varios de sus empleados son agentes que trabajan para la seguridad estatal. Simplemente es imposible que esta sea una operación que no haya realizado el MSE.

—Pero el virus es el RAT de Zha. El mismo del Disco de Estambul. El mismo del pirateo a los UAVs. La única explicación es que Zha y Tong estaban trabajando para China en Hong Kong y que estaban bajo la protección de las Tríadas.

Chávez asintió.

—Y esto significa también que el gobierno chino tiene conocimiento de Hendley Asociados. Sólo piensen en todo lo que hay en nuestra red y que ellos lograron infiltrar. Nombres y direcciones domiciliarias de nuestros empleados, datos que hemos extraído de las comunicaciones de la CIA, la NSA y de la ODNI. Son asociaciones obvias para cualquiera que tenga media idea de que nosotros somos un centro secreto de espionaje.

—Por otra parte, la buena noticia es lo que no está en la red —dijo Jack.

—Explícate —replicó Chávez.

—No grabamos nuestras actividades. No hay nada que hable acerca de ninguno de los golpes que hemos dado, de las operaciones en las que hemos participado. Sí, allí hay más que suficiente para convertirnos en objetivo o demostrar que tenemos acceso a información clasificada, pero nada que nos relacione con ninguna operación en particular.

Ding bebió su Corona y se estremeció.

—Sin embargo, cualquiera en China puede coger un teléfono, llamar a *The Washington Post* y estaremos fritos.

—¿Y, entonces, por qué no ha sucedido? —preguntó Jack.

—Ni idea. No lo entiendo.

Ryan renunció a tratar de pensar en eso y preguntó:

—¿Se ha vuelto a hablar de enviar operativos a Beijing para encontrarse con la Mano Roja?

—Granger está trabajando para que vayamos allá. Driscoll y yo nos pondremos en camino apenas veamos la manera de hacerlo —dijo Chávez.

Jack se sintió completamente excluido. No estaba trabajando, no estaba hablando con Melanie y ahora ni siquiera quería comunicarse con su mamá y su papá porque sentía que en cualquier momento los chinos revelarían información sobre él que podría acabar con la presidencia de su padre.

Gavin Biery había permanecido todo el tiempo en silencio, pero se levantó de la mesa y dijo:

—Veo algo.

—¿Qué ves? —preguntó Ding.

—Puedo ver el panorama general. Y no es agradable.

—¿De qué estás hablando?

—La organización de Tong es un grupo que trabaja para los intereses de su nación, utiliza en algún grado los activos de su nación, pero se trata de una operación «sub rosa» de carácter secreto y autodirigida. Apuesto también a que son autofinanciados, ya que pueden ganar una gran cantidad de dinero con sus delitos cibernéticos. Es más, la organización de Centro tiene unos medios tecnológicos formidables que utiliza para conseguir inteligencia y cumplir su misión —dijo Gavin.

Jack comprendió.

—Me cago en la mierda. ¡Ellos son iguales a nosotros! Son casi lo mismo que el Campus. Una operación proxy negable. Los chinos no podían dejar que los ataques cibernéticos condujeran de nuevo a ellos. Permitieron a Centro instalar su propia operación, así como mi padre lo hizo con el Campus, para darles libertad y que fueran más agresivos.

—Y nos han estado observando desde lo de Estambul —añadió Chávez.

—No, Ding —dijo Jack, su voz repentinamente grave—. No desde lo de Estambul. Antes de Estambul. *Mucho* antes.

—¿Qué significa eso?

Jack se llevó las manos a la cabeza.

—Que Melanie Kraft es un activo de Centro.

Chávez miró a Biery y percibió lo que ya sabía.

—¿De qué demonios estás hablando?

—Ella intervino mi teléfono. Fue por eso que Centro supo que Dom y yo fuimos a Miami a investigar el servidor de comando.

Chávez no podía creerlo.

—¿Ella intervino tu teléfono? ¿Estás seguro?

Jack se limitó a asentir y miró la neblina.

—¿Es por eso que estamos sentados aquí en medio del frío?

Jack se encogió de hombros.

—He llegado a creer que puso micrófonos en todo mi apartamento. Pero no lo sé, no he hecho un registro todavía.

—¿Has hablado con ella? ¿La has confrontado?

—No.

—Ella trabaja en la CIA, Ryan. Ha pasado por muchísimos más controles de antecedentes personales que tú. No creo que esté trabajando para los malditos chinos comunistas —dijo Ding.

Ryan golpeó la mesa con la mano.

—¿Escuchaste lo que acabo de decir? Ella intervino mi teléfono. Y no con cualquier cacharro de espionaje. Gavin encontró el RAT de Zha, o una versión de este, en el dispositivo, además de un rastreador por GPS.

—Pero, ¿cómo sabes que ella no fue coaccionada de alguna manera? Tal vez la engañaron para hacerlo.

—Ding, ella lleva mucho tiempo comportándose de una manera sospechosa desde que llegué de Pakistán en enero. He visto indicios, pero estaba tan entusiasmado con ella que no los percibí. —Hizo una pausa—. Fui un maldito idiota.

—'Mano, hay razones para sospechar de ti. Una chica tan inteligente como ella tiene el termómetro de mentiras graduado en once. En cuanto al micrófono en tu teléfono... —Chávez negó con la cabeza—. La están utilizando. Alguien planeó eso. Me cuesta mucho creer que ella espíe para China.

—Estoy de acuerdo —coincidió Biery.

—No sé *por qué* lo hizo. Sólo sé *que* lo hizo. Y sé que soy yo el que comprometió toda nuestra operación al dejar que ella lo hiciera —dijo Jack.

—Todos en el Campus tenemos seres queridos que no saben lo que hacemos. Estamos en riesgo cada vez que permitimos que una persona llegue a nuestras vidas. La pregunta es, ¿qué vas a hacer al respecto? —preguntó Ding.

Jack levantó las manos de la mesa.

—Estoy abierto a sugerencias.

—Bien. Estás suspendido, cosa que puedes utilizar a tu favor. Tienes un poco de tiempo. Utilízalo para descubrir quién demonios le está halando las cuerdas a ella.

—De acuerdo.

—Quiero que hagas una incursión encubierta en su apartamento, y que lo hagas con cuidado. Ella no es una espía sino una analista, pero no te arriesgues. Busca contramedidas o señales. Mira lo que puedas encontrar pero no intervengas su apartamento. Si ella está trabajando para el otro lado podría tener equipos de seguridad y detectarlo.

Jack asintió.

—Está bien. Iré mañana en la mañana cuando ella salga a trabajar.

—Bien —dijo Chávez—. Tal vez quieras seguirla mañana y pasado mañana por la noche. Ver si hace algo fuera de lo normal, si se encuentra con alguien.

—Si va a un restaurante chino —añadió Gavin.

Era una broma, pero Ding y Jack respondieron con miradas de desaprobación.

—Lo siento —dijo él—. No fui oportuno.

Chávez continuó:

—Obviamente, dale tu computadora portátil a Gavin para que la examine. Haremos que un equipo de ciencia y tecnología del quinto piso venga a tu apartamento y busque micrófonos ocultos. Y lo mismo con tu auto.

—Lo examiné hoy; está limpio —dijo Gavin.

Chávez asintió.

—Bien.

El teléfono de Ding sonó en su cinturón.

—¿Sí? Oye, Sam. Bien. En realidad estoy en el sector. Iré pronto.

Chávez se levantó de la mesa con rapidez y terminó su cerveza.

—Voy a la oficina. Granger cree que hay una forma de que Driscoll y yo entremos a China.

—Buena suerte —dijo Ryan.

Ding miró al joven y le puso la mano en la espalda.

—Buena suerte para ti, *muchacho*. Mantén la mente abierta con la señorita Kraft. No dejes que tus emociones la declaren culpable antes de averiguar lo que está pasando. Dicho esto, incluso si no está trabajando a sabiendas para Centro, ella es simplemente otra pieza del rompecabezas. Tienes que aprovechar eso, *'mano*. Si haces esto bien, podremos saber más sobre Centro de lo que ya sabemos gracias a ella.

—Lo haré.

Chávez le asintió a Biery, se dio vuelta y desapareció en la niebla.

El doctor K. K. Tong estaba en el escritorio treinta y cuatro, mirando por encima del hombro de la controladora mientras ella escribía en el Criptograma. Sabía que la mayoría de los administradores se intimidaban con su presencia cuando él los visitaba en sus sitios de trabajo, pero esta mujer era extremadamente competente y no parecía intimidada.

Se sentía satisfecho hasta ahora con el desempeño de la mujer.

Tong había hecho sus rondas por el Barco Fantasma cuando ella lo llamó a su auricular VOIP y le pidió que fuera a su escritorio. Tong calculaba que podía caminar fácilmente unos diez kilómetros al día mientras recorría todos los nodos del edificio y, adicionalmente, participaba todos los días en unas cincuenta videoconferencias.

La mujer del escritorio treinta y cuatro terminó de hacer su trabajo y se dio vuelta para mirarlo; comenzó a ponerse de pie pero él la detuvo.

—Permanece sentada —le dijo—. ¿Querías verme?

—Sí, Centro.

—¿Qué está pasando en Hendley Asociados?

—Perdimos el rastreador y el acceso remoto al teléfono de Jack Ryan el sábado. Esta tarde colapsó nuestro acceso persistente y profundo a la red de la compañía. Parece como si hubieran detectado la intrusión y desconectado toda la red.

—¿Toda la red?

—Sí. No hay ningún tráfico procedente de Hendley Asociados. Su servidor de correo electrónico no está aceptando mensajes. Parece como si simplemente hubieran desconectado todo.

—Interesante.

—Valentín Kovalenko, mi activo de campo, es muy hábil. Puedo hacer que se reúna de nuevo con su agente Darren Lipton y lo obligue a presionar a su agente Melanie Kraft para averiguar cómo se detectó la intrusión.

Tong negó con la cabeza.

—No. Hendley Asociados era una curiosidad. Esperábamos enterarnos de su papel en la jerarquía de la inteligencia estadounidense. Pero se volvieron un problema en Hong Kong. Luego vino Miami, donde fueron una molestia aún mayor. Nuestras medidas contra ellos han sido insuficientes. No tengo tiempo para dedicarme a develar el misterio de Hendley Asociados. Si ellos han detectado nuestra presencia en su red, entonces podrían tener más información sobre nosotros de lo que sabemos. Es hora de incrementar nuestras medidas.

—Sí, Centro. Como siempre ha sido el caso, podemos reportarlos de manera encubierta a las autoridades estadounidenses o enviar a uno de nuestros activos proxy en la prensa de Estados Unidos para que los investigue.

Tong negó con la cabeza.

—Ellos saben acerca de nosotros. Si los revelamos ante el mundo, también nos revelaremos. No, no podemos hacer eso.

—Sí, Centro. ¿Debemos terminar nuestra relación con Lipton?

—No. Es del FBI. Podría seguir siendo útil. Sin embargo, su agente... ¿es la novia del hijo del presidente?

—Melanie Kraft.

—Sí. Ha demostrado ser inútil y puede comprometer a nuestro activo Lipton. Envía sus detalles a Grulla. Haremos que elimine ese riesgo.

—Sí, Centro.

SESENTA Y UNO

....

Domingo Chávez y Sam Driscoll estaban en la oficina de Gerry Hendley, con Gerry y Sam Granger. Por primera vez en los dos años que Chávez llevaba trabajando en el Campus, la computadora portátil de Hendley no estaba abierta en su escritorio. La tenía envuelta en una funda de cuero que había guardado en su clóset. Ding creía que era una medida casi paranoica, pero eso era normal en los últimos días.

Ya habían dado las once p.m., pero nadie se refería a la hora. El único tema de discusión era la posibilidad de aceptar la solicitud de Mary Pat Foley para prestar ayuda en China.

—Hemos encontrado la manera de que entres a Beijing —dijo Granger—; hablé con el representante de la Mano Roja y le informé que tal vez les pidamos ayuda.

—¿Cuál es nuestro acceso? —preguntó Driscoll.

El Departamento de Propaganda de la RPC está realizando una gran ofensiva ante otras naciones alrededor del mundo para crear una buena imagen. Está tratando de reunir apoyo para China y de retirárselo a Estados Unidos. Está invitando a medios de comunicación extranjeros a que vayan a Beijing y conozcan China desde la perspectiva de ese país, y no a partir de lo que dice Hollywood.

—He utilizado credenciales periodísticas para identidad de cobertura en más de una ocasión en mi carrera.

—Sí, el Departamento de Propaganda está prometiendo el libre movimiento de la prensa en China durante este conflicto.

—¿Sí? —dijo Chávez—. He oído a algunas dictaduras decir la misma mierda.

Granger estuvo de acuerdo.

—Puedes estar seguro de que cada paso que des será con un escolta del gobierno llevándote del brazo, y de que la vigilancia clandestina monitoreará cada uno de tus movimientos.

—Parece como si eso fuera a interferir con nuestros planes para trabajar con unos criminales despiadados y asociarnos con un grupo de rebeldes armados —comentó Driscoll.

Chávez se rio.

Granger también, y luego dijo:

—La Mano Roja tiene un plan para quitarte a los escoltas de encima. —Miró su bloc de notas—. En Beijing, el Ministerio de Cultura te ofrecerá la oportunidad de hacer varias excursiones para periodistas. Una de ellas será a la muralla China. Los periodistas visitan un lugar principal y otro secundario, que es menos frecuentado. El nombre está acá. Di que quieres conocer esa parte de la muralla.

—¿Y luego qué? —preguntó Driscoll.

—Ellos te quitarán los escoltas de encima de alguna manera, y luego te llevarán a los rebeldes.

—Dime qué sabes sobre los subversivos.

—Uno de ellos es policía y los ha alertado de represiones policiales, movimientos gubernamentales y otras cosas por el estilo. Han realizado actos de hostigamiento en pequeña escala contra el gobierno en las provincias. Han incendiado algunos vehículos gubernamentales y volado un par de líneas férreas.

—Hasta el momento, los medios de comunicación controlados por el gobierno chino han mantenido eso en secreto, lo cual no es ninguna sorpresa. Sin embargo, los insurgentes están planeando actuar en Beijing, donde hay muchos medios internacionales y extranjeros que pueden divulgar la noticia. Esa es su meta principal: iniciar un pequeño fuego que se propague al igual que las protestas.

—Ellos dicen tener una fuerza bien entrenada de más de trescientos rebeldes, así como armas de pequeño calibre. Quieren combatir a los chinos comunistas.

—¿Y apoderarse del Ejército? ¿Acaso están locos? —preguntó Chávez con incredulidad.

Driscoll reflejó la misma opinión:

—Perdónenme si no me desmayo de la emoción. Creo que más bien parecen ovejas camino al matadero.

Granger negó con la cabeza.

—Obviamente, ellos no van a derrocar al gobierno con una contrainsurgencia. No con trescientas personas. Diablos, ni siquiera con trescientas mil. Pero tal vez podamos utilizarlos.

—¿Utilizarlos para qué? —preguntó Ding.

Mary Pat quiere activos en la capital china en caso de que estalle una guerra armada. Los rebeldes están allá y podrían ser justo lo que necesitamos. Es difícil saber el éxito que han tenido.

El gobierno chino hace ver las cosas como si fueran un par de picaduras de insectos, pero los rebeldes sostienen que están a un paso de derrocar al régimen comunista.

Driscoll gruñó.

—Creo que tenemos que actuar bajo la presunción de que, en este tema, la palabra oficial de Beijing es la más cercana a la verdad.

—Estoy de acuerdo. Pero aunque los rebeldes no sean exactamente un grupo de combate organizado y de primera línea, si nosotros llevamos los equipos y la inteligencia adecuados, tendremos un efecto de multiplicación de fuerzas.

—¿Cuáles son las políticas de ellos? —preguntó Ding.

Granger se encogió de hombros.

—Son confusas. Están contra el gobierno y todos coinciden en eso. Por lo demás, sólo son una banda dispersa de estudiantes. Asimismo, también hay algunos criminales, otros que huyen de la justicia y soldados desertores.

—¿Nuestros fabricantes de documentos son lo suficientemente hábiles como para entrarnos a Beijing? —preguntó Chávez.

—Sí. Podemos entrarlos al país, pero ustedes estarán expuestos.

—Mierda, estarán expuestos —añadió Gerry Hendley—. Serán extranjeros en una ciudad que sospecha de todos ellos.

—Necesitamos ir con Caruso para que nos respalde —dijo Chávez—. Puede fingir que es italiano, por lo menos ante los chinos.

Hendley asintió y miró a Granger. Sam no parecía entusiasmado, pero dijo:

—Háganlo. Pero no con Ryan. No allá.

—De acuerdo —señaló Chávez—. Iré si nos acompaña Caruso. ¿Y tú que, Sam?

Driscoll no estaba convencido.

—¿Habremos de confiar en los asesinos y ladrones de la Mano Roja para que nos conduzcan a una fuerza rebelde que no hemos verificado? ¿Ese es básicamente el plan?

—Ustedes tienen que hacer esto —respondió Granger.

Driscoll lo pensó y luego dijo:

—En condiciones normales, esto sería muy arriesgado como para intentarlo. Pero creo que debemos arriesgarnos. —Suspiró—. ¡Qué demonios! Cuenten conmigo.

Hendley asintió en señal de aprecio y dijo:

—Muchachos, hay muchas cosas desconocidas en esto. No estoy en condiciones de darles luz verde para entrar en acción, pero permitiré que vayan ustedes tres y vean cómo son las cosas. Se encuentran con los rebeldes, me envían sus mejores impresiones de lo que está sucediendo, y juntos decidiremos si vale la pena intentarlo.

—Me parece bien —dijo Chávez, y miró a los dos hombres que estaban a su lado.

—Lo mismo pienso yo —dijo Driscoll.

Granger se puso de pie, señalando el final de la reunión.

—De acuerdo. Vayan a Operaciones y ordenen un portafolio completo de identificación para los tres. Díganles que trabajen el doble del tiempo en las credenciales y que hagan el mejor trabajo posible. Ninguno de ellos saldrá de aquí hasta que ustedes tengan lo que necesiten. No me importa si tenemos que amanecer acá hasta que reciban sus credenciales. Escuchen sus quejas y díganles que me llamen.

Ding se puso de pie y estrechó la mano a Sam.

—Gracias.

Hendley apretó la mano a los hombres y les dijo:

—Tengan cuidado, muchachos. Sé que lo de Pakistán en enero no fue pan comido, y lo cierto es que los chinos son mucho más competentes y peligrosos.

—Entendido —dijo Ding.

SESENTA Y DOS

....

¿Señor presidente?

Jack Ryan se despertó y vio al oficial nocturno al pie de su cama. Se sentó con rapidez; después de todo, ya estaba acostumbrado a eso. Siguió al oficial de la Fuerza Aérea al pasillo antes de que Cathy se despertara.

Bromeó en voz baja mientras caminaba.

—Recibo más noticias de noche que de día.

—El secretario de Estado me pidió que lo despertara —dijo el oficial—. Señor, lo están pasando por todos los canales de televisión. Los chinos dicen que pilotos estadounidenses están realizando misiones encubiertas en aviones taiwaneses.

—Mierda —dijo Ryan. Había sido una idea suya, era su secreto y ya estaba en las noticias—. De acuerdo, reúne al grupo. Bajaré en pocos minutos.

¿Cómo lo descubrieron? —preguntó Ryan a los numerosos y principales militares y asesores de inteligencia que ocupaban toda la mesa.

—Taiwán está llena de espías chinos —dijo Mary Pat Foley—, y eso se filtró de alguna manera. Un piloto de la Marina fue derribado y un barco pesquero lo rescató. Este evento duplicó probablemente el número de personas que sabían de la operación encubierta.

Jack sabía que el mundo real tenía la costumbre de inmiscuirse en sus mejores estratagemas.

Lo pensó un momento.

—Estoy leyendo los reportes diarios sobre las actividades de nuestros pilotos. Le están ayudando mucho a la RDC. De no ser por nuestra operación, Taiwán habría sufrido grandes pérdidas a manos de los chinos.

Burgess estuvo de acuerdo.

—Los chinos pueden tomar fácilmente Taiwán. Un par de docenas de pilotos estadounidenses no va a cambiar eso. Pero si la FA del EPL hubiera realizado otras veinticinco operaciones letales aire-aire, la moral de la RDC ya habría tocado fondo y muchos taiwaneses estarían dispuestos a tirar la toalla. Estoy muy contento de que nuestros competentes pilotos estén allá dando guerra a los chinos.

—No confirmamos ni negamos la historia —dijo Roger—. Simplemente nos resistimos a comentar las alegaciones de China. Y mantenemos a nuestra gente allá.

Todos estuvieron de acuerdo, aunque Adler parecía preocupado.

Mark Jorgensen, comandante de la Flota del Pacífico, se excusó de la videoconferencia en el instante en que Ryan entraba a la sala. El mandatario tenía la experiencia suficiente para saber que los almirantes no acostumbraban decir a un presidente que tenían que afrontar cosas más importantes a menos de que realmente lo fueran.

El comandante apareció de nuevo en la pantalla. Habló duro,

casi enojado, mientras interrumpía al secretario de Estado, quien se estaba refiriendo a la situación en China.

—Mis disculpas, señor presidente. Los chinos han disparado más misiles de crucero antibarcos contra otra nave taiwanesa. Impactaron al *Tso Ying*, un destructor que patrullaba el estrecho de Taiwán, con dos misiles Silkworm. Se trata del que fuera el USS *Kidd* antes de que lo vendiéramos hace algunos años a la RDC. Actualmente, el *Tso Ying* está inservible, en llamas y a la deriva. Ha cruzado la línea central del Estrecho y se dirige a aguas territoriales chinas.

—Maldita sea —murmuró Burgess.

—El director Su ha ordenado que los Estados Unidos permanezcan por fuera del área —continuó Jorgensen—. Amenazó en público con lanzar un misil balístico antibarcos, aparentemente el Dong Feng 21, contra el grupo aeronaval del USS *Ronald Reagan* o del *Nimitz* si sobrepasan la zona de exclusión de trescientas millas que impuso él la semana pasada.

Se escucharon jadeos en la sala.

—¿Cuál es el rango del DF 21? —preguntó Ryan.

—Novecientas millas.

—¡Santo cielo! Podríamos llevar al *Reagan* de regreso a Tokio y aún así podrían impactarlo.

—Eso es correcto, señor. Y también se trata de un verdadero destructor de portaviones. Un DF 21 puede hundir sin problemas a un portaviones tipo *Nimitz* y matar fácilmente a casi toda la tripulación.

—¿Cuántas armas como esta tienen los chinos?

Mary Pat Foley respondió:

—Creemos que entre ochenta y cien.

—¿Lanzadores móviles?

—Sí, señor presidente. Lanzadores móviles terrestres, y también submarinos.

—Bueno, ¿y qué pasa con nuestros submarinos? ¿Sí estamos operando a nivel subacuático en el Estrecho?

—Sí, señor —dijo Jorgensen.

—¿Podemos ayudar al destructor taiwanés?

—¿Se refiere al rescate? —preguntó Bob Burgess.

—Sí.

Burgess miró a Jorgensen. El almirante dijo:

—Podemos lanzar misiles de crucero contra el PLAN si atacan de nuevo al barco impactado.

Ryan miró alrededor de la sala.

—Eso sería una guerra naval abierta. —Tamborileó con los dedos en la mesa.

—Está bien. Scott, llama al embajador Li ahora mismo. Quiero que vaya al Ministerio de Relaciones Exteriores chino en este instante y les diga que cualquier ataque al *Tso Ying* será repelido por las fuerzas de Estados Unidos.

Scott Adler se puso de pie y salió de la sala de conferencias.

Jack Ryan se dirigió a los demás:

—Ya estamos al borde de una guerra abierta en el Estrecho. Quiero que cada activo de Estados Unidos en el mar de China oriental, en el mar amarillo y en cualquier lugar del Pacífico Oeste esté en el máximo nivel de alerta. Si uno de nuestros submarinos ataca a un barco chino, podemos esperar que se desate un verdadero infierno.

Valentín Kovalenko subió al asiento del pasajero del Toyota Sienna de Darren Lipton a las seis de la mañana. El ruso tenía instrucciones de Centro. Como siempre, no sabía la razón detrás del mensaje que iba a entregar, pero lo calmó el hecho de que sus colegas rusos en la Embajada le hubieran dado luz verde para hacer lo que le decían, así que no cuestionó sus instrucciones.

—Deberá concertar de inmediato una cita con su agente —dijo.

—Ella no es una mascota entrenada —respondió Lipton con su rabia usual—. No viene en el instante en que la llamo. Estará trabajando y no podrá reunirse conmigo hasta que salga del trabajo.

—Hágalo ahora. Haga que venga antes del trabajo. Sea persuasivo. Dígale que tome un taxi a esta dirección y encuéntrese con ella allá. Deberá convencerla de que se trata de un asunto crucial.

Lipton tomó el papel con la dirección y lo miró mientras conducía.

—¿Qué hay allá?

—No lo sé.

Lipton miró un momento a Kovalenko y luego se concentró en el tráfico.

—¿Qué le digo cuando llegue?

—Nada. Usted no va a esperarla. Alguien lo hará.

—¿Quién?

—No lo sé.

—¿Packard?

Kovalenko no respondió. No sabía quién era Packard, pero Lipton no tenía ninguna necesidad de saber esto.

—No sé si será Packard o alguien más.

—¿De qué se trata todo esto, Iván?

—Simplemente limítese a que la mujer vaya a la dirección.

Lipton miró un momento a Kovalenko mientras conducía.

—No sabes lo que está pasando, ¿verdad?

Kovalenko vio que Lipton parecía adivinar sus pensamientos.

—No lo sé. Yo tengo mis órdenes y usted las suyas —dijo.

Lipton sonrió.

—Entiendo, Iván. Ahora lo veo. Centro tiene algo contigo, al igual que conmigo. No eres su hombre, sino su agente.

Kovalenko habló con voz cansada:

—Todos somos piezas en un sistema. Un sistema que no entendemos por completo. Pero entendemos nuestra misión y necesito que usted se concentre en eso.

Lipton se detuvo al lado de la carretera.

—Dile a Centro que quiero más dinero.

—¿Por qué no se lo dice usted?

—Eres ruso. Y es obvio que él también lo es. Aunque eres tú quien le hace los mandados al igual que yo, es más probable que te escuche a ti.

Kovalenko sonrió con cansancio.

—Usted sabe cómo son las cosas. Si una organización de inteligencia paga mucho dinero a un agente, este ya no necesitará más dinero y se sentirá menos motivado para echar una mano.

Lipton negó con la cabeza.

—Tú y yo sabemos cuál es mi incentivo para trabajar con Centro. No es el dinero, sino el chantaje. Pero, carajo, realmente valgo mucho más dinero.

Kovalenko sabía que esto no era cierto, pues había leído la carpeta sobre este hombre. Sí, el chantaje había sido el impulso a corto plazo para obligarlo a espiar. Centro tenía imágenes en su computadora que podían ponerlo tras las rejas.

Pero ahora Lipton quería hacerlo por dinero.

La cantidad y nivel de las prostitutas a las que acudía este hombre se había multiplicado desde los doce meses que llevaba trabajando para el misterioso empleador, quien le daba instrucciones simples cada semana o dos.

Su esposa e hijos no habían visto un solo centavo del dinero que había recibido; el hombre abrió una cuenta privada y casi todo lo que ganaba terminaba en manos de Carmen, Barbie, Britney y las demás mujeres que trabajaban en Crystal City o en Rosslyn.

Kovalenko no sentía ningún respeto por él, pero tampoco necesitaba respetar a un agente para dirigirlo.

Abrió la puerta y bajó del auto.

—Haga que su agente llegue a la dirección a las nueve a.m. Mientras tanto, hablaré con Centro sobre su compensación.

La ley de seguridad estatal del gobierno chino obliga a los ciudadanos de ese país a obedecer y cooperar con todos los empleados de seguridad gubernamental, ordenando que todos los hoteles y otros negocios permitan un acceso ilimitado a todas sus operaciones.

En resumen, esto significaba que la mayoría de los hoteles chinos de clase ejecutiva estaban intervenidos con equipos audiovisuales conectados al Ministerio de Seguridad Estatal, donde los empleados los monitoreaban en busca de información de inteligencia.

Había muchos secretos comerciales de los cuales podían enterarse los chinos simplemente con presionar un botón y comunicarse con un traductor equipado con un receptor de radio y un bloc de notas.

Chávez, Caruso y Driscoll sabían que su hotel en Beijing estaría intervenido, y elaboraron un plan de acción antes de viajar a China. Se comportarían igual que siempre cuando estuvieran en sus habitaciones, utilizando su identidad de cobertura.

Apenas se registraron después del interminable vuelo comercial desde Estados Unidos, Ding puso el agua de la ducha al nivel más caliente, salió del baño y cerró la puerta. Encendió la televisión y comenzó a desvestirse como el ejecutivo cansado que aparentaba ser, agotado después de un vuelo extenuante, mientras esperaba darse una ducha rápida antes de meterse a la cama. Caminó al mismo tiempo que se quitaba la camisa y permaneció frente al televisor, tratando de actuar con naturalidad, aunque en realidad estuviera buscando cámaras ocultas. Examinó el aparato y luego la pared frente a la cama. Dejó su camisa y camiseta interior en el escritorio al lado de su equipaje de mano, mientras observaba atentamente la pantalla de la lámpara.

Ding conocía al menos dos docenas de cámaras y receptores de audio en miniatura; sabía muy bien lo que debía buscar, pero hasta ahora no había encontrado nada.

Notó que las luces del techo estaban empotradas. Le pareció que eran lugares ideales para ocultar cámaras. Se paró directamente debajo de las luces, pero no se subió a la cama ni a una silla para observarlas.

Sin embargo, tenía la certeza de que allí había una cámara. Si se esforzaba mucho en buscarlas, los matones del MSE que lo que estaban observando se darían cuenta, y esto haría que se concentraran aún más en su habitación.

Se desvistió y regresó al baño, que ahora estaba lleno de vapor, y lo inspeccionó exhaustivamente un minuto después, cuando el vapor se había dispersado un poco. Lo primero que examinó fue el gran espejo del baño y encontró de inmediato lo que estaba buscando: un fragmento que no se había empañado, de un pie cuadrado de extensión.

Ding sabía que se trataba de un hueco detrás del espejo, donde había una cámara. Seguramente también había un radio Wi-Fi que enviaba la señal de las cámaras y equipos de audio ocultos en algún lugar de la habitación adondequiera que estuvieran los tipos del MSE.

Ding sonrió para sus adentros. Quiso saludar a la cámara, desnudo como estaba. Supuso que el noventa y cinco por ciento de los ejecutivos y ejecutivas que se hospedaban en este hotel, y decenas de personas más en Beijing, no tenían la menor idea de que una cámara oculta los grababa siempre que se duchaban.

En el mismo piso, Dominic Caruso y Sam Driscoll hacían la contravigilancia oculta de sus suites. Los tres americanos habían llegado a la misma conclusión simple: deberían tener cuidado en no hacer ni decir nada y en no comportarse distinto al típico huésped de un hotel, pues de lo contrario su operación se vería comprometida.

Los tres hombres ya habían estado muchas veces en misiones de campo y en ambientes hostiles. Los chinos eran implacables en sus tácticas de espionaje, pero los tres hombres sabían que podían interpretar sus papeles y no hacer nada que alertara a los hombres y mujeres cansados que los monitoreaban, pues creían que habían ido a Beijing para hacer cosas sospechosas.

Ding acababa de meterse en la cama con la intención de dormir un poco cuando sonó su teléfono satelital. Estaba encriptado y no le preocupó que alguien lo escuchara por medios electrónicos, aunque era indudable que había micrófonos en la habitación.

Encendió la televisión, salió al balcón y cerró la puerta de cristal detrás de él.

—¿*Bueno*?

—Ah... ¿Ding?

—¿Adam? —dijo Chávez, su voz casi tan baja como un susurro.

—Sí.

—Me alegra que hayas llamado. Nos estábamos preguntando qué había pasado contigo.

—Simplemente salí un momento del panorama.

—Entiendo.

—Descubrí el lugar desde el cual está operando Centro.

—¿Por tu cuenta?

—Acertaste.

—¿Dónde está?

—En Guangzhou, a unas dos horas al norte de Hong Kong. No tengo la dirección, pero he estrechado el círculo. Está cerca de la ORT*. Se encuentra en territorio continental chino, y todo el tiempo ha trabajado para los chinos comunistas.

Chávez miró alrededor con nerviosismo. Se le ocurrió que Beijing era un lugar muy poco apropiado para recibir esta llamada.

—Sí. Concluimos lo mismo. Tendrás que encontrar la forma de informar a tu empleador.

—Mira, Ding. Estoy cansado de enviar cables a Langley. Ellos tienen una filtración, que va directamente a la RPC. Si le digo algo a Langley, lo más seguro es que Centro haga una nueva jugada.

—¿Qué vas a hacer?

—Trabajaré sin una red.

—Me gusta tu estilo, Adam —dijo Chávez—, pero eso no es bueno para tu carrera.

---

* Oficina de Reconocimiento Técnico (N. del ed.).

—Ser asesinado tampoco es bueno para mi carrera.

—No puedo discutir eso.

—Podría recibir un poco de ayuda.

Chávez lo pensó. Le resultaba imposible deshacerse de Driscoll o de Caruso ahora, y tampoco podían desaparecer de un momento a otro sin que los vigilantes chinos sospecharan de ellos.

—Estoy en medio de algo que no puedo interrumpir ahora, pero puedo hacer que Ryan vaya a ayudarte. —Chávez sabía que enviar a Jack a China continental era cuestionable en el mejor de los casos. Pero también sabía que Tong estaba en el centro de todo el conflicto con China y que, a diferencia de Beijing, Guangzhou estaba cerca de la frontera con Hong Kong.

—¿*Ryan*? —dijo Yao, sin tratar de disimular su decepción.

—¿Algún problema con Jack?

—Estoy bastante ocupado como para cuidar al hijo del presidente.

—Jack es un activo, Yao. Créeme.

—No lo sé.

—Tómalo o déjalo.

Yao suspiró.

—Lo tomaré. Por lo menos conoce gente que puede hacer que las cosas sucedan. Haz que vaya a Hong Kong; lo recibiré en el aeropuerto y cruzaré la frontera con él.

—De acuerdo. Llámame en noventa minutos; los comunicaré a ustedes dos.

SESENTA Y TRES

· · · · · · · · · · · ·

Jack Ryan, Jr. cruzó el puente Francis Scott Key con los ojos clavados en un taxi que iba a cien yardas adelante de él.

Era apenas poco después de las siete de la mañana y Jack lo había seguido luego de que el taxi recogiera a Melanie en su apartamento-garaje veinte minutos atrás.

Hoy era el tercer día seguido que iba a la vivienda de su novia antes del amanecer, dejando su auto a varias cuadras de la calle Princess y encontrando un lugar apartado en un pequeño jardín al otro lado de la vía. Cada día miraba las ventanas del apartamento con sus binoculares apenas había suficiente luz en el cielo, y permanecía allí hasta que ella saliera y cruzara la calle a pie para tomar el metro y dirigirse a su trabajo.

Entonces, y por lo menos en los dos últimos días, había examinado el buzón y el bote de la basura, pero no había encontrado nada importante. La había seguido poco después de que ella saliera a su oficina, y había pasado el resto del día tratando de pensar cómo iba a confrontarla por lo de Centro.

El plan que tenía hoy era entrar a su apartamento cuando ella saliera; podría abrir la puerta con facilidad, pero su plan se vino abajo porque un taxi se detuvo a la entrada a las seis y cuarenta y ella salió deprisa para ir al trabajo.

Jack se apresuró a su auto y luego alcanzó al taxi en la autopista Jefferson Davis Memorial. No tardó en comprender que ella no se dirigía a su oficina en McLean y que, en realidad, se dirigía al D.C.

Ahora, mientras la seguía por el puente y entraban a Georgetown, Jack recordó el asesinato de los oficiales de la CIA dos semanas atrás, y sintió asco al pensar que ella podría estar involucrada de algún modo en eso.

—Involuntariamente, Jack —se dijo en voz alta que ella no estaba trabajando contra él ni a favor de los chinos, a menos de que estuviera siendo seriamente coaccionada.

Por lo menos, él quería creer en eso.

Su teléfono sonó en la consola. Presionó el botón de manos libres en el volante.

—Jack, es Ding.

—Oye. ¿Estás en Beijing?

—Sí. Disculpa, no tengo tiempo para hablar. Acabo de llamar al Gulfstream. En una hora tendrás que estar en el BWI.

Mierda. —Jack estaba a casi una hora de Baltimore. Tendría que dejar de seguir al taxi y salir como una flecha al aeropuerto. Sin embargo, se le ocurrió algo—. Estoy suspendido, ¿recuerdas?

—Granger lo rescindió.

—De acuerdo. Entendido. Estoy en D.C., camino al BWI. ¿Adónde iré?

—A Hong Kong.

Jack sabía que era improbable que el teléfono satelital de Ding estuviera intervenido, y que Gavin y su equipo habían pasado varias horas examinando su auto en busca de rastreadores o dispositivos de escucha, pero también sabía que no tenía sentido seguir hablando, pues podría delatar la operación de inteligencia, así que no hizo más preguntas.

—De acuerdo —dijo, y colgó. Estaba en medio de las calles de Georgetown, y el camino más rápido para dirigirse a Baltimore era seguir hacia adelante, así que siguió al taxi de Melanie hasta que pudiera doblar una esquina.

No podía ver el taxi en este momento porque la van de una lavandería había sido estacionada afuera de la entrada en la calle P, que estaba directamente detrás.

Mientras Jack conducía, pensó en llamar simplemente a Melanie y hablar con ella. Si viajaba a Hong Kong, pasaría por lo menos varios días sin tener respuesta de lo que estaba pasando, y eso le preocupaba mucho. Pero también le preocupó que si hablaba con ella, Melanie se enteraría de su viaje, lo cual podía ser peligroso para su misión.

Porque Centro se enteraría.

Jack se resignó al hecho de que no recibiría respuestas mientras avanzaba por el Rock Creek Parkway, pero luego vio que el taxi tomaba una rampa. Cuando comprendió que Melanie también estaba yendo en dirección norte, le pareció extraño, pues no podía imaginar por qué le habría dicho ella al taxista que la llevara a Georgetown simplemente para salir del D.C.

Aceleró mientras cruzaba el paso elevado con el fin de girar y tomar la rampa, pero vio que la van se acercó a un lado del taxi de Melanie, como si estuviera tratando de pasar a su lado en el carril muy inclinado de acceso a la rampa.

—Idiota —se dijo mientras observaba la escena a unas setenta y cinco yardas de distancia.

Justo entonces, la van se situó directamente al lado del taxi y la puerta lateral se abrió. Era algo tan extraño que Ryan no supo en un comienzo qué estaba sucediendo y tardó en reconocer el peligro.

Hasta que vio el cañón de una ametralladora asomar desde el oscuro interior de la van.

El arma disparó una larga ráfaga delante de sus ojos, las llamas y el humo salieron del cañón y la ventanilla del pasajero del taxista explotó en una nube de cristal pulverizado.

Jack gritó en su BMW mientras el taxi de Melanie viraba fuertemente a la izquierda, se desviaba de la rampa por el costado interior de la vía y luego daba vueltas y rodaba hacia abajo por la colina, quedando con las ruedas hacia arriba.

La van se detuvo un poco más abajo de la rampa y dos hombres armados saltaron de la parte posterior.

Jack llevaba su Glock 23, pero estaba muy lejos como para detener su auto allí y disparar a los hombres que estaban en la base de la rampa. Entonces, actuando más por impulso que por cualquier otra cosa, condujo velozmente el BMW 335i fuera de la rampa, salió por el aire, golpeó la hierba de la colina y patinó a los lados después de perder el control, inclinándose hacia el fondo de la colina en dirección al taxi volcado.

La bolsa de aire de su auto se activó y lo golpeó en la cara, y Ryan extendió los brazos en medio del caos mientras su BMW chocaba y rebotaba de nuevo en el aire. Rozó un árbol, patinó por la hierba y el barro, chocó de nuevo contra la base de la colina y el auto se detuvo. El parabrisas estaba completamente resquebrajado, pero de todos modos Ryan vio a los dos pistoleros que estaban a unas quince yardas de él y se acercaban al taxi.

Jack se sentía aturdido y su campo de visión estaba obstruido por el polvo y el parabrisas resquebrajado, pero los pistoleros se movían con lentitud y miraron en dirección a él. Parecía que no consideraban al BMW como una amenaza; obviamente, pensaban que otro conductor había chocado su auto en medio de toda la conmoción en el carril de entrada a la rampa.

Jack Ryan intentó dispersar la nube de su aturdimiento. Mientras los dos pistoleros se concentraban de nuevo en el taxi accidentado y se arrodillaban con sus armas listas para mirar el interior del vehículo, Jack sacó su Glock, la alzó con manos temblorosas y disparó a través del parabrisas resquebrajado.

Disparó muchísimas veces contra los dos hombres. Uno cayó en la hierba y el arma quedó lejos de su cuerpo.

El otro hombre devolvió los disparos, el lado derecho del parabrisas del BMW se reventó y los pedazos del vidrio de seguridad se alojaron en la cara de Jack. Los casquillos de las balas que había disparado él rebotaron en el interior de su vehículo, quemándole la cara y los brazos antes de posarse en los asientos o en el suelo.

Ryan vació su pistola, disparando trece veces contra los hombres. Su arma quedó abierta y bloqueada, pero Jack la recargó sacando un cartucho que tenía en el lado izquierdo de la pretina y metiéndolo en la culata. Cuando cargó su arma de nuevo y la apuntó, vio que el pistolero sobreviviente regresaba a la van y caía dos veces, obviamente herido.

Luego, la van salió chirriando en el tráfico veloz de la autopista y dio un fuerte golpe lateral a una SUV, la cual se estrelló contra el muro separador. Mientras tanto, la van se alejó hacia el norte.

Jack bajó aturdido y tambaleándose del BMW y se apresuró al taxi. Se arrodilló.

—¡Melanie! —Vio al taxista, un hombre joven del Medio Oriente, todavía con el cinturón de seguridad puesto y obviamente muerto. Le habían volado una parte de la frente y la sangre que manaba goteaba en el techo que estaba debajo de él—. ¡Melanie!

—¿Jack?

Ryan se dio vuelta. Melanie Kraft estaba detrás de él. Tenía el ojo derecho hinchado y oscuro y algunos cortes en la frente. Había salido del taxi, y Jack se sintió aliviado al verla de pie con unos pocos rasguños. Pero cuando la miró a los ojos, vio en ellos una conmoción total, una mirada aturdida que le decía que ella estaba perdida y confundida.

Jack la agarró de la muñeca, la llevó al BMW, la acomodó en el asiento trasero y luego se sentó detrás del volante.

—¡Vamos! ¡Arranca por favor! —dijo Jack mientras hundía el botón de encendido.

El motor del lujoso sedán se encendió, Jack aceleró en dirección norte, los fragmentos del vehículo chocado cayeron al asiento del pasajero, los pedacitos del vidrio de seguridad se desprendieron del parabrisas resquebrajado y lo golpearon en la cara mientras se alejaba.

Melanie Kraft se despertó y vio que estaba tendida en el asiento trasero del BMW. A su alrededor había fragmentos de vidrio y casquillos de balas. Se sentó con lentitud.

—¿Qué está pasando? —preguntó. Se tocó la cara con una

mano y sintió un poco de sangre, luego se palpó el ojo derecho y sintió el párpado hinchado—. ¿Qué pasó, Jack?

Ryan se había desviado de la autopista y ahora circulaba por una serie de caminos secundarios, utilizando el GPS del auto para mantenerse alejado de las vías principales y evitar que las fuerzas de la ley lo reconocieran.

—¿Jack? —repitió ella.

—¿Estás bien?

—Sí. ¿Quiénes eran? ¿Quiénes eran esos hombres?

Ryan se limitó a negar con la cabeza. Sacó el teléfono del bolsillo e hizo una llamada. Melanie lo escuchó hablar.

—Oye. Necesito tu ayuda. Es algo serio. —Una pausa breve—. Tengo que encontrarme contigo en algún lugar entre D.C. y Baltimore. Necesito un auto y también que cuides un momento a alguien. —Otra pausa breve—. Es un lío del carajo. Ven armado. Sabía que podía contar contigo, John. Devuélveme la llamada.

Ryan guardó el teléfono en el bolsillo.

—*Por favor*, Jack. ¿Quiénes eran ellos?

—¿Quiénes eran ellos? ¿Quiénes eran ellos? Eran gente de Centro. ¿Quiénes más podrían ser, maldita sea?

—¿Quién es Centro? —preguntó Melanie.

—No me mientas. Has estado trabajando para Centro. Lo sé. Encontré el micrófono en el teléfono.

Melanie negó lentamente con la cabeza. Le dolía hacer esto.

—Yo no... ¿Centro es Lipton?

—¿Lipton? ¿Quién diablos es Lipton?

Melanie se sentía muy confundida. Sólo quería acostarse, vomitar y bajar del auto en movimiento.

—Lipton es del FBI. De Seguridad Nacional.

—¿Está con los chinos?

—¿Con los chinos? ¿Cuál es tu problema, Jack?

—Los hombres que estaban allá, Melanie. Trabajan para el doctor K. K. Tong. Su seudónimo es Centro. Es un agente autorizado del Ministerio de Seguridad Estatal chino. O por lo menos creo que lo es. De todos modos, estoy muy seguro de eso.

—¿Qué tiene que ver eso con...?

—El micrófono que pusiste en mi teléfono. Proviene de Centro, le dijo dónde estaba yo y escuchó todas mis llamadas. Intentó matarnos a mí y a Dom en Miami. Ellos sabían que estábamos allá gracias al micrófono.

—¿Qué?

—Es el mismo grupo que mató a los operativos de la CIA en Georgetown y que trató de matarte.

—¿El FBI?

—¡Al carajo con el FBI! —dijo Jack—. No sé quién es Lipton, pero no *has* estado tratando con el FBI.

—¡Sí! ¡Sí, lo hice! Con el FBI, ¡pero no con los chinos! ¿Quién diablos crees que soy?

—¡No tengo ni *puta* idea, Melanie!

—Pues bien, ¡yo tampoco sé quién eres! ¿Qué pasó allá? ¿Mataste a dos hombres? ¿Por qué me perseguían? Yo estaba haciendo lo que me ordenaron.

—¡Sí, lo que te ordenaron los chinos!

—¡No! El FBI. Es decir, Charles Alden, un agente de la CIA, me dijo que estabas trabajando para una agencia extranjera de inteligencia; simplemente me pidió que tratara de averiguar lo que pudiera. Pero cuando lo arrestaron, Lipton me llamó, me mostraron la orden judicial y me presentó a Packard. No tenía otra opción.

Jack negó con la cabeza. ¿Quién era Packard? No entendía lo que estaba pasando, pero le creía a Melanie. Creía que *ella* pensaba estar trabajando para el FBI.

—¿Quién eres? —le preguntó Melanie de nuevo. Sin embargo, esta vez lo hizo con voz más baja, con menos pánico y en un tono más suplicante—. ¿Para quién trabajas? ¡No me digas que en finanzas, carajo!

Jack se encogió de hombros.

—No he sido exactamente sincero contigo.

Ella lo miró un largo rato por el espejo retrovisor antes de decir:

—Mierda, Jack.

Jack se encontró con John Clark en una zona de estacionamiento detrás de una tienda de muebles que estaba cerrada. Melanie habló poco. Por un momento, Jack trató de disuadirla para que le concediera el beneficio de la duda y hablaran en un sitio más tranquilo.

Jack regresó a su BMW después de consultar varios minutos con Clark sin que Melanie los oyera. Estaba sentada atrás, mirando hacia el frente, aún confundida por lo que le había sucedido.

Jack abrió la puerta y se arrodilló. Melanie no lo miró.

—¿Melanie? —dijo él.

Ella se dio vuelta despacio. A él le alegró que no estuviera totalmente confundida.

—¿Sí?

—Necesito que confíes en mí. Sé que es difícil que lo hagas ahora, pero te estoy pidiendo que pienses en todo lo que ha pasado en nuestra relación. No diré que no te haya mentido, pero te juro que nunca jamás he hecho algo para lastimarte. Crees eso, ¿verdad?

—Sí.

—Voy a pedirte que te vayas con John Clark. Te llevará a su granja en Maryland, sólo por hoy. Necesito saber que estás en un lugar seguro, donde esos tipos no puedan dar contigo.

—¿Y tú?

—Tengo que viajar.

—¿Viajar? Tienes que estar bromeando.

Él hizo una mueca; sabía que su viaje era sospechoso.

—Se trata de algo muy importante. Pero te lo explicaré cuando regrese; creo que volveré a más tardar en un par de días. Entonces podrás decidir si todavía crees en mí. Escucharé todo lo que tengas para decirme. Puedes hablarme de este tipo Lipton; crees que es del FB...

—Jack. Darren Lipton *es* del FBI.

—Como quieras. Lo discutiremos después. Lo único que estoy diciendo es que tratemos de confiar el uno en el otro por ahora. Por favor vete con John y deja que te cuide.

—Necesito hablar con Mary Pat.

—John y Mary Pat son amigos desde antes de que nacieras. Necesitamos mantener un perfil bajo ahora y no queremos que Mary Pat se entere de esto todavía.

—Pero...

—Confía en mí, Melanie. Sólo por un par de días.

No pareció muy satisfecha con esto, pero asintió un momento después.

Clark se alejó con Melanie en el BMW. Conocía un lago al

que podía arrojar el vehículo y ya había pedido a Sandy que los recogiera en su auto.

Jack subió a la camioneta Ford de John y se dirigió al BWI para abordar el Gulfstream de Hendley Asociados que lo llevaría a Hong Kong.

SESENTA Y CUATRO

....

Dom, Sam y Ding se encontraron con el guardaespaldas en el vestíbulo del hotel a las siete a.m. para lo que la oficina gubernamental de medios de comunicación llamaba una «excursión cultural».

El guardaespaldas se presentó y dijo llamarse George. Era un hombre jovial, y también, como lo sabían los tres americanos, un informante entrenado de la inteligencia china. George acompañaría a estos «periodistas» a la muralla china.

Irían a Mutianyu, un tramo de la muralla localizado a unas cincuenta millas al norte de Beijing. Antes de que el guardaespaldas acompañara a los hombres desde la entrada techada del hotel a la van que los esperaba para llevarlos a la muralla, les explicó en su inglés poco fluido que habían hecho bien en escoger esa parte de la muralla, pues el resto de los periodistas había optado por un lugar más cercano que, infortunadamente, había cambiado mucho en los últimos años debido a las remodelaciones.

Chávez asintió y sonrió mientras subía a la van y, con un acento en español que no le pareció argentino ni tampoco demasiado necesario, le dijo al guardaespaldas que le alegraba que sus productores hubieran tenido el acierto de sugerir esa parte de la Gran Muralla para el reportaje.

En realidad, a Chávez le importaba un comino la Gran Muralla China. Y lo mismo el tramo de Mutianyu, o *cualquier* otro. Obviamente, si hubiera venido de vacaciones con su esposa y su hijo, sería algo sorprendente. Pero en este momento él era simplemente un operativo, y esta operación no iba a conducirlo a la Gran Muralla.

El contacto de la Mano Roja le había instruido solicitar un viaje a este lugar.

Ding supuso que la Mano Roja tendría algún plan para que él y sus dos colegas lograran quitarse de encima al guardaespaldas y al conductor. No había recibido detalles de la organización; estaba depositando su confianza en una banda de criminales por los que no sentía respeto y en los cuales no confiaba, pero esta misión tenía tantos desafíos que él, Dom y Sam habían decidido jugársela y esperar a toda costa que la Mano Roja pudiera orquestar algo para proteger sus vidas y quitarles de encima a los vigilantes del gobierno.

Sam Driscoll tocó la rodilla a Ding mientras iban en la parte posterior de la van. Ding miró a Sam y luego se concentró en el tablero del vehículo, cerca del limpiaparabrisas, pues Sam estaba mirando en esa dirección. Tuvo que entrecerrar los ojos para ver bien y notó un pequeño micrófono. Seguramente también había una cámara en algún lugar de la van. Era indudable que los chinos los iban a observar; si no lo hacían ahora, podrían ver una grabación de cualquier incidente en el que estuviera involucrado la Mano Roja.

Ding dio un codazo suave a Caruso y le dijo al oído:

—Cámaras y micrófonos, 'mano. Interpreta tu papel sin importar lo que pase —le susurró.

Dom no reaccionó a sus instrucciones y se limitó a mirar las colinas marrones y el cielo gris a través de la ventana.

Chávez miró con indiferencia por encima del hombro mientras el locuaz guardaespaldas gubernamental del Departamento de Propaganda les hablaba interminablemente acerca de todo, desde la calidad de la autopista hasta la van en la que iban, pasando por la abundante cosecha de trigo hasta la increíble proeza de ingeniería que había sido la construcción de la Gran Muralla. Ding vio un auto negro de dos puertas a unas cincuenta yardas detrás de la van. Dos hombres iban adelante, vestidos de un modo semejante al guardaespaldas oficial.

Seguramente se trataba de hombres armados del ministerio que iban para asegurarse de que los medios extranjeros no fueran molestados por protestas, ladrones de carreteras ni por cualquier otro tipo de problemas.

Sin duda alguna, sus acompañantes pensarían que tendrían un día muy aburrido.

Pero Chávez estaba muy seguro de que se equivocaban al pensar esto.

Aproximadamente cuarenta minutos después, cuando habían salido de los límites urbanos de Beijing, llegaron al primer semáforo que habían visto en un buen tiempo. El conductor de la van se detuvo en la luz roja, y un camión negro que había tomado la carretera luego de salir de una estación de gasolina una cuadra atrás se hizo al lado de la van del gobierno.

Sin mediar advertencia, abrieron la puerta del guardaespaldas, quien seguía diciendo a los periodistas extranjeros que China era el mayor productor mundial de trigo y algodón.

Ding vio el cañón de un rifle un instante antes de ser disparado.

—¡Agáchense! —gritó a Dom y a Sam. La ventana al lado de George se hizo añicos y su cabeza se fue hacia atrás mientras el cinturón de seguridad mantuvo el cuerpo en su sitio.

El conductor, que iba a su lado, se desplomó sin vida.

Los tres hombres se esforzaron para agachar sus cabezas al máximo, manteniéndolas entre sus rodillas y cubriéndoselas con las manos mientras otra ráfaga de fuego automático destrozaba el vidrio del parabrisas.

—¡Mierda! —gritó Dominic.

Ninguno de los tres tendría necesidad de fingir que estaban indefensos y aterrorizados. Los desconocidos que disparaban con rifles automáticos al vehículo les ayudaron a interpretar sus papeles. La cámara y el micrófono grabarían este incidente, y los tres hombres que iban atrás parecerían periodistas de verdad.

Ding escuchó gritos afuera del vehículo. Un frenesí de gritos en chino, pasos apresurados de hombres que corrían por la calle y ráfagas cíclicas de rifles cerca de la van.

Alguien había tratado de abrir la puerta corrediza de atrás pero tenía seguro. Ninguno de los americanos se movió; se limitaron a mantener sus cabezas entre las rodillas.

Lo que quedaba del cristal de la puerta fue roto con un culatazo de rifle. Ding se imaginó que alguien trataba de quitar el seguro pero no se molestó en levantar la cabeza para comprobarlo. Miró hacia arriba con rapidez al abrirse la puerta un momento después, y vio a tres o cuatro hombres enmascarados en la calle, sosteniendo sus armas en alto, sus movimientos rápidos y nerviosos. Ding vio que un hombre ponía a Caruso una bolsa blanca de algodón en la cabeza y que luego lo sacaba de la van.

Después hicieron lo mismo con Chávez, quien mantuvo las manos en alto mientras era empujado bruscamente a la parte trasera de otro vehículo.

A su alrededor se escuchaban gritos demenciales en mandarín. Domingo no sabía si se trataba de instrucciones del líder de Mano Roja a sus hombres, o si vociferaban argumentos entre ellos, pero sintió que una mano lo empujaba hacia adelante, que otra lo halaba de la chaqueta y luego lo levantaba y subía al vagón del camión negro.

No sabía si los periodistas que venían detrás en las vanes estaban viendo o grabando todo esto. Pero si lo habían visto, Chávez creyó que todo parecería seguramente un secuestro en una carretera propia del tercer mundo.

Todo sucedía con tanto realismo como podían fingir los participantes. Probablemente porque, se le ocurrió a Chávez, la Mano Roja ya había hecho este tipo de cosas.

Las ruedas chirriaron y el camión salió dando bandazos. Domingo se precipitó hacia adelante y, sólo entonces, reparó en los dos hombres que estaban sentados a su lado.

—¿Quién eres?

—Sam.

—Y Dom.

—¿Están bien?

Ellos dijeron que sí, aunque Dom se quejó de que los oídos le zumbarían un buen tiempo porque uno de los cabrones de Mano Roja había vaciado un cargador completo muy cerca de su oreja.

El camión reanudó la marcha y los tres americanos viajaron encapuchados. Chávez trató de conversar con los chinos que iban atrás, pero era evidente que no hablaban inglés. Oyó al menos a dos hombres hablar entre sí, pero estos ignoraron a los americanos.

El camión se detuvo quince minutos después de abandonar la escena del falso secuestro. Dom, Ding y Sam fueron bajados, y acto seguido fueron empujados al asiento posterior de lo que parecía ser un pequeño sedán de cuatro puertas.

Pocos segundos después ya estaban en movimiento, firmemente apretados entre sí mientras el vehículo recorría un camino con curvas cerradas y con muchas subidas y bajadas.

Era un trayecto largo que inducía al vómito. La superficie pavimentada de la carretera dio paso a la gravilla, el sedán redujo la velocidad y luego se detuvo. Los tres americanos fueron sacados del vehículo y llevados a una edificación. Ding olió el aroma inconfundible del ganado, y luego sintió el frío húmedo de un granero.

Durante algunos minutos escuchó conversaciones a su alrededor mientras permanecía encapuchado con sus compañeros allí. Varios hombres hablaban y Ding se sorprendió al escuchar una voz femenina. Comenzaron a discutir y él permaneció simplemente allí, sin saber el motivo de la discusión y esperando en silencio a que alguien le hablara.

Finalmente cerraron la puerta del granero, le quitaron la capucha, y Chávez miró a su alrededor.

Dom y Sam estaban allí sin las capuchas. Los tres vieron a unas dos docenas de hombres y mujeres en el interior oscuro del granero. Todos estaban armados con rifles.

Una joven se acercó a los tres americanos.

—Soy Yin Yin. Seré su traductora.

Chávez se sintió confundido. Las personas que estaban frente a él no parecían criminales sino universitarias. Ninguna de ellas tenía un ápice de músculo en su cuerpo, y todas parecían asustadas.

Era todo lo opuesto a lo que Ding había esperado encontrar.

—¿Eres de la Mano Roja? —le preguntó él.

Ella hizo una expresión de disgusto y sacudió vigorosamente la cabeza.

—No. No somos de la Mano Roja. Somos del Sendero de Libertad.

Ding, Sam y Dom se miraron entre sí.

Sam dijo lo que pensaban sus compañeros:

—¿*Esta* es nuestra fuerza rebelde?

Dom se limitó a negar con la cabeza en señal de disgusto.

—Si realizamos alguna acción directa con esta pandilla, estaremos llevando a todo el movimiento al matadero. Míralos; estos tipos no podrían defenderse de una bolsa de papel.

Yin Yin oyó esto y gritó a los tres americanos.

—Hemos estado entrenando.

—¿En el Xbox? —preguntó Driscoll con serenidad.

—¡No! Tenemos una granja y hemos practicado con nuestros rifles.

—Impresionante —murmuró Dom. Luego miró a Chávez.

Este sonrió a la mujer y se esforzó en ser el diplomático del grupo. Pidió disculpas por sus colegas y por él, llevó a Dom y a Sam a un rincón del granero, y les dijo:

—Tal parece que la Mano Roja le vendió gato por liebre a la CIA. Nos han conducido a un movimiento estudiantil de cafetería.

—Hijos de perra —dijo Caruso—. Estos tipos no están preparados para nada importante. No tardé mucho tiempo en darme cuenta.

Chávez suspiró.

—Realmente no veo cómo podríamos irnos de aquí. Mantengamos la mente abierta y pasemos un tiempo con ellos para conocerlos bien. Tal vez se trate simplemente de un grupo de chicos, pero creo que son muy valientes al oponerse al régimen comunista de Beijing. Muchachos, creo que debemos respetarlos un poco.

—Entendido —dijo Dom, mientras Driscoll se limitó a asentir.

SESENTA Y CINCO

· · · · · · · · · · · · ·

alentín Kovalenko vio el informe noticioso de otro espantoso tiroteo en las calles de Washington, D.C., que dejó dos víctimas fatales; un taxista sirio y un hombre asiático no identificado mayor de treinta años. Los testigos dijeron que los vehículos huyeron del lugar y que se escucharon «docenas» de disparos durante la refriega.

Valentín no desperdició un instante en preguntarse si esto tenía que ver algo con la organización de Centro. Lo sabía. Y mientras todo parecía indicar que los asesinos de Centro no habían logrado eliminar a su objetivo, también era obvio que el objetivo era la agente de Darren Lipton.

La dirección que Kovalenko había dado a Lipton para que se la entregara a su vez a su agente estaba a menos de una milla del tiroteo. El hecho de que el asiático hubiera utilizado una ametralladora hizo que fuera más obvio que se trataba de un escuadrón de Centro. Valentín no sabía si el hombre muerto era Grulla o no, pero eso no importaba.

Entendía el significado más amplio de la historia noticiosa.

Centro mata a sus agentes cuando ya no le sirven.

Y debido a esto, Kovalenko apagó el televisor, entró al cuarto y empezó a guardar su ropa en una maleta.

Salió unos minutos después y se dirigió a la cocina. Se sirvió un trago doble de Ketel One en un vaso, el cual bebió mientras comenzaba a empacar lo que tenía en la sala.

Sí, era cierto que él tenía autorización del SVR y también que Dema Apilikov le había dicho que se mantuviera al frente hasta que todo terminara, pero ya había visto lo suficiente y sabía que en cualquier momento Grulla o sus matones podían aparecer en su puerta y matarlo, en cuyo caso su promesa de un trabajo de ensueño en el Directorado R de Moscú no podría materializarse.

No. Valentín necesitaba correr y escapar. Podía negociar con el SVR para regresar al servicio activo desde un lugar seguro y señalar que había arriesgado su vida mientras se las arreglaba solo y trabajaba para los intereses de Rusia al seguir las órdenes de Centro.

Esto lo reivindicaría con el SVR.

Se inclinó para apagar su computadora, pero vio que el Criptograma estaba abierto y que un nuevo mensaje titilaba. Supuso que Centro lo estaba observando en este instante, así que lo abrió y se sentó.

El mensaje decía: «Necesitamos hablar».

«Hablemos entonces» —escribió.

«Por teléfono. Lo llamaré».

Kovalenko levantó las cejas. Nunca había hablado con Centro. Esto era realmente extraño.

Una nueva ventana del Criptograma se abrió en su computadora con el ícono de un teléfono. Kovalenko conectó unos audífonos e hizo doble clic en el ícono.

—¿Sí?

—Señor Kovalenko. —La voz era de un hombre de cuarenta o cincuenta años, y el acento era definitivamente chino—. Necesito que permanezca en Washington.

—¿Para que puedas enviar a tu gente a matarme?

—No quiero enviar a mi gente a matarlo.

—Acabas de tratar de matar a la chica de Lipton.

—Eso es cierto, y los hombres de Grulla fallaron. Pero eso fue porque ella dejó de trabajar para nosotros sin permiso. Le sugiero que no siga el camino de ella porque lo encontraremos y la próxima vez no fallaremos.

Kovalenko necesitaba mejorar un poco su posición y se jugó la única carta que tenía.

—El SVR lo sabe todo de ti. Me autorizaron para seguirte ayudando, pero en este instante estoy tirando la toalla y me iré de aquí. Puedes enviar a tu cuadrilla de matones chinos para que traten de matarme, pero regresaré a mis antiguos empleadores, y ellos...

—Sus antiguos empleadores lo matarán apenas lo vean, señor Kovalenko.

—¡No me estás escuchando, Centro! Me reuní con ellos y me dijeron...

—Usted se reunió con Dema Apilikov el veintiuno de octubre en Dupont Circle.

Kovalenko dejó de hablar de repente. Apretó el borde del escritorio con tanta fuerza que pareció que la madera se iba a romper en sus manos.

Centro lo sabía.

Centro *siempre* lo sabía.

Sin embargo, eso no cambió absolutamente nada.

—Así es —dijo Kovalenko—, y si estás pensando en tocar a Apilikov, tendrás a todo un departamento de ilegales detrás de ti.

—¿*Tocar* a Apilikov? Señor Kovalenko, yo soy dueño de Dema Apilikov. Lleva más de dos años y medio trabajando para mí, suministrándome detalles sobre la tecnología de comunicaciones del SVR. Fui yo quien lo envió donde usted. Vi que se estaba desanimando para continuar con la operación después de los hechos de Georgetown. Supe que la única manera de encarrilarlo de nuevo en el programa y de que obedeciera órdenes era si usted creía que sus esfuerzos le valdrían un regreso glorioso al SVR.

Kovalenko resbaló de su silla, se sentó en el piso de su apartamento y hundió la cabeza entre las rodillas.

—Escúcheme con mucha atención, señor Kovalenko. Sé que usted está pensando que ya no tiene más incentivos para seguir mis instrucciones, pero se equivoca. He transferido cuatro millones de euros a una cuenta bancaria en Creta y ese dinero es suyo. Usted no podrá regresar al SVR, pero con cuatro millones de euros podrá disfrutar mucho el resto de su vida.

—¿Por qué habría de creerle?

—Piense en nuestra relación. ¿Alguna vez le he mentido?

—¿Es una maldita broma? Obviamente, usted...

—No. He hecho que otros lo engañaran, sí. Pero yo no miento.

—Está bien. Entonces dame el código de acceso a la cuenta.

—Se lo daré mañana en la mañana.

Kovalenko se limitó a mirar el piso. No le importaba realmente el dinero, pero quería librarse de Centro.

—¿Y por qué no me lo das ya?

—Porque usted tiene una tarea más. Una tarea muy importante.

El ruso, que estaba sentado en el piso de su apartamento en Dupont Circle, exhaló un largo suspiro.

—Qué sorpresa tan jodida.

El presidente Ryan estaba echando humo a las cinco de la tarde después de haber trabajado de manera incansable hasta las tres a.m. Había sido un día repleto de crisis diplomáticas y militares; con mucha frecuencia, el éxito en un campo se veía opacado por dificultades en otro.

En el mar de China Meridional, un par de helicópteros de ataque Z-10 que habían despegado de un portaviones chino derribaron dos aeronaves de la Fuerza Aérea vietnamita mientras monitoreaban la Zona Económica Exclusiva de Vietnam. Sólo una hora y media después, varias compañías de paracaidistas del EPL llegaron a Kalayaan, una pequeña isla filipina con una población permanente de apenas trescientas cincuenta personas, pero que tenía una pista aérea de una milla de longitud. Tomaron el aeródromo, matando a siete personas, y pocas horas después otras tropas chinas comenzaron a bajar de aviones de transporte.

Los satélites estadounidenses también habían detectado a los aviones de combate aterrizar en la isla.

El destructor taiwanés impactado por los misiles Silkworm se hundió en aguas chinas, pero el EPL había permitido a los taiwaneses entrar a sus aguas territoriales para rescatar a los supervivientes. China señaló públicamente que había actuado en defensa propia y Jack Ryan apareció ante las cámaras en la Casa Blanca para expresar su indignación por las acciones chinas.

Anunció que enviaría al *Dwight D. Eisenhower*, un portaviones tipo *Nimitz*, y que actualmente estaba con la Sexta Flota en el Océano Índico muy al este, al borde del estrecho de Malaca, la angosta vía navegable por donde pasaba casi el ochenta por ciento del petróleo chino. Su razón fundamental, expresada en un tono contenido para transmitir fortaleza pero también compostura, era que Estados Unidos quería garantizar el tránsito seguro del comercio mundial a través del Estrecho, como si el *Eisenhower* se dirigiera allí simplemente para asegurarse de que el grifo del comercio mundial siguiera fluyendo sin problemas. Lo que no dijo el mandatario, pero que era claro para todos los que entendían el comercio marítimo, era que el *Eisenhower* podía cerrar el flujo del petróleo chino con mucha mayor facilidad de lo que podía asegurar el tránsito seguro de barcos de transporte por toda la extensión del mar de China Meridional.

Era un gesto amenazante a todas luces, pero también una respuesta mesurada, teniendo en cuenta todas las acciones chinas de las últimas semanas.

Tal como se esperaba, los chinos pegaron el grito en el cielo. Su ministro de Relaciones Exteriores, que era la persona más diplomática en aquella nación de mil cuatrocientos millones de habitantes, perdió los estribos en la Televisión Nacional China y se refirió a los Estados Unidos como a una potencia mundial dirigida por criminales. Su Ke Kiang, el director de la Comisión Militar Central, divulgó una declaración en la que decía que la constante interferencia de Estados Unidos en los asuntos de seguridad interna de China causarían una respuesta desagradable e inmediata.

Esta respuesta desagradable se produjo cinco minutos después de las cinco de la tarde, cuando el NIPRINET, la red desprotegida del Departamento de Defensa, colapsó luego de un ataque masivo de negación del servicio. Toda la cadena de suministro global del aparato militar de Estados Unidos —y un gran porcentaje de su capacidad para comunicarse entre bases, departamentos, fuerzas y sistemas— simplemente dejó de funcionar.

A las cinco y veinticinco de la tarde, la red segura del Departamento de Defensa tuvo problemas con la señal de banda ancha y dificultades en las comunicaciones. Los sitios web militares y gubernamentales de carácter público colapsaron por completo o fueron suplantados con fotos y videos de las fuerzas estadounidenses siendo asesinadas en Afganistán e Irak, con una multitud de imágenes aberrantes y violentas de Humvees que explotaban, de víctimas de francotiradores y de propaganda yihadista.

A las cinco y cincuenta y cinco se produjo una serie de ataques cibernéticos a la infraestructura más importante de Estados Unidos. La red de la FAA colapsó, al igual que la de los sistemas del metro en las ciudades más importantes de la Costa Este. El servicio de telefonía móvil en California y Seattle presentó fallas o dejó de funcionar.

Casi de manera simultánea, en Russelville, Arkansas, las bombas de agua liviana en Arkansas Nuclear Uno, una planta de energía nuclear propulsada por un reactor de agua presurizada, dejó de funcionar súbitamente. El sistema de respaldo también falló y la temperatura comenzó a aumentar rápidamente mientras las barras de combustible irradiaban más calor del que podían procesar las turbinas de vapor. Sin embargo, aunque el sistema estaba a punto de colapsar, el de Enfriamiento de Emergencia funcionó sin problemas, evitando así una crisis.

Jack Ryan recorrió el salón de conferencias de la Sala de Situaciones, expresando su rabia con sus movimientos y no con el tono de su voz.

—¿Alguien puede explicarme cómo demonios pueden apagar los chinos los equipos de nuestras instalaciones nucleares?

El general Henry Bloom, director del Ciber Comando, respondió por video desde su Centro de crisis en Fort Meade.

—Muchas instalaciones nucleares, para propósitos de eficiencia, han conectado sus sistemas informáticos seguros de la planta a unas redes corporativas que son menos seguras. Una cadena es apenas tan fuerte como el eslabón más débil, y muchos de nuestros eslabones se están debilitando en lugar de fortalecerse a medida que la tecnología mejora, porque en realidad hay más integración en lugar de más seguridad.

—¿Hemos logrado mantener en secreto las noticias del ataque por ahora?

—Por ahora. Sí señor.

—Dime que veíamos que iba a suceder esto —dijo Ryan.

El director del Ciber Comando dijo simplemente:

—Lo he visto desde hace mucho tiempo. Llevo varias décadas publicando artículos que describen exactamente lo que estamos presenciando hoy. El paisaje de la amenaza cibernética de los Estados Unidos y el espectro de posibles ataques es vasto.

—¿Qué podemos esperar a continuación?

—Me sorprendería si los sistemas de Wall Street operaran normalmente mañana por la mañana —dijo Bloom—. Los sectores bancario y de telecomunicaciones son objetivos fáciles para un ataque de esta magnitud. Hasta el momento no han atacado la red eléctrica, aunque podrían hacerlo con facilidad. Supongo que más pronto que tarde se presentarán apagones eléctricos a lo largo y ancho del país.

—¿Y no podemos impedir esto?

—Podemos reaccionar con los recursos electrónicos que aún tengamos. Tardaremos algún tiempo en combatir algo tan grande y bien coordinado como esto. Y usted debería saber algo más.

—¿Qué es?

—Las redes que no han colapsado, y me refiero por ejemplo a la Interlink-TS, la red de la CIA, son sospechosas.

—¿Sospechosas?

—Sí, señor presidente. Veo la capacidad que tienen por lo que han logrado esta tarde. Cualquier cosa nuestra que siga funcionando lo hace sólo porque la están utilizando para espiarnos.

—¿Así que ellos están dentro del cerebro digital de la CIA?

Bloom asintió.

—Tenemos que operar bajo la presunción de que tienen un acceso profundo y persistente a todos nuestros secretos.

Ryan miró a Canfield, director de la CIA, y a Foley, del DNI.

—Yo me tomaría en serio el comentario del general Bloom.

Foley y Canfield asintieron.

—¿Cómo demonios estamos tan atrás de los chinos en seguridad cibernética? —preguntó Ryan a continuación—. ¿Todo esto es básicamente la consecuencia del desastre causado por Ed Kealty a la defensa y a la inteligencia?

El general Bloom negó con la cabeza.

—No podemos culpar de esto a Ed Kealty, señor. Simplemente, China tiene millones de personas muy inteligentes, muchas de las cuales se educaron aquí en Estados Unidos y luego regresaron allá para, básicamente, ejecutar una versión moderna de empuñar las armas contra nosotros.

—¿Por qué esas personas inteligentes no trabajan para nosotros?

—Una razón clave es que el típico hacker que necesitamos de nuestro lado para nivelar fuerzas es un ruso, chino o indio de veinte y tantos años. Han ido a buenas escuelas y tienen una buena formación en matemáticas y lenguaje.

Ryan entendió el problema antes de que Bloom lo expresara.

—Pero es completamente imposible que un chico extranjero pueda obtener Información de Alto Secreto, Sensible y Compartimentada, y pasada además por un polígrafo de gama total.

—Es completamente imposible, señor —dijo Bloom.

—Y otra razón es que la fortaleza de Estados Unidos nunca ha sido lidiar con cosas que no hayan sucedido. La guerra cibernética ha sido un concepto vago y lejano, una fantasía... hasta esta mañana.

—Cuando no haya energía —dijo Ryan—, el agua se convierta en lodo y el petróleo deje de fluir... Estados Unidos esperará que solucionemos eso.

»Nos hemos concentrado en eventos de bajo impacto y de altas probabilidades. Que China tome el mar de China Meridional y Taiwán es visto como un suceso de alto impacto y de baja probabilidad. La guerra cibernética contra Estados Unidos es vista como un suceso de alto impacto y baja probabilidad. Todavía no tenemos nuestros ojos en esas áreas donde tendríamos que haberlos puesto en los últimos años. Y ahora, estas dos cosas están sucediendo al mismo tiempo.

—General Bloom, ¿cuál sería la manera más rápida y efectiva en que podemos ayudarle en este instante?

El general de la Fuerza Aérea lo pensó por un segundo.

—Con una respuesta cinética a los centros de comando y control en China que están efectuando este ataque cibernético —dijo.

—¿Una respuesta *cinética*?

—Sí, señor presidente.

—¿Combatir su guerra cibernética con una guerra armada?

El general Bloom no parpadeó.

—Guerra es guerra, señor presidente. En Estados Unidos morirá gente por esto. Habrá accidentes de aviones, automovilísticos, y ancianas muriendo de frío en sus casas sin electricidad. Usted puede, y creo que *debe*, considerar lo que pasó en Russellville, Arkansas, como un ataque nuclear a los Estados Unidos de América. Sólo porque no utilizaron un ICBM y porque una cabeza nuclear no detonó esta vez, no significa que no lo hayan intentado, que no lo intentarán de nuevo y que no tendrán éxito en la próxima oportunidad. Los chinos han cambiado el método de ataque, pero no el tipo de armamento.

Ryan pensó un momento.

—¿Scott?

—Sí, señor presidente —respondió Adler, secretario de Estado.

—Bloom tiene razón, estamos a un pelo de una guerra abierta con China. Quiero que me ayudes a encontrar todos los recursos diplomáticos que podamos utilizar para evitar esto.

—Sí, señor. —Adler sabía qué estaba en juego; no había una función más grande de la diplomacia que evitar la guerra—. Comenzaremos con las Naciones Unidas. Sin una atribución positiva de los chinos del ataque cibernético, creo que seguiremos insistiendo en su usurpación del MCM y en sus ataques a la RDC.

—De acuerdo. No es mucho, pero hay que hacerlo.

—Sí, señor. Luego voy a Beijing, me reúno con el ministro de Relaciones Exteriores y le entrego un mensaje directo de su parte.

—Está bien.

—Puedo darle «garrote» en nombre suyo sin problemas, pero también me gustaría ofrecerle una zanahoria.

—Por supuesto. No estoy dudando de Taiwán o del acceso abierto al MCM, pero podemos ser flexibles con algunos de nuestros movimientos militares en la región. Podemos prometer que no renovaremos una base en algún lugar de allá que no les guste a ellos. No quiero hacer eso, pero por ningún motivo quiero que estalle una guerra. Trabajaremos en esto con Bob antes de que viajes.

Burgess no parecía complacido, pero asintió a Adler.

—Gracias, señor —dijo Scott—. Haré una lista de las jugadas diplomáticas que podemos hacer para presionar o engatusar a los chinos. Parecen ser intratables, pero tenemos que intentarlo.

—Es cierto —coincidió Ryan. Luego miró al secretario de Defensa, Bob Burgess—. Bob, no podemos estar supeditados a que los chinos sean razonables con nuestras amenazas del garrote o con nuestro ofrecimiento de la zanahoria. Quiero que regreses en setenta y dos horas con tu plan para devolver el ciberataque con ataques a China. Reúne a todos los combatientes, al general Bloom del Ciber Comando, a la NSA y haz que suceda.

—Sí, señor presidente.

Ryan sabía que Burgess no podía comunicarse efectivamente con su personal en el momento, pero no podía hacer mayor cosa para ayudarle.

—Los submarinos serán cruciales, pues no hay barcos de superficie en el área —añadió Ryan.

—Sin embargo, necesitaremos pilotos que vuelen al territorio continental chino —dijo Burgess.

—Eso será un suicidio —replicó Ryan, frotándose las sienes debajo del armazón de sus lentes bifocales—. Mierda. —Después de vacilar largamente, añadió—: No voy a aprobar una lista de objetivos. Ustedes no necesitan un liderazgo civil que microgerencie su campaña. Pero Bob, estoy poniendo personalmente esto en tus hombros; quiero únicamente los objetivos más importantes para nuestros pilotos, cosas que los submarinos no puedan impactar. No quiero que se arriesgue la vida de un solo estadounidense por ningún objetivo que no sea estrictamente necesario para cumplir con la meta de la misión en general.

—Entiendo completamente, señor.

—Gracias. No le deseo tu trabajo a nadie en este momento.

—Pienso lo mismo acerca de usted, señor.

Ryan agitó la mano.

—De acuerdo, ya basta de condolencias mutuas. Es probable que estemos enviando gente a combatir y a morir, pero no somos nosotros los que estamos en el filo de la navaja.

—Creo que es justo decir eso.

Jack pensó en lo impotente que se había vuelto: era el presidente de un país bajo la amenaza de ser demolido por su dependencia de las redes informáticas.

Se le ocurrió una idea repentina.

—¿Scott?

El secretario de Estado, Scott Adler, levantó la mirada de su computadora portátil.

—¿Señor?

—¿Cómo está tu situación de comunicaciones? ¿Puedes hablar con nuestra Embajada en Beijing?

—No por medio de comunicaciones seguras, señor. Pero puedo coger un teléfono y hacer una llamada de larga distancia. ¿Quién sabe? En este punto, tal vez tenga que hacerlo con cobro revertido.

Se escucharon algunas risas tensas en la sala.

—Scott, puedo *garantizar* que será una llamada en grupo —dijo Mary Pat Foley.

Esto produjo más risas tensas.

El presidente continuó:

—Llama al embajador Li y dile que concrete otra llamada telefónica entre Wei y yo. Hazlo tan pronto como sea posible. Estoy seguro de que sólo con hacer la llamada transmitirás el mensaje directamente a los chinos comunistas.

SESENTA Y SEIS

El presidente Wei Zhen Li recibió el mensaje de su ministro de Seguridad Estatal, el cual decía que Kenneth Li, el embajador de los Estados Unidos en China, solicitaría una conversación telefónica urgente entre Wei y el presidente Jack Ryan. Li aún no había hecho la solicitud; era obvio que el MSE estaba escuchando sus conversaciones telefónicas, cosa que alegró a Wei, pues esto le daba un poco de tiempo.

Había pasado el día en su oficina, haciendo que su gente le llevara reportes sobre las acciones militares en el mar de China Meridional y el estrecho de Taiwán, y posteriormente sobre los ciberataques en Estados Unidos.

Decir que Wei estaba furioso no expresaba adecuadamente su estado de ánimo. Wei sabía muy bien lo que estaba haciendo el director Su, y también que este se enteraría de que él estaba enojado.

Era evidente que a Su le tenía sin cuidado.

El teléfono de su escritorio sonó y Wei presionó el altavoz.

—Secretario general, el director Su está en la otra línea.

—¿En la otra línea? Se suponía que iba a venir a mi oficina.

—Lo siento, señor. Dijo que no pudo hacerlo.

Wei contuvo su ira.

—Bien. Conéctelo conmigo.

—Buenos días, *tongzhi* —dijo Su Ke Qiang—. Le pido disculpas por no poder estar en Beijing en este momento. Me llamaron para que viniera hoy a Baoding; estaré aquí hasta el jueves por la mañana, el día de la reunión de nuestro Comité Permanente. —Baoding era una ciudad al suroeste de Beijing, y sede de una gran base del EPL.

Wei no se refirió a la falta de respeto que, según él, estaba expresando Su, y se limitó a decir:

—Ha sido un día muy difícil.

—¿Por qué? No veo más que éxitos. Los estadounidenses están moviendo un portaaviones del oeste al este del Océano Índico. *¿Esta* es su respuesta a nuestro hundimiento del barco taiwanés? ¿No ve usted, o acaso sí, que tienen miedo? —Su se rio—. Ellos están en pie de guerra en el Océano Índico. —Su se rio de nuevo de lo que veía como un intento débil e inútil de los estadounidenses por mostrar su poderío.

—¿Por qué hundieron el barco?

—Una cosa conduce a la otra en cualquier conflicto militar.

—No soy un soldado ni un marinero. Dígame qué quiere decir con eso.

—Le explicaré los eventos de una manera muy simple. Hemos estado ejercitando nuestros músculos en el espacio aéreo del Estrecho como un precursor de acciones navales en ese lugar. Esto ha conducido a docenas de encuentros aire-aire con los taiwaneses y los estadounidenses. Les ordenamos que retiraran el portaviones estadounidense y así lo hicieron, pero hemos descubierto que están llevando pilotos estadounidenses a Taiwán en calidad de espías. Nuestros submarinos han colocado algunas minas en señal de retaliación, proceso durante el cual hubo un conflicto con un barco taiwanés. Lo destruimos. Esa es la situación actual.

Wei comprendió que Su no mostraría el menor arrepentimiento por el peligroso escalamiento de los eventos.

—Pero la historia contiene más que eso, ¿verdad? Me estoy enterando de los ciberataques en los Estados Unidos por mis asesores que ven la televisión de los Estados Unidos. ¿Todavía sostiene usted que esto no será atribuido a la República Popular China? —dijo Wei.

—Así es.

—¿Cómo puede decir eso? Un día, usted amenaza a los estadounidenses con tomar represalias y, de un momento a otro, un poderoso ataque informático produce daños en su infraestructura militar y civil. Obviamente, fue China la que hizo esto.

—¿Es obvio? Sí, le acepto eso. Pero, ¿atribuible? No. No hay pruebas.

Wei levantó la voz:

—¿Acaso cree usted que Jack Ryan quiere llevarnos ante los tribunales?

Su se rio.

—No, Wei. Él quiere ver a China en cenizas. Pero no hará nada más que enviar unos pocos pilotos a Taiwán y llevar a sus barcos vulnerables fuera del rango de nuestros misiles balísticos. Esto es *exactamente* lo que queríamos. Ryan se mostrará un poco arrogante, pero verá que su batalla está perdida antes de que la haya comenzado.

—¿Por qué fue necesario tomar medidas tan drásticas? ¿Por qué no atacar únicamente a las redes militares?

—Wei, ya le dije antes, mis expertos me informan que en un

futuro muy cercano, tal vez dentro de dos años, Estados Unidos tendrá una arquitectura de comunicaciones electrónicas mucho más defendible. Tenemos que actuar ahora y escalar rápidamente. Los estadounidenses llaman a esto «impactar y asombrar». Es el único camino hacia adelante.

—Pero, ¿qué nos harán los estadounidenses?

Su había esperado esta pregunta.

—Si controlamos el estrecho de Taiwán, así como la mayoría del MCM, la respuesta estadounidense será limitada.

—¿Limitada?

—Por supuesto. Sus portaviones no estarán cerca de ninguna actividad militar. Ellos saben que nuestras baterías costeras anti-barcos pueden destruirlos.

—¿Así que no atacarán?

—Ellos harán lo que puedan para proteger a Taiwán, pero entienden que eso está condenado al fracaso. Podemos disparar mil quinientos misiles en un día desde nuestras costas, para no hablar de la Fuerza Aérea y de la Marina. Retrocederán.

—Anteriormente juzgamos mal a Ryan. ¿Usted lo está juzgando mal ahora?

—Ya le dije, camarada. Espero plenamente una respuesta de los Estados Unidos. —Hizo una pausa—. Y espero plenamente que fracase.

—No permitiremos que China pierda el poder en ningún frente durante los próximos cinco años. Superaremos nuestra crisis actual y creceremos, pero no lo haremos sin un sacrificio a corto plazo. Sería ingenuo creer que el presidente Ryan, un belicista irredimible, vaya a responder simplemente con algunas represalias diplomáticas o económicas. Es inevitable alguna respuesta armada y continua.

—¿Qué tipo de respuesta armada?

—El EPL lleva un tiempo trabajando en la respuesta a esta pregunta. Nuestros *think tanks* en Washington están activamente involucrados en la evaluación de la administración de Ryan, buscando señales en las políticas que puedan ayudarles a discernir qué tan lejos irán.

—¿Conclusiones?

—No tenemos nada de qué preocuparnos.

—Hábleme de la Doctrina Ryan —dijo Wey.

Su hizo una pausa.

—La Doctrina Ryan no es relevante.

—¿Qué sabe usted acerca de ella, Su?

Su tosió en el teléfono, dudando un momento antes de responder:

—El presidente Ryan ha dicho públicamente, y lo ha demostrado con sus actos, que él considera a sus líderes enemigos responsables de sus actos. Personalmente responsables. Ryan es un monstruo. Ha ordenado la destitución de gobiernos y el asesinato de muchos líderes. —Su se rio en el teléfono—. ¿Esa es la razón detrás de su reticencia? ¿Usted siente miedo a nivel personal de lo que pueda hacerle Jack Ryan?

—Por supuesto que no.

—No tiene nada de qué preocuparse, camarada.

—No estoy preocupado.

—¿Entonces por qué lo mencionó?

Por un momento se hizo un silencio en la línea mientras los dos hombres enfurecían en su interior. Y luego, Wei habló; sus palabras eran apretadas y entrecortadas, pues se esforzaba para no gritar.

—Soy economista, y veo que le estamos haciendo más daño a nuestras relaciones de lo que puede soportar el ambiente comercial. Lo que usted está haciendo, la velocidad y la intensidad con la que usted está emprendiendo la agresión, nos llevará a la guerra y destruirá nuestra economía.

—¿Y echarnos atrás ahora no lo hará? —Su gritó a Wei, pues no encontraba la manera de suavizar la expresión franca de su ira—. ¡Usted nos empujó a través de un puente y lo quemó! ¡Ya no hay camino de regreso! ¡Tenemos que seguir hasta el final!

—¿*Hice* eso? ¿Lo *hice*?

—Por supuesto. Usted autorizó mi operación, y le da miedo sentarse y esperar tranquilamente a que Ryan escape.

—El presidente Ryan no escapará de un combate —dijo Wey.

—Lo hará porque, de lo contrario, será testigo de una detonación nuclear en Taipei y de la amenaza de ataques adicionales a Seúl, Tokio y Hawái —señaló Su—. Confíe en mí; cuando llegue el momento, Estados Unidos no tendrá otra opción que retirarse.

—¡Usted está loco!

—*Usted* fue el loco al pensar que podía hundir barcos al mismo tiempo que ofrecía acuerdos de libre mercado para compensar los daños. Usted sólo ve el mundo como un economista. Le prometo, Wei, que el mundo no gira en torno a los negocios: el mundo gira en torno al forcejeo y a la fuerza.

Wei no dijo nada.

—Lo discutiremos personalmente cuando venga el jueves. Pero entienda esto: me dirigiré al Comité Permanente y ellos me respaldarán. Usted debería permanecer alineado conmigo, Wei. Nuestra buena relación le ha sido útil en el pasado reciente y haría bien en recordar eso.

La llamada terminó y el presidente Wei tardó varios minutos en recobrar la compostura. Permaneció en silencio en su oficina, con las manos sobre el secante de su escritorio. Finalmente, presionó el botón del teléfono que lo comunicaba con su secretario.

—¿Sí, secretario general?

—Conécteme con el presidente de los Estados Unidos.

SESENTA Y SIETE

El presidente Jack Ryan sostuvo el teléfono en la oreja y escuchó al intérprete traduciendo rápidamente y sin esfuerzo del mandarín al inglés. La conversación había comenzado varios minutos atrás y Jack tuvo que soportar un sermón de economía e historia por parte del presidente chino.

—Usted hizo que Tailandia y las Filipinas fueran importantes aliados de la OTAN —decía Wey—, aunque no pertenecían a esta organización. Eso fue muy amenazante. Adicionalmente, los Estados Unidos han trabajado de manera incansable para expandir los contactos defensivos y de inteligencia con India y llevar a este país al régimen de no-proliferación nuclear.

»Estados Unidos está haciendo todo lo posible para que India sea una potencia mundial. ¿Por qué demonios una potencia global estaría interesada en promover la emergencia de otro poder mundial? Puedo responder esa pregunta, señor presidente. Estados Unidos quiere recibir la ayuda de India para mantener a China bajo una amenaza constante. ¿Cómo hacemos para no sentirnos en peligro por este acto hostil?

Wei esperó con calma una respuesta a su pregunta, pero Jack

Ryan no iba a ceder ante él esta noche. Lo había llamado para hablar de los ciberataques y del escalamiento emprendido por el director Su.

—Los ataques de su país a nuestra infraestructura principal son un acto de guerra, señor presidente —dijo Ryan.

—La imputación por parte de los estadounidenses de que China participó en algún tipo de ataque informático contra ellos es infundado y es una nueva demostración de racismo, mientras que su administración trata de denigrar del pueblo honorable de China —replicó Wey.

—Lo considero personalmente responsable por las vidas de estadounidenses que se pierdan debido a los daños en nuestra infraestructura de transporte, nuestros sistemas de comunicaciones y nuestras instalaciones de energía nuclear.

—¿De cuáles instalaciones de energía nuclear? —preguntó Wei.

—¿No sabe lo que pasó esta tarde en nuestro estado de Arkansas?

Wei escuchó al intérprete. Después de un momento dijo:

—Mi país no es responsable de ningún ataque informático contra su nación.

—Usted *no* sabe, ¿verdad? Su cibermilicia, actuando en nombre suyo, presidente Wei Zhen Li, obligó a un cierre de emergencia de un reactor nuclear en la parte central de los Estados Unidos. Si este ataque hubiera tenido éxito, miles de estadounidenses habrían muerto.

Wei vaciló antes de responder:

—Como dije antes, China no tiene nada que ver con esto.

—*Yo* creo que sí, señor presidente, y a fin de cuentas, *eso* es lo que importa.

Wei vaciló de nuevo y luego cambió de tema.

—Presidente Ryan. ¿Usted comprende, o acaso no, la ventaja que tenemos sobre ustedes en los sectores económicos y comerciales?

—Eso no es importante para mí en este momento. No hay nada que usted pueda hacernos en términos económicos de lo que no podamos recuperarnos. Estados Unidos tiene muchos amigos y grandes recursos naturales. Ustedes no tienen ni lo uno ni lo otro.

—Tal vez no. Pero tenemos una economía y un aparato militar fuertes.

—¡Sus acciones están destruyendo lo primero! ¡No me obligue a destruir lo segundo!

Wei no tenía una respuesta para esto.

—Reconozca, señor presidente, que usted está vinculado de manera inexorable a la guerra del director Su. Mi país no hará ningún tipo de distinciones entre ustedes dos.

Wei continuó en silencio. Ryan había participado en cientos de conversaciones traducidas con líderes de Estado desde que estaba en la Casa Blanca, y no había escuchado a ninguno que permaneciera sorprendido y en silencio. Normalmente, los dos interlocutores preparaban un texto y trataban de tener una posición ventajosa en la conversación.

—¿Me escucha, presidente Wei? —preguntó Jack.

—Yo no lidero el sector militar —respondió.

—¡Usted lidera a su país!

—Sin embargo, mi control es... no es lo mismo que en su país.

—Su control sobre Su es la única posibilidad de salvar a su país de una guerra que ustedes no pueden ganar.

Se hizo otra pausa larga; esta vez duró casi un minuto. El

equipo de seguridad nacional de Ryan permanecía sentado en los sofás frente a él, pero no estaban escuchando la conversación. Podrían escuchar posteriormente la versión grabada. Jack los miró y ellos le devolvieron la mirada, preguntándose a todas luces qué estaba pasando.

Finalmente, Wei respondió:

—Por favor entienda, señor presidente. Tendré que discutir sus preocupaciones directamente con el director Su. Preferiría hacer esto personalmente, pero no lo veré hasta que él asista a la reunión del Politburó el jueves por la mañana, cuando llegará con su séquito desde la sede del EPL en Baoding. Su se dirigirá al Comité Permanente, y luego hablaré con él sobre esta conversación y otros asuntos.

Ryan permaneció varios segundos sin responder.

—Entiendo, señor presidente. Volveremos a hablar —dijo finalmente.

—Gracias.

Ryan colgó el teléfono y luego miró al grupo que tenía al frente.

—¿Puedo hablar un momento a solas con la directora Foley, el secretario Burgess y el director Canfield?

Todos los demás salieron del salón. Ryan se puso de pie, pero permaneció en su escritorio. La expresión de asombro era evidente en su rostro.

—No puedo decir que esperara eso —dijo apenas cerraron la puerta.

—¿Qué es eso? —preguntó Canfield.

Ryan negó con la cabeza. Todavía se encontraba en estado de shock.

—Estoy razonablemente seguro de que el presidente Wei acaba de suministrarnos información de inteligencia deliberadamente.

—¿Qué tipo de información?

—La misma que él quiere que yo utilice para asesinar al director Su.

Los dos hombres y la mujer que estaban frente al presidente tuvieron la misma expresión asombrada del mandatario.

El presidente Jack Ryan suspiró.

—Es una verdadera lástima que no tengamos activos para aprovechar esta oportunidad.

Gerry Hendley, Sam Granger y Rick Bell estaban sentados en la oficina de Gerry en el noveno piso de Hendley Asociados poco después de las once de la noche. Habían estado toda la noche aquí, esperando actualizaciones de Ding Chávez y de los otros hombres que estaban en Beijing. Ding había llamado hacía pocos minutos para decir que su primera impresión acerca de los rebeldes era que no estaban listos para cosas importantes, pero que se reservaría su opinión por un par de días más hasta que él, Dom y Sam evaluaran sus capacidades.

Los tres ejecutivos sénior estaban a punto de irse a sus casas cuando sonó el teléfono móvil de Gerry Hendley.

—Hendley.

—Hola, Gerry. Es Mary Pat Foley.

—Hola, Mary Pat. ¿O debería decir señora directora?

—Creo que lo primero. Siento llamarte tan tarde. ¿Te desperté?

—No. En realidad estoy en la oficina.

—Bien. Se ha presentado un nuevo desarrollo del cual quería hablar contigo.

El teléfono sonó en la casa de Emmitsburg, Maryland, donde vivía John Clark. Él y su esposa Sandy estaban en la cama, y Melanie Kraft permanecía completamente despierta en el cuarto de huéspedes.

Había pasado todo el día aplicándose hielo en el ojo y en la mejilla hinchada, y haciendo todo lo posible para que John Clark le dijera qué demonios estaba haciendo Jack. John no era un hombre a quien se le pudieran sacar secretos, comprendió Melanie rápidamente, pero él y su esposa fueron amables con ella y parecían genuinamente preocupados por su bienestar, así que decidió esperar a que Jack regresara antes de buscar respuestas a sus numerosas preguntas.

Clark tocó su puerta cinco minutos después de que sonara el teléfono.

—Estoy despierta —dijo.

John entró.

—¿Cómo te sientes?

—Un poco adolorida, pero estoy segura de que mejor de lo que me habría sentido si no me hubieras obligado a ponerme hielo en la cara todo el día.

—Tengo que ir a Hendley Asociados —dijo John—. Ha sucedido algo crítico. Detesto hacer esto, pero Jack me hizo prometerle que permanecería todo el tiempo contigo hasta que él regresara.

—¿Quieres que vaya contigo?

—Tenemos un par de camas allá para los tipos del departamento de información que trabajan en el turno de la noche. No es el Ritz, pero mi casa tampoco lo es.

Melanie se levantó de la cama.

—¿Por fin tendré la oportunidad de conocer la misteriosa empresa Hendley Asociados? Créeme, no pienso dormir.

Clark sonrió.

—No tan rápido, jovencita. Conocerás el vestíbulo, un ascensor y un pasillo o dos. Tendrás que esperar a que Jack regrese para que te haga un recorrido VIP.

Melanie suspiró mientras se ponía los zapatos.

—Claro, como si *eso* fuera a pasar. Está bien, señor Clark. Si me prometes no tratarme como una prisionera, también prometo no fisgonear en tu oficina.

Clark sostuvo la puerta mientras ella salía.

—Trato hecho.

SESENTA Y OCHO

....

Gavin estaba en su oficina a la una de la mañana. Permanecía en su escritorio, donde tenía un manual técnico de Microsoft que había leído todo el día. No era extraño que trabajara hasta esa hora, y Biery supuso que muchos empleados tendrían que trabajar día y noche en los próximos días mientras él reconstruía el sistema. Había enviado a la mayoría de su personal a casa, pero un par de programadores todavía estaba en algún lugar del edificio; los había oído hablar hacía pocos minutos.

Como el Campus tenía hombres en el terreno, Gavin sabía también que habría varios hombres en el departamento de análisis, aunque no era mucho lo que podrían hacer además de tomar notas con un bolígrafo, pues no había ninguna red informática que pudieran usar.

Biery sintió que había decepcionado a todo el mundo al permitir que el virus penetrara su sistema. Se preocupó por Ding, Sam y Dom, que estaban en Beijing, y también por Ryan en Hong Kong, pero se concentró en volver a restaurar la línea tan rápido como fuera posible.

En este instante, parecía como si no fueran capaces de sobrevivir siquiera una semana más.

El teléfono de su escritorio sonó.

—Hola, Gav, es Granger. Estoy con Gerry en su oficina, esperando tener noticias de Chávez. Pensábamos que tal vez estabas trabajando.

—Sí. Tengo muchas cosas que hacer.

—Entendido. Escucha, John Clark vendrá en pocos minutos a la oficina. Irá a respaldar a Chávez y a los otros en una nueva operación que se está cocinando en Beijing.

—Bien. Me agrada saber que está de nuevo con nosotros, aunque sólo sea temporalmente.

—Me preguntaba si podías subir cuando él llegue y darle un resumen de diez minutos de lo que sucedió en Hong Kong. Eso le ayudará a conectarse de nuevo.

—Lo haré con gusto. Estaré toda la noche aquí, y todo el día de mañana. Puedo sacar un poco de tiempo.

—No te quemes, Gavin. Nada de lo que pasó con ese virus fue culpa tuya. No tengo la menor intención de que te avergüences de esto.

Gavin gruñó un poco.

—Debí haberlo detectado, Sam. Es tan simple como eso.

—Mira —dijo Granger—. Todo lo que podemos decir es que te apoyamos. Gerry y yo creemos que estás haciendo un trabajo increíble.

—Gracias, Sam.

—Trata de dormir un poco esta noche. No podrás ser útil a nadie si no puedes funcionar.

—De acuerdo. Dormiré un poco en el sofá después de hacerle el resumen a Clark.

—Me parece bien. Te llamaré cuando llegue.

Gavin colgó el teléfono, cogió la taza de café, y su oficina se quedó sin energía eléctrica de un momento a otro.

Miró hacia el pasillo en medio de la oscuridad.

—¡Maldición! —gritó. Parecía que todo el edificio se había quedado sin electricidad—. ¡Hijos de puta!

En el vestíbulo de Hendley Asociados, el guardia nocturno de seguridad, Wayne Reese, miró por la puerta de cristal hacia el estacionamiento y vio un camión de la Compañía Eléctrica y de Gas de Baltimore estacionar en la puerta.

Reese se llevó la mano a la cintura, donde tenía su pistola Beretta, y abrió la correa de cuero de la funda. Aquello le pareció sospechoso.

Un hombre se acercó a la puerta de entrada y mostró su chapa de identificación. Reese se dirigió a la puerta, alumbró la chapa con la linterna y se convenció de que era auténtica. Le dio vuelta al cerrojo y entreabrió la puerta.

—Se ve que han estado en la jugada esta noche. No hace tres minutos que la luz...

Reese vio el arma negra en el cinturón de herramientas del hombre y supo que había cometido un grave error. Cerró la puerta tan rápido como pudo, pero una sola bala de la pistola Five-seveN con silenciador se coló por la pequeña abertura, se alojó en el plexo solar del guardia y lo envió al suelo.

Reese trató de levantar la cabeza para ver a su asesino mientras permanecía en el suelo. El asiático cruzó la puerta y se acercó a él. Varios hombres bajaron de la parte trasera del vehículo.

El pistolero, que estaba al lado de Reese, le apuntó a la frente, y luego el mundo de Wayne Reese se ennegreció.

Grulla entró al edificio mientras Codorniz le disparaba por segunda vez al guardia de seguridad. Grulla y sus cinco hombres llevaban sus fusiles semiautomáticos Steyr TMP al hombro y subieron las escaleras, dejando a Urogallo en el primer piso para vigilar el estacionamiento. Tener una sola persona en la entrada no era lo ideal, pero Urogallo tenía un auricular que lo mantenía en comunicación constante con el resto de los operadores, así que ejercería más como una especie de mensajero y avisaría a sus compañeros si había alguna amenaza abajo.

Grulla sabía que esta noche podía ser muy dura para su pequeña fuerza. Había perdido a Ánade esta mañana durante el intento de asesinato de Melanie Kraft en el Rock Creek Parkway. Adicionalmente, Urogallo había recibido un disparo en el muslo izquierdo. Debería haber permanecido al margen de toda acción pues estaba herido, pero Grulla le había ordenado que participara en esta operación, principalmente porque el edificio de Hendley Asociados era muy grande y, por lo tanto, Grulla necesitaba a todos los hombres que pudiera reunir.

El edificio tenía nueve pisos y era imposible despejarlo y examinarlo con una fuerza tan reducida, pero Grulla sabía, gracias a las interceptaciones telefónicas de Ryan y a las investigaciones de Centro sobre la red de Hendley Asociados antes de que se quedara sin energía eléctrica el día anterior, que el departamento de TI estaba en el segundo piso, que el personal de analistas de inteligencia estaba en el tercero, y que las oficinas ejecutivas estaban en el noveno piso.

A la salida del segundo piso, tres operativos se apartaron del tren táctico de seis hombres. Examinarían aquí y luego en el tercer piso, mientras Grulla y otros dos se apresuraban directamente a la última planta.

Codorniz, Becasina y Playero avanzaron por el pasillo oscuro del segundo piso, listos para disparar sus pistolas automáticas con silenciador.

Un oficial de seguridad que llevaba una linterna salió de un cuarto de atrás, cerró la puerta y se dio vuelta para ir a las escaleras. Playero le disparó cuatro veces, matándolo de inmediato.

En una amplia oficina en la parte posterior del departamento de TI, los tres operadores chinos encontraron a un hombre robusto de cincuenta y tantos años en su escritorio. El letrero de la puerta decía que era Gavin Biery, director de tecnología de información.

Los hombres habían recibido instrucciones de mantener con vida a los que no ofrecieran resistencia hasta que el sistema de la red pudiera ser reiniciado y los discos duros reformateados. Había referencias a Centro, Tong, Zha y a varias de las operaciones que vinculaban a Centro con el EPL y el MSE chinos, las cuales necesitaban ser borradas de los discos duros de los servidores antes de que la compañía se convirtiera en noticia de primera página después de un asesinato masivo en sus instalaciones.

Se había determinado que el almacenamiento de datos de Hendley Asociados era demasiado extenso y estaba muy disperso como para hacerlo volar en pedazos. Lo mejor era limpiar la memoria de toda la operación, y para eso necesitarían empleados de la compañía, de modo que los hombres pudieran encontrar las contraseñas y la ubicación de cualquier almacenamiento externo de datos.

Después de atar a Biery, encontraron a otros dos hombres de TI en el segundo piso, y luego se dirigieron al departamento de análisis en el tercero.

. . . .

Grulla, Gaviota y Pato subieron la escalera al noveno piso, donde también se encontraron con un oficial de seguridad en el pasillo. Este reconoció la amenaza de inmediato y se giró de lado mientras sacaba su pistola Beretta. Grulla y Pato le dispararon sin dar en el blanco; el guardia hizo dos disparos igualmente errados.

Una segunda ráfaga del Steyr TMP de Grulla impactó al guardia en la parte baja del torso y el hombre cayó muerto en el piso.

Los tres chinos avanzaron por el pasillo en el más completo silencio.

¿Qué diablos fue eso? —exclamó Gerry Hendley. Sam Granger y él estaban en la sala de conferencias, intentando trabajar bajo la luz escasa de las lámparas de emergencia y de los rayos de la luna que se filtraban por los grandes ventanales.

Granger se incorporó de un salto y se apresuró a un pequeño clóset que había en el rincón.

—Disparos —dijo con gravedad. Abrió el clóset y sacó un fusil de asalto Colt M16. Estaba cargado y lo mantenía allí en caso de emergencia.

Granger llevaba muchos años sin disparar un fusil, pero descorrió la palanca de carga con destreza, le hizo señas a Hendley para que permaneciera donde estaba, y luego salió al pasillo blandiendo el fusil.

Grulla lo vio aparecer a unos cincuenta pies, al fondo del pasillo. El americano vio a Grulla y a sus dos operadores al mismo tiempo y disparó una ráfaga corta. Grulla se resguardó detrás de una planta al lado del ascensor, pero inmediatamente se dio vuelta en el piso y disparó todo un cargador de su subfusil automático.

A Sam Granger se le doblaron las rodillas mientras recibía los impactos en el pecho. Gracias a un espasmo muscular involuntario de su brazo y de su mano, logró disparar tres balas mientras caía en la sala de conferencias.

Grulla miró por detrás del hombro; Pato había recibido un disparo en la frente. Estaba tendido de espaldas y un charco de sangre se esparcía por el oscuro corredor.

Gaviota y Grulla avanzaron con rapidez, saltaron por encima del americano muerto y entraron a la sala de conferencias. Allí, un hombre mayor, de corbata y camisa remangada, estaba cerca de una mesa. Grulla lo reconoció por una foto que le había enviado Centro. Era Gerry Hendley, el director de Hendley Asociados.

—Levanta las manos —le dijo Grulla; Gaviota entró, golpeó al veterano contra el escritorio y le ató las manos detrás de la espalda.

SESENTA Y NUEVE

· · · · · · · · · · · · · ·

G rulla ordenó a sus hombres que llevaran a todos los empleados a la sala de conferencias del segundo piso. Había nueve individuos, sin contar a los tres oficiales de seguridad y al ejecutivo que habían matado durante el ataque inicial; todos estaban atados con las muñecas detrás de la espalda y sentados en sillas contra la pared.

Grulla llamó a su controlador, le dijo que conectara de nuevo el servicio de energía eléctrica del edificio, y luego se dirigió al grupo con una voz monótona y un fuerte acento.

—Conectaremos su red informática de nuevo en línea. Necesitamos hacer esto con rapidez. Les pediré sus contraseñas para la red y la descripción de cada una de sus funciones y niveles de acceso. Hay muchas personas aquí; no los necesito a todos. —Con la misma voz monótona añadió—: Recibirán un disparo si se niegan a colaborar.

Gerry Hendley habló:

—Te daré lo que quieras si dejas ir a los demás.

Grulla estaba mirando hacia otro lado y se dirigió a Hendley:

—No hables. —Alzó su pistola y la apuntó a la frente de Hendley. La sostuvo un momento ahí.

Su auricular sonó. Se llevó la mano al oído y se alejó.

—¿*Ni shuo shen me?* —(¿Qué dijiste?).

En el vestíbulo, Urogallo se arrodilló detrás del escritorio de la recepción y repitió en voz baja:

—Dije que un hombre mayor y una chica se están acercando a la puerta del edificio.

—No los dejes entrar —respondió Grulla.

—Él tiene una llave. La veo en su mano.

—De acuerdo. Déjalos entrar y luego los retienes. Custódialos hasta que consigamos lo que necesitamos aquí, por si ellos tuvieran contraseñas que podamos necesitar.

—Entendido.

—¿Quieres que te envíe a alguien?

Urogallo hizo una mueca por el dolor que sentía en su pierna herida, pero dijo con rapidez:

—No es necesario. Se trata de un anciano y de una joven.

John Clark y Melanie Kraft entraron al vestíbulo de Hendley Asociados, y Urogallo se incorporó de inmediato detrás del escritorio y les apuntó con el subfusil automático Steyr. Les ordenó que pusieran las manos en la cabeza y se recostaran contra la pared; se acercó cojeando y los registró con una mano mientras les apuntaba con el arma a sus cabezas.

Le encontró una pistola Sig Sauer al anciano, lo cual le sorprendió. La sacó de una funda que llevaba en el hombro y la guardó en su pretina. No le encontró armas a la mujer, pero le quitó la cartera. Luego los obligó a permanecer contra la pared del ascensor con las manos en la cabeza.

· · · · · · · · · · · ·

M elanie Kraft trató de sobreponerse a la avalancha de pánico mientras permanecía allí, con los dedos entrelazados encima de su cabello castaño. Miró al señor Clark, quien hacía lo mismo, aunque sus ojos bullían de actividad.

—¿Qué hacemos? —le susurró ella.

Clark la miró. Antes de que dijera algo, el chino les ordenó:

—¡No hablen!

Melanie volvió a inclinarse contra la pared y sintió un temblor en las piernas. El hombre armado dividía su atención entre la entrada del edificio y ellos dos.

Melanie miró al pistolero y no percibió ningún sentimiento ni emoción en él. Habló un par de veces por su auricular, pero a excepción de eso, se veía y actuaba casi como un robot.

Salvo por su cojera. Era evidente que tenía problemas con una de sus piernas.

Melanie miró de nuevo a John con ojos aterrorizados, esperando ver algún indicio de un posible plan por parte de él. Pero en lugar de eso, vio que John tenía un semblante diferente; había cambiado muchísimo en pocos segundos, se le había enrojecido la cara y tenía los ojos completamente brotados.

—¿John?

—¡No hablen! —dijo el hombre de nuevo, pero Melanie había dejado de prestarle atención. Estaba totalmente concentrada en John Clark porque tal parecía que le había sucedido algo malo.

El anciano bajó las manos, su cara se retorció en una mueca de dolor y luego se agarró el pecho.

—¡Manos en la cabeza! ¡Manos en la cabeza!

Clark cayó lentamente de rodillas. Su cara tenía el color de una zanahoria y ella notó las venas púrpura en la frente.

—¡Dios mío! —dijo ella—. ¿Qué te pasa, John?

El sesentón retrocedió medio paso y puso la mano en la pared.

—¡No te muevas! —le dijo Urogallo, apuntándole con el subfusil Steyr TMP mientras John se apoyaba en la pared. Urogallo vio que el hombre tenía la cara roja y que la joven estaba preocupada.

El miembro de la Espada Divina apuntó ahora hacia la joven.

—¡No te muevas! —repitió, especialmente porque no hablaba mucho inglés. Pero la chica de pelo oscuro se echó al piso al lado de John y lo acarició con los brazos.

—¿John? ¡John! ¿Qué te pasa?

El viejo *gweilo* se llevó la mano al pecho.

—¡Está sufriendo un ataque al corazón! —dijo la joven.

Urogallo llamó por la radio y dijo en chino:

—Grulla, es Urogallo. Creo que al anciano le está dando un ataque al corazón.

—Deja que muera. Enviaré a alguien para que traiga a la chica acá.

—Grulla fuera.

El hombre blanco permanecía tendido de lado en el piso de baldosas; estaba temblando y convulsionando, tenía el brazo izquierdo tan tieso como una vara, y la mano derecha firmemente apretada contra el pecho.

Urogallo apuntó hacia la chica con el arma.

—¡Muévete! ¡Levántate! ¡Arriba! —Se arrodilló despacio, pues el dolor en la pierna lo obligaba a moverse lentamente, y la agarró del cabello con la otra mano. Comenzó a levantarla y alejarla del *gweilo* viejo y agonizante. La lanzó con fuerza contra la pared de los ascensores y luego se dio vuelta para acercarse al hombre. Sin embargo, sintió un impacto en los tobillos mientras hacía esto; sus pies dejaron de tocar el piso, se inclinó hacia atrás y cayó de espaldas al lado del hombre blanco, quien ya no parecía estar agonizando.

El americano clavó sus ojos en él con determinación y con un odio intenso. Había utilizado sus piernas para derribar a Urogallo y ya estaba agarrando con una fuerza sorprendente la correa de nailon de su Steyr, halándola con vigor, y Urogallo se encontró tendido de espaldas en el frío piso de baldosas. Su dedo había salido del compartimiento del gatillo mientras trataba de evitar la caída con su mano y se desplomaba en las baldosas, intentando quitarse la correa del arma de su garganta y forcejeando con el americano por el control de su arma.

El anciano luchaba tenazmente para arrebatársela. Estaba vivo, saludable y era sorprendentemente fuerte. Urogallo tenía la correa en el cuello, y el hombre blanco la había envuelto fuertemente en su muñeca; cada vez que Urogallo trataba de controlar el subfusil, la correa lo apretaba a un lado, haciéndole perder el equilibrio mientras trataba de incorporarse y asegurar el arma.

Urogallo miró la escalera, intentó gritar en busca de ayuda, pero el hombre apretó aún más la correa, cortándole parcialmente la tráquea y reduciendo su grito a un simple gorjeo.

El americano haló con todas sus fuerzas hacia la izquierda y Urogallo cayó de espaldas y soltó el arma. Movió frenéticamente las manos para recuperarla.

Pero Urogallo sintió que se debilitaba mientras se retorcía y pataleaba.

Ahora el americano tenía el control.

John Clark no podía introducir su mano en el compartimiento del gatillo debido a su lesión y a su movilidad limitada, pero tenía el portafusil perfectamente posicionado en la tráquea del chino, así que lo apretó cada vez con más fuerza y lo estranguló.

Cuando todo terminó, unos cuarenta y cinco segundos después de que su fingido ataque le diera la oportunidad de defenderse, permaneció unos segundos recostado de espaldas y jadeando al lado del hombre muerto.

Pero sabía que no tenía tiempo que perder, así que se levantó y se puso manos a la obra.

Tanteó rápidamente los bolsillos del hombre, le sacó la pistola SIG calibre 45 y un teléfono móvil, así como los auriculares. No hablaba mandarín, pero de todos modos se puso el auricular, asegurándose de que el botón de silencio estuviera activado para que su voz no se escuchara.

Melanie lo miró desde el otro lado del piso.

—¿Está muerto? —preguntó, todavía sin entender lo que acababa de presenciar.

—Sí.

Ella asintió.

—¿Lo engañaste? ¿Fingiste un ataque cardíaco?

Él asintió.

—Necesitaba que se acercara a mí. Lo siento —dijo Clark mientras pasaba la correa del Steyr por su cuello.

—Tenemos que llamar a la policía —dijo ella.

—No hay tiempo para eso —dijo Clark, lanzándole una mirada rápida. Ryan le había dicho a Clark que Melanie lo había comprometido, aparentemente después de seguir órdenes de un hombre que ella creía ser un agente del FBI. John no sabía muy bien para quién trabajaba la joven o cuáles eran sus motivaciones, pero todo parecía indicar que el chino que yacía sin vida en el piso pertenecía al escuadrón de asesinos que había intentado matarla tan sólo unas horas antes en el Rock Creek Parkway.

Era evidente que Melanie no estaba aliada con ellos.

Clark no sabía cuántos asesinos extranjeros había en el edificio ni qué tan bien armados o entrenados estaban, pero si se trataba del grupo que había eliminado a los cinco hombres de la CIA en Georgetown, Clark estaba completamente seguro de que eran pistoleros de primera línea.

No confiaba en Melanie Kraft, pero decidió que ella era el menor de sus problemas.

Levantó la pistola SIG.

—¿Sabes cómo utilizarla?

Ella asintió lentamente mientras miraba el arma.

Él se la entregó y ella la agarró con las dos manos en posición de combate, sosteniendo el arma frente a su cintura.

—Escucha con cuidado —le dijo Clark—. Necesito que permanezcas detrás de mí. Muy detrás, pero no me pierdas de vista.

—De acuerdo —dijo ella—. ¿Qué vamos a hacer?

—Vamos a subir la escalera.

John Clark entrechocó los talones y llegó a la escalera oscura. Y justo entonces escuchó que una puerta se abría en el piso de arriba.

SETENTA

· · · · · · · · · · · · · ·

Grulla había ordenado a Becasina que bajara por la mujer, y luego había dicho a sus otros tres hombres, Codorniz, Playero y Gaviota, que vigilaran a los prisioneros en la sala de conferencias mientras él llevaba a Gavin Biery, el director de TI, a un nodo en el cuarto de los servidores. El americano les había dicho que encendería el sistema y luego iniciaría la sesión, permitiendo a los chinos tener acceso a nivel de administrador y hacer lo que quisieran.

Grulla lo había golpeado dos veces detrás de la cabeza por su lentitud manifiesta, enviándolo al suelo en ambas ocasiones. Cuando vio que el americano vacilaba por tercera vez, le dijo que iría a la sala de conferencias y empezaría a matar a los rehenes.

Gavin inició la sesión a regañadientes.

John Clark estaba al lado del cadáver de un chino joven y musculoso. El americano de sesenta y cinco años había oído al hombre bajar las escaleras y se había escondido debajo del rellano del primer piso, esperando a que llegara abajo. Y entonces, Clark le dio un brutal culatazo desde atrás con el Steyr TMO. El hombre se desplomó al piso y quedó inconsciente luego de recibir tres golpes fuertes en la cabeza.

Melanie salió de su escondite debajo de las escaleras y le sacó el cinturón al hombre para atarle las manos detrás de la espalda. Le bajó la chaqueta a la altura de los codos para que le fuera más difícil liberarse. Cogió el subfusil del hombre, aunque no sabía manejarlo, se lo pasó por el cuello y siguió a John por las escaleras con la pistola en la mano.

John abrió lentamente la puerta del segundo piso y vio un corredor más allá de una fila de ascensores, así como el cadáver de un guardia de seguridad; reconoció que era Joe Fischer, su viejo amigo, y se dirigió a la puerta abierta de la sala de conferencias de TI al final del pasillo. Mientras hacía esto escuchó una transmisión en chino por los auriculares. Obviamente, no entendía las palabras, pero se había puesto el aparato para recibir una señal cuando este grupo de asesinos comprendiera que los miembros de su unidad no se estaban reportando.

Y esa ocasión llegó ahora. Escuchó la transmisión por segunda vez, y luego una más; cada repetición era más urgente y alarmada que la anterior. Clark caminó rápidamente por el corredor con el TMP frente a él, sosteniéndolo con la mano izquierda mientras miraba por la pequeña abertura de cristal.

Pasó al lado de los ascensores y estaba a sólo quince pies de la puerta de la sala de conferencias cuando un hombre salió rápidamente y alzó levemente su arma. Vio a John y trató en vano de colocar su arma en posición de disparo porque Clark le acertó cinco proyectiles con una ráfaga automática.

Clark corrió y entró a la sala de conferencias tan rápido como pudo, sin saber con qué se encontraría.

Antes de que pudiera ver toda la escena, un asiático vestido de negro le disparó una ráfaga; John se movió rápidamente a un lado, le apuntó al hombre y vio que estaba frente a una fila de empleados de Hendley, todos ellos sentados y atados. Clark no dudó: disparó una sola bala, luego otra con su dedo izquierdo, y el mercenario se desplomó sobre Tony Wills, analista del Campus.

Había otra amenaza en la sala. El hombre estaba mirando en la otra dirección cuando John cruzó la puerta, pero ahora quedó con su Steyr frente al viejo estadounidense. Mientras apuntaba para disparar, Melanie Kraft cruzó la puerta sosteniendo la pistola con las dos manos y se concentró en el hombre. Disparó una bala que salió elevada, pero el asesino oriental desvió su pistola de Clark y apuntó hacia la joven, dando a John la fracción de segundo que necesitaba para concentrarse de nuevo en él y le quitó la vida tras descargarle una larga ráfaga en la parte superior del torso.

Cuando el operador chino cayó al piso, Gerry Hendley dijo:

—Hay uno más. Está con Biery en el cuarto de los servidores.

Clark dejó a Melanie con los ocho empleados del Campus, salió de la sala de conferencias y se apresuró a un corredor lateral que conducía al cuarto de los servidores.

Todos los disparos provenían de armas con silenciador, a excepción del único disparo que hizo Melanie con el SIG 45 de John Clark, cuyo ruido captó la atención de Grulla. Llamó a sus hombres una y otra vez por su auricular, al mismo tiempo que agarraba a Biery del cuello y lo levantaba de la silla.

Con su Steyr en la sien derecha de Gavin y su brazo en el cuello del programador informático, Grulla lo arrojó al pasillo sólo para encontrarse cara a cara con el sesentón de pelo canoso y lentes formulados. Este sostenía una de las armas que había arrebatado a un hombre de Grulla y le apuntó a la cabeza.

—Bájala o lo mataré —dijo Grulla.

El anciano no respondió.

—¡Lo haré! ¡Le disparé!

El estadounidense entrecerró los ojos ligeramente.

Grulla lo miró a los ojos y sólo vio concentración, propósito, misión y resolución.

Grulla conocía esa mirada; también conocía esa actitud.

Este viejo era un guerrero.

—No dispares. Me rindo —dijo Grulla y arrojó el Steyr al suelo.

En la sala de conferencias, Melanie había desatado al personal de Hendley Asociados. No sabía qué demonios estaba pasando, pero ya había concluido que su novio, el hijo del presidente, no trabajaba exclusivamente en el sector de gestión financiera. Era evidente que este lugar era algún tipo de inteligencia ultrasecreta del gobierno o un contratista de seguridad, y que tenían una pelea a muerte con los chinos.

Ella haría que Jack le contara hasta el último detalle acerca de este lugar antes de llegar a una conclusión, si es que él le daba la oportunidad de hablarle de nuevo. Sus acusaciones de trabajar para los chinos no tenía ningún sentido para ella, y le preocupaba también que ese abismo entre los dos fuera demasiado grande como para reducirlo con simples explicaciones.

Clark y los otros tres hombres salieron del ascensor al pasillo con los dos sobrevivientes chinos y los ataron espalda contra espalda. Grulla, el líder del grupo, habló en voz alta, anunciando que era miembro de la Espada Divina, una unidad de misiones especiales del EPL, y que él y sus hombres exigían ser tratados como prisioneros de guerra. La respuesta de Clark fue golpearlo detrás de la oreja con su SIG, silenciándolo con rapidez.

Otros empleados de Hendley comenzaron a buscar más víctimas y asesinos piso por piso; todos lo hicieron armados con pistolas y subametralladoras.

Clark registró a Grulla, le sacó un teléfono móvil de aspecto extraño que no tardó en vibrar. Miró el aparato. Obviamente no reconoció el número, pero se le ocurrió una idea.

—¿Gerry? —llamó a Hendley—. ¿Hay alguien que hable mandarín aquí en el grupo?

El exsenador estaba consternado, especialmente tras la muerte de su amigo Sam Granger, pero Clark se alegró de ver que el hombre había recuperado su capacidad de entendimiento.

—Me temo que no, pero estos dos hablan inglés.

—Voy a hablar con quienquiera que esté llamando.

El teléfono vibró de nuevo, John miró el aparato y vio que era el mismo número.

Mierda —pensó John. Sería una gran oportunidad para adquirir más inteligencia sobre esta organización.

—Si necesitas alguien que hable mandarín, creo saber dónde podemos encontrar uno con rapidez —dijo Gerry.

....

Jack Ryan, Jr. iba en el asiento del pasajero de un Acura de dos puertas conducido por Adam Yao. Habían salido de Hong Kong y estaban atravesando los Nuevos Territorios, dirigiéndose por el norte hacia la frontera con China.

Llevaban apenas unos minutos en la carretera cuando el móvil de Jack vibró. Ryan, todavía un poco mareado por el desfase horario luego del vuelo de diecisiete horas, respondió al cuarto repique.

—Ryan.

—Jack, es John Clark.

—Hola, John.

—Escucha con cuidado muchacho, porque estoy deprisa. —En los treinta segundos siguientes, Clark le dijo a Ryan lo que había pasado esa noche en Hendley. Antes de que Jack pudiera incluso responder, le explicó que alguien estaba llamando al líder de los asesinos, y quería que Yao tomara el teléfono del hombre, le devolviera la llamada y tratara de hacerle creer que estaba hablando con uno de los asesinos chinos.

Ryan informó rápidamente a Yao de la situación, y luego le acomodó el audífono en el oído mientras este conducía.

—¿Estás listo? —dijo John.

Adam sabía quién era John Clark, pero no había tiempo para una presentación formal. Simplemente preguntó:

—¿No sabes quién estará al otro lado de la línea?

—Ni idea. Tendrás que improvisar.

—De acuerdo.

—Improvisar era lo que hacía un NOC para ganarse la vida.

—Marca el número.

Timbró varias veces antes de que contestaran. Adam Yao no sabía qué iba a escuchar, pero no esperaba oír a alguien que hablara inglés con acento ruso.

—¿Por qué no respondiste cuando te llamé?

Adam estaba listo para responder en mandarín. Habló en inglés pero fingió un fuerte acento mandarín.

—Ocupado.

—¿Estás despejado?

—Estamos en Hendley.

Una breve pausa.

—Claro que estás en Hendley. ¿Te encargaste de toda la oposición?

Adam estaba empezando a entender. Este individuo sabía lo que se suponía que debería haber ocurrido.

—Sí. Sin problemas.

—Está bien. Antes de que borres la información, he recibido órdenes para cargar todos los archivos encriptados en la estación de trabajo de Gavin Biery y enviarlos a Centro.

Yao siguió fingiendo.

—Entendido.

Hubo una pausa breve. Luego:

—Estoy afuera. Entraré por la puerta principal. Avisa a tus hombres.

Me cago en la mierda —pensó Adam.

—Parece que hay un tipo ruso en el estacionamiento. Se dispone a entrar por la puerta principal.

Jack tenía a Clark en el altavoz del teléfono. Antes de que le transmitiera el mensaje, John dijo:

—Entendido. Nos encargaremos de él. Clark fuera.

Un minuto después, Clark estaba todavía en el segundo piso, de pie ante los dos prisioneros, cuando Tony Wills apareció por la puerta de la escalera apretando un arma calibre 45 contra la cabeza de un hombre caucásico, con barba, traje y corbata. Tenía las manos esposadas en la espalda y el abrigo a la altura de los codos.

John se aseguró de que Biery tuviera el Steyr apuntado a los dos prisioneros chinos que estaban en el piso y el dedo por fuera del compartimento del gatillo, y luego avanzó por el pasillo para ver qué tenía que ver el recién llegado en todo esto.

Había recorrido unos veinte pies cuando el hombre barbado abrió los ojos de par en par tras el impacto.

—¿*Tú*?

Clark se detuvo y lo miró con curiosidad.

Tardó pocos segundos en reconocer a Valentín Kovalenko.

—¿*Tú*?

El ruso intentó retroceder y huir de Clark, pero este le presionó la pistola calibre 45 de Wills contra el cráneo.

Clark creyó que Valentín se iba a desmayar. Pidió a Tony que lo llevara a la sala de conferencias del TI que estaba cerca, y luego lo envió a custodiar a los prisioneros con Biery.

Cuando Clark y Kovalenko estuvieron solos en la sala, Clark empujó con fuerza al hombre, quien cayó en una silla, y luego se sentó frente a él. Lo miró un momento breve. Desde enero, Clark no había pasado un solo día sin pensar en romperle el cuello al pequeño engendro que estaba sentado ahora muy cerca de él. Así mismo, el hombre que lo había secuestrado, torturado y que le había robado los pocos y últimos años buenos en el campo al causarle daños graves en la mano.

Pero John tenía otros objetivos más urgentes ahora.

—No voy a fingir que sé qué carajos estás haciendo aquí —dijo—. Hasta donde yo sabía, estabas muerto o tomando sopa de nieve en un gulag en algún lugar de Siberia.

John llevaba cuarenta años llenando de miedo a sus enemigos, pero dudaba de haber visto a alguien tan aterrorizado en toda su vida. La reacción de Kovalenko permitía concluir con toda certeza que no sabía que John Clark tuviera que ver algo con su operación.

Valentín siguió sin decir palabra y John le dijo:

—Sucede que perdí a algunos amigos entrañables y quiero saber por qué. Tú tienes las respuestas.

—Yo... yo no sabía...

—Me importa una mierda que no lo supieras. Quiero saber lo que *sabes* ahora. No voy a amenazarte con torturas. Los dos sabemos que no hay razón para amenazarte. O te descuartizo miembro por miembro o no lo hago, sin importar qué tan útil me seas ahora. Te debo una gran cantidad de miseria.

—Por favor, John. Puedo ayudarte.

—¿Sí? Entonces ayúdame.

—Puedo decirte todo lo que sé.

—Comienza a hablar.

—La inteligencia china está involucrada.

—¡No me digas! Tengo varios soldados chinos muertos y atados como perros en todo el edificio. ¿Cuál es *tu* participación?

—Yo... yo pensé que se trataba de espionaje industrial. Ellos me chantajearon, me sacaron de la cárcel y me obligaron a ser su cómplice. Los primeros trabajos fueron fáciles, pero luego se hicieron cada vez más difíciles. Me engañaron y amenazaron con matarme. No podía escapar.

—¿Con quién te reportas?

—Se llama a sí mismo Centro.

—¿Está esperando que te reportes?

—Sí. Grulla, uno de los hombres que aún están con vida en el piso, me iba a dejar entrar para buscar una información que debía cargar y enviar a Centro. Yo no sabía que alguien resultaría lastimado o...

—No te creo.

Kovalenko miró un momento el piso. Luego asintió.

—*Da, da;* tienes razón. Sí, yo sabía lo que estaba pasando. ¿Las primeras personas que ellos mataron el otro día en Georgetown? No, no sabía qué harían eso. Y tampoco cuando mataron al taxista y trataron de asesinar hoy a la mujer. Yo no sabía que ese era el plan. ¿Y ahora? No soy ningún tonto. Pensé que entraría a este edificio y encontraría una pila de muertos. —Se encogió de hombros—. Sólo quiero irme a casa, John. No quiero tener arte ni parte en esto.

Clark lo miró fijamente.

—Deja de quejarte, cabrón de mierda.

Se puso de pie y salió de la sala.

Clark salió al pasillo y encontró a Gavin Biery hablando con Gerry Hendley. Biery se apresuró hacia él apenas lo vio.

—¿Ese tipo que está allá trabaja para Centro?

—Sí. Por lo menos eso es lo que dice.

—Podemos utilizarlo —dijo Gavin—. Debe tener un programa en su computadora para comunicarse con Centro. Se llama Criptograma. He creado un virus que puede penetrar el Criptograma y fotografiar a la persona que está al otro lado.

—Pero tenemos que lograr que acepte ayudarnos, ¿verdad? —dijo Clark.

—Sí. Tienes que convencerlo para que entre al Criptograma y haga que Centro acepte una carga de archivo —respondió Biery.

Clark pensó un momento en eso.

—De acuerdo, ven conmigo.

Biery y Clark regresaron a la sala de conferencias.

Kovalenko estaba solo, sus manos atadas detrás de la espalda, y los dos asesinos muertos estaban cerca de sus pies. Esto era deliberado. Clark quería que Valentín permaneciera al lado de los cadáveres para que pensara en su propio predicamento.

Biery y Clark se sentaron en la mesa.

—No tenía otra opción. Me obligaron a trabajar para ellos —dijo Kovalenko.

—Tenías una opción.

—Claro, podía haberme pegado un tiro en la cabeza.

—Parece como si no te importara tener que pasar por todo esto.

—Por supuesto que sí. Pero no me jodas, Clark. De todas las personas, tú eres el que más desea mi muerte.

—Sí, eso me arrancaría unas cuantas sonrisas. Pero es más importante derrotar a Centro antes de que este conflicto se vuelva todavía más grande. Hay millones de vidas en juego. No se trata únicamente de nosotros dos y de las cuentas que tenemos pendientes.

—¿Qué quieres?

Clark miró a Gavin Biery.

—¿Podemos usarlo?

Gavin se encontraba todavía en un relativo estado de shock, pero asintió y miró a Kovalenko.

—¿Tienes el Criptograma en tu computadora?

Kovalenko asintió en señal de respuesta.

—Estoy seguro de que utilizas algún método de seguridad para saber que realmente te estás comunicando con Centro —dijo Clark.

—Así es. Pero en realidad, es más complicado que eso.

—¿En qué sentido?

—Estoy seguro de que mientras hablo por el Criptograma, Centro me está observando a través de mi cámara.

Clark levantó las cejas y se dirigió a Biery.

—¿Eso es posible?

—Señor Clark, no sabe con lo que hemos tenido que lidiar desde que usted se retiró —dijo Gavin—. No me inmutaría si este tipo me dijera que Centro le ha instalado un microchip en el cerebro.

Clark se dirigió de nuevo a Kovalenko.

—Queremos llevarte a donde te estás alojando y que te conectes con Centro. ¿Harás eso por nosotros?

—¿Por qué debería ayudarles? De todos modos ustedes me van a matar.

John Clark no lo contradijo y simplemente le respondió:

—Piensa en una época anterior a aquella en la que espiabas para ganarte la vida. No para Centro, sino... antes del SVR. Debe haber una razón por la que entraste a este tipo de trabajo. Sí, sé que tu querido y viejo padre era un espía de la KGB, pero, ¿qué ganó con eso? Desde que eras un niño, debiste haberlo visto trabajando muchas horas, ganando poco, en misiones de pacotilla, y te debes haber dicho: *De ninguna manera voy a seguir en el negocio de la familia.*

—Las cosas eran diferentes en los ochenta. Lo trataban con respeto, y aún más en los setenta —respondió Kovalenko.

Clark se encogió de hombros.

—Pero entraste a esto en los noventa, mucho después de que el brillo desapareciera del martillo y la hoz.

Kovalenko asintió.

—¿Has pensado así sea una sola vez que algún día podrías hacer algo bueno?

—Por supuesto. Yo no era uno de los corruptos.

—Bien, Valentín, ayúdanos por espacio de una hora en este instante y es muy probable que puedas impedir que una guerra regional se vuelva global. No muchos espías pueden decir eso.

—Centro es más inteligente que ustedes —dijo Kovalenko a secas.

Clark sonrió.

—No vamos a desafiarlo a una partida de ajedrez.

Kovalenko miró de nuevo a los hombres muertos en el piso y dijo:

—No siento nada por estos hombres; me habrían matado cuando esto terminara. Estoy tan seguro de eso como de mi propio nombre.

—Ayúdanos a destruirlo.

—Si ustedes no lo matan, y no me refiero a su virus, a su red, a su operación, sino a *él*; si ustedes no le pegan un tiro en la cabeza, Centro regresará —dijo Valentín.

—Tú puedes ser ese tiro. Quiero cargar algo en su sistema que nos dé su ubicación exacta —dijo Gavin Biery.

Kovalenko sonrió levemente.

—Intentémoslo.

· · · · · · · · · ·

Mientras Clark y Biery se preparaban para apresurarse con Kovalenko a su apartamento en el D.C., Gerry Hendley salió de la oficina de Gavin.

—John, tengo a Chávez en el teléfono desde Beijing; quiere hablar contigo.

Clark tomó el teléfono satelital.

—Hola, Ding.

—¿Estás bien, John?

—Sí, pero ha sido una pesadilla. ¿Supiste lo de Granger?

—Sí. Mierda.

—Ajá. ¿Te habló de la caravana de automóviles del director Su el jueves por la mañana?

—Sí. Me dijo que Mary Pat Foley había recibido la información de inteligencia directamente del gobierno de la RPC. Parece como si alguien no estuviera contento con lo que está pasando en el mar de China Meridional.

—¿Qué piensas acerca de tus posibilidades de lograrlo? —preguntó Clark.

Chávez vaciló, y luego señaló:

—Es posible. Creo que necesitamos intentarlo de todos modos, pues no hay más operativos de agencias estadounidenses posicionados en China.

—¿Así que ustedes van a seguir adelante?

—Hay un problema —dijo Chávez.

—¿Cuál?

—Hacemos esta operación y nos vamos, lo cual está bien en nuestro caso. Pero tú y yo hemos visto suficientes dictaduras como para saber que algún pobre grupo de cabrones, disidentes o de ciudadanos serán arrestados por nuestras acciones. No sólo estos chicos con los que estamos trabajando. Si matamos a Su, el EPL buscará un chivo expiatorio.

—Ejecutarán a cualquiera que tenga motivos y recursos. Hay cientos de grupos de disidentes en China. El EPL dará un ejemplo con ellos para que el país no se subleve de nuevo.

—Claro que sí, maldición. Eso no me gusta para nada —dijo Chávez.

Clark permaneció en el pasillo, sosteniendo el teléfono en su oído con la mano derecha y pensando en el asunto.

—Necesitas dejar una evidencia que demuestre que no lo hizo un grupo de disidentes locales.

—Ya pensé en eso, pero cualquier evidencia vinculará simplemente a los Estados Unidos con el golpe, y no podemos permitir que suceda eso —respondió Ding de inmediato—. Está bien que el mundo se pregunte si la Doctrina Ryan fue la responsable, pero si dejamos evidencias, los chinos comunistas podrían utilizarlas para demostrar al mundo que los Estados Unidos estaban...

Clark lo interrumpió:

—¿Y qué tal si dejas evidencias que demuestren que alguien más lo hizo? Alguien a quien no le importara ser responsable por esto.

—¿De qué tipo de evidencia estás hablando?

John miró a los dos asesinos chinos.

—¿Qué tal si dejaras a un par de muertos de las fuerzas especiales chinas en la escena del golpe como si hubieran sido parte de la unidad de pistoleros?

Chávez dijo, después de una pausa

—Esa está buena, 'mano. Mataríamos dos pájaros de un tiro. ¿Sabes por casualidad dónde podría encontrar voluntarios para ese trabajo?

—No son voluntarios, sino un par de reclutas obligatorios.

—Eso es incluso mejor —señaló Ding.

—En treinta horas estaré allá con estos dos imbéciles de la Espada Divina que aún están vivos. Los eliminaremos en el lugar de los hechos.

—*¿Tú?* ¿Vas a venir a Beijing? ¿Cómo?

—Todavía tengo unos pocos amigos en lugares de baja estofa.

—¿Los rusos? ¿Tienes algunos socios rusos que puedan ayudarte a entrar?

—Me conoces demasiado bien, Domingo.

SETENTA Y UNO

············

Una hora después, Clark, Biery, Kraft y Kovalenko llegaron al apartamento del espía ruso en Dupont Circle. Eran casi las cuatro a.m., aproximadamente una hora después de que Centro ordenara a Kovalenko que se reportara. El ruso estaba nervioso por la conversación inminente, pero mucho más por lo que le pasaría después, cuando estuviera en manos de John Clark.

John se acercó a Kovalenko y le dijo en voz baja al oído antes de entrar al edificio:

—Valentín. Necesitas entender algo. Tienes una sola oportunidad para hacer bien esto.

—¿Hago esto y me voy?

—Haces esto y quedas bajo nuestra custodia. Te dejaré ir cuando todo haya terminado.

Kovalenko no reaccionó de un modo negativo. Al contrario, dijo:

—Bien. No quiero delatar a Centro y quedar abandonado a mi suerte.

Entraron al apartamento; estaba oscuro, pero Valentín no prendió luz alguna. La computadora estaba apagada y John, Melanie y Gavin se hicieron a un lado del escritorio para estar por fuera del campo de visión cuando la cámara se activara.

Kovalenko fue a la cocina y Clark se apresuró detrás de él, pensando que trataría de sacar un cuchillo. Sin embargo, el ruso abrió el congelador, sacó una botella escarchada de vodka y tomó varios tragos grandes. Se dio vuelta y se dirigió a su computadora con la botella en la mano.

Pasó al lado de Clark y se encogió de hombros en señal de disculpa.

Biery había dado al ruso una memoria USB equipada con el malware que había desarrollado a partir del cargador de archivos y del RAT de ByteRápido. Valentín la conectó en el puerto USB y abrió la computadora.

Segundos después se estaba registrando en el Criptograma e iniciando una conversación con Centro.

Kovalenko escribió «Lavanda SC», su código de verificación. Permaneció en su escritorio en medio de la oscuridad, cansado y agotado, esperando a toda costa que pudiera salir de esto y que ni Centro ni Clark lo mataran cuando todo terminara.

Sentía como si estuviera subiendo al cadalso antes de caer a un profundo abismo.

Una línea de texto verde apareció en el fondo negro: «¿Qué pasó?».

«Había hombres de Hendley Asociados que Grulla no detectó. Nos atacaron después de entrar y de sacar la información del servidor. Todos están muertos: Grulla y sus hombres».

La pausa fue más corta de lo que había esperado Kovalenko.

«¿Cómo lograste sobrevivir?».

«Grulla me ordenó salir del edificio mientras combatían. Me escondí en los árboles».

«Tus instrucciones eran prestar ayuda en caso necesario».

«Si hubiera seguido mis instrucciones, habrías perdido a todos tus activos. Si tus asesinos no pudieron matar a los americanos que había allá, seguramente yo tampoco habría podido hacerlo».

«¿Cómo sabes que están muertos?».

«Porque sacaron sus cadáveres. Los vi».

Ahora la pausa fue de varios minutos. Kovalenko se imaginó que alguien estaba recibiendo instrucciones de otra persona con el fin de proceder. Escribió varios signos de interrogación, pero no recibió una respuesta inmediata.

Una nueva ventana del Criptograma se abrió, y Valentín vio el mismo ícono del teléfono del día anterior.

Se puso el auricular e hizo clic en el ícono.

—¿Da?

—Soy Centro. —Era definitivamente el mismo individuo del día anterior—. ¿Estás herido?

—Realmente no.

—¿Te siguieron?

Kovalenko sabía que Centro lo estaba escuchando atentamente para tratar de detectar un posible engaño. Seguramente también lo estaba observando en este instante a través de la cámara.

—No. Claro que no.

—¿Cómo lo sabes?

—Soy un profesional. ¿Quién me puede seguir a las cuatro de la mañana?

Hubo una larga pausa. El hombre dijo finalmente:

—Envía el archivo. —Y luego colgó.

Kovalenko cargó el archivo de Gavin Biery que estaba en la memoria USB.

Un minuto después, Centro escribió «Recibido».

A Valentín ya le temblaban las manos. Escribió «¿Instrucciones?».

Luego le susurró a Biery, en voz baja, y escasamente moviendo los labios.

—¿Eso es todo?

—Sí. Debería funcionar casi de inmediato —respondió Biery.

—¿Estás seguro?

Biery no estaba seguro, pero esperaba que sí.

—Claro.

Apareció una línea de texto en el Criptograma. «¿Qué es esto?».

Kovalenko no respondió.

«¿Es una aplicación? Esto no fue lo que se te pidió».

Kovalenko miró a la cámara.

Alzó la mano lentamente delante de su cara, cerró el puño y levantó el dedo medio.

Clark, Kraft y Biery permanecían a un lado con la boca abierta.

Transcurrieron apenas unos segundos antes de que apareciera una nueva línea de texto en el Criptograma.

«Estás muerto».

La conexión terminó de inmediato.

—Se desconectó —dijo Kovalenko.

Biery sonrió.

—Cuenta con eso.

Clark, Kovalenko y Kraft lo miraron.

—¿Con qué? —preguntó Valentín.

—Cuenta con eso —repitió muy despacio.

—Él se desconectó. No puede enviar ningún... —dijo Melanie

Un archivo titiló en la ventana del Criptograma. Kovalenko, aún sentado frente a la computadora, miró a Gavin Biery.

—¿Debería...?

—Hazlo por favor.

Kovalenko hizo clic en el archivo y una foto ocupó todo el monitor. Las cuatro personas que estaban en el apartamento oscuro se inclinaron para ver mejor.

Una joven con rasgos asiáticos, lentes de lectura y cabello negro y corto estaba sentada frente a la cámara, con los dedos en el teclado de una computadora. Encima de su hombro izquierdo, un hombre asiático mayor que ella, con camisa blanca y el nudo de la corbata aflojado, observaba inclinado un punto debajo de la cámara.

Valentín se sintió confundido.

—¿Quién es...?

Gavin Biery tocó la imagen de la joven con la yema del dedo.

—No sé quién sea ella, pero ese tipo, damas caballeros, es el CAM.

Melanie y Valentín se limitaron a mirarlo.

—El doctor Tong Kwok Kwan, con nombre código Centro —dijo Biery.

John Clark sonrió y añadió:

—El Cabrón al Mando.

SETENTA Y DOS

....

Adam Yao tenía los documentos para entrar a China continental y podía cruzar la frontera en tren o en automóvil.

Por otra parte, Jack junior no era tan afortunado. Adam le tenía un plan para cruzar la frontera, pero implicaba cierto riesgo y algunas molestias.

Adam pasó por el puesto fronterizo de Lok Ma Chau a las cinco p.m., hora local. Quería estar al otro lado cuando Ryan lograra pasar, para que este no estuviera deambulando por el continente chino como un *gweilo* sin documentos, algo que seguramente no terminaría bien para el hijo del presidente.

Ryan tomó un taxi hacia San Tin y luego caminó unas pocas cuadras hasta el estacionamiento de una ferretería, donde se encontró con los hombres que lo llevarían al otro lado de la frontera.

Eran «amigos» de Adam, es decir, que este los había conocido mientras hacía su trabajo de «lado blanco» con SinoShield. Eran contrabandistas y Ryan se sintió nervioso cuando le dijeron que lo llevarían a China, aunque se tranquilizó después de conocerlos.

Los contrabandistas eran tres jóvenes bajitos que parecían

mucho más inofensivos de lo que Ryan se había imaginado en las últimas dieciséis horas.

Adam le dijo que no les ofreciera dinero porque ya había arreglado con ellos, y aunque Jack no sabía qué quería decir con eso, confiaba lo suficiente en él como para obedecerle.

Los analizó mientras la luz se desvanecía con rapidez. Era evidente que no llevaban armas. Jack había sido entrenado para detectar pistolas ocultas, y no tenían ninguna en la cintura, debajo de los brazos o en los tobillos. Jack no sabía con seguridad si tenían cuchillos en algún lugar, pero incluso si aquellos tres hombres bajitos lo atacaban al mismo tiempo, pensó Jack, podría golpearlos sin problemas y dirigirse a la frontera sin compañía de nadie.

Sin embargo, ese no era el escenario ideal.

Ninguno de los hombres hablaba una sola palabra de inglés, lo cual hizo que las cosas fueran confusas para Jack mientras los tres orientales permanecían al lado de sus motocicletas y le señalaban las piernas y los pies. Jack pensó que estaban admirando sus mocasines Cole Haan, pero no estaba seguro de ello. El asunto pasó al olvido con bastante rapidez cuando los hombres dejaron escapar algunas risitas.

Habían hecho que Ryan subiera al asiento del parrillero de una de las motos, lo cual no era el mejor de los planes, teniendo en cuenta que el americano medía seis pies y dos pulgadas de estatura, y se encontró detrás de un motociclista gordo y joven que en el mejor de los casos medía tal vez cinco pies con cuatro pulgadas. Tuvo que concentrarse para mantener el equilibrio mientras el pequeño hombre avanzaba dando tumbos en su moto frágil y destartalada por caminos secundarios en mal estado.

Después de veinte minutos de recorrido, Jack comprendió

por qué los chinos le habían prestado tanta atención a sus zapatos de cuero. A su alrededor había varios arrozales que se extendían hasta un río, y el territorio chino estaba al otro lado. Tendrían que cruzar media milla con el agua a las rodillas antes de llegar al dique del río. Era imposible que a Jack no se le salieran los mocasines.

Estacionaron las motos y bajaron, y luego uno de los jóvenes adquirió milagrosamente la capacidad de hablar inglés.

—Tú pagas. Tú pagas ahora.

Ryan no tenía ningún problema en meterse la mano al cinturón del dinero y sacar unos pocos billetes de cien por el servicio que le prestaban estos hombres, pero Yao había insistido en que no les pagara. Jack negó con la cabeza.

—Adam Yao pagar —dijo, esperando que esta frase incorrecta fuera más fácil de entender.

Curiosamente, los hombres no parecieron comprender esto.

—Adam les pagó —dijo Jack esta vez.

Los hombres se limitaron a negar con la cabeza como si no entendieran, y le dijeron:

—Tú pagas ahora.

Jack se metió la mano al bolsillo y sacó un teléfono móvil que había comprado esa tarde en el aeropuerto. Marcó un número.

—¿Sí?

—Es Jack. Quieren dinero.

Yao rugió como un oso enojado y Ryan se sorprendió.

—Pásame al que parezca más listo de esos tres malditos imbéciles.

Jack sonrió. Le gustaba el estilo de Adam Yao.

—Es para ti. —Pasó el teléfono a uno de los contrabandistas.

La conversación fue rápida. Jack no entendía las palabras,

pero las expresiones faciales del joven contrabandista no dejaban ninguna duda acerca de quién tenía el argumento más válido. El joven gesticuló al oír a Yao y se esforzó en buscar respuestas.

Treinta segundos después le devolvió el teléfono a Ryan.

Jack lo llevó a su oído. Antes de poder hablar, Yao le dijo:

—Deberíamos decirles que se larguen. Seguiremos con ellos, pero no muestres ni un centavo a esos cabrones.

—De acuerdo.

Avanzaron por los arrozales mientras el sol se ponía y la luna se elevaba en el horizonte. Jack perdió los mocasines casi de inmediato. Conversaron un poco al comienzo, pero dejaron de hacerlo cuando se acercaron al agua. Llegaron al dique a las ocho p.m., y uno de los hombres se acercó a unos juncos altos y sacó una balsa construida con cajas de leche y madera aglomerada. Ryan y el contrabandista subieron a ella, y los otros dos la empujaron.

Tardaron sólo cinco minutos en cruzar las aguas frías para llegar a China. Arribaron a un distrito de bodegas de almacenamiento en Shenzhen, y cubrieron la balsa con rocas y con hierba del río. El contrabandista acompañó a Ryan por la calle en medio de la oscuridad y cruzaron rápidamente después de que pasara un autobús. Jack debía esperar en un pequeño cobertizo.

El contrabandista desapareció y Jack llamó de nuevo a Yao.

Adam respondió con rapidez.

—Estaré allá en menos de un minuto.

Yao recogió a Jack de inmediato y se dirigieron al norte.

—Atravesaremos Shenzhen y en una hora estaremos en Guangzhou —Yao le dijo—. El edificio de Centro está en la parte norte de la ciudad, en los suburbios cercanos al aeropuerto.

—¿Cómo lo supiste?

—Por los movimientos de sus supercomputadoras en Hong Kong. Los servidores fueron enviados en un barco que localicé. También descubrí el puerto y la compañía de transportes que los trajo al edificio de China Telecom. No estaba seguro al comienzo, pero conversé con una chica que trabaja en las nuevas oficinas de China Telecom, quien me dijo que fue un buen día y vio que todo el edificio había sido desocupado la noche anterior porque el EPL necesitaba el espacio.

»Entonces ya no tuve ninguna duda y conseguí un apartamento en un edificio alto frente al alcantarillado de drenaje del edificio de CT. Desde allí puedo ver al Ejército custodiar el lugar, y a los civiles que entran y salen. Instalaron un conjunto de satélites en la zona de estacionamiento, e inmensas antenas parabólicas en la azotea. Deben estar utilizando una gran cantidad de electricidad.

—¿Cuál es el próximo paso?

Yao se encogió de hombros.

—El próximo paso es que me digas para quién trabajas realmente. No te pedí que vinieras porque necesitara un amigo. Necesito a alguien que trabaje con los Estados Unidos, pero no con la CIA; alguien que pueda hacer que las cosas sucedan.

—¿Hacer que suceda *qué*, exactamente?

Yao negó con la cabeza.

—Quiero que puedas contactarte con alguien del gobierno, en un cargo importante que no sea en la CIA, y le digas lo que está pasando. Podemos demostrarlo sin la menor sombra de duda. Y cuando hagas eso, quiero que alguien venga y acabe con esto.

—¿Quieres que llame a mi papá?

Yao se encogió de hombros.

—Él puede hacer que suceda.

Ryan negó con la cabeza. Debía mantener aislado en algún grado a su padre de sus operaciones.

—Hay otra persona a la que puedo llamar. Ella le transmitirá el mensaje —dijo Jack.

SETENTA Y TRES

El presidente Jack Ryan decidió ir al Pentágono y escuchar el plan para atacar la infraestructura de las conexiones de redes y la capacidad operativa de la red informática de China. La mayoría de los más importantes estrategas de guerra estadounidenses no había trabajado en ninguna otra cosa, y había hecho todo lo posible para implementar aspectos del plan táctico, pues el ciberataque a Estados Unidos había socavado su capacidad para recibir información, asesoría, y un buen panorama del campo de batalla.

A Napoleón se le atribuye decir que un ejército marcha sobre su estómago. Pero eso era en tiempos de Napoleón. Ahora, todos los afectados por los ataques sabían que el aparato militar de EE. UU. marchaba sobre su banda ancha, que actualmente parecía hacer poco más que una pausa durante un desfile.

Y en los dos días desde la orden del mandatario para elaborar el plan, la situación había empeorado. Además de un aumento en los ciberataques a los Estados Unidos —ataques que habían obligado a Wall Street a cerrar dos días— los chinos habían aprovechado otros vectores de ataque contra el aparato militar. Muchos satélites espías y militares norteamericanos habían sido pirateados y sus señales corrompidas, así que la información crítica no estaba llegando al Pentágono. Esos satélites, aunque todavía estuvieran en línea, enviaban datos lentos o esporádicamente corruptos, lo que significaba que el panorama de la situación que se vivía allí era difusa en el mejor de los casos.

Estados Unidos había perdido la visibilidad del portaviones chino en el mar de China Meridional, y sólo recibió pistas de su ubicación cuando la *Yas Sudarso*, una fragata de la Armada de Indonesia, fue hundida a ochenta millas al norte de Bunguran Timur, aparentemente por cuatro misiles disparados desde un helicóptero chino. De los ciento setenta tripulantes a bordo, sólo treinta y nueve habían sido rescatados con vida doce horas después del incidente.

Otras confrontaciones aire-aire sobre el estrecho de Taiwán habían terminado en el derribo de cinco cazas y de un Marine Hornet de la RDC, mientras que la FA del EPL había perdido ocho aeronaves.

Ryan permaneció en silencio mientras varios coroneles, generales, capitanes y almirantes le informaban de las opciones para un ataque militar o, más exactamente, de la aparente falta de opciones que tenían.

El aspecto más preocupante al elaborar una lista de objetivos militares era claramente el deficiente cubrimiento del área. Más que cualquier otro factor, la información defectuosa de los satélites hacía que gran parte del plan de ataque fuera una aventura impredecible, y los hombres y mujeres en la sala reconocieron esto ante el presidente.

—Pero, ¿algunos de nuestros satélites funcionan todavía? —preguntó Ryan.

—Sí, señor presidente —señaló Burgess—. Pero lo que usted tiene que entender es que, aparte de algunas escaramuzas en el estrecho de Taiwán, todavía no ha comenzado una verdadera guerra entre los Estados Unidos y China. Todo lo que han hecho ellos para socavar nuestra capacidad de combate ha sido por medio de códigos informáticos. Si los atacamos, si acercamos nuestros portaviones para agredir o mostramos nuestros movimientos en algún sentido, usted puede estar seguro de que ellos utilizarán medidas bélicas para interrumpir la información de esos satélites.

—¿Te refieres a que pueden derribar nuestros satélites?

Burgess asintió.

—Ya han hecho pruebas con su propio equipo, demostrando su capacidad de destruir satélites con misiles cinéticos.

Ryan recordó eso.

—¿Tienen la capacidad para hacer eso a gran escala?

Un general de la Fuerza Aérea habló:

—Las ASAT cinéticas, o armas antisatélites, no son la primera opción de nadie. Son perjudiciales para todos los que tengan plataformas espaciales porque la basura ocasionada por un ataque puede permanecer varias décadas en órbita y colarse en otros equipos espaciales. Se requiere apenas una partícula de aproximadamente un centímetro de largo para dejar inservible a un satélite. Los chinos saben esto y no debemos temer que ellos destruyan nuestros equipos espaciales a menos de que tengan la necesidad absoluta de hacerlo.

—También pueden atacar nuestros satélites que están sobre China con un EMP, un arma de pulso electromagnético —dijo Ryan.

Burgess negó con la cabeza.

—Los chinos *no* detonarán un EMP en el espacio.

—¿Cómo puedes estar tan seguro, Bob? —dijo el presidente, ladeando la cabeza.

—Porque esa arma dañaría sus propios equipos. Obviamente, ellos tienen satélites de comunicaciones y de GPS en su espacio aéreo, pero no lo suficientemente lejos de nuestras plataformas.

Jack asintió. Ese era el tipo de análisis que él valoraba: el que tenía sentido.

—¿Tienen otros trucos debajo de la manga?

—Sin duda alguna —dijo el general de la Fuerza Aérea—. El EPL también tiene la capacidad para enceguecer temporalmente a los satélites por medio de rayos láser de alto poder. Esta técnica se conoce como «deslumbrar»; la han utilizado de manera muy exitosa contra los satélites de Francia y de India en los dos últimos años. En ambos casos, los chinos degradaron totalmente la capacidad del satélite para ver y comunicarse con tierra durante tres o cuatro horas. Predecimos que ellos comenzarán con esto, y si no obtienen los resultados que desean, entonces comenzarán a disparar misiles al espacio para derribar nuestras plataformas de comunicaciones y de recolección de inteligencia.

Ryan negó con la cabeza en señal de frustración.

—Hace un par de meses pronuncié un discurso en la ONU y dije que cualquier ataque a un satélite de los Estados Unidos sería un ataque al territorio de los Estados Unidos. Al día siguiente por la mañana, la mitad de las agencias de noticias del país, y una cuarta parte de las del planeta, publicaron titulares en los que yo reclamaba supuestamente el espacio ultraterrestre para los Estados Unidos. El *L.A. Times* publicó una caricatura en su página editorial en la que yo aparecía vestido como Darth Vader*. Los

---

* Personaje de «La guerra de las galaxias» (N. del T.).

sectores charlatanes de Estados Unidos no entienden los riesgos que enfrentamos.

—Usted hizo lo correcto —dijo Burgess—. El futuro de la guerra será un territorio completamente nuevo, señor presidente. Parece como si nosotros fuéramos los afortunados en abrirnos camino.

—De acuerdo —dijo Ryan—. Estamos medio ciegos en el cielo. ¿Cómo se ven las cosas al nivel del mar?

Un almirante se puso de pie y dijo:

—Anti-acceso/negación de área. A-dos A-D, señor. China no posee una gran Armada, pero tienen los programas más grandes y activos de misiles de crucero y balísticos desde tierra en todo el mundo. El Segundo Cuerpo de Artillería del EPL tiene cinco brigadas de misiles balísticos de corto rango apuntando a Taiwán. La DIA calcula que tienen más de mil misiles.

Un capitán estaba frente a un tablero blanco repleto de notas que el presidente leería en lugar de una presentación en Power-Point.

—Los misiles balísticos y convencionales antibarcos del Segundo Cuerpo de Artillería también ofrecen al EPL una opción adicional para aumentar sus estrategias anti-acceso/negación de área contra las amenazas en el litoral.

—Su sistema de radares de vigilancia oceánica sobre el horizonte puede detectar un grupo aeronaval a una distancia de mil ochocientas millas y, a continuación, sus satélites de detección por señal electrónica señalarán e identificarán a los barcos.

—Las emisiones del grupo de batalla son detectadas y las huellas son pronosticadas, aunque el cielo esté completamente nublado.

—Su misil balístico que puede destruir portaviones es el

Dong Feg 21D. Tiene su propio radar, y también recibe información de rastreo de los satélites chinos.

Los argumentos de este tipo se prolongaron por espacio de una hora. Ryan tuvo cuidado en llevar el ritmo de la discusión; le parecía una pérdida de tiempo que estos hombres y mujeres se vieran obligados a explicar los detalles del sistema de cada arma de los dos países a él, que sólo tenía que aprobar o rechazar toda la operación.

Sin embargo, Ryan tenía que lograr un equilibrio. En su posición como el hombre con el poder de decisión, daba crédito a los combatientes estadounidenses por conocer tan bien como fuera posible sus opciones antes de ordenar a cientos —o más bien, a miles— de personas a que incursionaran en un terreno ciertamente peligroso.

Después de toda una mañana de «toma y daca», un almirante de la Armada y expiloto de un Tomcat F-14 que había comandado brigadas aéreas de portaviones y que actualmente era uno de los principales tácticos navales del Pentágono, explicó al presidente el plan de ataque a China. Este incluía submarinos nucleares en el mar de China oriental que lanzarían verdaderas avalanchas de misiles convencionales a los centros de comando y oficinas técnicas del EPL, así como a la infraestructura eléctrica de estos sitios.

Simultáneamente, submarinos en el estrecho de Taiwán y frente a las costas de la ciudad china de Fuzhou lanzarían misiles de crucero contra las bases aéreas de la FA del EPL, contra las baterías fijas de misiles que habían sido detectadas, y contra las instalaciones de comando de control.

Las aeronaves de combate estadounidense despegarían del *Reagan* y del *Nimitz*, se reabastecerían en mar abierto y luego realizarían ataques a las costas chinas cerca del estrecho de Taiwán, destruyendo emplazamientos SAM, buques de guerra en puertos y mares y una lista inmensa de objetivos que incluían capacidades anti-acceso/negación de área y sitios con misiles balísticos antibuques que tenían los chinos en el sur del país.

El almirante reconoció que cientos, o acaso miles de los mejores misiles del EPL serían disparados desde lanzaderas móviles, y que la visión tan deficiente que EE. UU. tenía del área significaba que esos misiles sobrevivirían a cualquier ataque que pudieran lanzar los estadounidenses.

Ryan se sintió confundido por la magnitud y las dificultades obvias que enfrentaría la Armada en esta misión aparentemente imposible. Sabía que tenía que hacer otra pregunta, pero temía la respuesta.

—¿Cuáles son tus pronósticos con respecto a las pérdidas de las fuerzas de los Estados Unidos?

El almirante miró la parte superior de su bloc.

—¿Para las tropas de combate? El cincuenta por ciento. El porcentaje sería mucho menor si tuviéramos una visualización más adecuada, pero tendremos que lidiar con el espectro de batalla que existe en la actualidad y no con el favorable que teníamos en el pasado.

Ryan exhaló un suspiro.

—Así que perderemos a cien pilotos.

—Digamos que de sesenta y cinco a ochenta y cinco. La cifra aumentaría si se necesitaran más ataques de seguimiento.

—Continúa.

—También perderemos algunos submarinos. Nadie sabe cuántos, pero cada uno de esos submarinos tiene que subir casi hasta el nivel del mar y hacerse visible en aguas donde está activo el EPL, y que son patrulladas por su FA, así que estarán en riesgo.

Jack Ryan pensó en la posibilidad de perder un submarino; en todos esos jóvenes que actuaban siguiendo sus órdenes y que luego morirían de un modo que a Jack siempre le había parecido el más horrible que pudiera imaginar.

Observó al almirante después de meditar un momento.

—El *Reagan* y el *Nimitz* estarán en peligro inminente si China responde.

—Sin ninguna duda, señor. Anticipamos que el Don Feng sea utilizado por primera vez en combate. Francamente, no sabemos qué tan bueno es, pero decir que estamos esperando que no funcione como lo han proclamado los chinos, sería la mayor subestimación que podríamos hacer. Obviamente, tenemos un número de contramedidas que emplearán nuestros barcos. Sin embargo, muchas de ellas dependen de las conexiones de redes y de información satelital confiable e, infortunadamente, tenemos muy poco de lo uno y de lo otro.

En resumidas cuentas, los militares y asesores dijeron a Ryan que podía esperar perder entre mil y diez mil vidas si atacaba a China. Esta cifra podía dispararse —y realmente lo haría— si Taiwán era atacada en señal de retaliación.

—¿Creemos que esto detendrá los ciberataques contra Estados Unidos? —preguntó el presidente.

Bob Burgess habló ahora:

—Las mentes más brillantes de la NSA y del Ciber Comando de Fort Meade no pueden responder eso, señor presidente. Gran parte de nuestro entendimiento de la infraestructura de ataque de redes informáticas y de la arquitectura burocrática china es francamente teórica. Sólo esperamos deteriorar temporalmente sus capacidades de ciberataques y trastornar sus capacidades de ataques convencionales cerca de Taiwán. Deteriorar y trastornar, temporalmente, con un costo de más de diez mil vidas.

El almirante de la Armada tomó la palabra, aunque no era exactamente su campo de especialización:

—Señor presidente, con todo respeto, los ciberataques dejarán más de diez mil víctimas mortales este invierno.

—Es un argumento muy sólido, almirante —reconoció Ryan.

Arnie van Damm, jefe de gabinete del presidente, entró a la sala de conferencias y habló al oído a Ryan.

—Jack, Mary Pat Foley está aquí.

—¿En el Pentágono? ¿Por qué?

—Necesita hablar con usted. Pide disculpas, pero dice que es urgente.

Jack sabía que ella no habría venido si no tuviera una buena razón.

—Damas y caballeros, hagamos una pausa de quince minutos y luego retomamos la conversación donde la hemos dejado —dijo Ryan a los asistentes.

Ryan y Foley fueron conducidos a la antesala de la oficina del secretario de la Armada y luego permanecieron solos. Ambos estaban de pie.

—Siento haber venido así, pero...

—No pasa nada. ¿Cuál es el asunto tan urgente?

—La CIA tiene un operativo encubierto no oficial que ha trabajado en Hong Kong, por iniciativa propia y sin el apoyo de la CIA. Este hombre ha localizado al hacker chino involucrado en los ataques a los UAVs.

Ryan asintió.

—El joven que fue asesinado en Georgetown con los tipos de la Agencia.

—Exactamente. Pues bien, creíamos que nuestro operativo había muerto; se esfumó hace algunas semanas, pero acaba de aparecer en China y tiene un mensaje para nosotros. —Hizo una pausa—. Localizó el nervio central de la mayoría de los ciberataques a los Estados Unidos.

—¿Qué significa eso? Acabo de pasar toda la mañana escuchando a una sala repleta de generales, quienes me dijeron que las operaciones de la red cibernética de China estaban en oficinas y en Centros de Construcción de Inteligencia en todo el país.

—Puede que eso sea cierto —dijo Mary Pat—, pero el hecho es que el artífice de la estrategia general y el hombre al mando de la actual operación contra nosotros ha sido ubicado en un edificio en los suburbios de Guangzhou. Y, como si esto fuera poco, está acompañado por dos centenares de piratas informáticos e ingenieros, y por varias computadoras centrales, todo esto en un solo lugar. Un lugar que ya hemos detectado. Estamos casi seguros de que la gran mayoría de la ciberguerra china proviene de ese edificio.

Ryan pensó que esto sonaba demasiado bueno como para ser cierto.

—Mary Pat, si esto es cierto, podríamos limitar considerablemente la magnitud del ataque que hemos planeado. Podríamos salvar miles de vidas estadounidenses. Rayos, podríamos salvar miles de vidas de chinos inocentes.

—Estoy de acuerdo.

—Si ese NOC está en China, ¿cómo podemos saber que no van a atraparlo? ¿Cómo sabemos que esta no es una operación de desinformación realizada por los chinos?

—Él es operacional y no está comprometido.

—¿Cómo lo sabes? ¿Por qué el director Canfield no ha venido a darme esta información de inteligencia? ¿Y cómo demonios logró este tipo comunicarse con Langley sin verse comprometido, sabiendo que Langley tiene una filtración?

Foley carraspeó la garganta.

—El NOC no se comunicó con Langley. Me transmitió esta información a mí.

—¿Directamente?

—Bueno... —dudó—. Por medio de un activo.

—De acuerdo. ¿Así que el NOC no está solo en el campo?

—No, señor. —Mary Pat carraspeó la garganta de nuevo.

—Maldita sea, Mary Pat. ¿Qué me estás ocultando?

—Jack junior está con él.

El presidente de los Estados Unidos se puso lívido. Permaneció en silencio y Mary Pat añadió:

—Ambos lo hicieron por iniciativa propia. Fue junior quien me llamó y me convenció. Me asegura que ambos están a salvo y alejados de cualquier peligro.

—¿Me estás diciendo que mi hijo está actualmente en *China*?

—Sí.

—Mary Pat —dijo el mandatario, pero no le salieron más palabras.

—Hablé con junior. Me confirmó que K. K. Tong y toda su operación trabajan en un edificio de China Telecom en Guangzhou. Me ha mandado fotos y geo-coordenadas. La comunicación con él es intermitente, como usted se puede imaginar, pero tenemos todo lo que necesitamos para atacar la ubicación.

Ryan se limitó a mirar un punto en la pared. Parpadeó algunas veces y luego asintió.

TOM CLANCY

—Creo que puedo confiar en la fuente. —Sonrió; no de felicidad, sino de resolución. Señaló la entrada de la sala de conferencias—. Cuenta todo lo que sabes a los que están allá. Podemos limitar el ataque y concentrarnos en este nervio central.

—Sí, señor presidente.

Los dos se abrazaron.

—Vamos a traerlos de nuevo —le dijo ella al oído—. Traeremos a junior.

SETENTA Y CUATRO

John Clark viajó en un jet privado contratado en la misma base de operaciones donde Hendley Asociados mantenía su Gulfstream en BWI. Adara Sherman, la gerente de transportes, azafata y oficial de seguridad aérea de Hendley, organizó el vuelo a primera hora con destino a Rusia mientras estaba treinta y cinco mil pies arriba del Océano Pacífico, y el Gulfstream regresaba de Hong Kong después de dejar a Jack Ryan, Jr.

Mientras Clark estaba a bordo del Lear, habló por un teléfono satelital con Stanislav Biryukov, director del FSB, el Servicio Federal de Seguridad ruso. Clark había hecho un favor inmenso a Biryukov y a la inteligencia rusa el año anterior, al salvar a Moscú de una aniquilación nuclear prácticamente sin ayuda de nadie. El director Biryukov había dicho a Clark que siempre tendría las puertas abiertas y que un buen ruso siempre se acordaba de sus amigos.

John Clark puso esto a prueba cuando le dijo:

—Necesito ir de Rusia a China con otros dos sujetos, y hacerlo en un plazo de veinticuatro horas. Y, a propósito, los dos sujetos son chinos y están atados y amordazados.

Se hizo un silencio prolongado y luego se escuchó una risa apagada y casi diabólica al otro lado de la línea.

—Ustedes los jubilados americanos tienen unas vacaciones muy interesantes. En mi país, preferimos tomar el sol en una dacha cuando nos jubilamos.

—¿Podrás ayudarme? —preguntó Clark simplemente.

En lugar de darle una respuesta directa, Biryukov le dijo:

—¿Y necesitarás equipos cuando llegues acá?

John sonrió.

—Bueno, siempre y cuando me los ofrezcas.

Biryukov le debía un favor a John, pero este sabía que cualquier ayuda que recibiera del director del FBS sería también una ayuda implícita para su amigo personal, el presidente de los Estados Unidos. Biryukov sabía que Clark estaría trabajando en nombre de los Estados Unidos en el conflicto con China, y también que el estadounidense no lo haría para la CIA, lo cual era un alivio, pues el FSB sabía que la situación de esta agencia en China estaba comprometida.

John explicó a Biryukov lo que necesitaría llevar a China, y el director del FSB tomó nota. Pidió a Clark que viajara a Moscú, donde recibiría los implementos y tendría transporte militar a su disposición. Añadió que él se encargaría personalmente de todos los demás detalles mientras John disfrutaba de su vuelo.

—Gracias, Stanislav.

—Supongo que también necesitarás que te lleven a casa después.

—Eso espero —respondió John.

Biryukov se rio de nuevo, entendiendo lo que Clark quería decirle. Si no necesitaba que lo llevaran a casa, significaría que habría muerto.

Biryukov colgó, llamó a sus principales colaboradores en materia de operaciones y les dijo que sus carreras terminarían si no cumplían sus órdenes.

Clark llegó a Moscú con los dos prisioneros atados y encapuchados, y luego tomó un avión Tupolev con rumbo a Astana, en Kazajistán. Allí abordaron nuevamente un avión cargado con municiones que serían enviadas a China. Rosoboronexport, una empresa estatal rusa que exportaba material de defensa y que solía hacer misiones encubiertas aéreas en China, estaba en capacidad de hacer lo que el FBS le había ordenado sin hacer preguntas.

A Clark le mostraron una paleta que estaba cerca de la puerta de la zona de cargamento. Contenía varias cajas verdes, y John decidió inspeccionarlas cuando despegaran y él estuviera solo. También había una botella de vodka Iordanov y una nota escrita a mano.

Disfruta el vodka como el regalo de un amigo. El resto... es el pago de una deuda. Permanece seguro, John.

Tenía una firma: «Stan».

John entendió el subtexto de la nota y del regalo. El FBS consideraba esto como un pago por la ayuda que Clark y los Estados Unidos habían prestado a Rusia en las estepas de Kazajistán.

El avión de transporte IL-76 aterrizó en Beijing exactamente treinta horas después de que Clark despegara de Baltimore, y los agentes del FBS que estaban en el aeropuerto recibieron a los tres hombres con las cajas y los llevaron a una casa de seguridad al norte de la ciudad. En el lapso de una hora, Sam Driscoll y cuatro hombres del Sendero de Libertad, la fuerza rebelde en ciernes, los condujeron al granero donde se escondían.

Domingo Chávez recibió a John Clark en la puerta. A pesar de la luz tenue, Ding vio las ojeras de Clark y la molestia en su cara después del largo viaje y del incidente en Maryland. Se trataba de un hombre de sesenta y cinco años que había viajado más de treinta horas, cruzado doce zonas horarias y su rostro denotaba cada ápice de esto.

Se abrazaron, John recibió el té verde que le ofreció Yin Yin, así como un plato de fideos con una salsa de soya muy salada, y posteriormente fue conducido a una cama plegable en un desván. Los dos prisioneros fueron encerrados en un establo con rejas, custodiado por dos guardias armados.

Chávez echó una mirada a los equipos que Clark había traído de Rusia. En la primera caja vio un rifle Dragunov con silenciador y una mira telescópica de 8x, especial para francotiradores. Ding conocía muy bien este rifle, el cual le dio luces acerca de la futura operación.

Luego abrió dos cajas idénticas que contenían cada una un lanzador desechable de granadas antitanque RPG-26, que se disparaban desde el hombro.

Estas armas eran ideales para traspasar cualquier vehículo blindado.

También había una caja grande con dos lanzadores de granadas RPG-9 propulsados por cohetes y ocho granadas con aletas.

Otras cajas contenían radios, módulos digitales de encriptación, municiones y granadas de humo y de fragmentación.

Ding sabía que no era oportuno dar un lanzador de granadas o un arma antitanque al Sendero de Libertad. Les había preguntado por el conocimiento que tenían de sus armas y por las tácticas que debían emplear para utilizarlas efectivamente en un ataque, y concluyó que era mejor utilizar a los casi veinte jóvenes chinos como respaldo de seguridad en la ruta de escape después del ataque, o para que simplemente hicieran ruido con sus armas durante este.

Chávez comentó la viabilidad de la operación con Dom y Sam. Inicialmente, los tres americanos discutieron acerca de si la misión tendría o no alguna posibilidad de éxito.

Ding no era precisamente el más optimista.

—Ninguno de ellos está en condiciones de participar. Nuestro plan tiene muchos obstáculos. Diablos, ni siquiera sabemos cuánta seguridad habrá en la caravana.

—Los utilizaremos, ¿verdad? —preguntó Driscoll—. Me refiero a los chicos del Sendero de Libertad.

Chávez no se opuso.

—Los estamos utilizando para detener una guerra. Puedo dormir tranquilo al saber eso. Haré lo que pueda para que estén tan seguros como sea posible, pero no nos engañemos; si ellos pueden acercarnos al director Su, aprovecharemos la oportunidad y luego afrontamos las consecuencias. Ninguno de nosotros estará seguro después de eso.

Invitaron a los chinos a la conversación, y cuando Chávez comentó a Yin Yin que querían atacar la caravana de automóviles del director Su cuando este llegara a la ciudad procedente de Baoding, ella les dijo que podía ayudarles con información anticipada sobre la ruta.

Extendieron un gran mapa de la ciudad en una mesa del granero y los tres americanos y la joven rebelde lo examinaron.

—Tenemos un confederado en el departamento de policía de Beijing —dijo Yin Yin—. Es confiable; nos dio información cuando quisimos atacar una caravana.

—¿Te dio información para ayudarte a perpetrar un ataque?

—No. Nunca hemos atacado a una caravana de gobierno, pero algunas veces sostenemos carteles cuando pasa alguna.

—¿Cómo se entera tu amigo del departamento de policía?

—El Ministerio de Seguridad Pública está encargado de enviar oficiales de policía en motocicletas a los pasos elevados y a las rampas de entrada y de salida para detener el tráfico. Nuestro hombre estará allá, al igual que docenas de policías más. Sólo les dicen en el último instante a dónde irán, y el ministerio utiliza un sistema rotatorio para informarles del próximo punto de bloqueo poco antes de enviarlos allá.

—Debe haber docenas de rutas alternativas que podría tomar la caravana para llegar a Zhongnanhai.

—Sí, es cierto, pero eso será cuando ya estén en la ciudad. La policía comenzará a bloquear el tránsito cuando la caravana llegue a la Sexta Autopista de Anillos y se dirija a la ciudad. No podremos atacarlos antes de que lleguen porque no sabemos quién pasará por allí. No podemos esperar gran cosa en esa autopista porque ellos tienen muchas opciones. Aunque supiéramos cuál carretera tomará Su, no tendríamos tiempo para preparar un ataque.

—Entonces, todo parece indicar que debemos preparar el golpe en la Sexta Autopista de Anillos —dijo Dom.

Yin Yin negó con la cabeza.

—No. Habrá mucha seguridad allá.

Driscoll gruñó.

—Tal parece que tenemos pocas opciones.

La chica asintió.

—Pero eso es bueno. La caravana sólo tendrá dos opciones lógicas después de salir de la Sexta Autopista de Anillos. Se trata de la autopista Jingzhou, o de la Cuatro-G. Cuando sepamos cuál de estas vías custodiará la policía, tendremos tiempo para interceptarlos antes de que lleguen al circuito de carreteras de la ciudad.

—Suena bastante arriesgado.

—Las posibilidades son del cincuenta por ciento —dijo Chávez—. Tendremos que posicionarnos directamente entre ellos y apresurarnos al punto de ataque apropiado.

Los tres estadounidenses, Yin Yin y dos jóvenes chinos fueron el miércoles por la noche a estos dos lugares en una van pequeña con vidrios oscuros. Les encantaría haber podido ver el lugar a la luz del día, pero sólo encontraron una ubicación apropiada en la Cuatro-G casi a las diez p.m., y apenas después de medianoche encontraron un punto adecuado de emboscada en la autopista Jingzhou.

La ubicación en la Cuatro-G era la mejor de las dos. Había buena cobertura desde una hilera de árboles al norte, y una ruta de salida rápida por un camino que llevaba a una tierra de cultivos plana, que conducía a una intersección grande, lo que significaba que Chávez, sus dos compañeros y los rebeldes del Sendero de Libertad podrían dispersarse rápidamente por la ciudad después del ataque.

Por otra parte, el sitio en la autopista Jingzhou era más descubierto. Había una colina con hierba al norte de la vía de ocho carriles, pero el lado sur era más bajo, escasamente sobre el nivel de la vía, y una gran cantidad de calles y avenidas llenas de edificios de apartamentos que había atrás significaba que sería difícil escapar con rapidez en el tráfico matinal.

Chávez observó el trazado de este posible sitio de emboscada y anunció:

—Podemos atacar desde ambos lados e instalar un arma en el paso peatonal elevado que hay en el norte. Alguien tendrá que estar en la autopista detrás de la caravana para impedir que esta retroceda.

Driscoll se dio vuelta y miró a Ding en la oscuridad.

—He participado en muchas emboscadas con forma de L, pero nunca he oído hablar de una emboscada con forma de O. No quiero ofender a nadie, Ding, pero creo que si alguien no lo ha hecho es por una razón: para no dispararse entre sí.

—Lo sé, pero escúchame —dijo Chávez—. Estaremos atacando desde todos los lados y no habrá problemas si tenemos cuidado con nuestros disparos. El tipo en el paso elevado disparará hacia abajo. El tipo que está al sur de la autopista lo hará desde un vehículo, haciendo fuego desde abajo. El Sendero de Libertad estará en la colina, disparando a la caravana, y yo estaré en el otro lado con el rifle de francotirador, seleccionando los objetivos humanos con la mira telescópica desde la ventana de uno de esos apartamentos.

—¿Y cómo vas a entrar a un apartamento?

Ding se encogió de hombros.

—Esos son los detalles, 'mano.

Regresaron al establo y encontraron a John Clark despierto, examinando las armas que había traído de Rusia.

Chávez había planeado que Clark no participara en la emboscada, y que más bien permaneciera en el granero. Le preocupaba que Clark quisiera hacer parte de la operación, pero se dijo que John reconocería que un hombre de su edad, y con sólo una mano buena, no podía hacerlo.

Ding se acercó a John mientras inspeccionaba la fila de armas que había en las cajas. Parecía prestar especial atención a las dos armas antitanques.

—¿Cómo te va, John?

—Bien —respondió Clark mientras inspeccionaba los rifles, las cajas de madera con los lanzadores de granadas y las latas de municiones y granadas recostadas contra la pared.

—¿Qué hay en tu mente, señor C? —le preguntó Ding, súbitamente preocupado de que Clark creyera que iba a participar en el ataque. En lo que a Chávez le concernía, eso estaba fuera de toda discusión, pero tampoco quería bajar el rango a John Clark.

—Me estoy preguntando dónde quieren que me ubique mañana por la mañana.

Ding negó con la cabeza.

—Lo siento, John. Pero no puedo permitir que vengas con nosotros.

Clark miró a Chávez; sus ojos se entrecerraron y endurecieron.

—¿Quieres decirme por qué, hijo?

Mierda.

—Será una operación muy difícil. Sé que puedes arreglártelas. Lo demostraste una vez más la otra noche en West Odenton cuando te enfrentaste contra la Espada Divina. Pero nuestra única posibilidad de lograr esto es por medio de un ataque relámpago. Ya sabes que no puedes correr como el resto de nosotros. Diablos, yo también estoy muy viejo para esta mierda. —Ding dijo la última parte de la frase con una sonrisa que, esperaba, aplacara la mirada rabiosa que estaba recibiendo de su suegro.

Pero Clark conservó su expresión mientras decía:

—¿Quién va a operar las armas antitanques?

Chávez negó con la cabeza.

—No he pensado en eso todavía. Tendríamos que apostar a un tirador por lo menos a unas doscientas cincuenta yardas, para lo cual tendríamos que utilizar una de las armas del ataque, así que yo...

La dura mirada de Clark se transformó en una sonrisa.

—Problema resuelto.

—¿Qué dices?

—Permaneceré con los dos RPG-26, cubriré la ruta de exfiltración y entraré en acción cuando me des la señal. Regresaré a los camiones tan pronto termine.

—Lo siento, John. La ruta de exfiltración no te dará una línea visual de la autopista.

Clark se acercó al mapa. Lo miró unos diez segundos, deteniéndose cinco en cada uno de los dos puntos de emboscada demarcados con un círculo. Bueno. Este paso elevado me da una línea visual completa si ellos pasan por aquí; si lo hacen, la cima de la colina será el punto ideal.

Ding comprendió de inmediato la idea de Clark; era condenadamente buena. Sintió rabia porque no se le había ocurrido a él, aunque sospechaba que simplemente estaba predispuesto a dejar a John por fuera del ataque.

En términos retrospectivos, debería haber sabido que era imposible que Clark se resignara a esperar en el granero.

—¿Estás seguro de esto?

Clark asintió; ya se estaba arrodillando para echar un vistazo a las armas antitanques.

—Estas armas podrían hacer la diferencia entre el éxito y el fracaso. Necesitamos que todos los pasajeros de la caravana salgan de los autos. Si los identificamos y los atacamos con fuego sostenido de rifles y de RPG es probable que ellos se agachen y esperen que su blindaje pueda contener el ataque hasta que sean rescatados. Pero si ven un par de vehículos explotar a quince pies de altura, puedes estar condenadamente seguro de que todos querrán bajar de sus vehículos y camiones.

—¿Puedes disparar un cohete con la mano izquierda?

Clark se rio brevemente.

—Ni siquiera he disparado uno con la mano derecha. Por lo menos no tengo nada que aprender de nuevo.

—¿Y qué pasará con los dos hombres de la Espada Divina que tenemos en el sótano? —preguntó Sam Driscoll.

Clark le respondió con otra pregunta.

—¿Qué pasará con ellos? No te estarás volviendo melindroso, ¿verdad?

—¿Estás bromeando? Esos dos cabrones mataron a Granger y a la mitad del personal de seguridad, a los cinco oficiales de la CIA y trataron de liquidar además a la novia de Ryan. Me estaba preguntando si íbamos a echarlo a la suerte para tener el placer de acabar con ellos.

Clark asintió. No sería ningún placer ejecutar a los dos hombres de las fuerzas especiales chinas, pero lo cierto era que *ellos* habían matado a sangre fría.

—Sam, llevarás el camión atrás del sitio de ataque —dijo

Chávez—. Mantendrás a los prisioneros contigo, les dispararás y los dejarás en el vehículo.

Sam asintió simplemente. Un par de años atrás se había metido en un problema al disparar a unos sujetos mientras dormían, aunque había tenido que hacerlo. Había hecho lo que tenía que hacer en aquel entonces, y haría lo que debía hacer ahora.

SETENTA Y CINCO

....

Catorce pilotos de F/A-18C de la Marina sobrevolaron Taiwán a medianoche. El cielo estaba completamente nublado y adoptaron unas rutas de vuelo para que los operarios de radares del EPL creyeran que se estaban dirigiendo a estaciones regulares de patrullajes aéreos en el Estrecho, tal como lo habían hecho docenas de veces antes.

Los F-16 de la RDC que estaban en la estación comenzaron a abandonar sus posiciones, como si los aviones que se acercaban fueran a relevarlos, para hacer creer de nuevo a los chinos que estas «firmas de radar» eran sólo aviones de caza o de combate que protegían la isla de posibles incursiones desde la línea central.

Pero no todos los jets volaban tan alto como los cazas esa noche. Muchos de ellos, incluidos los de Basura y Queso, estaban equipados para una misión de ataque, y su destino no era precisamente un tramo de cielo completamente negro sobre aguas internacionales.

No, su destino era el distrito de Huadu, en Guangzhou.

El F/A-18C de Basura, completamente equipado con armas y

combustible adicional, pesaba más de cincuenta mil libras, y los controles estaban un poco lentos. Este Hornet parecía ser muy diferente al avión rápido y potente que había piloteado cuando obtuvo sus dos bajas, y lo sentía incluso diferente al día anterior, cuando había derribado con un misil AIM-9 a su tercer enemigo, un Su-27.

Le resultaba imposible combatir con todas las bombas y combustible que llevaba; si los J-10 o Su-27 lo perseguían, él y otros que llevaran armamento de ataque tendrían que arrojar todas sus armas aire-tierra de los soportes y concentrarse en su supervivencia.

Esto podría salvarles la vida, pero también garantizaría que fracasarían en su misión, y les habían dicho que sólo tendrían una oportunidad.

Mientras las catorce aeronaves —que volaban de a dos y de a cuatro— se acercaban al Estrecho como si se dispusieran a estacionar, ningún avión chino se dirigió a ellos, como si el clima fuera terrible esta noche y tuvieran muchas oportunidades de atacarlos al día siguiente.

Encontraron un par de reabastecedores de la RDC arriba del Estrecho, lo cual habría parecido una anomalía a los oficiales de radar del EPL, aunque estos no reaccionaron. Parecía como si este grupo de aviones estuviera tardándose un poco más de lo normal en realizar sus patrullajes aéreos, algo que no haría sonar las alarmas chinas.

Cuando Basura y los otros aviadores llenaron los tanques, se dirigieron al sur, al igual que casi todos los cazas que habían volado al oeste de Taiwán durante el mes pasado.

Y entonces las cosas se volvieron interesantes.

El de Basura y los otros trece aviones, que estaban a treinta mil pies de altura, descendieron en dirección oeste hacia la cubierta del portaviones. Aumentaron la velocidad y volaron tan juntos como pudieron en la noche oscura, adoptando una trayectoria que los llevó al mar de China Meridional.

Basura y Queso piloteaban dos de los seis jets en esta misión que tenía como tarea atacar al edificio de China Telecom en Guangzhou, un objetivo que ninguno de ellos entendía realmente, aunque habían estado demasiado ocupados las ocho horas después de recibir la información inicial como para pensar en la posible magnitud de sus misiones.

Otros cuatro Hornets llevaban cada uno dos JDAM (Municiones de Ataque Directo Conjunto, por sus siglas en inglés) de dos mil libras. Se trataba de bombas de hierro Mark 84 con *kits* en la cola que mejoraban la precisión de las armas y la distancia del objetivo desde la cual podía el piloto descargar su armamento. Las armas eran sumamente precisas, pero ninguno de los pilotos sabía siquiera si serían empleadas, pues los satélites GPS que volaban arriba de ellos titilaban como lámparas de mesa con cortos en sus cables. Se había decidido equipar a los aviones con los JDAM por la simple razón de que la posibilidad de supervivencia de un avión que lanzara estas armas a la altitud desde la distancia era mejor que la otra opción.

Las bombas no guiadas eran arrojadas desde poca altitud.

Este papel le correspondió al equipo-B de esta misión, a Basura y a Queso. Si los primeros cuatro Hornets no podían recibir una señal GPS que les permitiera arrojar sus armas, el equipo-B entraría en acción. Ambos aviones F/A-18 llevaban bombas de hierro Mark 84 de dos mil libras, dos en cada avión. Estas bombas no habían cambiado desde hacía cincuenta años, cuando fueron lanzadas por primera vez en Vietnam por aviones F4 Phantoms.

A Basura le pareció irónico que teniendo aeronaves ultramodernas en el arsenal de EE. UU., tales como el F-22 Raptor y el F/A-18 E Super Hornet, que tenían municiones ultramodernas aire-tierra, como por ejemplo bombas guiadas por láser y armas por GPS completamente precisas, él y los otros pilotos se dirigieran a una batalla en aviones que tenían veinticinco años y que llevaban bombas de cincuenta años de antigüedad.

Además de los dos aviones destinados al ataque terrestre, otros seis tendrían un rol estricto aire-aire esta noche. Estaban completamente cargados con AIM-9 y AIM-120, y volarían para atacar a cualquier agresor que se aproximara al escuadrón.

Los dos últimos aviones de la misión estaban cargados con HARM, misiles antiradiación de alta velocidad, para atacar las instalaciones enemigas SAM a lo largo de la ruta.

Todos los pilotos tenían NVGs, unos lentes de visión nocturna que les permitían poder ver sus HUDs y el terreno afuera, aunque todos sabían que los NVGs representaban un riesgo adicional a su ya peligrosa operación: si alguno de los hombres tenía que eyectarse, necesitaba recordar que debía quitarse su NVG antes de saltar, pues el peso del dispositivo sobre la parte frontal del casco podría romperle el cuello durante la eyección.

A la una y treinta a.m., los Hornets volaron velozmente a baja altura, silbando por encima de las olas mientras se dirigían al suroeste. Ya sabían que los chinos habían avisado a los cazas y alertado a sus defensas costeras, pero al menos por unos momentos más, el EPL no sabría cuáles eran las intenciones de aquel grupo de aviones.

Después del cambio de rumbo anunciado por el líder del ataque, las aeronaves giraron al sur, en dirección a Hong Kong.

Basura era el onceavo de los catorce aviones, y mantuvo los ojos en su HUD, asegurándose de no chocar contra el agua ni contra otro avión mientras giraba a trescientos pies de la superficie. Sonrió rápidamente y se preguntó cómo se diría «¿Qué demonios?» en chino porque esperaba que esta frase se escuchara en todas las salas de radares y bases costeras del EPL que había en el norte.

Varios aviones de combate chinos despegaron de bases que estaban cerca del estrecho de Taiwán y se dirigieron a los aviones Hornet que volaban sobre el mar de China Meridional para luego tocar tierra. Las patrullas aéreas de combate de la Fuerza Aérea de la RDC que sobrevolaban Taiwán se apresuraron a interceptarlos, lanzando AIM-120 justo al sur de la línea central, y luego la cruzaron, dirigiéndose al lado chino del Estrecho. Esto desmanteló el ataque a los jets de la Marina, pero produjo una batalla masiva aire-aire en el Estrecho que duró más de una hora.

Más aviones de la FA del EPL procedentes de bases en Shenzhen y Hainan volaron para repeler a las aeronaves que se aproximaban, pensando que eran piloteadas por aviadores de la RDC y no por marines de EE. UU. Cuatro de los jets de la Marina que tenían municiones aire-aire abandonaron la formación para atacar a los chinos, lanzando misiles de mediano rango desde lejos y derribando a tres J-5 antes de que los chinos lograran disparar.

Un F/A-18 fue derribado a sólo doce millas de la costa de Hong Kong, luego de ser impactado por un misil guiado por radar desde un J-5, pero los misiles americanos abatieron a dos aviones J-5 pocos segundos después.

La fuerza de ataque restante siguió volando velozmente y a baja altura, mientras disparaba contra barcos de carga que estaban a quinientos nudos.

Cuatro submarinos nucleares de EE. UU. habían llegado al sur de Hong Kong en las últimas cuarenta y ocho horas, provenientes de sus zonas de patrullaje en el estrecho de Taiwán. Mientras las aeronaves estadounidenses se acercaban a Hong Kong, varios misiles de crucero Tomahawk, lanzados desde cuatro submarinos, emergieron del mar oscuro, atravesaron el cielo y se dirigieron hacia las baterías SAM a lo largo de la costa.

Los Tomahawk dieron en el blanco y destruyeron varios lanzadores AA durante el trayecto hacia la bahía Victoria y más allá.

A las 2:04 a.m., diez aviones de combate permanecían en una apretada formación en línea mientras sobrevolaban la bahía Victoria en el centro de Hong Kong. Pasaron por encima del Hotel Peninsula a quinientas millas por hora y a una altitud de tan sólo trescientos veinte pies, mientras el estruendo de sus veinte motores rompía ventanas y despertaba virtualmente a todos los habitantes que estuvieran durmiendo dentro de una milla del canal.

Su ruta de vuelo los llevó al centro de Hong Kong por la simple razón de que las colinas al norte y los altos edificios, así como el gran tráfico marítimo, lograrían confundir por un tiempo las imágenes de los radares chinos, y las defensas de misiles en Shenzhen no podrían detectar y disparar SAMs a los aviones que volaban a baja altura hasta que llegaran a territorio continental.

Sin embargo, aparecieron más aviones de combate de la FA del EPL en el radar, haciendo que los dos últimos cazas aire-aire se apartaran de la fila y volaran hacia el noroeste. Un escuadrón de seis Su-27 se enfrentó con ellos en Shenzhen. Los dos pilotos propinaron bajas aire-aire, y noventa segundos después de empezado el combate, los dos F/A-18 que habían combatido con los J-5 en el mar de China Meridional se unieron a la refriega.

Los SAM destruyeron dos Hornets en Shenzhen, pero los dos pilotos eyectaron de manera segura. Otros dos Hornets fueron destruidos por misiles aire-aire; un marine eyectó, pero el otro piloto se estrelló contra un lado de la montaña Wutong y murió.

Los cuatro aviones de la Marina derribaron a seis aviones chinos y contuvieron a los demás, haciendo que la fuerza de ataque ganara unos minutos muy valiosos.

Esta fuerza, conformada por diez aviones, cruzó la frontera con China continental, y ocho de los diez jets despegaron de la cubierta y subieron a diez mil pies. Sólo Queso y Basura permanecieron a poca altura, volando a través de la oscuridad, concentrando virtualmente toda su atención en el terreno de color verdoso que veían debajo de ellos con sus NVG.

Adam y Jack estaban sentados en su apartamento alquilado en el norte de Guangzhou. Llevaban los dos últimos días haciendo exactamente lo mismo, casi sin parar: observar el edificio de China Telecom. Le habían tomado fotos de larga distancia a K. K. Tong cuando este salía al balcón del doceavo piso, así como a docenas de otras personas, muchas de las cuales Ryan logró identificar en la base de datos que tenía en su computadora portátil, utilizando el software de reconocimiento fotográfico.

La llamada que hizo a Foley el día anterior por el teléfono satelital, después de más de treinta y cuatro intentos, fue la culminación del trabajo realizado por Adam para perseguir y descubrir a la organización para la cual había trabajado Zha en Hong Kong, una organización que, estaba claro, era la responsable de los ataques a Estados Unidos.

A partir de ese momento, continuaron adquiriendo información de inteligencia con la esperanza de que cuando Jack regresara a Hong Kong y volara de nuevo a los Estados Unidos, pudiera transmitirla a Mary Pat con el fin de incrementar la presión sobre el gobierno chino para que arrestara a Tong, o que lo conminara al menos a interrumpir los ataques.

Ryan no tenía ninguna esperanza con respecto a lo que iba a suceder.

Estaba adormecido, sentado en una silla al lado de la ventana, con una cámara en un trípode y cubierto con una manta de lana, cuando algo le hizo abrir sus párpados pesados. Al norte, mucho más allá del edificio de China Telecom, casi a una milla o dos, un destello de luz apareció al nivel de una terraza. Creyó inicialmente que se trataba de un relámpago, pues había llovido de manera intermitente durante varios días, pero un segundo y un tercer destello aparecieron cerca del mismo lugar.

Escuchó un ruido sordo y se incorporó. Vio más destellos, ahora en el noroeste, y escuchó un ruido más fuerte.

—¡Yao! —dijo, llamando a Adam, quien dormía en una estera sobre el piso cerca de él. El hombre de la CIA no se movió y Jack se arrodilló para sacudirlo.

—¿Qué pasa?

—Algo está sucediendo. ¡Despierta!

Jack regresó a la ventana y contempló el espectáculo inconfundible del fuego trazador y los cañones antiaéreos que disparaban en dirección al cielo. Vio otro destello y una explosión en el norte, y luego un misil claramente lanzado hacia el aire desde allí.

—¡Dios mío! —dijo Jack.

—No crees que estamos atacando, ¿verdad? —preguntó Yao.

Antes de que Jack pudiera responder, un sonido que hacía parecer que el cielo se estuviera desgarrando se escuchó atrás de su edificio. Era el motor de un avión o, más probablemente, los motores de muchos aviones, y el firmamento se llenó de manchas de luz.

Jack sabía que Mary Pat intentaría advertirle antes de un ataque, pero también sabía que las comunicaciones por teléfono satelital se habían vuelto sumamente precarias. Jack también le había dicho que estaba «aproximadamente a una milla» del edificio, lo cual era una exageración, pero sabía que Mary Pat tenía una línea casi directa de comunicación con su padre, y que este tenía cosas más importantes de las cuales preocuparse que el hecho de que su hijo fuera arrestado en China cerca del nervio central de los ciberataques chinos.

Ahora parecía que Estados Unidos estaba atacando un edificio situado a menos de media milla del apartamento donde estaba Jack Ryan, Jr.

Mientras Ryan trataba de seguir procesando las imágenes y el sonido a su alrededor, Adam Yao agarró la cámara y el trípode y le dijo:

—¡Vámonos!

—¿A dónde?

—No sé —respondió Yao—. ¡Pero no nos quedaremos aquí!

Estaban preparados para marcharse rápidamente si se veían comprometidos; tenían casi todas sus pertenencias empacadas en un par de bolsas de lona, y el auto de Adam tenía el tanque lleno, listo para ponerse en marcha. Guardaron el resto de sus cosas en las bolsas, apagaron las luces y se apresuraron a las escaleras.

SETENTA Y SEIS

· · · · · · · · · · · · · ·

Los dos Hornet anti-SAM se habían separado de los cuatro Hornet que llevaban los JDAM y se desviaron, quedando en una posición vulnerable, pero utilizaron sus avanzadas contramedidas electrónicas y sus HARM para apuntar y destruir sitios SAM apenas las veían.

Basura y Queso volaban tan bajo como podían, detrás de los otros ocho aviones del escuadrón. Sobrevolaron el río Perla, que pasaba por el centro de Guangzhou; volaron en medio de varios rascacielos y las puntas de sus alas estuvieron muchas veces a menos de cien yardas de algún edificio. Se dirigieron al norte, giraron hacia la ciudad y comenzaron a recibir disparos de armas antiaéreas. La munición trazadora y centelleante arqueaba e irrumpía en el firmamento frente a ellos. Basura vio lanzadores SAM en la distancia y sabía que estaban atacando a los HARM Hornets que volaban más alto que él, pero también sabía que si le ordenaban lanzar sus bombas, tendría que exponerse a lo peor de dos cosas: las amenazas antiaéreas y terrestres allí en tierra, y a las amenazas de los SAM que había un poco más arriba.

Los cuatro aviones de combate que llevaban JDAM se comunicaron de uno en uno por radio y anunciaron que no tenían señal de GPS, lo cual era fundamental para dirigir sus bombas inteligentes hacia el objetivo. Algunos instantes después, Basura oyó por el radio las súplicas de un piloto de los Hornet; había sido impactado por un SAM y estaba eyectando. Un Hornet anti-SAM lanzó una batería de misiles, pero otros SAM aparecieron en el aire. Otro piloto se defendió de los misiles lanzados; se separó de lo que quedaba del grupo mientras comenzaba a dar bandazos hacia abajo y disparaba partículas reflectivas.

Otro piloto que llevaba JDAM fue obligado a defenderse y se deshizo de las armas que tenía para poder maniobrar. Su compañero de ala se mantuvo en línea y fue el primero en lanzar bombas contra el objetivo.

Sin embargo, no podía recibir señal de GPS y esto le dijo que su JDAM tendría que volar a ciegas, pero de todos modos podría lanzar el arma y esperar lo mejor.

Comenzó a volar en picada hacia el objetivo desde quince mil pies de altura.

El Hornet fue impactado por fuego antiaéreo cuatro millas al sur del edificio de China Telecom. Desde su posición sobre el río cinco millas al sur, Basura vio a la aeronave estallar en un destello de luz y caer a un lado, el ala izquierda inclinada hacia la ciudad, y clavar luego la nariz hacia los edificios que estaban abajo.

Basura oyó un «¡Eyectando!» entrecortado, vio la cabina apagarse y luego al piloto eyectar en el aire.

Los impactos trazadores aumentaron después del ataque certero. Otro avión agresor tuvo que deshacerse de su armamento y huir hacia el sur.

Basura comprendió ahora que todo estaba en manos suyas y de Queso. Los otros Hornet con armas JDAM no podían regresar para hacer otro ataque antes de que él se viera obligado también a deshacerse de sus armas y exfiltrar el área ahora que el frenesí de SAM y de AA en el cielo, además de un nuevo reporte de enemigos que se acercaban desde el este, había convertido a Guangzhou en poco más que una máquina que trituraba aviones estadounidenses.

Justo cuando Basura supo que él y su líder de vuelo estaban al frente, escuchó la voz de Queso por el radio.

—Vuelo Mágico, comienza la táctica de ataque.

—Entendido, Mágico Dos-Dos.

Basura y Queso se elevaron a mil pies, activaron los mecanismos de descarga de sus bombas y seleccionaron de manera casi simultánea la función para lanzar sus Mark 84. Basura sabía que cuatro toneladas de bombas de hierro que cayeran en un edificio de doce pisos produciría efectos devastadores, aunque no lo destruiría por completo. Tenía que seguir a Queso y juntos arrojarían un total de ocho toneladas de explosivos, un impacto de cuatro toneladas seguido de otro igual que arrasaría por completo el edificio.

—Diez segundos —dijo Queso.

Una ráfaga de fuego antiaéreo frente a la cabina de Basura hizo que echara la cabeza hacia atrás por acto reflejo. Las alas de su avión se movieron y perdió unos pocos pies de altitud, pero rectificó su trayectoria rápidamente mientras oía a Queso.

—Bombas fuera —anunció Queso y, un segundo después, los dos Mark 84 salieron del avión de Basura produciendo un sonido metálico e inmediatamente el avión se sintió más liviano. Los paracaídas de alta resistencia que salieron de la cola de cada bomba redujeron la velocidad de los dos aviones, permitiendo que los Hornet se separaran a una distancia segura antes de la detonación.

Basura se alejó rápidamente del inminente patrón de fragmentación.

Vio los motores relucientes del avión de Queso adelante de él virar con fuerza a la izquierda y dirigirse a la cubierta, tratando de alejarse de la explosión inaplazable.

Un destello en el norte llamó su atención:

—¡Misil lanzado! —dijo.

—¡Mágico Dos-Uno a la defensiva! ¡Rastreando misil! —señaló Queso.

Desde el estacionamiento del edificio, Jack Ryan observó los aviones oscuros que volaban en el cielo. No había visto que lanzaran bombas, pero casi de inmediato el edificio de China Telecom, que estaba a media milla de distancia, explotó en una bola envolvente de llamas, humo y escombros.

Un estruendo hizo temblar el suelo bajo sus pies, y una nube expansiva de fuego y de humo grisáceo y negro en forma de hongo se elevó en el aire.

—¡Mierda! —exclamó Jack.

—¡Sube al auto, Jack! —le gritó Yao.

Jack subió y Adam le dijo:

—No quiero ser el único tipo conduciendo alrededor de Guanzhou con un americano.

Mientras encendía el motor, los dos contemplaron el estampido apagado de una explosión en el cielo varias millas al norte. A lo lejos, un avión de combate en llamas se precipitó hacia la ciudad.

• • • • • • • • • •

¡Mágico Dos-Uno impactado! —dijo Queso momentos después de que Basura llevara su avión a cubierta—. ¡Los controles de vuelo no responden! ¡No tengo nada!

—¡Descuélgate, Scott! —gritó Basura.

Basura vio la aeronave de Queso girar a la derecha y quedar en posición invertida, y luego la nariz apuntó hacia abajo, a sólo ochenta pies arriba de la ciudad.

Queso no eyectó.

El avión se estrelló a más de cuatrocientas millas por hora contra una calle y se desmoronó en un círculo de metal, vidrio y material compuesto. La explosión del combustible se elevó desde atrás, se arremolinó y sólo se extinguió cuando el avión fue a dar a una alcantarilla de drenaje y el agua negra y espumosa anegó los restos del avión.

—¡No! —gritó Basura. No había visto ninguna eyección ni paracaídas. Su mente racional le habría dicho que era imposible que Scott se hubiera descolgado sin que él no lo hubiera visto, pero Basura observó el firmamento mientras sobrevolaba la zona del accidente a cuatrocientos veinte nudos, buscando desesperadamente una cabina gris en medio de la noche.

No vio nada.

—Mágico Dos-Dos. Mágico Dos-Uno derribado. No... no veo ningún paracaídas en mis coordenadas.

La respuesta del CIC fue lacónica:

—Entendido Dos-Dos. Mágico Dos-Uno derribado en tu ubicación.

Basura no podía hacer nada por Queso; tenía que largarse de allí. Empujó el acelerador hacia adelante, llevándolo lejos de la posición de freno a máxima potencia. Los sistemas de poscombustión se activaron de inmediato, el avión por poco quedó con la punta arriba, y Basura sintió que su casco presionaba fuertemente contra el apoyacabezas mientras el avión aceleraba y sus veinticinco toneladas se elevaban en el cielo nocturno.

El joven marine observó los comandos que tenía frente a él. Altitud: tres mil, cuatro mil, cinco mil. El HUD giró como una máquina tragamonedas.

A continuación, miró el mapa del movimiento vertical y observó que Guangzhou quedaba lentamente más y más abajo de su avión, mucho más de lo que él quería. Deseaba poner tiempo, espacio y altitud entre él y la escena de su acción.

Seis mil pies.

En este momento, Basura tenía toda su atención concentrada en el interior de su avión. Sus indicadores de amenaza estaban despejados, a excepción de unas aeronaves enemigas que estaban a setenta millas al este de él y que se dirigían en dirección contraria, sin duda hacia los F/A-18 de la Marina que atacaban a los barcos en el Estrecho.

Siete mil pies.

Ahora se encontraba sobrevolando el extremo sur de la ciudad.

Un pitido en sus auriculares lo hizo concentrarse en su HUD. Miró hacia abajo y vio que un radar SAM lo estaba iluminando desde el sureste. Dos segundos después, otro radar lo alumbró directamente desde abajo.

—Lanzamiento de misil—.

Viró con fuerza a la izquierda y luego a la derecha; voló en posición invertida sobre el centro de Guangzhou, se inclinó cinco

grados mientras se nivelaba y giraba a la derecha, disparando bengalas y partículas reflectivas en un arco amplio y extenso.

Esto no funcionó. Un misil aire-tierra explotó a veintidós pies
de su ala izquierda y la metralla se alojó en el ala y el fuselaje.

—¡Mágico-Dos-Dos impactado! ¡Mágico-Dos-Dos impactado!

La luz contra incendios de su motor izquierdo se encendió,
seguida de inmediato por una advertencia de audio.

—Cautela Maestra. —Y, un instante después—: Fuego en el
Motor Izquierdo. Fuego en el Motor Derecho.

Basura dejó de escuchar a Betty la gruñona. Su HUD titiló
una y otra vez, y él se esforzó para procesar toda la información
que podía leer a medida que aparecía en los tableros.

Otro SAM estaba en el aire. Sus indicadores y su HUD estaban fallando, pero él escuchó la advertencia en sus audífonos.

Basura se esforzó para mantener el nivel de la aeronave y llevó
el acelerador hacia adelante, más allá del mecanismo de bloqueo,
tratando a toda costa de ganar un poco más de velocidad.

La palanca de mando estaba floja y el acelerador no parecía
funcionar.

El F/A-18 perdió toda la fuerza, la nariz se inclinó hacia adelante y el avión rodó hacia el puerto. Basura miró a través del
HUD apagado más allá del vidrio de la cabina y notó todo su
campo de visión invadido por las luces titilantes de una ciudad.
Sin embargo, mientras el avión perdía altura, todo lo que había al
otro lado de la cabina se oscurecía. Las luces fueron reemplazadas
por una negrura impenetrable.

De alguna manera, en el terror del momento y del esfuerzo
para mantener los cinco sentidos y hacer lo que tenía que hacer,
Basura comprendió que su avión estaba bajando en espiral hacia

la tierra, al sur de la ciudad donde el delta del río Perla se adentraba en el mar.

Las luces de Guangzhou y sus suburbios.

La oscuridad del río, sus afluentes y las tierras de cultivo del
delta.

—¡Mágico Dos-Dos eyectando!

Basura retiró con rapidez su NVG del casco y lo arrojó a un
lado. Luego se inclinó en sus rodillas, agarró la palanca de la eyección con las dos manos y la haló. Dos cartuchos de gas impulsado
se dispararon debajo de él, y el gas se propagó por la tubería,
realizando varias funciones automáticas. Las baterías térmicas en
la silla de eyección se prendieron, un pistón desconectó el sistema
de contención de emergencia, los interruptores internos se activaron para iniciar el sistema de lanzamiento de la cabina, los cilin-
dros de impulso se encendieron, apretando contra la silla el arnés
que Basura tenía en los hombros y manteniéndolo en posición
adecuada para eyectar de forma segura.

La última función del gas fue rociar la válvula de la catapulta
para disparar con un retraso de un setentaicincoavo de segundo el
iniciador activado por el cartucho que había allí.

El cartucho liberó el gas, el cual se propagó por los tubos al
iniciador de la eyección.

El iniciador disparó los pestillos balísticos de la cabina y de la
catapulta, llevando los rieles de la silla hacia arriba. Este movimiento hizo que otro cartucho de impulso quedara expuesto y
fuera disparado por el cabezal del iniciador de gas del sistema de
eyección.

Mientras Basura y su asiento se deslizaban por los rieles, el
oxígeno de emergencia se activó, la luz de emergencia se encendió
y las amarras contuvieron sus espinillas.

Hasta ahora, Basura había sido propulsado por los gases, pero mientras su silla se acercaba al final de los rieles, el motor del cohete debajo de él se encendía, sacándolo de la cabina y enviándolo a más de ciento cincuenta pies de altura.

Un estabilizador de paracaídas se abrió por fuera de la cabina principal, sacudiéndose en el aire frío mientras Basura y su silla alcanzaban la máxima altitud, permaneciendo un momento allí, y empezando a descender.

Basura bajó con los ojos completamente cerrados; un grito escapó de sus labios, pues sentía que estaba cayendo y cayendo, y sabía que estaba muy abajo como para seguir haciéndolo mucho más. Si su paracaídas no se abría en el próximo segundo, él se estrellaría contra la superficie terrestre a cien millas por hora.

Apretó con fuerza cada músculo de su cuerpo a fin de prepararse para un impacto que, su cerebro racional sabía, le causaría una muerte inmediata.

Por favor Dios, ayúdame.

La sacudida del arnés que amortiguaba su caída le apretó los testículos, el pecho y la espalda. Su caída libre debajo de su paracaídas se transformó en dos segundos en un movimiento semejante al de una vara que se estuviera balanceando, y le produjo un impacto que le sacó el aire de los pulmones.

Antes de tener tiempo para llevar siquiera una bocanada de aire fresco a los pulmones, se estrelló de lado contra una superficie metálica. Era una pequeña cabaña de pesca a orillas de un río y con techo de hojalata, el cual se estremeció tras el impacto.

El impulso de su cuerpo y el paracaídas que lo contenía lo hicieron rodar por el techo y caer al asfalto desde tres metros de altura. Aterrizó en su costado derecho y escuchó el sonido nauseabundo producido por la fractura del antebrazo y la muñeca.

Basura gritó de dolor.

Una brisa empujó con fuerza el paracaídas, y él trató de contenerlo, su brazo derecho colgando al lado de su cuerpo.

El paracaídas lo arrastró a una orilla cubierta de juncos. Basura se arrodilló y una ráfaga de viento hizo que cayera en el río. Los sensores del arnés se separaron de su cuerpo al detectar el agua, una función para preservar la vida que tenía su paracaídas, pero no lo libró de ser arrastrado por la corriente del río.

Escuchó el sonido de sirenas mientras se hundía en el agua fría.

SETENTA Y SIETE

· · · · · · · · · · · · · ·

A dam Yao y Jack Ryan se habían apresurado al sur de la ciudad cuando vieron que el Hornet había sido impactado por un SAM. Habían visto el avión volar hacia el sur, produciendo un resplandor eléctrico y difuso sobre Guangzhou, y entrar en la oscuridad del delta del río Perla. Después se fue hacia abajo, y ellos escasamente pudieron notar la eyección a una milla de distancia antes de que el piloto desapareciera debajo de los edificios que se interponían entre los dos hombres y la aeronave.

Adam aceleró en Nansha Gang, tratando de llegar donde el piloto derribado antes que la policía o los militares, quienes ciertamente ya estaban en camino. Había algunos vehículos circulando a esa hora, pero no eran muchos. A Adam le gustaba aquella carretera completamente abierta, pues le permitiría llegar más rápido, pero le preocupó que su pequeño auto de dos puertas llamara la atención en las calles semidesiertas.

Era una misión inútil y ambos lo sabían, pero habían decidido que no podían marcharse sin conocer la suerte del hombre.

El EPL estaba patrullando toda la ciudad, al igual que la policía local, algo que preocupó a los dos americanos, aunque no había barricadas ni otros obstáculos en las calles. El ataque ya había terminado, y ciertamente había sorprendido a la ciudad, pero los militares y policías se limitaban básicamente a patrullar, buscando al piloto o dispersando a los ciudadanos que salían a las calles para ver lo que ocurría.

Sin embargo, Adam y Jack tenían una ventaja sobre los ciudadanos, pues ya habían salido del perímetro urbano.

Grandes helicópteros de transporte pasaron encima de ellos apresurándose al sur, y desaparecieron en la noche.

—Están yendo al mismo lugar que nosotros —dijo Jack.

—Tenlo por seguro —coincidió Yao.

Veinte minutos después de que el avión se estrellara y el piloto eyectara, Yao y Ryan llegaron al sitio del accidente, un campo a orillas de un afluente del río Perla. Los helicópteros habían aterrizado y las tropas se habían desplegado por un bosquecillo extenso en el este. Ryan vio rayos de linternas entre los árboles.

Adam se acercó al sitio del accidente.

—Si el piloto está en esos árboles, seguramente ya lo atraparon y no hay nada que podamos hacer. Pero si logró llegar al río, tal vez la corriente lo haya arrastrado. Creo que al menos podemos echar un vistazo —dijo.

Adam giró hacia el río, pasó por una hilera de cobertizos donde los habitantes guardaban cereales, fertilizantes y otros insumos utilizados en los arrozales cercanos, y luego se adentraron por un camino estrecho de tierra apisonada. Yao miró su reloj, vio que eran poco después de las tres de la mañana y supo que sería un milagro si veían a alguien o algo allí.

Luego de conducir muy despacio a un lado del río durante

diez minutos, los hombres notaron luces de linternas que brillaban en un puente a pocos cientos de metros. Jack sacó los binoculares de Adam y miró la escena; vio cuatro vehículos civiles en el puente, y un grupo de personas con ropas de paisano que observaban detenidamente el agua.

—Esos tipos tienen las mismas intenciones que nosotros —dijo Jack—. Si el piloto está en el río, pasará debajo de ellos.

Adam siguió por el camino hasta llegar a un estacionamiento al lado de una bodega de almacenamiento cerca del puente y estacionó.

—Este lugar va a estar repleto con el EPL o con policías locales. Quiero que permanezcas aquí, agachado en el asiento trasero del auto. Iré al puente para ver si logro detectar algo.

—Está bien, pero llámame si ves algo —respondió Jack.

Yao bajó del auto y dejó a Jack sumido en la más completa oscuridad.

Yao se encontró en medio de una docena de ciudadanos y de dos soldados del EPL en el puente. Todos maldecían al piloto. Alguien dijo que se trataba de aeronaves taiwanesas que habían atacado la ciudad, pero otros pensaban que aquello era una tontería porque Taiwán sólo atacaría China si quería un suicidio masivo.

Observaron el cauce del río, seguros de haber visto que el paracaídas había caído al agua, pero Adam no pudo encontrar a nadie que hubiera visto el paracaídas o que hubiera hablado personalmente con alguien que lo hubiera hecho.

Aquello parecía un ejercicio colectivo de pensamientos rabiosos, pues cada hombre decía lo que haría al piloto si lograba sacarlo del río. Obviamente, los soldados tenían rifles, y muchos de los ciudadanos que estaban en el puente llevaban rastrillos, horcas, tubos o rines metálicos.

Yao sabía que el piloto, si realmente había sobrevivido a la eyección y logrado evitar ser capturado cerca del sitio donde se había estrellado, tendría más suerte si era capturado por las tropas regulares del Ejército que si caía en manos de este grupo —o de otro— de vigilantes civiles que estarían recorriendo el río para atraparlo.

Un hombre del grupo había bajado con una linterna para echarle un vistazo al río. Todos se estaban concentrando en las aguas arriba, pensando que podían ver a un hombre a cien yardas antes de que pasara a su lado, y a nadie se le había ocurrido mirar para el otro lado.

Para sorpresa de Yao, el hombre gritó y dijo que había visto algo. Yao y los demás ciudadanos corrieron por el camino hacia la baranda, observaron la parte del río oscuro iluminada por la linterna y vieron a un hombre. Tenía los brazos y las piernas extendidos. Vestía un traje verde de aviador y llevaba algunos implementos, pero no tenía el casco. Adam pensó que el hombre parecía estar muerto, pero estaba boca arriba, y simplemente podía estar inconsciente.

Yao presionó un botón en su teléfono móvil para volver a marcar el último número al que había llamado, sabiendo que era el de Jack.

Mientras Yao se alejaba de la baranda, un soldado disparó al hombre que flotaba en el río, quedando así por fuera de la luz de la linterna. Una docena de hombres trataron de iluminar al piloto en medio de la oscuridad.

Todos los que estaban en el puente empezaron a correr hacia

la orilla o subieron a sus autos, enfebrecidos por la persecución y queriendo ser los primeros en sacar a ese diablo del agua.

Jack respondió el teléfono y Yao le dijo:

—¡Enciende el auto y dirígete al sur ahora mismo.

—Voy en camino.

Jack recogió a Adam y avanzaron velozmente por la carretera de gravilla al lado del río. No tardaron en pasar a todos los hombres que iban caminando, aunque había tres autos muy adelante de ellos.

No habían recorrido más de un cuarto de milla cuando los vieron estacionar al lado de la carretera. La orilla del río estaba a cuarenta yardas a la derecha de ellos, y las hierbas ribereñas eran iluminadas por los rayos de las linternas.

—¡Lo atraparon! —dijo Yao—. ¡Maldición!

—Sí, maldita sea —replicó Jack, y estacionó a un lado de los autos. Buscó en el bolso de Adam, sacó un cuchillo plegable, bajó rápidamente del auto y pidió a Yao que lo siguiera.

Sin embargo, no corrió de inmediato hacia el griterío que provenía de la orilla. Enterró su cuchillo en los neumáticos de cada vehículo. Un siseo estridente llenó el aire mientras los dos hombres corrían en medio de la oscuridad hacia las luces de las linternas que serpenteaban en la orilla del río.

Brandon White, de veintiocho años de edad, medía cinco pies con nueve pulgadas y pesaba ciento cincuenta y tres libras. No inspiraba mucho miedo a menos de que estuviera sentado en la cabina de su F/A-18, con el casco puesto y los comandos de las armas al alcance de sus dedos. Y en este momento, mientras yacía en la orilla rocosa y herbosa del río, rodeado de hombres que lo pateaban y golpeaban, con un brazo fracturado, víctima de la pre-hipotermia y del pre-agotamiento, parecía poco más que un muñeco andrajoso.

Trece hombres estaban a su alrededor. No había visto ninguna de sus caras cuando un hombre lo pateó a un lado de la cabeza. Después de esto mantuvo los ojos cerrados; intentó ponerse de pie en una ocasión, pero eran muchos los hombres que lo golpeaban como para tener la oportunidad incluso de arrodillarse.

Tenía una pistola en el traje de aviador, atada al pecho, pero cada vez que trataba de levantar la mano y sacar con torpeza el arma de la funda que tenía al lado derecho, alguien lo golpeaba o le retiraba el brazo.

Finalmente, alguien sacó el arma de la funda y le apuntó con ella a la cabeza. Otro hombre alejó el arma de una patada, insistiendo en que todos debían linchar al piloto hasta matarlo.

El piloto sintió que una costilla sobresalía detrás y abajo del torso, y luego sintió un dolor pronunciado y punzante en el muslo. Le habían enterrado una horca; gritó y se la clavaron de nuevo, haciendo que lanzara una patada, logrando golpear la herramienta de hierro con el empeine de la bota, pero se partió un dedo.

Luego escuchó que una persona gemía en señal de dolor, lo cual le pareció extraño, pues él había sido el único en recibir golpes: abrió confundido los ojos y vio que una linterna caía al suelo. Uno de sus atacantes se derrumbó a su lado y los hombres gritaron en chino en señal de sorpresa y confusión.

El estampido de un rifle a poca distancia hizo que su cuerpo maltrecho se encogiera de miedo. El disparo fue replicado por otro, y luego un soldado del EPL cayó encima de él. Brandon intentó coger el rifle, extendió el brazo ileso y lo agarró con la mano, pero no tenía la fuerza suficiente para levantarlo. Sin embargo, los hombres que gritaban asustados intentaron arrebatarle el arma, pero Brandon rodó encima del rifle, lo apretó con su cuerpo y lo protegió con cada ápice de fuerza que le quedaba.

Entonces, una prolongada ráfaga de un rifle automático desgarró el aire y él sintió y oyó a los hombres que estaban a su alrededor dispersarse, caer y luego levantarse para echar a correr. Escuchó a unos hombres meterse al río y a otros correr por la orilla embarrada, chapoteando con los pies en el fango mientras huían.

Después de que el rifle automático disparara otra ráfaga, Brandon abrió los ojos y vio linternas por toda la orilla del río. Las luces le permitieron distinguir a un hombre armado; era más alto y corpulento que cualquiera de sus atacantes y, a diferencia de estos, llevaba una mascarilla en la cara.

El hombre se arrodilló sobre el cadáver desfigurado de un soldado del EPL que yacía en la hierba. Le sacó del pecho un proveedor de cartuchos de rifle y recargó el arma. Luego se dio vuelta y gritó a otro que estaba más arriba:

—Sube al auto; lo llevaré allá.

¿Había hablado en inglés?

El hombre se arrodilló al lado de White.

—Te llevaremos a casa.

Jack Ryan, Jr. acomodó al piloto herido en el asiento trasero del auto y subió detrás de él. Adam hundió el pie en el acelerador y el pequeño vehículo avanzó velozmente hacia el sur, pasando al lado de varios de los ciudadanos que estaban a un lado de la carretera, y a los que Ryan acababa de ahuyentar del piloto valiéndose del rifle arrebatado al soldado mutilado, a quien Ryan le había cortado la garganta a orillas del río un minuto atrás.

Adam no conocía estos caminos, pero sabía que era imposible avanzar mucho más en un auto que una docena de ciudadanos denunciaría ante el Ejército en pocos momentos.

Pensó en los helicópteros que volaban, en las barricadas de la policía en las carreteras, en las caravanas de soldados buscando al piloto derribado y en los espías que lo habían rescatado.

—Tenemos que conseguir otro auto —dijo a Ryan.

—De acuerdo. Trata de localizar una van donde podamos acostar bien a este hombre; está grave —respondió Jack.

—Sí.

Jack miró al piloto a los ojos. Podía ver el dolor, el impacto y la confusión, pero también que el hombre estaba vivo. Su overol decía *White* a la altura del pecho.

—¿White? —dijo Jack—. Toma un poco de agua. —Jack abrió una botella de Nalgene que sacó de la bolsa de Adam y la acercó a la boca del capitán de la Marina.

El piloto cogió la botella con la mano ilesa y bebió un sorbo.

—Dime Basura.

—Soy Jack.

—Derribaron otra aeronave antes de la mía.

—Sí, la vimos.

—¿Y al piloto también?

Jack negó con la cabeza.

—No sé. No vi lo que sucedió.

Basura cerró los ojos durante un largo rato. Jack pensó que se había desmayado, pero el hombre dijo:

—Queso. —Basura abrió los ojos—. ¿Quiénes son ustedes?

—Somos amigos, Basura. Te llevaremos a un lugar seguro —respondió Jack.

—Dime que lo que quiera que hayamos atacado valió la pena.

—¿Lo que quiera que hayan atacado? —preguntó Jack—. ¿No sabes lo que bombardeaste?

—Un edificio —dijo Basura. Lo único que sé es que Queso y yo lo volvimos pedazos. —El auto pasó por un hueco, sacudiendo a los dos hombres que iban atrás y el marine gimió de dolor. Adam tomó una carretera más amplia y se dirigió al suroeste camino a Shenzhen.

Jack cayó a un lado, pero se incorporó de nuevo y dijo:

—Capitán, gracias a lo que ustedes hicieron allá, es probable que hayan evitado una guerra.

Basura cerró los ojos de nuevo.

—Mentiras —dijo en voz baja.

Poco después, Jack constató que el hombre se había dormido.

SETENTA Y OCHO

· · · · · · · · · · · · ·

Como de costumbre, la mañana era gris en Beijing, con una neblina espesa y un cielo nublado y contaminado que escasamente dejaba ver el sol que comenzaba a salir.

El contingente de veinticinco chinos y estadounidenses tomó posición en cuatro vehículos. Un sedán, un camión de reparto y dos minibuses comerciales.

Driscoll conducía el camión grande. Grulla y Becasina, los dos hombres de la Espada Divina, iban atados en el asiento de atrás.

El pesado tráfico matinal comenzó a sentirse en las calles. Empezó a llover y Clark y Chávez desplegaron al contingente en la calle Gongchen Norte, una vía asfaltada de cuatro carriles que iba de norte a sur, situada entre los dos puntos potenciales de la emboscada. Una larga fila de autobuses municipales se encontraba estacionada en una calle apacible que conducía al norte, a una zanja de concreto anegada por el agua de las lluvias debajo de la autopista principal.

Los americanos se sentían completamente expuestos. Sus vehículos llevaban a dos docenas de rebeldes chinos, armas, municiones, mapas comprometedores, radios y otros equipos.

Y como si esto fuera poco, había que incluir también a los dos hombres atados de pies y manos y amordazados con cinta eléctrica.

Si un solo policía se detenía al lado de la carretera donde estaban ellos, se verían obligados a neutralizarlo de alguna manera, lo que parecía ser un trabajo sencillo y eficiente, pero que también podía complicarse en cualquier momento.

Aunque esta carretera estaba considerablemente apartada, docenas de altos edificios de apartamentos se encontraban justo al sureste de ellos. Y apenas comenzara el tráfico matinal, habría muchísimos ojos posados en Gongchen Norte.

Dieron las ocho en punto y luego las ocho y treinta. La lluvia había arreciado bajo el cielo gris y oscuro, y los relámpagos ocasionales en el norte de la ciudad eran precedidos por truenos.

Chávez había ordenado en un par de ocasiones a los conductores de los dos minibuses que se dirigieran a otras partes del barrio. Esto haría que el despliegue en los sitios de emboscada fuera más lento, pero a Ding le preocupaba más el hecho de verse comprometido antes de tener siquiera la oportunidad de atacar la caravana.

A las ocho y cuarenta y cinco, Caruso permanecía junto a la van, al lado de la insurgente que hacía las veces de intérprete.

—Yin Yin. *Realmente* necesitamos tener noticias de tu amigo, el policía de la moto —dijo.

—Sí, lo sé.

—Que nos diga si viene por tierra o por mar —añadió Dom.

Yin Yin ladeó la cabeza.

—Viene por tierra. No puede ser de otra manera porque aquí en Beijing no hay mar.

—Olvídalo. —El inglés de Yin Yin no le alcanzaba para comprender la broma.

Ella tenía un radio y Sam oía las transmisiones casi constantes, pero había renunciado a tratar de comprender siquiera una sola palabra de todas las conversaciones.

Se escucharon unas palabras breves, golpeadas y vociferadas en el radio, y Yin Yin giró con tanta rapidez que Dom se sorprendió.

—¡La autopista Jingzhou! —gritó ella.

Dom repitió el mensaje por su radio en menos de un segundo.

—¡Jingzhou! ¡Muévanse todos!

Chávez se dirigió a la unidad mientras todos los vehículos se dirigían a sus objetivos.

—Simplemente haremos lo que acordamos anoche. Recuerden que el mapa no es lo mismo que el lugar de los hechos. Cuando lleguemos allá será muy distinto a lo que vimos en la oscuridad, y también a lo que se ve en el mapa. Tendrán sólo unos pocos minutos para instalar todo. No pretendan encontrar la situación perfecta; simplemente la mejor que puedan lograr en el tiempo que tenemos.

Sam, John y Dom dijeron «Entendido» y Ding se ocupó de nuevo de su papel en la operación.

Chávez conducía uno de los minibuses al lado de tres rebeldes, ninguno de los cuales hablaba una sola palabra de inglés. Sin embargo, habían recibido instrucciones de Yin Yin, aunque no pudieran comunicarse con los americanos. Estacionaron frente a un edificio de apartamentos de seis pisos y entraron a él. Dos hombres permanecieron abajo para custodiar la entrada, mientras Ding y el último hombre subían por las escaleras con grandes bolsas plásticas.

Llegaron al cuarto piso y se dirigieron a la puerta de un apartamento en el rincón noroeste. El joven chino tocó la puerta y sacó una pequeña pistola Makarov de la chaqueta, mientras esperaba que alguien respondiera. Tocó de nuevo treinta segundos después. Chávez escuchaba el radio que tenía en el pecho y se balanceaba nerviosamente en un pie y luego en el otro.

El resto de su fuerza de emboscada se estaba apresurando al lugar antes de que pasara el objetivo, y Ding permanecía en el corredor, esperando con paciencia a que alguien respondiera.

Finalmente, Chávez apartó suavemente al chino y abrió la puerta de una patada.

El apartamento estaba amueblado, pero nadie estaba allí.

El trabajo del chino consistía en avisar a Chávez si alguien iba al apartamento. Permaneció en la sala y miró la puerta con su rifle en posición de combate mientras Chávez buscaba un lugar apropiado para apostarse como francotirador.

Corrió a una ventana que había en el rincón de un cuarto y la abrió, atravesó de nuevo el cuarto bajo la luz tenue, colocó una mesa pesada de madera contra una pared, y luego se tendió en ella, apoyando el rifle en su mochila.

Por la mira telescópica de 8x escaneó la carretera que estaba a unos doscientos cincuenta metros, una distancia muy al alcance de su rifle.

—Ding en posición.

Observó la base de la colina cubierta de hierba al otro lado de la carretera y vio que el minibús estaba allá. Tenía las puertas abiertas y estaba vacío.

Dom Caruso se arrastró por la hierba alta y seca, su cuerpo mojado por la tormenta matinal, y esperó a toda costa que alguien estuviera todavía con él. Levantó la cabeza y escogió su sitio, a unos cincuenta metros de los carriles en dirección sur, y a unas sesenta y cinco yardas de los que iban al norte, por donde la caravana pasaría en pocos instantes. Posicionó a Yin Yin a su derecha y le dio instrucciones para que pidiera a los quince rebeldes que se apostaran con unos dos metros de distancia entre cada uno.

Desde aquí, podrían disparar a través del tráfico hacia el sur y acertar a la caravana cuando esta apareciera.

—Dom en posición.

Chávez habló por el radio desde su escondite en el sureste de la autopista.

—Dom, el resto del grupo que está contigo allá tendrá que disparar y rezar. Quiero que dispares tu RPG con cuidado. Cada vez que hagas fuego te convertirás en un blanco, así que busca una cobertura y muévete a una parte diferente de la colina antes de disparar de nuevo.

—Entendido.

Sam Driscoll estaba a dos kilómetros al sur del punto de emboscada, estacionado al lado de la vía en un camión de cuatro puertas cargado con bloques de concreto. Grulla y Becasina estaban encapuchados y atados a su lado. La caravana pasó frente a él en el tráfico matinal; eran siete camionetas SUV y sedanes negros de cuatro puertas, y dos grandes camiones militares de color verde. Sam sabía que cada camión podía llevar entre quince y veinte soldados, mientras que unos veinticinco guardias iban en los otros vehículos. Reportó esto por el radio, sacó una Makarov de la pretina, bajó del camión y luego disparó a sangre fría a Grulla y a Becasina en el pecho y la cabeza.

Les retiró las capuchas y las cintas que los mantenían atados y luego les arrojó un par de viejos rifles Tipo 81.

Segundos después entró al tráfico y se apresuró a dar alcance a la caravana. Detrás de él iba un sedán con cuatro hombres del Sendero.

John Clark llevaba una mascarilla de papel y lentes oscuros, algo que no tenía mucho sentido en medio de esta tormenta. Él y su escolta chino cargaban dos grandes cajas de madera, una encima de la otra. Entraron al paso peatonal techado que cruzaba la autopista de ocho carriles, doscientas cincuenta yardas al noroeste del punto de la emboscada. Un policía se había bajado de su motocicleta y caminaba muy lejos de ellos. Docenas de hombres y mujeres circulaban por el pasadizo para dirigirse a sus trabajos o a las paradas del transporte público a ambos lados de la autopista.

El rebelde del Sendero de Libertad que acompañaba a Clark tenía la misión de encañonar al policía y desarmarlo antes de que Clark atacara la caravana. John esperaba que el joven de aspecto asustado tuviera las agallas y la destreza para hacer esto, o el estómago para matar al policía si este no lo obedecía. Pero John tenía suficientes problemas de los cuales ocuparse, de modo que cuando llegaron a su ubicación directamente arriba de los carriles en dirección norte, se olvidó del policía y se preparó para lo que iba a suceder. Dejó las cajas a un lado de la baranda del pasadizo elevado, hizo señas al joven rebelde para que se encargara del policía y luego se arrodilló, abrió las dos cajas con la mano izquierda y le quitó el seguro al arma que estaba arriba.

Al mismo tiempo, dijo por su radio:

—Clark en posición.

Los hombres y mujeres pasaban a su alrededor sin reparar en él.

—Faltan unos treinta segundos —dijo Driscoll.

Su Ke Qiang, director de la Comisión Militar Central de la República Popular China, iba en el cuarto vehículo de los nueve que conformaban su caravana, custodiado por cincuenta y cuatro hombres armados con rifles, ametralladoras y lanzagranadas. Como siempre, no prestaba atención a sus protectores. Estaba totalmente concentrado en su trabajo, y su labor esta mañana consistía principalmente en leer los papeles que tenía entre las piernas, los últimos reportes sobre el estrecho de Taiwán y del distrito militar de Guangzhou.

Los había leído antes, y también los leería de nuevo.

Le hervía la sangre.

Tong había muerto. Eso no estaba en sus planes; Su se había enterado a las cinco de la mañana, cuando el cuerpo mutilado en dos partes del pirata informático fue identificado y removido de los escombros. Noventa y dos hackers, administradores e ingenieros del Barco Fantasma habían muerto también, y docenas más habían quedado heridos. Los servidores quedaron reducidos a añicos, lo cual permitió a Su concluir casi de inmediato que la red segura y de banda ancha del Departamento de Defensa de EE. UU. se había restablecido, y que las comunicaciones satelitales volvían a estar en línea, mientras que varias de las operaciones de Centro en los Estados Unidos, como la corrupción de la banca, la infraestructura y las telecomunicaciones más importantes, habían cesado o perdido por lo menos gran parte del impacto estipulado.

Por otro lado, las operaciones *botnet* de Centro todavía ejecutaban ataques de negación de servicio en la arquitectura de la Internet de Estados Unidos y, aunque los pirateos de acceso profundo y persistente y los RAT en las redes del Departamento de Defensa y de la comunidad de inteligencia seguían operando, no había nadie que monitoreara las alimentaciones o transmitiera la información al EPL o al MSE.

Era un desastre. Se trataba del contragolpe más poderoso que Estados Unidos podía haber propinado a China. Su era perfectamente consciente de esto y también de que debía admitirlo cuando hablara ante el Comité Permanente.

No quería aceptar que debió haber proporcionado una mejor seguridad a las operaciones de Tong. Podía argüir la excusa, la excusa *válida*, de que el edificio de China Telecom era una sede temporal porque no había otro lugar para albergarlos luego de verse comprometidos en Hong Kong. Pero no daría excusas por este error. Sí, cuando este conflicto terminara y el mar de China Meridional, Taiwán y Hong Kong regresaran de nuevo al seno de China, él mismo destruiría a quienes habían relocalizado a Tong en Guangzhou, pero ahora necesitaba hacer una evaluación honesta del daño causado la noche anterior por el ataque de Jack Ryan.

Tenía que hacer esto únicamente por una razón.

Hoy, en la reunión del Comité Permanente, iba a anunciar su intención de atacar al USS *Ronald Reagan*, al USS *Nimitz*, y al USS *Dwight D. Eisenhower* con misiles balísticos Dong Feng 21.

Habría cierta reticencia por parte del Comité Permanente, pero no esperaba que alguien se interpusiera realmente en su camino. Su explicaría de manera atenta y enérgica que Jack Ryan sería obligado a renunciar luego de este golpe devastador a la Marina de aguas profundas de Estados Unidos. Explicaría también que cuando los barcos americanos abandonaran el teatro de operaciones, China podría presionar en pos de una hegemonía regional plena, lo cual aumentaría su poder, del mismo modo en que Estados Unidos se había hecho poderoso únicamente después de controlar su hemisferio.

Si, por alguna razón, los ataques a los portaviones no tenían éxito, el próximo paso sería un ataque contundente a Taiwán con misiles balísticos y de crucero, para un total de mil doscientos misiles que atacarían todas las instalaciones militares de la isla.

Su sabía que Wei se quejaría acerca del perjuicio que esto causaría a la economía doméstica, pero el director sabía que la proyección de poder de China mejoraría la situación en el frente doméstico y, con el paso del tiempo, también en el extranjero, cuando su hegemonía irrestricta fuera establecida y todo el mundo viera a China como una fuerza que debía ser considerada como la primera potencia mundial.

Su no era economista, algo que admitía para sus adentros, pero sabía casi con total certeza que China estaría en una buena situación cuando se convirtiera en el centro del mundo.

Dejó los papeles a un lado y miró por la ventana, pensando en el discurso que pronunciaría hoy. Sí, él podía hacerlo. El director Su podía tomar el evento terrible de anoche, este golpe corporal á su ataque contra Estados Unidos, y podía manipularlo para obtener exactamente lo que quería del Politburó.

Con la muerte de veinte mil marinos estadounidenses y la consecuente degradación de su Marina de aguas profundas, Su no tenía ninguna duda de que Estados Unidos abandonaría la zona, dando a China el control total de la región.

Tong sería incluso más útil muerto de lo que había sido en vida.

Además de Driscoll, que ahora estaba a unas cien yardas detrás del último camión de reparto, nadie vio la caravana en medio del aguacero hasta que se acercó al punto de la emboscada. Todos habían recibido órdenes de no disparar en tanto Clark no lanzara un cohete antitanques desde el norte. Cuando Clark estuviera seguro de haber visto la caravana, los primeros vehículos ya habrían pasado al lado de Dom y de su grupo de tiradores.

Clark miró rápidamente hacia atrás para asegurarse de que la zona de ataque estuviera despejada. Lo estaba, así que refinó su puntería, alineando la mira del arma en un auto civil blanco que estaba justo al frente de la caravana. Sabía, o al menos esperaba, que cuando explotara el cohete, este auto ya habría avanzado por la carretera y que la primera SUV de la caravana ocuparía su lugar.

Lanzó el artefacto, sintió el impulso del motor del cohete mientras este salía del tubo siendo arrojado de inmediato a la autopista, y agarró el segundo lanzacohetes antitanques de la caja.

Sólo entonces escuchó la explosión doscientas cincuenta yardas al sureste.

Disparó el segundo cohete y vio que el primero había dado en el blanco. La SUV, el primer vehículo de la caravana, se convirtió

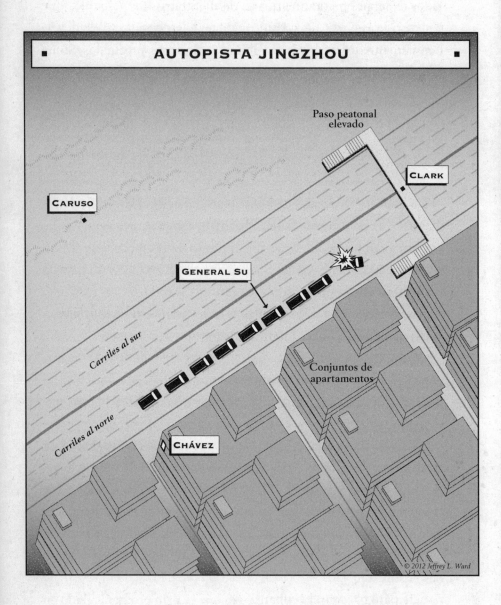

AUTOPISTA JINGZHOU

Paso peatonal
elevado

CLARK

CARUSO

GENERAL SU

Carriles al sur

Conjuntos de
apartamentos

Carriles al norte

CHÁVEZ

© 2012 Jeffrey L. Ward

en una bola de fuego ardiente y rodante que rebotaba hacia los lados de la autopista mientras se desintegraba. Los vehículos que venían detrás giraron a la izquierda y a la derecha, tratando desesperadamente de esquivar el vehículo en llamas y salir de la zona emboscada.

John apuntó a un lugar despejado ligeramente a la izquierda de la SUV en llamas, a unas veinte yardas más cerca de él. Lanzó un segundo cohete, arrojó el tubo abajo, sacó la pistola del pantalón y empezó a correr hacia el mismo lugar por el que había llegado. Sólo entonces miró la autopista y vio que el segundo cohete había impactado la parte frontal de un sedán grande, haciendo un cráter en el asfalto e incendiando la parte frontal del vehículo.

Los vehículos de la caravana que iban detrás frenaron en seco y comenzaron a retroceder, tratando de alejarse del paso peatonal y de los cohetes que provenían de allí.

Sam Driscoll abrió la puerta del camión en movimiento, lanzó una bolsa grande de lona a la autopista y luego saltó sobre ella. Estaba cien yardas detrás del último vehículo de la caravana, pero su camión grande y pesado siguió avanzando lentamente, pues él había pasado una soga del tablero al volante, y la transmisión automática todavía estaba en *drive*.

Sam entró en contacto con la calle mojada, rodó por ella y se apresuró a abrir la bolsa, de la cual sacó un RPG-9 y un AK-47. Levantó el lanzador hacia la caravana y vio que varios de los vehículos negros retrocedían o tenían que dar marcha atrás hacia un lado y luego al otro para avanzar en dirección contraria. Sin embargo, los dos camiones grandes apenas se estaban deteniendo. Esto compactó a los vehículos de la caravana, lo cual era una mala noticia para todos sus ocupantes.

Sam apuntó a las tropas transportadas que estaban atrás y

disparó. La granada con aletas cubrió la distancia en poco más de un segundo e impactó la lona del camión, que estalló en llamas, matando a muchos hombres, mientras otros saltaban o caían del vagón.

Sam examinó rápidamente su posición de las «seis en punto». Debido al fuerte aguacero, muchos conductores que circulaban por la vía sólo vieron el tumulto cuando estuvieron a pocos cientos de yardas de Driscoll, y un choque masivo de autos que patinaban ocurrió detrás de él. Se olvidó del pequeño riesgo de ser atropellado durante esta operación, recargó el lanzador y disparó otra granada. El artefacto explosivo entró por la puerta abierta del camión que rodaba, salió por la otra y golpeó al segundo camión, el cual había chocado su parte trasera contra el muro que separaba los carriles en dirección norte de los que iban al sur mientras trataba de retroceder para tomar la dirección contraria. El impacto lateral de esta granada produjo menos víctimas que las del primer camión, pero el vehículo quedó en llamas y bloqueó la autopista, de modo que los pocos vehículos intactos de la caravana no tenían posibilidad de escapar.

Sam se alejó corriendo del sureste de la autopista, se metió en una zanja de agua fría y turbulenta de dos pies de profundidad y comenzó a disparar su AK contra los soldados que bajaban de los dos camiones en llamas.

Al lado derecho de Caruso, en la colina mojada y cubierta de hierba, el fuego descontrolado de los rifles atravesó el aire. Dominic disparó su lanzacohetes en tres ocasiones. Dos de ellos impactaron lugares elevados al otro lado de la autopista, y el tercero golpeó en sentido oblicuo a una SUV, dejando inservible a otro vehículo aunque no lo destruyó. Dom arrebató el rifle a un rebelde muerto y, en contraste con sus desesperados colegas en la colina, centró con cuidado la mira frontal en un hombre que corría a setenta yardas de él. Siguió su trayectoria de derecha a izquierda por espacio de unas pocas yardas y luego presionó con pericia el gatillo de su rifle. Sintió el culatazo del arma, y el hombre que estaba a setenta y cinco yardas cayó muerto.

Repitió la operación con un soldado que corría desde uno de los camiones en llamas.

Y a su lado, otros cinco tiradores, incluida la pequeña Yin Yin, descargaban disparos erráticos pero enérgicos a lo largo de la caravana.

Domingo Chávez observó atentamente los sedanes que estaban en el centro de la caravana, tratando de detectar personas de alto rango. Claudicó brevemente para concentrarse en un guardia de seguridad vestido de paisano que había escapado de una SUV accidentada y corría a resguardarse en el muro separador. Ding le acertó un disparo en el torso inferior, y apartó sus ojos de la mira para cambiar el proveedor vacío de su Dragunov caliente y humeante. Tardó medio segundo en tener una vista amplia del campo de batalla. Los camiones de transporte estaban envueltos en llamas a su izquierda, y las bocanadas de humo negro se elevaban en el cielo gris-aguanieve. Varios cuerpos —que se veían desde allí simplemente como formas diminutas en el campo— yacían esparcidos cerca del camión.

Las SUV y los sedanes negros estaban frente a los camiones y detrás de los dos vehículos en llamas. Se habían detenido formando una especie de acordeón, y unos seis hombres con trajes negros y uniformes verdes estaban boca abajo detrás de los neumáticos, o agachados adelante del motor. Ding ya había matado a muchos otros pasajeros de estos tres vehículos.

Todos los ocupantes habían salido de las SUVs y los sedanes porque las granadas propulsadas por cohetes y las armas antitanques que volaban por el aire les habían indicado que un vehículo detenido era el último lugar en el cual refugiarse en ese momento.

Ding se concentró de nuevo en la mira y observó rápidamente de derecha a izquierda en busca de Su. Calculaba que había al menos treinta soldados y guardias de seguridad en la autopista o en el arcén. Todos los que estaban disparando sus armas parecían hacerlo hacia el este, lejos de Chávez.

Este enfocó su mira en la posición de fuego de Dom y los rebeldes, a unas trescientas cincuenta yardas de él. Vio varios cuerpos tendidos en la hierba, y una impresionante cantidad de barro, hierba, maleza y follaje que era impactado bajo la lluvia por el fuego de los soldados chinos.

Domingo sabía que el pequeño destacamento de combatientes mal entrenados sería barrido en casi menos de un minuto si no se apresuraba, así que apuntó de nuevo el rifle a la autopista y llevó la retícula al centro de la espalda de un guardia que llevaba un impermeable negro.

El Dragunov escupió fuego, el hombre se inclinó hacia adelante y se desplomó sobre el capó de una SUV.

¡Mataron a Yin Yin! No puedo comunicarme con estas personas —gritó Caruso en medio de los disparos.

—¡Sigue disparando! —le gritó Chávez.

—¡Hay patrullas de policía acercándose por el arcén desde el suroeste! —le dijo Driscoll.

—¡Encárgate de ellos, Sam!

—Entendido, pero creo que las municiones se me acabarán en un minuto.

Ding gritó, sus palabras puntuadas por el rifle.

—Si no nos movemos en un minuto, ¡bum!, ¡y entonces ya no podremos movernos!

—Entendido —gritó Driscoll.

El general Su Ke Qiang se arrastró desde la cobertura que le brindaba su sedán en dirección a la colina, resguardado por una columna de hombres que disparaban al oeste. Los vehículos ardían en llamas a su derecha y a su izquierda, y los cadáveres yacían en medio del aguacero, la sangre desembocando en largos arroyos de aguas de lluvias provenientes de la autopista.

No podía creer que estuviera sucediendo esto. Muy cerca de él vio el cuerpo desplomado del general Xia, su segundo al mando. No podía verle la cara y no sabía si estaba vivo o muerto, pero era obvio que no se movía.

Su lanzó un grito mientras los añicos de vidrio en el asfalto se le incrustaban en las manos y muñecas al tiempo que se arrastraba hacia adelante.

Un fuego automático y sincopado provino del sur, desde las colinas a un lado de los carriles del tráfico.

A doscientas cincuenta yardas de distancia, Domingo Chávez detectó un movimiento muy rápido al lado de la autopista, cerca del cuarto vehículo. Centró la mira de su rifle en un hombre uniformado que se arrastraba y presionó el gatillo tenso del arma sin pensarlo dos veces.

La bala salió del cañón, silbó por encima del caos de la caravana atacada y se alojó en la escápula izquierda del director Su Ke Qiang. El proyectil enchaquetado en cobre le desgarró la espalda, le perforó el pulmón izquierdo y se alojó en el asfalto, debajo de donde yacía él. Con un grito suplicante de conmoción y dolor, el hombre más peligroso del mundo murió boca abajo, al lado de la autopista y rodeado de jóvenes soldados que disparaban cientos de ráfagas en todas las direcciones en un intento desesperado para repeler el ataque.

Chávez no sabía que el último hombre de la caravana al que había impactado era Su; sólo sabía que todos se habían esforzado al máximo y que ya era hora de largarse del área. Gritó en su radio:

—¡Exfiltren! ¡*Muévanse* todos! ¡Vamos! ¡Vamos! —Su orden sería traducida por quienes entendían para beneficio de los que no, pero cualquiera que estuviera al lado de un radio podía entender fácilmente el mensaje que intentaba transmitir.

Clark y su escolta recogieron a Chávez y a sus hombres cuatro minutos después. Driscoll y los tres sobrevivientes que estaban con él cruzaron los ocho carriles del tráfico y subieron corriendo la colina por el lado oeste, se encontraron con dos de los rebeldes del Sendero de Libertad que habían corrido al sur, y se encontraron con Dom y dos sobrevivientes chinos, quienes trataban desesperadamente de sacar los cadáveres de la colina mientras permanecían en una hondonada que los mantenía a salvo del fuego esporádico proveniente de la autopista. Reunieron a todos los cadáveres y un hombre regresó a bordo del minibús.

La tormenta contribuyó al escape. Había helicópteros en el aire, Chávez podía oírlos agitarse en el cielo negro y turbio mientras conducían al noroeste, pero su visión del terreno era limitada y había tanta matanza y congestión que el simple hecho de pensar qué carajos había pasado le tomó casi una hora.

Los estadounidenses y los diez sobrevivientes chinos regresaron al granero antes del mediodía. Algunos estaban heridos; Sam había recibido un disparo que le fracturó una mano, aunque no sintió el impacto. Caruso también tenía una herida de bala que rebotó en una roca y le rozó la cadera, la cual sangraba profusamente, aunque no era una herida de consideración, y uno de los sobrevivientes chinos había recibido un disparo en el antebrazo.

Se ocuparon entre todos de las heridas, con la esperanza profunda de que ni el EPL ni la policía los encontrara antes de que cayera la noche.

SETENTA Y NUEVE

El presidente de los Estados Unidos, Jack Ryan, se sentó en su escritorio de la Oficina Oval, miró el texto preparado y carraspeó la garganta.

A la derecha de la cámara, a sólo diez pies frente a su cara, el director le dijo:

—Cinco, cuatro, tres... —Levantó dos dedos, luego uno y finalmente señaló a Jack.

Ryan no sonrió ante la cámara; era una decisión acertada, y mientras más representaba esta maldita comedia, más reconocía que las reglas, aunque eran endemoniadamente molestas, a veces existían por una razón. No quería mostrar ofensa, alivio, satisfacción o ninguna otra cosa que no fuera una confianza contenida.

—Buenas noches. Ayer ordené una ofensiva aérea estadounidense como parte de un ataque limitado a un lugar en el sur de China que los expertos militares y de inteligencia de nuestro país creen que es el nervio central detrás de los ciberataques contra los Estados Unidos. Valientes pilotos, marineros y personal de operaciones especiales de nuestro país participaron en el ataque, y tengo la satisfacción de informar que este tuvo un éxito rotundo.

»En las últimas veinticuatro horas hemos sufrido fuertes reveses luego del potente asalto a la infraestructura y a las instalaciones empresariales de Estados Unidos. Aunque nos falta mucho para reparar el gran daño que nos ha causado el régimen chino, el gobierno estadounidense, con la ayuda de expertos en negocios, hará frente a todo el espectro de los ataques perpetrados contra nosotros, y saldremos avantes de esta crisis e implementaremos medidas para asegurarnos de que esto no vuelva a ocurrir nunca.

»Muchos estadounidenses perdieron la vida en el ataque a China y varios más fueron capturados por las fuerzas de ese país, donde actualmente permanecen como prisioneros. Aquí en los Estados Unidos, las muertes y lesiones ocasionadas por la pérdida de energía eléctrica, los servicios de comunicaciones y el trastorno de las redes de transporte, tardarán algún tiempo en ser calculadas.

»Adicionalmente, ocho militares estadounidenses fueron asesinados en las fases iniciales de la operación perpetrada por los chinos contra nosotros, cuando el dron American Reaper fue secuestrado hace dos meses y varios misiles fueron disparados contra nuestros soldados y aliados.

»Les he hablado acerca de la pérdida de vidas estadounidenses. Los numerosos taiwaneses, indios, vietnamitas, filipinos e indonesios que perdieron la vida tras la agresión china también desempeñan un papel importante cuando se trata de evaluar la magnitud de esta calamidad.

»Estados Unidos y sus aliados han sufrido de manera innecesaria, y todos nos sentimos indignados. Pero no quiero la guerra, sino la paz. He consultado con el secretario de Defensa, Robert Burgess, y con otros en el Pentágono para encontrar una manera de resolver esta crisis con China y tratar de preservar vidas en lugar de arrebatarlas.

»Para ese fin, y comenzando mañana al amanecer, la Marina de Estados Unidos empezará un bloqueo parcial de los envíos de petróleo a China que pasen por el estrecho de Malaca, la puerta de entrada desde el Océano Índico al mar de China Meridional. China recibe el ochenta por ciento de su petróleo por medio de esta estrecha vía marítima y, a partir de mañana, restringiremos el cincuenta por ciento de este petróleo.

»El liderazgo chino tiene una opción inmediata en sus manos. Pueden sacar sus barcos de guerra del mar de China Meridional, retirar sus tropas de las islas y arrecifes que ocuparon el mes pasado y suspender todas las incursiones en la línea central del estrecho de Taiwán. En cuanto hagan esto, el petróleo cruzará una vez más por el estrecho de Malaca.

»Por otra parte, si China continúa atacando a sus vecinos o lanza un ataque de cualquier tipo, terrestre, marino, aéreo, espacial o cibernético a los Estados Unidos de América, responderemos de la misma manera e impediremos que China reciba todo el petróleo que recibe por el estrecho de Malaca.

Ryan apartó sus ojos del texto y miró al frente. Tenía la mandíbula apretada.

—Todo el petróleo. Hasta la última gota.

Hizo una pausa, se ajustó los lentes y miró de nuevo su discurso.

—Durante más de cuarenta años, Estados Unidos ha sido un buen amigo y socio de negocios de la República Popular China. Hemos tenido diferencias, pero mantenemos nuestro respeto por el honorable pueblo chino.

»Nuestra pelea ahora es con elementos del Ejército Popular de Liberación y del Partido Comunista de China. Es evidente que no somos los únicos en sentirnos profundamente disgustados por las acciones del liderazgo militar. De hecho, hay facciones dentro del EPL que no están satisfechas con los actos agresivos cometidos por China.

»Hace pocas horas, el director de la Comisión Militar Central y principal artífice de los ataques coordinados por parte de China contra sus vecinos y los Estados Unidos, fue asesinado en Beijing. Los primeros reportes sugieren que miembros de su propio ejército estuvieron involucrados en el ataque a su caravana. No podría existir una mayor evidencia de la insatisfacción que hay con el rumbo actual del aparato militar de ese país que la del asesinato audaz del director Su a manos de sus propios hombres.

»El presidente Wei tiene que hacer una elección importante, la cual afectará las vidas de mil cuatrocientos millones de chinos. Invito al presidente Wei a que haga la elección correcta, cese todas las hostilidades, ordene a los militares que regresen a sus bases y a que trabajen de manera incansable para enmendar el daño causado por las acciones de China durante los últimos meses.

»Gracias, y buenas noches.

Wei Zhen Li se sentó en su escritorio, las palmas de las manos hacia abajo sobre el secante y mirando al frente.

El Comité Permanente del Politburó quería su cabeza. Era evidente, pensó Wei, que quería la cabeza de Su, pero como este había muerto, estaba más que dispuesto a destruir a Wei como un sustituto con el fin de canalizar su ira y distanciarse de las

TOM CLANCY

políticas —económicas, sociales y militares— que habían fracasado estruendosamente.

El presidente Wei sentía una puñalada de remordimiento de que Su no hubiera hecho lo que él le había pedido. Por medio de un ligero ruido de sables y bravatas con respecto al mar de China Meridional, Taiwán y Hong Kong, Wei estaba seguro de que podría haber hecho que la región se alineara de buen grado con la economía fuerte y los futuros prospectos de la República Popular China.

Pero no, Su lo quería todo, hacer una guerra a partir de esto, derrotar a la Marina de Estados Unidos y obligarlos a huir de nuevo a su país.

El hombre era un tonto. Wei sentía que si a él lo hubieran elegido para liderar la Comisión Militar Central, habría hecho una labor mucho mejor que Su Ke Qiang.

Pero querer que las cosas fueran diferentes era una pérdida de tiempo, y Wei no tenía tiempo que perder.

Había oído los vehículos pesados del Ministerio de Seguridad Pública afuera de la ventana. Habían venido a arrestarlo, al igual que pocos meses atrás, salvo que esta vez Su no acudiría para salvarlo.

¿Salvarlo? No, Su no lo había salvado aquella vez. Simplemente había retrasado la caída de Wei lo suficiente como para manchar aún más su legado.

Con el corazón lleno de rabia, remordimiento e insolencia hacia los que no lo entendían, el presidente y secretario general Wei Zhen Lin retiró la mano derecha del secante, la pasó alrededor de la empuñadura de la pistola y rápidamente se llevó el arma a un lado de su cabeza.

· · · · · · · · · ·

El resultado final fue un verdadero lío. Se estremeció con la anticipación de la detonación del arma y el cañón se sacudió hacia adelante y hacia abajo. Se disparó en el pómulo derecho, la bala le atravesó la cara, traspasando la cavidad nasal y saliendo por el lado izquierdo.

Cayó al piso, llevándose las manos a la cara tras el dolor indescriptible, retorciéndose detrás de su escritorio, pateando su silla y revolviéndose en su propia sangre.

Tenía un ojo lleno de lágrimas y sangre, pero el otro estaba despejado, y por este vio a Fung de pie a su lado, conmocionado e indeciso.

—¡Termina con esto! —gritó Wei, pero sus palabras eran enredadas. La agonía de la herida y la vergüenza de rodar por el piso de su oficina después de fallar en algo tan simple le desgarró tanto el alma como la bala le había desgarrado la cara—. ¡Termina con esto! —gritó de nuevo, pero una vez más supo que Fung no podía entenderle.

Fung se limitó a permanecer a su lado.

—¡Por favor!

Fung se alejó, desapareció alrededor del escritorio y, en medio de sus propios gritos y súplicas, Wei oyó que cerraba con fuerza la puerta detrás de él.

El presidente tardó cuatro minutos en morir, ahogado en su propia sangre.

EPÍLOGO

C hina liberó a los pilotos capturados sólo tres días después, haciéndolos abordar con discreción vuelos chárter a Hong Kong, donde fueron recogidos por aviones del Departamento de Defensa con dirección a EE. UU.

Brandon Basura White ya estaba de regreso en Hong Kong. Pasó el primer día después de su accidente en un pequeño apartamento en Shenzhen con Jack, el americano enmascarado, con el asiático de la CIA que decía llamarse Adam, y recibió la visita de un médico de Hong Kong a quien Adam parecía conocer. El médico le trató las heridas y, en horas de la noche, Jack y Basura cruzaron un río en una balsa y luego caminaron una hora a través de arrozales antes de ser recogidos al otro lado por Adam.

Desde allí, Basura fue conducido a un hospital de Hong Kong, donde el personal de la Agencia de Inteligencia de Defensa lo recibió, trasladándolo posteriormente a Pearl Harbor. Se curaría, y más pronto que tarde estaría de nuevo en la cabina del F/A-18, aunque se imaginó que nunca sentiría lo mismo al volar sin Queso como su compañero de ala.

....

John Clark, Domingo Chávez, Sam Driscoll y Dominic Caruso estuvieron nueve días en Beijing, moviéndose de una casa de seguridad a otra, pasando del Sendero de Libertad a la Mano Roja y de nuevo al Sendero hasta que, luego de un cuantioso pago en dinero en efectivo que Ed Foley entregó a un anciano en el barrio chino de Nueva York, las cosas se movieron realmente.

En medio de la noche, los cuatro estadounidenses fueron llevados a una edificación donde vivían varios pilotos rusos de Rosoboronexport, la empresa estatal de exportación de armas, y abordaron de manera encubierta un avión Yakovlev que se dirigía a Rusia después de haber llevado bombas de racimo a los chinos.

Clark había negociado el viaje de regreso por medio de Stanislav Biryukov, el director del FSB. Todo salió sin el menor contratiempo, aunque John sabía que el favor que Biryukov le debía se lo había pagado con creces, así que no podría contar más con él para otra cosa distinta al hecho de ser el director de una agencia de espionaje a veces enemiga.

Valentín Kovalenko pasó casi una semana encerrado en el cuarto de una casa de seguridad que pertenecía a Hendley Asociados. No vio a nadie salvo a un par de guardias que le llevaban comida y periódicos, mientras pasaba los días mirando las paredes y queriendo regresar al lado de su familia.

Pero no creyó que esto fuera posible.

Temía, esperaba, estaba *seguro*, de que cuando John Clark regresara, entraría al cuarto con una pistola en la mano y le dispararía en la cabeza.

Y Kovalenko no podía decir que lo culparía por eso.

Pero una tarde, un guardia de seguridad que decía llamarse Ernie le quitó el seguro a la puerta, entregó a Kovalenko mil dólares en efectivo y le dijo:

—Tengo un mensaje de parte de John Clark.

—¿Sí?

—Piérdete.

—De acuerdo.

Ernie se dio vuelta y salió del cuarto. Segundos después, Valentín escuchó a un auto arrancar y alejarse.

El ruso salió desconcertado del edificio un minuto después y se encontró en un condominio en algún suburbio del D.C. Caminó lentamente hacia la calle, preguntándose si podría tomar un taxi y a dónde le diría exactamente al taxista que lo llevara.

Después de regresar de Hong Kong en el Gulfstream de Hendley Asociados, Jack Ryan, Jr. fue directamente al apartamento de Melanie Kraft en Alexandria. La llamó con antelación para darle tiempo de decidir si estaría allí o no cuando él llegara, y si le iba a contar su pasado.

Mientras se tomaban un café a la mesa de su pequeña cocina, Jack le dijo lo que ella ya sabía. Trabajaba con una organización de inteligencia que hacía investigaciones «sub rosa» para los intereses de Estados Unidos, pero sin los constreñimientos de la burocracia gubernamental.

Ella había tenido varios días para procesar esto desde el ataque chino a Hendley Asociados; vio la utilidad de esa organización, pero también los peligros obvios que acarreaba.

Luego le llegó el turno de ir al «confesionario». Explicó a Jack los detalles sobre cómo se había visto comprometido su padre y cómo se había enterado ella, y cómo había decidido que no le permitiría que ese error le destruyera la vida.

Jack entendió la difícil situación de Melanie, pero no pudo hacerle creer que aquel hombre del FBI, Darren Lipton, debía ser un agente de Centro y que no estaba trabajando verdaderamente en una investigación real.

—No, Jack. Había otro tipo del FBI. El jefe de Lipton. Packard. Aún tengo su tarjeta en mi cartera. Me lo confirmó todo. Además, tienen la orden judicial. Ellos me la mostraron.

Ryan negó con la cabeza.

—Centro te estaba dirigiendo, pues interceptó las llamadas telefónicas de Charles Alden en las que este decía que estabas trabajando para él, dándole información acerca de mí y de Hendley Asociados para desacreditar a John Clark.

—Lipton es legítimo. Sabe lo de mi padre y...

—¡Lo sabe porque Centro se lo dijo! Centro pudo haber obtenido esa información luego de piratear los archivos de la inteligencia paquistaní. Su operación podía hacer eso con facilidad.

Él vio que ella no le creía; Melanie sentía que toda su vida estaría a un paso de desmoronarse cuando el FBI la acusara de mentir acerca del espionaje de su padre.

—Hay una manera de aclarar esto ahora mismo.

—¿Cuál?

—Haciéndole una visita a Lipton.

Tardaron un día en encontrarlo. Había obtenido una licencia temporal en su trabajo, y a Jack y a Melanie les preocupaba que pudiera abandonar el país. Pero Ryan hizo que Biery pirateara los registros bancarios del hombre, y cuando descubrió que Lipton había sacado cuatrocientos dólares de un cajero automático del Hotel Double Tree en Crystal City tan sólo pocos minutos atrás, Jack y Melanie se dirigieron allí.

Cuando llegaron, Biery ya había conseguido el número de la habitación y, algunos minutos después, Jack utilizó una tarjeta maestra que Melanie había robado a una camarera.

Ryan y Kraft entraron por la puerta y vieron a Lipton vestido a medias y a una prostituta completamente desnuda. Jack pidió a esta última que recogiera sus cosas, los cuatrocientos dólares y se largara de allí.

Lipton pareció asustado de ver a Ryan y a la chica, pero no parecía tener mucha prisa para vestirse. Jack le arrojó un par de pantalones caqui.

—Por amor de Dios, viejo, ponte eso.

Lipton se puso los pantalones, pero no se puso la camisa sobre su camiseta sin mangas.

—¿Qué quieres conmigo? —preguntó.

—Centro está muerto, si es que no lo sabías —respondió Jack.

—¿Quién?

—Centro. El doctor K. K. Tong.

—No sé de qué...

—¡Mira, imbécil! Sé que estabas trabajando para Centro. Tenemos todas las transcripciones de tus conversaciones, y Kovalenko también puede señalarte.

Lipton suspiró.

—¿El ruso barbado?

—Sí.

Era una mentira, pero Lipton se la creyó.

Y entonces decidió hablar con la verdad.

—Centro era mi manejador, pero no conozco a K. K. Tong. Yo no sabía que estaba trabajando para los rusos; de lo contrario, no habría...

—Estabas trabajando para los chinos.

Darren Lipton hizo una mueca.

—Peor incluso.

—¿Quién es Packard? —preguntó Melanie.

Lipton se encogió de hombros.

—Es simplemente otro pobre idiota al que Centro tenía agarrado de las pelotas, como a mí. No es del FBI. Tuve la impresión de que era un detective. Tal vez del D.C., o acaso de Maryland o Virginia. Centro me lo envió cuando la orden judicial falsificada para intervenir el teléfono no te convenció. Preparé al tipo, le di un repaso de quince minutos sobre la situación, interpretó el papel del policía bueno y yo el del malo.

—Pero me pediste que fuera al edificio J. Edgar Hoover para encontrarme con él. ¿Qué habría pasado si yo hubiera dicho que sí?

Lipton negó con la cabeza.

—Sé que no te habrías atrevido a entrar por la puerta principal del edificio Hoover.

Melanie tenía tanta rabia de que este hijo de puta hubiera jugado con ella, que lo golpeó en la boca en un arrebato de furia. La sangre brotó de inmediato de su labio inferior.

Lipton se lamió la sangre y le guiñó el ojo a Kraft.

A ella se le enrojeció aún más la cara, y gruñó.

—¡Jesús! Olvidé que se excita con eso.

Ryan miró a Melanie y luego se dirigió a Lipton.

—Excítate con esto —le dijo Jack y le lanzó el derechazo más violento de su vida, dando en la cara mofletuda al hombre del FBI. La cabeza de Lipton giró violentamente hacia atrás, y el hombre grande se desplomó hecho un ovillo. Pocos segundos después tenía la mandíbula morada e hinchada.

Jack se arrodilló ante él.

—Tienes una semana para renunciar al FBI. Si no lo haces, regresaremos por ti. ¿Entiendes?

Lipton asintió débilmente, miró a Ryan y volvió a asentir.

Los entierros de los empleados de Hendley Asociados que fueron asesinados por los comandos de la Espada Divina se llevaron a cabo en Virginia, Maryland y el D.C. Todos los empleados del Campus asistieron, al igual que Gerry Hendley.

Jack lo hizo solo. Él y Melanie habían hecho una especie de pausa en su relación; ambos entendían por qué se habían mentido mutuamente, pero la confianza es un activo muy valioso en asuntos de amor, y ambos habían violado seriamente sus preceptos.

Independientemente de las justificaciones, su relación sufrió un deterioro y ellos descubrieron que tenían pocas cosas que decirse.

A Jack no le sorprendió ver a Mary Pat Foley y a su esposo Ed en el funeral de Sam Granger en Baltimore. Cuando concluyeron los servicios del sábado en la tarde, Jack pidió a la directora nacional de inteligencia un momento a solas. Ed se disculpó para ir a charlar con Gerry Hendley y el guardia de seguridad de Mary

Pat se alejó de su jefe y del hijo del presidente mientras los dos caminaban solos por el cementerio.

Encontraron una banca de madera y se sentaron. Mary Pat miró hacia atrás a su guardia de seguridad y le asintió para decirle «Danos un poco de privacidad»; el hombre retrocedió veinte yardas y miró hacia el otro lado.

—¿Estás bien, Jack?

—Necesito hablar contigo sobre Melanie.

—Adelante.

—Ella dio información sobre mí. Informó a Charles Alden el año pasado, durante el caso Kealty. Y luego, cuando Alden fue arrestado, Melanie fue abordada por un tipo del FBI, de la rama de Seguridad Nacional. Quería información de inteligencia sobre mí y también sobre Hendley Asociados.

Mary Pat enarcó las cejas.

—¿El NSB?

Jack negó con la cabeza.

—No es tan malo para nosotros como parece. Este tipo realmente era un agente de Centro.

—Cielos. ¿Cómo se llama?

—Darren Lipton.

Ella asintió.

—Bueno, ten la seguridad de que será expulsado del trabajo el lunes a mediodía.

Jack esbozó una sonrisa tensa.

—No lo encontrarás el lunes en su oficina. Creo que le rompí la mandíbula.

—Estoy segura de que la Oficina de Prisiones podrá darle una dieta líquida. —Mary Pat miró el horizonte un largo rato—. ¿Por qué Melanie aceptó informar sobre ti? Es decir, además del hecho de que estaba recibiendo órdenes de su superior y de las agencias federales.

—Por un secreto de su pasado. Algo que Centro descubrió sobre su padre y que el tipo del FBI utilizó para chantajearla.

Mary Pat Foley esperó a que Ryan le explicara. Pero él no lo hizo, y ella dijo:

—Jack, necesito saberlo.

Ryan asintió y luego le contó sobre el coronel y la mentira.

Mary Pat no parecía tan sorprendida como había esperado Ryan.

—Llevo mucho tiempo haciendo esto —dijo—. La energía y la determinación que vi en esa joven era algo único. Ahora entiendo que estaba compensando eso, tratando de superar a los demás porque sentía que debía hacerlo.

—Si sirve de algo, Clark dice que ella salvó vidas en Hendley —dijo Ryan—. De no haber sido por ella, estaríamos asistiendo a más exequias.

Mary Pat asintió, aparentemente inmersa en sus pensamientos.

—¿Qué vas a hacer? —le preguntó Jack.

—Ella sabe lo del Campus. Va a perder su trabajo en la CIA por mentir en la investigación sobre sus orígenes, pero estoy segura de que no voy a quemarla viva. Iré a hablar con ella ahora mismo.

—Si le pides que renuncie, concluirá que tú sabes lo del Campus. Esto podría ser un problema para ti.

La directora del DNI agitó la mano en el aire.

—No me preocupo por mí. Puede sonar sentimental, pero me parece más importante preservar la integridad de la inteligencia estadounidense y la seguridad de la organización que instaló tu padre con las mejores intenciones. Tengo que tratar de hacer eso.

Jack asintió. Se sentía completamente miserable.

—Jack. Seré blanda con ella —le dijo—. Melanie hizo lo que creía que era lo correcto. Es una buena chica.

—Sí —dijo Jack después de pensar un momento—. Lo es.

La Suburban negra de Mary Pat Foley se detuvo en el apartamento-garaje de Melanie Kraft en Alexandria poco después de las cuatro de la tarde. La temperatura había bajado a niveles de congelamiento y el cielo gris y pesado despedía una mezcla de nieve y lluvia congelada.

El conductor del DNI esperó en el auto, pero su oficial de seguridad caminó con ella a la puerta del apartamento, sosteniendo una sombrilla con la mano izquierda. Permaneció a su lado mientras ella tocaba la puerta, y metió la otra mano en la cadera derecha debajo de su abrigo.

Melanie respondió con rapidez; en su apartamento no había más de diez pasos de distancia a la puerta.

No sonrió al ver a Mary Pat, quien se había convertido en su amiga y jefa. Se retiró de la puerta y dijo sumisamente:

—¿No vas a entrar?

Mientras venía de Baltimore, Mary Pat había preguntado a su guardia si no le importaba que ella estuviera a solas con una de sus empleadas. Esto era sólo una pequeña parte de la verdad, pero cumplió con el propósito. El musculoso oficial de seguridad echó un vistazo rápido al exterior del pequeño apartamento y luego salió, cubierto por la sombrilla.

Mientras tanto, Mary Pat miró alrededor de la sala. La directora de la comunidad de inteligencia estadounidense no tardó en comprender la situación. Era evidente que Melanie se iba a mudar. Dos maletas con ropa estaban abiertas contra la pared. Varias cajas de cartón ya estaban cerradas con cinta y otras más, aún sin armar, permanecían contra la pared.

—Siéntate —le dijo, y Mary Pat se sentó en el pequeño sofá. Melanie se sentó en una silla metálica.

—No me iba a ir así nada más —dijo Melanie a modo de explicación—. Iba a llamarte esta noche y preguntarte si podía hacerte una visita.

—¿Qué estás haciendo?

—Voy a renunciar.

—Ya veo —dijo Foley—. ¿Por qué?

—Porque mentí en la investigación sobre mis orígenes. Lo hice tan bien que engañé al polígrafo. Pensé que esto no tenía importancia, es decir, mi mentira, pero ahora veo que cualquier mentira puede ser utilizada para comprometer a alguien que conoce los secretos mejor guardados de Estados Unidos.

»Yo era vulnerable y fui coaccionada. Me utilizaron. Y todo por una mentira estúpida que nunca pensé que regresaría para acecharme.

—Entiendo —dijo Mary Pat.

—Tal vez lo entiendas o tal vez no. No estoy segura de lo que sabes, pero no tienes que decírmelo. No quiero hacer nada para comprometerte.

—¿Así que simplemente vas a clavarte una espada?

Melanie se rio levemente. Se estiró hacia una de las varias pilas de libros que había contra la pared y empezó a empacarlos en una caja plástica de leche mientras hablaba.

—No lo veo así. Estaré bien. Estudiaré de nuevo y encontraré otra cosa que me interese. —Ahora esbozó una sonrisa más amplia—. Y trataré de ser tan buena en eso como pueda.

—Estoy segura de que lo serás —dijo Mary Pat.

—Extrañaré mi empleo. Extrañaré trabajar contigo. —Suspiró levemente—. Y extrañaré a Jack. —Después de una pausa, añadió—: Pero no extrañaré esta ciudad de mierda.

—¿A dónde irás?

Ella movió la caja llena de libros y luego sacó una caja de cartón que comenzó a llenar con más libros.

—Iré a casa. A Texas. Donde mi papá.

—¿Tu papá?

—Sí —dijo ella—. Le di la espalda hace mucho tiempo por un error que cometió. Ahora veo que lo que hice no es muy distinto, y no creo ser una mala persona. Tengo que ir a casa y decirle que a pesar de todo lo que ha pasado, seguimos siendo una familia.

Mary Pat Foley percibía que Melanie estaba decidida, pero que su decisión le dolía un poco.

—Independientemente de lo que pueda haber sucedido en tu pasado, ahora estás haciendo lo correcto —dijo.

—Gracias, Mary Pat.

—Y quiero que sepas que tu estadía en esta ciudad valió la pena. El trabajo que hiciste marcó una diferencia. Nunca olvides eso.

Melanie sonrió, terminó de llenar la caja con libros, la movió a un lado y luego cogió otra.

Después del funeral, Jack regresó a la casa de su familia en Baltimore.

El presidente Jack Ryan y su esposa Cathy habían ido a pasar el fin de semana en compañía de sus hijos. Junior pasó junto a los hombres del Servicio Secreto para hablar con su padre en el estudio. Ryan sénior abrazó a su hijo, logró contener las lágrimas de alivio al verlo sano y salvo y luego le apretó firmemente los hombros mientras lo miraba de pies a cabeza.

Jack sonrió.

—Estoy bien, papá. Te lo prometo.

—¿En qué diablos estabas pensando? —dijo el mandatario.

—Había que hacerlo. Y yo era el único hombre disponible, así que fui y lo hice.

El presidente relajó la mandíbula, como si quisiera objetar el argumento de su hijo, pero realmente no dijo nada.

Junior habló a continuación.

—Necesito hablar contigo de otra cosa.

—¿Es simplemente una disculpa para cambiar de tema?

Jack junior sonrió a medias y dijo:

—Esta vez no.

Los dos hombres se sentaron en el sofá.

—¿Qué pasa?

—Se trata de Melanie.

Los ojos de Ryan sénior parecieron destellar. No había ocultado el hecho de que se sentía deslumbrado con la joven analista de inteligencia. Pero el presidente comprendió rápidamente por el tono sombrío de su hijo.

—¿Qué sucedió?

Jack le contó casi todo; que Charles Alden la obligó a espiar la relación de Ryan con Clark y que Darren Lipton, que trabajaba para los chinos, la coaccionó para que interviniera su teléfono.

No le dijo a su padre acerca de los rusos en Miami ni tampoco de Estambul, Hong Kong, Guangzhou o del tiroteo con los comandos de la Espada Divina en Georgetown. El joven Ryan había madurado mucho y ya no creía que fuera necesario contar historias de guerra que sólo incomodarían a quienes se preocupaban por él y por su seguridad.

Por su parte, el presidente Jack Ryan no le pidió explicaciones detalladas. No es que no quisiera saber. Era un hombre muy hábil para buscar información. En realidad, él no quería poner a su hijo en una posición en la que sintiera que estaba obligado a decírselo.

Ryan sénior comprendió que estaba lidiando con las acciones peligrosas de Jack del mismo modo en que Cathy lo había hecho con las suyas. Sabía que su hijo le estaba ocultando muchos aspectos de su historia; realmente muchos. Pero si Jack junior no estaba dispuesto a contárselo, Jack sénior tampoco se lo iba a pedir.

Cuando terminó de escuchar a su hijo, la primera reacción de sénior fue decirle:

—¿Le has hablado a alguien acerca de Lipton?

—Ya se están encargando de él —dijo Jack—. Mary Pat acabará con él en el almuerzo.

—Sospecho que tienes razón en eso. —El presidente pensó un momento más y añadió—: La señorita Kraft ha estado en el West Sitting Hall y en el comedor de la Casa Blanca. ¿Tengo que pedir al servicio de seguridad que revisen esos sitios en busca de dispositivos de escucha?

—Creo que ella me lo dijo todo. Yo era el objetivo de Lipton, no tú ni la Casa Blanca. También estoy seguro de que ya habrían encontrado algo si ella lo hubiera colocado. Sin embargo, hazlo, no está por demás ser cuidadoso.

Sénior tardó un momento en aclarar sus pensamientos. Dijo finalmente:

—Jack, todos y cada uno de los días le agradezco a Dios que

tu madre haya permanecido conmigo. Yo tenía una posibilidad en un millón de encontrar a una mujer que estuviera dispuesta a tolerar la vida al lado de un operativo de inteligencia. Los secretos que tenemos que mantener, las asociaciones que nos vemos obligados a hacer, las mentiras que debemos decir de manera habitual. Nada de esto conduce a una buena relación.

Jack había pensado eso mismo.

—Decidiste trabajar en el Campus. Esa decisión tal vez te produzca un poco de satisfacción y de emoción, pero también mucho sacrificio.

—Entiendo.

—Melanie Kraft no representa la única ocasión en que tu trabajo interferirá con tu vida personal. Si puedes dejar esto atrás en este instante, mientras todavía estás joven, deberías hacerlo.

—No voy a dejarlo atrás, papá.

Sénior asintió.

—Sé que no lo harás. Sólo sé que las relaciones estropeadas, la contravención de la confianza, y la grieta constante entre tú y las personas a las que más quieres, es algo que se da con el trabajo. Todas las personas que son importantes para ti estarán en peligro de ser un objetivo en contra tuya.

—Lo sé.

—Nunca pierdas de vista lo importante que es el trabajo que haces para este país, pero tampoco dejes de intentar ser feliz. Te lo mereces.

Jack sonrió.

—No lo haré.

Cathy Ryan entró al estudio.

—La cena está servida, chicos.

El presidente y su hijo se reunieron con los demás en el comedor para cenar en familia.

Jack junior se sentía triste por la muerte de sus amigos y por el fin de su relación con Melanie, pero estar aquí, en casa, en compañía de su familia, lo alegró de un modo que no esperaba. Sonrió más, se relajó más y permitió que su mente operacional se calmara por primera vez en varios meses, sin temor de verse comprometido por las fuerzas misteriosas que se habían concentrado en él y en su organización.

La vida era buena y también fugaz. ¿Por qué no disfrutarla cuando tuviera la oportunidad de hacerlo?

La tarde dio paso a la noche, Cathy se durmió temprano, los chicos jugaron videojuegos en el cuarto y los dos Jack Ryan regresaron al estudio para hablar, esta vez, de béisbol, de mujeres y de la familia, las cosas más importantes del mundo.